독초콜릿
사건

이 동 윤
서울대학교에서 사회학을 전공했다. 미스터리 애독자인 그는 고전부터 현대, 본격 추리부터 코지까지 폭넓은 미스터리를 독자에게 소개하기 위해 번역가의 길을 선택했다. 옮긴 책으로 피터 러브시의 『가짜 경감 듀』, 루이즈 페니의 『치명적인 은총』, 루스 렌들의 『활자 잔혹극』 등이 있다.

THE POISONED CHOCOLATES CASE
by Anthony Berkeley

이 도서의 국립중앙도서관 출판예정도서목록(CIP)은 서지정보유통지원시스템 홈페이지(http://seoji.nl.go.kr)와
국가자료공동목록시스템(http://www.nl.go.kr/kolisnet)에서 이용하실 수 있습니다.
CIP제어번호 : CIP2015025358

The Poisoned Chocolates Case

독초콜릿 사건

앤서니 버클리

이동윤 옮김

지적 유희의 절정

엘릭시르

차례

The Poisoned Chocolates Case

TAXI

The Poisoned Chocolates Case

Anthony Berkeley

001

로저 셰링엄은 앞에 놓여 있는 고급 브랜디를 한 모금 홀짝이며 테이블 상석에 자리한 자신의 의자 등받이에 몸을 기댔다.

희미한 담배 연기 사이로 살인이나 독약, 돌연사에 대해 이것저것 즐겁게 재잘대는 열띤 목소리가 들려왔다. 이 모임은 그가 직접 창설하고 조직하고 회원을 모집했으며 이제는 직접 운영까지 맡고 있는, 그의 범죄 연구회였다. 다섯 달 전 첫 번째 모임에서 만장일치로 회장으로 선출되었을 때 그는 뿌듯한 마음을 감출 수가 없었다. 그때의 기분은 아득한 옛적에 천사가 변신한 게 틀림없는 출판업자가 첫 번째 소설을 출간해주기로 했던, 영원히 잊을 수 없는 그날을 떠올리게 했다.

그는 이날 저녁의 초대 손님인 런던 경찰청의 모르즈비 경감을 향해 고개를 돌렸다. 그는 로저의 오른편에 앉아 다소 안절부절못하는 태도로 엄청나게 큰 시가를 피우는 데 몰두하고 있었다.

"모르즈비 경감님, 경감님께서 몸담고 계신 경찰 조직을 폄하할 생각은 없습니다만 솔직히 파리 경찰청 정도를 제외하면 이 방만큼 범죄학의 천재들이 몰려 있는 곳은 없을 겁니다. 그것도 뼈를 깎는 노력으로 얻은 것이 아닌 선천적으로 타고난 재능을 가진 분들이죠."

"그렇습니까, 셰링엄 씨?"

모르즈비 경감이 관대한 태도로 대꾸했다. 모르즈비는 별난 의견도 언제나 너그럽게 받아들이는 사람이었다.

"글쎄, 어떨까요?"

그는 불이 붙어 있는 시가 끄트머리를 주의깊게 바라보았다. 시가가 너무 길어 한쪽 끝을 빨아보는 것만으로는 불이 붙어 있는지 확인할 수 없었기 때문이다.

로저는 이 모임의 발기인으로서의 자부심을 제외하더라도 자신의 주장에 대해 나름 근거를 갖고 있었다. 이 매력적인 범죄 연구 만찬회는 아무에게나 개방된 자리가 아니었다. 모임에 참여하고 싶어서 살인 사건에 대한 흠모의 감정을 천명한다 한들 그것만으로는 충분하지 않았다. 남녀를 막론하고 자신의 범죄학적 재능이 이 모임에 훌륭한 자극제가 될 수 있다는 사실을 증명해야 했다.

지원자들은 과학의 모든 분야는 물론이고 실제 수사 과정에 대해서도 지대한 관심을 가져야만 했다. 예를 들어 범죄심리학에도 정통함은 물론, 아무리 사소한 범죄일지라도 과거에 일어난 사건에 대해 잘 알고 활용할 수 있어야 했다. 또한 사건을 재구성할 수 있는 능력도 필수적이었다. 즉, 뛰어난 두뇌와 함께 두뇌를 실제 사건에서 제대로 사용할 수 있는 능력까지 겸비해야 했다. 이러한 점을 검증하기 위해, 지원자는 범죄 연구회 회원들이 낸 문제 중 하나를 골라 회장에게 답안을 제출하고, 회장은 지원자가 충분한 자격을 갖췄다고 판단되면 이 사안을 회원들간의 비밀회의에 상정하여 찬반 표결에 부친다. 여기서 만장일치가 나오지 않으면 입회는 허용되지 않는다.

이 연구회는 최종적으로 열세 명의 회원을 모집하는 것이 목적이었지만 아직까지 여섯 명밖에 시험을 통과하지 못했다. 그리고 이 사건이 시작된 역사적인 날 저녁에는 회원들 모두가 참석했다. 유명한 변호사, 그에 버금가는 여성 극작가, 지금보다 더 명성을 누려야 마땅한 뛰어난 여성 소설가, 현존하는 작가 가운데 가장 머리가 뛰어난 (가장 사교적이라고는 할 수 없지만) 탐정소설 작가, 그리고 로저 셰링엄 본인과 앰브로즈 치터윅이라는 사람이었다. 치터윅은 세간에 이름이 전혀 알려져 있지 않은 사람으로, 눈에 띄는 점이라고는 아무것도 없는 작고 온화한 남자였다. 그는 입회를 허락받았을 당시 대단히 놀라고 말았다. 이 저명인사들이 자신들의 모임에 그가 끼어 있다는 사실을 알아차렸을 때 놀란 것 이상으로 기막힌 심정이었다.

치터윅을 제외하면 하나같이 어느 모임의 주최자든 자랑스러워할 사람들이었다. 이날 저녁 로저는 자부심을 넘어서 흥분까지 느꼈다. 회원들을 깜짝 놀라게 할 작정이었기 때문이다. 그들을 놀라게 하는 것은 언제나 흥분되는 일이었다. 그는 계획을 실행에 옮기려 자리에서 일어섰다.

"신사 숙녀 여러분." 이어 술잔과 담뱃갑으로 테이블을 두드리는 환영 의식이 끝나고 소리가 잦아들자, 그는 이렇게 선언했다. "신사 숙녀 여러분, 여러분께서 부여해주신 권한에 따라, 우리 범죄 연구회의 회장은 회합에서 논의할 주제를 임의로 변경할 수 있습니다. 여러분 모두 오늘 저녁의 주제를 알고 계실 겁니다. 런던 경찰청의 첫 번째 대표자로서 이 자리를 찾아주신 모르즈비 경감님을 진심으로 환영하는 바입니다."

테이블을 두드리는 소리가 한층 더 요란하게 울렸다.

"원래는 훌륭한 음식과 품질 좋은 와인으로 모르즈비 경감님을 유혹해서 들뜨게 한 다음, 신문기자에게도 털어놓을 수 없었던 경험담을 청해 들을 작정이었습니다."

테이블을 두드리는 소리가 한층 더 요란하게, 그리고 더 오랫동안 울렸다.

로저는 브랜디를 한 모금 마시며 기운을 추스른 후 이야기를 계속했다.

“이제 모르즈비 경감님이 어떤 분인지 확실히 알 것 같습니다. 신사 숙녀 여러분, 저는 경감님이 기밀 누설 비슷한 실수라도 저지르게 하려고 숱하게 유혹해봤지만, 여러 번, 굉장히 노력했음에도 성공을 거두지 못했습니다. 그러니 아무리 달콤한 말로 속삭인다 한들 이 회합에서 경감님에게 흥미로운 이야기를 들을 수 있으리라는 기대는 거의 하지 않습니다. 기껏해야 내일 《데일리 쿠리어》에 실리게 된다면 경감님이 난처해할 내용 정도일 겁니다. 신사 숙녀 여러분, 아무래도 모르즈비 경감님은 유혹에 넘어가실 분이 아닌 듯합니다.

따라서 저는 오늘 저녁 여흥거리를 새로 마련해야 할 책임을 지게 되었습니다. 그런 연유로 제게 생각이 하나 떠올랐습니다. 여러분도 제 제안에 흥미를 느끼시기를 바라며, 그렇게 되리라 믿습니다. 감히 말하지만 굉장히 참신하면서도 흥미진진한 것입니다.”

로저는 잠시 말을 멈추고 흥미로운 얼굴로 자신을 바라보고 있는 주변 사람들을 향해 환한 미소를 지었다. 모르즈비 경감은 귀 아래로 어두운 홍조를 띤 채 여전히 손에 시가를 쥐고 있었다.

“제 제안은 그레이엄 벤딕스 씨와 관련된 사건입니다.”

사람들은 흥미로운 듯 살짝 동요하기 시작했다.

“차라리…….” 그는 좀더 느릿느릿한 말투로 정정했다. “그레이엄 벤딕스 부인과 관련된 사건이라고 하는 것이 낫겠군요.”

사람들 사이의 동요는 가라앉았지만 한층 더 의미심장한 침묵이 내려앉았다.

로저는 굉장히 신중을 기해 표현을 고르는 듯 말을 그쳤다가 다시 입을 열었다.

"이 자리에 벤딕스 씨와 개인적인 친분이 있는 분도 한두 분 계십니다. 사실 그는 화제에 오른 적도 있었습니다. 이 모임의 회원이 되라는 권유를 받는다면 기꺼이 수락할 거라는 이야기였습니다. 제 기억이 맞는다면 찰스 와일드먼 경께서 제안하신 의견이었습니다."

법정 변호사 찰스 와일드먼은 위엄 있는 태도로 거대한 머리를 앞으로 살짝 숙였다.

"예, 언젠가 그런 제안을 한 적이 있는 것 같습니다."

로저는 말을 이었다.

"그 논의는 더 이어지지 못했습니다. 이유는 똑똑히 생각나지 않는군요. 그가 시험을 전부 통과할 수는 없을 거라는 의견을 누군가 냈던 것으로 기억합니다만. 어찌됐든 벤딕스 씨의 이름이 화제에 오른 적이 있었다는 점을 놓고 봐도 그는 어느 정도 범죄학자의 자질을 지녔다고 할 수 있을 겁니다. 그에게 닥친 끔찍한 비극에 대해 우리가 동정심을 품게 되는 이유에는 그에 대한 개인적인 관심도 포함되어 있을 겁니다. 저처럼 그와는 별다른 일면식도 없는 사람조차 말입니다."

"맞아요, 정말 그래요!"

테이블 오른편에 앉아 있던 키가 크고 아름다운 여인이 또렷한 어조로 말했다. 그녀가 "맞아요, 정말 그래요!"라고 말하는 모습에는 아무도 그런 말을 하지 않았을 경우 적당한 때를 골라 무게 있게 입을 여는 데 익숙한 태도가 엿보였다. 그녀는 소설가 얼리샤 대머스였다. 그녀는 여성 단체를 꾸려나가는 일에 기쁨을 느끼고, 자애롭고 진심 어린 태도로 다른 사람의 말을 즐겁게 경청하며, 충실한 보수당 당원임에도 사회당의 정책도 열렬하게 지지하는 사람이었다.

"그리하여 저는 우리가 그에게 느끼는 동정심을 실용적인 방향으로 전환할 것을 제안하는 바입니다."

로저는 자신의 제안을 간단히 요약했다.

사람들이 그의 말에 열렬한 관심을 보이고 있다는 사실은 자명했다. 찰스 와일드먼은 숱 많고 희끗희끗한 눈썹을 치켜세웠다. 평소 그는 눈썹 아래를 찡그린 채, 자기 의뢰인이 부정하다고 믿는 검찰 측 증인을 혐오스럽다는 듯 쳐다보곤 했다. 그 태도는 증인에겐 꽤 위협적이었다. 찰스 경은 넓은 리본이 달린 금테 안경을 좌우로 흔들었다. 그의 맞은편에는 키가 작고 동글동글한 필더플레밍 부인이 앉아 있었다. 그녀의 소박한 외모는 하인들이 쉬는 일요일에는 직접 주방으로 들어가 멋들어진 요리를 내놓는 사람 같다는 느낌을 주지만, 사실은 외모가 주는 이미지와는 놀랄 정도로 다르게 큰 인기를 끈 연극 대본을 여러 편 쓴 사람이었다. 그녀는 대머스의 팔꿈치를 쿡쿡 찌르고는 손으로 입을 가리고 무엇인가 속삭였다. 앰브로즈 치터윅이 부드러운 푸른색 눈을 깜빡이는 모습은 총명한 암염소 같았다. 탐정소설가만 홀로 냉정하고 무표정한 태도로 앉아 있었는데, 그는 위기의 순간이 닥치면 자신이 가장 좋아하는 탐정의 행동을 흉내내는 버릇이 있었다. 극도로 흥분되는 순간에 언제나 무표정한 태도를 취하는 것이다.

로저는 말을 이었다.

"저는 런던 경찰청에 이 계획을 알렸습니다. 그곳 경찰들은 이 계획에 대해 조금도 격려해주지는 않았습니다만 그렇다고 해가 될 만한 점도 발견해낼 수도 없었을 겁니다. 그리하여 경찰이 주저하기는 했지만, 어쨌든 이 계획의 실행에 대한 공식적인 허가를 받아 들고 경찰청을 나설 수 있었습니다. 이 모든 계획을 머릿속에 처음 떠올렸을 때도 같은 생각을 했지만 이렇게 허가를 받았다는 점은 한 가지 사실을 의미합니다."

로저는 극적인 효과를 내기 위해 잠시 말을 멈추고 주변을 둘러보았다.

"경찰이 벤딕스 부인의 살인범을 체포하려는 희망을 사실상 포기했다는 사실입니다."

사방에서 고함이 터져 나왔다. 일부는 실망감에서 일부는 혐오감에서 일부는 경악에서 비롯된 것이었다. 사람들의 눈이 모조리 모르즈비에게 쏠렸다. 이 신사는 사람들의 시선이 자신에게 못박혀 있다는 사실을 깨닫지 못한 듯, 마치 쏟아지는 고함 중에 친절한 내용이라도 들리기를 기대하는 것처럼 귓가로 시가를 들어올린 채 골똘하게 귀를 기울이고 있었다.

로저가 구원에 나섰다.

"이 정보는 기밀 사항입니다. 이 방 밖에서 이 사실을 누설할 분은 없을 테지만요. 분명한 사실입니다. 공식 수사는 말 그대로 아무런 성과도 거두지 못하고 종료되었습니다. 물론 새로운 단서가 드러날 거라는 희망은 항상 품고 있지만, 경찰 당국은 그런 일이 일어나지 않는다면 더이상 수사에 진전이 없을 거라는 결론을 내린 상태입니다. 따라서 경찰이 손을 놓은 지점에서부터 우리 모임이 이 사건을 살펴보자는 것이 제 제안입니다."

그는 자신을 쳐다보고 있는 사람들의 얼굴을 기대하는 시선으로 바라보았다. 사람들은 모두 한 가지 질문을 던지고 싶은 표정을 하고 있었다.

로저는 열의에 차 자신의 평소 말투를 잊어버린 채 소탈하게 말을 이었다.

"자, 보시죠. 우리는 판단력이 날카로운 사람들입니다. 이 중 바보는 한 사람도 없어요. 내 친구 모르즈비에게는 미안하지만, 경찰처럼 융통성 없는 수사 방법에 얽매일 사람들도 아니죠. 우리 여섯 명이 분발해서 독립적으로 조사를 해나간다면, 우리 중 한 명은 경찰이 멈춘 지점, 까놓고 말해서 경찰이 실패한 지점에서 성과를 거

둘 수도 있지 않겠습니까? 가능성이 없는 일이라고는 생각하지 않아요. 어떻게 생각하십니까, 찰스 경?"

명망 높은 법정 변호사는 낮은 소리로 웃음을 터뜨렸다.

"셰링엄 씨, 확실히 흥미로운 생각이로군요. 하지만 제안을 조금 더 자세히 설명해주실 때까지 판단은 보류하겠습니다."

"전 굉장히 멋진 계획이라고 생각해요, 셰링엄 씨." 법률적인 사고방식 따위에 휘둘리지 않는 필더플레밍 부인이 외쳤다. "오늘 저녁부터 시작했으면 좋겠는데요."

그녀의 통통한 두 뺨이 흥분으로 떨리는 모습이 똑똑히 보였다.

"얼리샤는 어때요?"

"가능성은 있는 이야기네요."

그녀는 미소를 지었다.

"사실 저는 이미 나름대로 이 사건에 대한 추론을 해봤습니다."

탐정소설가가 무심한 태도를 유지한 채 말했다. 그의 이름은 퍼시 로빈슨이었다. 그는 모턴 해러게이트 브래들리라는 필명으로 작품을 발표했는데, 그 이름이 단순한 미국 시민들에게 깊은 인상을 심어주었는지 자신의 처녀작을 3판이나 찍어냈다. 미국인들은 이해하기 힘든 심리적인 이유로 언제나 기독교인다운 성씨에 깊은 인상을 받곤 하며, 그런 현상은 이름이 어쩌다 영국의 해수욕장 이름과 일치하는 경우 특히 심하게 발생하기 마련이었다.

앰브로즈 치터윅은 아무 말도 하지 않은 채 부드럽고 환한 미소만 지을 뿐이었다.

로저가 이야기를 시작했다.

"자, 물론 세세한 점에 대해서는 자유롭게 논의를 거쳐도 좋습니다. 하지만 만일 우리가 이 일에 착수하기로 결정한다면, 제 생각에는 각자 조사를 하는 것이 훨씬 재미있을 겁니다. 여기 계신 모르즈비 경감님이 경찰이 알아낸 단순 정보들을 알려주실 겁니다. 경감님은 이 사건을 담당하지는 않으셨지만, 이 사건과 관계된 한두 건의 범죄를 다루신 적이 있기 때문에 관련 사안에 대해서는 굉장히 정통하십니다. 게다가 경감님은 굉장히 친절하게도 오늘 저녁에 할 이야기에 빠뜨리는 점이 없도록 런던 경찰청에서 서류를 살펴보느라 오후 대부분을 보내셨습니다.

경감님에게 이야기를 듣고 나서 곧바로 추론을 끝내 말씀하실 분도 계시겠지요. 확답을 내기 전에 좀더 확인해보고 싶은 조사 방향을 떠올리실 분도 계실 겁니다. 어떤 경우든 가설을 확립하고 이를 입증하며 런던 경찰청에서 수집한 단서들을 설명하기까지, 우리 모두 일주일의 시간을 갖는 것은 어떻겠습니까? 그 시간 동안 회원들은 사건에 대한 의견을 나누지 않는 겁니다. 그럴 리는 없을 거라고 생각하지만, 어쩌면 아무 성과도 없을 수도 있습니다. 어쨌든 굉장히 재미있는 범죄학 실습이 될 겁니다. 각자 선호하는 방향에 따라 실질적인 훈련이 될 수도, 학문적인 연습이 될 수도 있겠지요. 무엇보다 흥미로운 것은 우리 모두 같은 결론에 도달할 수 있을지에 대한 여부일 겁니다. 신사 숙녀 여러분, 지금부터 토론에 들어가겠습니다. 아니면 다른 적절한 의견을 제기하셔도 좋습니다. 다시 묻겠습니다. 제 제안이 어떻습니까?"

로저는 할말은 다 했다는 듯 자리에 앉았다.

그의 엉덩이가 의자에 닿기도 전에 첫 번째 질문이 날아들었다.

"셰링엄 씨, 지금 우리더러 밖으로 나가서 탐정 행세를 하라는 건가요, 아니면 경감님이 알려주신 단서에 근거해서 보고서를 쓰라는 건가요?"

얼리샤 대머스가 물었다.

"각자 선호하는 방식을 택하면 될 것 같습니다. 제가 이 일이 어떤 분에게는 실질적인 훈련이, 어떤 분에게는 학문적인 연습이 될 거라고 말한 것은 그런 뜻이었습니다."

"하지만 셰링엄 씨, 당신은 우리보다 실제 경험이 훨씬 많잖아요."

필더플레밍 부인은 입을 부루퉁하게 내밀었다. 부루퉁하다는 표현 그대로였다.

"경찰은 저보다 경험이 훨씬 더 많습니다."

로저가 반박했다.

"아마 연역적인 방식을 쓰느냐 귀납적인 방식을 쓰느냐에 달려 있겠군요. 전자 쪽을 선호하는 사람은 경찰이 수집한 단서를 바탕으로 추론을 할 테고, 마무리 단계에서 한두 가지 정도 확인할 때를 빼면 직접 조사에 나설 필요는 없겠죠. 하지만 귀납적인 방식을 택한다면 상당 부분 직접 조사에 뛰어들어야 할 겁니다."

모턴 해러게이트 브래들리가 발언했다.

"그렇습니다."

로저가 말했다.

"이 나라에서는 경찰이 수집한 단서와 연역적인 추론의 결합으로 수많은 강력 사건이 해결된 바 있습니다. 이번에 저는 이쪽 방법에 기대겠습니다."

찰스 와일드먼 경이 이렇게 선언했다.

"이 사건에는 특별한 점이 하나 있습니다." 브래들리가 혼잣말을 하듯 중얼거렸다. "범인에게 한달음에 접근할 수 있다는 점이죠. 줄곧 그 생각을 했었습니다. 저는 이 지점에 집중하겠습니다."

"조사할 가치가 있는 단서를 찾는다 하더라도, 저로서는 어디서부터 시작해야 할지 도통 모르겠습니다."

치터윅이 어물어물 이야기를 꺼냈지만 아무도 그가 한 말을 듣지 못했기 때문에 문제가 되지 않았다.

"이 사건에 대해 갑자기 이런 생각이 들었어요." 얼리샤 대머스가 낭랑한 목소리로 말했다. "제 말은 순수한 사건만 놓고 봤을 때 여기에는 흥미로운 심리적 요소가 하나도 없다는 거예요." 실제로 입 밖에 내지는 않았지만 그녀 개인적으로는 이 사건에 참여할 가치가 없다는 말투였다.

"모르즈비 경감님이 해주시는 이야기를 듣고 나면 그런 말씀은 하지 못할 거라고 생각합니다. 우리는 신문에 보도된 것보다 훨씬 많은 이야기를 듣게 될 겁니다."

로저가 정중하게 말했다.

"어서 들어봅시다."

찰스 경이 불쑥 말했다.

"그러면 다들 동의하신다는 말씀입니까?" 로저는 새 장난감을 선물받은 어린아이처럼 기뻐하며 주변을 둘러보았다. "여러분 모두 참여하시는 겁니까?"

그의 말에 뒤이어 사람들의 열정적인 대답이 뒤따랐으나, 한 사람만은 침묵을 지키고 있었다. 앰브로즈 치터윅은 여전히 결정을 내리지 못하고 있었다. 설사 조사해볼 필요가 있는 점이 드러나더라도 어떻게 조사를 진행해야 할지 여전히 몰랐기 때문이다. 그는 백 명은 족히 되는 전직 탐정들의 회상록을 탐독한 적이 있었다. 모두 커다란 검정 부츠를 신고 중산모를 쓴 진짜 탐정들의 회상록이었다. 그러나 지금 그 두꺼운 책들(정가는 18실링 6펜스였지만 몇 개월 후에는 18펜스에 팔리는 신세였다) 속에 담긴 내용 중에서 기억해낼 수 있었던 것은, 진짜 탐정이라면 성과를 거두고자 할 때 가짜 수염을 다는 대신 간단하게 눈썹을 미는 쪽을 택한다는 사실뿐이었다. 치터윅에게 이는 사건 해결을 위한 법칙으로 삼기에는 불충분해 보였다.

모르즈비 경감이 주저하며 자리에서 일어나기도 전에 요란한 대화 소리가 울려 퍼졌다. 그 때문에 치터윅이 겁을 먹었다는 사실은 다행히 아무도 알아차리지 못했다.

002

자리에서 일어난 모르즈비 경감은 얼굴을 붉힌 채 자신에게 쏟아지는 박수갈채를 받은 후, 이야기를 해달라는 요청에 감사를 표하며 도망치듯 의자에 앉았다. 그는 손에 쥐고 있는 서류 다발을 참고하여, 열렬히 귀를 기울이는 청중들에게 때 이른 죽음을 맞은 벤딕스 부인에 관련된 이상한 정황을 설명하기 시작했다. 그가 했던 말을 그대로 옮기는 대신 요점만 추리고 이야기 중간중간 끼어드는 추가적인 수많은 질문을 빼버리면, 그가 했던 이야기의 골자는 다음과 같다.

11월 15일 금요일 오전, 그레이엄 벤딕스는 피카딜리 대로에 있는 레인보 클럽으로 걸음을 옮겼다. 대략 오전 10시 30분쯤, 그는 클럽에 도착하여 자신에게 온 편지가 있느냐고 물었다. 수위가 그에게 편지 한 통과 회람 두 통을 건네주자, 그는 편지를 읽기 위해 홀에 있는 벽난롯가로 다가갔다.

그가 편지를 읽는 사이 다른 회원 한 명이 클럽으로 들어왔다. 중년의 준남작 유스터스 페네파더였다. 그는 버클리 스트리트 모퉁이 부근에 아파트가 있었지만, 대부분의 시간은 레인보 클럽에서 보냈다. 수위는 유스터스 경이 안으로 들어오자 매일 그랬던 것처럼 시계를 쳐다보았다. 시계는 정확히 10시 30분을 가리키고 있었다. 시간에 대해서는 수위가 확실히 못을 박았기 때문에 이 점에 관해서는 의심의 여지가 없었다.

유스터스 경에게는 편지 세 통과 소포 한 통이 와 있었다. 그 역시 우편물을 받아들고 이를 개봉하기 위해 벽난롯가로 향했다. 벤딕스의 근처에 다다르자 그와 목례를 나누었다. 두 사람은 간신히 안면만 튼 사이였고, 이제까지 나눈 대화를 합해도 아마 여섯 마디를 넘지 않았을 터였다. 당시 홀 안에는 다른 회원들은 없었다.

유스터스 경은 편지 겉봉을 훑어보며 소포 포장을 뜯다가 넌더리를 내며 코웃음을 쳤다. 벤딕스가 무슨 일이냐는 듯 쳐다보자 유스터스 경은 툴툴대더니 소포 안에 들어 있던 편지를 내밀고 최신 영업 방식에 대한 상스러운 반응을 쏟아냈다. 벤딕스는 웃음을 감추며 편지를 읽었다. 클럽 회원들은 유스터스 경의 버릇과 견해를 일종의 도락으로 받아들였기 때문이다. 편지는 대형 초콜릿 제조업체인 메이슨 앤드 선스사에서 보낸 것으로, 최근 세련된 미각을 가진 사람들을 겨냥해서 리큐어 초콜릿 신제품을 시장에 선보였다는 내용이 적혀 있었다. 아마 유스터스 경이 거기 해당하는 미식가였던 모양이었다. 편지에는 동봉한 일 파운드짜리 초콜릿 한 상자를 받아준다면 메이슨 가문의 영광이 될 것이며, 이 상품에 대해 어떤 비평이나 감상이라도 들려준다면 칭찬보다 값진 이야기로 새겨듣겠다는 것이었다.

"이놈들이 나를 빌어먹을 딴따라 계집애쯤으로 본 거 아냐!" 걸핏하면 화를 내던 유스터스 경은 이번에도 씩씩거렸다. "망할 초콜릿 따위에 추천서를 써달라고? 헛소리하지 말라고 해! 빌어먹을 이사회에 단단히 따져야겠군. 이따위 물건을 감히 여기 들여놓게 할 줄 알고."

모두가 알다시피 레인보 클럽은 1735년에 문을 연 레인보 커피하우스를 시작으로 지금까지 역사를 이어온 곳으로, 클럽은 특권층에게만 한정된 공간이라는 자부심을 품고 있었다. 왕가의 핏줄을 받은 가문조차 커피하우스에서 이어진 이 클럽만큼 기준이 까다롭지는 않을 터였다.

"뭐, 제가 걱정했던 것만큼의 재난은 아니군요." 벤딕스가 그를 달랬다. "이걸 보니 문득 떠올랐습니다. 저는 내기에서 진 죄로 초콜릿을 사 가야 합니다. 어제저녁 아내와 함께 임페리얼 극장 특별석에서 연극을 관람했는데, 2막이 끝날 때까지 아내가 범인을 알아맞히지 못할 거라는 내기를 했지 뭡니까. 저는 초콜릿 한 상자를, 아내는 담배 백 개비를 걸었습니다. 그리 나쁜 작품은 아니었습니다. 〈삐걱거리는 해골〉이라는 연극입니다. 보신 적 있습니까?"

"그딴 걸 볼 것 같습니까?" 흥분을 가라앉히지 못한 유스터스 경이 대꾸했다. "엉덩이를 붙이고 앉아서 빌어먹을 멍청이들이 떼거지로 나와 번쩍거리는 페인트를 칠하고 망할 장난감 총을 겨누며 허튼짓거리나 하는 꼴을 보다니요. 그보다는 더 나은 일이 있을 겁니다. 초콜릿 한 상자를 구한다고 하셨습니까? 뭐, 이 빌어먹을 물건이나 가져가시죠."

그의 제안으로 아끼게 된 돈은 벤딕스에게는 사소한 금액이었다. 그는 굉장히 부유한 사람으로, 당시에도 그런 초콜릿 상자를 백 개는 족히 살 정도의 현금은 지니고 있었을 터였다. 그러나 덕분에 수고를 덜었으니 그것만으로도 환영할 일이었다.

"정말로 필요 없으십니까?"

그는 예의상 사양하는 태도를 취했다. 유스터스 경은 대답을 여러 번 반복했지만 그중 확실히 알아들을 수 있었던 말은 단 한 마디뿐이었다. 그가 말하려는 바는 명백했다. 벤딕스는 감사를 표한 후 선물을 받아들었다. 자진해서 최악의 불행을 떠맡은 셈이었다.

분기탱천한 유스터스 경이나 벤딕스 본인이 초콜릿 상자를 포장했던 종이를 벽난로에 던져버리지 않았다는 사실은 특별한 행운이라고 할 수 있었다. 화가 나서 졸도할 지경이었던 준남작은 상자와 상자 안에 들어 있던 편지 및 포장지, 상자를 묶었던 끈을 모아 벤딕스의 손에 집어던지듯 쥐여주었다. 두 사람 모두 자신에게 온 편지 봉투는 불길 속에 던져버린 후였으니, 포장지가 남아 있다는 사실은 더욱 다행스러운 일이 아닐 수 없었다.

벤딕스는 안내데스크로 걸어가 상자를 맡기면서 보관해달라고 부탁했다. 초콜릿과 함께 건네받은 다른 물건들 역시 떠맡겼다. 수위는 상자를 한쪽에 두고는 포장지를 휴지통에 던져 넣었다. 동봉되어 있던 편지는 벤딕스가 걸어오는 사이 손에서 빠져나와 바닥으로 떨어지고 말았다. 몇 분 후 수위가 바닥을 치우다가 편지를 주워 쓰레기통에 집어넣었다. 나중에 이 편지도 포장지와 함께 경찰에서 회수했다.

두 물건은 살인 사건에 대한 세 가지 실질적인 단서 중 두 가지에 해당한다고 말해도 좋을 것이다. 세 번째 단서는 당연히 초콜릿이었다.

곧이어 닥칠 비극에서 주인공 세 사람은 아직 자신들의 운명을 모르고 있었다. 그중 유스터스 경이야말로 단연 돋보이는 인물이었다. 그는 일이 년 후에는 오십 줄에 접어드는 나이였고, 타오르는 듯한 붉은 얼굴에 떡 벌어진 풍채를 한 전형적인 구식 대지주였다. 행동거지나 말투 모두 전통적인 방식을 따랐다. 그 밖에도 전통적인 모습으로 보이는 구석이 있었지만, 이는 표면적인 모습에 불과

했다. 시골의 구식 대지주의 목소리는 중년을 지나면서 다소 허스키하게 변하기 마련이었지만, 위스키를 너무 마신 탓은 아니었다. 대지주들은 사냥을 즐겼고 유스터스 경 역시 탐욕적으로 사냥에 임했다. 시골 대지주들의 사냥감이 여우에 국한되었다면, 유스터스 경은 포식 취향의 폭이 훨씬 넓었다. 요컨대 유스터스 경은 의심할 바 없이 부도덕한 귀족이었다. 그러나 그의 스캔들은 하나같이 대담했기 때문에, 대부분의 남자들은 착한 사람이건 나쁜 사람이건 제법 그를 좋아했다. (예외도 있었는데, 소수의 남편들과 한두 명의 아버지 정도일 터였다.) 그리고 여성들은 그의 허스키한 목소리에 쉽게 빠져들었다.

그와 비교하자면 벤딕스는 나름 평범한 사람이었다. 그는 큰 키에 피부색이 어두웠으며 쩨쩨하다고는 할 수 없는 이십팔 세의 남자였다. 조용하고 다소 내성적이었으며 어느 정도는 인기가 있었지만 사람을 끌어당기는 성격은 아니었고, 묵묵히 친절을 발휘하는 성품이지 필요 이상의 호들갑을 떨며 환대를 하는 사람으로는 보이지 않았다.

그는 오 년 전 아버지를 여읜 이후 부자가 되었다. 아버지가 토지 사업으로 큰돈을 벌었기 때문이다. 기이할 정도의 선견지명을 발휘하여 개발되지 않은 땅을 사들였고, 이후 그 주변의 땅 주인들이 돈을 들여 주택 및 공장을 세우자 원래 치렀던 땅값의 열 배가 넘는 차익이 남았다.

"가만히 앉아서 다른 사람들이 너를 부자로 만들게 해라."

이것이 그의 인생철학이었고, 입증된 타당한 격언이었다. 그의 아들은 전혀 일할 필요가 없는 수입원을 상속받았을 뿐만 아니라 아버지의 기질까지 물려받았다. 그가 다소 겸연쩍은 말투로 설명한 것에 따르면, 돈이 될 것처럼 보이는 사업에 뛰어드는 이유는 세상에서 가장 흥분되는 게임인 사업에 순수한 애정을 품고 있기 때문이었다.

돈은 돈을 부르기 마련이다. 그레이엄 벤딕스는 큰돈을 물려받았고 자신이 큰돈을 벌었으니, 결혼 역시 돈과 한 것은 당연한 일이었다. 그와 결혼한 여자는 리버풀 출신 선주의 딸로 부모님을 여윈 고아였다. 그녀는 벤딕스에게 오면서 그에게는 불필요한 약 오십만 파운드에 근접한 재산을 가져왔다. 그녀의 재산이 아니더라도 그녀는 그에게 필요한 존재였다. 그의 친구 말에 따르면 그녀가 동전 한 푼 갖고 있지 않았더라도 그가 그녀와 결혼하는 것은 필연적인 운명이었다.

그녀는 그가 좋아하는 유형에 꼭 들어맞는 사람이었다. 키가 크고 생각이 깊었으며 훌륭한 교양을 갖춘 여성이었다. 여기에 성격이 확고히 형성되지 않을 정도로 마냥 어린 나이도 아니었으니(삼 년 전 벤딕스와 결혼했을 당시 그녀의 나이는 이십오 세였다), 그에게는 이상적인 부인이었다. 그녀가 어떤 점에서는 청교도적인 면이 있는지도 몰랐다. 그러나 조앤 컬럼프턴이 청교도인이라면, 벤딕스 자신 또한 청교도가 될 준비가 되어 있었다.

벤딕스는 나이를 먹고 성장한 이후의 모습과는 달리 어린 시절에는 보통 그렇듯 상당한 난봉꾼이었다. 다시 말해 극장 뒷문을 통하여 여배우와 밀회를 즐기는 일도 그에게는 특별한 일이 아니었다. 연약하고 솜털이 보송보송한 아가씨와 관련해 그의 이름이 언급된 적은 한두 번이 아니었다. 요컨대 그는 도락을 즐기며 살았고 이를 비밀로 하려고 들지도 않았다. 지나치게 많은 재산을 가졌지만 인생 경험은 별로 없는 젊은이가 으레 할 법할 행동이었다. 그러나 또다시 보통 그렇듯이, 모든 도락은 결혼과 함께 끝나버렸다.

그는 드러내놓고 아내를 숭배했으며 다른 사람이 알든 말든 신경쓰지 않았다. 아내의 입장은 덜 분명했지만 그녀도 마찬가지로 자신의 감정에 솔직하다는 것이 세간의 평이었다. 이처럼 벤딕스 부부는 서로에게 거침없는 애정을 표하며, 현대사회의 여덟 번째 불가사의인 행복한 결혼 생활을 이루는 데 성공한 것처럼 보였다.

이런 결혼 생활 한가운데에 천둥소리처럼 요란하게 초콜릿 상자가 떨어지고 말았다.

"벤딕스 씨는 초콜릿 상자를 수위에게 맡긴 후 유스터스 경이 있던 라운지로 향했습니다." 모르즈비는 해당 대목이 적힌 부분을 찾아 서류 뭉치를 이리저리 넘기며 말을 이었다. "그는 그곳에서 《모닝 포스트》를 읽고 있었습니다."

로저는 고개를 끄덕였다. 유스터스 경이 읽을 만한 신문은 《모닝 포스트》 말고는 달리 없었으니까.

벤딕스는 계속해서 《데일리 텔레그래프》를 탐독했다. 그날 아침 그는 꽤 한가했다. 참석해야 할 이사회도 없었고, 비 오는 평범한 십일월의 날씨 속으로 그를 불러낼 만큼 흥미로운 사업거리도 눈에 띄지 않았다. 특별히 할 일 없이 신문을 읽고 주간지를 훑어보다가, 마찬가지로 무료해하는 다른 회원과 내기 당구를 치며 남은 오전 시간을 흘려보냈다. 약 12시 30분이 되자 그는 초콜릿 상자를 찾아 들고 점심 식사를 하러 이턴 스퀘어에 있는 집으로 돌아갔다.

벤딕스 부인은 그날 점심 식사는 집에서 하지 않겠다고 하녀에게 말을 해둔 터였지만, 약속이 취소되는 바람에 집에서 식사를 하게 되었다. 식사가 끝난 후 벤딕스는 아내와 함께 응접실에서 커피를 마시며 그녀에게 초콜릿 상자를 건네주고는 어떻게 얻게 되었는지 설명해주었다. 벤딕스 부인은 웃음을 지으며 자신에게 초콜릿 한 상자도 직접 사주지 않는다며 쩨쩨하다고 놀려댔지만, 이 회사의 다양한 초콜릿에 흥미를 보이며 이것도 괜찮다고 용서해주었다. 조앤 벤딕스는 맛있는 초콜릿에 대한 평범한 여성다운 호기심을 거부할 만큼 꽉 막힌 사람은 아니었다.

그러나 초콜릿의 외양은 그녀에게 그리 깊은 인상을 주지 못했다.

"퀴멜, 키르슈, 마라스키노• 정도네."

그녀는 손가락으로 은박지 포장이 되어 있는 초콜릿 사이를 휘저으며 말했다. 포장지 위에는 저마다 단정한 푸른색 활자로 초콜릿 속에 무엇을 채워 넣었는지 적혀 있었다.

"다른 건 없는 것 같네. 신상품은 못 찾겠는데요, 그레이엄. 평소에도 팔고 있는 리큐어 초콜릿 중에서 이 세 종류만 따로 골라 담아놓은 것 같아요."

"그렇소? 그게 뭐 문제가 되나? 술 들어간 초콜릿은 다 똑같은 맛이 나던데."

초콜릿을 별로 좋아하지 않았던 벤딕스는 무심한 태도로 대답했다.

"당연하죠. 초콜릿 상자도 예전이랑 똑같은걸요."

벤딕스 부인은 상자 뚜껑을 살펴보며 불평했다.

"시제품이어서 그런 거 아니겠소? 아직 신제품을 넣을 상자를 제작하지 못했을 수도 있고."

"아무리 봐도 전혀 차이가 없는데." 벤딕스 부인은 퀴멜 초콜릿 포장지를 벗기며 딱 잘라 말하고는 상자를 남편에게 내밀며 물었다. "하나 드셔보실래요?"

그는 고개를 흔들었다.

"고맙지만 괜찮아요, 여보. 내가 그런 거 먹지 않는 거 알면서."

"뭐, 그래도 제대로 된 초콜릿을 사 오지 않았으니 맛보기라도 해서 속죄를 해야죠. 받아요!"

그녀는 초콜릿을 하나 던졌다. 그가 초콜릿을 받는 순간 그녀는 미묘하게 얼굴을 찡그렸다.

"아, 내 생각이 짧았어요. 전혀 다른 맛이에요. 풍미가 스무 배는 더 강한 것 같아요."

"흠, 적어도 그 정도 맛은 나야지."

벤딕스는 리큐어 초콜릿라는 이름으로 팔리는 빈약한 맛의 초콜릿을 생각하며 미소를 지었다. 그는 아내에게 받은 초콜릿을 입에 넣고 깨물었다. 입안이 타는 듯했다. 견딜 수 없을 정도는 아니었지만 초콜릿 속에서 흘러나온 리큐어는 빈말로라도 맛있다고는 할 수 없을 정도였다.

"맙소사! 엄청나게 맛이 강한데. 리큐어가 아니라 그냥 위스키를 썼다고 해도 믿겠군."

그는 큰 소리로 불평했다.

"어휴, 그런 짓을 했으려고요." 그녀는 초콜릿을 하나 더 집어 들고 포장을 벗겼다. "하지만 엄청나게 맛이 강한 건 맞아요. 리큐어 배합을 달리한 게 분명해요. 정말로 입이 타버릴 것 같아요. 맛이 있는지 없는지도 모르겠네. 키르슈가 들어간 건 아몬드 풍미가 너무 강하군요. 이건 좀 낫네요. 마라스키노 한번 드셔보세요."

그는 아내의 비위를 맞춰주려 초콜릿을 하나 더 먹어보았지만 여전히 역겨운 맛이었다.

● **퀴멜, 키르슈, 마라스키노** _ 모두 리큐어 내지는 칵테일 이름이다.

“이상하군.” 그는 혀끝으로 입천장을 더듬으며 말했다. “혀에 감각이 거의 없어요.”

“저도 처음에는 그런 느낌을 받았어요.” 그녀는 그에 말에 공감을 표했다. “지금은 엄청나게 얼얼하고요. 음, 키르슈랑 마라스키노 맛에 무슨 차이가 있는지도 모르겠어요. 둘 다 입이 타는 것 같은데! 이 맛이 좋다고 해야 할지 아니라고 해야 할지 갈피를 못 잡겠네요.”

“난 싫군.” 벤딕스는 단호하게 말했다. “뭔가 이상한데. 당신도 더는 먹지 않는 게 좋을 것 같아요.”

“뭐, 시제품이라는 게 다 이렇죠.”

잠시 후 벤딕스는 시내에 약속이 있어 집을 나섰다. 그가 아내와 헤어질 때까지도 그녀는 여전히 초콜릿을 먹으며 이것들이 입에 맞는다고 해야 할지 하지 말아야 할지 고심하고 있었다. 그녀가 그에게 마지막으로 남긴 이야기는, 또다시 입이 못 견디도록 타오르는 것 같아 더이상은 못 먹을 것 같다는 말이었다.

“벤딕스 씨는 당시 나눈 대화를 똑똑히 기억하고 있습니다.” 모르즈비는 자신에게 몰두한 사람들의 얼굴을 둘러보며 말했다. “왜냐하면 그때가 아내가 살아 있는 모습을 본 마지막 순간이었기 때문입니다.”

응접실에서 두 사람이 대화를 나눈 시간은 대충 2시 15분에서 2시 30분 사이였다. 벤딕스는 3시에 시내에서 약속이 있었고, 약 삼십분 동안 용무를 처리한 후 차를 마시기 위해 택시를 타고 클럽으로 돌아왔다.

그는 사업 이야기를 나누는 동안 몸 상태가 극심하게 악화되어 택시를 타고 오는 동안 거의 쓰러질 뻔했다. 택시 기사는 수위와 함께 그를 부축해서 클럽 안으로 데리고 들어가야 했다. 두 사람이 묘사한 바에 따르면 벤딕스의 상태는 죽은 사람처럼 얼굴이 창백했고 헛것을 보는 듯한 시선에 입술은 흙빛이었으며 식은땀으로 목이 축축했다는 것이었다. 하지만 정신만은 또렷한 듯하여, 두 사람이 그를 데리고 계단을 올라가려 하자 수위의 부축을 받은 채 라운지 안으로 걸음을 옮길 수도 있었다.

수위는 그의 모습에 크게 놀라 즉시 의사를 부르려 했다. 그러나 절대로 법석을 떨지 않는 성격이었던 벤딕스는 만류하며 그저 급성 소화불량 정도일 뿐이니 몇 분 안에 괜찮아질 거라고 말했다. 몸에 받지 않은 음식을 먹은 게 분명하다고. 수위는 미심쩍었지만 그의 말에 따라 내버려두었다.

몇 분 후, 벤딕스는 자신의 몸 상태와 증상을 유스터스 페네파더 경에게 다시 설명했다. 그는 하루 종일 클럽에 죽치고 있다가 때마침 라운지에 들어선 참이었다. 벤딕스는 수위에게 했던 이야기에 한 가지를 덧붙였다.

"이제 생각해보니, 제게 주신 끔찍한 초콜릿 때문인 것 같습니다. 그걸 먹었을 때 뭔가 이상하다는 느낌이 들었거든요. 아내에게 전화를 걸어 저랑 똑같은 증상을 겪고 있는지 알아봐야겠습니다."

인정 많은 사람이었던 유스터스 경은 벤딕스의 모습에 수위 못지않게 놀라고 말았다. 게다가 이 상황이 자신이 준 초콜릿 탓일지도 모른다는 이야기를 듣자 당황스러운 마음을 감출 수가 없었다. 그래서 그는 움직이기 어려운 벤딕스를 대신해서 자신이 전화를 걸겠노라 제안했다. 벤딕스가 막 대답하려는 순간 갑자기 몸에 급격한 이상이 찾아왔다. 흐느적거리며 의자에 기대고 있던 그의 몸이 갑자기 꼿꼿하게 펴지며 경련했다. 그는 이를 악물었다. 흙빛이 된 입술이 벌어지며 흉물스러운 웃음을 짓는 듯한 표정이 드러났다. 두 손은 의자 팔걸이를 꽉 틀어쥐었다. 바로 그때 유스터스 경은 어떤 냄새를 맡았다. 모르고 지나칠 수 없을 정도로 강한 비터 아몬드 냄새였다.

이제 유스터스 경은 벤딕스가 자신의 눈앞에서 죽어가고 있다고 생각해서 기절할 정도로 놀랐다. 그는 수위에게 어서 의사를 부르라고 고함을 질렀다. 커다란 라운지 반대편에 있던 두세 명의 남자들이 그 소리를 듣고 (이 방이 생긴 이래 그렇게 큰 소리가 울려 퍼진 적은 한 번도 없었을 것이다) 즉시 달려왔다. 유스터스 경은 그들 중 한 사람을 보내 수위더러 지체하지 말고 가장 가까운 곳에 있는 의사를 불러오라고 지시했다. 그리고 다른 사람들에게는 경련을 일으키고 있는 벤딕스의 몸을 진정시키는 일을 도와달라고 부탁했다. 그들 모두 벤딕스가 독을 먹었다는 사실에는 의심의 여지가 없다고 생각했다. 그들은 지금 기분이 어떻고 뭐라도 해줄 수 있는 일은 없느냐고 물어보았지만 벤딕스는 대답하지 않았다. 아니, 대답할 수 없었다. 완전히 의식을 잃어버렸기 때문이다.

의사가 도착하기 전, 벤딕스의 집사로부터 당황스러운 목소리로 전화가 걸려왔다. 벤딕스가 그곳에 있는지, 혹시 있다면 벤딕스 부인이 심한 병에 걸렸으니 즉시 귀가해달라는 내용이었다.

이턴 스퀘어 근처 저택에 있던 벤딕스 부인에게도 남편과 똑같은 증세가 발생했다. 증상의 진행은 이쪽이 다소 빨랐다. 그녀는 남편이 집을 나선 후에도 약 삼십 분가량 응접실에 머물렀으니, 그사이에 초콜릿을 세 개 정도 더 먹었음이 틀림없었다. 그녀는 침실로 올라가 벨을 눌러 하녀를 불러 몸이 몹시 좋지 않으니 잠시 누워 있겠다고 말했다. 그녀 역시 남편처럼 자신의 증상을 심한 소화불량이라고 생각했던 것이다.

하녀는 탄산수소나트륨과 차탄산창연 등으로 만들어진 소화제를 1회 복용량만큼 덜어 뜨거운 물과 함께 그녀에게 가져다준 후, 누워 있는 그녀를 두고 침실을 떠났다. 그녀가 부인에 대해 묘사한 내용은 수위와 택시 기사가 벤딕스에 대해 했던 것과 정확하게 일치했다. 그러나 남자들과는 달리 하녀는 그다지 당황하지 않았다. 그녀가 나중에 인정하기로는, 벤딕스 부인은 평소 굉장히 식탐이 많아서 점심 식사를 과식했던 게 분명하다고 생각했다는 것이었다.

3시 15분, 벤딕스 부인의 방에서 거친 벨 소리가 울렸다.

하녀가 서둘러 계단을 뛰어올라가보니, 몸이 뻣뻣하게 굳은 채 의식을 잃은 부인의 모습이 눈에 들어왔다. 겁을 먹은 하녀는 부인의 의식을 회복시키려는 헛된 시도를 하며 몇 분가량의 귀중한 시간을 낭비했다. 그 후 아래층으로 내려가서 의사에게 전화를 걸었지만 평소 벤딕스 부부를 봐주던 주치의는 집에 없었다. 집사가 전화기 앞에서 반쯤 정신이 나가 어찌할 바를 모르는 하녀를 발견했다. 그제야 집사가 직접 다른 의사에게 연락을 취할 수 있었다. 집에 의사가 도착했을 때는 벤딕스 부인이 벨을 울린 후 거의 삼십 분이 지난 후였다. 상황은 돌이킬 수 없었다. 그녀는 의식불명 상태에 빠졌다. 의사는 할 수 있는 모든 조치를 다했지만 그가 도착한 지 십 분도 채 되지 않아 벤딕스 부인은 세상을 뜨고 말았다.

사실 집사가 레인보 클럽으로 전화를 걸었던 시점에서 그녀는 이미 사망한 후였다.

003

이 단계까지 이야기를 진행한 모르즈비는 호흡을 가다듬으며 원기를 회복하기 위해 잠시 말을 멈추었다. 이제까지 청중들은 그가 해주는 이야기에 흥미진진하게 귀를 기울였지만, 이야기 속에서 아무런 단서도 발견할 수 없었다. 그들이 듣고 싶었던 이야기는 경찰 수사에 대한 것이었다. 구체적인 수사 내용이 보도되었던 적도 없었을 뿐만 아니라 경찰의 공식적인 의견에 대한 작은 단서조차 드러난 적이 없었기 때문이다.

아마도 모르즈비는 사람들이 어떤 심정이었는지 짐작하고 있었던 것 같다. 잠시 휴식을 취한 후 작은 미소를 띠며 다음과 같이 말을 이었기 때문이다.

"자, 신사 숙녀 여러분, 이런 서론을 계속 끌고 나갈 생각은 없습니다. 하지만 사건을 전체적으로 파악하고자 한다면 여러분의 의욕이 넘치는 때를 이용해서 전체를 개괄해보는 것도 좋을 겁니다.

아시다시피 벤딕스 씨는 사망하지 않았습니다. 다행스럽게도 초콜릿을 두 개만 먹었으니까요. 그의 아내는 일곱 개나 먹었지요. 솜씨 좋은 의사가 제때 그를 치료했다는 점이 무엇보다 행운이었습니다. 반면 의사가 벤딕스 부인의 상태를 보았을 때는 손쓸 도리가 없었던 시점이었습니다. 하지만 무엇보다 벤딕스 씨는 초콜릿을 많이 먹지 않아서 증세가 빠르게 악화되지 않은 터라 의사가 그를 치료할 시간을 벌 수 있었습니다.

의사가 그가 먹은 독의 종류를 알았던 것은 아닙니다. 벤딕스 씨가 보인 증세와 비터 아몬드 냄새로 보아 고편도 기름을 마신 게 분명하다고 판단해서 청산 계열 독극물에 대한 처치를 했고, 자신의 판단에 확신이 서지 않아 한두 가지 처방을 추가했습니다. 어쨌든 독극물의 양은 치사량에 이르지 않았다는 사실이 판명되었죠. 그는 밤 8시가 되어서야 의식을 되찾았습니다. 사람들은 클럽에 딸린 침실 한 곳에 그를 뉘었고, 그는 다음날까지 그곳에서 기력을 회복하면서 지냈습니다."

이어지는 설명에 따르면, 런던 경찰청에서는 처음에는 벤딕스 부인의 사망과 벤딕스의 구사일생을 끔찍한 사고라고 판단했다. 하지만 경찰은 여인의 죽음이 경찰에 신고되고 독극물에 대한 사실이 밝혀지자 당연히 즉각 수사에 착수했다. 해당 지역을 담당하는 경위가 적절한 시점에 레인보 클럽에 도착했다. 벤딕스는 의식을 회복했지만 여전히 굉장히 쇠약해진 상태였기 때문에 경위는 의사의 허락을 받고 진술을 들어야만 했다.

경위는 그의 몸 상태에 대해 아직 확신할 수 없어서 아내의 사망 소식은 일단 숨긴 채 오로지 그가 겪은 상황에 대해서만 진술을 받았다. 서로 연관되어 있는 두 사건에서 한 건이 밝혀지면 다른 한 건도 명확해지리라는 사실은 분명했다. 경위는 단도직입적으로 벤딕스에게 독에 중독되었다는 사실을 알려주고, 어떻게 독극물을 먹게 되었는지 엄격히 따져 물었다. 어쨌든 그 점을 해명할 수는 있지 않겠는가?

벤딕스의 머릿속에 금세 초콜릿에 대한 생각이 떠올랐다. 그는 초콜릿의 타는 듯한 맛을 언급하고, 그 초콜릿 때문에 몸 상태가 나빠진 것 같다는 이야기를 유스터스 경에게도 이미 했다는 말을 덧붙였다.

이는 경위도 알고 있는 사실이었다. 벤딕스가 정신을 차리기 전에 그날 오후 그가 클럽에 돌아와 접촉했던 사람들에게 진술을 받아놓았기 때문이다. 경위는 수위의 진술을 듣고 택시 기사를 확보하기 위한 절차를 밟아둔 상태였다. 경위는 라운지에서 벤딕스 곁으로 모여든 사람들과도 이야기를 나누었고, 유스터스 경은 그에게 벤딕스가 초콜릿 이야기를 언급했던 일을 진술했다.

경위는 초콜릿 건에 대해 그리 무게를 두지 않았지만, 수사 절차를 따라 유스터스 경에게 당시 있었던 일에 대해 세세하게 진술을 받아두었다. 휴지통을 뒤져 소포를 싼 포장지와 동봉된 편지도 찾아냈다. 그리고 여전히 이 점에 대해 그리 무게를 두지 않았지만, 역시 수사 절차를 따라 벤딕스에게 초콜릿 건에 대해 신문을 진행했다. 그리고 그제야 사안의 심각성을 깨닫기 시작했다. 벤딕스는 아내와 함께 점심 식사 후에 초콜릿을 나눠 먹었고, 그 후 자신은 집을 나섰으며 아내는 자신보다 초콜릿을 더 많이 먹었다고 진술했기 때문이다.

그 순간 의사가 끼어들었다. 경위는 병실을 나서야만 했다. 그는 우선 벤딕스 저택에 출동해 있던 동료에게 전화를 걸었다. 응접실에 아직도 초콜릿 상자가 남아 있을지도 모르니 지체 없이 확보하라고 지시했다. 동시에 그는 상자 속에 대충 초콜릿 몇 개가 비어 있는지 물었다. 동료는 아홉 개 내지는 열 개 정도라고 대답했다. 벤딕스에게 얻은 정보로 설명할 수 있는 초콜릿 수는 예닐곱 개 정도였다. 경위는 전화를 끊은 후 런던 경찰청에 전화를 걸어 자신이 알아낸 정보를 보고했다.

이제 초콜릿에 관심이 집중되었다. 그날 밤 초콜릿은 런던 경찰청에 도착하자마자 감식과로 넘겨졌다.

모르즈비가 계속해서 말을 이었다.

"뭐, 의사의 진단이 크게 벗어나지는 않았습니다. 초콜릿에 들어간 독극물은 비터 아몬드 오일이 아니라 니트로벤젠이었습니다. 하지만 양쪽이 크게 차이가 있는 것 같지는 않더군요. 여러분들 중 화학 지식이 풍부하신 분이 계신다면, 이 물질에 대해 잘 아실 겁니다. 아몬드 향을 내기 위해서 이 물질을 비터 아몬드 오일 대신 싸구려 과자에 가끔 첨가한다는 사실은 저도 알고 있습니다. 요즘에는 좀 덜 쓰는 것 같지만요. 이 물질이 굉장히 강력한 독극물이라는 사실은 굳이 말씀드릴 필요도 없을 겁니다. 하지만 니트로벤젠을 상업적으로 가장 많이 사용하는 곳은 아닐린 염료 제조 공장입니다."

감식과의 예비 보고서가 나오자, 런던 경찰청은 처음 가설이었던 사고사라는 관점을 굳혔다. 이 독극물이 초콜릿 및 사탕 제조에 사용된다는 점은 명백했다. 그 과정에서 끔찍한 실수가 있었던 것이다. 제조사는 진짜 리큐어를 대신하는 값싼 대체물로 이 물질을 사용했고, 그러다 지나치게 많이 첨가하게 된 것이 분명했다. 은박지 포장에 적혀 있던 리큐어인 마라스키노, 퀴멜, 키르슈 모두 강하든 약하든 아몬드 향이 난다는 사실이 이 가설을 뒷받침했다.

그러나 사정 청취를 위해 경찰이 제조업체에 접근하기도 전에 다른 사실이 밝혀졌다. 여러 층으로 쌓여 있던 초콜릿 중 가장 위쪽에 있던 초콜릿에서만 독극물이 검출되었던 것이다. 아래쪽에 있는 초콜릿에서는 해로운 물질은 검출되지 않았다. 게다가 아래쪽에 놓여 있던 초콜릿 속 내용물은 포장지에 적힌 설명 그대로였지만 위쪽의 초콜릿에는 독극물 외에도 언급된 세 종류의 리큐어가 섞여 들어가 있었다. 예를 들어 마라스키노라고 적혀 있는 초콜릿 속에 마라스키노 단독으로 독극물과 혼합되어 있는 것이 아니었던 것이다. 보고서에 따르면, 아래 두 개 층에 있던 초콜릿에는 마라스키노나 키르슈, 퀴멜은 첨가되어 있지 않았다.

자세한 사항을 담고 있는 정식 보고서가 도착하자 다음과 같은 흥미로운 사실이 드러났다. 맨 위층에 놓인 초콜릿에는 저마다 세 종류의 리큐어와 더도 말고 덜도 말고 정확히 6미님•의 니트로벤젠이 들어 있었던 것이다. 초콜릿의 부피가 꽤 컸기 때문에 상당한 양의 리큐어 혼합액과 치사량에 이르는 독극물을 넣을 수 있는 여유 공간이 있었다. 이는 중요한 점이었다. 더 중요한 점은 바로 독이 든 초콜릿의 밑바닥에는 모두 구멍을 뚫었다가 녹인 초콜릿으로 막은 뚜렷한 흔적이 발견되었다는 사실이었다.

이제 경찰이 이 사건을 살인 사건으로 의심하는 것은 당연했다.

유스터스 페네파더 경을 살해하려는 계획적인 시도가 있었던 것이다. 이 살인미수범은 메이슨사의 초콜릿 리큐어를 한 상자 구해서 그중 아몬드 향기가 거슬리지 않는 종류의 초콜릿을 골라 제각기 작은 구멍을 뚫고 내용물을 빼낸 다음, 스포이드 같은 도구를 사용하여 적당량의 독극물을 주입한 후 아까 빼낸 내용물을 혼합해서 빈 곳을 채우고는 신중하게 구멍을 막고 은박지로 재차 포장한 것이다. 그야말로 쩨쩨할 정도로 용의주도한 작업이었다.

초콜릿 상자와 함께 확보한 편지와 포장지는 이제 무엇보다 중요한 증거품이 되었다. 경위는 이 물건들을 사라질 위험에서 구한 자신의 선견지명에 대해 스스로를 치하했다. 이 두 가지는 초콜릿 상자 및 남은 초콜릿과 함께 냉혹한 살인 사건의 유일한 물적 증거였다.

그의 상관이자 이 사건의 담당 경감은 이에 대해 경위와 의논한 끝에 메이슨 앤드 선스사의 총지배인을 찾아갔다. 그는 이 물건들이 손에 들어오게 된 경위에 대해서는 한마디도 하지 않은 채, 총지배인 앞에 편지를 내려놓고 이에 관련해서 몇 가지 질문에 답해줄 것을 요구했다. 그가 받은 질문은 다음과 같았다. 이런 편지는 얼마나 발송되었는가? 이 편지에 대해 알고 있는 사람은 누구인가? 유스터스 경에게 발송된 소포를 다룰 기회가 있었던 사람은 누구인가?

메이슨을 놀라게 하려던 것이 경찰의 바람이었겠지만, 소망의 결과는 메이슨이 경찰을 놀라게 한 내용과는 감히 비교조차 할 수 없었다.

"저기, 선생님?"

메이슨이 하루 종일 편지를 살펴볼 것 같은 모습을 보이자 경감

● **미님** _ 액체의 부피를 재는 최소 단위. 1미님은 약 0.0592ml이다.

은 그를 재촉했다.

메이슨은 편지 대신 경감에 대해 캐내려는 듯 초점을 그에게 맞춰 안경을 고쳐 썼다. 그는 덩치는 작았지만 꽤 험악한 인상을 풍기는 노인이었다. 허더즈필드의 뒷골목에서 태어나 산전수전을 다 겪은 사람으로, 그를 만난 사람들은 그 사실을 잊지 못했다.

"대체 이걸 어디서 얻은 게요?"

그가 물었다. 당시에는 아직 벤딕스 부인의 죽음에 대한 선정적인 기사가 언론에 실리기 전이라는 점을 유념해야 한다.

"편지를 발송한 일에 대해 질문하러 방문한 거지, 어디서 그걸 입수했는지 설명드리려고 온 것은 아닙니다, 선생님."

"그렇다면 당장 꺼지시오." 메이슨이 단호히 대답했다. 그리고 종합적으로 생각해보더니 다음과 같은 말을 덧붙였다. "런던 경찰청도 마찬가지고."

"미리 경고를 드려야겠군요, 선생님." 경감은 다소 당황했지만 그 사실을 감추려 엄숙한 태도를 유지했다. "제 질문에 대한 답변을 거부하시면 심각한 문제가 생길지도 모릅니다."

메이슨은 이 은밀한 협박에 겁을 먹기는커녕 격분하는 것 같았다.

"내 사무실에서 나가시오!" 고향 사투리가 튀어나왔다. "당신 술 취했소? 아니면 그저 농담 삼아 지껄이는 거요? 내가 그 편지를 보낸 적이 없다는 사실을 당신도 모르지 않을 텐데!"

경감이 놀라기 시작한 것은 이때부터였다.

"서, 선생님 회사에서 보낸 게 아니라고요?" 그는 술에 취한 듯한 기분이었다. 그가 미처 생각하지 못한 가능성이었기 때문이다. "그렇다면 위조된 편지란 말입니까?"

"내가 계속 그 말을 하고 있지 않소?"

노인은 숱 많은 눈썹 아래로 사나운 눈길을 쏘아 보내며 으르렁거렸다. 그러나 경감이 눈에 띄게 놀라는 모습을 본 그는 어느 정도 화를 누그러뜨렸다.

"선생님, 부디 제 질문에 가능한 한 자세하게 대답해주셨으면 합니다. 저는 지금 살인 사건을 수사하고 있습니다." 그는 잠시 말을 멈추고 교활하게 머리를 굴렸다. "살인범은 자신의 범행을 은폐하기 위해 선생님 회사에 무임승차한 것 같습니다."

경감의 교활함은 성공을 거두었다.

"그놈이 감히!" 노인은 고성을 질렀다. "빌어먹을 불한당 놈이! 무슨 질문이라도 하시오, 젊은이. 내 모두 대답해주리다."

겨우 대화가 이루어졌다. 경감은 지체 없이 질문을 시작했다.

이후 대화를 나누는 오 분 동안 그의 마음은 점차 무겁게 가라앉았다. 이제까지는 간단한 사건으로 예상하고 있었으나 실제로는 굉장히 까다로운 사건이라는 점이 빠르게 명백해졌다. 지금까지 그는 이 사건이 갑작스러운 충동에 의한 살인으로 판명될 것이라고 생각했다. 그의 상관들도 마찬가지였다. 메이슨사에서 일하는 누군가가 유스터스 경에게 원한을 품었다고 생각했던 것이다. 초콜릿 상자와 편지지는 그가(경감의 판단으로는 '그녀'일 가능성이 조금 더 높았다) 수중에 갖고 있던 물건일 공산이 컸다. 범인이 어떻게 범행 기회를 잡을 수 있었는지는 명백했다. 공장에서 사용하는 니트로벤젠이 가까이에 있으니 이를 범행 도구로 삼은 것은 자명한 이치였다. 이런 범인은 추적하기 쉬운 법이다.

그러나 이 행복한 추론은 폐기해야 할 것처럼 보였다. 우선 이 회사에서는 그런 편지를 보낸 적이 없었다. 게다가 여기서는 근래 신상품을 내놓은 적도 없었다. 만일 그렇다 할지라도 개인에게 견본품을 배포하는 것은 이 회사의 영업 방식이 아니었다. 따라서 편지는 조작된 것이다. 반면 범행에 사용된 편지지(기존 가설을 뒷받침하는 단서 중 유일하게 남은 자투리였다)는 노인이 판단하는 한 확실한 진품이었다. 단언할 수는 없지만 육 개월 전에 사용을 중단한 재고품이라는 게 거의 확실하다는 것이다. 첫머리에 인쇄된 회사 문구는 위조된 것일 수도 있지만 메이슨이 보기에는 그렇지 않았다.

"육 개월 전이라고요?" 경감은 슬픈 표정으로 물었다

"그쯤 됐을 거요." 메이슨은 이렇게 대답하더니 그의 앞에 놓여 있는 서류함에서 종이 한 장을 뽑았다. "이게 현재 우리가 사용하는 편지지요."

경감은 편지지를 살펴보았다. 차이가 명백했다. 새 편지지가 더 얇고 윤이 나는 재질이었다. 인쇄된 문구는 동일했다. 경감은 두 편지지에 찍힌 회사 문구를 인쇄한 인쇄소 이름을 적었다.

불행히도 예전에 쓰던 편지지의 견본은 구할 수 없었다. 메이슨은 즉시 옛 편지지를 찾으려 했지만 단 한 장도 남아 있지 않았다.

"사실 그 편지가 오래된 편지지에 작성되었다는 사실은 알고 있었습니다."

모르즈비가 설명했다.

"가장자리가 뚜렷하게 노란색으로 변색되어 있었으니까요. 지금 종이를 보여드릴 테니 직접 살펴보셔도 좋습니다. 조심해서 다뤄주시기 바랍니다."

한때 살인범이 사용했던 한 장의 종이가 자칭 탐정들 사이를 천천히 돌기 시작했다.

"긴 이야기지만 간략히 말씀드리기로 하겠습니다." 모르즈비는 말을 이었다. "프리스 스트리트에 있는 웹스터 인쇄소를 조사한 결과, 그쪽에서는 자신들이 제작한 종이라고 맹세라도 할 기세더군요. 말인즉슨 그 편지지는 진품이라는 뜻입니다. 참 재수가 없었습니다."

"그러니까 경감님 말씀은 이런 것이로군요." 찰스 와일드먼 경이 당당하게 끼어들었다. "인쇄 문구가 복제되었다면 작업을 한 인쇄업자를 찾아내는 것은 비교적 쉬운 일이다?"

"그렇습니다, 찰스 경. 범인이 자신이 보유한 소형 인쇄기를 사용해서 직접 제작한 것이 아니라면 말입니다. 하지만 그런 경우라 할지라도 추적이 가능했을 겁니다. 우리가 알아낸 사실은 살인범은 최근 육 개월 전까지 메이슨사의 편지지에 접근 가능한 자라는 것뿐입니다. 용의자를 특정 짓기에는 범위가 너무 넓습니다."

"처음부터 범죄에 쓸 목적으로 편지지를 훔친 거라고 생각하시나요?"

얼리샤 대머스가 물었다.

"그런 것 같습니다. 그리고 누가 살인범을 계속해서 보호해주는 것 같습니다."

포장지에 대해서는 메이슨도 아무런 도움이 되지 못했다. 이 포장지는 일반적으로 두루 쓰는 얇은 갈색 종이로, 아무 곳에서나 살 수 있는 물건이었다. 그 위에는 유스터스 경의 이름과 주소가 수동 인쇄기로 인쇄한 깨끗한 대문자로 찍혀 있었다. 그 점만으로 알아낼 수 있는 것은 전혀 없어 보였다. 소인에 따르면 이 소포는 밤 9시 30분에 스트랜드 대로 근처 사우샘프턴 스트리트 우체국에서 발송된 것이었다.

"우편물 수집은 8시 30분과 9시 30분에 각각 한 번씩 이루어집니다." 모르즈비가 설명했다. "따라서 우편물을 부친 시각은 그 사이였던 게 분명합니다. 이 소포는 꽤 작아서 편지용 우체통에 들어갑니다. 그리고 적절한 우편 요금에 맞는 우표가 붙어 있었습니다. 우체국은 10시에 문을 닫으니 창구에서 접수되지는 않았을 겁니다.

아마 이것도 살펴보고 싶으실 테죠." 사람들 사이에서 갈색 종이가 엄숙하게 움직이기 시작했다.

"초콜릿 상자랑 남은 초콜릿도 가져오셨나요?"

필더플레밍 부인이 물었다.

"아뇨, 부인. 상자는 메이슨사에서 평소에 쓰는 물건이었습니다. 그리고 초콜릿은 감식할 때 모두 써버렸습니다."

"세상에!" 필더플레밍 부인의 목소리에 실망의 빛이 그대로 드러났다. "지문이 찍혀 있을지도 모른다고 생각했어요."

"지문 감식은 이미 마쳤습니다." 모르즈비는 곧장 대답했다.

포장지가 사람들 사이를 오가는 동안 잠시 침묵이 흘렀다.

모르즈비는 말을 이었다.

"당연히 우리는 8시 30분에서 9시 30분 사이에 사우샘프턴 스트리트에서 우체통에 소포를 넣는 자를 목격한 사람이 있는지 조사를 해봤습니다. 하지만 결과는 신통치 않았습니다. 누가 무슨 이유로 유스터스 페네파더 경의 목숨을 노리려 하는지 어떤 실마리라도 찾을 수 있을까 해서 신중하게 유스터스 경과 이야기를 나눠보았지만 조그마한 단서도 얻을 수 없었습니다. 물론 그가 사망했을 시 누가 이득을 얻는지에 대해 통상적인 조사도 했습니다만 아무런 결과도 얻을 수 없었습니다. 재산 대부분은 아내에게 돌아가지만 그녀는 이혼 소송을 제기한 상태입니다. 현재 소송은 계류중이고 그녀는 해외에 체류하고 있습니다. 그녀의 행적을 추적해보기도 했지만 의심의 여지는 보이지 않았습니다. 게다가…….” 모르즈비는 전문가답지 않은 말을 한마디 덧붙였다. “그녀는 굉장히 훌륭한 여성이더군요.”

경감은 말을 이었다.

“우리가 아는 것이라고는 살인범은 아마도 여섯 달 전까지 메이슨 앤드 선스사와 관련이 있을지도 모르며, 소포가 발송된 날 밤 8시 30분부터 9시 30분 사이에 사우샘프턴 스트리트에 있었다는 사실이 거의 확실하다는 점 정도입니다. 여기서 우리는 벽에 부딪히고 말았습니다.”

모르즈비는 앞에 모인 아마추어 범죄학자들 역시 그런 심정일 것이라는 말을 굳이 덧붙이지 않았지만, 말투에서는 뚜렷하게 그런 태도를 내비치고 있었다.

침묵이 흘렀다.

“그게 전부입니까?”

로저가 물었다.

“전부입니다, 셰링엄 씨.”

모르즈비가 고개를 끄덕였다.

다시 침묵이 흘렀다.

“물론 경찰이 세운 가설도 있겠지요?”

모턴 해러게이트 브래들리가 초연한 태도로 질문을 던졌다.

모르즈비는 누가 봐도 주저하는 것처럼 보였다.

"어서 말씀하죠, 경감님." 로저가 그를 격려했다. "꽤 간단한 추론 아닙니까? 저도 알고 있습니다."

모르즈비는 로저의 말에 고무되었는지 입을 열었다.

"우리는 이 범죄가 미치광이 아니면 반쯤 미친 놈이 저지른 것이라고 믿는 쪽으로 기울어 있습니다. 아마도 유스터스 경과 개인적인 친분이 없는 사람일 겁니다. 아시다시피……."

이 대목에서 모르즈비는 다소 겸연쩍은 듯 보였다.

"아시다시피……." 그는 용기를 냈다. "제 표현을 용서해주시길 바랍니다. 유스터스 경의 인생에는 뭐랄까, 다소 문란한 점이 있습니다. 우리 런던 경찰청에서는 어떤 종교적 혹은 사회적 광신도가 세상에서 그를 제거하려는 임무를 수행한 것으로 보고 있습니다. 그의 자유분방한 행동 일부가 추문에 오른 적이 있다는 사실은 아실 겁니다.

아니면 단순히 살인광이 저지른 일일지도 모릅니다. 멀리 떨어져서 사람을 죽이는 짓을 즐기는 자 말입니다. 호우드 사건은 알고 계실 겁니다. 어떤 미치광이가 경찰청장에게 독이 든 초콜릿을 보낸 사건이었습니다. 그 사건은 많은 화제를 불러일으켰죠. 우리는 이 사건이 그 사건을 모방한 범죄가 아닐까 생각합니다. 세간에 화제를 불러일으킨 사건이 발생하면 똑같은 방식을 따르는 사건이 종종 뒤따르기 마련입니다. 굳이 이 말씀을 드릴 필요는 없겠지요.

자, 이게 경찰의 추론입니다. 이 추론이 맞는다면 우리는 살인범을 체포할 수 있는 가능성을 충분히 확보한 겁니다. 음…….”

모르즈비 경감이 살인범에 비유할 통렬한 표현을 찾아 말을 더듬는 사이 로저가 끼어들었다.

“우리에게도 기회가 있는 것처럼 말이지요.”

004

모르즈비가 돌아간 후에도 얼마간 회합은 계속되었다. 토론할 거리도 많이 남았거니와, 모두들 내세우고 싶은 견해나 관철시키고 싶은 제안, 혹은 진전시키고 싶은 추론이 있었기 때문이다.

회원들이 이구동성으로 의견 일치를 본 것이 하나 있었다. 경찰의 수사 방향이 잘못되었다는 점이었다. 경찰의 추론은 그릇된 게 분명했다. 이 사건은 미치광이가 어쩌다 저지른 우연한 살인 사건이 아니었다. 특정 인물이 유스터스 경을 세상에서 제거할 목적으로 체계적으로 꾸민 일이었고, 범인에게는 범행을 저지를 뚜렷한 동기가 있는 게 분명했다. 대부분의 살인 사건이 그렇듯 이 사건 역시 동기를 찾는 것이 관건이었다.

여러 추론에 대한 설명과 논의가 이루어지려는 찰나, 로저는 단호하게 손을 들어 더이상의 이야기를 막았다. 그가 여러 번에 걸쳐 지적했듯 이 실험의 전체적인 취지는 모든 회원이 다른 사람의 사고방식에서 비롯된 편견에서 자유롭게 조사를 벌여 자신만의 추론을 확립하고 이를 증명하는 데 있기 때문이었다.

"단서는 공유해야 하지 않겠습니까, 셰링엄 씨?" 찰스 경이 굵은 목소리로 말했다. "조사는 각자 독립적으로 한다 할지라도 새로 발견한 단서는 다른 모든 사람들에게 제공되어야 한다고 봅니다. 이 수사 연습은 두뇌 훈련이 되어야 하지, 정규 수사 방식에 대한 경쟁이 되어서는 안 됩니다."

"그 견해에는 경청할 점이 많이 있습니다, 찰스 경." 로저가 고개를 끄덕였다. "저도 그 점에 대해서 굉장히 신중하게 고려해봤습니다. 하지만 오늘밤 이후로 새롭게 드러나는 사실은 각자 간직하는 것이 대체적으로 나을 거라는 생각입니다. 아시다시피 우리는 지금까지 경찰이 알아낸 단서를 손에 쥐고 있습니다. 우리가 무언가 새 단서를 발견할지도 모릅니다. 하지만 그런 단서가 특정 추론을 지지해줄 수 있을지는 몰라도 살인범을 명백히 지목할 수 있을 정도로 중요한 단서가 될 것 같지는 않습니다."

찰스 경은 누가 봐도 납득하지 못했다는 태도로 툴툴거렸다.

"바라신다면 기꺼이 투표에 부치도록 하겠습니다."

로저가 관대한 태도로 말했다.

투표가 진행되었다. 찰스 경과 필더플레밍 부인은 모든 단서가 공개되어야 한다는 쪽에 찬성을 표했고, 브래들리, 얼리샤 대머스, 치터윅(그는 굉장히 주저하다가 마지막에 투표에 참여했다), 그리고 로저는 반대표를 던졌다.

"단서는 각자 간직하는 것으로 하겠습니다."

로저는 이렇게 말하며 회원들이 각각 어느 쪽에 투표했는지 마음속에 새겨두었다. 투표 성향을 보면 누가 대략적인 추론을 세우는 것 정도로 만족하는지, 누가 게임의 본질까지 파고들어 발 벗고 나서 수사에 임할 준비가 되어 있는지 꽤 잘 알 수 있다고 믿었다. 아니면 이미 추론을 확립한 사람과 그렇지 못한 사람을 나누는 척도일 수도 있었다.

찰스 경은 체념하고 투표 결과를 받아들이며 다음과 같이 선언했다.

"지금부터 모두 공평한 상태에서 시작합시다."

"이 방을 나서는 순간부터 시작입니다." 모턴 해러게이트 브래들리가 타이를 바로잡으며 찰스 경의 말을 정정했다. "찰스 경의 제안에 어느 정도는 동의합니다. 경감님께서 해주신 이야기에 덧붙일 말이 있으면 지금 이 자리에서 했으면 합니다."

"그러려는 사람이 있을까요?"

필더플레밍 부인이 물었다.

"찰스 경께서는 벤딕스 부부와 알고 지내시죠?" 얼리샤 대머스가 편견 없는 태도로 질문했다. "유스터스 경도요. 물론 저도 유스터스 경과는 안면이 있지만요."

로저는 미소를 지었다. 이는 얼리샤 대머스가 구사하는 전형적인 화법이었다. 모두들 소문을 들어 알고 있듯, 그녀는 유스터스 페네파더에게 한 방 먹인 유일한 여성이었다. 유스터스 경은 자신의 허리춤에 매달려 있는 그다지 똑똑하지 못한 여자들 사이에 지적인 여성이라는 전리품을 더하기로 마음먹었다. 얼리샤 대머스는 아름다운 용모에 키도 컸으며 날씬한 몸매와 흠 잡을 데 없는 패션 감각까지 겸비했다. 그녀의 그런 점은 여성의 외모에 관한 한 굉장히 까다로운 유스터스 경의 조건을 충분히 만족시켰다. 그는 그녀를 유혹하기 위해 전심전력을 기울였다.

교우관계가 넓은 대머스였기에 많은 친구들이 꽤 즐거운 광경을 목격할 수 있었다. 그녀는 기꺼이 유혹에 응할 준비가 되어 있는 것처럼 보였다. 유스터스 경의 감언이설에 금방이라도 완전히 굴복해버릴 것 같았다. 두 사람은 단둘이서 저녁 식사를 하고 서로의 집을 방문하며 점심 식사를 하고 당일치기 여행을 가는 등 끊임없이 함께 시간을 보냈다. 유스터스 경은 하루하루 지날수록 그녀가 넘어올 것 같은 모습에 점점 몸이 달아올라, 알고 있는 모든 기술을 동원하여 열정을 표현했다.

대머스는 그쯤에서 차분하게 뒤로 물러났다. 그리고 이듬해 가을이 되자 유스터스 페네파더 경의 추한 심리를 적나라하게 파헤친

책이 출간되었다. 말 그대로 그의 신경 한 올까지 낱낱이 해부한 책이었다.

대머스는 어떻게 유스터스 경을 구워삶았는지 절대 말하지 않으려 했다. 이는 그녀가 겉으로만 그럴듯한 행세를 하는 사람이 아니라 정말로 뛰어난 재능을 지닌 작가였기 때문이다. 하지만 그녀는 그런 재능의 대가로 자신이 남몰래 숭배하고 있는 신에게 모든 것을(여기에는 페네파더 가문 사람들의 감정 또한 포함된다) 제물로 바쳐야 한다고 생각하는 게 분명했다.

"살인범의 시각에서 본다면 벤딕스 부부는 이 범죄에 부수적으로 끼어든 것에 지나지 않습니다." 브래들리는 어린아이에게 알파벳 A 다음에 B가 온다는 것을 가르치는 듯한 부드러운 말투로 그녀를 향해 이렇게 지적했다. "우리가 알고 있는 한 유스터스 경과 그들 사이의 관계는 그와 벤딕스 모두 레인보 클럽 회원이라는 사실뿐입니다."

"유스터스 경에 대한 제 견해를 말씀드릴 필요는 없겠지요. 『육체와 악마』를 읽으신 분이라면 제가 그를 어떻게 생각하는지 잘 아실 테니까요. 그리고 제가 관찰한 이후 그가 달라졌다는 징후는 보이지 않아요. 제 의견이 절대적으로 옳다고 주장하는 건 아니에요. 찰스 경의 견해가 제 의견과 일치하는지 들어보는 것도 재미있을 것 같은데요."

대머스가 발언했다.

『육체와 악마』를 읽지 않은 찰스 경은 다소 당황한 듯했다.

"흠, 그에 대한 경감님의 묘사에 제가 덧붙일 말은 그리 많지 않은 것 같군요. 저는 그 남자에 대해 잘 알지 못하고, 잘 알고 싶은 생각도 없습니다."

다들 지극히 천진난만하게 아무것도 모른다는 표정을 짓고 있었다. 찰스 경의 외동딸과 유스터스 경이 약혼을 했고, 찰스 경은 이 인연을 조금도 기꺼워하지 않았다는 이야기는 널리 퍼져 있었다. 게다가 이 약혼 소식은 공식 발표되기 이전에 미리 새어 나갔으며, 다음날 즉시 부정하는 성명이 발표되기도 했다.

찰스 경은 다른 사람들처럼 아무렇지도 않은 듯한 표정을 지으려 애를 썼다.

"아까 경감님이 넌지시 언급했듯, 그는 굉장히 질이 나쁜 인간입니다. 불한당이라고 부르는 사람들도 있습니다. 여성들이 말이지요." 찰스 경은 단호하게 설명하며 한마디를 덧붙였다. "그리고 술을 너무 많이 마십니다."

찰스 와일드먼 경이 유스터스 페네파더 경을 좋게 생각하지 않는다는 점은 명백했다.

얼리샤 대머스가 이야기를 키워나갔다.

"저는 순전히 심리학적 측면에서 한 가지만 덧붙이겠어요. 그런 모습은 그의 둔감함을 보여준다고 생각해요. 심지어 비극적인 사건 이후 얼마간 그의 이름이 어떤 아가씨와 함께 오르내릴 때도 그랬지요. 저는 그 이야기를 듣고 다소 놀라고 말았어요." 대머스는 건조하게 덧붙였다. "벤딕스 부인은 그에게 있어 생면부지의 남이었지만, 일어나지 말아야 할 끔찍한 일이 벌어졌고 결과적으로 그에게는 천만다행인 방향으로 마무리되었지요. 그가 조금 더 당혹스러워할 거라고 기대를 걸었던 제 믿음이 틀렸던 걸까요?"

"당신 말이 맞습니다. 그런데 저 역시 그에 대한 인상을 좀더 일찍 바꿔야 했습니다." 찰스 경이 그녀를 거들었다. "벤딕스 부인은 유스터스 경과 일면식도 없는 사이가 아니었습니다. 어쩌면 유스터스 경은 부인을 만났던 사실조차 잊어버리고 있을지도 모릅니다만 어쨌든 만났던 적이 있습니다. 제목이 정확히는 기억이 안 나지만 어떤 연극이 초연된 날 밤, 제가 벤딕스 부인과 이야기를 나누고 있는데 유스터스 경이 다가왔습니다. 저는 두 사람을 서로 소개하고 벤딕스가 레인보 클럽 회원이라는 이야기도 했을 겁니다. 자세한 내용은 잊어버렸습니다만."

"그렇다면 저는 그에 대해 완전히 잘못 생각하고 있었던 거네요. 제가 너무 호의를 갖고 그를 대했나 봐요."

대머스는 원통하다는 듯 말했다. 그녀의 견해에 따르면 자신의 해부실 안에서는 지나치게 호의적인 것이 그렇지 않은 것보다 훨씬 더 심각한 범죄인 게 분명했다.

"벤딕스에 대해서라면, 그에 대해 익히 알려져 있는 점에 어떤 내용을 덧붙여야 할지 모르겠군요. 굉장히 품위 있고 분별 있는 친구입니다. 재산이 많다고 해서 거만하게 굴지도 않습니다. 그의 아내 또한 매력적인 여성이지요. 진지한 면이 다소 과할지도 모릅니다. 위원회 같은 단체에 참석하기 좋아하는 유형의 여성이니까요. 그렇다고 해서 어느 것 하나 그녀의 단점은 되지 못할 겁니다."

"저는 오히려 반대라고 말하고 싶어요."

대머스가 말을 받았다. 그녀 또한 위원회에 참석하기 좋아하는 성격이었기 때문이다.

"그럼요, 그렇고말고." 대머스의 별난 기호를 떠올린 찰스 경은 허둥지둥 대답했다. "내기 같은 것을 하지 않을 정도로 꽉 막힌 사람은 아니었으니까요. 듣기로는 사소한 내기였던 것 같지만 말입니다."

"그녀는 다른 내기도 했어요. 그녀 자신도 모르는 내기였지만요." 필더플레밍 부인이 침통한 목소리로 읊조리듯 말했다. 그녀는 그 상황에 극적인 면이 있을 가능성에 대해 심사숙고를 한 뒤였다. "사소한 내기가 아니라 음산한 내기였어요. 목숨이 걸린 내기였는데 그녀는 지고 말았지요."

필더플레밍 부인은 유감스럽게도 자신의 극적 감각을 일상생활 쪽으로 끌어들이기 좋아하는 버릇이 있었다. 이런 면모는 요리를 좋아하는 성격과 전혀 어울리지 않았다. 그녀는 얼리샤 대머스를 은밀히 훔쳐보며 저 여자가 자신의 허를 찌르고 이 사건에 대해 책을 내버리기 전에 먼저 희곡을 쓸 수 있을까 고심하고 있었다.

로저는 이 모임의 진행자로서 논의의 주제를 적합한 방향으로 돌려놓으려 했다.

"그렇습니다. 정말로 가여운 여인이 아닐 수 없습니다. 하지만 우리는 논점을 혼동해서는 안 됩니다. 살해당한 사람이 범죄와 아무런 관련이 없다는 사실을 유념하기란 다소 어려운 일입니다만, 그게 사실이죠. 우연히 잘못된 피해자가 사망한 것뿐입니다. 우리가 집중해야 할 쪽은 유스터스 경입니다. 자, 그러면 유스터스 경에 대해 알고 계신 분은 더 안 계십니까? 그에 대한 일화나 이 범죄와 관련이 있는 단서에 대해서는요?"

아무도 대답하지 않았다.

"그렇다면 우리 모두 같은 지점에 서 있습니다. 이제 다음 모임에 대해 이야기하겠습니다. 저마다 추론을 쌓아올리고 필요하다고 판단되는 조사를 할 시간을 일주일 동안 갖도록 합시다. 그 후에는 다음주 월요일부터 매일 저녁 모이는 겁니다. 제비뽑기로 보고서를 낭독하거나 진상을 발표할 순서를 정하는 게 어떻겠습니까? 아니면 매일 한 명 이상의 발표자를 두는 게 나을까요?"

잠시 이야기가 오간 후, 다음주 월요일, 그러니까 정확히 일주일 후 다시 모이는 것으로 결정이 났다. 그리고 충분한 논의를 위해 한 회원에게 하룻밤을 모두 할애하기로 합의했다. 제비뽑기를 한 끝에 회원들의 발표 순서는 다음과 같이 정해졌다. (1)찰스 와일드먼 경, (2)필더플레밍 부인, (3)모턴 해러게이트 브래들리, (4)로저 셰링엄, (5) 얼리샤 대머스, (6) 앰브로즈 치터윅.

치터윅은 자신의 이름이 마지막에 호명되자 굉장히 기뻐했다.

"그때쯤이면 다른 분께서 진상을 밝혀내셨을 겁니다. 그러면 제가 내린 결론은 발표하지 않아도 좋을 테죠. 만일 진짜로……." 그는 모턴 해러게이트에게 자신의 심정을 털어놓으며 미심쩍어하는 듯한 태도로 덧붙였다. "제가 특정 결론에 도달한다 해도 말입니다. 그런데 탐정은 어떤 식으로 사건을 조사합니까?"

브래들리는 친절한 미소를 지으며 치터윅에게 자신이 쓴 책을 빌려주겠다고 약속했다. 그러나 치터윅은 그의 책을 전부 읽었으며 대부분 소장하고 있다고 밝히고 감사 인사를 전했다.

마침내 모임을 파할 시점이 다가왔다. 필더플레밍 부인은 소박하게나마 극적인 태도를 취할 수 있는 마지막 기회를 그냥 날려버릴 수 없었다.

"인생이란 얼마나 기묘한지." 그녀는 테이블 너머 찰스 경을 향해 한숨을 쉬었다. "저는 벤딕스 부인이 죽기 전날 밤에 임페리얼 극장의 특별석에서 그녀가 남편과 함께 있는 모습을 보았답니다. 오, 그래요. 저는 두 분의 얼굴을 알고 있었지요. 두 사람은 제 연극이 초연되던 날 종종 오곤 했거든요. 저는 특별석 바로 아래쪽 일등석에 있었어요. 확실히 인생은 소설보다 훨씬 더 기묘한 것 같아요. 그녀에게 매여 있는 끔찍한 운명을 조금이나마 눈치챌 수만 있었다면 저는……."

"그녀에게 초콜릿을 멀리하라고 경고할 정도의 지각은 지니고 계셨기를 바랍니다."

찰스 경이 끼어들었다. 그는 필더플레밍 부인에 그리 호의적인 감정이 없었다.

이렇게 모임은 끝났다.

로저는 굉장히 흡족한 기분으로 올버니 맨션에 있는 자신의 거처로 돌아왔다. 그는 사건을 해결하기 위한 다양한 시도가 사건 그 자체만큼이나 흥미로울 거라는 느낌이 들었다.

한편으로는 필사적이었다. 제비뽑기에서 운이 없었기 때문이다. 그는 치터윅이 차지한 마지막 순번을 바라고 있었다. 자신이 추론한 결과를 밝히기 전에 라이벌들이 내놓은 결과를 미리 알 수 있는 이득을 누리고 싶었다. 물론 다른 사람의 머리에 기대려는 의도는 전혀 없었다. 하지만 모턴 해러게이트 브래들리는 이미 추론을 마쳤다고 밝혔거니와, 자신의 최종 가설을 제출하기 전에 찰스 경과 브래들리, 특히 얼리샤 대머스가 내놓은 결과를 저울질하며 비판할 수 있다면 굉장히 즐거울 것 같았다. 그는 이 세 사람의 지성이 가장 뛰어나다고 믿었었다. 그가 이제껏 흥미를 가졌던 어느 형사사건보다도 이 살인 사건에 대한 진상을 밝히고 싶었다.

집에 들어오자 놀랍게도 모르즈비가 거실에서 그를 기다리고 있었다.

"오셨습니까, 셰링엄 씨." 경감은 조심스러운 태도로 입을 열었다. "한마디 말씀 나눌 수 있지 않을까 해서 기다리고 있었습니다. 그렇게 일찍 잠자리에 들지는 않으시죠?"

"물론입니다." 로저는 디캔터와 사이펀•을 가져와 두 사람이 마실 술을 따랐다. "아직 이른 시간이니까요. 이 정도면 되겠습니까?"

모르즈비는 조심스러운 표정으로 시선을 피했다.

두 사람은 벽난로 앞에 놓인 커다란 가죽 안락의자에 자리잡고 앉았다. 모르즈비가 흉금을 털어놓았다.

"셰링엄 씨, 사실은 경찰청장님께서 이 건에 대해 여러분을 비공식적으로 감시하라고 명령하셨습니다. 여러분들이 못미덥다거나 분별 없이 행동할 거라고 생각해서가 아닙니다. 그저 탐정들이 이렇게 한 무더기로 사건에 뛰어들면 어떤 일이 벌어지는지 알아두는 편이 나을 것 같아서입니다."

"그러니까 만일 우리 중 누가 굉장히 중요한 단서를 밝혀내게 된다면, 당신네들이 먼저 뛰어들어 이용할 수도 있다는 말씀이시군요." 로저는 미소를 지었다. "공식적인 입장은 잘 알겠습니다."

"새를 놀라게 하지 않고 붙잡을 대책을 강구하려는 겁니다." 모르즈비는 비난하는 어조로 로저의 말을 정정했다. "그것뿐입니다, 셰링엄 씨."

"그렇습니까?" 로저는 회의적인 태도를 숨기려 들지 않았다. "하지만 경감님도 경찰의 보호가 필요할 거라고 생각하지는 않으시겠죠?"

"솔직히 말하면 그렇습니다. 우리는 범인을 체포할 수 있는 일말의 가능성이 남아 있는 한 사건을 절대 포기하지 않습니다. 이 사건을 담당하고 있는 패러 경위는 유능한 경찰입니다."

"이 사건이 어떤 미치광이의 소행이며 범인을 추적할 가능성은 거의 없다는 것은 그 유능한 경찰의 의견입니까?"

"그는 그런 견해 쪽으로 기울어진 것 같습니다, 셰링엄 씨. 하지만 당신들 모임에서 원하시는 대로 즐기는 정도는 괜찮습니다." 모르즈비는 관대하게 한마디 덧붙였다. "시간이 남아돈다면 말입니다."

"글쎄요, 어떨지."

로저는 모르즈비의 말에 좀처럼 끌려가지 않았다.

두 사람은 조용히 파이프 담배를 피우며 몇 분을 흘려보냈다.

"어서 말씀하시죠."

로저는 조심스럽게 입을 열었다.

경감은 다소 놀란 표정으로 그를 바라보았지만, 그 표정 역시 건조하기 이를 데 없었다.

"예?"

로저는 고개를 흔들었다.

"내게는 안 통합니다, 모르즈비. 안 통한단 말입니다. 어서 털어놓으시죠."

"뭘 말입니까, 셰링엄 씨?"

● **사이펀** _ 관을 이용하여 높은 곳에 있는 액체를 낮은 곳으로 이동시키는 장치. 와인 찌꺼기를 거를 때도 사용한다.

모르즈비가 되물었다. 티끌 하나 없이 어리둥절한 모습이었다.

"여기 온 진짜 이유 말입니다."

로저가 심술궂게 말했다.

"당신이 소속된 무력한 경찰 조직의 이익을 위해 나를 흔들어보려는 것 아닙니까? 좋아요, 경고 하나 하죠. 이번에는 어림도 없습니다. 십팔 개월 전 루드머스에서와는 달리, 지금 나는 당신에 대해 잘 알고 있으니까요."

런던 경찰청의 모르즈비 경감은 크게 오해받은 사람처럼 헉하는 소리를 냈다.

"허, 어쩌다 그런 생각을 하게 됐습니까, 셰링엄 씨? 이곳에 온 것은 당신이 내게 몇 가지 질문을 하고 싶어 할 것 같아서입니다. 다른 회원들보다 먼저 범인을 찾아낼 수 있도록 도움을 드리려는 겁니다. 그뿐입니다."

로저는 웃음을 터뜨렸다.

"모르즈비, 나는 당신을 좋아합니다. 당신은 따분한 인간들로 가득찬 세상 속에서 드물게 밝게 빛나는 분입니다. 경감님은 수많은 범인을 체포하면서도 자신의 마음이 더 아프다며 설득하실 분 같군요. 그들이 하나도 납득하지 못한다 해도 난 놀라지 않을 겁니다. 좋습니다. 도움을 주러 오셨다고 하셨으니 대단히 감사드립니다. 그런 의미에서 몇 가지 질문을 드리겠습니다. 경감님은 유스터스 페네파더 경을 죽이려 한 사람이 누구라고 생각하십니까?"

모르즈비는 소다수를 탄 위스키를 우아하게 홀짝거렸다.

"제 생각이 어떤지는 알고 계시지 않습니까, 셰링엄 씨?"

"정말 모릅니다." 로저는 쏘아붙였다. "당신이 말해준 내용밖에는 알지 못합니다."

"저는 이 사건 담당이 아니었습니다, 셰링엄 경."

모르즈비는 얼버무렸다.

"정말로 유스터스 페네파더 경을 죽이려 한 사람이 누구라고 생각하십니까? 당신 의견으로는 경찰의 공식적인 판단이 맞는다고 생각하십니까, 아니면 틀린다고 생각하십니까?"

로저는 인내심 있게 되물었다.

모르즈비는 비공식적이고 개인적인 생각을 털어놓을 수밖에 없는 상황에 몰리고 말았다. 그에게는 극히 드문 일이었다. 그는 마치 비밀 이야기를 털어놓는다는 듯 은밀한 미소를 지었다.

"좋습니다, 셰링엄 경."

그는 신중한 태도로 입을 열었다.

"경찰의 추론은 꽤 유용하지 않습니까? 살인범을 체포하지 못할 경우에도 변명거리가 있다는 뜻입니다. 살인 충동을 갖고 있을지도 모를 전국의 잠재적 범죄자들을 일일이 조사할 수 있을 거라고 기대하는 사람은 없을 테니까요. 중단된 심리가 약 이 주 안에 마무리될 텐데, 그 시점에 이와 같은 경찰의 공식 입장을 발표할 예정입니다. 이 입장을 뒷받침하는 근거 및 단서도 함께 제시되고 상충하는 단서는 언급되지 않을 겁니다. 판사와 배심원단은 물론이고 언론도 경찰의 입장을 지지할 겁니다. 이번 사건의 범인을 체포하지 못했다고 해서 경찰을 비난할 사람은 하나도 없을 테죠. 그러면 모두가 행복해질 겁니다."

"벤딕스 씨를 빼면 말이죠. 아내를 죽인 살인범에게 복수를 할 수 없을 테니까요. 모르즈비, 당신도 확실히 비꼬는 재주가 만개했군요. 그런 모습을 보아 하니 당신은 개인적으로 그 원만한 일반 협정에 고개를 돌리고 있는 것 같다고 추정할 수밖에 없습니다. 당신 동료들이 잘못 수사했다고 생각하십니까?"

로저가 마지막으로 한 질문은 이전 문장에 따라붙어 곧바로 튀어나왔기 때문에, 모르즈비는 자신이 섣부른 행동을 하는지 심사숙고를 해볼 틈도 없이 그 질문에 대답해버리고 말았다.

"아닙니다, 셰링엄 씨. 그런 생각은 하지 않습니다. 패러는 유능한 경찰이고 모든 수단을 동원해서 수사를 진행했습니다. 그러니까 자신이 할 수 있는 모든 수단 말입니다."

모르즈비는 의미심장하게 말을 끊었다.

"그런 거로군요!"

이 불쌍한 어린 양에게 마음이 기울어져 있던 모르즈비는 길 잃은 양을 찾아 길을 떠나려는 마음이 생긴 것처럼 보였다. 그는 의자에 앉은 자세를 바로 하고 자신의 잔에 한 모금 가량 남은 술을 한 입에 털어넣었다. 로저는 양을 놀라게 하지 않을까 두려운 마음에 감히 숨소리도 크게 내지 못한 채, 애써 조심스럽게 난롯불을 응시했다.

모르즈비는 선언하듯 입을 열었다.

"셰링엄 씨, 아시다시피 이건 굉장히 어려운 사건입니다. 패러는 편견이 없는 사람이고, 이 사건을 맡았을 때 역시 그 점에는 변함이 없었습니다. 유스터스 경이 처음에 상상하던 것보다 꽤 괜찮은 사람이라는 사실을 깨달은 후에도 계속해서 편견 없는 태도를 유지했습니다. 다시 말해서 그는 유스터스 경에게 초콜릿을 보낸 자는 내부인이 아닌 외부의 미치광이로, 그를 제거하는 일이 사회나 천국에 공헌하는 일이라는 사회주의적 혹은 종교적 믿음을 지닌 자일 수도 있다는 믿음을 결코 저버리지 않았다는 뜻입니다. 아마 광신도의 소행이라고 표현할 수도 있겠군요."

"신념에 의한 살인이라는 거로군요." 로저는 중얼거렸다. "그런가요?"

"패러는 자연스럽게 유스터스 경의 사생활에 주목하게 되었는데 여기서 손발이 묶일 수밖에 없었습니다. 우리 같은 사람들이 준남작의 사생활에 대해 조사하기란 쉬운 일이 아닙니다. 협조적으로 나서는 사람이 아무도 없기 때문입니다. 오히려 조사를 방해하고 싶어 안달하는 것처럼 보이기도 합니다. 패러가 가능성이 있다고 판단했던 수사 방향은 막히기 일쑤였습니다. 유스터스 경은 그에게 지옥으로 꺼져버리라는 말까지 했습니다. 조금도 개의치 않고 그런 말을 입에 담더군요."

"그의 입장에서 본다면 자신이 저지른 사소한 실수들이 다발로 묶여 법정의 수확제 자리에 오르는 일은 피하고 싶었을 겁니다."

로저는 깊은 생각에 잠기며 말했다.

"바로 그겁니다. 이른바 그 사소한 실수들 때문에 벤딕스 부인이 무덤 속에 잠들어 있는 거죠." 그는 거칠게 쏟아냈다. "그는 부인의 죽음에 책임이 있습니다. 직접적인 책임이 아니라는 것은 저도 충분히 인정합니다만, 그래도 그에게는 이 사건에 대해 경찰 조사에 가능한 한 협조적으로 나설 의무가 있습니다. 하지만 패러는 거기서 더이상 수사를 진행할 수 없었습니다. 그가 스캔들 한두 건을 밝혀낸 것도 사실입니다만 사건과 연관시킬 수는 없었습니다. 그러니…… 음, 셰링엄 씨, 패러는 자신이 막다른 골목에 처했다는 사실을 인정하지 않습니다. 제가 이런 이야기를 해서는 안 된다는 사실을 아실 겁니다. 이 이야기는 이 방 밖으로 새어 나가서는 안 됩니다. 주의해주시길 바랍니다."

"큰일이로군요. 알겠습니다."

로저는 열렬히 대답했다.

"음, 명심하셨다면 제 개인적인 의견을 말씀드리겠습니다. 패러는 자신을 보호하기 위해 다른 결론으로 기울어질 수밖에 없었을 겁니다. 그의 상관 역시 자신을 보호하기 위해 그 판단에 동의했습니다. 하지만 셰링엄 씨, 만일 당신이 이 사건을 밑바닥까지 파헤쳐보고 싶다면, 유스터스 경의 사생활에 주목하라는 조언을 드리겠습니다. 그의 사생활을 들춰낼 수 있다면 누구보다 패러가 가장 기뻐할 겁니다. 이런 쪽에 관해서는 우리 경찰보다는 당신 쪽이 가능성이 더 높을 겁니다. 당신은 그와 같은 귀족 신분인데다 그가 속한 클럽 회원들과도 아는 사이이며 그의 친구들은 물론 친구의 친구들과도 개인적인 친분이 있을 테니까요." 모르즈비는 다음 말을 끝으로 이야기를 마무리지었다. "이 조언을 해드리려고 이곳에 찾아온 겁니다."

"정말 감사합니다, 모르즈비." 로저는 감격해서 말했다. "이렇게 고마울 수가 없군요. 한 잔 더 하시지요."

"음, 고맙습니다. 한 잔만 더 할까요?"

로저는 칵테일을 만들며 생각에 잠겼다.

"당신이 옳다고 봅니다, 모르즈비." 그는 느릿느릿 말을 이었다. "사실 처음에 당신 설명을 모두 들었을 때부터 줄곧 그런 쪽으로 생각하고 있었습니다. 사건의 전말은 유스터스 경의 사생활에 있다고 확신합니다. 저는 미신을 믿는 부류와는 거리가 멉니다만, 만일 제가 미신을 믿는다면 이런 생각을 할 수밖에 없었을 겁니다. 살인범의 목적이 좌절되고 유스터스 경이 죽음을 모면한 것은 분명한 신의 섭리가 아닐까요? 또한 희생자가 될 운명이었던 그는 얄궂게도 자신을 없애려던 살인범을 오히려 법의 심판을 받도록 하는 신의 도구일 테지요."

"흠, 셰링엄 씨, 정말로 그렇게 생각하십니까?"

역시 미신을 믿지 않는 성격의 경감은 빈정거리듯 물었다. 로저는 그렇게 믿고 싶어 하는 것 같았다. 〈복수라는 이름의 우연〉은 좋은 영화 제목이 되지 않을까? 하지만 그 제목은 너무나 많은 진실을 품고 있었다.

"당신들 런던 경찰청 또한 순전한 우연에 의지하지 않고 필요 불가결한 증거를 발견했던 적이 얼마나 됩니까? 처음부터 끝까지 우연에 우연이 겹쳐 진상에 도달할 수 있었던 적이 없었다고 할 수 있습니까? 당신들의 수사 활동을 비하하는 것은 아닙니다. 대부분의 과정은 훌륭한 수사 활동을 통해 밟아나갔지만 가장 중요한 마지막 한 걸음은 순전히 놀라운 행운이 닥치면서 내딛게 되었던 적이 얼마나 되었는지 생각해보시죠. 분명 행운도 노력의 결과라고 할 수 있습니다. 하지만 운은 운입니다. 이런 사례는 수없이 많죠. 일례로 밀섬과 파울러 살인 사건이 있지 않습니까? 무슨 뜻인지 모르시지는 않을 겁니다. 그런 결과는 우연이 초래한 것이 아니라면, 피해자의 복수를 대신하려는 신의 섭리 아닐까요?"

"음, 셰링엄 씨, 당신 말이 옳을 수도 있습니다. 하지만 저는 진실이 어느 쪽이든 별로 신경쓰지 않습니다. 저를 진범에게 안내해 주시기만 한다면 말이죠."

"모르즈비, 정말 어쩔 수 없는 분이로군요."

로저는 웃음을 터뜨렸다.

찰스 와일드먼 경은 자신이 말한 대로 하찮은 심리적인 면보다는 순수한 사실관계를 더 중시했다.

사실관계란 찰스 경에게 굉장히 소중한 존재였으며, 더 나아가 더할 나위 없는 즐거움이기도 했다. 그의 수입이 일 년에 약 삼만 파운드나 되는 이유는 전적으로 사실관계를 다루는 능수능란한 솜씨 덕분이었다. 다른 보통 사람이었다면(이를테면 원고 측 변호사나 검찰이라든지) 악전고투했을, 규명하기 어려운 진실을 그토록 설득력 있게 비틀어 완전히 다른 해석을 내놓는 일에 대해서는 법정에서 그를 따라갈 사람이 없었다. 그는 사실관계를 대담하게 정면에서 응시하고 이를 뒤틀면서 뒤쪽에 숨겨진 의미를 읽어내고 거꾸로 뒤집기도 하며 내부에 잠들어 있는 여러 징조를 발견하고 그 사체 위에서 의기양양하게 춤을 추기도 하며 이를 완전히 가루로 만들었다가 필요하다면 완전히 다른 모양새로 빚어내기도 하고 마지막에는 사실관계가 감히 아직도 최초의 모습을 간직하고 있다면 그 누구보다 위협적인 태도로 쩌렁쩌렁 고함을 치기도 했다. 만약 그랬는데도 효과를 거두지 못한다면 공개 법정에서 눈물을 흘릴 준비도 되어 있었다.

왕립 변호사 찰스 와일드먼 경이 의뢰인에게 위협적일 것 같은 사실관계를 완전히 뒤바꿔놓아 연약한 그들의 결백을 수많은 작은 비둘기들의 노래로 만드는 솜씨를 보고 있노라면, 매해 그가 법정에서 벌어들이는 액수는 전혀 놀랄 일이 아니라고 수긍할 수밖에 없었다. 만일 독자 중에서 통계에 관심이 있는 사람이 있다면 찰스 경이 법정 생활 동안 교수대에서 구해낸 살인범들의 숫자를 헤아려 볼 수 있을 것이다. 그 숫자를 차례로 쌓아올린다면 그야말로 엄청난 높이에 이를 터였다.

찰스 와일드먼 경이 기소하는 측으로 나선 적은 거의 없었다. 검찰로 나서서 짖어대는 짓은 예의에 어긋난 행위였으며, 여기에는 눈물을 흘려야 할 일도 거의 없었기 때문이다. 을러대는 행동과 공공연하게 눈물을 흘리는 모습은 그를 대표하는 장기와도 같은 재주였다. 그는 전통적인 변호사였고 그런 변호사 유형을 대표하는 마지막 세대이기도 했다. 그는 자신의 입지가 후한 돈벌이가 될 거라는 사실도 간파하고 있었다.

따라서 로저가 제안했던 일주일이 지난 후 열린 범죄 연구회의 모임 자리에서 찰스 경이 가슴 벅찬 심정으로 다른 회원들을 바라보며 금테 안경을 나름 커다란 코 위에 걸쳐놓았을 때, 다른 회원들은 이제부터 자신들이 누리게 될 즐거움의 가치에 대해 추호의 의심도 하지 않았다. 그들은 일천 기니짜리 형사소송 사건에 대한 변론을 돈 한 푼 내지 않고 즐길 수 있는 것이다.

찰스 경은 손에 들고 있던 수첩을 흘끗 바라보고는 목청을 가다듬었다. 그토록 불길한 모습으로 목청을 가다듬는 법정 변호사는 그 말고는 아무도 없었다.

"신사 숙녀 여러분." 그는 무게 있는 목소리로 이야기를 시작했다. "익히 알고 계실 테지만 저는 개인적인 이유가 얽힌 탓에 다른 분들보다 이 사건에 훨씬 더 깊은 관심을 가져야 했을지도 모릅니다. 아시다시피 유스터스 페네파더 경의 이름은 제 여식의 이름과 함께 사람들 입에 오르내린 적이 있습니다. 비록 두 사람의 약혼 발표는 시기상조에 지나지 않았지만, 그렇다고 해서 아무런 근거 없는 이야기는 아니었습니다. 따라서 제 사위가 될지도 모른다고 사람들 입에 오르내렸던 사내를 살해하려는 시도에 대해, 제가 조금이나마 개인적인 연관이 있다는 기분을 느껴야 할지도 모르겠습니다.

저는 사건에 얽힌 개인적인 측면을 강조하고 싶은 생각은 없습니다. 오히려 저 개인과는 관계없이 이 사건을 다른 사건들과 동등

하게 바라보려 노력했습니다. 이런 말을 변명거리로 삼는 것은 다름 아닌 다음과 같은 이유 때문입니다. 저는 회장님께서 제시하신 이 사건을 다루는 데 있어 다른 분들에 비해 사건 관계자에 대한 비교적 정통한 사전 지식을 갖고 있습니다. 또한 사건의 진상을 밝히는 데 크게 도움이 되는 정보를 마음대로 이용할 수도 있었습니다.

지난주에 여러분들께 이 정보를 내놓아 마음대로 이용하실 수 있도록 했어야 한다는 점은 알고 있습니다. 이 점에 대해서는 진심으로 사과드립니다. 하지만 당시에는 제가 쥐고 있던 정보가 사건의 진상과 밀접한 관련이 있다는 사실을, 심지어는 아주 약간이나마 도움이 될지도 모른다는 사실조차 깨닫지 못했습니다. 얽히고설킨 비극을 정리해볼 셈으로 사건에 대해 곰곰이 검토를 시작하고 나서야 비로소 정보의 가치가 깊게 각인되더군요."

찰스 경은 자신이 한 명연설의 여운이 방안에 퍼지도록 잠시 말을 멈추었다.

"자, 저는 그 정보에 힘입어 사건의 진상을 알아냈다고 생각합니다."

그는 엄숙한 눈으로 회원들의 얼굴을 한 명씩 바라보며 선언했다.

범죄 연구회의 충실한 회원들은 진짜로 흥분하여 술렁이기 시작했다. 찰스 경의 선언은 그들이 고대해 마지않던 이야기였기 때문이다.

찰스 경은 코안경을 벗어 특유의 동작으로 안경에 달린 넓은 리본을 붙잡고 흔들기 시작했다.

"예, 이 어두운 사건의 진상에 대해 설명해드릴 수 있을 것 같습니다. 아니, 자신합니다. 그런 고로 제가 제비를 잘못 뽑아 처음으로 발표하게 된 것을 유감으로 생각합니다. 우리가 진상을 규명하기 전에 다른 분들의 추론을 검증하고 잘못을 논박할 기회를 가질 수 있었다면 좀더 흥미로웠을지도 모릅니다. 물론 검증할 가치가 있는 추론이 등장했다고 가정할 때 이야기입니다만.

여러분 모두 제가 내린 결론에 도달했다고 한들 놀랄 일은 아닙니다. 조금도 놀랄 일이 아닙니다. 진실이 스스로 입을 열게 하기 위해서 특별한 힘이 필요하다고 주장하는 것은 아니니까요. 오히려 초인적인 통찰력 없이도 우리의 공식 미스터리 해결사 겸 수수께끼 해석자, 즉 훈련받은 경찰 조직보다 사건을 더 잘 들여다볼 수 있었다는 점에 대해 스스로에게 자부심을 느낍니다. 저는 초인적인 통찰력은 갖추지 못한 사람입니다. 여러분과 특별히 다를 것 없는 능력을 가진 평범한 사람입니다. 저는 이 더러운 범죄를 한 점 의혹도 없이 규명하려 하지만, 그 일을 저지른 자에게 유죄를 선고하는 데 있어 다른 분들의 발자국을 따라갔을 뿐이라는 말을 들어도 조금도 놀라지 않을 겁니다."

찰스 경은 이렇게 범죄 연구회의 다른 회원들 역시 자신만큼 똑똑할지도 모르는, 있을 수 없는 상황에 대한 배려까지 안배해놓은 후, 본론으로 들어가 사건 이야기를 시작했다.

"저는 스스로에게 오직 하나의 질문을 던졌습니다. 이제껏 발생한 대부분의 살인 사건을 돌아보면, 그 질문에 대한 올바른 해답은 범인으로 향하는 확실한 길잡이였다는 사실이 익히 증명된 바 있습니다. 모든 범죄자들이 자신에게 해를 끼칠 게 분명하다는 사실을 알고 있었음에도, 아무도 끝내 피할 수 없었던 질문, 바로 '퀴 보노cui bono?'입니다."

찰스 경은 사람들 사이에 의미심장한 침묵이 떠도는 모습을 바라보며 잠시 말을 멈췄다.

"누가 이득을 보는가?" 그는 친절하게 번역을 해준 후, 청중 가운데 혹시 있을지도 모르는 멍청이를 위해 더 쉬운 말로 풀어 설명하기 시작했다. "직설적으로 말하면 이렇습니다. 유스터스 페네파더 경의 죽음으로 이득을 보는 자는 누구인가?"

그는 빽빽한 눈썹 아래로 취조하는 듯한 시선을 던졌지만 청중들 중에는 그가 제안한 게임에 예의 바르게 응하는 사람이 없었다. 아무도 질문에 성급하게 대답하지 않았다.

찰스 경 또한 수사법에 정통한 사람이었기 때문에 성급하게 답을 꺼내놓지 않았다. 그는 이 질문으로 사람들의 마음속에 커다란 물음표로 남겨둔 채 다른 지점으로 화제를 옮겼다

"자, 제 견해로는 이 범죄에 관련해서 명확한 단서는 세 가지밖에 없습니다." 그는 스스럼없는 말투로 이야기를 이어나갔다. "제

가 말하고자 하는 단서는 물론, 위조된 편지와 포장지, 그리고 초콜릿입니다. 이 단서들 중 포장지에서는 소인 정도밖에는 쓸모 있는 정보를 얻을 수 없었습니다. 포장지에 인쇄된 주소는 아무런 소용이 없다고 여겨 제외했습니다. 소포를 보내는 일은 아무라도 아무 때고 할 수 있는 일이니까요. 아무런 도움이 안 될 것 같았습니다. 또한 초콜릿이나 초콜릿을 담은 상자에서도 단서로서의 가치는 거의 찾아볼 수 없었습니다. 틀렸을 수도 있지만 제 견해로는 그렇습니다. 그 초콜릿은 유명한 브랜드 상품으로 수백 곳이나 되는 상점에서 판매되고 있습니다. 따라서 구매자를 추적하려는 시도는 아무런 성과도 거두지 못할 것입니다. 게다가 이쪽에 뭔가 가능성이 엿보였다면 경찰이 진작 파헤쳐보았을 테죠. 요컨대 제게 남은 물적 증거는 위조 편지와 포장지에 인쇄된 소인 단 두 가지뿐이었기 때문에 이것만으로 추론의 뼈대를 세워야만 했습니다."

찰스 경은 다시 이야기를 끊었다. 지금 하고 있는 이야기의 중요성이 다른 사람들의 마음속에 깊이 각인되도록 하기 위해서였다. 그러나 다른 사람들 역시 그 점에 대해 잘 알고 있다는 사실은 간과하고 있는 것 같았다. 그때 오랜 시간 동안 간신히 입을 다물고 있던 로저가 끼어들어 조심스럽게 질문을 던졌다.

"범인이 누구인지는 확정하신 겁니까, 찰스 경?"

"제가 몇 분 전에 언급한 바와 같이, 저 스스로에게 던진 질문에 대한 만족스러운 답은 얻었습니다."

그는 위엄 있게 대답했지만 태도에서는 솔직한 느낌이 들지 않았다.

"알겠습니다. 결정을 내리셨군요." 로저는 확답을 재촉했다. "그에 대해 알게 된다면 재미있을 겁니다. 경께서 진상에 다가가는 방식을 좀더 잘 따라갈 수 있을 테니까요. 귀납법을 사용하신 겁니까?"

"그렇다고 할 수 있을 겁니다."

찰스 경은 성마르게 대답했다. 그는 답변을 재촉당하는 일을 극도로 싫어했다. 그는 잠시 동안 말을 잇지 못하고 불쾌한 표정을 짓고 있다가 이내 위엄을 회복했다.

"대번에 알았던 사실이지만 이 과제가 간단한 일이 될 거라는 생각은 하지 않았습니다." 그는 한층 더 엄격한 목소리로 다시 이야기를 시작했다. "제 뜻대로 사용할 수 있는 시간도 극도로 제한적이었거니와, 광범위한 조사가 반드시 필요하기도 했습니다. 하지만 해보고 싶은 조사가 있다 한들 조사 활동에 직접 뛰어들기에는 주어진 시간이 너무도 짧았습니다. 저는 이 문제에 대해 심사숙고를 해본 후 진상에 도달할 수 있는 단 한 가지 방법은 다음과 같다는 결론을 내렸습니다. 우선 사건의 단서들을 충분한 시간 동안 검토한 후 가설을 체계화해서 제가 알고 있는 정보들 중 그 어떤 것에도 적용할 수 있는 시험대로 삼아보는 것입니다. 그다음에는 제가 알고 있는 정보에 해당하지는 않지만 가설이 정확하다면 사실임이 틀림없는 추가적인 사항들을 주의깊게 작성하는 것입니다. 이 추가적인 사항들에 대해서는 저를 대신해서 다른 사람에게 조사를 맡길 수도 있습니다. 그리하여 가설이 입증된다면 제 추론은 확실하게 증명된 거라고 할 수 있습니다."

찰스 경은 말을 마치고 숨을 고르기 시작했다.

"다시 말해서, '귀납법을 채택하기로 했다'는 거네요."

로저는 미소를 띠며 백 마디가 넘는 말을 단 세 마디로 줄여 얼리샤 대머스에게 속삭였다. 그의 목소리는 꽤 작았기 때문에 얼리샤 대머스를 제외하면 아무도 그 말을 듣지 못했다. 그녀는 무슨 말인지 알았다는 듯 미소로 화답했다. 그녀의 미소는 필력과 언변은 확실히 다른 능력이라고 이야기하는 것 같았다.

"저는 가설을 완성했습니다."

찰스 경은 놀라울 정도로 간결한 표현으로 선언했다. 어쩌면 아직 숨이 가쁜지도 몰랐다.

"저는 가설을 하나 완성했습니다. 부득불 대부분은 추측에 의한 것입니다. 예를 하나 들어보겠습니다. 범인이 메이슨 앤드 선스사의 편지지를 소유하고 있었다는 점은 무엇보다 저를 당황하게 했습니다. 편지지는 제가 혐의를 두고 있던 인간이 갖고 있을지도 모를, 혹은 손에 넣을 수 있을지도 모를 물건에 해당하지 않았기 때문입니다. 저는 범인이 어떤 수단으로 편지지를 손에 넣었는지 상상할 수 없었습니다. 범행 계획을 세운 후 계획을 달성하기 위해 편지지를 구하려 했다면, 문제의 그 인간은 어떻게 차후에 의심받는 일 없이 계획적으로 편지지를 손에 넣을 수 있었을까요?

따라서 저는 범인은 절대로 의심받지 않고 메이슨 앤드 선스사의 편지지를 구할 수 있는 능력을 지닌 사람이며, 결국 그러한 능력이 있었기에 특정 회사의 편지지를 이용한 거라는 결론을 내렸습니다."

찰스 경은 무언가를 기대하는 듯 위풍당당하게 주변을 둘러보았다.

그가 말한 내용은 모든 회원들이 떠올린 생각이며, 굳이 입 밖에 낼 필요가 없을 정도로 명백한 사실이었다. 그럼에도 불구하고 로저는 기꺼이 기대를 충족시켜주었다.

"굉장히 흥미로운 의견이로군요, 찰스 경. 이보다 더 기발할 수가 있을까 싶을 지경입니다."

찰스 경은 고개를 끄덕여 동의를 표했다.

"단순한 추측일 뿐입니다. 인정합니다. 추측 이상은 아니지요. 하지만 결과적으로 이 추측이 옳다는 사실이 입증되었습니다."

찰스 경은 자신의 통찰력에 감탄한 나머지 다른 곳에 정신이 팔리기 시작해서, 자신이 그토록 사랑해 마지않던 길고 배배 꼬인 문장이나 길게 늘여놓은 종속절을 깡그리 잊고 말았다. 거대한 머리가 어깨 위에서 날카롭게 흔들렸다.

"범인은 어떻게 편지지를 손에 넣을 수 있었을까? 그리고 그가 그 물건을 소유하고 있었다는 사실을 어떻게 입증할 수 있을까? 저는 그 점에 대해 고민했습니다. 그러다가 마침내 많은 회사에서 편지지나 영수증에 '깊은 감사를 드립니다', 혹은 그 비슷한 내용의 문구를 인쇄해놓는다는 생각이 떠올랐습니다. 그러자 세 가지 의문이 고개를 들었습니다. 메이슨사에도 그런 관행이 있는가? 문제의 인물은 메이슨사와 거래 관계에 있는가? 특히 그 누렇게 변색된 편지지로 미루어 볼 때, 과거에 거래를 했던 적이 있을까? 마지막으로 편지지에서 그런 문구를 조심스럽게 지워버린 흔적이 있는가?"

"신사 숙녀 여러분." 찰스 경은 흥분으로 얼굴이 시뻘겋게 달아올라 우렁찬 목소리로 말을 이었다. "여러분께서는 이 세 가지 질문에 대해 모두 '예'라는 답이 나올 가능성은 극히 적다는 사실을 알게 되실 겁니다. 거의 불가능할 정도입니다. 물론 사실임이 입증되어야 하겠지만, 저는 이 문제들을 제기하기 전부터 한낱 우연에 책임을 돌릴 수는 없다는 사실을 알고 있었습니다."

찰스 경은 이렇게 말한 후 목소리를 낮췄다.

"만일……." 그는 말하는 속도도 늦추기 시작했다. "제가 제기한 세 가지 질문에 대한 답이 모두 '예'라고 나온다면, 제가 혐의를 두고 있는 인간은 초콜릿에 독극물을 주입하는 현장을 목격당한 것이나 다름없을 정도로 유죄임이 확실합니다."

그는 말을 멈추고 가슴이 사무치는 듯한 표정으로 주변을 둘러보았다. 사람들의 시선이 모두 그의 얼굴에 쏠려 있었다.

"신사 숙녀 여러분, 이 세 가지 질문에 대한 답은 모두 '예'입니다."

웅변은 효과적인 기술이다. 로저는 찰스 경이 그저 습관적으로 법정에서 평소 사용하던 진부한 요령을 발휘하고 있다는 사실을 너무나 잘 알고 있었다. 그는 '신사 숙녀 여러분'이라는 말 대신 '배심원 여러분'이라는 말을 집어넣고 싶은 마음을 억누르느라 갖은 애를 썼다. 하지만 이는 충분히 예상할 수 있는 상황일 뿐이었다. 찰스 경은 흥미로운 이야기를 하고 있었고, 누구보다도 진심으로 그 이야기가 옳다고 믿고 있었다. 그는 오랜 세월 동안 법정에서 단련해온 끝에 무엇보다 자연스럽게 써먹을 수 있는 방식을 채택해서 이야기를 해나갈 뿐이었다. 로저가 짜증이 난 이유는 이것 때문이 아니었다.

그의 심기가 불편해진 이유는 다음과 같은 이유 때문이었다. 로저는 올바른 사냥감이라고 믿고 있는 전혀 다른 토끼의 냄새를 차근차근 쫓는 중이었다. 처음에는 찰스 경이 사냥감의 치마를 들추며 추파를 던지는 모습이 다소 우습기도 했다. 하지만 지금 그가 늘어놓는 한낱 미사여구에 흔들려, 그게 하찮은 내용이라는 사실을 알고 있음에도 의혹에 빠져드는 것은 어쩔 수 없었다.

하지만 그에게 생긴 의혹이 단순히 미사여구 탓일까? 찰스 경은 몇 가지 확고한 사실을 씨실과 날실로 삼아 미사여구가 주렁주렁 달린 비현실적인 그물을 짜내는 것 같았다. 그는 거만한 노인네일지는 몰라도 바보는 아니었다. 로저는 정말로 불안해지기 시작했다. 자신이 쫓는 토끼가 굉장히 잡기 어려운 사냥감이라는 사실을 인정할 수밖에 없었기 때문이다.

찰스 경이 자신의 논지를 점차 발전시켜나가자 로저의 불안한 마음은 참담한 심정으로 변하기 시작했다.

"그 점에 대해서는 의문의 여지가 없습니다. 제가 고용한 조사원은, 구식 회사인 메이슨사가 자신들과 거래중인 개인 고객들에게 예의를 차리기 위해 언제나 한가운데에 두세 마디의 글귀가 인쇄된 편지지에 감사 인사를 적어 보낸다는 사실을 알아냈습니다. 물론 거래처의 구십 퍼센트는 도매 쪽입니다만. 저는 이 인물이 그 회사와 거래 관계에 있었다는 사실을 확인했습니다. 그리고 그 거래 관계는 다섯 달 전에 끝난 것으로 보입니다. 다시 말해서 당시 수표를 통해 대금을 치렀고, 그 이후 상품 주문은 전혀 없었다는 뜻입니다.

게다가 저는 편지를 다시 한번 조사하기 위해 시간을 내서 특별히 런던 경찰청을 직접 찾아갔습니다. 편지지 뒤편을 보니 내용은 알아볼 수 없지만 예전에 타자기로 친 글자의 흔적이 중간쯤에 남아 있다는 사실을 분명히 확인했습니다. 나중에 타자기로 친 글자가 위를 덮고 있어 완전히 지워버릴 수 없었던 겁니다. 그 글귀는 제가 예상했던 문구, 즉 메이슨사에서 보낸 감사 인사 문구의 길이와 일치했습니다. 문지르고 롤러로 밀고 매끄러운 종이를 다시 거칠거칠하게 만들어 타자용 잉크뿐 아니라 금속 활자판이 낸 자국마저 없애버리려고 최대한 세심하게 시도한 흔적이 엿보였습니다.

이 점이야말로 제 추론이 옳다는 사실을 증명해주는 확실한 증거였습니다. 그래서 저는 즉시 머릿속에 떠오른 다른 의심스러운 점들을 해결하는 일에 착수했습니다. 시간이 촉박했기 때문에 저는 자그마치 네 곳의 흥신소의 도움을 얻어 원하던 자료를 수집하는 데 주력했습니다. 이 때문에 상당히 많은 시간을 절약할 수 있었을 뿐만 아니라 저를 제외한 제삼자들에게 자료 전체가 넘어가는 일을 막을 수 있는 이점도 누릴 수 있었습니다. 사실 저는 흥신소 사람들이 제가 품고 있는 목적에 대해 짐작조차 할 수 없도록 네 곳의 업체에 알아낼 일을 적절히 분배하는 데 최선의 노력을 다했습니다. 이 점에 대해서도 성공적이었다고 자평하는 바입니다.

제 다음 관심사는 소포에 찍힌 소인이었습니다. 제 추론을 입증하기 위해서는 용의자가 문제가 된 그 시각에 실제로 스트랜드 대로 근처에 있었다는 사실을 증명하는 과정이 필요했습니다. 혹시 여러분께서는……."

찰스 경은 말을 멈추고 흥미로운 표정으로 자신을 바라보는 사람들을 탐색했다. 그는 자신의 의견에 헛되이 반대 의견을 내놓을 사람으로 모턴 해러게이트 브래들리를 지목한 듯, 단호한 태도로 그에게 말을 건넸다.

"증명이 불필요하다고 생각하실 수도 있습니다. 어떤 순진무구한 사람이 범인의 부탁을 받아 소포를 부친 것일지도 모릅니다. 자신도 모르는 사이에 공범이 되고 만 것입니다. 그리하여 진범은 소포를 부친 시점을 전후한 흔들리지 않는 알리바이를 손에 넣었다고 할 수 있습니다. 제가 지목한 그자는 실제로 우리 나라에 없었기 때문에 더욱 그렇습니다. 따라서 영국으로 여행을 가는 친구에게 그곳에서 소포를 한 통 부쳐달라고 부탁하는 일은 굉장히 쉬운 일이었을 겁니다. 만만치 않은 해외 우편 요금도 아낄 수 있었을 테죠."

"하지만 저는 그렇게 생각하지 않습니다." 찰스 경은 한층 더 신랄한 어조로 브래들리에게 말했다. "저도 그 점은 고려해보았습니다만 제 심중에 있는 자가 그런 심각한 위험을 무릅썼을 거라는 생각은 들지 않았습니다. 왜냐하면 만약 그 친구가 신문에서 사건에 대한 기사를 읽게 된다면 그런 부탁을 받은 일을 기억해낼 거라는 사실은 자명하니까요. 이는 피할 수 없는 결과였을 겁니다."

찰스 경은 마침내 결론을 내리면서 브래들리를 마지막으로 한 번 더 짓밟았다.

"아니고말고요. 제가 생각하는 자는 소포가 우체국의 관리하에 들어갈 때까지 누구의 손에도 맡겨서는 안 된다는 점은 익히 알고 있었을 거라고 생각합니다."

이에 브래들리는 격식을 차리며 입을 열었다.

"물론입니다. 하지만 페네파더 부인에게는 아무것도 모른 채 공범이 된 사람이 아닌, 적극적으로 범행에 공모한 자가 있었는지도 모릅니다. 물론 그 점 역시 고려해보셨겠지요?"

브래들리는 이 논지에 별 관심은 없지만 찰스 경이 자신에게 대놓고 말하고 있으니 예의상 어쩔 수 없이 견해를 밝혔다는 투를 간신히 유지했다.

찰스 경의 안색이 눈에 띄게 보라색으로 변했다. 지금까지 그는 자신이 지목한 용의자의 이름을 밝히지 않고 교묘하게 이야기를 진행해온 것에 대해 득의만면하고 있었다. 본격 탐정소설처럼 사건을 입증한 후 마지막에 가서야 범인의 이름을 발표하는 호사스러운 권리를 누릴 작정이었던 것이다. 하지만 비열한 작가 나부랭이가 범인의 이름을 누설해버렸다.

"브래들리 씨, 저는 아직 누구의 이름도 언급한 적이 없다는 사실에 주의하셨으면 합니다. 그런 발언을 하다니 굉장히 경솔한 언행이 아닐 수 없습니다. 명예훼손이라는 법이 있다는 사실을 상기시켜드려야 합니까?"

그는 제대로 된 새뮤얼 존슨• 식의 예법을 구사하며 진지한 어조로 말했다.

모턴 해러게이트는 사람 미치게 하는 거만한 미소를 지어 보였다. 사실 그는 가장 상대하기 싫은 젊은이였다.

"설마 그렇겠습니까, 찰스 경!" 그는 윗입술 위로 기르고 있는 매끈한 콧수염을 쓰다듬으며 놀려댔다. "저는 페네파더 부인이 남편을 살해하려고 시도했다는 내용의 소설을 쓸 생각은 없습니다. 만일 경께서 그에 대해 제게 주의를 주고 계신 거라면 중상모략을 거론하시는 게 더 낫지 않을까요?"

중상모략을 입 밖에 내려다 명예훼손 이야기가 잘못 나왔던 찰스 경은 타오르는 듯한 눈빛을 브래들리에게 쏘아 보냈다.

로저가 서둘러 구원에 나섰다. 두 사람이 싸움을 벌이고 있는 모습이 마치 황소와 쇠파리의 싸움 같았기 때문이다. 이런 싸움은 종종 즐거운 구경거리가 되곤 했다. 하지만 범죄 연구회는 다른 사람들이 저지른 범죄를 조사하기 위해 설립된 모임이지 새로운 범죄가 발생할 기회를 제공하는 단체가 아니었다. 로저는 황소와 쇠파리 중 특별히 어느 쪽에도 호감은 없었지만 양쪽 모두 저마다의 방식으로 그를 즐겁게 해주었다. 양쪽 방식 모두 싫어하지 않는다는 사실은 분명했다. 반면 브래들리는 로저와 찰스 경 둘 다 싫어했다. 그는 로저를 좀더 싫어했는데, 이는 로저가 귀족이면서도 귀족이 아닌 척 행동하기 때문이었다. 반면 브래들리는 귀족이 아니지만 귀족인 척 행동했다. 확실히 그를 싫어하기에 충분한 이유일 터였다.

"그 점을 언급해주셔서 감사합니다, 찰스 경." 로저는 이제 차분하게 말을 이어나갔다. "반드시 고려해야 할 문제입니다. 개인적으로는 여기서 중상모략에 대한 합의에 이르지 않으면 논의를 더이상 진행할 수 없을 것 같습니다. 그렇지 않습니까?"

"어려운 문제이긴 합니다."

찰스 경은 성미를 누그러뜨리며 그의 말에 동의했다.

● **새뮤얼 존슨** _ 18세기 영국의 시인이자 평론가. 영국 최초의 영어 사전을 편찬하여 영문학 발전에 크게 이바지하였다.

그의 머릿속에 잠들어 있는 변호사가 깨어나 인간이라는 잔악무도한 존재를 한꺼번에 집어삼켰다. 뼛속까지 변호사인 자가 제대로 얽히고설킨 법률적 난제를 만나면 다른 하찮은 문제는 물론 자신이 맡은 소송 사건까지 덮고 집중하기 마련이다. 천생 여자라면 집안에서 요리를 할 때에도 우선 가장 좋은 옷을 차려 입고 화장을 고치려고 할 게 분명하다는 점과 같은 이치였다.

로저는 그의 법률적 감수성을 해치지 않을까 염려하며 조심스럽게 입을 열었다. 비전문가가 선불리 나서기에는 무모한 일이 아닐 수 없기 때문이다.

"그 특정 법률에 대해서는 무시하는 게 좋을 것 같습니다. 그러니까……." 법에 대한 신성모독을 용납해달라는 청을 들은 찰스 경이 고통에 시달리는 듯 이맛살을 찌푸리자, 로저는 그 모습을 보고 급히 덧붙였다. "그러니까 이 방안에서만큼은 무엇이든 편견 없이, 친구 사이에 나누는 대화처럼, 복잡한 수식어는 집어치우고 이야기를 나누는 게 어떨까 하는 겁니다."

그러다 자포자기한 채 본심을 털어놓았다.

"교묘한 법률 용어 같은 건 빼놓고 말입니다."

전체적으로 보아 썩 요령 있는 화법은 아니었다.

어쨌든 찰스 경이 그의 말뜻을 알아들었는지는 의심스러웠다. 눈이 꿈꾸는 것처럼 흐리멍덩해졌기 때문이다. 마치 상원에 소속된 법관 의원이 요식행위에 불과한 문서를 붙잡고 흥얼대는 모습 같았다.

"다들 아시다시피, 중상모략은 여러 사람 앞에서의 악의적인 발화 표현으로 타인에게 해를 입힌 경우 피해자가 발화자를 직접 고소해야 성립됩니다. 실형에 처할 수 있는 범죄나 비행을 남에게 덮어씌우는 경우에는 그로 인하여 입은 금전적 피해는 입증할 필요가 없습니다. 또한 비방이 평판을 해치는 경우에는 일단 그 주장이 허위라고 가정한 후, 주장이 사실임을 증명하는 책임은 피고 쪽에 부과됩니다. 따라서 중상모략에 대한 소송의 피고가 본질적으로는 살인 사건에 대한 민사소송의 원고라는 흥미로운 일이 발생하기도 합니다. 그리고 사실은……." 찰스 경은 굉장히 당혹스럽다는 듯 말했다. "그 후에 어떤 일이 벌어지게 될지는 저도 모릅니다."

"어…… 그렇다면 면책특권은 어떻게 적용됩니까?"

로저가 힘없이 물었다.

"물론……." 찰스 경은 로저의 질문을 무시했다. "소장에는 한낱 자신의 언행에 담긴 의미나 대략적인 추론 대신 실제로 했던 비방 내용을 그대로 기재해야 합니다. 만약 진술한 내용을 증명하는데 실패한다면 원고의 소송은 각하됩니다. 따라서 여기서 행해진 중상의 내용이 기록되고 그 내용을 들은 증인이 서명하지 않는 한, 소송이 성립될지는 잘 모르겠습니다."

"그래서 이 자리는 면책특권에 해당됩니까?"

로저가 자포자기한 듯 중얼거렸다.

"저는 이렇게 생각합니다." 찰스 경은 얼굴을 빛내며 말을 이었다. “어떤 진술이 본질적으로는 타인의 명예를 훼손하며 심지어 허위일지라도, 완벽하게 적절한 동기에서 비롯되었으며 발화자가 진술의 진실성을 전적으로 믿고 있다면 해당 내용에 대해 발언하는 것은 정당하다고 볼 수도 있지 않을까 합니다. 그 경우에는 사실 추정의 원칙이 역전되어, 피고가 분명한 악의를 품고 그런 발언을 했다는 사실을 입증하는 책임은 원고 측에 부과됩니다. 이럴 경우 법정은 거의 틀림없이 공익을 고려하는 쪽으로 기울어질 거라고 생각합니다. 아마도 이러한 점이 의미하는 바는…….”

“면책특권 말입니다!”

로저가 큰 소리로 말했다. 찰스 경은 싸구려 와인에 취한 듯한 멍청한 눈으로 로저를 바라보았다. 그러나 이번에는 로저의 말을 이해한 모양이었다. 그는 책망하는 듯한 태도로 말을 이었다.

“그 이야기를 하려던 참이었습니다. 우리의 경우에는 공익에 따른 면책특권이 받아들여질 것이라고 생각하기는 어렵습니다. 사사로이 하는 이야기에 대해서는, 당연하겠지만 면책의 한계를 정하는 것은 굉장히 어렵습니다. 이곳에서 나온 모든 진술은 순전히 사사로운 의견 교환에 따른 것이라는 주장이 설득력이 있을지는 회의적입니다. 이 연구회가 사실상 사적 모임과 공적 모임 중 어느 쪽으로 받아들여질지 의문이기 때문입니다.” 찰스 경은 한층 더 흥미를 보이며 말을 이었다. “어느 쪽이든 주장은 가능합니다. 심지어 이 상황을 놓고 보면 사적 개인이 공적인 모임에 참가한다고 할 수도, 역으로 공적 모임이 사사롭게 열린다고 할 수도 있습니다. 논쟁의 여지가 굉장히 큽니다."

찰스 경은 극심한 논쟁거리라는 점을 강조하기 위해 한동안 안경을 흔들고 있다가 마침내 본론으로 들어갔다.

"저는 조심스럽게 이렇게 말하고 싶습니다.

대체로 보아 우리가 하는 이야기가 적대적인 감정으로 상대를 모욕하기 위해서가 아니라 오직 의무를, 그러니까 반드시 법적은 아닐지라도 도덕적 혹은 사회적 의무를 이행하기 위해 나눈 의견 교환인 한, 이 모임이 면책특권을 받을 수 있다는 의견을 개진하는 행위는 정당화될 수 있을지도 모릅니다. 선의를 가진 사람들이 적절한 한도를 지키며 자신과 공공의 이익을 위해 고발을 행한다면, 그들의 입 밖으로 나온 어떤 진술이든 진리에 대한 확신을 담은 호소에 의해 보호받을 수 있을 것입니다. 하지만……." 찰스 경은 결국 확답을 해버린 자신에 대해 충격을 받은 듯 곧바로 얼버무리기 시작했다. "이 점에 대해서는 확언할 수 없다는 말씀을 드릴 수밖에 없습니다. 그러니 특정인의 이름을 직접적으로 언급하는 것은 자제하고, 오해의 여지가 없는 방식, 예를 들어 몸짓이나 의인화된 표현, 연기 같은 수단을 사용하여 우리 각자가 범인으로 생각하고 있는 자를 자유롭게 지목하는 것이 더 현명한 방식이 아닐까 합니다."

범죄 연구회 회장이 가냘프지만 집요한 목소리로 밀어붙였다.

"그럼에도 대체적으로 이 자리는 면책특권을 받을 수 있다고 간

주될 여지가 다분하니, 계속해서 논의를 이어나가 각자 추정하는 이름을 거론할 수 있다는 말씀이시지요?"

찰스 경의 안경이 완벽한 원을 그리고 있었다. 그 모습은 상징적이었다.

"그렇습니다."

그의 목소리는 참으로 무거웠다. 어쨌든 그가 입 밖에 낸 말은 이 모임에서와는 달리 그의 언행이 폄하당할 필요가 없는 자리에서 발언한 것이었다면 범죄 연구회로 하여금 놀랄 정도의 비용을 치르게 할 만한 의견이었다.

"그 정도의 위험은 감수해도 좋을 것 같습니다."

"알겠습니다!"

범죄 연구회 회장은 한시름 놓는 듯한 기분으로 말했다.

006

찰스 경은 발언을 이어나갔다.

“아마 여러분 중 상당수도 범인의 정체에 대해 저와 같은 결론에 도달하셨을 겁니다. 이 사건은 과거 있었던 유명한 살인 사건 한 건과 굉장히 유사한 양상을 보여줍니다. 그 유사성을 간과하고 넘어가기란 지극히 어려운 일일 겁니다. 당연히 마리 라파르주 사건 이야기입니다.”

“아!”

로저는 놀라 외마디 소리를 냈다. 지금까지 두 사건의 유사성에 대해 알아차리지 못했던 것이다. 그는 거북한 기분에 몸을 꼼지락거렸다. 이제 와서 생각해보니 당연하게도 두 사건의 유사성은 명백했다.

"그 사건에서도 독이 든 음식을 남편에게 발송한 죄로 기소된 부인이 등장했습니다. 그 사건에서는 독이 든 음식이 케이크였고 우리 사건에서는 초콜릿입니다만 사건의 핵심과는 아무런 상관이 없습니다. 아마도……."

"하지만 제정신이 박힌 사람이라면 마리 라파르주가 유죄라고 믿지는 않을 텐데요." 얼리샤 대머스가 그녀답지 않게 흥분하며 끼어들었다. "실제로 그 케이크는 배심원 대표인지 하는 사람이 보낸 것이라는 사실이 입증되지 않았던가요? 이름이 데니스였나요? 게다가 그의 동기가 훨씬 강했어요."

찰스 경은 엄격한 눈초리로 그녀를 쏘아보았다.

"저는 기소되었다는 표현을 사용한 것 같습니다만. 저는 당시 상황을 언급하고 있을 뿐 제 의견을 표명한 것은 아닙니다."

"죄송합니다."

그녀는 얼굴도 붉히지 않고 고개를 까딱 숙이기만 했다. 찰스 경은 인간미 없는 말투로 단호하게 말을 이었다.

"어쨌든 저는 우연의 일치에 대해 언급한 것뿐입니다. 그건 그렇다 치고 넘어가죠. 이제 아까의 논점으로 돌아가 중단되었던 부분에서 다시 시작하도록 하겠습니다. 그런 연유로 이제 문제가 되는 질문은 이것입니다. 이 사건의 공범은 아무것도 모르고 이용당한 것이 아니라 적극적으로 페네파더 부인에게 협력했는가? 저도 처음부터 이 점에 대해 의구심을 품고 있었습니다. 그리고 그렇지 않다는 납득할 만할 결론을 내렸습니다. 그녀는 이 범행을 혼자 계획하고 실행했습니다."

당연히 질문이 따라올 거라 예상했는지 그는 이 대목에서 말을 끊었다. 로저는 재치 있게 그의 기대에 부응했다.

"찰스 경, 어떻게 그녀가 어떻게 범행을 저지를 수 있었을까요? 그녀가 그동안 남프랑스에서 지내고 있었다는 사실은 잘 알려져 있습니다. 경찰도 바로 그 점에 대해 집중적으로 수사했고요. 그녀에게는 완벽한 알리바이가 있습니다."

찰스 경은 단호한 눈빛으로 그를 쏘아보았다.

"그녀에게는 알리바이가 있었습니다. 그리고 저는 그 알리바이를 무너뜨렸습니다. 진상은 다음과 같습니다.

소포에 찍힌 소인 날짜로부터 사흘 전, 페네파더 부인은 일주일 예정으로 망통을 떠나 아비뇽으로 향했습니다. 표면상으로는요. 주말이 되자 그녀는 다시 망통으로 돌아왔습니다. 그녀의 서명이 아비뇽의 호텔 숙박부에 남아 있었고 그녀는 그곳에서 숙박비를 지불한 영수증까지 가지고 있었으니, 모든 것이 지극히 이치에 맞는 것처럼 보입니다. 그런데 딱 한 가지 특이한 점이 있습니다. 그녀에게는 말쑥한 외모에 훌륭한 예의범절까지 갖춘, 젊고 유능한 하녀가 있었습니다. 그런데 호텔 영수증에 한 사람 분의 요금만 적혀 있는 것으로 보아 그녀는 아비뇽에 하녀를 데리고 가지 않은 것처럼 보입니다. 하지만 그 하녀는 망통에 머물러 있던 것도 아니었습니다. 그렇다면 그녀는 흔적 하나 남기지 않고 사라졌다는 말입니까?"

찰스 경은 분연한 말투로 따져 물었다.

"아! 알겠습니다. 굉장히 기발하군요."

골똘하게 귀를 기울이고 있던 치터윅이 고개를 끄덕였다.

"매우 기발합니다."

찰스 경은 부정한 여인의 기발함이 자신의 공로라도 되는 듯, 만족스러운 표정으로 치터윅의 말에 동의했다.

"하녀가 주인의 역할을 대신했던 겁니다. 주인은 비밀리에 영국으로 돌아왔습니다. 저는 의심의 여지를 조금도 남기지 않고 그 사실을 입증했습니다. 제가 전보로 내린 지령을 받아 움직이는 조사원이 아비뇽의 호텔 주인에게 페네파더 부인의 사진을 보여주면서 이런 사람이 호텔에 머무른 적이 있느냐고 물었습니다. 호텔 주인은 평생 동안 한 번도 본 적이 없는 사람이라고 단언했다더군요. 조사원은 수중에 있던 하녀의 사진을 보여주었는데 이번에는 곧바로 페네파더 부인이라고 하면서 알아보더라는 겁니다. 제 또 다른 추측이 맞았다는 사실이 입증된 셈입니다."

찰스 경은 의자에 몸을 기대더니 안경을 흔들며 자신의 예리한 통찰력에 헌사를 보냈다.

"그러면 페네파더 부인에게는 공범이 있었군요?" 브래들리는 마치 네 살 먹은 어린아이가 동화 「골디락스와 곰 세 마리」에 대한 이야기를 하는 듯한 태도로 중얼거렸다.

“아무것도 모른 채 이용당한 공범이었습니다.” 찰스 경은 항변했다. “제 조사원은 하녀에게 교묘하게 질문을 던져, 페네파더 부인이 급히 영국에 볼일이 있어 돌아가야 하는데 올해에는 이미 육개월 동안 영국에 거주했기 때문에 다시 한번 입국하게 되면 영국 정부에 소득세를 내야 한다는 이야기를 했다는 진술을 확보했습니다. 확실히 고민해볼 정도의 액수이긴 합니다. 페네파더 부인은 어려움을 타개하기 위한 수단을 고민하다가 이 계획을 제안했다는 겁니다. 섭섭하지 않을 정도로 돈을 찔러주면서요. 하녀가 제안을 받아들인 건 자연스러운 수순이었을 겁니다. 기발하지요. 정말 기발합니다.”

그는 다시 말을 끊고는 찬사를 기대하는 듯 주변을 둘러보았다.

“굉장히 명민하시네요, 찰스 경.”

얼리샤 대머스가 말이 끊긴 자리를 차지하며 조용히 말했다.

“그녀가 본국에 들어왔다는 실제 증거는 확보하지 못했습니다.” 찰스 경은 유감스러운 듯 말했다. “법적 입장에서 볼 때, 그 점을 고려하면 고발할 수 있는 조건이 다소 부족하다고 할 수 있습니다. 하지만 그 점은 경찰이 해결해야 할 문제입니다. 어느 면으로 보나 제 사건은 해결되었다고 할 수 있습니다. 이런 말씀을 드리게 되어 대단히 유감스럽습니다만 다른 진상은 떠오르지 않는군요. 페네파더 부인이 벤딕스 부인을 살해한 범인입니다.”

찰스 경이 발언을 끝내자 모두들 생각에 잠긴 듯 방안은 침묵에 휩싸였다. 저마다 던지고 싶은 질문이 있을 텐데도 아무도 먼저 입을 열고 싶지는 않은 것 같았다. 로저는 허공을 멍하니 바라보고 있었다. 마치 자신이 쫓던 사냥감의 자취를 애타게 찾아 헤매고 있는 것 같았다. 지금의 정황으로 봐서는 찰스 경이 사건을 해결했다는 점에 의심의 여지가 없어 보였다.

앰브로즈 치터윅이 용기를 내 침묵을 깨뜨렸다.

"찰스 경에게 축하를 드려야겠습니다. 경의 해답은 놀랍기도 하지만 그만큼 훌륭합니다. 그런데 딱 하나 질문이 있습니다. 바로 동기에 대한 의문입니다. 페네파더 부인은 남편과 이혼 소송을 벌이고 있는데 왜 그토록 남편을 죽이고 싶어 했을까요? 이혼 판결이 제대로 나지 않을 거라는 의심이라도 품었던 걸까요?"

"전혀 없었습니다. 그녀는 이혼 판결이 날 거라고 확신했기 때문에 그토록 남편을 살해하고 싶었던 겁니다."

찰스 경은 단조로운 말투로 대답했다.

"자, 잘 이해가 되지 않습니다만……."

치터윅이 더듬거리며 말했다.

다들 어리둥절한 심정이었지만 찰스 경은 잠시 동안 그런 상태를 방치하고 있다가 마침내 거들먹거리며 입을 열었다. 그에게는 청중들의 분위기를 읽는 연설가로서의 천부적인 감각이 있었다.

"저는 발언 시작 무렵에 제가 알고 있던 작은 지식 하나가 사건을 해결하는 데 실질적인 도움을 주었다는 사실을 언급했습니다. 그 사소한 지식의 정체는 극비였지만 이제 내용을 밝힐 각오를 다졌습니다.

유스터스 경과 제 여식 사이에 약혼 이야기가 있었다는 사실은 여러분 모두 알고 계실 겁니다. 여기서 이 이야기를 밝혀도 성직자처럼 고해에 대한 비밀 엄수 의무에 저촉되지 않을 거라고 생각해서 드리는 말씀이지만, 수 주 전에 유스터스 경이 저를 찾아와 이혼 소송에 대한 예비 판결이 공표되면 두 사람 사이의 약혼을 정식으로 허락해달라는 요청을 했습니다.

그날 대화에서 있었던 일들을 전부 밝힐 필요는 없을 겁니다. 그중에서 이번 사건과 관련이 있는 내용은 다음과 같습니다. 유스터스 경의 부인이 이혼을 결사 반대했기 때문에, 그는 전적으로 그녀의 구미에 맞춰 유언장을 변경해서 간신히 그녀를 설득했다고 솔직하게 털어놓았습니다. 유언장에는 우스터셔 주에 있는 그의 토지까지 넘겨준다는 조항도 있었습니다. 그녀 또한 자신만의 수입이 있었지만, 여력이 되는 만큼 재산을 얹어줌으로써 그녀를 배려해주려고 했던 것입니다. 그러나 그의 토지는 담보로 잡혀 있어 그곳에서 벌어들이는 임대 수익은 대부분 대출이자를 갚는 데 들어가고 있었습니다. 기타 유지비까지 감안하면 그 토지는 그리 큰 재산은 못 되었습니다. 하지만 페네파더 부인과 맺은 혼전 부동산 계약에 따라 그는 큰 액수의 생명보험에 가입한 상태죠. 저축성 생명보험이 그러하듯 토지에 걸린 부채는 그가 사망하였을 경우 소멸하도록 되어 있었습니다. 따라서 그도 솔직하게 인정했지만, 그에게는 여식에게 줄 재산이 거의 없었습니다."

찰스 경은 한층 당당한 태도로 말을 이었다.

"저와 마찬가지로 여러분 역시 무엇이 중요한지 놓치지 않으셨을 겁니다. 당시 작성되어 아직까지 유효한 유언장에 따르면, 페네파더 부인은 남편이 죽게 되면 현재의 풍족하지 못한 생활에서 벗어나 비교적 부유한 생활을 누릴 수 있었습니다. 그런데 이혼 소송이 끝나자마자 남편이 다른 여자와 결혼할지도 모른다는 소문이 그녀의 귀에 흘러 들어갔습니다. 그때 그녀는 결혼이 정말로 성사될까 하는 생각에 앞서, 다른 의문을 먼저 품었을 것 같지 않습니까? 남편이 새 유언장을 작성하지 않을까?

유언장이라는 뇌물이 효과를 발휘해서 그녀에게 이혼 수락을 끌어낸 것만 놓고 보더라도, 그녀의 성품이 어떤지는 확실히 드러났다고 봅니다. 그녀는 누가 봐도 금전에 광적으로 집착하는 욕심 많은 여자입니다. 그런 여자에게 살인은 언젠가 밟아나갈 다음 단계에 지나지 않습니다. 남편을 살해하는 것이 그녀의 유일한 희망이었습니다. 그러니 같은 말을 계속해서 반복할 필요는 없을 것 같군요."

찰스 경은 이렇게 발언을 마무리했다. 계속해서 안경이 흔들리고 있는 모습은 다분히 의도적이었다.

"보기 드물게 설득력 있는 추론입니다. 찰스 경께서는 이 정보를 경찰에게 넘길 생각이십니까?"

로저가 작은 한숨을 쉬며 말했다.

"그렇게 하지 않는다면 시민으로서 중대한 직무 유기가 될 거라고 생각합니다." 찰스 경은 자신이 굉장히 자랑스럽다는 기분을 숨길 필요도 없다는 듯 거드름을 피우며 대답했다.

"흠!" 브래들리가 끼어들었다. 누가 봐도 찰스 경의 추론에 그리 만족스러워하는 것 같지 않았다. "초콜릿은 어떻습니까? 경의 추론대로라면 초콜릿은 그녀가 귀국한 후 마련한 것입니까, 아니면 귀국할 때 갖고 온 것입니까?"

찰스 경은 손을 휘휘 내저었다.

"그게 중요합니까?"

"어쨌든 독극물과 그녀의 연관성을 파악하기 위해서는 굉장히 중요하다고 할 수 있습니다."

"니트로벤젠 말입니까? 그녀가 초콜릿을 어떻게 구입했는지 경로를 파악하려고 애를 쓸 사람이 있을지도 모릅니다. 하지만 초콜릿을 손에 넣는 데에는 별 어려움이 없었을 겁니다. 사실 저는 선택한 독극물만 봐도 그녀의 교묘함을 알 수 있다고 봅니다. 다른 행동에서 보여준 것과 마찬가지죠."

"그렇군요."

그는 짧은 콧수염을 어루만진 후 호전적인 눈초리로 찰스 경을 쏘아보았다.

"그러고 보니 경께서는 페네파더 부인의 유죄를 전혀 증명하지 못하셨군요. 경께서도 아실 테지만, 입증하신 거라고는 동기와 기회뿐입니다."

"정확한 지적이에요!"

뜻밖의 인물이 브래들리의 편을 들고 나섰다. 필더플레밍 부인이 이렇게 외쳤다.

"저도 그 점을 지적하려던 참이었어요. 만일 당신이 모으신 정보를 경찰에게 넘겨주신다 하더라도 감사 인사 하나 제대로 못 받으실걸요. 브래들리 씨가 말한 대로 당신은 페네파더 부인이 유죄라는 사실을 증명하기는커녕 근처에도 못 가셨어요. 당신 추론은 헛다리를 짚었다고 확신할 수 있다고요."

찰스 경은 너무도 깜짝 몰라 차마 입을 떼지 못하고 그녀를 바라보기만 할 뿐이었다. 그러다 간신히 입을 열어 외쳤다.

"헛다리라니!"

찰스 경은 자신이 틀렸을 수도 있다는 가능성은 전혀 염두에 두고 있지 않음이 분명했다.

"음, 틀렸다고 하는 편이 더 나을지도 모르겠네요."

필더플레밍 부인은 사뭇 비꼬는 듯한 태도로 말을 정정했다.

"부인……. 어째서 그렇습니까?"

이번만큼은 찰스 경도 적절한 말을 떠올릴 수 없어 뒤로 풀썩 주저앉은 채 힘없이 물었다.

“제가 그렇다고 확신하니까요.”

필더플레밍 부인은 이렇게 반박했지만 그 대답에 만족하는 사람은 아무도 없었다.

로저는 대화를 지켜보며 기분이 점차 바뀌었다. 조금 전까지는 찰스 경의 설득력 있고 자신감 넘치는 태도에 넘어가 혼이 빠진 탓에 얼떨떨하게 그의 말에 동의하던 상태였지만, 이제는 감정이 방향을 바꿔 반대쪽 극단으로 치닫고 있었다. 젠장! 결국 이 브래들리라는 친구가 자신보다 더 냉철한 두뇌를 가졌다는 뜻이었다. 그리고 그가 완벽하게 옳았다. 찰스 경의 추론에는 허점이 몇 가지 있었다. 오히려 그는 페네파더 부인의 변호사가 되어 자신의 추론을 논파해버리고 말았던 것이다.

로저는 친절하게 설명을 시작했다.

“물론 페네파더 부인이 출국하기 전에 메이슨사와 거래한 적이 있을지도 모른다는 사실은 놀랄 일이 아닙니다. 메이슨사에서 영수증을 보내면서 감사 인사를 담은 간단한 편지를 동봉했다는 사실 역시 마찬가지입니다. 찰스 경께서도 말씀하셨듯, 좋은 평판을 얻고 있는 전통적인 상회들은 보통 그런 방식으로 영업을 하니까요. 그리고 이전에 메이슨사에서 그런 용도로 사용했던 편지지가 나중에 범행에 쓸 편지를 위조하는 데 이용되었다 한들 그리 놀랄 일이 아니거니와, 조금만 생각해보면 누가 봐도 뻔한 일이기도 합니다.

살인범이 누구든 간에 편지지를 입수하는 문제에 부딪히는 것은 어쩔 수 없는 일입니다. 예, 사실 찰스 경이 처음에 제시한 세 가지 문제가 모두 '예'라는 답을 얻게 되었던 것은 단순한 우연 이상은 아니라고 봅니다."

찰스 경은 상처 입은 황소처럼 새로운 적을 향해 몸을 돌렸다.

"그럴 공산은 굉장히 적었습니다! 그게 우연의 일치라면 제 법정 인생 전체를 놓고 봐도 가장 믿을 수 없는 일이 아닐 수 없습니다."

그는 노호했다.

"아, 찰스 경, 당신은 편견에 빠져 계십니다. 게다가 과장이 지나치시군요. 당신은 우연일 가능성을 백만분의 일 정도로 보시는 것 같은데 저는 여섯에 하나 정도로 보겠습니다. 순열 조합이라는 말은 아시겠죠?"

브래들리가 부드럽게 말했다.

"순열 따위가 왜 나옵니까!" 찰스 경이 기운차게 응수했다. "거기에 조합(콤비네이션)이라니. 콤비네이션 속옷 따위나 입고 다니니까……."

브래들리는 로저를 향해 몸을 돌렸다.

"회장님, 이 클럽에서는 한 회원이 다른 회원의 속옷에 대해 공격해도 규칙에 저촉되지 않습니까? 게다가 찰스 경." 그는 기사 작위를 받은 남자를 향해 한마디 덧붙였다. "저는 그런 속옷은 입지 않습니다. 갓난아기였을 때부터 한 번도 입어본 적이 없단 말입니다."

로저는 회장의 위엄 때문에 테이블 주변에서 터져 나오는 킥킥거리는 웃음에 동참할 수 없었다. 대신 모임을 계속해서 유지하기 위해 펄펄 끓는 물에 기름을 부어야만 했다.

"브래들리, 당신은 지금 요점을 망각하고 있는 것 같지 않습니까? 찰스 경, 저는 당신의 가설을 꼭 무너뜨리고 싶지는 않습니다. 그 가설을 변호하는 데 사용한 훌륭한 방식에 대해 비방하고 싶지도 않습니다. 그러나 당신 주장을 계속해서 고수하려면 우리가 제기하는 어떤 반론에 대해서도 참고 견딜 수 있어야 합니다. 그뿐입니다. 솔직한 생각으로는 경은 경이 제시한 세 가지 질문의 중요성에 대해 지나치게 가중치를 둔 것이 아닌가 합니다. 당신 생각은 어떻습니까, 대머스 씨?"

"맞아요. 찰스 경께서 그 질문의 중요성을 강조하신 방식을 보니, 과거 탐정소설 작가들이 즐겨 사용하던 트릭이 하나 떠오르네요. 제 기억이 정확하다면 찰스 경께서는 이렇게 말씀하셨죠. 만일 세 가지 질문에 대한 답이 모두 '예'라고 나온다면, 흉중에 있는 인물이 유죄라는 사실은 초콜릿에 독을 넣는 장면을 직접 목격한 것과 다름없을 정도로 명백하다고요. 세 가지 질문에 모두 '예'라는 대답이 우연히 나올 가능성은 한없이 작다고 하시면서요. 다시 말하면 찰스 경께서는 그저 강한 주장을 하신 거예요. 근거나 논거는 하나도 제시하지 않은 채 말이지요."

그녀는 활발한 태도로 대답했다.

"그게 탐정소설 작가들이 하는 짓이란 말입니까, 대머스 씨?"

브래들리가 관대한 미소를 지으며 물었다.

"언제나 그런 식인걸요, 브래들리 씨. 당신 책에서도 종종 그런 점이 눈에 띄었으니까요. 당신은 한 가지 점만을 너무 강조해서 기술하기 때문에, 독자들은 그 주장에 대해 의문을 제기하려는 생각을 전혀 하지 못해요. 탐정은 이런 식으로 말하죠. '여기 빨간 액체가 든 병이 하나, 파란 액체가 든 병이 하나 있습니다. 만일 두 가지 액체가 잉크라고 판명된다면, 범인들은 서재에 있는 빈 잉크병을 채우기 위해 이 잉크를 구입했다는 사실이 명백해질 겁니다. 이는 죽은 사람의 생각을 읽는 것처럼 확실한 사실입니다.' 하지만 빨간 잉크는 하녀들 중 한 명이 점퍼를 염색하기 위해 샀을 수도 있고, 파란 잉크는 비서가 만년필을 채우기 위해 샀을 수도 있잖아요? 그 밖에도 다른 해석이 백 개는 족히 나올 거예요. 하지만 이런 가능성은 조용히 무시되고 말죠. 그렇지 않나요?"

"분명 그렇습니다." 브래들리는 동요하지 않고 고개를 끄덕였다. "본질을 벗어나는 문제에 시간을 낭비해서는 안 됩니다. 그저 무슨 생각을 해야 하는지 독자들에게 분명히 알려주려는 것뿐이니까요. 그렇게 하면 독자들은 그 방향이 옳다고 여기게 될 겁니다. 당신은 이미 탐정소설의 작법을 완벽하게 습득한 것 같군요. 탐정소설을 써보지 않겠습니까? 꽤 수지맞는 장사가 될 것 같군요."

"언젠가는 그럴 수도 있죠. 그건 그렇고, 브래들리 씨, 당신의 탐정들은 뭔가 발견해내긴 해요. 다른 사람이 살인범의 정체를 알려주기를 기다리며 멍청하게 서 있는 사람들은 아니더군요. 제가 읽은 이른바 탐정소설이라는 작품 속에 등장하는 이른바 탐정이라는 사람들은 죄다 저 꼴이에요."

"감사합니다. 그렇다면 당신도 정말로 탐정소설을 읽으시나 봅니다, 대머스 씨?"

"그럼요. 왜 아니겠어요?"

대머스는 활발하게 대답했다. 그러고는 브래들리의 도전에 응했던 때와 마찬가지로 갑작스럽게 그를 묵살해버렸다.

"그런데 편지 말인데요, 찰스 경? 타자기로 친 편지요. 그 점에 대해서는 중요하게 생각하시지 않나 보죠?"

"세부적으로 파고들게 되면 물론 중요하게 고려해야 한다고 봅니다. 저는 그저 사건의 대략적인 얼개를 그렸을 뿐입니다." 찰스 경은 더이상 황소의 모습과는 거리가 멀었다. "그런 종류의 결정적인 증거는 경찰이 샅샅이 찾아낼 거라고 봅니다."

"저는 경찰이 폴린 페네파더와 편지를 쓰는 데 사용한 타자기의 연관성을 쉽게 찾아낼 수 있을 것 같지 않은데요."

필더플레밍 부인이 신랄한 태도를 감추지 않은 채 끼어들었다. 여론의 흐름은 명백히 찰스 경에게 불리하게 흐르고 있었다.

“하지만 동기를 생각해봅시다. 모두들 그녀의 동기가 무엇보다 강력하다는 사실은 인정하시지 않습니까?”

그는 이제 애처롭게 방어 태세를 취하며 간청하고 있었다.

“찰스 경께서는 폴린, 그러니까 페네파더 부인을 전혀 모르시죠?”

대머스가 넌지시 말을 건넸다.

“모릅니다.”

“틀림없이 그럴 것 같았어요.”

“찰스 경의 추론에 동의하시지 않나 보군요, 대머스 씨?”

치터윅이 용기를 내어 물었다.

“그래요.”

대머스는 힘주어 대답했다.

“이유를 여쭤봐도 되겠습니까?”

치터윅이 조금 더 용기를 내어 물었다.

“그럼요. 아마 결정적인 반론이 될 것 같네요, 찰스 경. 저는 살인 사건이 발생했던 시기에 파리에 있었고, 소포가 발송된 바로 그 시각에 오페라 극장 로비에서 폴린 페네파더와 이야기를 나누고 있었으니까요.”

“뭐라고요?”

혼란에 빠진 찰스 경이 외쳤다. 그의 아름다운 추론의 나머지 부분들이 그의 귓가에서 와르르 소리를 내며 무너지고 있었다.

대머스는 극도로 침착한 태도를 유지한 채 말을 이었다.

"사전에 이 정보를 드리지 못한 것에 대해서는 사과를 드려야겠네요. 하지만 어떤 추론을 통해 그녀를 범인으로 몰아가시는지 확인해보고 싶었어요. 그리고 정말 축하를 드리고 싶어요. 놀라운 귀납적 추론이었으니까요. 만일 그 추론이 완전히 잘못된 사실을 기반으로 성립된 것이라는 사실을 제가 알지 못했더라면 전적으로 설득당했을 거예요."

"하, 하지만 그 비밀스러운 행동은……. 게다가 그녀의 귀국이 순수한 의도였다면, 왜 하녀에게 대역을 시켰겠습니까?"

찰스 경은 더듬거리며 물었다. 그의 머릿속은 자가용 비행기로 파리 오페라 극장에서부터 영국 트라팔가 스퀘어까지 걸리는 시간을 가늠하느라 걷잡을 수 없이 뱅뱅 돌기 시작했다.

"아, 아주 순수한 의도에서 비롯된 귀국이었다고는 하지 않았어요. 재혼을 할 생각에 이혼 판결을 고대했던 사람은 유스터스 경뿐만이 아니에요. 지극히 당연한 일이지만, 폴린은 이혼 판결이 날 때까지 귀중한 시간을 낭비해야 할 이유를 찾을 수 없었어요. 그녀는 예전과는 달리 그다지 젊지 않으니까요. 그리고 이혼 소송에 부정이 개입되었는지 눈을 번뜩이며 지켜보는, 국왕 대소인代訴人이라는 이상한 존재가 있잖아요?"

대머스가 태평하게 응수했다.

이윽고 회장이 이날 범죄 연구회 모임을 폐회했다. 자신의 책임

아래에 있는 모임에서 회원 한 명이 뇌졸중으로 쓰러져 죽는 사태가 일어나는 것은 원치 않았기 때문이다.

필더플레밍 부인은 초조해하고 있었다. 정말로 신경이 날카로워진 상태였다.

로저가 그녀에게 준비한 해답을 발표하라고 부탁하기 전 약간의 사전 토의가 열렸지만, 그녀가 아무런 목적 없이 노트를 이리저리 넘기는 모습을 보니 토의 내용을 앉아서 듣는 것조차 힘겨워하는 것 같았다. 그녀는 이미 진상에 대해 확신하고 있었다. 벤딕스 부인 살인 사건에 대한 자신의 추론이 의심할 여지없는 정답이라는 사실을 얼리샤 대머스에게 은밀히 알려준 터였다. 그토록 중대한 해답을 마음속에 품고 있자니 이번만큼은 그녀가 인상적인 모습을 모두에게 보여줄 수 있도록 하늘이 기회를 내려주신 것 같았지만, 부인은 일생의 기회를 전혀 활용하지 못하고 있었다. 만일 그녀가 필더플레밍 부인이 아니었다면 그녀가 미적거리고 있다는 생각을 하는 사람이 있을 법도 했다.

“준비되셨습니까, 필더플레밍 부인?”

로저는 그녀답지 않은 모습을 바라보며 물었다.

필더플레밍 부인은 전혀 어울리지 않는 모자를 고쳐 쓰고 코를 문지르며(그녀는 얼굴에 분을 바르지 않았기 때문에, 이런 습관적인 동작에서 불구하고 그녀의 피부는 그저 당혹스러운 기분에 살짝 홍조를 띤 채 평소보다 살짝 윤이 났을 뿐이다) 남몰래 테이블 주변에 앉은 사람들을 훑어보았다. 로저는 계속해서 놀란 표정으로 그녀를 응시했다. 누가 봐도 필더플레밍 부인은 주변의 이목을 부담스러워하며 움츠러들고 있었기 때문이다. 무슨 불가사의한 이유인지는 몰라도 그녀는 마지못해 이 과업에 임하려는 것 같았다. 그녀의 심정은 이 과업의 의의와는 비교 자체가 불가능할 정도로 무거운 것처럼 보였다.

그녀는 신경질적으로 목청을 가다듬은 다음 한층 낮은 목소리로 이야기를 시작했다.

“정말로 수행하기 어려운 의무를 떠맡고 말았네요. 어젯밤 저는 거의 잠을 이루지 못했답니다. 저 같은 여자에게 이보다 더 곤혹스러운 일을 상상이나 할 수 있을까요?”

그녀는 잠시 말을 멈추고 입술을 축였다. 로저는 용기를 북돋워줘야 한다는 책임감을 느꼈다.

"오, 저런, 필더플레밍 부인. 저희 모두 한 번씩 겪어야 할 일입니다. 게다가 부인께서는 직접 집필하신 연극이 초연하던 날 밤에 그토록 훌륭한 연설을 하셨던 적도 있지 않습니까?"

필더플레밍 부인은 그를 바라보았다. 전혀 고무된 표정이 아니었다.

"그런 뜻으로 하는 말이 아니에요, 셰링엄 씨." 그녀는 한층 더 신랄하게 응수했다. "제가 알아낸 진실이 주는 부담감을 견디기 어렵다는 말이었어요. 저는 끔찍한 의무를 이행해야만 한답니다."

"그렇다면 이 사건을 해결했다는 말씀이신가요?"

브래들리가 물었다.

필더플레밍 부인은 어두운 표정으로 그를 바라보았다.

"정말로 유감스러운 일이지만, 그렇답니다."

그녀는 낮지만 여성스러운 목소리로 말했다. 점차 침착함을 회복하는 듯했다.

그녀는 잠시 동안 노트를 들여다보다가 좀더 단호한 말투로 이야기를 시작했다.

"저는 언제나 범죄학을 직업적인 눈으로 바라보고 있었어요. 범죄학은 희곡 집필에 도움이 될 수 있는 어마어마한 가능성을 내포하고 있기 때문에, 저는 언제나 흥미를 느꼈답니다. 필연적으로 일어날 수밖에 없는 살인, 무의식 중에 운명에 맞서 헛되이 저항해보지만 언제나 최후가 정해져 있는 희생자, 마찬가지로 처음에는 무의식적으로 행동하지만 나중에는 자신의 운명을 깨닫고 자신의 예정된 파멸을 이루기 위해 전심전력으로 질주하는 범인, 아마도 희생자와 살인범 두 사람 모두 알지 못할 테지만 운명을 완성하기 위해 그들을 끊임없이 내모는 숨겨진 단서 등등.

살인이라는 행위 자체의 끔찍함이나 그에 따르는 공포를 제외하면, 그게 아주 흔해빠진 것이든 굉장히 추악하든 상관없이, 그 사건 안에는 인간에게 일어날 수 있는 그 어떤 상황보다도 훨씬 강력한 극적 요소가 포함되어 있을 가능성이 다분하다고 항상 느끼곤 했어요. 우리가 운명이라고 부르는 상황의 나열 끝에 자리한 피할 수 없는 결과를 그리는 입센주의의 방식은, 구경꾼들이 클라이맥스를 바라보면서 느끼는 지배적인 감정인 카타르시스, 그러니까 순수함을 그리는 에드거 월리스주의만큼이나 극적이랍니다.

현실을 극적으로 뒤틀어 본다는 점에 대해서는, 어떤 일도 제 직업을 따라올 수는 없을 거예요. 따라서 제가 직업적 견지에서 이 사건을 바라보는 것에 그치지 않고, 사건을 해결하는 것에 관심을 기울이게 된 것은 어쩌면 당연하다고 할 수 있지요. 하여튼 자연스럽든 아니든 간에 저는 사건을 해결할 수 있었어요. 그리고 끔찍하게도 그 진상이 옳다고 생각한답니다. 이 사건을 가장 고전적인 극적 상황에 비추어 고심해보았더니 곧바로 모든 것이 명확해졌어요. 연극 평론가들이 떠들어대기 좋도록 고명한 신사분들께서 우리에게 남겨주신, 이른바 '영원한 삼각관계'라는 변치 않는 이름으로 불리는 상황에 대해 말씀드리고 있는 거랍니다.

물론 저는 삼각관계의 한쪽 꼭짓점인 유스터스 페네파더 경에 대해서만 조사를 시작해야 했어요. 알려지지 않은 나머지 두 사람 중 한 명은 분명 여성일 테고, 다른 한 명은 남성 혹은 여성 어느 쪽이라도 될 수 있겠지요. 그래서 저는 굉장히 낡았지만 그만큼 일리가 있는 격언, 즉 '여자를 찾아라'라는 옛말을 따라 조사를 진행했어요."

필더플레밍 부인은 굉장히 엄숙하게 말을 이었다.

"저는 여자를 찾아냈답니다."

이때까지 청중들이 그녀의 이야기에 별다른 인상을 받지 못했다는 것은 부인할 수 없는 사실이었다. 조짐이 괜찮았던 도입부도 그들을 꿈쩍하게 하지 못했다. 필더플레밍 부인은 범인을 사법부의 손에 넘기기 꺼려진다는 자신의 여성적인 기질을 강조하고 싶었던 게 분명했기 때문이다. 이 순간을 위해 암기해온 것이 분명한, 꽤 공들인 듯한 화법 또한 전달하고자 하는 이야기의 흥미를 오히려 반감시켰다.

그녀는 마지막으로 입 밖에 꺼낸 중대한 사안에 대해 다들 숨이 턱 막히는 상황을 기대했지만 헛된 일이었다. 하지만 그녀가 다시 이야기를 시작하자, 그녀 특유의 계산된 긴장감이 누그러지더니 미리 준비하지 않은 것이 분명한 열정이 흘러나오기 시작했다. 이쪽이 훨씬 인상적이었다.

"저는 삼각관계가 진부한 것이라고 생각하지 않아요." 그녀는 의기소침한 채 시체처럼 넋이 나가 있는 찰스 경을 향해 다소 빈정거리는 말투로 말을 이었다. "페네파더 부인에 대해서도 거의 고려를 하지 않았죠. 이 사건에 미묘한 점이 존재한다면, 그것은 흔치 않은 상황을 반영하고 있기 때문일 거라고 확신하고 있었어요. 어쨌든 삼각관계에서 남편과 아내가 모두 포함되어야 할 필요는 없으니까요. 사정에 따라서는 어떤 사람들끼리라도 삼각관계를 형성할 수 있어요. 삼각관계를 만드는 건 상황이지 세 주인공은 아니니까요.

찰스 경께서는 이 사건을 보고 마리 라파르주 사건을 떠올렸다고 하셨죠. 어쩌면 메리 앤셀 사건을 염두에 두셨을지도 모르겠어요. 저 역시 사건 하나가 떠올랐지만 그 두 사건은 아니에요. 제가 보기에는 뉴욕에서 벌어진 몰리뉴 사건이야말로 그 두 사건보다 훨씬 유사한 정황을 나타내고 있답니다.

모두들 그 사건의 세부 사항을 기억하실 거예요. 뉴욕 스포츠 클럽 임원이었던 코니시는 클럽 주소로 날아온 크리스마스 소포를 한 통 받았어요. 소포 안에는 작은 은잔과 두통약이 담긴 작은 유리병 하나가 들어 있었죠. 그는 누가 장난으로 소포를 보낸 거라 생각해서, 영악한 장난꾸러기가 누구인지 알아내기 위해 포장지를 보관했어요. 며칠 후 코니시와 같은 하숙집에 사는 한 여자가 두통을 호소하자 그는 그녀에게 두통약을 건네주었죠. 그녀는 곧바로 숨지고 말았어요. 코니시는 그녀가 맛이 쓰다고 불평하자 시험 삼아 한 모금 정도만 마셨기 때문에, 끔찍하게 상태가 나빠지기는 했어도 이후 회복할 수 있었죠.

마침내 같은 클럽 회원이었던 몰리뉴라는 남자가 체포되어 재판에 회부되었어요. 그에게 불리한 증거는 굉장히 많이 있었거니와, 예전에 코니시를 폭행한 적이 있을 정도로 그를 극도로 증오한다고 알려져 있었으니까요. 게다가 그해 초, 클럽의 다른 회원이었던 바넷이라는 남자 역시 클럽 주소로 배달된, 가루로 된 유명 두통약 견본품을 복용하고 사망한 적이 있었어요. 코니시 사건이 일어나기 직전에 몰리뉴는 결혼식을 올렸는데, 사실 그 여자는 바넷이 사망했을 당시 그의 약혼자였던 사람이었어요. 몰리뉴는 줄곧 그녀와 결혼하고 싶어 했지만 그녀는 바넷을 선택했었던 거죠. 여러분도 기억하시겠지만, 몰리뉴는 1심에서 유죄를 선고받았지만 2심에는 무죄로 풀려났어요. 하지만 그 후 그는 미쳐버리고 말았답니다.

이쯤 되면 더이상 비슷하기 어려울 정도라고 생각해요. 우리 사건은 코니시 사건과 바넷 사건을 섞어놓은 것이라고 보는 게 적절할 거예요. 놀라울 정도의 닮은꼴이죠. 남성 클럽으로 독이 든 물건이 배달되었다는 점, 코니시 사건에서는 엉뚱한 피해자가 희생되었다는 점과 포장지가 보존되어 있었다는 점, 베넷 사건에서는 삼각관계의 요소가 있었다는 점. 남편과 아내가 모두 포함되지 않은 삼각관계도 있다는 사실을 이제 아시겠죠? 정말 놀라운 일이에요. 사실 놀라운 것을 넘어서 의미심장하기까지 해요. 이렇게까지 우연의 일치가 겹치지는 않는 법이니까요.”

필더플레밍 부인은 잠시 말을 멈추고는 코를 풀었다. 우아했지만 감정이 북받친 듯한 동작이었다. 그녀는 이제까지 이야기를 멋지게 끌어나가고 있었고, 그에 따라 청중 역시 더욱 더 귀를 기울였다. 사람들을 숨이 턱 막히게는 만들지 못했지만, 어쨌든 그녀에게 보내는 찬사의 의미로 숨소리 하나 나지 않는 침묵이 흐르고 있었다. 그런 모습은 그녀가 다시 이야기를 시작할 때까지 계속되었다.

“저는 이 유사성이 단순히 놀라울 뿐만 아니라 여기에 그 이상으로 의미심장한 부분이 있다고 말씀드렸어요. 어떤 점이 특별히 중요한지에 대해서는 나중에 말씀드리기로 하고, 지금은 그 점이 굉장히 도움이 되었다는 사실을 밝히는 것만으로도 충분할 것 같네요. 저는 이 사건들 사이에 굉장히 유사한 점이 있다는 사실을 깨닫자 깜짝 놀라고 말았죠. 하지만 그 상황을 완전히 이해하게 되자 기이할 정도로 확신이 생겼답니다. 벤딕스 부인 살인 사건을 해결하는 실마리를 발견하는 길은 바로 이 유사성에 있다는 확신 말이에요. 확신이 너무도 강한 나머지 왠지 해답을 이미 알고 있다는 느낌이 들 정도였어요. 여러분께서는 어떻게 받아들이실지 몰라도, 저는 때때로 이런 직감이 떠오르곤 했는데 그게 틀렸던 적은 한 번도 없었어요. 이번에도 마찬가지였답니다.

저는 몰리뉴 사건을 참고로 하여 이 사건을 조사하기 시작했어요. 이 사건에서 제가 찾는 여자의 정체를 밝혀내는 데 몰리뉴 사건이 도움이 되었을까요? 바넷 사건이 이 사건과 관련이 있다면, 그 점이 암시하는 바는 무엇일까요? 바넷은 살인범이 절대로 다른 사람과 결혼시키지 않겠다고 굳게 결심한 여자와 결혼하려고 마음먹었기 때문에 목숨을 노리는 소포를 받게 되었어요. 두 사건 사이에 수많은 유사한 점이 있지만, 무엇보다…….”

필더플레밍 부인은 거추장스럽게 보이는 모자를 더욱 이상한 각도로 고쳐 쓴 다음, 의도적인 시선으로 테이블 주위를 둘러보았다. 마치 로마 시대 기독교인이 눈빛으로 사자 무리를 겁주려 애쓰는 모습 같았다. 하지만 사자들이 겁을 먹었는지는 미심쩍었다.

“또 하나의 유사한 점은 바로 이 자리에 존재합니다!”

이번에야말로 헉하며 놀라는 소리가 여기저기서 들리자 필더플레밍 부인은 드디어 보상을 받은 기분이었다. 그중에서 가장 뚜렷하면서도 격분한 소리를 낸 사람은 찰스 경이었다. 자칫하면 코웃음을 치는 것으로도 들릴 수 있는 소리였다. 치터윅은 걱정 때문에 숨이 막히는 것 같았다. 찰스 경과 필더플레밍 부인 사이에 날카로운 시선이 오가는 모습을 보고 몸싸움으로 발전되지 않을까 두려워하는 것 같았다. 찰스 경은 경고를 하는 듯 누가 봐도 험악한 표정을 짓고 있었고, 필더플레밍 부인의 눈빛은 그 경고에 도전한다고 소리 높여 외치는 듯한 모습이었다.

범죄 연구회 회장 역시 숨이 턱 막혔다. 회장으로서 그가 우려하는 점은 회원 두 명이, 그것도 성별이 다른 두 명이 면전에서 주먹다짐이라도 하면 어떻게 해야 할까 하는 것이었다.

브래들리는 숨이 턱 막힌 것에 그치지 않고, 무아지경에 빠져 더없이 행복하고 순수한 황홀경에 젖어 있었다. 필더플레밍 부인은 마치 '황소 골리기•'의 투우사 역할이라면 그보다 훨씬 잘할 수 있다는 사실을 보여주겠노라 하는 듯한 표정을 짓고 있었다. 그러나 브래들리는 자리에 앉아 청중 노릇을 계속할 수 있다면 기꺼이 그녀에게 명예를 양보하겠다는 입장이었다. 차라리 투우사를 흉내내며 익살스러운 동작을 취하면 취했지, 다름 아닌 자신이 제물로 삼은 사람의 딸을 살인 사건의 원인으로 상정할 엄두를 낼 수는 없었다. 이 엄청난 여자는 이 구멍이 뻥뻥 뚫린 가설을 뒷받침할 근거를 제시할 수 있을까? 만일 가설이 정말 사실로 밝혀진다면? 그런 일은 충분히 있을 법할 일이었다. 사랑하는 여자를 위해 살인을 저지르는 예는 예전부터 빈번하게 존재해왔다. 저 거만한 왕실 노변호사의 사랑스러운 딸 때문에 살인 사건이 일어났다고 해도 이상할 게 있을까? 하느님 맙소사!

결국 필더플레밍 부인조차 자신의 생각에 숨을 제대로 쉴 수 없게 되었다.

호흡곤란을 겪지 않고 자리에 앉아 있는 사람은 얼리샤 대머스뿐이었다. 그녀의 얼굴은 동료 회원들이 벌이는 논쟁이 진행되는 모습에 대한 지적인 흥미 때문에 환하게 빛나고 있었다. 하지만 그 외에는 철저하게 개인적인 감정을 내비치지 않았다. 대머스는 자신의 기지를 갈고 닦고 지적 자극을 얻을 수 있는 기회가 주어진다면, 살인 사건에 자신의 어머니가 연루된다 한들 대수롭지 않게 받아들일 사람이었다. 그녀는 범죄 연구회의 조사 활동에 개인적인 감정이 개입되었다는 사실을 알아차렸는지 밝히지는 않았지만, 찰스 경에게 그의 딸이 그토록 커다란 역할을 담당할 수 있는 가능성이 있다면 오히려 아무런 사심 없이 기뻐해야 한다고 말하고 있는 것처럼 보였다.

찰스 경은 전혀 기뻐하는 표정이 아니었다. 이마의 혈관이 벌겋게 달아오른 모습을 보니 몇 초 안에 무슨 일이 일어나리라는 사실은 명백했다. 필더플레밍 부인은 몇 초의 틈을 놓치지 않고, 흥분하여 뭔가를 단단히 결심한 암탉처럼 자리에서 벌떡 일어섰다.

그녀는 거의 꽥꽥대듯 소리쳤다.

"이 자리에서는 중상모략의 죄를 적용하지 않기로 합의했잖아요! 우리에게 개별 인격은 존재하지 않아요. 만일 우리가 개인적으로 아는 사람의 이름이 불쑥 나온다 해도, 그 사람과 어떤 관계이건 그가 완전한 타인인 것처럼 위축되지 않고 발언하기로 했잖아요? 어젯밤에 분명히 합의를 본 사항이 아닌가요, 회장님? 사회에 대한 의무라고 생각하는 한, 타인에 대한 배려 따위는 전혀 고려하지 않고 조사를 진행하자고 했죠?"

잠시 동안 로저는 몸이 마음껏 떨리도록 내버려두었다. 그는 자신의 이 멋진 연구회가 뿌연 먼지를 휘날리며 박살이 나, 돌이킬 수

● **황소 골리기** _ 17세기 후반 영국에서 유행했다. 우리에 황소를 가두고 개와 싸움을 붙이는 구경거리.

없는 상황이 되기를 바라지 않았다. 그리고 차마 내색할 수 없었지만, 비록 허둥댈지라도 의연한 용기를 보이고 있는 필더플레밍 부인을 칭찬하고 싶은 심정이었다. 그에게는 확실히 그런 용기가 없었으니 찰스 경이 연관되어 있는 한 속으로 부러워하는 데 그칠 수밖에 없었다. 다른 한편으로는 필더플레밍 부인에게 발언권이 있다는 점은 명백한 사실이었다. 그러니 회장으로서 법을 집행하지 않는다면 달리 무슨 일을 할 수 있겠는가?

"지극히 옳은 말씀입니다, 필더플레밍 부인."

그는 이렇게 인정할 수밖에 없었다. 그러면서 자신의 목소리가 충분한 단호하게 들렸기를 바랄 뿐이었다.

순간 찰스 경의 눈에서 파란 불길이 번쩍거리며 뿜어져 나와 로저에게 들이닥쳤다. 그러다가 회장의 공식적인 지지를 받고 기운을 차린 필더플레밍 부인이 다시 폭탄을 들고 나서자, 불길은 방향을 바꿔 재차 그녀에게 달려들었다. 로저는 소심하게 두 사람을 바라보았다. 푸른 불길이 폭탄에 정통으로 명중하지 않기를 바라는 심정이 표정에 그대로 드러났다.

필더플레밍 부인은 폭탄으로 솜씨 있게 저글링을 했다. 폭탄이 그녀의 손가락을 벗어날 것 같은 때가 종종 있었지만 결코 땅에 떨어지거나 폭발하지 않았다.

"그렇다면 좋아요. 이야기를 계속하도록 하죠. 이제 제 삼각관계 이론에서 두 번째 인물을 찾아냈어요. 바넷 사건과 유사점을 비교해보면, 그 사건에서 세 번째 인물은 어디에서 드러났던가요? 몰리뉴를 견본으로 삼아본다면, 첫 번째 인물과 두 번째 인물의 결혼을 방해하지 못해 안달하는 사람이 명백히 세 번째 인물일 거예요.

다들 아시겠지만, 여기까지라면 지난밤에 찰스 경께서 내놓으신 결론과 조화를 이룰 테죠. 다만 제가 여기까지 도달한 방식은 찰스 경의 추론과 꽤 차이가 있을 겁니다. 찰스 경 역시 삼각관계를 거론하셨지만, 제가 했던 것처럼 명백하게 밝히지는 않으셨어요. 저처럼 확실히 알아차리지 못하셨기 때문이겠죠. 찰스 경의 삼각관계 중 두 인물은 제가 지적하는 사람과 정확히 일치한답니다."

여기서 필더플레밍 부인은 그녀의 말에 반박하려는 찰스 경의 눈빛에 맞서 도전적인 태도를 노골적으로 취해 보였다. 하지만 그녀가 거론한 내용은 단순한 사실이었기 때문에, 어젯밤에 자신이 말했던 것은 모두 자신이 의도한 바가 아니었다고 해명하지 않는 한 반박할 수 없었다. 따라서 그녀의 도전은 아무런 응답을 받지 못했다. 그의 눈빛은 눈에 띄게 약해지기 시작했다. 하지만 그렇다 할지라도, 삼각관계의 한 축으로 누구의 이름이 거론된다 한들 와일드먼 양이 등장하는 것보다 불경스러워 보일 것 같지는 않았다. 찰스 경의 표정에도 명백하게 그런 감정이 드러나 있었다.

필더플레밍 부인은 자세를 가다듬으며 이야기를 계속했다.

"세 번째 인물에 이르게 되면 의견이 갈리게 됩니다. 찰스 경께서는 페네파더 부인을 거론하셨죠. 저는 페네파더 부인과 친분이 없습니다만, 그녀를 잘 알고 있는 대머스 씨가 해준 말에 따르면 찰스 경께서 그녀의 성품에 대해 말씀해주신 이야기는 거의 모든 점에서 틀렸어요. 그녀는 심술궂지도, 인색하거나 탐욕스럽지도 않아요. 어떻게 머리를 굴려봐도 그런 끔찍한 짓을 할 사람이 아니에요. 찰스 경께서는 다소 경솔하게 그녀를 평가하신 것 같아요. 제가 보기에 페네파더 부인은 남달리 사랑스럽고 다정한 여성 같던데요. 틀림없이 마음도 꽤 넓을 테죠. 하지만 그런 사람조차 용납할 수 없는 일이 있기 마련이에요. 그편이 더 훌륭한 게 아닐까요? 사실 우리 중에서도 동의하는 분이 계실 거예요."

필더플레밍 부인은 부도덕한 행위를 보면 악의가 없다고 해도 관대하게 넘어가지 못할 뿐만 아니라, 그와 관련된 일이 발생한다면 기꺼이 대모 역할까지 떠맡을 거라는 자신의 믿음을 강요하고 있었다. 사실 그녀는 이따금 친구들 사이에 자신의 이런 신념을 전파하기 위해 에둘러 긴 이야기를 늘어놓곤 했다. 그러나 불행하게도 그녀의 친구들은 어떤 사실을 결코 잊지 못하고 있었다. 언젠가 부인의 조카가 자신의 중년 남편의 비밀을 알아차렸다. 그는 제 욕심만 차리면서 영국 각지에 정부를 네 명이나 거느리고 있었는데 만전을 기하려고 스코틀랜드에도 눈에 띄지 않게 정부를 두고 있었던 것이다. 부인의 조카는 그 사실을 알게 되자 당시 헌신적으로 사랑하고 있는 젊은 애인과 함께 달아나버리고 말았다. 하지만 필더플레밍 부인은 자신의 조카에게 아무런 조치도 취하지 않았다.

운이 좋게도 필더플레밍 부인은 그 사실을 친구들이 기억하고 있다는 사실에 대해서는 전혀 알지 못한 채 이야기를 계속했다.

"삼각관계의 세 번째 인물의 정체에 대해 저와 찰스 경은 견해가 다릅니다. 따라서 그 인물의 신원을 규명하는 방식에 대해서도 차이가 있지요. 또한 이 문제의 핵심인 동기를 바라보는 관점에 대해서도 현격한 차이를 보입니다. 찰스 경께서는 이 사건을 금전적 목적으로 저질러진 살인 사건이라고 주장하셨지요. 아니, 살인미수 사건이라고 하는 게 낫겠네요. 저는 금전적인 동기는 어쨌든 덜 비열한 편이라고 믿어요. 살인은 절대로 정당화될 수 없는 행위라고 배워왔습니다만 가까스로 정당화할 수 있을지도 모르는 경우도 있기 마련이죠. 제 생각에는 이 사건이야말로 그런 경우가 아닐까 합니다.

유스터스 경의 성품을 살펴보면 세 번째 인물을 찾아낼 단서를 발견할 수 있어요. 잠깐 이 점에 대해 생각해볼까요? 여기서는 중상모략에 의해 발언을 제한받지 않으니, 당장 이야기를 해보도록 하죠. 어떤 관점에서 보면 유스터스 경은 바람직하지 못한 사회 구성원일 겁니다. 예를 들어 한 여자와 사랑에 빠진 젊은 남자의 입장에서는, 유스터스 경은 절대로 그녀와 만나게 하지 못하게 하고 싶은 사람이겠죠. 유스터스 경은 단지 부도덕할 뿐만 아니라 그런 행위에 대해 변명 한마디 않는 사람이에요. 그 점이 훨씬 심각한 문제랍니다. 그는 난봉꾼에 낭비벽도 심할뿐더러 여성이 관련된 일에는 명예도 양심의 가책 따위도 아랑곳하지 않아요. 게다가 이미 매력적인 여성과의 결혼 생활을 망친 전력도 있어요. 부인은 남자들이 저지르는 사소한 잘못이나 실수를 관대히 받아넘기지 못할 정도로 속이 좁은 사람이 결코 아닌데도 말이에요. 젊은 여성의 남편감으로 봤을 때 유스터스 경은 재앙이나 다름없는 사람이랍니다."

필더플레밍 부인은 목소리는 한층 엄숙해졌다.

"게다가 한 남자가 진심으로 사랑하는 젊은 여성의 남편감으로 고려해본다면, 그 남자의 입장에서는 유스터스 페네파더 경은 절대로 허락할 수 없는 사람일 거라고 생각할 수밖에 없을 테죠."

그녀는 의미심장한 태도로 말을 끊었다.

"1막 끝."

브래들리가 입을 가리며 앰브로즈 치터윅에게 속삭였다.

치터윅은 소심하게 미소를 지었다.

008

찰스 경은 첫 번째 막간 휴식 시간을 틈타 자리에서 일어났다. 오늘날 많은 사람들이 그렇듯, 첫 번째 막간 휴식 시간이 되자(문제가 되고 있는 작품이 필더플레밍 부인의 작품이 아니라면) 자연히 더이상 자리에 앉아 있을 수 없을 것 같은 기분이었다.

그는 우렁찬 목소리로 외쳤다.

"회장, 이 점은 명확히 해둡시다. 필더플레밍 부인은 내 여식의 친구들이 이 범죄에 책임이 있다는 말도 안 되는 혐의를 씌우려는 게 아닙니까?"

범죄 연구회 회장은 자신 앞에 딱 버티고 선 덩치 큰 사내를 속절없이 바라보면서 차라리 회장이 아니었으면 좋겠다고 생각했다.

"저는 잘 모르겠습니다, 찰스 경."

그는 힘없이 대답했지만 이는 거짓말이었다. 필더플레밍 부인은 이제부터는 스스로를 위해 목소리를 높일 자세가 되어 있었다.

"저는 아직까지 이 범죄에 대해 특정 인물을 명확하게 고발하지 않았어요, 찰스 경."

그녀는 냉정하게 위엄을 발휘하며 말했다. 그녀의 위엄을 망치는 것이라고는 이제 왼쪽 귀 위에 삐딱하게 걸려 있는 모자 정도밖에는 없었다. 모자는 마치 그녀의 감정을 공유하는 것도 같았다.

"지금까지 저는 가설을 전개하고 있었을 뿐이에요."

브래들리에게 하는 대꾸였더라면, 찰스 경은 새뮤얼 존슨식의 어투로 '귀하의 추리는 엿이나 먹으시지'라고 경멸하듯 말하며 얼버무렸을 것이었다. 하지만 남성과 여성 사이의 관계에 있어 공손한 태도를 취해야 하는 문명화된 관습을 따르는 치기가 아직 남아 있던 탓에, 그는 그저 파란 불길이 일렁이는 눈으로 그녀를 쏘아볼 수밖에 없었다.

필더플레밍 부인은 여성이기에 가질 수 있는 불공정한 이득을 누리며, 재빨리 그의 불리한 조건을 파고들어 날카롭게 말했다.

"게다가 아직 충분히 이야기를 하지도 않았어요."

찰스 경은 자리에 앉았다. 마치 남성의 위치를 완벽하게 반영하는 듯한 모습이었다. 하지만 속으로는 천한 욕설을 주워섬기며 툴툴댔다.

브래들리는 치터윅의 등을 두드리고 싶은 충동을 자제하며 자신의 턱을 쓰다듬었다.

필더플레밍 부인의 침착한 태도는 누가 봐도 꾸민 것처럼 보일 정도로 자연스러웠다. 그녀는 막간 휴식을 종료한 다음 2막을 알리는 종을 울렸다.

"제가 상정한 삼각관계에서 세 번째 인물에 해당하는 사람, 다시 말해 살인범의 신원을 밝히는 과정에 대해서는 말씀을 드렸으니, 실질 증거로 넘어가 그 증거가 어떻게 제 결론을 뒷받침하는지 보여드리려 합니다. 제가 '뒷받침한다'고 말씀드린 것은 의심의 여지없이 결론을 확인해준다는 뜻이에요."

"그런데 그 결론이 무엇입니까, 필더플레밍 부인? 아직 결론을 알려주시지 않았으니까요. 살인범이 와일드먼 양을 사이에 둔 유스터스 경의 연적이라는 단서만 주셨을 뿐입니다."

브래들리는 건조한 태도로 흥미를 보이며 물었다.

"맞아요." 얼리샤 대머스가 고개를 끄덕였다. "메이블, 그 남자의 이름을 아직 밝히고 싶지 않다 하더라도, 조금이라도 범위를 좁혀줄 생각은 없나요?"

대머스는 애매한 상황을 싫어했다. 그녀에 있어 애매함은 엉성함과 다를 바 없었고, 엉성함이야말로 그녀가 세상에서 가장 싫어하는 것이었다. 게다가 메이블 필더플레밍의 선택이 누구를 지목하게 될지 정말로 흥미로웠다. 메이블은 바보처럼 보일지도 모른다.

다른 바보들처럼 말하고 다른 바보들처럼 행동하는 사람으로 보일지도 모른다. 하지만 대머스는 그녀가 절대로 바보가 아니라는 사실을 알고 있었다.

메이블은 순진한 척하기로 작정한 것 같았다.

“아직 그러지 않는 게 좋겠어요. 까닭이 있어서 우선 가설부터 입증하고 싶어요. 이야기를 듣고 나면 이해해주실 거라고 믿어요.”

“잘 알겠어요.” 대머스는 한숨을 쉬었다. “하지만 추리소설 같은 분위기는 피하도록 해요. 우리가 원하는 것은 서로를 혼란스럽게 하려는 것이 아니라 어려운 사건을 해결하는 것뿐이잖아요.”

“그럴 만한 사정이 있답니다, 얼리샤.”

필더플레밍 부인은 얼굴을 찌푸렸다. 누가 봐도 생각을 그러모으고 있는 모습이었다.

“어디까지 이야기했죠? 아, 알겠어요. 실질 증거 이야기였죠. 자, 이제 굉장히 재미있는 부분이에요. 저는 이전까지 이 자리에서 등장한 적 없는 핵심 증거 두 가지를 손에 넣는 데 성공했답니다. 첫 번째는 유스터스 경은 사랑에 빠진 적이 전혀 없다는 사실이에요.”

필더플레밍 부인은 잠시 주저했다. 하지만 그녀는 이미 이야기 속에 빠져들었기 때문에, 용감무쌍한 브래들리의 뒤를 따라 이내 허심탄회함의 바다로 뛰어들었다.

“그러니까 와일드먼 양과 말이에요. 그는 그녀의 돈을 노리고 그녀와 결혼할 작정이었어요. 아니, 그녀 아버지의 돈을 노리고 그랬다고 하는 편이 낫겠네요. 찰스 경, 부디…….” 필더플레밍 부인은 냉담한 태도로 말을 이었다. “경이 엄청난 부자라는 사실을 언급해도 중상모략으로 여기시지 않기를 바라요. 제 추론에 가장 중요한 부분을 차지하는 부분이니까요.”

“그 점을 중상모략이라고 하기는 어렵습니다, 부인. 그저 삶의 방식의 문제일 뿐이니, 제 전문적인 영역 밖의 일입니다. 그에 대해 부인께 조언을 드리려 한다면 시간 낭비가 되지 않을까 우려되는 바입니다.”

찰스 경은 거대하고 멋진 머리를 약간 숙이며 대답했다.

“굉장히 흥미롭군요, 필더플레밍 부인. 어떻게 그 사실을 알아내셨습니까?”

로저가 두 사람 사이의 사교적인 대화에 재빨리 끼어들었다.

“유스터스 경이라는 사람으로부터요, 셰링엄 씨.” 필더플레밍 부인은 자랑스럽게 대답했다. “그를 추궁해보았답니다. 유스터스 경은 비밀이란 게 없는 사람이니까요. 그는 거리낌 없이 속내를 털어놓는 것 같았어요. 보아하니 빚을 청산하고 경주마도 한두 필 사고 새 페네파더 부인을 부양하면서, 누가 봐도 불명예스러운 새 출발을 기대하고 있는 눈치였어요. 그의 표현대로라면 실제로 하인 바커에게 ‘저 조그만 암망아지를 제단으로 데려오면’ 백 파운드를 주겠다고 약속한 적도 있었대요. 찰스 경의 마음을 상하게 해서 죄송합니다만 사실을 말하고 있을 뿐이니 감정은 내려놓으셔야만 한

답니다. 저는 십 파운드로 원하는 정보를 전부 알아낼 수 있었어요. 나중에야 밝혀졌지만 굉장히 놀라운 정보였지요."

그녀는 의기양양하게 주변을 둘러보았다.

"그 정보를 전적으로 신뢰할 수 있을까요? 설마 그런 부정한 곳에서 나온 정보를 믿으시는 건 아닐 테지요? 정보의 출처가 제대로 된 곳인지는 의문입니다. 하인이 고작 십 파운드에 주인을 팔아넘기리라고는 생각하기 어려울 것 같습니다만."

치터윅은 변명하는 듯한 미소를 지으며 조심스럽게 물었다.

"그 주인에 그 하인이라고나 할까요." 필더플레밍 부인이 짧게 대꾸했다. "하인이 준 정보는 완벽하게 믿을 수 있는 내용이었어요. 그가 말해준 이야기를 거의 대부분 검증해볼 수 있었어요. 그러니 몇 안 되는 사소한 내용 역시 사실로 받아들여도 좋을 거예요.

유스터스 경의 비밀을 하나 더 말씀드리고 싶네요. 그다지 듣기 좋은 이야기는 아니지만 굉장히, 아주 굉장히 참고가 되는 이야기랍니다. 그는 퍼그도그라는 레스토랑의 한 별실에서 와일드먼 양을 유혹하려고 시도했던 적이 있었어요. 이 점 역시 나중에 확인을 해보았답니다. 그가 바라 마지않았던 결혼 승낙을 얻어내기 위해서였던 것 같아요. 정말 죄송해요, 찰스 경. 사실을 밝혀야만 하니까요. 그 시도는 실패로 돌아갔다고 하는 편이 좋겠군요. 그날 밤 유스터스 경은 이렇게 말했다니까요. 하인들이 듣는 자리에서요. '망아지를 제단으로 끌고 갈 수는 있지만 취하게 만들 수는 없단 말이지.'

제가 무슨 말로 설명해도 유스터스 페네파더 경이 어떤 수준의 예절을 갖춘 사람인지 이 말보다 더 잘 보여줄 수는 없을 것 같아요. 그리고 이 말이야말로 그녀를 진심으로 사랑하는 남자가 짐승의 마수로부터 영원히 그녀를 떼어놓으려고 하는 동기가 얼마나 압도적으로 강력한지 보여준다고 할 수 있을 거예요.

그러면 두 번째 증거로 넘어가도록 할게요. 이것이야말로 제 모든 논리 구조의 주춧돌이라고 할 수 있어요. 이 증거는 살인의 불가피성, 그러니까 범인의 입장에서 범죄의 불가피성을 뒷받침하는 기반이 되고, 동시에 제가 이 사건을 재구성하는 기초가 되기도 하죠. 와일드먼 양은 속수무책으로, 터무니없이, 돌이킬 수 없을 정도로 유스터스 페네파더 경에게 빠져버리고 말았던 거예요."

예술가였던 필더플레밍 부인은 극적인 효과를 노리며 잠시 침묵을 지켰다. 이 정보의 중요성이 청중들의 마음속에 깊이 뿌리내리도록 하기 위해서였다. 하지만 찰스 경은 정보의 의미에 흥미를 느끼기에는 이 사안에 사적으로 너무 깊이 관여되어 있었다.

"어떻게 그 사실을 알아내셨는지 설명해주시겠습니까, 부인? 제 여식의 하녀가 그러던가요?"

그는 비꼬는 감정을 가득 담아 따져 물었다.

"따님의 하녀가 그러더군요. 이번 일로 탐정 노릇은 돈이 많이 드는 취미라는 걸 알았어요. 하지만 선한 명분이 있다면 돈을 아깝게 여겨서는 안 되겠죠."

필더플레밍 부인이 상냥하게 대꾸했다.

로저는 한숨을 쉬었다. 자신의 이 불운한 제안이 고통스러운 실패를 맛보게 된다면, 범죄 연구회에서는(그때까지 완벽하게 정돈되지 않는다면) 필더플레밍 부인이나 찰스 와일드먼 경 중 한 사람은 찾아볼 수 없게 될 것이 분명했다. 그는 두 사람 중 어느 쪽이 연구회를 나갈 것인지 알고 있었다. 유감스러운 일이었다. 찰스 경이 직업적인 견지에서 모임의 훌륭한 자산이 된다는 점 외에도, 앰브로즈 치터윅을 제외하면 문학계 인사 일색인 모임에 변화를 줄 수 있는 유일한 사람이었다. 젊은 시절 여러 문학 모임에 참여했던 적이 있었던 로저는 타자기로 생계를 꾸려나가는 사람들로만 구성된 모임에는 절대 엮이고 싶지 않았다.

게다가 필더플레밍 부인은 정말로 저 노인을 심하게 대하고 있지 않은가. 어쨌든 화제에 오른 사람의 그의 딸이었으니 말이다.

"저는 이제 제가 혐의를 두고 있는 남자가 유스터스 경을 제거하려는 강력한 동기를 품고 있다는 사실을 확실히 규명했습니다. 사실 그에게 있어 이 견딜 수 없는 상황을 타개하기 위한 유일한 방법은 그뿐이었다는 점은 확실해 보여요. 이제 익명의 살인범이 우리에게 남긴 몇 안 되는 단서와 그를 연결시켜보도록 하죠.

요전 날 밤, 모르즈비 경감님이 메이슨 앤드 선스사에서 보낸 것으로 위장한 편지를 조사하도록 허락해주었을 때, 저는 타자기에 대해 좀 알고 있었기 때문에 편지를 자세히 조사했답니다. 그 편지는 해밀턴사에서 제작한 타자기로 친 것이었어요. 제가 혐의를 두고 있는 남자가 일하는 곳에는 해밀턴사의 타자기가 있어요. 해밀턴 타자기는 굉장히 널리 쓰이는 물건이니 단순한 우연일지도 모른다고 생각하실지도 모르겠네요. 그럴 수도 있어요. 하지만 우연들을 충분히 모아 한데 묶어보면 우연이 우연에 그치지 않고 결국 필연성을 획득한다는 사실을 알 수 있답니다.

더 큰 우연의 일치로 보이는 메이슨사의 편지지도 같은 방법으로 생각해볼 수 있어요. 이 인물은 메이슨사와 확실한 관계를 맺고 있었어요. 기억하실지도 모르지만 메이슨사는 삼 년 전에 대규모 송사에 휘말린 적이 있었어요. 자세한 내용은 잊어버렸지만 그쪽에서 경쟁사를 상대로 소송을 제기했던 것 같아요. 혹시 기억나시나요, 찰스 경?"

찰스 경은 마지못해 고개를 끄덕였다. 자신의 적수에게 이런 중요하지 않은 정보에 대해서까지 도움을 주기가 내키지 않은 듯한 눈치였다.

"그랬을 겁니다. 광고물에 대한 저작권 침해 건으로 피언리 초콜릿 회사를 고소한 사건이었습니다. 제가 메이슨사의 소송을 진행했습니다."

그는 짧게 대답했다.

"감사해요. 그래요, 그런 사건일 거라고 생각했어요. 좋아요. 제가 혐의를 둔 남자는 그 사건과 관련이 있었답니다. 그는 법적 업무와 관련해서 메이슨사를 돕고 있었죠. 분명 메이슨사의 사무실을 드나들었을 거예요. 그러니 회사의 편지지를 한 장 손에 넣을 수 있는 기회는 굉장히 많았을 테죠. 그리고 삼 년 후에 그 편지지를 아직도 갖고 있다는 사실을 깨닫게 될 기회도 얼마든지 있었을 거예요. 편지지는 가장자리가 누렇게 변색되어 있었어요. 삼 년이나 지났으니 당연하겠죠. 편지지에는 무언가 지운 흔적도 있었어요. 제 생각에는 저작권 침해 사건과 관련해서 메이슨사에서 일하던 도중에 급히 법률 관계 메모를 적은 것을 지운 흔적이 아닐까요? 상황은 명백해요. 모든 것이 들어맞는답니다.

그다음으로는 소인 문제가 있죠. 저도 찰스 경의 말씀에 동의해요. 살인범은 교활한데다 알리바이를 세우려 애를 쓰는 사람이니, 독이 든 소포를 다른 사람에게 함부로 맡기지 않을 거라는 사실을 당연하게 받아들여야 할 거예요. 공범의 존재를 논외로 하면, 이 점은 고려 대상에서 제외해도 좋다고 확신할 수 있어요. 지나치게 위험한걸요. 유스터스 페네파더 경이라는 사람의 이름이 눈에 띄지 않고 넘어가기란 거의 불가능하니, 나중에라도 관계가 밝혀질 테니까요. 지금까지 모든 살인범들이 그랬던 것처럼 이 살인범 역시 자신에게 혐의가 쏠리지 않을 거라는 확신이 들자, 알리바이를 만드는 일이 문제이긴 해도 다소 위험을 무릅쓰고 직접 소포를 부치는 도박을 벌여요. 따라서 그 남자가 범인이라고 결론을 내리기 위해서는 사건이 있었던 날 밤 8시 30분에서 9시 30분 사이에 스트랜드 대로 주변에 있었는지 알아볼 필요가 있답니다.

저는 이 일이 가장 어려운 작업일 거라고 예상했는데 놀랍게도 무엇보다 가장 쉬운 일이라는 게 밝혀졌어요. 제가 혐의를 둔 남자는 사실 그날 밤 세실 호텔에서 열린 연회에 참석했으니까요. 정확히는 사립학교 동창회 자리였어요. 알려드릴 필요도 없겠지만 세실 호텔은 스트랜드 대로 거의 맞은편에 있어요. 사우샘프턴 우체국은 호텔에서 가장 가까운 우체국이고요. 자리에서 살짝 빠져나와 옆자리 사람이 알아차리기 전에 다시 자리로 돌아오는 것은 무엇보다 쉬운 일이었을 거예요. 그 일을 하는 데 오 분이면 충분하잖아요?"

"정말 그렇군요!"

브래들리가 넋이 빠진 채 중얼거렸다.

"마지막으로 강조하고 싶은 게 두 가지 있어요. 우선 이 사건과 몰리뉴 사건과의 유사성을 지적했을 때, 저는 놀랍다기보다는 의미심장하다고 말씀드렸죠. 그때 제가 무슨 뜻으로 그런 말을 했는지 설명해드리죠. 제가 하려던 말은 두 사건의 유사성은 단순한 우연으로 치부하기에는 지나치게 가깝다는 뜻이었답니다. 이 사건은 당시 사건의 의도적인 모방 범죄예요. 만일 그렇다면 오직 한 가지 추론이 가능하죠. 이 살인 사건은 범죄사에 깊이 빠져 있는 사람, 즉 범죄학에 정통한 사람의 작품이라는 거예요. 제가 혐의를 두고 있는 남자는 범죄학에 정통한 사람이고요.

마지막으로 말씀드릴 것은 유스터스 페네파더 경과 와일드먼 양의 약혼 소문을 부정하는 신문 기사와 관련된 내용이에요. 하인의 진술에 따르면 약혼 부정 기사를 낸 사람은 유스터스 경이 아니에요. 와일드먼 양도 아닙니다. 유스터스 경은 기사를 보자 미친듯이 화를 냈어요. 이 범죄를 저질렀다고 제가 혐의를 두고 있는 남자가 둘 중 아무하고도 상의하지 않고 솔선해서 낸 기사랍니다."

순간 브래들리가 팔짱을 끼고 있던 손을 풀었다.

"니트로벤젠은요? 그 물질에 대해서도 말씀하신 인물과의 연관성을 설명하실 수 있습니까?"

"그 부분은 저와 찰스 경이 의견 일치를 본 몇 안 되는 점 중 하나예요. 니트로벤젠은 아무런 어려움 없이 별다른 주목을 받지 않고 살 수 있는 상품이니, 그렇게 흔한 물질과 범인 사이의 연관성을 파악할 필요는 없다고 보고, 또한 그게 가능할 거라고 생각하지도 않아요."

필더플레밍 부인은 자제심을 발휘하려고 눈에 띄게 노력하고 있었다. 그녀가 하려는 이야기는 지극히 침착하고 공명정대했으며, 이때까지 입 밖으로 꺼낸 말 역시 불굴의 노력에 힘입어 침착하고 공명정대했다. 그러나 한 마디 한 마디를 더할 때마다 그런 노력을 기울이는 게 점점 더 힘들어지고 있다는 사실은 명백했다. 다른 사람이 보기에는 그렇게 격렬한 감정이 필요할까 의심스러웠지만, 필더플레밍 부인은 누가 봐도 굉장히 흥분해 있어 몇 마디만 더 하면 숨이 막혀버릴 것 같은 모습이었다. 그녀의 이야기는 절정을 향해 달려가고 있었지만, 그녀의 얼굴이 짙은 보라색으로 변하고 머리 뒤편에 매달린 모자가 주인을 동정하듯 불안하게 떨리고 있는 모습에 대한 변명이 될 수는 없을 터였다.

"그것으로 끝입니다. 저는 이렇게 제 추론을 증명했어요. 이 남자가 살인범입니다."

그녀는 경련하듯 결론을 내렸다.

완전한 침묵이 내려앉았다.

"그래요? 그렇다면 범인은 누군가요?"

얼리샤 대머스가 참을성 없이 물었다.

점점 더 얼굴을 찌푸리고 매 순간 더욱 눈을 내리뜨며 연설자를 바라보고 있던 찰스 경이 위협적인 태도로 테이블을 내려쳤다.

"그렇고말고." 그는 으르렁댔다. "툭 터놓고 말해봅시다. 부인의 멍청한 추론이 지목하는 사람은 대체 누굽니까?"

찰스 경은 필더플레밍 부인의 결론이 무엇인지 알기도 전이었지만, 그와는 상관없이 그녀에게 절대로 동의할 수 없다는 듯한 태도였다.

"멍청한 추론이라니, 이건 범인에 대한 고발이라고요, 찰스 경." 필더플레밍 부인이 신경질적으로 소리를 지르며 그의 말을 정정했다. "당신은…… 당신은 정말로 모른 척할 작정인가요?"

"정말이지, 부인. 정말로 모르겠습니다."

찰스 경은 위엄을 잃지 않은 채 항변했다.

그러자 유감스럽게도 필더플레밍 부인의 태도가 연극적으로 변하기 시작했다. 그녀는 천천히 자리에서 일어나더니 의자가 둔탁하고 암울한 소리를 내며 뒤로 쓰러지는 것은 아랑곳하지 않고 떨리는 손가락으로 테이블 너머 찰스 경을 가리키며 150센티미터가 갓 넘는 조그만 키로 그에게 정면으로 맞섰다. 마치 비극에 등장하는 여왕 같은 모습이었지만, 진짜 비극에 등장하는 여왕이라면 뒷머리에 쓴 모자가 떨리고 있도록 내버려두지도 않고, 설사 감정이 격해져 얼굴이 선명한 보라색으로 변한다 한들 분장용 화장품을 적절히 써서 혈색을 가장하기 마련이었다.

"당신이야! 당신이 그 예술적인 범죄를 저지른 사람이라고! 당신 이마에 카인의 낙인을 찍겠어요! 이 살인자!"

필더플레밍 부인은 새된 목소리로 외쳤다. 그녀의 손가락은 돌아가는 선풍기에 매달린 리본처럼 곧게 펴져 있었다. 무아지경의 공포가 지배하는 침묵이 흐르는 사이, 브래들리는 정신이 혼미해져 치터윅의 팔에 매달렸다.

찰스 경은 잠시 잊어버렸던 목소리를 용케 되찾았다.

"저 여자는 미쳤어."

하지만 그는 숨이 막혀 더이상 말을 이을 수 없었다.

그녀는 즉시 사살당할 거라고, 그게 아니면 찰스 경의 눈에서 발사된 푸른색 광선에 박살이 날 거라고 겁을 먹었지만, 그런 일이 일어날 가능성은 별로 없어 보였다. 필더플레밍 부인은 자신이 고발에 대해 자세히 설명하기 위해 히스테리를 누그러뜨렸다.

"아니, 난 미치지 않았어요, 찰스 경. 완전히 정상이라고요. 당신은 따님을 사랑하지요. 아내를 잃은 남자가 자신에게 남은 유일한 여성에게 느끼는 애정은 남들의 두 배 이상일 테죠. 당신은 그녀를 유스터스 경의 손아귀에서 벗어나도록 할 수만 있다면 무슨 짓이든 정당화될 수 있다고 생각했어요. 그녀의 젊음과 순수함, 그리고 재산이 불한당에게 유린당하는 일을 막아야 한다고 생각했던 거라고요.

당신 입에서 나온 말이 당신에게 유죄 선고를 내린 거예요. 당신은 유스터스 경과 만난 자리에서 나눈 이야기를 모조리 밝힐 필요는 없다고 말한 바 있어요. 그래요, 그와 따님이 결혼하는 모습을 보느니 차라리 자신의 손으로 죽여버리겠다고 협박했던 사실을 누설해서는 안 되었으니까요. 불쌍한 소녀는 그에게 홀딱 빠져 고집을 부렸고 유스터스 경은 그 점을 이용하기로 결심했으니, 일이 이 지경까지 이르자 재앙을 막기 위해 당신이 선택할 수 있는 수단은 하나밖에 없었어요. 당신은 그 방법을 사용하는 데 거리낌이 없었죠. 찰스 와일드먼 경, 하나님께서 당신에게 심판을 내리시길. 내게 그럴 자격은 없으니까요."

필더플레밍 부인은 거친 숨을 몰아쉬며 쓰러진 의자를 바로 세우고 자리에 앉았다.

"음, 찰스 경." 브래들리가 끼어들었다. 가슴이 한껏 부풀어올라

입고 있던 조끼가 터질 듯 위태위태해 보였다. “당신이 살인자라는 생각은 한 번도 해보지 못했습니다. 정말로 비열한 행위입니다. 비열하고말고요.”

이번만은 찰스 경도 이 충실한 잔소리꾼이 하는 말을 무시해버렸다. 그가 한 말을 들었는지도 의심스러웠다. 필더플레밍 부인은 틀림없이 진심을 담아 고발하고 있는 것이지 일시적인 정신착란 상태에서 일을 저지르는 게 아니라는 사실이 그의 의식 속에 깊이 각인되었기 때문이다. 그의 가슴 역시 브래들리처럼 들썩거리며 부풀어올랐다. 그의 얼굴은 필더플레밍 부인의 얼굴빛이 옮겨간 듯 보라색으로 물들기 시작해서, 마치 자신의 배가 언제 터질지도 모르고 계속 부풀리는 우화 속 개구리 같은 모습으로 변했다. 로저는 필더플레밍 부인이 터뜨린 이야기를 듣고 감정이 뒤섞이다 못해 뒤죽박죽이 되어버린 채, 찰스 경의 상태를 심각하게 걱정하기 시작했다.

찰스 경은 간신히 때를 맞춰 안전한 배출구를 찾아 이야기를 꺼낼 수 있었다. 그는 폭발적으로 이야기를 늘어놓았다.

“회장! 만일 이 부인의 진술을 한낱 농담으로 받아들일 권리가 허용되지 않는다면, 터무니없는 헛소리에 대해 진지하게 대응하는 게 당연한 일이겠지요? 농담이라고 하기에는 천박하기 이를 데 없단 말입니다.”

로저는 필더플레밍 부인의 얼굴을 흘끗 바라보았다. 그녀는 이제 아무런 감정도 내비치지 않은 채 숨을 깊게 들이마시고 있었다.

그러나 찰스 경은 터무니없다고 말할지도 모르겠지만, 그의 적수는 확실히 자신의 추론의 정당성을 입증했으며, 조잡하지도 않고 논거가 뒷받침되지 않은 것도 아니었다.

로저는 가능한 한 신중하게 입을 열었다.

"제 생각에는, 만일 논의의 중심에 선 사람이 경이 아닌 다른 사람이었더라면 경께서도 이런 종류의 고발에 동의하셨으리라 믿습니다. 실질 증거가 뒷받침하고 있는 고발이라면, 적어도 반박이 필요한 지점에 도달할 때까지는 심각하게 받아들여야 한다고 봅니다."

찰스 경은 콧방귀를 뀌었지만 필더플레밍 부인은 열렬하게 고개를 여러 번 끄덕였다.

"반박이 가능하다면 말이지요. 개인적으로 제가 깊은 인상을 받았다는 사실을 인정하지 않을 수 없군요. 저는 필더플레밍 부인이 사건을 해결한 것 같다고 생각합니다. 회장님, 잠시 자리를 떠나 경찰에게 전화를 걸어도 괜찮겠습니까?"

브래들리가 대화 사이에 끼어들었다. 아무리 불쾌한 일이라도 시민으로서의 의무를 다해야 한다는 진심 어린 태도로 무장하고 있었다.

찰스 경은 그를 노려보았지만 입에서는 아무 말도 나오지 않았다.

"아직 아닙니다. 아직 찰스 경의 해명을 듣지 못했으니까요."

로저가 부드럽게 말했다.

"뭐, 해명을 들어보는 것도 괜찮겠군요."

브래들리는 수긍했다. 다섯 쌍의 눈이 찰스 경에게 못박히고 다섯 쌍의 귀가 일제히 긴장했다. 하지만 찰스 경은 자시 자신과 힘겨운 씨름을 하고 있었기 때문에 입을 열지 못했다.

"제가 생각한 대로군요. 자신을 변호할 수는 없을 겁니다. 그토록 많은 살인범들을 교수대에서 낚아챘던 찰스 경이라 할지라도 이런 확실한 논증에는 아무 말도 하기 어려울 테죠. 굉장히 슬픈 일이 아닐 수 없습니다."

브래들리가 중얼거렸다.

찰스 경이 자신을 괴롭히는 상대를 흘끗 바라보는 모습을 보니, 단둘이 있는 자리에서라면 해줄 말이 엄청나게 많은 듯 보였다. 하지만 현 상황에서는 그저 낮은 신음만 낼 뿐이었다.

"회장님, 제안이 하나 있어요. 찰스 경은 패를 꺼내보지도 않고 유죄를 인정하는 듯 보이고, 브래들리 씨는 선량한 시민으로서 그를 경찰에게 넘기고 싶어 하죠."

얼리샤 대머스가 평소처럼 딱딱하고 효율적인 태도로 말했다.

"맞아요, 맞습니다!"

선량한 시민이 끼어들었다.

"저로서는 이런 상황이 유감이에요. 찰스 경에게도 정상참작의 여지가 상당 부분 있다고 생각해요. 우리는 살인은 어떤 경우에라도 반사회적인 범죄라고 배웠지요. 하지만 정말 그런가요? 찰스 경이 유스터스 페네파더 경을 제거하려고 한 것은 확실히 이 사회의 이득을 위한 행위였어요. 따님의 구혼자를 제거한 것은 부수적인 효과였을 뿐이죠. 그의 의도가 실패로 돌아가 죄 없는 희생자가 살해당한 것은 중요한 지점이 아니에요. 배심원단은 찰스 경에게 확실히 유죄를 선고할 테지만, 필더플레밍 부인조차 찰스 경을 규탄해야 하는지 미심쩍어하는 듯 보여요. 마지막에는 부인도 그를 심판할 자격이 없다고 말했으니까요.

저는 부인과 의견이 달라요. 인간으로서, 합리적인 지성을 갖춘 존재로서, 저는 그를 심판할 자격이 확실히 있다고 생각해요. 더 나아가 우리 다섯 명 모두 심판할 자격이 있다고 생각해요. 따라서 우리가 직접 그를 심판해보는 것은 어떨까요? 필더플레밍 부인이 검찰 역을 맡을 수 있을 테고, 다른 사람이 그를 변호할 수 있을 거예요. 저는 브래들리 씨를 추천하겠어요. 그리고 우리 다섯 명 모두가 배심원단을 구성해서 유죄인지 무죄인지 다수결로 판단을 내리는 것이 어떨까요? 그리고 그 결과를 준수하기로 맹세를 한 다음, 만일 유죄로 확정된다면 경찰에 넘기고 무죄 판결을 받으면 그가 저지른 짓이 이 방 밖으로 새어 나가지 않도록 합의하는 거예요. 이 제안을 안건으로 부쳐도 될까요?"

로저는 그녀에게 비난하는 듯한 미소를 지어 보였다. 그는 대머스가 자신만큼이나 찰스 경의 유죄를 믿지 않는다는 사실을, 그저 이 저명한 변호사의 다리를 잡아당겨보고 싶어 할 뿐이라는 사실을 잘 알고 있었기 때문이다. 다소 잔혹한 처사일지는 몰라도, 그녀가 이 상황이 그에게 도움이 될 거라고 생각한다는 사실은 명백했다. 대머스는 언제나 인생을 뒤집어 바라봐야 한다는 신념을 가진 사람으로 자처하고 있었다. 그녀는 고양이도 가끔은 쥐에게 쫓기는 상황에 놓여보아야 한다고 믿었다. 따라서 사람들에게 사형을 구형하는 사람이 반대로 이토록 무서운 혐의를 쓰고 직접 피고석에 서는 경험은 무엇에도 비할 수 없는 교훈이 될 터였다. 한편, 브래들리 역시 찰스 경이 살인범이라는 주장을 믿고 있지는 않았다. 하지만 그저 브래들리가 바라던 것 이상의 성공을 거두어왔던 찰스 경을 약간 골려주고 싶은 마음에, 자신의 믿음과는 별개로 그를 의심하는 척 놀리고 있는 것이었다.

로저는 치터윅도 찰스 경이 유죄라는 주장에 깊은 의구심을 품고 있을 거라고 생각했다. 하지만 그렇게 주장하는 필더플레밍 부인의 무모한 태도에 겁을 먹은 나머지 여전히 자신의 생각을 표현하기를 주저하는 모습이었다. 사실 로저는 필더플레밍 부인을 제외하면 찰스 경의 결백을 조금이라도 의심하는 사람은 아무도 없다고 확신했다. 찰스 경의 표정을 보면 본인도 같은 생각을 하는 것 같았다. 이 격분한 신사가 지적했듯, 이 추론은 냉정하게 생각해보면 말도 안 되는 헛소리였다. 찰스 경이 범인일 리가 없었다. 당연한 일이었다. 왜냐하면 그는 찰스 경이었기 때문이다. 그런 일은 일어나지 않기 때문이었다. 다들 알다시피 그가 그럴 리 없기 때문이었다.

다른 한편으로 보면, 필더플레밍 부인은 굉장히 깔끔한 솜씨로 그의 유죄를 입증해 보였다. 반면 찰스 경은 아직 자신이 유죄가 아니라는 사실을 입증하려는 시도조차 하지 않은 상태였다.

로저가 자신이 아닌 다른 사람이 회장 자리에 앉았으면 얼마나 좋을까 하는 생각을 진심으로 했던 것은 이번이 처음이 아니었다.

그는 다시 같은 말을 꺼내고 말았다.

"제 생각에는, 조치를 취하기에 앞서 먼저 찰스 경의 해명을 들어봐야 한다고 봅니다. 그리고 분명히……." 범죄 연구회 회장은 적절한 표현을 떠올리면서 친절하게 덧붙였다. "경께서는 이 고발에 대해 충분히 답변을 해주실 겁니다."

그는 기대하는 눈빛으로 용의자를 바라보았다. 찰스 경은 분노 때문에 정신이 혼미해져 있다가 갑자기 제정신을 차린 듯 보였다.

"정말로 이 히스테리 같은 행위에 대해 자기 변호를 하기를 바라시는 겁니까?" 그는 갑자기 소리를 질렀다. "잘 알겠습니다. 제가 범죄학자라는 사실을 인정하겠습니다. 필더플레밍 부인이 그토록 혐의를 씌우려는 부류입니다. 그날 밤 세실 호텔에서 열린 만찬에 참석했다는 사실도 인정하겠습니다. 이 점만으로도 제 목에 교수대 밧줄을 두르기에 충분할 것 같군요. 제 개인적인 문제가 공공연하게 폭로된 것 같으니 드리는 말씀이지만, 성향이나 품위와는 무관하게, 유스터스 경이 제 여식과 결혼하는 꼴을 보느니 차라리 목을 졸라 죽여버릴 거라는 사실 역시 인정합니다."

그는 잠시 말을 멈추고, 진력이 난 듯 넓은 이마 위를 손으로 쓸어 올렸다. 그는 이제 더이상 무서운 법정 변호사가 아닌 어리둥절해하는 노인에 불과했다. 로저는 굉장히 안쓰러운 심정이 들었다. 그러나 필더플레밍 부인이 추론을 훌륭하게 펼쳤기 때문에 해명을 요구하지 않을 수 없는 상황이었다.

"이 모든 사실을 인정합니다만, 아무것도 법정에서 그다지 무게 있게 받아들여지지 않을 겁니다. 제가 초콜릿을 발송하지 않았다는 사실을 입증하기를 원하신다면, 무슨 말씀을 드리면 만족하시겠습니까? 만찬회 자리에서 같은 테이블에 앉았던 사람을 두 명 소환할 수도 있습니다. 두 사람 모두…… 음, 10시쯤 됐을 텐데, 그때까지 제가 자리를 뜬 적이 없었다는 사실을 확인해줄 겁니다. 제 여식이 마침내 제 설득에 귀를 기울여 유스터스 경과 결혼할 생각을 포기하고 자진해서 데번셔에 있는 친척집에 꽤 오래 머물기로 했다는 사실에 대해서도, 확인해줄 증인이 몇 명 있습니다. 하지만 이 일은 초콜릿을 발송한 날 이후에 일어났다는 점을 인정하지 않을 수 없군요.

요컨대 필더플레밍 부인은 상당한 솜씨로 제게 불리한 몇몇 증거를 명쾌하게 짜맞췄습니다. 하지만 이는 잘못된 가정에 기반한 추론입니다. 외부 변호인은 일반적으로 사무 변호사의 입회하에 의뢰인의 사무실이나 회의실에서 의뢰인과 만나지, 의뢰인의 사업체를 뻔질나게 드나들지 않는다는 사실을 부인에게 알려드리고 싶군요. 만일 이 모임에서 이 문제와 관련해 경찰의 조사를 받는 것이 바람직하다고 생각한다면 기꺼이 조사에 응할 준비가 되어 있습니다. 게다가 제 이름에 먹칠을 하는 이 중상모략에 대한 조사라면 얼마든지 환영하는 바입니다. 회장님께서는 회원 전체를 대표하는 분이시니 적절하다고 생각되는 조치를 취해주시기를 바랍니다."

로저는 신중한 쪽으로 방향을 잡았다.

"찰스 경, 제 의견을 말씀드리자면 필더플레밍 부인의 추론은 굉장히 기발하기는 하지만 경께서 말씀하신 바와 같이 오류에 기반한 것이 확실합니다. 사실 개연성을 따져보면, 자신의 딸과 약혼하게 될 사람에게 독이 든 초콜릿을 보낼 아버지가 존재하리라고는 생각할 수 없습니다. 잠깐만 생각해봐도 결국에는 딸 역시 초콜릿을 먹게 될 가능성이 다분하다는 사실을 알 수 있기 때문입니다. 저도 나름의 생각이 있지만 제 생각은 일단 제쳐두고서라도, 찰스 경을 고발하는 필더플레밍 부인의 추론은 사실은 제대로 입증되지 않았다고 확신합니다."

"회장님! 제 의견에 반대하셔도 좋지만 사건 해결을 위해서는……."

필더플레밍 부인이 열을 올리며 그의 말을 잘랐다.

"저도 동감이에요, 회장님. 찰스 경께서 초콜릿을 보냈으리라고는 절대로 생각할 수가 없어요."

대머스가 기민하게 끼어들었다.

"흐음!"

브래들리는 재미난 구경거리가 이렇게 일찍 끝났다는 사실을 안타까워하며 한숨을 쉬었다.

"맞습니다, 맞아요!"

치터윅이 놀랄 정도로 결연한 태도로 말했다.

로저는 계속해서 말을 이었다.

"다른 한편으로는 이렇게 생각합니다. 찰스 경에게 자신의 명예를 위해 경찰의 수사를 요구할 자격이 있는 것처럼, 필더플레밍 부인에게도 마찬가지의 자격이 있다는 점은 분명합니다. 그리고 필더플레밍 부인이 경찰의 수사를 요청할 수 있을 정도로 몇몇 증거를 명쾌하게 조합했다는 찰스 경의 견해에 동의합니다. 제가 강조하고 싶은 것은 지금까지 여섯 명의 회원 중에서 고작 두 분만이 발표를 끝냈다는 점입니다.

모두 발언을 마칠 때가 되면 놀랄 만한 국면이 모습을 드러낼지도 모릅니다. 아주 가능성이 없는 일은 아니지요. 그렇게 되면 지금 우리가 논의하고 있는 문제는 무의미해질지도 모릅니다. 반드시 그렇게 되리라는 것은 아니지만, 혹시 모르지 않습니까?"

"아하! 위대하신 회장님께서는 어떤 복안을 갖고 계십니까?"

브래들리가 중얼거리듯 입을 열었다.

"따라서 저는 정식으로 발의하는 바입니다." 로저는 자신을 바라보는 필더플레밍 부인의 다소 시큰둥한 표정을 무시하며 이렇게 말을 맺었다. "오늘부터 일주일 동안 찰스 경에 대한 논의는 보류하도록 하겠습니다. 이 방 안에서나 밖에서나, 이에 대한 토론 및 기록은 하지 않습니다. 그 후 이 안건을 다시 꺼내고 싶은 회원이 있다면 그렇게 해도 좋지만, 그렇지 않다면 영원히 잊히도록 내버려두는 겁니다. 안건을 표결에 부칠까요? 찬성하십니까?"

이 안건은 만장일치로 통과되었다. 필더플레밍 부인은 반대표를 던지고 싶었지만, 그녀는 모든 안건이 만장일치로 통과되지 않는 위원회에는 한 번도 속해본 적이 없었다. 그녀는 타성에 빠져 있어 이를 거부할 수 없었다.

모임은 휴회했다. 아니, 차라리 강제로 중지당했다고 하는 편이 나을 터였다.

009

로저는 런던 경찰청의 모르즈비 경감의 사무실에서 자리에 앉아 우울하게 다리를 흔들었다. 모르즈비는 아무런 도움이 되지 않았다.

경감은 참을성 있게 말했다.

“말씀드리지 않았습니까, 셰링엄 씨. 제게 뭔가 캐내려 해도 소용없습니다. 우리가 알고 있는 것은 모조리 말씀드렸습니다. 도움이 될 수만 있다면 무엇이든 했을 겁니다.” 이 대목에서 로저는 믿지 못하겠다는 듯 콧방귀를 뀌었다. “우리 경찰도 막다른 골목에 몰렸을 뿐입니다.”

“저도 마찬가지입니다. 이 상황이 영 마음에 들지 않습니다.”

로저는 마지못해 인정했다.

"이런 일을 종종 하다 보면 곧 익숙해지실 겁니다, 셰링엄 씨."

모르즈비가 위로했다.

"간단히 말해서 더이상 추론을 진전시킬 수가 없습니다."

로저는 한탄하듯 말했다.

"사실 그러고 싶은지도 의문입니다. 아무래도 조사 방향을 완전히 잘못 잡은 것 같습니다. 만약 유스터스 경의 사생활에 정말로 단서가 존재한다면, 그는 교묘한 악마처럼 단서를 숨기고 있을 겁니다. 하지만 그가 그러고 있다고 보이지는 않습니다."

"으흠!"

모르즈비 경감이 헛기침을 했다. 그 역시 같은 생각을 하고 있었기 때문이다.

"저는 방향을 바꿔 그의 친구들에게 이것저것 캐묻기도 했습니다. 저를 보기만 해도 진절머리를 낼 정도로 말입니다. 그들을 졸라 친구들의 친구들, 더 나아가 그 친구들의 친구들까지 소개를 받았습니다. 그들에게도 역시 이것저것 캐물었다는 건 두말할 필요도 없을 테죠. 그가 다니는 클럽에 출근 도장을 찍기도 했습니다. 그렇게 해서 알아낸 것이 무엇인지 아십니까? 유스터스 경이 여성에 대한 무용담을 이름까지 들먹이며 늘어놓고 있는 모습을 보면, 그는 자유분방한 사내가 아닌, 진작에 말씀하셨듯 더할 나위 없이 지각 없는 난봉꾼이라는 사실을 알게 됩니다. 굉장히 불쾌한 유형의 인간이 아닐 수 없습니다. 뭐, 여성들의 실명을 언급한 것은 타고난 성품이 천박해서가 아니라 경솔하기 때문일 거라는 생각이 들지만요. 다행스럽게도 이런 유형의 인간은 여성들이 생각하는 것보다는 훨씬 드물게 존재하긴 합니다. 어쨌든 제가 무슨 말을 하려는지 아실 겁니다. 수많은 여성들의 이름은 수집할 수 있었지만 어느 쪽을 파헤쳐보아도 아무런 소득이 없었습니다! 만약 이 사건의 밑바닥에 여성이 자리잡고 있다면, 지금쯤이면 단서가 드러났어야 합니다. 하지만 아무런 단서도 찾을 수 없었습니다."

"미국에서 일어났던 사건은 어떻습니까? 놀라울 정도로 유사한 점이 있다고 보지 않았습니까, 셰링엄 씨?"

"지난밤에 회원 한 명이 그 이야기를 꺼냈습니다. 그녀는 그 사건으로부터 별것도 아닌 추론을 이끌어내더군요."

로저는 침울한 태도로 대답했다.

"아, 알겠습니다." 경감은 고개를 끄덕였다. "필더플레밍 부인이었던 모양이로군요. 그녀는 찰스 와일드먼 경이 유죄라고 여기고 있지 않습니까?"

로저는 그를 물끄러미 쳐다보았다.

"어떻게 그 사실을 알고 계십니까? 맙소사! 후안무치한 마귀할멈이! 그녀가 그 사실을 흘리기라도 했습니까?"

"절대로 아닙니다." 모르즈비는 한 점 부끄러움이 없다는 태도로 항변했다. 마치 런던 경찰청에서 해결하는 까다로운 사건의 절반가량은 처음부터 '습득한 정보'를 바탕으로 올바른 방향을 잡아 수사를 진전시키는 것이 아니라는 듯한 말투였다. "부인은 우리에게 아무 말도 하지 않았습니다. 당연히 그녀가 의무를 저버리는 행동을 했다고는 할 수 없을 겁니다. 하지만 여러분이 벌이는 일 중에서 우리가 파악하고 있지 못한 사항은 그리 많지 않습니다. 이 문제에 관해 무슨 생각을 하고 있는지도 대부분 알고 있습니다."

"미행을 붙이셨군요. 그렇군요. 요전에 우리가 감시하에 놓일 거라고 말씀하셨던 적이 있었죠. 좋습니다, 좋아요. 그렇다면 찰스 경을 체포하실 작정입니까?"

로저는 만족스러운 듯한 태도로 이죽거렸다.

"아직 아닙니다, 셰링엄 씨."

모르즈비는 진지하게 대답했다.

"그렇다면 그 추론에 대해서는 어떻게 생각하십니까? 그녀는 꽤 매력적인 추리를 해내지 않았습니까?"

"살인범을 교수대로 보내는 우리 일을 방해하던 찰스 경 자신이 살인죄로 고발당하다니, 그 추론이 맞는다면 굉장히 놀랄 일이 아닐 수 없군요."

모르즈비는 신중하게 대답했다.

"경찰 입장에서는 수지맞는 일일 테지만, 아마 그렇지는 않을 것 같군요." 로저는 고개를 끄덕였다. "그렇습니다. 정말로 그녀의 추론이 맞을 가능성은 없습니다만 어쨌든 재미있는 발상입니다."

"그렇다면 어떤 가설을 세워놓고 계십니까, 셰링엄 씨?"

"모르즈비, 아직까지 희미한 단서조차 떠오르지 않습니다. 그런데 내일은 제가 발표할 차례입니다. 뭐라도 꾸며내서 시험을 통과할 수 있을 것도 같지만, 그렇게 된다면 제 자신에게 실망할겁니다." 로저는 잠시 생각에 잠겼다. "진짜 문제는 이 사건에 대한 제 관심이 그저 학문적인 수준에 머물러 있다는 겁니다. 이제까지 겪은 다른 사건들에서는 모두 개인적인 흥미를 느꼈습니다. 그런 심정을 느끼게 된다면 사건을 밑바닥까지 파헤칠 수 있는 보다 강한 동력으로 삼을 수 있을 뿐만 아니라 더 나아가 실질적인 도움을 얻을 수도 있을 텐데 말입니다. 정보라고 할 만한 것들을 좀더 많이 수집할 수 있을 테니까요. 또 관계자들에 대한 좀더 깊은 정보를 얻게 될 가능성도 높을 겁니다."

모르즈비는 다소 심술궂은 태도로 입을 열었다.

"음, 셰링엄씨. 개인적인 흥미라는 뜻이 사건을 안에서 바라본다는 의미라면, 우리 경찰은 사건에 개인적인 감정을 싣지 않기 때문에 사건 해결에 실패했을지라도 그 점을 변명거리로 삼을 수 있다고 생각하실지도 모르겠군요. 그런데 말입니다……." 모르즈비는 전문가로서 자부심을 갖고 대답했다. "그런 경우는 극히 드뭅니다."

"분명 그렇겠죠." 로저는 대답을 하다가 감정이 격해졌다. "뭐, 모르즈비, 저는 점심시간이 끝나기 전에 새 모자를 사야 하는 귀찮은 일을 해치워야 합니다. 본드 스트리트까지 저를 미행하실 생각입니까? 저는 모자를 산 다음 근처에 있는 술집에 들를지도 모르니, 그곳에서도 감시를 붙일 수 있다면 도움이 될 겁니다."

"셰링엄 씨, 죄송합니다만 저는 다른 볼일이 있습니다."

모르즈비 경감은 비난하는 말투로 말했다.

로저는 사무실에서 물러났다.

그는 굉장히 우울한 나머지 기분 전환이 될까 싶어 버스를 타는 대신 택시를 잡아 타고 본드 스트리트로 향했다. 로저는 1차세계대전 당시에도 이따금 런던에 체류했던 적이 있었다. 당시 택시 기사들은 일부러 먼 길을 돌아가곤 했다는 사실을 똑똑히 기억하고 있었기 때문에, 그 후로 버스가 다니는 길이라면 절대로 택시를 타지 않았다. 세평에 자리잡은 소문은 좋은 기억일 경우 재빨리 사라져버리지만, 편견일 경우에는 오랫동안 잊히지 않는다는 점은 주지의 사실이다.

로저가 그토록 우울했던 것에는 까닭이 있었다. 모르즈비에게 털어놓았던 것처럼 막다른 골목에 처했기 때문만은 아니었다. 그의 머릿속에서 정말로 완전히 그릇된 방향에서 조사를 진행했다는 확신이 고개를 들기 시작했기 때문이다. 그가 이 사건에 대해 기울인 모든 노력이 시간 낭비에 불과할지도 모른다는 생각은 슬프기 그지없었다. 처음에 이 사건에 대해 강렬한 흥미를 느낀 것은 사실이었지만, 그가 방금 깨달았듯 그 정체는 교묘하게 계획한 살인 사건이라면 어떤 사건에서도 느낄 수 있는 학문적인 관심에 불과했다. 다수의 사건 관계자들과 친분이 있는 사람들과도 접촉해봤지만, 어색하게 사건 밖으로 밀려나 있는 기분은 여전했다. 단서를 손에 넣을 수 있는 인간관계가 전혀 파악되지 않았기 때문이다. 이런 종류의 사건은 기술도 인내도 시간도 부족한 개인이 추진하기에는 버거운 끊임없는 조사 활동을 필요로 하기 마련이다. 경찰 조직만이 그런 조사를 감당할 능력이 있었다.

하지만 그로부터 한 시간도 채 지나지 않아, 로저의 눈에 완전히 다른 양상으로 보였던 두 가지 일이 겹치며 마침내 그의 흥미를 학문적인 영역에서 개인적인 영역으로 돌려놓았다. 이는 순전히 우연히 일어난 일이었다.

첫 번째 일은 본드 스트리트에서 일어났다.

로저가 새 모자를 쓰고 단골 모자 가게를 나섰을 때, 오른편에서 그를 향해 돌진하고 있던 베레커르므쥐레 부인이 눈에 띄었다. 베레커르므쥐레 부인은 몸집이 조그맣고 굉장히 아름다우며 부유하고 비교적 젊기까지 한 과부였다. 그녀는 로저를 흠모했다. 지나칠 정도로 자부심이 강한 로저조차 그녀가 왜 그런 마음을 품고 있는지 이해할 수 없었다. 그가 만일 기회를 준다면(물론 비유적으로 표현하자면 그렇다는 거지, 문자 그대로 기회를 그녀에게 허용할 생각은 전혀 없었다), 그녀는 그의 발밑에 몸을 던지고 정말로 행복하다는 듯 애간장을 녹이는 커다란 갈색 눈으로 올려다볼 터였다. 그러나 그녀는 말이 너무 많았다. 끊임없이 재잘대고 또 재잘대는 수다쟁이였다. 로저도 나름 말이 많은 사람이었지만 그녀의 수다는 차마 견딜 수 없었다.

그는 재빨리 길을 건너려 했지만 연이은 차량 행렬이 지나갈 틈을 내주지 않았다. 궁지에 몰린 그는 욕설을 퍼붓고 싶은 마음을 숨긴 채 억지로 명랑한 미소를 지으며, 새로 산 멋진 모자를 기울여 인사를 건넸다.

베레커르므쥐레 부인은 기쁜 표정으로 재빨리 그에게 다가왔다.

"어머나, 셰링엄 씨! 마침 뵙고 싶었던 참이었는데 잘됐네요! 셰링엄 씨, 어서 말씀해주세요. 비밀은 지킬 테니 염려 마시고요. 불쌍한 조앤 벤딕스의 사망 사건을 조사하고 계신다고 들었어요. 오, 부디 모르는 척하지 마세요."

로저는 그랬으면 좋았겠지만 지금은 손을 놓았다는 이야기를 하려고 애를 썼다. 그러나 그녀는 말할 기회를 주지 않았다.

"오, 정말 그러신가 봐요? 정말 끔찍한 일이에요. 열심히 노력하셔서 누가 유스터스 경에게 초콜릿을 보냈는지 찾아내주세요. 그렇게 하지 않으신다면 당신에게 서운한 생각이 들지도 몰라요."

그는 딱딱하게 굳은 얼굴을 애써 움직여 문명인이 대화를 할 때 반드시 필요한 미소를 지은 채 다시 한번 한두 마디 해보려 노력했지만 헛된 수고일 뿐이었다.

“그 이야기를 들었을 때 굉장히 겁을 먹었어요. 엄청난 충격을 받았다니까요.” 베레커르므쥐레 부인은 공포에 질린 표정을 지어 보였다. “아시다시피 조앤과 저는 아주 친한 친구였답니다. 그야말로 굉장히 친밀한 관계였죠. 함께 학교에 다닌 적도 있어요. 무슨 말씀이라도 해보세요, 셰링엄 씨.”

로저는 희미하게 신음을 흘리며 경솔하게 고개를 내저었다. 그녀의 입에서 믿지 못할 이야기가 흘러나왔기 때문이다.

“끔찍한 일이에요. 모두 그녀가 자초한 일이라니, 정말로 소름 끼치는 일이 아닐 수 없어요. 정말 간담이 서늘해지는 일이 아닌가요, 셰링엄 씨?”

로저는 더이상 그녀에게서 벗어나고 싶은 심정이 아니었다. 그는 다시 한번 의구심을 느끼며 간신히 입을 열었다.

“지금 뭐라고 하셨습니까?”

베레커르므쥐레 부인은 행복한 듯 재잘거리기 시작했다.

“비극적인 아이러니라고 할 법한 일이 아니겠어요? 확실히 이 사건은 충분히 비극적인 일이지만, 이토록 소름끼치게 아이러니한 사건은 처음 들어봤어요. 그녀가 남편이랑 내기를 했다는 이야기는 물론 알고 계실 테죠? 그래서 그는 부인에게 초콜릿 한 박스를 사줘야 했던 거고요. 내기를 하지 않았더라면 유스터스 경이 그에게 독이 든 초콜릿을 주는 대신 자기가 초콜릿을 먹고 죽어버렸을 텐데 말이에요. 그에 대해 들은 이야기로 미루어 보면 그렇게 되었더라면 속이 시원했을 텐데." 베레커르므쥐레 부인은 그가 공범이라도 되는 듯 목소리를 낮춰 속삭이며 다 안다는 표정으로 주변을 살폈다. "저기, 셰링엄 씨, 이 이야기는 아무에게도 한 적이 없지만, 당신은 좋아하실 것 같아서 말씀드리는 거예요. 당신도 아이러니한 상황에 관심이 많으시죠?"

"흠모할 정도입니다." 그는 기계적으로 대답했다. "그런데요?"

"그러니까 조앤은 페어플레이를 하지 않았어요!"

"무슨 말씀이십니까?"

로저는 어리둥절한 채 물었다.

베레커르므쥐레 부인은 자신의 이야기가 그의 관심을 불러일으키자 꾸밈없이 기뻐했다.

"어휴, 그녀는 그런 내기를 해서는 안 되는 건데 말이에요. 어쩌면 그녀에게 내린 천벌일지도 몰라요. 천벌이라고 생각하면 끔찍한 일이지만, 정말로 끔찍한 것은 이 사건은 그녀가 어느 정도는 자초한 일이라는 점이에요. 그래서 저는 그 소식을 듣고 끔찍할 정도로 괴로웠어요. 정말이에요, 셰링엄 씨. 잠자리에 들 때 차마 불을 끌 수 없을 정도예요. 어둠 속에서 조앤의 얼굴이 나타나 가만히 저를 바라보고 있는 거예요. 얼마나 무시무시하다고요."

마치 베레커르므쥐레 부인의 얼굴이 거울이라도 된 듯, 묘사했던 표정이 그녀의 얼굴에 순식간에 떠올랐다 사라졌다. 아주 초췌한 표정이었다.

"왜 벤딕스 부인이 그런 내기를 하지 말았어야 한다는 말씀입니까?"

로저는 참을성 있게 물었다.

"아, 그건 말이에요! 그녀는 전에 그 연극을 본 적이 있었거든요. 연극이 상연되자마자 첫 주에 저랑 함께 보러 갔었어요. 그래서 범인이 누구인지 알고 있었고요."

"맙소사! 〈복수라는 이름의 우연〉이 다시 등장하다니! 그 제목이 주는 의미에서 벗어날 수 있는 사람은 아무도 없군요."

로저는 베레커르므쥐레 부인이 바랐던 것만큼 크게 동요하고 말았다.

"시적 정당성 말씀이신가요?" 베레커르므쥐레 부인은 그런 표현을 제대로 이해할 수 없었지만, 어쨌든 계속 재잘거렸다. "맞아요. 어떤 면에서는 그렇지 않을까요? 사실 저지른 죄에 비해 처벌이 지나치기는 하지만요. 내기에서 상대를 속인 여자들이 모조리 죽어야 한다면 세상에 어떤 여자가 살아남을 수 있겠어요?" 베레커르므쥐레 부인은 자신도 모르는 사이 속내를 털어놓았다.

"흠, 그렇군요."

로저는 약삭빠르게 그녀의 비위를 맞춰주었다.

베레커르므쥐레 부인은 재빨리 도로 앞뒤를 훑어보더니 입술을 축였다. 로저는 그녀가 평소처럼 단순히 수다를 떨기 위해 이야기를 하는 것이 아니라, 입 밖에 내서는 안 되는 이야기를 난해한 방식으로 표현하려는 것 같다는 이상한 느낌을 받았다. 마치 그녀가 애를 쓰며 표현하는 말 이상으로 친구의 죽음에 상심한 나머지, 수다를 떨며 고통에서 헤어나오려는 것 같았다. 게다가 그녀는 죽은 여성에 대해 호감을 품고 있을 텐데도, 지금은 친구를 칭찬하는 와중에 자신의 의지와는 반대로 그녀에게 넌지시 책임을 돌리는 태도가 눈에 띄었다. 마치 그럼으로써 실제로 벌어진 사망 사건에 대해 작은 위안이나마 얻을 수 있다고 생각하는 것 같았다.

"하지만 하고많은 사람 중에서 하필이면 조앤 벤딕스라니요! 절대로 납득할 수 없어요, 셰링엄 씨. 조앤이 그런 일을 하리라고는 상상조차 할 수 없는 걸요. 조앤은 정말로 멋진 여자였어요. 그녀의 재산 규모를 고려하면 다소 구두쇠였다고 할 수는 있지만 그게 어디 흠이나 되겠어요. 물론 남편을 속여넘긴 일은 단순한 장난이었다는 걸 알지만, 저는 언제나 조앤에게 좀 완고한 구석이 있다고 생각하고 있던 터라 그녀가 그런 짓을 했다고 하니 좀 웃기긴 했죠. 무슨 뜻인지 아시겠어요?"

"물론입니다."

로저는 일상생활에서 쓰는 영어라면 누구 못지않게 잘 이해하는 사람이었다.

"보통 사람이라면 명예니 진실이니 정정당당한 행동이니, 다들 당연하게 생각하는 일에 대해 굳이 이야기를 잘하지 않는 편이잖아요. 하지만 조앤은 달랐어요. 언제나 명예롭지 못하다느니 정정당당하지 못하다느니 하는 말을 입에 달고 다녔어요. 뭐, 정작 자신이 정정당당하지 못한 대가를 치러야 했다니 불쌍한 여자 아닌가요? 아직도 옛날 격언에서 진리를 찾을 수 있다는 사실을 보여주는 사건이라고 생각해요."

"어떤 격언 말입니까?"

로저는 이 대화의 흐름에 거의 혼이 나간 상태였다.

"아니, 있잖아요. 깊은 강물은 겉에서 보면 잔잔하다. 결국 조앤은 속이 검은 여자였을지도 몰라요."

베레커르므쥐레 부인은 한숨을 쉬었다. 누가 바도 벤딕스 부인이 심각한 사회적 과오를 저질렀다는 이야기를 하고 싶은 듯했다.

"이제 죽은 사람이니 나쁜 이야기를 하고 싶은 생각은 없어요. 불쌍한 사람. 뭐, 제가 드리려는 말씀은, 인간 심리란 굉장히 흥미롭다는 거예요. 그렇지 않나요, 셰링엄 씨?"

"굉장히 매력적인 분야입니다." 로저는 진지한 태도로 고개를 끄덕였다. "그러면 이제 저는 이만……."

"그런데 그 남자, 유스터스 경은 이 일을 어떻게 생각할까요? 결국 조앤의 죽음에는 누구보다도 그의 책임이 가장 크니까요." 베레커르므쥐레 부인은 뚜렷한 앙심을 품은 표정을 지으며 따졌다.

로저는 유스터스 경에게 특별한 호의를 품고 있지는 않았지만 이런 비난을 듣자 변호하고 싶은 생각이 들었다.

"베레커르므쥐레 부인, 당신에게 그런 말을 할 권리가 있다고 생각하지는 않습니다."

"있어요, 있다니까요." 이 여인은 이렇게 단언했다. "그를 만나 보신 적이 있나요, 셰링엄 씨? 그는 끔찍한 괴물이라고 들었어요. 항상 이 여자 저 여자 쫓아다니면서, 싫증이 나면 곧바로 뻥 하고 걷어차버린다는 거예요. 사실인가요?"

"저로서는 드릴 말씀이 없군요. 그에 대해 전혀 아는 바가 없으니까요."

로저는 차갑게 대답했다.

"음, 그가 지금은 누구를 만나고 있는지 소문이 파다한걸요."

베레커르므쥐레 부인은 이렇게 항변했다. 자연스럽게 보이려 세심하게 화장을 한 그녀의 두 뺨이 평소보다 더 붉게 물든 것으로 보아, 그녀가 무슨 생각을 하는지 충분히 짐작할 수 있었다.

"대여섯이나 되는 사람한테 소문을 들었어요. 하필이면 브라이스 부인이라면서요. 기름인지 휘발유인지 뭔지, 그런 걸로 돈을 버는 사람의 아내라니요."

"그녀에 대한 소문은 금시초문입니다."

로저는 사뭇 불성실한 태도로 대꾸했다.

"일주일 전부터 그랬다지 뭐예요." 그녀는 최신 소문에 민감한 수다쟁이답게 계속해서 재잘댔다. "도라 와일드먼에게 차였으니 그 여자에게 위안을 찾으려나 봐요. 뭐, 다행히도 찰스 경에게 혜안이 있어 혼담을 극구 반대했던 거겠죠. 그렇지 않나요? 그 이야기는 일전에 들은 적이 있거든요. 얼마나 끔찍한 인간인지! 그 지독한 인간이 불쌍한 조앤의 죽음에 실질적인 책임을 느끼고 조금이나마 정신을 차릴지도 모른다고 생각하시나요? 조금도 그렇지 않더라고요. 사실 저는…….”

“최근에 극장에 가신 적이 있습니까?”

로저가 큰 소리로 물었다. 잠시 동안 베레커르므쥐레 부인은 굉장히 놀란 표정으로 물끄러미 바라보았다.

“연극요? 예, 요즘 상연되는 대부분의 연극은 봤던 것 같아요. 왜 그러시나요, 셰링엄 씨?”

“그냥 궁금했을 뿐입니다. 퍼빌리언 극장에서 상연하는 신작 시사 풍자극은 괜찮지 않던가요? 그러면 저는 이만…….”

“아니, 잠깐만요! 조앤이 죽던 전날 밤 그곳에 갔었어요.”

베레커르므쥐레 부인은 연약한 모습으로 떨고 있었다.

잠시 동안만이라도 그 화제를 피할 수 있는 이야기는 없나? 로저는 속으로 투덜거렸다.

“케이블스토크 부인이 그 극장에 특별석을 하나 갖고 있어서 저를 끼워주었거든요.”

“그렇습니까?”

로저는 럭비 선수에게 하듯 그녀를 손으로 밀치고 주변을 지나는 차량 틈바구니로 뛰어들면 무례한 행동이 될까 고심했다.

“꽤 훌륭한 작품이었습니다.” 그는 입에서 나오는 대로 말하면서, 안절부절못하며 모퉁이 가장자리로 다가섰다. "〈영원한 삼각관계〉라는 단막극은 특히 좋았습니다."

"〈영원한 삼각관계〉라고요?"

베레커르므쥐레 부인은 멍하니 그의 말을 반복했다.

"예, 그날 초반부에 상연된 작품입니다."

"아, 그렇군요! 저는 못 봤나 봐요. 그때 몇 분 정도 늦었던 것 같거든요. 저는 무슨 일에든 항상 지각을 하곤 한답니다."

베레커르므쥐레 부인은 비통한 감정을 듬뿍 실어 말했다.

로저는 그녀가 사용하는 표현이 대부분 그렇듯, 몇 분 늦었다는 말 역시 완곡하게 표현한 방식이라고 마음속으로 생각했다. 〈영원한 삼각관계〉는 공연이 시작되고 삼십 분이 지나서야 상연된 작품이었다.

"아, 큰일이군요!" 로저는 이쪽으로 달려오는 버스를 향해 시선을 고정한 채 말했다. "베레커르므쥐레 부인, 양해를 구해야 할 것 같습니다. 저랑 이야기를 나누고 싶어 하는 사람이 저 버스를 타고 오고 있으니까요. 런던 경찰청에서 나온 사람입니다!" 그는 인상적인 태도로 속삭이며 쉿 하는 소리를 냈다.

"세상에! 정말로 불쌍한 조앤의 죽음에 대해 파헤치고 계신 거로군요! 제게 알려주지 않으시겠어요, 셰링엄 씨? 누구한테도 입도 뻥긋하지 않을게요."

로저는 비밀스러운 태도를 취하며 주위를 둘러보다가 알지 않느냐는 듯 얼굴을 찡그렸다.

"그렇습니다." 그는 고개를 끄덕이며 손가락을 입술에 가져다 댔다. "절대로 이 이야기를 발설해서는 안 됩니다, 베레커르므쥐레 부인."

"물론이지요. 약속하겠어요."

로저는 이 여인이 자신이 기대한 것만큼 감명을 받지 않았다는 사실을 눈치채고 실망하고 말았다. 그녀의 표정으로 미루어 보아, 그녀는 그의 노력이 별다를 성과를 거두지 못한 건 아닐까 하는 의심을 품고 그가 감당할 수 없는 일을 떠맡은 것에 대해 다소 안타까워하는 것 같았다.

버스가 그들 앞으로 다가오자 로저는 서둘러 "안녕히 가십시오"라는 인사말을 던지고 느릿느릿 지나가는 버스 출입문 계단 위로 훌쩍 뛰어올랐다. 그는 조심스럽게 등뒤를 살폈다. 커다란 갈색 눈동자가 던지는 경외의 시선이 등뒤에 꽂히는 듯한 느낌이 들었다. 그는 계단을 올라 지나치게 자신을 훑어보는 다른 승객들의 시선을 뒤로한 채 자리를 찾아 앉았다. 상대에게 싫은 소리 하나 할 것 같지 않은, 중절모를 쓴 덩치가 작은 남자 옆이었다. 조그만 남자는 투팅에 있는 묘석 제작업체에서 사무원으로 일하는 사람이었는데, 못마땅한 눈초리로 로저를 쏘아보기 시작했다. 빈자리가 저렇게 많은데 하필 옆자리에 앉느냐는 눈치였다.

버스가 피카딜리 대로에 접어들자 로저는 레인보 클럽 앞에서 내렸다. 클럽 회원 한 명과 또다시 점심 약속을 했기 때문이다. 로저는 지난 열흘 동안 자신과 조금이라도 친분이 있는 레인보 클럽 회원들을 모조리 점심 식사에 초대하여 대부분의 시간을 보냈다. 클럽에 가입하라는 권유를 받기 위해서였다. 그러나 지금까지 이런 헛된 노력의 결과, 도움이 되는 일은 아무것도 일어나지 않았다. 이날도 그는 더이상의 기대는 품지 않은 채였다.

오늘 만난 사람이 그 비극에 대해 이야기하기를 꺼려했다는 뜻은 아니었다. 그는 벤딕스와 학교 동창이었기 때문에, 베레커르므쥐레 부인이 벤딕스 부인에 대해 책임을 느끼는 것만큼이나 벤딕스에 대해 책임을 통감하고 있었다. 또한 그는 벤딕스와 사업상 다른 클럽 회원들보다 긴밀한 관계를 유지하고 있다는 점에 대해 상당한 자부심을 느끼는 사람이었다. 사실 그는 유스터스 경보다는 벤딕스와 조금 더 가까운 관계에 있는 사람이라고 할 수 있었다. 로저가 이번에 초대한 손님은 그런 인물이었다.

두 사람이 대화를 나누고 있을 때 한 사람이 식당으로 들어와 두 사람이 앉아 있던 테이블 옆을 지나갔다. 로저를 초대한 남자가 갑자기 입을 다물었다. 새로 들어온 사람은 퉁명스럽게 목례를 하더니 저쪽으로 지나갔다.

로저와 함께 앉아 있던 남자는 테이블 건너편으로 몸을 기울이고 마치 신의 계시를 받은 사람처럼 조용한 목소리로 입을 열었다.

"호랑이도 제 말하면 온다더니! 저 사람이 바로 벤딕스입니다.

그 일이 일어난 후 여기서 보는 것은 처음이로군요. 불쌍한 친구 같으니! 온몸이 갈기갈기 찢기는 심정이었을 겁니다. 그렇게 아내에게 헌신적인 남자는 본 적이 없었으니까요. 애처가의 전형이었습니다. 저 송장 같은 모습을 보셨습니까?"

화제의 당사자가 두 사람 쪽을 바라보고 있는 상황에서는, 우렁찬 소리로 고함을 지르는 대신 이처럼 눈치 빠르게 속삭이는 것이 지극히 당연한 일이었다.

로저는 짧게 고개를 끄덕였다. 그는 벤딕스의 얼굴을 알지도 못했지만, 흘끗 쳐다본 순간 그의 모습에 충격을 받았다. 얼굴은 초췌하고 창백했으며 비통한 심정 탓에 주름이 여러 가닥 패어 있었다. 조로증에 걸린 사람 같았다.

'빌어먹을. 우리 중 누가 되더라도 전심전력을 다해야겠군. 살인범이 조만간 잡히지 않는다면 저 친구 역시 죽고 말겠어.'

그는 굉장히 안타까운 심정에 이렇게 생각했다.

"그렇게 살갑게 인사를 나눈 것 같지는 않군요. 두 분은 절친한 친구 사이라고 생각했습니다만?"

로저는 아무렇게나 입에서 나오는 대로 말을 건넸다. 확실히 눈치 없는 행동이었다.

그를 초대한 남자는 불쾌한 표정으로 딱 잘라 말했다.

"저기, 방금 전 상황은 너그럽게 이해해주셔야 합니다. 사실 우리는 절친한 친구 사이는 아니었습니다. 그는 저보다 일이 년가량

선배입니다. 어쩌면 삼 년일지도 모르겠군요. 기숙사도 다른 곳이었습니다. 그는 당연히 최신 유행을 선도하는 사람이었습니다. 그런 아버지의 아들로 태어났으니 그렇지 않을 리가 있겠습니까? 반면에 저는 전통적인 편이었습니다."

"그렇군요."

로저는 엄숙한 태도로 대답했다. 자신을 식사에 초대한 남자는 벤딕스와 학교에서 그다지 교류가 없었던 것이었다. 기껏해야 뒤꽁무니를 따라다닌 게 고작이었을 것이다. 로저는 여기까지라고 생각했다.

이후 식사 시간 동안 그는 대화에 거의 신경을 쓰지 않았다. 머릿속에서 무언가가 시끄럽게 잔소리를 하는 기분이 들었지만 무슨 이야기를 하는지 짐작이 가지 않았다. 왜 그런지는 모르겠지만, 지난 한 시간 내내 어떤 정보의 파편이 중요한 내용이 있다며 말을 걸고 있었지만, 아직까지도 그는 그 정보의 중요성을 알아차리지 못했다.

삼십 분 후, 그는 코트를 걸치면서 더이상 노심초사하는 짓은 그만두고 머릿속의 전리품을 포기하자는 생각을 잠깐 동안 떠올리고 있었다. 그때 갑자기 초대하지도 않은 깨달음이 그를 찾아왔다. 여느 때처럼 사람 미치게 하는 식 그대로였다. 그는 한쪽 팔을 코트 소매에 넣고 다른 한 팔은 나머지 소매를 찾다가 그대로 굳어버리고 말았다.

“맙소사!”

그는 조심스럽게 중얼거렸다.

“무슨 일입니까, 셰링엄 씨?”

그와 식사를 함께 한 남자가 물었다. 포트 와인에 취해 한층 나긋나긋한 말투였다.

“아뇨, 아무것도 아닙니다.”

로저는 멍한 정신을 재차 깨우며 허둥지둥 대답했다.

그는 클럽 밖으로 나가 손짓으로 택시를 불러 세웠다.

베레커르므쥐레 부인이 다른 사람에게 건설적인 영감을 불어넣어준 적은 그녀 인생에서 이번이 최초였을 터였다.

그날 내내 로저는 바쁜 시간을 보냈다.

범죄 연구회 회장은 브래들리에게 조사한 내용을 발표해달라고 부탁했다. 브래들리는 콧수염을 쓰다듬으며 속으로 자신만만한 웃음을 지었다.

그는 자동차 세일즈맨(당시 이름은 아직 퍼시 로빈슨이었다)으로 직업전선에 뛰어들었다. 그러다가 무언가 생산하는 일이 훨씬 벌이가 좋다는 사실을 깨달았다. 이제 그는 탐정소설을 생산하고 있었고, 과거의 경험이 대중들을 속이는 데 제법 도움이 된다는 사실을 깨닫게 되었다. 여전히 그는 세일즈맨이었다. 품목이 자동차에서 자기 자신으로 바뀌었을 뿐이다. 하지만 이따금 자신에게 더이상 올림픽 시상대에 오르는 것 같은 영광을 맛보게 될 일은 없다는 사실을 깜빡 잊을 때가 있었다. 그는 모턴 해러게이트 브래들리를 포함한 이 세상 만물과 인류를 경멸했다. 오직 퍼시 로빈슨만이 예외였다. 그는 수만 부나 되는 책을 팔아치운 사람이었다.

"제게는 꽤 불운한 일입니다."

그는 자신의 말을 듣는 사람들이 모두 멍청이라고 생각하는 듯, 신사답게 정확하고 느릿느릿한 말투로 이야기를 시작했다.

"여러분께서는 지금까지의 전통에 비추어 제가 굉장히 뜻밖의 인물을 살인범으로 제시하리라는 기대를 갖고 계신 것 같습니다. 그리고 필더플레밍 부인은 이미 제 의표를 찌르신 바 있습니다. 어떻게 여기 계신 찰스 경보다 더 뜻밖의 살인범을 찾아낼 수 있을지 저로서는 방도를 모르겠습니다. 운이 나쁘게도 필더플레밍 부인 다음으로 발표를 하게 되었으니 이후에 발표할 사람들은 실망스러운 결말을 겹겹이 쌓아올릴 수밖에 없을 겁니다.

제가 최선을 다하지 않았다는 뜻은 아닙니다. 저는 제 이성의 불빛을 따라 이 사건을 조사했습니다. 그리고 불빛은 저마저도 깜짝 놀랄 결론으로 이끌어주었습니다. 하지만 이미 말씀드렸듯, 모두들 지난번 발표를 들으셨으니 제 추론은 실망스럽고 음침한 이야기로 들릴지도 모르겠습니다. 그건 그렇다 치고, 저는 어디서부터 조사를 시작했을까요? 예, 그렇습니다. 독극물에 대한 조사가 첫 번째였습니다.

니트로벤젠을 독극물로 사용했다는 점이 제 흥미를 강하게 끌었습니다. 저는 그 점이 지극히 중요하다고 생각합니다. 아무도 초콜릿 속에 니트로벤젠이 들어 있으리라고는 예상하지 못했을 겁니다. 저는 직업 때문에 이 독극물에 대한 조사를 한 적이 있었는데, 이전까지는 형사사건에서 이 물질이 사용되었다는 이야기는 들어본 적이 없습니다. 기록에 따르면 자살이나 음독 사고에서 등장한 예가 몇 번 있습니다만 서너 건에 지나지 않습니다.

저는 먼저 발표하신 분들께서 이 점에 생각이 미치지 못했다는 사실에 놀랐습니다. 무엇보다 흥미로운 점은 니트로벤젠이 독극물이라는 사실을 알고 있는 사람은 극소수에 불과하다는 것입니다. 전문가들조차 모르는 사실입니다. 저는 케임브리지에서 화학 박사 학위를 받은 사람과 이야기를 나눠보았습니다만 니트로벤젠이 독극물이라는 이야기는 들어보지 못했다고 하더군요. 그 점에 대해서 제가 그 사람보다 더 잘 알고 있었습니다. 약사 한 명도 니트로벤젠이 일반적인 독극물이라고는 전혀 생각하지 못했습니다. 심지어 대부분의 독극물을 기록하고 있는 명부에도 올라 있지 않습니다. 자, 이 모든 점이 제게는 무엇보다 중요하게 보였습니다.

그다음으로, 니트로벤젠에는 다른 중요한 점이 있습니다. 이 물질은 상업적으로 광범위하게 사용된다는 점입니다. 거의 대부분의 제품에 사용된다고 해도 틀린 말은 아닐 겁니다. 그중 가장 일반적인 용도는 용해액으로써 사용하는 것입니다. 아닐린 염료 제조 공정에 주로 사용된다는 이야기는 이미 들은 바 있습니다. 그런데 이렇게 사용하는 것은 가장 일반적인 방식일지언정, 가장 많은 양을 소비하는 것은 아닙니다. 이 또한 이미 들은 이야기지만 과자 제조 공정에도 대규모로 사용됩니다. 향수 제조에도 사용하고 있습니다. 사용처를 일일이 열거할 수도 없을 정도입니다. 초콜릿에서 자동차 타이어에 이르기까지 쓰이지 않는 곳이 없으니까요. 중요한 점은 니트로벤젠이 굉장히 구하기 쉬운 물질이라는 사실입니다.

쉽다고 하니 말인데, 이 물질은 제조하기도 굉장히 쉽습니다. 어린 학생들도 벤젠과 질산을 섞어 니트로벤젠을 만드는 방법을 알고 있습니다. 저도 수백 번은 만들어보았습니다. 아주 작은 화학 지식만 있으면 족할 뿐, 비싼 실험 도구라고 할 만한 것도 필요하지 않습니다. 아니, 거기까지도 필요 없습니다. 화학 지식이 전혀 없는 사람도 제조 과정을 그대로 따라서 하면 똑같이 만들 수 있습니다. 아, 그리고 덧붙이자면 비밀리에 만들 수도 있습니다. 아무도 눈치 채지 못할 겁니다. 하지만 니트로벤젠을 만드는 일에 실제로 착수한다면, 어쨌든 조그만 화학 지식 정도는 필요할 거라고 생각합니다. 적어도 이런 특정 목적을 위해 만든다면 말입니다.

이 사건을 전체적으로 파악해보면, 니트로벤젠을 범행에 사용했다는 사실은 이 사건의 유일한 독창적인 특징일 뿐만 아니라 단연코 가장 중요한 단서라고 생각합니다. 그런데 중요하다고 해서 가치 있다는 뜻은 아닙니다. 만약 범행에 청산가리가 사용됐다면 이는 가치 있는 단서입니다. 왜냐하면 청산가리는 구하기 어려운 물질이기 때문입니다. 범인이 니트로벤젠을 범행에 사용하기로 결심한 것은, 누구나 쉽게 손에 넣거나 만들 수 있기 때문에 잠재적 살인범의 입장에서 보면 어마어마하게 유리한 선택인 셈입니다. 하지만 제가 말씀드리고 싶은 것은, 이 물질을 범행에 사용한다는 발상을 할 만한 사람은 의외로 좁은 범위로 한정할 수 있다는 겁니다."

브래들리는 잠시 말을 멈추고 담배에 불을 붙였다. 동료 회원들은 그가 다시 이야기를 시작할 때까지 한마디도 하지 않았다. 그는 이 모습을 보고 그만큼 회원들의 관심을 사로잡았다고 생각해서 남몰래 기뻐했지만 겉으로는 감정을 전혀 표현하지 않았다. 대신 마치 얼간이들로 이루어진 학급을 시찰하는 것처럼 잠시 동안 주변을 살핀 다음 재차 논지를 전개해나갔다.

"우선 니트로벤젠을 사용한 인물은 최소한의 화학 지식은 갖추고 있다고 생각할 수 있습니다. 그에 맞춰 조건을 한정하는 편이 좋을 겁니다. 화학적 지식 아니면 관련 업계 종사자로서의 지식을 갖추고 있는 사람이라고 말입니다. 예를 들어 약제사의 보조로서 영업시간이 끝난 후에도 관련 분야에 대한 공부를 계속하는 사람은 전자의 경우에 들어맞을 겁니다. 니트로벤젠을 사용하는 공장에서 일하면서 독성에 대한 안전 교육을 받은 적이 있는 여공이라면 두 번째 예시가 될 테죠. 제가 보기에 이 물질을 독극물로써 사용할 생각을 할지도 모르는 사람은 다음 두 부류에 속하는 사람일 겁니다. 첫 번째 부류에 속하는 사람들은 앞서 언급한 두 가지 예시로 세분화될 수 있습니다.

이 범죄와 관련해서 좀더 중요하게 여겨야 한다고 생각하는 부류는 바로 두 번째입니다. 여기에 해당되는 사람이야말로 대체로 훨씬 지능적입니다.

이런 부류에 속하는 사람이라면 약제사의 보조 대신 아마추어 화학 애호가일 테고, 공장에 다니는 아가씨가 아니라 독물학에 관심을 가진 여의사, 또는 관련 분야를 전공하지는 않았지만 범죄학 및 그중에서도 특히 독물학 쪽에 강한 흥미를 보이는 굉장히 지적인 여성일 겁니다. 그러니까 여기 계신 필더플레밍 부인 같은 여성 말입니다."

필더플레밍 부인은 분개해서 숨을 제대로 쉬지 못했고, 찰스 경은 처음에는 깜짝 놀라고 말았다. 예상 밖의 인물이 호흡곤란을 겪고 있는 이 여성 때문에 겪었던 고초에 대한 앙갚음을 해주었기 때문이다. 곧이어 찰스 경은 누가 봐도 포복절도라고밖에 볼 수 없는 모습으로 웃기 시작했다.

브래들리는 극도로 침착한 태도를 유지하며 말을 이었다.

"다들 아시겠지만 이런 부류의 사람들은 앨프리드 테일러•의 법의학 책을 책장에 꽂아둘 뿐만 아니라 참고하기 위해 자주 들춰보곤 할 겁니다.

필더플레밍 부인, 저는 이 범행 방식에서 범죄학 지식이 사용된 흔적이 엿보인다는 부인의 주장에 동의합니다. 부인은 이 사건과 놀랄 정도로 유사한 사건을 하나 인용했고, 찰스 경도 다른 사건을 하나 인용하셨습니다. 여기에 세 번째 사건을 추가하겠습니다. 이 사건은 예전에 일어났던 사건들을 뒤죽박죽 섞은 것입니다. 여러분과 마찬가지로 저 또한 이 사건은 단순한 우연의 일치로 일어난 것이 아니라고 확신합니다. 저는 먼저 발표하신 분들의 이야기를 듣기 전부터, 범인은 범죄학 지식이 있는 사람이라는 결론을 내렸습니다. 유스터스 경에게 초콜릿을 보낸 사람이 누구이든 그자는 테일러의 법의학 책을 갖고 있을 거라는 강한 예감 역시 그 결론을 내리는 데 도움이 되었습니다. 이 점이 단순한 추측에 불과하다는 사실은 인정합니다. 하지만 제가 갖고 있는 테일러의 법의학 책을 보면, 청산가리 바로 다음 항목에 니트로벤젠이 등장합니다. 저는 이 점을 굉장히 중요하게 받아들여야 한다고 생각합니다."

그는 잠시 말을 멈췄다.

치터윅이 고개를 끄덕였다.

"무슨 말씀인지 알 것 같습니다. 누군가 특정 목적을 만족하는 독극물을 찾으려 신중하게 페이지를 넘겨보다가……."

"그렇습니다."

브래들리가 그의 말에 동의했다.

"독극물에 대한 사안을 굉장히 강조하는데, 이 사안으로만 연역추리를 하여 범인을 특정 지었다는 겁니까?"

찰스 경이 상냥하게 들리는 말투로 물었다.

• **앨프리드 테일러** _ 영국 법의학의 아버지. 법의학과 독물학의 교과서를 저술했다.

"아닙니다, 찰스 경. 저는 아직 거기까지는 이르지 못한 것 같습니다. 제가 이 점을 굉장히 강조하는 이유는, 말씀드린 대로 이 점이야말로 이 사건에서 유일하게 독창적인 부분이기 때문입니다. 이 점 하나만으로 수수께끼를 풀 수는 없지만 다른 사안들과 함께 생각해본다면 큰 도움이 될 겁니다. 적어도 다른 이유 때문에 혐의를 받고 있는 사람을 조사해서 결백한지 아닌지 확신할 수 있을 테죠.

이제 사건 전체에 비추어 이 점을 살펴보도록 하겠습니다. 가장 먼저 알 수 있는 것은 이 사건이 단지 지능적일 뿐만 아니라 또한 고등교육을 받은 사람이 저지른 범행이라는 사실입니다. 자, 니트로벤젠을 독극물로 사용할 가능성이 있는 사람들 중 첫 번째 부류의 사람들은 이 조건에 의해 즉시 배제할 수 있습니다. 약제사 보조나 공장 아가씨는 치워버립시다. 그럼으로써 고등교육을 받은 지능적인 인물로 범위를 좁힐 수 있습니다. 또한 범죄학에 관심이 있고, 독물학에 다소 지식이 있으며, 제가 큰 실수를 한 게 아니라면 테일러의 법의학 같은 종류의 서적을 책장에 꽂아둔 사람입니다. 뭐, 제가 실수할 가능성은 희박합니다만.

자, 친애하는 왓슨 여러분, 바로 이 점이야말로 범인이 니트로벤젠을 독극물로 고른 독특한 선택으로부터 알 수 있는 사실입니다."

브래들리는 자신의 논지에 지극히 만족한다는 듯 거드름을 피우며 윗입술 위로 기른 콧수염을 쓰다듬었다. 그런 태도의 일부는 진심이었지만 대부분은 가장한 것이었다. 브래들리는 스스로 굉장히 만족을 느끼고 있다는 인상을 사람들에게 심어주려 애를 썼는데, 사실 이렇게 뻐기는 태도가 아주 허무맹랑한 것은 아니었다.

"정말로 기발합니다. 대단합니다."

때마침 치터윅이 감명을 받아 이렇게 중얼거렸다.

"이야기를 계속 해보세요. 결론이 뭔가요? 정말로 진상을 알아냈다면 말이지요."

전혀 감명을 받지 않은 대머스가 말했다.

"아, 분명히 알아냈습니다."

브래들리는 거만한 태도로 미소를 지었다. 얼리샤 대머스를 도발해서 자신에게 딱 쏘아붙일 정도까지 만든 적은 이번이 처음이었기 때문이다. 그 때문에 한층 더 기분이 좋았다.

"하지만 적절한 순서를 따라 논지를 진행시키도록 하죠. 제가 어떻게 진상에 도달했는지 보여드리고 싶습니다. 그렇게 하려면 제가 걸어온 발자취를 더듬어 갈 수밖에 없습니다. 그러니 이야기를 계속하겠습니다. 저는 독극물 자체를 연역추리의 시발점으로 삼아 여러 단서들을 조사하는 작업에 착수했습니다. 단서들을 통해서 하나의 결과가 나온다면 독극물에 대한 단서로 이를 검증해볼 수 있으리라 생각했습니다. 우선 위조된 편지에 사용된 편지지에 집중했습니다. 독극물을 제외하면 정말로 가치 있는 유일한 단서였으니까요.

이 편지지가 저를 혼란스럽게 했습니다. 정확히 말하기는 어렵지만 어떤 이유에서인지 메이슨사의 상호는 제게 무언가를 떠올리게 했습니다. 훌륭한 초콜릿 말고도 다른 일과 관련해서 메이슨사에 대해 들어본 적이 있다는 점은 확실했습니다. 그러다가 마침내 기억이 떠올랐습니다.

여기서 개인적인 이야기를 언급해야겠군요. 미리 사과의 말씀 드리겠습니다, 찰스 경. 제가 깜빡 잊고 있었던 탓입니다. 제 여동생은 결혼하기 전에 속기사로 일했습니다."

갑작스럽게 돌변한 브래들리의 답답한 태도로 보건대, 그는 이제 언급하려는 관계에 대해 옹호해야 할 필요성을 느끼고 더이상 이야기를 하지 않으려고 결심한 듯 보였다. 그러나 바로 다음 순간 이야기를 시작했다.

"제 동생은 교육을 꽤 많이 받았기 때문에 여타 속기사들보다는 좀 다른 위치에 있었습니다. 사실상 전문 비서였습니다.

동생은 어떤 부인이 운영하는 비서 파견 업체 소속이었습니다. 어떤 회사에서 비서가 병에 걸리거나 휴가를 떠나거나 여타 사유로 자리를 비울 경우, 임시로 대체할 사람을 파견하는 곳이죠. 그 업체에는 제 동생을 포함해서 두세 명의 비서밖에 소속되어 있지 않았고, 파견되는 기간은 원칙적으로 고작 이 주에서 삼 주 사이였습니다. 따라서 소속된 비서들은 일 년 정도의 기간에도 굉장히 많은 회사에서 일을 했을 겁니다. 하지만 동생이 파견되었던 한 회사가 메이슨사였다는 점은 똑똑히 기억하고 있었습니다. 그곳에서 한 임원의 임시 비서를 맡았죠.

이 정보는 유용해 보였습니다. 동생을 통하여 살인범의 정체를 우연히 알게 되는 일이 일어날 것 같지는 않았습니다만, 적어도 메이슨사의 직원 한두 명 정도는 소개받을 수 있을 거라고 생각했습니다.

여동생은 당시의 일을 매우 잘 기억하고 있었습니다. 사 년에서 삼 년 전 사이에 있었던 일이었는데, 그 회사에서 하는 일이 굉장히 마음에 들어 빈자리가 생기면 정규직에 지원해볼까 진지하게 고민했었다고 합니다. 그곳에서 아주 친하게 지냈던 직원은 없지만 제가 바란다면 소개해줄 사람 정도는 있다고 하더군요.

저는 무심코 동생에게 이렇게 말했습니다.

'편지와 함께 유스터스 경에게 날아온 편지를 봤거든. 메이슨사의 상호뿐만 아니라 편지지 자체도 낯이 익은 물건이더라. 거기서 일했을 때 그 편지지로 나한테 편지를 쓴 적 있니?'

동생은 이렇게 말했습니다.

'그랬던 것 같지는 않은데. 하지만 그 편지지가 오빠한테 낯이 익을 수밖에 없는 건 당연하지. 여기서 페이퍼 게임을 자주 했잖아. 항상 그 편지지를 사용했던 거 기억 안 나? 그 게임을 하기에 딱 맞는 크기였으니까.'

페이퍼 게임에 대한 설명을 드려야겠는데, 우리 가족이 가장 즐겨 하는 게임입니다. 그 사실을 뚜렷하게 기억하고 있었다는 사실이 재미있긴 합니다만, 실제 상황까지 잘 기억하고 있었던 것은 아니었습니다. 저는 곧바로 기억이 떠올랐습니다. 확실히 동생의 책상 서랍에 그 편지지가 꽤 많이 쌓여 있었습니다. 페이퍼 게임을 하기 위해 직접 편지지를 길게 찢기도 했습니다.

'그런데 그 편지지는 어디서 난 거야?'

저는 여동생에게 이렇게 물었습니다. 동생은 얼버무리려는 듯 그곳에서 일하고 있을 때 사무실에서 가져왔다는 대답만 할 뿐이었습니다. 제가 계속 캐묻자 그제야 털어놓더군요. 퇴근하려는데 저녁 식사 후에 친구들이 집으로 놀러 오기로 했다는 생각이 났답니다. 친구들이 오면 페이퍼 게임 같은 것을 할 게 분명한데 적당한 종이가 떨어진 상태였습니다. 그녀는 재빨리 다시 계단을 올라가 사무실로 돌아갔습니다. 그러고는 들고 다니던 서류 가방을 테이블에 놓고 연 다음 서둘러 타자기 옆에 놓인 종이 다발을 쑤셔넣었다는군요. 급한 행동이었기 때문에 동생도 몇 장이나 가져왔는지는 몰랐지만, 하룻저녁 페이퍼 게임을 하기에는 차고 넘칠 정도의 분량이었습니다. 실제로 거의 사 년 동안이나 남아 있었으니까요. 250장 정도는 되지 않았을까요?

뭐, 저는 다소 놀라 동생의 집을 나섰습니다. 나오기 전에 남아 있는 편지지를 조사해보았는데, 제 눈에는 위조 편지 작성에 사용된 편지지와 정확히 같은 종류로 보였습니다. 가장자리 또한 색이 바래 있더군요. 저는 놀라다 못해 두려운 생각마저 들었습니다. 유스터스 경에게 편지를 보낸 사람을 찾아내기 위해서는 회사에서 근무하는 사원이나 전직 직원 중에서 편지를 쓴 사람을 찾아내는 방법이 가장 희망적일 거라는 생각은 진작에 하고 있었기 때문입니다.

사실 이런 발견에도 불구하고 여전히, 아니 훨씬 더 당혹스러웠습니다. 이 점에 대해 고심해보다가 편지지와 범행 방식 두 가지 문제에 대해 경찰 및 다른 모든 사람들이 앞뒤 순서를 뒤바꿔 생각해 왔던 게 아닐까 하는 생각이 갑자기 들었습니다. 모두 살인범이 범행 방식을 먼저 결정하고, 그다음에 범행에 이용할 편지지를 손에 넣으려 한 것이라고 당연하게 생각했던 것입니다.

하지만 범인이 이미 편지지를 갖고 있었고, 그러다가 우연히 그 사실이 떠올라 범행 방식을 떠올렸다는 게 더 가능성이 높지 않을까요? 당연한 일이지만 전자의 경우에서라면 편지지를 추적해서 살인범에게 도달할 공산은 굉장히 적습니다. 반면 후자의 경우에서라면 언제나 가능성은 열려 있습니다. 이 경우를 생각해보신 적이 있습니까, 회장님?"

"솔직히 말해서 그런 생각은 해보지 못했습니다. 하지만 마치 홈스의 마술 같군요. 제시하신 의견은 가능성이 굉장히 높다고 봅니다. 굉장히 신선한 지적이라고밖에 말씀드릴 수가 없군요, 브래들리."

로저는 순순히 인정했다.

"물론 심리학적으로도 완벽해요."

대머스도 고개를 끄덕였다.

"고맙습니다." 브래들리가 나지막이 중얼거렸다. "제가 이 발견에 대해 얼마나 당혹스러워했는지 이제 이해하실 수 있을 겁니다. 왜냐하면 그 발견에 조금이라도 의미가 있다면, 누구라도 메이슨사의 가장자리가 약간 변색된 오래된 편지지를 갖고 있는 사람이라면 즉시 용의자로 간주해야 한다는 뜻이기 때문입니다."

"으흠!"

찰스 경은 할말이 있다는 듯 일부러 헛기침을 했다. 그 행동이 뜻하는 바는 명백했다. 자고로 신사라면 자신의 여동생을 의심하지 않는 법이다.

"저런."

치터윅은 좀더 인간적으로 반응하며 혀를 끌끌 찼다.

브래들리는 자신이 겪은 괴로움을 과장하며 말을 이었다.

"제가 간과할 수 없는 문제가 하나 더 있었습니다. 제 여동생은 비서 교육을 받기 전에는 간호사가 되려는 생각을 했던 적이 있었습니다. 어린 시절 간호사 단기 양성 과정을 밟은 적이 있는데, 그 때문인지 그쪽 분야에 굉장히 관심이 많았습니다. 간호학에 대한 책을 이것저것 읽었을 뿐만 아니라 의학 서적에도 손을 대곤 했습니다. 저는 몇 번이나……." 브래들리는 이 대목에서 한층 더 침통해졌다. "여동생이 제 테일러의 법의학 책을 탐독하는 모습을 보았습니다. 책에 푹 빠져 있는 것 같았죠."

그는 다시 말을 끊었다. 그러나 이번에는 아무도 입을 열지 않았다. 다들 좋은 것도 한두 번이어야지 하는 생각을 하고 있었던 것이다.

"자, 저는 집으로 돌아가 이 점에 대해 심사숙고했습니다. 물론 제 동생을 용의자 명단에, 그것도 맨 윗줄에 올리는 것은 터무니없는 것처럼 보였습니다. 친지를 살인범과 연결시키는 사람은 없을 겁니다. 두 개념은 전혀 섞일 수 없는 법이니까요.

만일 제 동생이 아닌 다른 사람이 논의의 대상이었더라면, 저는 사건을 해결할 수 있다는 가능성을 발견하고 의기양양해했을 거라고 생각하지 않을 수 없었습니다. 하지만 이런 상황이라면 어떻게 해야 했을까요?"

브래들리는 우쭐대며 말을 이었다.

"결국 저는 의무라고 생각하는 일을 수행하면서 상황을 직시하기로 했습니다. 다음날 다시 여동생의 집을 찾았습니다. 그리고 어떤 형식으로든 유스터스 페네파더 경과 만난 적이 있는지, 만약 있다면 어떤 관계였는지 대놓고 물어보았습니다. 동생은 저를 멍하니 바라보더니 살인 사건이 일어나기 전까지 그런 사람의 이름은 들어본 적도 없다고 말했습니다. 저는 여동생의 말을 믿었습니다. 그리고 살인 사건이 일어나기 전날 저녁에 무슨 일을 하고 있었는지 기억하느냐고도 물었습니다. 동생은 더욱 멍한 표정으로 저를 바라보더니, 저녁 내내 남편과 맨체스터에서 시간을 보냈다고 했습니다.

피콕 호텔에서 머무르다가 저녁이 되자 영화관에 가서 영화를 한 편 봤다고 하더군요. 동생의 기억으로는 영화 제목은 〈운명의 불길〉이었다고 합니다. 이번에도 저는 누이의 말을 믿었습니다.

하지만 평소처럼 만전을 기하기 위해 이후에 여동생의 진술을 확인해보았고, 그 진술은 완벽한 사실이라는 점을 밝혀냈습니다. 동생은 소포가 발송되던 시각에 확고부동한 알리바이가 있었습니다. 제가 얼마나 안심했는지는 이루 말씀드릴 수 없습니다."

브래들리는 애처로운 심정을 애써 억누르는 듯한 낮은 목소리로 이야기를 계속했다. 하지만 로저는 그의 눈동자 속에서 비웃는 듯한 빛을 알아차리고는 희미한 불안감을 느끼기 시작했다. 결국 브래들리라는 사람에 대해 제대로 알고 있는 사람이 하나도 없다는 점이 문제였다.

"첫 번째 복권이 꽝으로 드러났기 때문에 그때까지 얻은 결론들을 표로 정리해서 사건을 다른 견지에서 고심하기 시작했습니다.

그러다가 런던 경찰청의 모르즈비 경감이 그날 밤 우리에게 사건 이야기를 해던 그날 밤, 유독 증거에 대해서는 말을 아끼는 모습을 보였다는 생각이 문득 들었습니다. 저는 그에게 전화를 걸어 머릿속에 떠오른 몇 가지를 물어봤습니다. 이를 통해서 범행에 쓰인 타자기는 흔히 볼 수 있는 해밀턴사의 주력 모델인 4번형이라는 사실, 소포 포장지에 적힌 주소는 중간 굵기 펜촉이 달린 오닉스 만년필로 쓴 글씨라는 사실, 잉크는 하필드사의 만년필용 잉크라는 사실, 그리고 평범한 갈색 포장지와 포장용 끈에서 발견할 수 있는 단서는 아무것도 없었다는 사실을 알게 되었습니다. 어떤 곳에서도 지문은 검출되지 않았다는 이야기는 이미 들은 바 있습니다.

뭐, 제가 어떤 일로 먹고사는지를 고려하면 이 사실은 인정하지 않아야 할지도 모르지만, 저는 진짜 형사들이 어떻게 수사를 진행하는지에 대해서 맹세코 아는 바가 전혀 없습니다."

브래들리는 솔직하게 털어놓았다.

"책에서는 굉장히 쉬운 일입니다. 책 속에서 작가는 발견되기를 바라는 단서들의 수를 명확히 정해놓고 탐정으로 하여금 발견하도록 하면 족할 뿐, 다른 일은 신경쓸 필요가 없습니다. 실제 세상에서는 그런 식으로 진행되지 않는다는 것은 자명한 사실이지요.

어쨌든 제가 선택한 방식은 제가 창조한 탐정의 방식을 그대로 따라, 가능한 한 체계적인 방법으로 사건을 조사하는 것이었습니다. 다시 말해서 사실관계와 인물관계 양쪽에서 구할 수 있는 모든 단서를 모아 명단으로 만들었습니다. 표로 만들 항목이 얼마나 많은지 깜짝 놀랄 정도였습니다. 그다음에는 각각의 항목에서 가능한 한 많은 추론을 이끌어냈습니다. 동시에 완전히 열린 마음을 유지하려 노력하며 완성된 여러 결론 속에서 범인의 정체를 이끌어내려고 했습니다."

브래들리는 엄숙한 태도로 말을 이었다.

"다시 말해서 저는 A부인이나 B경이 범행을 저질렀음이 분명해 보이는 동기를 갖고 있다 한들, 그들을 범인으로 모는 편리한 추론에 맞춰 제 증거를 뒤틀어버리지는 않겠다고 결심했던 것입니다."

"옳은 말씀입니다!"

로저는 그의 말에 찬성해야 할 것만 같은 기분이 들었다.

"맞아요, 맞아!"

얼리샤 대머스와 앰브로즈 치터윅의 목소리가 차례차례 울려 퍼졌다.

찰스 경과 필더플레밍 부인은 슬쩍 눈을 마주쳤다가 허둥지둥 시선을 돌렸다. 마치 교회학교에 다니는 두 꼬마가 함께 나쁜 짓을 하다가 들킨 듯한 모습이었다.

"아, 이런." 브래들리가 중얼거렸다. "정말 피곤합니다. 회장님, 오 분 정도 휴식 시간을 가져도 되겠습니까? 담배라도 한 대 피울 수 있게 말입니다."

회장은 친절하게 브래들리가 원기를 회복할 수 있도록 휴식 시간을 주었다.

기운을 되찾은 브래들리는 다시 이야기를 시작했다.

"저는 살인 사건에는 두 가지 종류가 있다고 생각합니다. 하나는 폐쇄형 살인, 다른 하나는 개방형 살인입니다. 폐쇄형 살인은 몇몇 사람들로 구성된 한정된 집단 내에서 벌어지는 살인입니다. 예를 들어 파티가 열리는 시골 저택에서 벌어지는 살인 사건 같은 것입니다. 이 경우 살인범과 피해자는 해당 집단 내에 속한 사람들로 한정된다고 알려져 있습니다. 이 유형은 소설에서 흔하게 등장하는 종류입니다. 반면 개방형 살인에서는 범인이 어떤 특정 집단에 한정되지 않고, 온 세상의 누구라도 범인이 될 가능성이 있습니다. 물론 이 유형이야말로 거의 예외 없이 현실 세계에서 일어나는 종류입니다.

우리가 현재 다루고 있는 사건은 이런 점에서 특이합니다. 양쪽 유형 중 어떤 것이라고 명확히 나눌 수 없다는 말입니다. 경찰은 이 사건을 개방형 살인 사건으로 보고 있고, 먼저 발표하신 두 분은 이 사건을 폐쇄형 살인 사건으로 보고 있는 듯합니다.

이는 동기의 문제입니다. 만일 이 사건이 광신도나 미친 사람이 저지른 짓이라는 경찰의 주장에 동의한다면, 확실히 개방형 살인 사건입니다. 런던에 거주하는 사람들 중 그날 밤에 알리바이가 없는 사람이라면 누구라도 소포를 부쳤을 가능성이 있다는 뜻입니다. 또한 만일 범행 동기가 유스터스 경 본인과 관련된 개인적인 것이라는 의견에 동의한다면, 살인범은 유스터스 경과 이런저런 관계를 맺고 있는 사람들로 이루어진 한정된 집단 내로 국한됩니다.

소포 이야기를 꺼냈으니 말인데, 살짝 방향을 바꿔 정말로 흥미로운 이야기를 말씀드려야겠군요. 제가 알고 있는 것과는 어긋나는 내용이지만, 저는 살인범의 모습을 실제로, 그것도 소포를 부치는 모습을 보았을 가능성이 있습니다! 공교롭게도 저는 그날 저녁 8시 45분 쯤에 사우샘프턴 스트리트를 지나고 있었거든요. 에드거 월러스라면 이렇게 말했을 겁니다. 바로 그 순간 바로 지척에서 비극적인 연극의 1막이 오르리라는 것을 짐작조차 하지 못하다니! 불길한 예감 때문에 발걸음이 흐트러지는 일도 일어나지 않았습니다. 신의 섭리에 따르면 그날 밤에 대한 어떤 징조라도 눈에 띄었을 게 분명했습니다. 제 아둔한 직감이 경고를 해주기만 했더라면, 우리가 겪는 수고를 얼마나 덜어줄 수 있었을까요? 아, 인생은 그런 것이거늘."

브래들리는 슬픈 표정으로 말했다.

"하지만 그런 건 중요하지 않습니다. 지금 우리가 이야기하고 있는 것은 폐쇄형 살인 및 개방형 살인에 대한 것이니까요.

저는 어느 쪽으로 미리 정해놓지 않기로 결심했기 때문에, 신중을 기하기 위해 이 사건을 개방형 살인 사건으로 다루기로 했습니다. 그렇게 해서 저는 이 세상 모든 사람들을 용의 선상에 올려놓았습니다. 그리고 범위를 조금 좁히기 위해 범인이 우리에게 남겨준 변변찮은 단서를 가지고 실제로 범행을 저지른 자를 구성하는 일에 착수했습니다.

저는 범인이 니트로벤젠을 선택한 사실에서 이미 결론을 내렸다는 말씀을 드렸습니다. 그러나 범인이 고등교육을 받았다는 점과 관련해서 굉장히 중요한 점을 하나 추가했습니다. 여기서 고등교육이란 사립학교나 대학을 의미하는 게 아니라는 점입니다. 찰스 경께서도 이에 동의하시지요? 그런 사람들이 저지를 일은 아닙니다."

"사립학교를 나온 사람들이 살인을 저지른 예는 여럿 있습니다."

찰스 경은 다소 얼떨떨하다는 표정을 지으며 대답했다.

"아, 물론 그렇습니다. 하지만 이처럼 음험한 수단을 쓰지는 않았습니다. 사립학교의 문화와 관습은 뭐랄까, 살인 사건 같은 곳에도 적용되는 모양입니다. 사립학교를 나온 사람이라면 누구라도 그런 말을 하리라고 확신합니다. 이 사건은 신사적인 살인 사건이 절대로 아닙니다. 사립학교를 나온 사람이라면 살인처럼 오랜 관습을 거스르는 행위에 자신을 내맡기게 되더라도 도끼나 권총 같은 무기를 갖고 상대방과 서로 얼굴을 맞대고 맞서려 할 겁니다. 말하자면 등뒤에서 공격해 살해하는 짓은 하지 않는다는 뜻입니다. 그 점은 확실합니다.

그리고 또 하나의 명백한 결론은, 범인은 유난히 손재주가 좋은 사람이라는 점입니다. 초콜릿 포장지를 벗겨 내용물을 빼낸 후 새로 채워 넣고, 녹인 초콜릿으로 구멍을 다시 막은 다음 손을 댄 적이 없는 것처럼 은박지로 포장했습니다. 분명히 말씀드리지만, 쉬운 일이 아닙니다. 더군다나 이 모든 작업을 장갑을 낀 채로 했다는 사실을 유념하시기 바랍니다.

처음에 저는 이 아름다운 방식을 보고 틀림없이 여성의 솜씨라고 생각했습니다. 하지만 저는 실험을 해보았습니다. 제 남녀 친구들을 십여 명쯤 모아 그들에게 직접 같은 작업을 해보도록 했습니다. 특별히 자랑하고 싶은 생각은 없습니다만, 정말로 잘 해낼 수 있었던 사람은 저 혼자뿐이었습니다. 따라서 범인이 꼭 여성이라고 할 수는 없었습니다. 하지만 범인의 손재주가 좋다는 사실은 입증되었다고 봅니다.

다음 문제는 각각의 초콜릿에 들어 있는 니트로벤젠의 양이 정확히 6미님이었다는 사실입니다. 이 사실은 범인에 대해 중요한 사항을 알려준다고 봅니다. 범인은 균형과 대칭에 대해 집착할 정도로 체계적인 방식으로 일을 처리하는 사람이라는 사실입니다. 그런 사람들이 있습니다. 벽에 걸린 그림들이 균형을 이루고 있지 않으면 견디지 못하는 사람들 말입니다. 제게도 나름 그런 면이 있기 때문에 잘 알고 있습니다. 제게 있어 균형과 대칭이란 질서와 동의어나 마찬가지입니다. 저는 범인이 어쩌다 그런 방식으로 초콜릿의 내용물의 채우게 되었는지 알 것 같습니다. 저라면 아마 그렇게 했을 테니까요. 자신도 의식하지 못하는 사이에 말입니다.

그다음으로 범인이 독창적인 두뇌의 소유자라는 사실을 믿어도 좋다고 생각합니다. 이런 범죄는 순간적인 충동으로 저지를 수 있는 게 아닙니다. 연극을 무대에 올리는 것과 마찬가지로 한 장면 한 장면 신중하게 구성해야 합니다. 동의하시나요, 필더플레밍 부인?"

"그런 생각은 해본 적 없지만, 그럴 수도 있겠네요."

"예, 그렇습니다. 그런 과정을 헤쳐나가기 위해서는 수많은 생각을 동원해야 합니다. 범인이 다른 범죄들을 표절하는 것 같다고 해서 걱정을 할 필요는 없다고 봅니다. 독창적인 사고방식을 겸비한 위대한 사람들도 다른 사람의 아이디어를 받아들여 개선하는 수준을 아득히 초월하지는 않으니까요. 저 역시 그렇습니다. 당신도 그럴 겁니다, 셰링엄 씨. 대머스 씨는 말할 것도 없고 필더플레밍 부인도 가끔은 그러실 거라고 생각하는데요? 우리 솔직해집시다."

사람들은 저마다 이따금 그런 실수를 저지르곤 한다는 솔직한 심정을 조용조용 털어놓았다.

"물론 그렇습니다. 아서 설리반은 옛 교회 음악을 편곡해서 그레고리안 성가를 〈반짝이는 두 눈동자〉처럼 성가답지 않은 노래로 바꿔버리곤 했다는 사실을 떠올려보시기 바랍니다. 이 또한 허용되는 일입니다. 음, 베일 속에 싸인 범인의 초상화를 그려내는 데 도움이 될 만한 것은 그뿐입니다. 그리하여 이번 살인범의 성격을 추측해보면, 독살범 특유의 비인간적이며 냉혹한 기질을 겸비하고 있을 겁니다. 현재로서 알 수 있는 것은 이것뿐일 겁니다. 하지만 중요한 사항이 아닐까요? 만일 이런 다양한 기질을 한 몸에 지닌 사람을 만난다면, 우리가 찾는 범인이 바로 그라는 걸 알아차릴 수도 있을 겁니다.

아, 그런데 잊지 않고 언급해야 할 점이 하나 있습니다. 유사 범죄에 대한 이야기입니다. 아무도 이 사건을 언급하지 않고 지나갔다는 사실이 놀랍습니다. 제 생각에 이 사건은 앞서 언급된 어떤 사건보다도 우리 사건과 유사성을 띠고 있습니다. 잘 알려진 사건은 아니지만 모두 들어보셨을 겁니다. 필라델피아에서 일어난 월스 박사 살인 사건입니다. 고작 이십 년 전의 일입니다.

사건 개요를 간략하게 설명드리겠습니다. 월슨이라는 남자는 어느 날 아침 유명 양조장에서 보낸 시음용 에일 맥주 한 병을 받았습니다. 소포에는 회사의 공식 편지지로 보이는 종이에 쓴 편지가 동봉되어 있었고, 편지 봉투에는 회사의 이름이 인쇄된 주소 라벨이 붙어 있었습니다. 윌슨은 점심시간에 맥주를 마시고 이내 사망했습니다. 맥주 안에는 청산가리가 한계치까지 녹아 있었습니다.

해당 양조장에서 시음용 맥주를 보낸 적이 없다는 사실이 곧 밝혀졌습니다. 지금까지 시음용 제품을 보낸 적은 단 한 번도 없었으니까요. 소포는 지역 운송 회사를 통해 발송되었는데, 그곳에서는 어떤 남자가 소포를 발송을 의뢰했다는 진술밖에 확보할 수 없었습니다. 인쇄된 주소 라벨과 편지지는 이 범행을 위해 특별히 위조한 것이었습니다.

이 사건의 수수께끼는 끝내 풀리지 않았습니다. 경찰이 미국 전역에 있는 인쇄소를 뒤졌지만 라벨과 편지지에 찍힌 회사 이름을 인쇄한 인쇄기는 찾아낼 수 없었습니다. 납득할 만할 범행 동기도 알아낼 수 없었습니다. 개방형 살인의 전형적인 모습입니다. 맥주병이 난데없이 등장했고, 범인은 오리무중인 채 사라졌습니다.

이 사건이 어떤 점에서 유사한지 알아차리셨을 겁니다. 특히 견본으로 위장한 상품을 보냈다는 점에서 그렇습니다. 필더플레밍 부인이 지적하셨 듯 우연이라고 보기에는 너무 절묘합니다. 우리가 찾고 있는 살인범은 분명 이 사건을 염두에 두고 있었을 겁니다. 살인범으로서는 이보다 성공적인 결과를 찾을 수 없었을 테죠. 사실 가능성 있는 동기가 하나 있습니다. 윌슨은 악명 높은 낙태 수술 전문 의사였기 때문에 그의 의료 활동을 저지하고 싶었던 사람이 있었을지도 모릅니다. 일종의 양심이자 신념일 겁니다. 세상에는 그런 신념을 가진 사람들이 있기 마련입니다. 이런 점에서도 이 사건은 우리 사건과 유사한 면이 있습니다. 아시다시피 유스터스 경은 악명 높은 난봉꾼이니까요. 이 점은 익명의 광신도가 저지른 범행이라는 경찰의 견해를 뒷받침해줍니다. 이 견해는 높이 평가해도 좋을 거라고 생각합니다.

여기서 저만의 논지를 진행해야겠지요.

자, 이 단계까지 이르러 저는 제가 내린 결론들을 표로 정리해서 우리가 찾는 범인이 반드시 갖추고 있어야 하는 조건들을 나열해보았습니다. 먼저 이 말씀을 드려야겠군요. 제가 정리한 조건들은 그 수가 굉장히 많고 또 다양하기까지 하기 때문에, 우연히 모든 조건에 들어맞는 사람이 발견되어 유죄가 확정될 확률은 그저 100만분의 1 정도가 아니라 그를 훨씬 상회할 겁니다. 찰스 경, 이건 되는대로 어림짐작한 게 아니라 냉정한 수학적 결과물입니다.

저는 열두 가지 조건을 세웠는데 한 인간이 이를 모두 만족하게 될 수학적 확률은, 제 계산이 정확하다면 실제로 4억 7900만 하고도 1600분의 1에 지나지 않습니다. 여기서 모든 조건에 대한 확률을 2분의 1로 계산했다는 점을 염두에 두시기 바랍니다. 하지만 2분의 1이 아닙니다. 범인이 범죄학 지식을 다소 갖고 있을 확률은 적어도 10분의 1을 넘지 않을 겁니다. 메이슨사의 편지지를 손에 넣을 수 있을 확률은 분명 100분의 1도 안 될 겁니다.

자, 이를 모두 고려해서 계산해보면…….” 브래들리는 미리 계산했던 숫자를 털어놓았다. “실제 확률은 대략 4,797,516,458분의 1정도 됩니다. 엄청나게 희박한 확률입니다. 모두들 여기에 동의하십니까?”

다들 어리벙벙한 심정이어서 차마 반대 의견을 낼 수 없었다.

“좋습니다. 모두 같은 의견이라고 생각하겠습니다.” 브래들리가 활기차게 말을 이었다. “제가 정리한 조건들을 읽어드리겠습니다.”

그는 작은 수첩을 뒤적거리더니 읽기 시작했다.

범인이 갖추고 있어야 할 조건

1. 적어도 기초적인 화학 지식을 보유하고 있다.

2. 적어도 기초적인 범죄학 지식을 보유하고 있다.

3. 상당한 고등교육을 받았지만 사립학교나 대학 출신은 아니다.

4. 메이슨사의 편지지를 소유했거나 혹은 편지지에 접근 가능해야 한다.

5. 해밀턴 타자기 4번 모델을 소유했거나 혹은 그 타자기에 접근 가능해야 한다.

6. 살인 사건 전날 밤, 8시 30분에서 9시 30분 사이의 중요한 시간 동안 스트랜드 대로 사우샘프턴 스트리트 근처에 있었다.

7. 중간 굵기의 펜촉이 달린 오닉스 만년필을 소유했거나 혹은 그

만년필에 접근 가능해야 한다.

8. 하필드 만년필 잉크를 소유했거나 혹은 그 잉크에 접근 가능해야 한다.

9. 독창적인 두뇌를 소유했지만 다른 사람의 창작물을 차용하기도 한다.

10. 평균 이상의 손재주를 보유했다.

11. 체계적인 방식으로 일을 처리하며 대칭과 균형에 대한 강한 애착이 있다.

12. 독살자 특유의 비인간적인 냉혹함을 지니고 있다.

브래들리는 수첩을 접어 다시 집어넣었다.

"그런데 찰스 경, 살인범이 소포를 부치는 일을 다른 사람에게 맡기지 않았으리라는 경의 의견에 동의합니다. 아, 그런데 한 가지 문제가 있습니다. 혹시 참고가 된다면, 제가 중간 굵기의 펜촉이 달린 오닉스 만년필을 갖고 있으니, 보고 싶으신 분들은 가져다 살펴 보시죠. 굉장히 흥미롭게도 안에는 하필드 만년필 잉크가 채워져 있습니다."

만년필이 천천히 테이블 주변을 도는 사이, 브래들리는 의자에 등을 기대고 앉아 자애로운 미소를 지으며 그 광경을 지켜보았다.

"이상 마칩니다."

브래들리는 만년필이 다시 돌아오자 이렇게 말했다.

로저는 가끔씩 브래들리가 눈빛을 반짝이는 이유를 알 것 같다는 생각이 들었다.

“그러니까 사건은 여전히 미해결 상태라는 뜻입니까? 40억분의 1의 확률은 당신도 감당하기 어려울 텐데요. 그런 조건에 들어맞는 사람을 발견하지 못하신 겁니까?”

“뭐, 꼭 아셔야 한다면, 한 명 발견했다는 말씀을 드려야겠군요.”

브래들리는 갑자기 극도로 말을 꺼리는 듯한 태도를 취했다.

“발견하셨다고요? 잘됐군요! 그게 누굽니까?”

“젠장, 말하고 싶지 않단 말입니다. 너무 말도 안 되는 일이라서요.”

그가 이 말을 하자마자 사방에서 충고와 감언이설 및 격려의 말이 합창하듯 그에게 쏟아졌다. 브래들리가 이때처럼 인기를 끌었던 적은 한 번도 없었다.

“말씀드리면 저를 비웃으실 겁니다.”

모두들 브래들리의 말에 웃는다면 종교재판의 고문이라도 감수하겠다는 표정을 지었다. 브래들리를 비웃음의 제물로 삼을 사람이 다섯 명이나 되다니 도저히 있을 수 없는 일이라는 듯이.

브래들리는 자신감을 얻은 것 같았다.

“음, 굉장히 어색하군요. 진심으로 어떻게 해야 할지 모르겠습니다. 제가 혐의를 두고 있는 인물은 제가 내건 조건에 정확히 들어맞을 뿐만 아니라 유스터스 경에게 독이 든 초콜릿을 보내는 일에 확실한 흥미를 지니고 있는 사람입니다. 흥미를 입증하기란 어렵겠지만 저라면 할 수 있습니다. 만일 제가 그 인물이 누구인지 말씀드린다면 여러분도 분명히 납득하실 겁니다. 회장님, 제가 이 문제에 대해 시민의 의무를 수행해야 하는지 여러분께 충고를 구해도 될까요?"

"세상에, 물론입니다."

로저는 몹시 흥분해서 빠르게 고개를 끄덕였다. 그는 브래들리가 사건 해결의 지척까지 도달했을지도 모른다는 생각이 들었지만, 아무래도 두 사람과 똑같은 답을 냈을 것 같지는 않았다. 그렇다면 만약 이 친구가 내놓은 답이…….

"하느님 맙소사, 어서 말씀하시죠!"

끝내 로저는 이렇게 말했다.

브래들리는 겁먹은 듯한 표정으로 테이블 주변을 둘러보았다.

"자, 제가 정말로 누구 이야기를 하고 있는지 모르십니까? 이런, 말씀드릴 이야기는 거의 다 했다고 생각하는데 말입니다."

그가 누구 이야기를 하고 있는지 아무도 알아차리지 못했다.

"지금까지 제가 알아낸 바로는 오직 한 사람만이 열두 가지 조건을 모두 만족시킬 수 있습니다. 그 사람은 누구일까요?"

브래들리는 피곤한 표정으로 납작 내려앉은 머리카락을 신중하게 헝클어뜨렸다.

"아니, 빌어먹을. 제 동생은 절대 아닙니다. 제 동생이 아니라 바로 저입니다! 당연하지 않습니까?"

다들 얼이 빠진 채 아무 말도 하지 못했다.

"다, 당신이라고 말씀하신 겁니까?"

마침내 치터윅이 용기를 내 물었다.

브래들리는 침울한 표정으로 그에게 시선을 돌렸다.

"안타깝지만 확실합니다. 저는 기초적인 수준 이상의 화학 지식을 보유하고 있습니다. 니트로벤젠을 제조할 수 있고 만들어본 적도 꽤 있습니다. 저는 범죄학자이기도 합니다. 상당한 고등교육을 받았지만 사립학교 출신도 아니고 대학을 졸업하지도 않았습니다. 메이슨사의 편지지에 접근한 적도 있습니다. 또한 해밀턴 타자기 4번 모델을 갖고 있습니다. 소포를 보낸 바로 그 시각에 정확히 사우샘프턴 스트리트에 있었습니다. 중간 굵기 펜촉이 달리고 하필드 잉크가 담긴 오닉스 만년필도 갖고 있습니다. 저는 독창적인 두뇌를 갖고 있습니다만, 다른 사람의 아이디어를 차용하지 않을 정도는 아닙니다. 그리고 손재주도 남들보다 훨씬 뛰어납니다. 체계적인 방식으로 일을 처리하며 균형과 대칭에 대한 강한 애착이 있습니다. 마지막으로 저는 독살자 특유의 비인간적인 냉혹함을 갖고 있는 것 같기도 합니다."

브래들리는 한숨을 쉬었다.

"그렇습니다. 이 사실을 부정할 수는 없습니다. 제가 유스터스 경에게 초콜릿을 보낸 사람입니다. 제가 그런 짓을 한 게 분명합니다. 단언컨대 이를 증명할 수 있습니다. 이상한 점은 제가 그 일을 한 기억이 하나도 나지 않는다는 것입니다. 제가 딴 생각을 하고 있을 때 저지른 것일지도 모릅니다. 제가 가끔씩 정신이 팔려 무슨 짓을 하는지도 모른다는 사실은 익히 알려져 있으니까요."

로저는 웃음을 터뜨리지 않으려는 지나친 소망을 실현하기 위해 악전고투하는 중이었다. 가까스로 나름 근엄한 표정을 지으며 질문을 던질 수 있었다.

"그렇다면 범행 동기는 무엇입니까, 브래들리 씨?"

브래들리의 얼굴에 밝은 빛이 약간 떠올랐다.

"예, 그 점이 어려운 문제입니다. 꽤 오랫동안 제 동기를 전혀 파악할 수 없었습니다. 저와 유스터스 경을 연결시킬 수조차 없었으니까요. 물론 그에 대한 이야기는 들은 적이 있습니다. 레인보 클럽에 가본 적이 있는 사람이라면 당연한 일입니다. 그리고 그가 그다지 평판이 좋지 않은 사람이라고 결론을 내렸습니다. 하지만 그에 대해 유감이 있었던 것도 아닙니다. 제가 들은 바로는 그는 그 평판대로의 자신을 좋아하는 것 같았으니까요. 저는 그를 실제로 만나본 적도 없습니다. 예, 동기야말로 진짜 장애물이었습니다. 당연히 동기란 것이 존재해야 할 테니까요. 제가 달리 무슨 이유로 그를 죽이려 한단 말입니까?"

"그래서 동기를 알아내셨습니까?"

"진짜 이유라고 할 수밖에 없는 것을 가까스로 하나 찾아낸 것 같습니다."

브래들리는 자랑스러운 표정으로 이렇게 대답했다.

"오랜 시간 동안 골똘히 생각한 끝에 기억이 났습니다. 저는 언젠가 친구와 탐정 활동에 대한 토론을 하다가, 절대로 들키지 않을 자신이 있으니 살인을 한번 저질러보고 싶다는 일생일대의 야망에 대한 이야기를 한 적이 있었습니다. 당시 저는 살인을 저지를 때의 흥분은 어마어마할 거라는 이야기도 했습니다. 이제껏 발명된 어떤 도박이 주는 흥분도 근처에도 가지 못할 거라면서 말입니다. 살인범은 자신과 피해자의 목숨을 화형대에 놓고 경찰과 참으로 아름다운 도박을 벌이는 사람이라고 떠들어댔죠. 만일 제대로 해낸다면 피해자와 경찰, 양쪽에게 이기는 것이고, 실패한다면 양쪽 모두에게 지는 것이라면서요. 불행하게도 저처럼 평범한 대중적인 오락거리를 극도로 따분히 여기는 사람이라면, 살인은 탁월한 취미가 될 거라고 으스댔습니다."

"아!"

로저는 불길한 표정으로 고개를 끄덕였다.

"이 대화를 기억해내자……." 브래들리는 심각한 표정으로 잠시 멈췄다가 이내 말을 이었다. "이 일은 엄청난 의미가 있는 것처럼 보였습니다. 저는 즉시 친구를 찾아가 그런 대화가 있었는지 기억하느냐고, 혹시 기억한다면 법정에서 이를 증언할 수 있겠느냐고 물었습니다. 그는 그렇다고 대답했습니다. 사실 그는 더 자세하게 기억하고 있었습니다. 제 유죄를 훨씬 더 강력하게 시사하는 내용이었습니다. 저는 그 이야기에 큰 인상을 받아 그의 진술을 기록해 두었습니다.

그의 진술에 따라 제가 했던 이야기를 좀더 자세히 밝힌다면, 저는 어떻게 하면 살인을 잘 수행할 수 있을지 구체적인 내용까지 구상했던 모양입니다. 당시 저는 가장 확실한 방법은 누구라도 없애고 싶어 할 사람을 한 명 골라 거리를 두고 살해하는 것이라고 결론을 내렸습니다. 반드시 정치가를 고를 필요는 없다는 말도 했는데, 어쩌면 너무 뻔한 희생양을 고르지 않으려 애를 썼는지도 모르겠습니다. 정정당당한 승부를 위해서는 희미한 단서를 한두 개쯤 남겨야 했을 겁니다. 하지만 의도했던 것보다 더 많은 단서를 남긴 모양입니다.

친구는 그날 밤 제가 빠른 시일 내에 첫 번째 살인을 실행에 옮기겠다는 강한 의지를 표명했다는 말로 이야기를 맺었습니다. 살인을 실천해보는 것은 감탄할 만한 취미가 될 뿐만 아니라, 탐정소설 작가로서 귀중한 경험이 될 거라면서요.

이로써 제 동기가 지극히 분명하게 밝혀졌다고 봅니다."

브래드리는 점잔을 빼며 말을 마쳤다.

"실험을 위한 살인이라. 새로운 유형을 정해야겠군요. 굉장히 흥미롭습니다."

로저가 말했다.

"권태로운 쾌락주의자를 위한 살인입니다." 브래들리가 그의 말을 정정했다. "아시다시피 전례가 있습니다. 러브와 레오폴드 사건 말입니다. 자, 제 이야기는 끝났습니다. 회장님, 제가 사건을 해결한 겁니까?"

"제 생각에는 완벽합니다. 당신의 논증에서 흠 하나 찾을 수 없군요."

"물 샐 틈 하나 없는 완벽한 추론이 되도록 갖은 애를 썼습니다. 책을 쓸 때보다 훨씬 더 신경을 썼죠. 여러분들은 제 논증을 따라 제가 저지른 이 끔찍한 사건에 대해 논쟁을 벌일 수 있을 겁니다. 안 그렇습니까, 찰스 경?"

"음, 조금 더 깊이 파고들고 싶긴 합니다. 하지만 브래들리, 언뜻 보기에 상황 증거는 잘 갖춰진 것 같습니다. 개인적인 의견이지만, 그것만으로 충분하리라 보입니다. 당신이 유스터스 경에게 초콜릿을 보냈다는 주장에는 별다른 의심의 여지가 없습니다."

"만일 현 시점에서 제가 실제로 초콜릿을 보냈다는 사실을 고백한다면 어떻습니까?"

"당신을 믿지 않을 도리가 없군요."

"하지만 저는 그러지 않겠습니다. 시간만 주신다면 실제로 초콜릿을 보낸 사람은 캔터베리 대주교라는 사실을 입증할 수 있습니다. 아니, 시빌 손다이크나 어퍼 투팅의 아카시아 로드에 있는 로렐에 거주하는 로빈슨스미스 부인이 그랬다는 사실 역시 증명할 수 있습니다. 미국 대통령을 비롯해서 원하시는 세상 누구의 이름도 집어넣을 수 있습니다.

그 사실을 입증하는 이야기는 이만하겠습니다. 저는 제 누이동생이 우연히 메이슨사의 편지지를 가지고 있던 일을 토대로 제가 살인범이라는 상황을 구성해보았습니다. 제가 말씀드린 증거는 분명한 진실입니다. 하지만 저는 모든 진실을 다 말씀드리지는 않았습니다. 예술적인 추론이란 여타 분야와 마찬가지로 그저 선택의 문제일 뿐입니다. 어떤 사항을 집어넣고 어떤 사항을 빼야 하는지 알고 있다면, 단언컨대 원하는 대로 추론을 이끌어갈 수 있습니다. 제가 쓰는 소설에서 매번 하는 일이고 근거가 어설프다면서 비평가들이 저를 몰아세운 적은 한 번도 없었습니다."

브래들리는 여기서 한층 겸손한 태도로 말을 이었다.

"비평가들이 제 책을 한 번도 읽은 적이 없기 때문은 아닐 겁니다."

"음, 아주 기발한 추론이었어요. 무엇보다 굉장히 유익하기도 했고요."

대머스가 한마디로 요약했다.

"감사합니다."

브래들리가 감사의 뜻을 표했다.

"결국 진범이 누구인지 모른다는 말씀이잖아요?"

필더플레밍 부인이 다소 신랄한 판결을 내렸다.

"아, 당연히 진범은 알고 있습니다. 하지만 증명할 수는 없습니다. 그러니 그에 대해서는 말씀드리지 않는 편이 낫겠군요."

브래들리가 귀찮은 듯 대답했다.

다들 자세를 바로 했다.

"그 희박한 확률에도 불구하고 조건을 만족시키는 사람을 또 찾아냈다는 말입니까?"

찰스 경이 따져 물었다.

"그녀가 저지른 짓이 확실하다고 생각합니다. 하지만 불행히도 모든 조건을 검증해볼 수는 없었습니다."

"그녀라고요!"

치터윅이 그의 말꼬리를 잡고 늘어졌다.

"아, 그렇습니다. 범인은 여성입니다. 사건 전체를 놓고 봐도 가장 명백한 부분입니다. 우연히도 제가 조금 전에 조심스럽게 언급한 내용 중 하나입니다. 아까 아무도 그 점을 지적하지 않은 점이 놀랍군요. 이 사건에 대해 확실한 것이 하나 있다면, 이는 바로 여성의 범행이라는 사실입니다. 남자가 다른 남자에게 독이 든 초콜릿을 보낸다는 생각은 절대로 할 수 없으니까요. 만일 범인이 남자라면 독을 바른 면도날이라든지 독이 든 위스키나 맥주를 보냈을 겁니다. 월슨 박사를 살해한 범인처럼 말입니다. 이것이 여성의 범행이라는 것은 명백한 사실입니다."

"글쎄요."

로저는 조심스럽게 입을 열었다.

브래들리는 날카로운 시선을 그에게 던졌다.

"동의하지 않으십니까, 셰링엄 씨?"

"그저 의문이 들었을 뿐입니다. 충분히 일리 있는 주장입니다."

"저라면 난공불락의 주장이라고 하겠습니다."

브래들리는 느릿느릿한 말투로 대답했다.

"누가 범인인지 정말로 말씀해주시지 않을 건가요, 브래들리 씨?"

대머스는 그런 사소한 일로 시간을 낭비하는 것은 못 참겠다는 듯 입을 열었다.

브래들리는 짓궂은 표정으로 그녀를 바라보았다.

"증명할 수 없기 때문에 밝히지 않는 편이 낫다고 말씀드렸습니다. 게다가 그 여성의 명예도 걸려 있으니까요."

"난관에서 빠져나가려고 다시 중상모략 문제를 거론하시는 건가요?"

"이런, 아닙니다. 저는 그녀가 살인범이라는 사실을 밝혀도 전혀 상관없습니다. 하지만 그보다 더 중요한 문제가 있습니다. 그녀는 한때 유스터스 경의 정부였습니다. 아시겠지만 이런 상황에 대한 관례가 있지 않습니까?"

"아!"

치터윅이 입을 열었다.

브래들리는 예의 바른 태도로 그를 바라보았다.

"무슨 하실 말씀이라도?"

"아니, 아닙니다. 그저 제가 고민하던 것과 같은 생각을 하고 계셔서 놀랐을 뿐입니다. 그뿐입니다."

"버림받은 정부에 대한 추론 말입니까?"

"뭐, 그렇다고 할 수 있지요."

치터윅은 불편한 듯 대답했다.

"당연히 그렇겠죠. 당신도 그쪽으로 수사 방향을 잡았군요?"

브래들리의 말투는 자애로운 교장 선생이 촉망받는 학생의 머리를 쓰다듬어주는 듯 부드러웠다.

"분명 옳은 방향입니다. 이 범죄를 전체적으로 살펴보고 또 유스터스 경의 성격을 고려하면, 복수심에 불타는 정부 한 명이 마치 등대처럼 사건 전면에 등장하게 됩니다. 여기서 제가 편의상 목록에서 빼놓은 조건이 하나 있습니다. 13항. 범인은 여성이다. 다시 한번 예술적인 증명의 예시를 든다면, 찰스 경과 필더플레밍 부인께서 이미 보여주시지 않았습니까? 두 분 모두 각자 지목하신 범인과 니트로벤젠 사이의 연결 고리에 대한 설명을 생략하셨습니다. 두 분 모두의 추론에서 그 연결 고리가 굉장히 중요한 요소인데도 말입니다."

"그렇다면 정말 질투심이 동기라고 말씀하시는 겁니까?"

치터윅이 물었다.

"전적으로 확신하는 바입니다. 하지만 그 밖에 확신을 가질 수 없는 점이 하나 있습니다. 범인이 정말로 살해하려고 한 사람이 유스터스 페네파더 경인가 하는 점입니다."

"정말로 살해하려고 한 사람이라니요? 어떻게 그런 생각을 하셨습니까?"

로저가 불안한 듯 물었다.

"뭐, 살인 사건이 일어난 날, 유스터스 경은 점심 약속이 있었다는 사실을 알아냈습니다." 브래들리는 애써 뿌듯한 마음을 숨기며 말했다. "그는 약속을 비밀로 했던 것 같습니다. 분명 여성과 한 약속이었을 테죠. 단순한 여성이 아닌 꽤 흑심을 품고 있던 상태겠죠. 아마 그 여성은 와일드먼 양이 아니라, 유스터스 경이 그녀에게 절대로 알리고 싶지 않은 사람이었을 겁니다. 제가 보기에 초콜릿을 보낸 여성은 그 약속을 알고 있었던 것 같습니다. 이후 약속은 취소됐지만 범인은 그 사실을 몰랐을 테죠.

지금부터는 제 추측입니다만, 이보다 더 초콜릿 문제를 합리적으로 입증하는 설명은 찾기 어려울 겁니다. 제 생각에 초콜릿은 유스터스 경을 노린 것이 아니라 연적을 제거하기 위한 것이 아닐까 합니다."

"아!"

필더플레밍 부인이 나직하게 신음을 토했다.

"지금까지와는 완전히 다른 이야기 아닙니까?"

찰스 경이 투덜거렸다.

로저는 서둘러 유스터스 경의 다양한 정부들의 이름을 떠올려 보았다. 예전에도 그는 이 사건에 들어맞는 사람을 찾을 수 없었고, 이번에도 마찬가지였다. 하지만 그렇다고 해서 자신이 허술하게 조사했다는 생각은 할 수 없었다. 그는 망설이며 입을 열었다.

"브래들리 씨, 만일 당신이 생각하고 있는 여성이, 그러니까 초콜릿을 보낸 사람이 정말로 유스터스 경의 정부라면, 그렇게 까다롭게 굴 필요는 없었을 겁니다. 그녀의 이름은 반드시 유스터스 경의 이름과 함께 사람들 입에 오르내리고 있을 테니까요. 런던의 모든 클럽은 아닐지라도, 최소한 레인보 클럽에서는 그랬을 겁니다. 유스터스 경은 입이 무거운 사람이 아닙니다."

"브래들리 씨, 유스터스 경이 생각하는 타인의 명예의 기준은 자신에게 적용될 때와는 달리 턱없이 낮답니다."

대머스가 비꼬듯 말했다.

"이 경우는 다르다고 생각합니다."

브래들리는 흔들리지 않고 대답했다.

"왜 그렇게 생각하시죠?"

"무의식적으로 그 사실을 알려준 정보 제공자와 유스터스 경, 그리고 저를 제외하면 그 관계를 아는 사람은 한 명도 없다고 확신하기 때문입니다. 범인을 제외하고는 말입니다." 브래들리는 지나치게 격식을 차려 이렇게 덧붙였다. "물론 그녀의 눈을 피할 순 없었겠죠."

"어떻게 그 사실을 알아내셨나요?"

대머스가 따져 물었다.

"유감스럽지만 제 임의로 말씀드릴 수는 없습니다."

브래들리는 한결같은 태도로 대답했다.

로저는 턱을 쓰다듬었다. 자신이 이름을 들어보지 못한 정부가 존재한단 말인가? 그렇다면 그가 새롭게 세우려고 하는 가설은 어떻게 전개될까?

"그렇다면 전에 말씀하신 유사 사건은 아무런 의미가 없잖아요?"

필더플레밍 부인이 물었다.

"꼭 그렇다고는 볼 수 없습니다. 만일 그렇다고 한다면, 비슷한 사건 이야기를 하나 더 하겠습니다. 크리스티나 에드먼즈 사건입니다. 미치광이가 저지른 사건이라는 점을 제외한다면 우리 사건과 거의 같다고 할 수 있습니다. 질투에 사로잡힌 여자, 독이 든 초콜릿. 이보다 더 유사할 수 있겠습니까?"

"흠. 아까의 추론에서 핵심 뼈대, 아니, 적어도 시작 지점은 범인이 니트로벤젠을 골랐다는 것이라고 생각합니다. 그 지점에서 끌어낸 추론은 이 정부 건만큼이나 중요하다고 여겨집니다만. 이 여성 역시 책장에 테일러의 법의학 책을 갖고 있는 아마추어 화학자라고 생각해도 되겠습니까?"

찰스 경이 끼어들었다.

브래들리는 온화한 미소를 지었다.

"찰스 경, 잘 지적하셨습니다. 그 점은 아까 제시한 추론의 주된 골자였습니다. 하지만 이번에는 아닙니다. 독극물 선택에 대한 제 언급은 특수한 상황에서 한 답변이라고 생각해주시길 바랍니다. 아시다시피 저는 한 특정 인물로 여러분을 이끌어가고 있습니다. 그러므로 아까 이야기는 특정 인물에게 들어맞는 추론을 끄집어낸 것에 지나지 않습니다. 제가 아까 추론의 개연성을 굉장히 높이 평가한 것은 연기일 뿐이었지만, 그 추론 속에도 충분한 진실이 담겨 있습니다. 저는 범인이 니트로벤젠을 선택한 까닭은 그저 구하기 쉬웠기 때문이라고 생각합니다. 하지만 그 물질이 독극물이라는 사실이 잘 알려져 있지 않다는 점은 분명한 사실이지요."

"그렇다면 지금 하고 있는 추론 과정에 그 점은 아무런 도움이 되지 않는 겁니까?"

"아니, 그렇지 않습니다. 저는 여전히 범인이 니트로벤젠을 사용했다는 사실보다는 그 물질을 독극물로 사용할 수 있다는 점을 알고 있었다는 사실이 굉장히 중요하다고 생각합니다. 어떻게 그런 지식을 가질 수 있었는지 이유 또한 설명할 수 있습니다. 저는 전에 테일러의 법의학 책 같은 서적에서 도움을 받았을 거라는 판단을 한 적이 있는데, 그 생각은 지금도 여전합니다. 공교롭게도 이 훌륭한 여성은 테일러의 법의학 책을 갖고 있습니다."

"그녀는 범죄학자인가요?"

필더플레밍 부인이 덤벼들었다.

브래들리는 의자에 뒤로 기댄 채 천장을 바라보았다.

"그 점에 대해서는 의심의 여지가 있습니다. 솔직히 저도 범죄학을 접할 때면 당황스러울 때가 많습니다. 그 여성에게 '학자'라는 표현을 붙일 수는 없다고 생각합니다. 세상에서 그녀가 할 수 있는 일은 지극히 명백합니다. 유스터스 경의 욕망을 충족시킬 수 있는 능력 말고 다른 능력을 겸비했으리라고는 생각할 수 없습니다. 예쁘게 화장을 하거나 화려하게 치장하는 능력 정도가 고작일 테죠. 그녀의 존재 이유의 핵심은 바로 그러한 모습일 겁니다. 저는 그녀가 범죄학자가 될 가능성은 카나리아가 범죄학자가 되는 것만큼이나 작다고 봅니다. 하지만 분명 범죄학에 대해 피상적인 지식은 갖고 있습니다. 왜냐하면 그녀의 아파트에는 관련 주제에 대한 책으로 가득찬 책장이 있기 때문입니다."

"당신과 개인적으로 아는 사람인가요?"

필더플레밍 부인이 무심한 척 질문을 던졌다.

"아닙니다. 딱 한 번 만났을 뿐입니다. 저는 책 주문을 받으러 돌아다니는 출판사 외판원으로 변장해서 유명 살인 사건이 실린 신간을 품에 안고 그녀를 찾아가 주문을 받으려 했습니다. 출판된 지 나흘밖에 지나지 않은 책이었는데 그녀는 자랑스럽게 서재에 꽂혀 있는 모습을 보여주는 게 아니겠습니까? 그렇다면 그녀는 범죄학에 흥미를 갖고 있었던 걸까요? 예, 그렇습니다. 그녀는 범죄학을 굉장히 흠모하고 있었습니다. '살인이란 너무나 매혹적이지 않나요?'라는 말도 했으니까요. 저는 이 말이 결정적이라고 생각합니다."

"그녀의 이야기는 좀 바보처럼 들리는군요."

찰스 경이 말했다.

"그녀가 좀 바보처럼 보이긴 합니다." 브래들리는 고개를 끄덕였다. "말투에도 바보 같은 면이 있습니다. 다과회 같은 자리에서 만났더라면 바보라고 생각했을 겁니다. 그런데 그녀는 굉장히 교묘한 살인을 계획하고 이를 실행했습니다. 그러니 도저히 바보라고 볼 수 없겠더군요."

"그녀가 절대로 그런 짓을 저질렀을 리가 없다는 생각은 들지 않았나요?"

대머스가 물었다.

"음, 그런 생각은 하지 않았습니다." 그는 마침내 털어놓기 시작했다. "그녀는 유스터스 경이 비교적 최근에 걷어찬 정부입니다. 뭐, 고작 삼 년도 채 되지 않았으니 희망이 쉽게 사그라지지는 않았겠죠. 그녀는 자만심이 강한 성격인데다 살인이라는 단어를 굉장히 매혹적이라고 생각하는 사람입니다. 세상에!

그녀가 유스터스 경의 정부 중 한 명이었다는 확고부동한 증거를 원하신다면, 그녀의 아파트에서 유스터스 경의 사진을 본 적이 있다는 말씀을 드려야겠군요. 사진은 틀이 굉장히 큰 액자 안에 들어 있었습니다. 틀 위에는 '당신의'라는 글자가 적혀 있었고, 때마침 뒷부분은 가려져 있었습니다. '당신의 것'이라는 완결된 표현이 아닌 '당신의'라는 미완성된 문구라는 점을 유념하시기 바랍니다. 신중하게 가려놓아 보이지 않는 부분에 애정이 듬뿍 담긴 문구가 적혀 있으리라는 추측은 합리적인 가정일 겁니다."

"제가 유스터스 경에게 직접 들은 바로는, 모자를 바꾸는 것만큼 빈번하게 정부를 갈아치운다고 하던데요? 질투 때문에 히스테리를 부리는 사람이 한 명 이상일 가능성은 없을까요?"

대머스는 시원스럽게 물었다.

"그중에서 테일러의 법의학 책을 갖고 있는 사람은 한 명밖에는 없을 겁니다."

브래들리는 이렇게 항변했다.

"이번 추론에서는 범죄학 지식이 조금 전 니트로벤젠이 하던 역할을 떠맡고 있는 것 같군요. 그렇게 생각해도 괜찮을까요?"

치터윅이 깊은 생각에 잠긴 채 말했다.

"물론입니다." 브래들리는 친절하게 확인해주었다. "제가 보기에 이 점은 굉장히 중요한 단서입니다. 그 점에 대해서는 충분히 강조했습니다. 우리는 완전히 다른 두 각도에서 이 사건을 받아들였습니다. 어떤 독극물을 골랐는가, 그리고 그 사실이 연상시키는 점은 무엇인가. 사실 우리는 지금까지 줄곧 이 문제와 씨름하고 있었습니다."

"아이고, 그랬구나."

치터윅은 스스로를 꾸짖으며 이렇게 중얼거렸다. 자신이 어떤 문제와 내내 씨름하면서 그 사실조차 알아차리지 못하고 있었다고 생각했던 것이다.

짧은 침묵이 흘렀다. 치터윅은 분위기를 잘못 읽고 사람들이 자신의 둔감한 눈치를 비난하는 것이라 생각했다.

"아까 말씀하신 조건들 말인데요. 모든 조건을 검증할 수는 없었다고 하셨죠. 정확히 이 여성에게 어떤 조건이 충족되고, 어떤 조건을 검증해보지 못하셨나요?"

대머스가 공격을 재개했다.

브래들리는 빈틈없는 태도로 대답했다.

"1항, 그녀가 화학 지식을 보유하고 있는지는 알지 못합니다. 2항, 그녀가 기초적인 범죄학 지식을 보유하고 있는지는 알지 못합니다. 3항, 그녀가 상당한 고등교육을 받았다는 점은 거의 확실합니다. 그런 교육을 받으며 무엇을 배웠는지는 다른 문제입니다만. 또한 그녀는 사립학교에 다닌 적이 없다고 추정해도 좋을 거라고 생각합니다. 4항, 그녀가 메이슨사와 거래를 한 적이 있다는 사실 외에는 그녀와 편지지 사이의 관계를 파악할 수 없었습니다. 만약 찰스 경께서 이 정도로 충분하다고 생각하신다면 저도 충분하다고 생각합니다. 5항, 그녀와 해밀턴 타자기 사이의 관계를 파악할 수 없었지만 그렇게 어려운 문제는 아닐 겁니다. 친구들 중 한 명은 분명 그 타자기를 가지고 있을 테니까요.

6항, 그녀는 사우샘프턴 스트리트 근처에 있었을지도 모릅니다. 그녀는 알리바이를 내세우려 했지만 엉망진창으로 실패하고 말았습니다. 온통 구멍투성이였으니까요. 그녀의 말에 따르면 그날 밤에는 극장에 있어야 했지만, 9시가 넘어서도 극장에 도착하지도 못했답니다. 7항, 그녀의 책상에 놓인 오닉스 만년필을 보았습니다. 8항, 그녀의 책상에 놓인 수납함 한 곳에서 하필드 만년필 잉크병을 보았습니다.

9항, 그녀가 독창적인 두뇌의 소유자라고 할 수는 없을 겁니다. 두뇌란 것이 있는지조차 의심스러우니까요. 하지만 증명할 길이 없으니 그녀를 믿어야 할 것 같습니다. 10항, 용모로 판단해보건대 그녀는 상당한 손재주가 있다고 할 수 있을 것 같습니다. 11항, 만약 그녀가 체계적으로 일을 처리하는 성격이라면, 그녀는 그 성격을 결점으로 여기고 있는 게 분명합니다. 그렇지 않고서야 그렇게 잘 숨길 수는 없을 테니까요. 12항, 이 항목은 '독살범 특유의 상상력 결핍'이라고 수정해도 좋을 것 같습니다. 이것으로 끝입니다."

"알겠어요. 허술한 부분이 많군요."

대머스가 말했다.

"그렇습니다." 브래들리는 솔직 담백하게 인정했다. "사실대로 말씀드리면, 저는 이 여자가 범행을 저질렀다는 사실을 알고 있습니다. 정말로 저질렀으니 말입니다. 하지만 그 사실을 믿을 수가 없군요."

"아하!"

필더플레밍 부인은 교묘한 문장으로 표현해야 내용을 말을 한마디로 줄여서 말했다.

"그런데 셰링엄 씨, 당신은 이 악독한 여자를 알고 있습니다."

브래들리가 말했다.

"제가 말입니까?" 로저는 반쯤 정신을 놓고 있다가 깨어난 듯했다. "그럴지도 모른다는 생각은 들었습니다. 그렇다면 제가 종이쪽지에 이름을 하나 적을 테니, 맞는지 아닌지 확인해주시겠습니까?"

"물론입니다. 사실 저도 비슷한 제안을 하려던 참이었습니다. 회장으로서 제가 누구를 지목했는지 아셔야 할 것 같으니까요. 중요한 일이 일어날 때를 대비해서 말입니다." 브래들리는 차분하게 대답했다.

로저는 종이쪽지를 반으로 접어 테이블 위로 집어던졌다.

"이 사람이 제가 추정하는 사람입니다."

"그 사람이 맞습니다."

"당신의 추론은 그녀가 범죄학에 관심을 두게 된 까닭에 기반을 두고 있군요?"

"따지고 보면 그 말씀도 맞습니다."

브래들리가 마지못해 수긍했다.

로저는 자신도 모르는 사이 얼굴을 살짝 붉혔다. 그는 베레커르므쥐레 부인이 범죄학에 흥미를 갖고 있다고 우기는 까닭을 알고 있었다. 그리고 그 이유를 알고 있었기 때문에 가장 큰 득을 본 사람도 다름 아닌 로저 자신이었다. 툭 터놓고 말해서, 그가 알고 있는 그 이유가 지금까지 그를 거의 조종해온 것이나 다름없었다.

"그렇다면 당신 추론은 완전히 틀렸습니다, 브래들리. 완전히 틀렸단 말입니다."

로저는 주저하지 않고 말했다.

"틀림없습니까?"

로저는 자신도 모르게 몸이 떨리는 것을 느끼고 이를 억눌렀다.

"틀림없습니다."

"아시겠지만, 사실 저도 그녀가 범행을 저질렀다고 생각한 적은 한 번도 없습니다."

브래들리가 초연한 태도로 말했다.

로저는 굉장히 바빴다.

그는 밤이 되기 전에 추론을 완성하기 위해, 정시에 울리는 타종 소리에도 아랑곳하지 않고 택시를 타고 사방팔방 돌아다니고 있었다. 그가 이렇게 뛰어다니는 모습은 엉성한 범죄학자 베레커르므쥐레 부인 같은 사람에게는 이해할 수 없을 뿐만 아니라 무가치하기까지 한 행동으로 보일지도 몰랐다.

일례로 전날 오후 그는 택시를 타고 우선 홀번 공공 도서관으로 가서 시시하기 짝이 없는 문서 기록을 뒤적였다. 그런 다음에는 월 앤드 윌슨사의 사무실로 향했다. 그곳은 회원들에게 금융 거래에 대한 이득을 보장하고 투자하려는 회사의 안정성에 대한 특급 기밀 정보를 제공하는 업체였다.

로저는 큰 금액을 투자할 곳을 찾고 있다며 입심 좋게 자신을 소개한 후, 회원 가입 서류에 이름을 적고 첫머리에 '극비'라는 문구가 붙은 여러 장의 특별 질의서에 있는 항목들을 채워 넣었다. 그가 자리에서 일어난 것은 스물일곱 시간 내에 그가 요구한 정보를 넘겨주겠다는 윌 앤드 윌슨사의 약속을 받고 난 직후였다. 그는 이 때문에 가욋돈을 찔러주기까지 했다.

그 후 그는 신문을 한 부 구입한 다음 런던 경찰청으로 향했다. 그곳에서 모르즈비를 찾아내 단도직입적으로 부탁했다.

"모르즈비, 굉장히 중요한 부탁이 있습니다. 벤딕스 부인 살인 사건이 일어나기 전날 밤 9시 10분쯤에 피카딜리 서커스나 그 근처에서 손님을 태우고 스트랜드 대로나 사우샘프턴 스트리트, 혹은 그 근처에 내려준 택시 기사를 찾을 수 있습니까? 또 같은 날 9시 15분쯤 스트랜드 대로나 사우샘프턴 스트리트, 혹은 그 근처에서 손님을 태우고 피카딜리 서커스 근처에 내려준 택시 기사는 어떻습니까? 둘 다 찾으면 좋겠지만 그중 한 명이라도 괜찮습니다. 제가 보기에는 두 번째 택시 기사 쪽이 좀더 가능성이 있을 것 같습니다. 첫 번째 기사는 별로 자신이 없군요. 어쩌면 택시 한 대로 왕복했을 수도 있지만 그랬을 가능성은 극히 적다고 생각합니다. 택시 기사를 찾아주실 수 있습니까?"

"시간이 이렇게 지나서야 별다른 소득은 없을 겁니다. 그렇게 중요한 일입니까?"

모르즈비는 애매한 태도로 말했다.

"정말로 중요한 일입니다."

"음, 그렇다면 셰링엄 씨, 당신 얼굴을 봐서라도 시도는 해보겠습니다. 중요한 일이라고 하셨으니 그 말씀을 믿어야겠지요. 다른 사람이 부탁했더라면 들어주지 않았을 겁니다."

"정말 다행입니다." 로저는 진심 어린 태도로 감사했다. "촌각을 다투는 일이라는 건 아시겠죠? 택시 기사에 대한 정보가 들어오면, 내일 차 마시는 시간쯤 제 올버니 맨션으로 전화를 걸어주시겠습니까?"

"대체 무슨 일입니까, 셰링엄 씨?"

"굉장히 흥미로운 알리바이를 무너뜨리려 애쓰는 중입니다."

로저는 저녁 식사를 하러 맨션으로 돌아왔다.

식사를 마친 후에도 그의 머릿속은 굉장한 속도로 빙빙 돌아가고 있었기 때문에 산책을 나서는 것 말고는 달리 할 수 있는 일이 없었다. 그는 가만히 있지 못하고 올버니 맨션을 나서 피카딜리 대로를 따라 걸어 내려갔다. 로저는 골똘히 생각에 잠겨 피카딜리 서커스 주변을 거닐었다. 그러다가 습관적으로 잠시 걸음을 멈추고 패빌리언 극장 밖에 걸린 신작 시사 풍자극의 홍보 사진을 건성으로 바라보았다. 다음 순간 그가 깨달은 것은 매혹적인 제민 스트리트의 대로변에 있는 임페리얼 극장 앞에 서서 하릴없이 마지막 회관객들이 입장하는 광경을 바라보고 있는 자신의 모습이었다. 그는 어느덧 헤이마켓 가로 접어들어 빙 돌아 제민 스트리트까지 이르렀던 것이었다.

로저는 〈삐걱거리는 해골〉의 광고 포스터를 바라보다가 이 소름끼치는 연극이 8시 30분에 시작한다는 사실을 알아차렸다. 시계를 확인해보자 마침 8시 29분이었다.

하는 일 없이 시간을 흘려보내는 밤도 있기 마련이었다.

그는 안으로 들어갔다.

그날 밤은 하는 일 없이 흘러갔다.

다음날 아침 일찍(10시 30분이었으니 로저에게는 이른 시각이었다), 그는 문명의 영향권을 벗어난 어느 황량한 곳, 액턴 지역에 와 있었다. 그는 앵글로이스턴 향수 회사의 사무실에서 한 젊은 여자와 교섭을 벌이는 중이었다. 젊은 여자는 출입문 바로 안 칸막이 너머에 자리잡고 있었기 때문에, 그녀가 외부와 대화를 나눌 유일한 방법은 작은 창을 가리고 있는 불투명 유리를 통하여 이야기를 하는 것뿐이었다. 그녀는 밖에서 사람이 큰 소리로 오랫동안 부르고 나서야 비로소 창문을 열고 귀찮은 요구를 늘어놓는 방문객을 향해 퉁명스럽게 몇 마디 던진 후 거칠게 창문을 닫곤 했다. 마치 대화가 언제 끝날지는 자신이 정한다는 듯한 태도였다.

"안녕하십니까? 저는……."

로저는 붙임성 있게 인사를 건넸다. 그는 세 번이나 문을 두드린 끝에 요새에 깊숙이 틀어박혀 있는 아가씨를 불러낼 수 있었다.

“외판원은 화요일, 금요일 오전 10시부터 11시까지만.”

그녀는 놀랄 정도로 간략하게 말하고는 이전보다 훨씬 거칠게 창문을 닫았다. 로저는 목요일에 영업을 하려면 다른 괜찮은 영국계 회사로 가야겠다고 생각했다. 쾅 하며 문이 닫히는 소리는 마치 ‘세상에, 맙소사!’라고 말하는 것처럼 들렸다.

그는 닫힌 창문을 멍하니 바라보다가 그녀가 뭔가 착각했다는 사실을 깨달았다. 그는 다시 문을 두드렸다. 한 번 더 두드렸다.

네 번째로 두드리자 건너편에서 무언가가 폭발한 것처럼 창문이 세차게 열렸다.

“말했잖아요!”

그녀는 자신이 이렇게 분개하는 데에는 정당한 이유가 있다는 듯한 태도로 쏘아붙였다.

“저는 외판원이 아닙니다.” 로저는 급히 대꾸했다. “적어도 뭘 팔려고 온 사람은 아닙니다.”

그가 소심하게 말을 덧붙인 까닭은 이 불친절한 오아시스에 도착하기 위해 헤매고 다녀야 했던 을씨년스러운 사막 풍경이 떠올랐기 때문이다.

“외판원이 아니라고요?”

그녀는 미심쩍다는 듯 물었다.

적극적으로 밀어붙이는 영업 방식이 널리 퍼져 있었기 때문에 그녀가 절대 믿을 수 없다는 눈빛으로 바라보는 것도 무리는 아니었다. 이 회사에 와서 무언가를 팔려고 하는 것은 비효율적인 일이었지만, 그가 그런 소망을 품고 있을지도 모르는 일이었다.

"절대 아닙니다."

로저는 진심을 다해 그녀를 안심시켰지만 이렇게까지 해야 하나 하는 생각에 욕지기가 치밀 정도로 모욕감을 느꼈다.

분명 여전히 배려를 기대할 수는 없었지만, 그가 이렇게까지 단언하자 그녀는 몇 초쯤은 얘기를 들어줄 것 같은 태도를 보였다.

"뭐, 그러면 무슨 일인데요?"

그녀는 무료함을 참는 듯한 태도로 물었다. 아니, 차라리 권태로움을 훌륭하게 견디고 있다는 표현이 맞을 터였다. 그녀의 말투로 보아 이 회사와 거래를 트려는 무가치한 의도가 아니라면, 문을 열고 돌진해 들어오는 사람은 극히 드문 것 같았다. 정신 차려. 이건 일이라고!

로저는 거짓말을 하기 시작했다.

"저는 사무 변호사입니다. 여기서 근무하시는 조지프 리 하드윅 씨에 대해 여쭤볼 게 있습니다. 유감스럽게도……."

"미안하지만 그런 사람 이름은 들어본 적 없는데요."

그녀는 짧게 대답했다. 그녀의 얼굴에는 여느 때처럼 대화가 너무 길게 이어진다는 표정이 떠올랐다.

로저는 다시 한번 지팡이를 바쁘게 놀려야 하는 상황에 처하게 되었다. 그의 노력은 일곱 번이나 문을 두드리고 나서야 비로소 보상을 받았다. 그녀가 이번에는 화가 잔뜩 난 얼굴로 창문을 열었다.

"내가 아까……."

이번에는 로저도 만만치 않게 화가 나 있었다.

"이봐요, 아가씨. 이젠 내가 말할 차례요. 내 질문에 답변을 거부하면 굉장히 곤란하게 될 거라는 경고를 할 수밖에 없군. 법정모욕죄라는 말을 들어본 적 있소?"

사소한 속임수가 허용되는 때가 있기 마련이다. 쇠몽둥이로 한 대 후려쳐도 변명이 가능할 때가 있기 마련이다. 지금이야말로 양쪽 모두에 해당했다.

그녀는 꽤 주눅이 든 것처럼 보였지만 마침내 그의 말을 이해한 것 같았다.

"뭘 알고 싶으신데요?"

그녀는 체념한 듯 물었다.

"이 조지프 리 하드윅이라는 남자 말인데……."

"말씀드렸잖아요. 모른다니까요."

문제의 신사가 로저의 머릿속에서 고작 이삼 분 동안 삶을 즐기고 있는 동안 그의 창조주는 다음과 같은 말을 준비할 수 있었다.

"다른 이름으로 불렸을 가능성도 있소."

그는 험악하게 말했다. 그녀는 관심이 동하는 듯 보였다. 아니, 그 이상으로 깜짝 놀란 것 같았다. 그녀는 새된 소리로 외쳤다.

"이혼 문제라면 저를 걸고 넘어져도 소용없을 거예요. 그 사람이 결혼했다는 사실은 정말 몰랐단 말이에요. 게다가 소송거리가 될 것 같지도 않고요. 그러니까 제 말은…… 어, 적어도…… 하여간 전부 거짓말투성이라고요. 저는 절대……."

"이혼 문제가 아닙니다."

로저는 파도처럼 밀려오는 그녀의 말을 서둘러 막았다. 숙녀답지 못한 폭로에 그 역시 놀라고 말았던 것이다.

"다, 당신 사생활과는 아무런 관련이 없습니다. 이곳에서 일하는 남자에 대한 일입니다."

"어머! 그렇다면 왜 진작 그렇게 말하지 않았어요?"

그녀는 뒤늦게 안정을 되찾았다가 재빨리 분개했다.

로저는 단호히 그녀의 말을 잘랐다.

"이 회사의 니트로벤젠을 취급하는 부서에서 일하는 사람입니다. 이곳에 니트로벤젠을 취급하는 부서가 있지 않습니까?"

"제가 아는 한 그런 건 없어요. 정말이에요."

로저는 고함치듯 소리를 내뱉었는데, 그것을 글자로 옮기면 대충 '쳇!'과 가까웠다.

"당신은 내가 무슨 말을 하는지 잘 알 거요. 이 회사에는 니트로벤젠을 취급하는 부서가 있소. 니트로벤젠을 사용하고 있다는 사실을 부정할 생각이오? 광범위하게 사용하고 있을 텐데?"

"뭐, 그렇다면 어쩌라고요?"

"업체에서 고용인들에게 그 물질의 위험성에 대해 안전 교육을 충분히 실시하지 않았기 때문에 남자가 사망했다는 보고가 우리 회사에 접수되었습니다. 따라서……."

"뭐라고요? 여기 직원이 죽었다고요? 말도 안 돼요. 그런 일이 있었더라면 제가 제일 먼저 알았을 텐데……."

"기밀 사항입니다." 로저는 재빨리 그녀의 말을 잘랐다. "공장에 붙여놓은 니트로벤젠에 대한 경고문을 보여주시겠습니까?"

"글쎄요, 그럴 의무는 없는 것 같은데요."

"그렇다면 극도로 위험한 물질에 대해 직원들에게 아무런 안전 교육도 실시하지 않았다는 말입니까? 치명적인 독극물이라는 말조차 해주지 않았던 겁니까?"

로저는 충격을 받은 표정으로 물었다.

"제가 언제 그런 말을 했어요? 독성이 있다는 주의는 받았어요. 전부 다요. 게다가 굉장히 조심해서 다루는걸요. 확실해요. 우연찮게도 지금은 경고문이 붙어 있지 않아요. 만약에 좀더 말씀을 나누고 싶으시다면 임원진 중 한 분을 만나보시는 게 좋을 거예요. 제가 연락을……."

"고맙군요." 로저는 마침내 속내를 드러냈다. "알고 싶은 것은 다 알았습니다. 안녕히 계십시오."

그는 기쁨에 넘쳐 자리에서 물러났다.

로저는 자리를 떠나 택시를 타고 웹스터 인쇄소로 향했다.

당연한 이야기이지만 인쇄업계에서 웹스터 인쇄소의 위치는 휴양지 중에서 몬테카를로의 위치와 다를 바 없었다. 웹스터 인쇄소가 사실상 인쇄업계 그 자체라고 할 수 있었다. 그러니 로저가 지금 꾸며대고 있는 것처럼, 만약 특수한 방식으로 제작해야 하는 편지지를 새로 주문하고 싶다면 어디로 가는 것이 자연스럽겠는가?

그는 카운터 뒤에 앉아 자신을 응대하고 있는 젊은 여직원에게 자신이 어떤 편지지를 원하는지 세부적인 부분까지 세세하고 장황하게 늘어놓았다. 그녀는 그에게 견본품을 수록한 책을 건네주고는 그가 찾는 것과 비슷한 디자인이 있는지 물었다. 그가 견본품을 훑어보는 사이 그녀는 다른 손님을 맞이했다. 사실 그대로 털어놓자면, 그녀는 로저와 로저가 주문하는 내용에 약간 짜증이 나기 시작했기 때문이다.

로저는 자신이 찾는 디자인이 없는 것처럼 행동했다. 책을 덮고 카운터를 따라 다음 여직원이 응대하는 곳으로 걸음을 옮겼다. 그녀가 그를 향해 몸을 돌리자 그는 요구 조건이 담긴 기나긴 서사시를 읊기 시작했다. 그녀도 결국 견본품이 붙어 있는 책을 보여주면서 찾는 디자인이 있는지 물었다. 그 책은 처음에 보았던 책과 같은 것이었기에, 더이상 진전이 없었던 것은 이상한 일이 아니었다.

다시 한번 그는 카운터를 따라 세 번째이자 마지막 여직원이 있는 곳까지 걸음을 옮겨, 또다시 대하소설을 낭독하기 시작했다. 그녀는 그가 무슨 짓을 하고 있는지 옆에서 보고 있었기 때문에, 처음부터 자신의 견본품 책을 건네주었다. 이번에는 보상을 받을 수 있었다. 이번 책은 먼저 보았던 책들과 같은 판이기는 했지만, 아주 작은 부분에서 차이가 있었던 것이다.

"여기에는 내가 찾는 디자인이 있을 게 분명합니다. 사실은 친구가 이곳을 추천해주었거든요. 굉장히 까다로운 친구입니다. 얼마나 까다로운지 몰라요."

그는 페이지를 가볍게 넘기며 수다스럽게 떠들어댔다.

"그러신가요?"

이 여직원은 굉장히 흥미롭다는 태도를 말속에 담으려 최선을 다했다. 그녀는 굉장히 젊었다. 여가 시간에 판매 기술에 대한 공부를 할 정도로 젊고 팔팔한 나이였다. 그녀가 배운 판매 기술의 제1항은 날씨가 좋다는 말에 대해서도, 손님의 통찰력 있는 감식안에 열렬하면서도 공손하게 감탄을 표해야 한다는 것이었다. 만일 점쟁이가 바다 건너의 비밀스러운 이방인에게서 그녀가 약속 어음을 발행해주기만 하면 돈을 주겠다는 편지를 받을 거라는 점괘를 내놓았다 하더라도, 그녀는 군말 없이 듣고 있을 것 같았다.

"취향이 까다로운 사람도 있으니까요. 틀림없는 사실이에요."

그녀는 한층 분발했다.

"아, 그렇지!" 로저는 뭔가 생각났다는 듯 깜짝 놀란 표정을 지었다. "마침 그 친구의 사진을 갖고 있습니다. 이런 우연이 있을까요?"

"세상에, 정말로 신기하네요."

착실한 여직원은 공손하게 대답했다.

로저는 우연히 갖고 있다고 말한 사진을 꺼내 카운터 너머로 내밀었다.

"보시죠. 알아보시겠습니까?"

젊은 여직원은 사진을 받아들고 자세히 살펴보았다.

"이분께서 친구분이시군요! 정말 신기하네요. 예, 당연히 기억이 나요. 세상 정말 좁지 않나요?"

"그 친구가 지난번에 여기 왔던 것은 얼추 보름 전이었을 겁니다. 맞습니까?"

로저는 집요하게 물었다.

그녀는 곰곰 생각에 잠겼다.

"예, 보름쯤 전이었을 거예요. 맞아요, 대충 그쯤이었어요. 그런데 이쪽 물건은 현재 특별 가격에 판매하고 있답니다."

로저는 편지지가 필요하지도 않았는데도 지나치게 많은 양을 구입하고 말았다. 이 여직원이 굉장히 친절했기에 이용만 하고 가버리는 것은 신사답지 못한 일이라고 생각했기 때문이다.

그 후 로저는 점심 식사를 하기 위해 맨션으로 돌아왔다.

그날 오후 내내 그는 중고 타자기를 사려는 것처럼 이리저리 돌아다녔다.

로저는 해밀턴 타자기 4번 모델을 사야 한다며 굉장히 까다롭게 굴었다. 점원이 다른 제품들을 권해보았지만 그것들을 흘끗 바라보더니 약 삼 주 전에 중고 해밀턴 타자기 4번 모델을 산 친구가 굉장히 강력하게 그 모델을 추천했다는 이야기를 꺼냈다. 혹시 이 가게에 그 모델이 있지 않을까? 없다고? 최근 두 달 사이에 해밀턴 4번 모델을 판 적이 없다고? 정말 이상하군.

드디어 그 모델을 팔았다고 밝힌 가게가 등장했다. 그런데 이상한 일이 일어났다. 친절한 직원이 정확한 날짜까지 찾아서 딱 한 달 전 일이라고 말해주었기 때문이다. 로저가 그 친구의 인상착의에 대해 설명하자 직원은 곧바로 로저의 친구와 타자기를 산 사람이 동일 인물일 거라고 말했다.

"세상에! 방금 생각났는데, 마침 친구의 사진을 갖고 있습니다. 한번 보시겠습니까?"

그는 주머니를 뒤져 정말 놀랍게도 사진을 꺼내 들었다.

점원은 굉장히 친절하게도 사진의 인물이 타자기를 사 간 사람과 동일 인물이라고 확인해주었다. 그러고 나서 역시 친절하게 로저에게 중고 해밀턴 타자기 4번 모델을 팔아넘겼다. 로저는 물건을 구입하지 않을 정도로 얼굴이 두껍지 못했다. 그는 경찰 조직에 속해 있지 않은 개인에게 탐정 활동은 굉장히 비싼 취미라는 사실을 깨달았다. 하지만 필더플레밍 부인과 마찬가지로, 그 역시 좋은 목적에 쓰는 돈은 아까워하지 않았다.

그는 차를 마시러 맨션으로 돌아왔다. 이제 모르즈비의 전화를 기다리는 것밖에는 할 일이 없었다.

예상한 것보다 더 이른 시각에 전화벨이 울렸다.

"셰링엄 씨? 택시 기사 열네 명이 제 사무실을 박살내고 있습니다. 이들 모두 피카딜리 광장에서 스트랜드 대로로, 혹은 반대 경로로 승객을 태운 사람들입니다. 말씀하신 바로 그 시각에 말입니다. 이제 어떻게 하면 됩니까?"

모르즈비의 말투는 공격적이었다.

"부디 제가 갈 때까지 잡아두시길 바랍니다, 경감님."

로저는 품위 있게 대답한 후 모자를 움켜쥐었다. 많아봤자 세 명 정도일 거라고 예상한 속내를 모르즈비에게 들킬 수는 없었다.

하지만 열네 명의 택시 기사와의 면담은 간단했다. 택시 기사들은 제각기 씩 웃으며 면담에 임했기 때문에, 로저는 모르즈비가 아까 한 이야기는 자신을 놀리려는 말이었다고 추정했다. 그는 모르즈비가 눈치채지 못하도록 몰래 사진을 꺼내 그들에게 보여주며 본 적이 있는 얼굴인지 물었다. 사진 속의 얼굴을 알아보는 사람은 한 명도 없었다.

모르즈비는 만면에 미소를 지으며 택시 기사들을 해방시켰다.

"안됐습니다, 셰링엄 씨. 당신의 조사에 차질이 생긴 게 아닙니까?"

로저는 거만한 태도로 그를 향해 미소를 지었다.

"반대입니다, 모르즈비. 이제 막 매듭이 지어진 참입니다."

"뭐라 하셨습니까?" 모르즈비는 놀란 나머지 말이 헛나오고 말았다. "대체 무슨 짓을 하는 겁니까, 셰링엄 씨?"

"알고 계실 거라고 생각했습니다만. 당신 부하들이 우리를 미행하고 있는 게 아니었습니까?"

모르즈비는 시무룩한 표정을 지었다.

"이거 참! 셰링엄 씨, 사실대로 말씀드리자면 당신네 회원들이 진상을 한참 비껴나가는 것 같아서 부하들을 철수시켰습니다. 계속해서 부하들을 투입할 가치가 없어 보였습니다."

"저런, 놀라운 일이로군요. 그런데 세상 참 좁지 않습니까?"

"무슨 일을 하고 계신 겁니까, 셰링엄 씨? 제게는 말씀해주셔도 괜찮지 않습니까?"

"물론입니다, 모르즈비. 이건 당신을 위한 일이니까요. 유스터스 경에게 초콜릿을 보낸 사람을 알아냈다면 흥미가 동하십니까?"

모르즈비가 잠시 동안 물끄러미 그를 바라보았다.

"당연한 말씀을 하시는군요, 셰링엄 씨. 정말로 알아내셨다면 말입니다."

"아, 정말로 알아냈습니다."

로저는 대수롭지 않다는 듯 말했다. 브래들리조차 이렇게 무심한 태도로 말을 하지는 못할 터였다.

"증거 정리를 마치는 대로 당신에게 보고서를 올리겠습니다. 정말로 흥미로운 사건이었습니다."

그는 이렇게 말하며 하품을 참는 척을 했다.

"해결하고 나니 그렇게 보이는 게 아닐까요, 셰링엄 씨?"

모르즈비는 숨이 막힌 듯한 소리로 속삭였다.

"아, 나름 그런 면이 있습니다. 하지만 이 사건에서는 터무니없이 단순한 사안이 핵심을 꿰뚫고 있었습니다. 우스꽝스러울 정도였습니다. 곧 보고서를 올리겠습니다. 그때까지 안녕히 계십시오."

그는 말을 마치고 한가로이 경찰서를 나섰다.

하지만 초조해하고 있다는 사실을 감출 수 없었다.

로저는 자신을 지명했다.

"신사 숙녀 여러분, 이 실험에 대해 책임을 지고 있는 사람으로서, 스스로를 자랑스럽게 여겨도 괜찮을 것 같습니다. 지금까지 의견을 발표하신 세 분께서는 관찰과 논증에서 기발한 면을 보여주셨습니다. 어떤 탐정 사무소에서도 내놓지 못할 추론이라고 생각합니다. 발표를 시작하기 전에는 세 분 모두 저마다 이 수수께끼를 풀어냈으며 그 결론을 뒷받침하는 확정 증거를 제시할 수 있다고 확신하셨습니다. 그리고 아직까지 세 분 모두 수수께끼를 풀어낸 자신의 방식이 완전히 틀렸다고 입증된 것은 아니라고 생각하실 수 있습니다.

대머스 씨가 페네파더 부인에게 확실한 알리바이를 제공해주었음에도 불구하고, 페네파더 부인을 범인으로 지목하신 찰스 경의 추론 역시 아직 논쟁의 여지를 갖고 있습니다. 찰스 경께서는 페네파더 부인에게 공범이 있었다고 주장하실 수 있으며, 이를 뒷받침하기 위해 그녀가 파리에 체류했다는 사실을 부정할 수 있는 미심쩍은 정황을 제시할 권리도 갖고 계십니다.

그런 연유로 저는 이 기회를 빌려 지난번에 브래들리 씨에게 한 말을 취소하도록 하겠습니다. 저는 브래들리 씨가 혐의를 두고 있는 여자가 살인을 저질렀을 리가 없다는 사실을 분명히 알고 있다고 했습니다. 제가 잘못 말씀드렸습니다. 제대로 알지 못했습니다. 개인적으로 그녀를 알고 있었기 때문에 그 추론이 믿을 수 없는 이야기라고 생각했던 것입니다."

로저는 더욱 씩씩하게 말을 이었다.

"게다가 저는 몇 가지 이유로 그녀가 범죄학에 대한 흥미를 갖게 된 동기에 대해 의혹을 품었습니다만, 그 동기는 브래들리 씨가 내세웠던 것과는 사뭇 다를 것이라고 확신합니다. 제가 말씀드리려던 것은 그녀가 이 범죄를 저지르는 것은 심리학적으로 불가능하다는 점이었습니다. 사실대로 말씀드리자면, 심리학적으로 불가능하다는 점은 증명할 수 없습니다. 브래들리 씨 역시 그녀가 범인이라고 주장하실 자격이 있습니다. 어쨌든 그녀는 확실히 용의자 명단에 남겨두어야 합니다."

"누차 말씀드렸듯, 심리학적으로 불가능하다는 말씀에는 동의합니다, 셰링엄 씨. 문제는 제가 그녀의 유죄를 증명해버렸다는 것이겠지요."

"하지만 당신의 유죄도 증명해버렸잖아요?"

필더플레밍 부인이 상냥한 말투로 지적했다.

"아, 그렇습니다. 하지만 그 추론에는 모순되는 점이 있기 때문에 걱정할 게 못 됩니다. 심리학적으로 불가능하다는 내용이 포함되어 있지 않으니까요."

"그러시겠죠, 아마도요."

필더플레밍 부인이 이죽거렸다.

"심리학적으로 불가능하다니!"

찰스 경이 기운차게 끼어들었다.

"아니, 당신네 소설가들이란! 전부 프로이트에 집착한 나머지 인간에 대한 감식안을 잃어버린 게 아닙니까? 내가 젊었을 때는 심리학적으로 불가능하다는 말 따위를 지껄이는 사람은 한 명도 없었소. 왜냐? 그딴 게 없다는 사실을 잘 알고 있었기 때문입니다!"

"다시 말해서, 어떤 일을 절대로 할 것 같지 않은 사람이라도 특정 상황에서는 예상치 못한 행동을 할 수도 있다는 뜻이에요. 음, 사고방식이 구식일지는 몰라도, 찰스 경의 말씀에 동감하고 싶어지네요."

필더플레밍 부인이 좀더 자세히 풀어 설명했다.

"콘스턴스 켄트의 예가 있습니다."

찰스 경이 첫 패를 내놓았다.

"리지 보든의 예도 있어요."

필더플레밍 부인이 그를 지원했다.

"애들레이드 바틀릿 사건 전체가 그렇습니다."

찰스 경은 으뜸 패를 꺼내 들었다.

필더플레밍 부인은 카드를 모아 깔끔한 조합으로 배열했다.

"제가 보기에는 심리학적으로 불가능하다는 이야기를 하는 사람들은 논의에 오른 대상을 자신들의 소설 속 인물처럼 다루려는 것 같아요. 자신들의 정신 구조 일부를 소설 속 인물들에게 투영하기 때문에, 결과적으로 그들 자신에게는 불가능할지는 몰라도 다른 사람이라면 가능할지도 모른다는 사실을 제대로 이해하지 못하게 되는 거예요. 실제로는 불가능한 것처럼 보이는 일일지라도 말이에요."

"그렇다면 가장 그럴 것 같지 않은 사람을 범인으로 정해야 한다는 탐정소설 장사꾼들의 신념은 결국 어느 정도 일리가 있는 거로군요? 좋습니다!"

브래들리가 중얼거렸다.

"이제 셰링엄 씨께서 이 사건에 대해 뭐라고 말씀하시는지 들어봐야 하지 않을까요?"

대머스가 제안했다.

로저는 그녀의 속뜻을 알아차리고 이야기를 시작했다.

"저는 이 실험이 얼마나 흥미로운지 알게 되었다는 말씀을 드리려 했습니다. 세 분의 발표자께서 저마다 다른 사람을 범인으로 지목하셨으니까요. 그런데 저는 또 다른 사람을 범인으로 제시할 생각입니다. 만일 대머스 씨와 치터윅 씨가 우리 네 사람 중 한 명의 의견에 동의한다 할지라도, 전혀 다른 네 가지 가능성이 존재하는 셈입니다. 이제 와서 고백하지만, 저는 그럴 가능성이 거의 없다고 생각했음에도 불구하고 이런 환상적인 결과가 나오기를 기대하고 있었습니다.

브래들리 씨가 폐쇄형 살인과 개방형 살인에 대한 설명에서 지적하셨듯, 이 사건을 해석할 수 있는 여지는 거의 무한하다고 할 수 있습니다. 물론 그 때문에 우리들 관점에서 이 사건은 굉장히 흥미로운 문제가 되었습니다. 예를 들어 저는 조사를 시작하며 유스터스 경의 사생활에 주목했습니다. 거기에 살인범을 발견할 수 있는 단서가 존재한다고 확신했기 때문입니다. 브래들리 씨의 관점과 동일합니다. 그와 마찬가지로 저 역시 단서는 버림받은 정부의 형태로 존재할 거라고 생각했습니다. 질투심이나 복수심이 범행의 주된 동기라고 확신했던 겁니다. 또한 그와 마찬가지로 저 역시 처음 이 사건을 훑어볼 때부터 이 범행은 여성의 소행이라는 결론을 내렸습니다.

따라서 저는 유스터스 경의 여성 편력에 대해 전방위에 걸친 조사를 시작했습니다. 닥치는 대로 자료를 수집해서 지난 오 년 동안의 그의 행적을 완벽하게 정리했다는 확신이 들 때까지도 신통한 단서를 발견할 수 없었습니다. 어려운 작업은 아니었습니다. 지난번에 말씀드렸듯이 유스터스 경은 입이 무거운 사람이 아니니까요. 하지만 지난번에 이름을 밝히지 않은 여성의 이름이 빠져 있는 것을 보면 제 명단이 완벽한 것은 아니었나 봅니다. 그리고 한 사람이 빠져 있다면 그 이상 누락되었을 가능성도 있을 겁니다. 어쨌든 객관적인 입장에서 유스터스 경은 굉장히 자유롭게 살아온 것처럼 보입니다.

하지만 모든 것은 이제 핵심을 벗어난 이야기가 되어버렸습니다. 저는 처음에 이 범행을 저지른 사람은 단지 여성일 뿐만 아니라 비교적 최근까지 유스터스 경의 정부였다고 확신했지만, 그 또한 아무런 상관 없는 문제가 되어버렸습니다. 저는 이런 제 관점을 완전히 버렸습니다."

"아니, 정말입니까? 제가 완전히 그릇된 방향을 잡았다는 말씀이십니까?"

브래들리가 투덜거리듯 말했다.

"그런 것 같습니다."

로저는 자신의 목소리에 실린 승리의 감정을 억누르려 애를 썼다. 그렇게 머리 좋은 사람들 여럿을 농락했던 사건을 해결했으니, 완전히 무심한 척 행동하기란 이만저만한 고역이 아니었다. 그는 자신이 나름 겸손한 태도를 취하고 있기를 바라며 말을 이었다.

"이런 말씀을 드리게 되어 아쉽습니다만, 관점을 바꾸게 된 것은 제 통찰력이 뛰어나서가 아닙니다. 저는 본드 스트리트에서 우연히 어리석은 여자 한 명을 만나 약간의 정보를 손에 넣게 되었습니다. 그 정보 자체는 보잘것없는 것이었습니다. 그녀도 그 정보가 중요하리라고는 한순간도 생각하지 않았을 겁니다. 하지만 그 정보를 듣자마자 이 사건에 대한 제 관점이 완전히 바뀌어버렸습니다. 처음부터 그릇된 전제에서 조사를 하고 있었다는 사실을 순식간에 깨달았던 겁니다. 사실 제가 범했던 실수는 바로 살인범이 경찰 및 여타 사람들에게 유도했던 근본적인 오류였습니다.

수수께끼 같은 범죄를 해결하는 데 우연이라는 요소가 작용하다니, 정말로 기이한 사건이 아닐 수 없습니다."

로저는 잠시 깊은 생각에 잠겼다.

"마침 저는 바로 이 사건에 대해 모르즈비 경감과 이야기를 나눌 기회가 있었습니다. 당시 저는 해결하기 불가능할 것처럼 보였지만 순전히 행운에 의해 풀린 사건이 런던 경찰청에 꽤 많다는 사실을 지적했습니다. 예를 들어 핵심 증거가 스스로 모습을 드러내 이야기를 시작한다던가, 아내가 정보를 제공했는데 그 이유가 남편이 범행 직전에 우연히 그녀의 질투심을 유발하는 행위를 했다던가 하는 행운 말입니다. 그런 일은 언제나 일어나기 마련입니다. 모르즈비 경감이 그런 이야기를 바탕으로 영화를 찍고 싶다면 저는 〈복수라는 이름의 우연〉이라는 제목을 권하고 싶습니다.

자, 〈복수라는 이름의 우연〉이 여기서도 나타났습니다. 저는 운 좋게도 본드 스트리트에서 그녀를 우연히 만나, 유스터스 페네파더 경에게 초콜릿을 보낸 자를 알아낼 수 있는 한줄기 깨달음을 얻게 된 것입니다."

"흠, 과연 그럴까요?"

브래들리는 친절하게 회원들 전체의 감정을 대변해주었다.

"범인이 누구라는 말씀이신가요?"

대머스가 물었다. 유감스럽게도 그녀에게는 극적인 감정이 엿보이지 않았다. 이 문제에 대해서라면, 대머스는 자신에게는 구성에 대한 감각이 없으며 제대로 된 플롯을 갖춘 작품은 쓴 적이 없다는 사실을 자랑스러워하는 경향이 있었다. '가치'나 '투영', '오이디푸스 콤플렉스' 같은 표현을 쓰는 소설가들은 플롯 따위는 신경도 쓰지 않는 법이었다.

"그런 재미난 행운의 계시가 알려준 사람은 누구였나요, 셰링엄 씨?"

"아, 그보다 먼저 제 이야기를 조금 더 해도 되겠습니까?"

대머스는 한숨을 쉬었다. 로저처럼 동종업계에 종사하는 사람이라면 익히 알고 있겠지만 요즘에는 이야기를 완결 짓지 않는 것이 유행이었기 때문이다. 로저는 베스트셀러 작가였으니, 무슨 짓이든 마음대로 할 수 있는 법이었다.

로저는 그런 대머스의 그런 생각은 알지 못한 채 편안한 자세로 의자에 뒤로 기대고 조용히 생각에 잠겼다. 이윽고 그는 이전보다 훨씬 일상적인 말투를 사용하여 다시 이야기를 시작했다.

"아시다시피 이건 정말로 주목할 만할 사건입니다. 브래들리 씨와 필더플레밍 부인은 다른 사건들을 여기저기 모방한 것이라고 설명했지만 이는 범인을 제대로 평가한 것이 아닙니다. 물론 이전의 사건에서 여러 좋은 점들을 모방했을 수도 있습니다. 하지만 헨리 필딩이 『톰 존스』에서 말했듯, 고전에서 아이디어를 빌려오는 행위는, 심지어 출처를 밝히지 않더라도 독창적인 작품 활동을 위해서라면 충분히 정당화될 수 있습니다. 따라서 이 사건 역시 독창적인 범죄라고 보아야 할 것입니다. 독창적이지 못하다는 비난에서 자유로울 뿐만 아니라 원형이 된 사건들보다 월등히 뛰어난 요소를 갖추고 있습니다.

이 사건은 최고 고전의 반열에 올라야 합니다. 만약 범인이 그 기발한 두뇌로도 가능성을 예측하지 못했던 사고가 일어나지 않았더라면, 해결되지 않은 다른 사건들과 함께 어깨를 나란히 하게 되었을 겁니다. 전체적으로 보아, 이 사건이야말로 이제까지 들어본 것 중에서 가장 완벽하게 계획된 살인 사건이라고 생각하게 되었습니다. 이보다 더 완벽하게 계획된 살인 사건이라면 살인이라는 사실 자체가 드러나지 않았을 것입니다. 이 살인 사건은 기발하고 극도로 간단하면서도 실패할 가능성이 극도로 적은 범행이었다는 점에서 완벽하게 계획된 살인 사건이 분명합니다."

"흠! 이후 드러난 바에 따르면 그렇게까지 완벽한 계획은 아니지 않습니까, 셰링엄 씨?"

찰스 경이 짜증을 내며 물었다.

로저는 그를 향해 미소를 지었다.

"어느 지점을 살펴봐야 하는지 알고 계셨더라면 동기가 굉장히 명백하다는 사실을 알아차리셨을 겁니다. 하지만 모르고 계셨지요. 사건의 본질을 파악하고 나면 범행 방식 또한 굉장히 중요한 요소라는 점을 아실 수 있었겠지만, 그 본질을 파악하지 못하셨습니다. 범행 흔적을 가리고 있는 것이 무엇인지 깨닫고 나면 장막이 생각보다 두껍지 않다는 사실을 알아차리셨을 테지만, 그게 무엇인지 깨닫지 못하셨습니다. 모든 것이 범인의 예측대로였습니다. 커다란 비누 조각이 남아 있었기 때문에, 우리 모두 그걸 쳐다보기 바빴습니다. 제대로 이해하지 못한 것도 당연합니다. 정말로 아름다운 계획이었으니까요. 경찰, 대중, 언론을 막론하고 모든 사람들이 완벽하게 속아넘어갔습니다. 그런 살인범을 경찰에게 인도해야 하다니 안타까울 지경입니다."

"셰링엄 씨, 너무 감상에 젖어 계시는 게 아닌가요?"

필더플레밍 부인이 말했다.

"완벽한 살인 사건을 보면 감상에 젖지 않을 도리가 없습니다. 만일 제가 범인이라면, 지난 보름 동안 자신에게 바치는 시를 쓰면서 지냈을 겁니다."

"그렇다면 지금은 이 사건을 해결한 셰링엄 씨 자신에게 바치는 시를 쓰고 싶으시겠군요."

대머스가 말했다.

"솔직히 그런 심정입니다. 자, 증거에 대한 이야기부터 하겠습니다. 브래들리 씨가 첫 번째 추론을 증명하기 위해 모아놓은 세세한 자료에는 미치지 못하겠지만, 저도 충분히 많은 자료를 모았다는 점에는 동의하실 겁니다. 어쩌면 저는 브래들리 씨가 제시한 살인범이 만족하는 열두 가지 조건을 다시 한번 재빨리 살펴보는 것 이상의 일은 하지 못할지도 모릅니다. 하지만 그 조건에 전부 동의하는 것은 아닙니다.

저는 살인범이 기초적인 화학 및 범죄학 지식을 갖고 있다는 첫 번째와 두 번째 조건에 찬성하고, 또 이를 입증할 수도 있습니다. 하지만 세 번째 조건에 대해서는 양쪽 모두 동의하지 않습니다. 고등교육이 필수적인 조건이라고 생각하지도 않거니와, 사립학교를 나오거나 대학 교육을 받은 사람을 제외하고 싶은 생각도 전혀 없습니다. 그 이유는 나중에 설명하겠습니다. 또한 범인은 메이슨사의 편지지를 갖고 있거나 그에 접근 가능한 사람이어야 한다는 네 번째 조건에도 동의하지 않습니다. 편지지를 손에 넣게 되어 범행 방법을 계획했다는 브래들리 씨의 견해는 기발하지만 잘못 판단한 결과라고 생각합니다. 범행 방식은 이전의 사건들로부터 차용한 것입니다. 초콜릿은 독극물을 전달할 수단으로 선택된 것입니다. 나중에 밝히겠지만, 여기에는 굉장히 그럴듯한 이유가 있습니다. 메이슨사의 초콜릿이 선택된 이유는 이 회사가 가장 큰 초콜릿 제조업체이기 때문입니다. 그렇기 때문에 메이슨사의 편지지를 손에 넣을 필요가 생겼습니다. 저는 범인이 어떻게 그 편지지를 손에 넣었는지 입증할 수 있습니다.

다섯 번째 조건에는 단서를 달고 싶습니다. 범인은 해밀턴 타자기 4번 모델을 갖고 있거나 이에 접근 가능한 사람이어야 한다는 점에는 동의하지 않습니다. 하지만 과거에 갖고 있었다는 점에는 동의합니다. 다시 말해서 이 조건을 과거형으로 고치고 싶다는 뜻입니다. 우리는 굉장히 영악한 범인과 그 범인이 신중하게 계획한 범죄를 상대하고 있다는 사실을 유념하시기 바랍니다. 실제 범죄에 사용한 타자기 같은 단서를 다른 사람이 발견할 수 있도록 아무 곳에나 방치했을 가능성은 극히 드물다고 봅니다. 그보다는 범행을 위하여 특별히 타자기를 구입했을 가능성이 더 크다고 생각합니다. 편지의 활자가 찍힌 상태로 보아 범행에 사용된 타자기가 신품이 아니었다는 점은 분명합니다. 저는 이 추론에 용기를 얻어 오후 내내 중고 타자기 가게를 돌아다니며 조사를 해봤습니다. 그러다가 마침내 타자기를 판매한 상점을 찾아내서 구입 내역을 확인했습니다. 가게 점원은 제가 가져간 살인범의 사진을 보고 동일 인물이라고 확인해주었습니다."

"그 타자기는 지금 어디에 있죠?"

필더플레밍 부인이 간절한 태도로 질문을 던졌다.

"템스 강 밑바닥에 가라앉아 있을 거라고 예상합니다. 제 생각은 그렇습니다. 제가 혐의를 두고 있는 범인은 절대 운에 맡긴 채 내버려둘 사람이 아닙니다.

소포가 발송된 시각 즈음에 범인이 우체국 근처에 있었다는 여섯 번째 조건에는 물론 동의합니다. 제가 찾아낸 범인은 알리바이를 갖고 있긴 하지만, 물 샐 틈 없을 정도로 완전무결한 것은 아닙니다. 만년필과 잉크에 대한 다음 두 조건에 대해서는 전혀 검증해 볼 수 없었습니다. 범인이 두 물건을 갖고 있었다면 혐의 입증에 꽤 도움이 될 테지만, 저는 이 두 조건을 그리 대수롭게 생각하지 않습니다. 오닉스 펜과 하필드 잉크는 굉장히 널리 쓰이는 물건이기 때문에 별다른 논윗거리는 될 수 없을 겁니다. 게다가 범인은 그런 물건을 갖고 있는 대신 남몰래 다른 사람의 물건을 빌려 썼을 가능성도 있습니다. 범인이 독창적인 두뇌를 갖고 있으며 손재주가 비상하다는 조건에는 동의합니다. 독살범 특유의 기질을 갖고 있다는 조건에도 당연히 동의합니다. 하지만 균형과 대칭에 집착하는 성격이라는 조건에는 동의하지 않습니다."

"아니, 정말이지 꽤 괜찮은 추론 아닙니까? 그편이 이치에도 맞고요."

브래들리는 짜증을 내며 말했다.

“제 이치에는 맞지 않습니다.”

로저가 반박했다.

브래들리는 어깨를 으쓱했다.

“저는 편지지가 흥미롭더군요. 제 견해로는 어떤 자를 범인으로 주장하든 이 문제가 해결되어야 합니다. 범인이 편지지를 손에 넣은 경위는 어떻게 입증하실 작정입니까, 셰링엄 씨?”

찰스 경이 입을 열었다.

“그 편지지는 약 삼 주 전에 웹스터 인쇄소의 편지지 견본이 수록된 책에서 유출된 것입니다. 무언가를 지운 흔적은 웹스터사에서 찍어놓은 무언가, 예를 들어 가격표 같은 것을 지운 자국이 아닐까요? 웹스터 인쇄소에는 정확히 같은 견본품을 담고 있는 책이 세 권 있습니다. 그중 두 권에는 메이슨사의 편지지가 있었습니다. 세 번째 책에서는 그 편지지가 사라지고 없더군요. 저는 약 삼 주 전쯤 제 용의자가 이 책에 접촉했다는 사실을 입증할 수 있습니다.”

“입증할 수 있다고요?” 찰스 경이 동요했다. “그럴 수 있다면 결정적인 증거가 될 것으로 보이는군요. 어떻게 견본품 책에 대한 생각을 하셨습니까?”

“편지지의 가장자리가 노랗게 변색되었기 때문입니다.” 로저는 굉장히 뿌듯해하며 말했다. “저는 무더기로 쌓아둔 편지지의 가장자리가 그토록 변색되었다는 점이 이해가 가지 않았습니다. 그래서 따로 놓여 있던 게 틀림없다고 판단했습니다. 그러다가 런던 거리를 돌아다니다 보면 인쇄소 쇼윈도 게시판에 편지지가 눈에 띄게 된다는 사실이 떠올랐습니다. 하지만 이 편지지에는 압정 구멍은 고사하고 게시판에 붙여놓았던 흔적조차 찾아볼 수 없었습니다. 게다가 게시판에 붙은 편지지를 떼어내는 일은 꽤 어려운 작업입니다. 그렇다면 차선책은 무엇일까요? 당연히 인쇄소라면 갖추고 있는 견본품 책이었습니다. 그래서 메이슨사의 편지지를 인쇄한 곳으로 가보니 그 편지지가 사라지고 없는 견본품 책이 있더군요.

"그렇군. 확실히 꽤 결정적인 증거가 될 것 같습니다."

찰스 경이 중얼거렸다. 그는 말을 하고는 한숨을 쉬었다. 머릿속에서 사라져가는 페네파더 부인의 모습과 그녀를 중심으로 쌓아올렸던 아름다운 추론의 자취를 아쉬운 표정으로 바라보고 있는 것 같았다. 그러다가 그의 얼굴이 밝아졌다. 이번에는 찰스 와일드먼 경의 모습과 그를 중심으로 쌓아올렸던 아름다운 추론의 자취 역시 마찬가지로 사라져가는 모습을 상상하고 있는 것이 분명했다.

로저는 더이상 이야기를 미룰 수 없었다.

"그리하여 방금 지적한 대로 우리는 근본적인 오류를 범하고 말았으니, 살인범이 설치해놓은 함정에 보기 좋게 빠졌다고 할 수 있습니다."

모두들 자세를 바로 했다.

로저는 인자한 표정으로 사람들을 둘러보았다.

"브래들리, 지난 밤에 당신은 진상에 상당히 근접했습니다. 결국 유스터스 경은 범인이 살해하려고 의도한 대상이 아닐지도 모른다고 말입니다. 틀림없이 그렇습니다. 저는 거기서 좀더 나아갔습니다."

브래들리는 짜증을 내며 말했다.

"제가 함정에 빠졌다고요? 다름 아닌 제가 말입니까? 자, 그렇다면 그 함정이란 게 뭡니까? 우리가 빠져들었던 근본적인 오류가 대체 뭡니까?"

로저는 의기양양하게 입을 열었다.

"바로 범행 계획이 무산되었다고 판단한 것, 엉뚱한 사람이 살해당했다고 생각한 것입니다."

그의 기대는 보상을 받았다. 즉시 모든 사람이 이렇게 외쳤기 때문이다.

"뭐라고요? 세상에, 그렇다면……."

"맞습니다. 그 점이 바로 이 사건의 굉장한 점입니다. 계획은 무산되지 않았습니다. 오히려 훌륭한 성공을 거두었습니다. 엉뚱한 사람이 죽은 것이 아니라, 범인이 노린 바로 그 사람이 살해당한 것입니다."

그는 자랑스럽게 떠들었다.

"대체 무슨 뜻입니까? 도대체 어떻게 그런 생각을 했단 말입니까?"

찰스 경은 확실히 입을 떡 벌리고 있었다.

로저는 한층 진지하게 말을 이었다.

"처음부터 벤딕스 부인이 목표였습니다. 이것이 바로 이 범행 계획이 기발한 이유입니다. 모든 일들이 계획되어 있었습니다. 범인은 소포가 개봉되는 시점에 유스터스 경이 있는 곳으로 벤딕스를 자연스럽게 데려가면, 유스터스 경은 벤딕스에게 초콜릿을 줄 거라는 사실을 예상하고 있었습니다. 경찰은 사망한 여성의 주변이 아닌 유스터스 경의 주변 사람들 중에서 범인을 찾아 헤맬 거라는 사실 역시 예측하고 있었습니다. 브래들리, 심지어 이 범행은 여성의 소행이며 목표가 여성이었기 때문에 당연히 초콜릿을 골랐다는 추론 역시 범인이 의도한 것일지도 모릅니다."

"글쎄, 그게 말이 됩니까!"

브래들리가 말했다.

"그렇다면 살인범은 죽은 여성의 주변인이며, 유스터스 경과는 전혀 관계가 없다는 것이 당신의 추론입니까?"

찰스 경이 끼어들었다. 그 추론에 전적으로 반대하지는 않는다는 말투였다.

"그렇습니다."

로저는 그의 질문에 확답을 해주었다.

"하지만 우선 제가 어떻게 그 함정을 알아차렸는지 말씀드리겠습니다. 본드 스트리트에서 얻은 그 중요한 정보는 바로, 벤딕스 부인은 이전에 〈삐걱거리는 해골〉을 이미 본 적이 있었다는 사실이었습니다. 이것은 확실한 정보입니다. 그녀는 제게 정보를 제공해 준 여성과 함께 연극을 보았으니까요. 물론 여러분께서는 이 정보가 굉장히 중요하다는 사실을 알아차리셨을 겁니다. 그녀는 남편과 범인의 정체를 알아맞히는 내기를 하기 전에 이미 그 해답을 알고 있었다는 뜻입니다."

간간이 숨을 들이마시는 소리만 들렸다. 이 점만 보더라도 다들 이 정보를 높이 평가하고 있다는 사실을 알 수 있었다.

"오, 굉장히 훌륭한 아이러니가 아닐 수 없네요." 대머스는 평소처럼 비인간적인 측면에서 사물을 바라보는 능력을 발휘하는 중이었다. "그렇다면 그녀는 인과응보를 겪었다고 해야겠군요. 그녀가 이긴 내기가 그녀를 죽인 셈이니까요."

"그렇습니다. 정보 제공자 역시 아이러니를 알아차렸을 정도였으니까요. 그녀가 지적했듯, 그녀에게 내린 벌은 저지른 죄에 비해 너무 컸습니다. 하지만 저는……." 로저는 벅차오르는 마음을 간신히 억누르며 굉장히 부드러운 말투로 말을 이었다. "여러분께서는 아직도 제가 한 이야기의 요점을 파악하지 못하신 것 같습니다."

모두들 궁금해죽겠다는 듯한 표정이었다.

"벤딕스 부인에 대해 굉장히 자세한 이야기를 들으셨을 겁니다. 그러니 각자 그녀에 대한 어지간히 자세한 이미지를 그려놓고 계실 테죠. 그녀는 단순하면서도 솔직한 젊은 여성으로, 이 또한 정보 제공자에게서 들은 내용입니다만, 그녀는 지나치다 싶을 정도로 공정한 태도와 정정당당한 행동에 집착했다고 합니다. 그렇다면 답을 알고 있는 것을 가지고 내기를 한 것은 그녀의 이미지와 일치합니까, 일치하지 않습니까?"

"아, 전혀 들어맞지 않는군요!"

브래들리가 고개를 끄덕였다.

"맞습니다. 찰스 경에게는 죄송하지만 이는 심리학적으로 불가능한 일입니다. 찰스 경께서도 알고 계실 겁니다. 그녀가 농담이나 장난 삼아 그런 짓을 했다고 생각하는 사람은 없을 겁니다. 어떤 식으로 봐도 장난은 그녀의 으뜸 패가 아니니까요."

로저는 씩씩하게 결론을 내렸다.

"그녀는 내기를 하지 않았습니다. 그런 내기는 결코 성립되지 않습니다. 초콜릿이 걸린 내기는 존재하지 않았습니다. 벤딕스는 거짓말을 하고 있었습니다. 그러므로 벤딕스는 자신의 진술과는 다른 이유 때문에 초콜릿을 찾아 다녔습니다. 그리고 초콜릿이 그처럼 독이 든 물건이었다면, 그 이유는 오직 하나밖에 없습니다.

제 추론을 마치겠습니다."

014

사건에 대한 혁명적인 해석을 환영하는 흥분이 잦아들자, 로저는 좀더 상세하게 자신의 추론을 보강해나갔다.

"물론 벤딕스 씨가 자신의 아내를 살해한 교활한 살인범이라고 생각하는 자신을 보니 다소 충격이었습니다. 하지만 마음속에서 편견을 걷어내고 바라본다면 이 결론을 피할 수 없다는 사실을 알게 되실 겁니다. 아무리 하찮은 증거일지라도 모든 것이 이 결론을 뒷받침하고 있습니다.

"하지만 동기가 있어야 하잖아요!"

필더플레밍 부인이 외쳤다.

"동기 말입니까? 세상에, 그에게는 충분한 동기가 있었습니다.

우선 그는 솔직히, 아니 솔직하다는 표현은 맞지 않는 것 같군요. 드러내지는 않았지만 그는 그녀에게 싫증이 나 있었습니다. 그의 성품에 대해 들은 이야기를 기억하십니까? 젊은 시절 그는 난봉꾼이었습니다. 결혼한 후에도 그의 이름은 다른 여자들과 함께 엮여 거론되곤 했습니다. 여자는 최소한 한 명 이상이었고, 또 고전적이게도 상대는 대개 여배우였습니다. 그런 모습을 보면 난봉꾼 짓을 그만두지 못한 모양입니다. 그는 절대로 진중한 사람이 아니었습니다. 장난을 좋아했습니다. 그리고 제가 생각한 대로라면, 벤딕스 부인은 그의 그런 감정을 절대로 이해해줄 수 없었을 겁니다.

오랜 시간 동안 그가 좋아했던 것은 그녀가 아닌 그녀의 돈이었지만, 결혼을 막 했을 무렵에도 그녀를 그다지 좋아하지 않았다는 뜻은 아닙니다. 하지만 그녀는 이내 그를 끔찍할 정도로 따분하게 했을 겁니다. 그리고……."

로저는 공평한 태도를 유지하며 이야기를 계속했다.

"그런 일로 그를 비난할 수는 없다고 봅니다. 아무리 매력적인 여자라 할지라도 명예니 의무니 정정당당한 행동이니 하는 이야기를 계속해서 늘어놓는다면, 평범한 남자라면 그녀에게 질릴 수밖에 없을 겁니다. 확실한 소식통에 따르면 그런 행동은 벤딕스 부인의 습관과도 같았답니다.

이 새로운 빛에 비춰 가정을 살펴보시기 바랍니다. 아내는 아무리 작은 잘못도 그냥 넘어가는 법이 없었습니다. 사소한 실수에도 일일이 남편의 면전에 쏟아붓는 일이 몇 해 동안이나 계속되었습니다. 그녀가 하는 일은 모두 옳고, 남편이 하는 일은 모두 틀렸습니다. 독실한 척 정의를 내세우는 그녀의 언행은 그의 나쁜 언행과 영원히 비교될 운명이었습니다. 그녀는 반쯤 미친 사람처럼 불같이 성을 내며 두 사람이 결혼하기 전에 벤딕스 씨가 다른 여자들에게 마음을 빼앗긴 일을 두고두고 비난하는 데 결혼 생활을 전부 허비했을지도 모릅니다. 제가 벤딕스 부인의 명예를 더럽힌다는 생각은 하지 마시기 바랍니다. 그녀와 함께 지내는 생활이 굉장히 견디기 어려웠을지도 모른다는 점을 알려드리고 싶을 뿐이니까요.

하지만 이것은 부수적인 동기일 뿐입니다. 진짜 문제는 벤딕스 부인이 굉장히 인색했다는 점이었습니다. 이 점 역시 사실이라고 알고 있습니다. 그러한 성격이 그녀 자신에게 사형선고를 내린 것이었습니다. 그는 돈을 원했습니다. 전부가 안 된다면 일부라도요. 그녀와 결혼한 이유가 그것이었으니까요. 하지만 그녀는 돈을 끌어안고 놓지 않았습니다.

제가 처음에 한 일 중 하나는 중역 인명록을 참고해서 벤딕스 씨가 관계를 맺고 있는 회사 명단을 작성하는 것이었습니다. 회사들의 재정 상태에 대해 은밀한 정보를 얻기 위해서였습니다. 보고서는 제가 맨션을 나서기 직전에 도착했습니다. 정확히 예상하던 대로였습니다. 회사들은 전부 휘청거리고 있었습니다. 몇몇 회사는 조금 흔들리고 있었을 뿐이었지만, 몇몇 회사는 도산 위기에 처해 있었습니다. 어쨌든 그 회사들은 하나같이 자금 지원이 필요한 상태였습니다. 이제 명백하지 않습니까? 그는 재산을 탕진했기 때문에 돈이 더 필요했던 것입니다. 저는 시간을 내 서머싯 등기소에도 달려가보았는데, 다시 한번 제가 예상했던 내용을 확인할 수 있었습니다. 그녀의 유언장에는 재산을 그에게 물려주기로 되어 있었습니다. 여기서 무엇보다 중요한 점은 그는 절대 훌륭한 사업가가 아니라는 점입니다. 이에 대해 의혹을 품으신 분은 없는 것 같군요. 그는 사업가로서는 구제불능이었습니다. 그래서 오십만 파운드나 되는 돈이……. 뭐, 그런 셈입니다."

"아, 그래요. 충분한 동기가 있네요."

필더플레밍 부인이 말했다.

"동기 문제는 인정하겠습니다. 그런데 니트로벤젠 문제는 어떻습니까? 벤딕스 씨에게는 화학 지식이 어느 정도 있다고 말씀하신 것으로 아는데요?"

브래들리가 말했다.

로저는 웃음을 터뜨렸다.

"당신 말을 들으니 바그너의 오페라 생각이 납니다, 브래들리. 일정한 간격을 두고 유력한 용의자가 언급될 때마다 니트로벤젠이 주제로 등장하니 말입니다. 하지만 이 경우에는 당신도 만족시킬 수 있으리라 생각합니다. 아시다시피 니트로벤젠은 향수 제조에 사용됩니다. 저는 벤딕스가 참여한 사업 중에 앵글로이스턴 향수 회사도 있다는 사실을 알아냈습니다. 그리하여 저는 앵글로이스턴사는 니트로벤젠을 사용하는지, 만일 그렇다면 독성에 대해 확실히 알리고 있는지 알아보기 위해 회사를 찾아갔습니다. 액턴까지 가는 길은 특별하면서도 끔찍한 여행이었습니다. 두 가지 질문에 대한 답은 긍정적이었습니다. 벤딕스가 그 물질에 대해 잘 알고 있었으리라는 점에는 의심의 여지가 없습니다.

그는 공장에서 니트로벤젠을 쉽게 조달할 수 있었을지도 모릅니다. 하지만 그랬을 것 같지는 않습니다. 그는 그보다는 영악했을 테니까요. 니트로벤젠 제조 과정이 브래들리 씨 말씀대로 쉬운 일이라면 아마 직접 만들었을 겁니다. 이 또한 우연히 알게 된 일입니다만, 그는 셀체스터 대학을 다닐 때에도 새롭고 진보된 문명을 환영하는 사람이었기 때문에 적어도 기초적인 화학 지식은 익혔을 거라고 추정할 수 있습니다. 이 정도면 합격입니까, 브래들리?"

"합격입니다, 니트로벤젠 씨."

브래들리는 마지못해 수긍했다.

로저는 깊은 생각에 잠겨 손가락으로 테이블 위를 두드렸다.

"굉장히 잘 짜인 계획 아닙니까?" 그는 생각에 잠긴 채 말을 이었다. "따라서 재구성하기는 굉장히 쉽습니다. 벤딕스는 예상할 수 있는 모든 만약의 사태에 대해 대비책을 갖춰두었다고 생각했을 겁니다. 사실 그는 거의 완벽하게 해냈습니다. 잘 돌아가고 있는 기계 속으로 아주 작은 모래 알갱이가 들어가버린 불행만 제외하면요.

그렇지 않았으면 교묘한 범죄를 수없이 낳았을 텐데 말입니다. 즉, 그는 아내가 그 연극을 이미 보았다는 사실을 몰랐던 겁니다. 그는 설마 그런 일이 있을 거라고 생각하지는 않았지만, 혹시 혐의를 받게 될 경우를 대비해서 극장에 갔었다는 가벼운 알리바이를 준비하기로 했습니다. 연극을 보고 싶다고 밀어붙여서 아내를 데리고 극장에 갔을 겁니다. 부인은 남편의 즐거움을 망치기 싫은 순수한 마음에, 그 연극을 봤다는 사실을 숨기고 두 번은 보고 싶지 않다는 이야기를 하지 않았습니다. 그녀의 배려심이 그를 나락으로 떨어뜨린 겁니다. 그녀가 애초에 존재하지도 않는, 그가 거짓말로 꾸며낸 내기에서 이기기 위해 그 상황을 이용했다는 것은 있을 수 없는 일입니다.

첫 번째 막간 휴식 시간이 되자 그는 극장을 나서, 소포를 부치기 위해 그에게 주어진 십 분의 시간 동안 갈 수 있는 곳까지 서둘러 달려갔습니다. 저는 어젯밤 직접 그 끔찍한 연극을 끝까지 보면서 막간 휴식 시간이 언제인지 확인했습니다. 첫 번째 휴식 시간이 그야말로 딱 들어맞더군요. 주어진 시간이 촉박했기 때문에 그가 택시를 탔을지도 모른다는 희망을 품었습니다. 하지만 그날 밤에 비슷한 경로로 택시를 운행한 기사 중 그를 알아보는 사람은 단 한 명도 없었습니다. 따라서 택시를 타지 않았다고 생각했습니다. 어쩌면 그를 태운 택시 기사를 아직 발견하지 못했을 수도 있겠지요. 저는 런던 경찰청에 이 점을 조사해달라고 부탁했습니다. 하지만 그가 이 범행에서 보여준 교활함을 생각하면, 추적당할 수 있는 택시 대신 버스나 지하철을 타고 이동했을 거라고 생각하는 게 그럴듯해 보입니다. 만약 그가 제가 말씀드린 대로 움직일 수 있었다면, 굉장히 일이 잘 풀린 경우였을 겁니다. 그러니 그가 2막 시간에 오 분쯤 늦게 자리에 돌아왔다고 해도 놀라지 않을 겁니다. 이 점에 대해서는 어쩌면 경찰이 알아낼 수도 있지 않을까 합니다."

"그를 우리 회원으로 들이지 않기로 결정한 것은 실수였나 봅니다. 그의 범죄학 지식이 합격선에 이르지 못한다고 생각하지 않았습니까? 저런, 저런."

브래들리가 말했다.

"그가 이론파라기보다 실천파 범죄학자라는 사실을 알아차릴 수는 없었으니까요." 로저는 미소를 지었다. "그럼에도 우리의 결정은 실수였습니다. 회원들 중에 실천파 범죄학자가 있으면 굉장히 재미있었을 텐데 말입니다."

"한때 그런 사람이 우리 중에 있다고 생각했다는 사실을 고백하지 않을 수 없네요." 필더플레밍 부인이 화해를 청하는 듯한 말투로 입을 열었다. 불필요한 말을 굳이 덧붙였다. "찰스 경, 허심탄회하게 사과드리겠어요."

찰스 경은 고개를 살짝 숙이며 정중하게 사과를 받아들였다.

"더이상 그 이야기는 하지 말도록 합시다, 부인. 아무튼 저로서는 흥미로운 경험이었습니다."

"제가 예를 들었던 사건 때문에 잘못 판단했던 것 같아요. 두 사건이 기묘할 정도로 유사해서……."

필더플레밍 부인은 사뭇 애석한 듯 말했다.

"저도 처음 말씀하신 몰리뉴 사건이 생각났습니다." 로저는 고개를 끄덕였다. "어떤 단서라도 얻을 수 있지 않을까 해서 몰리뉴 사건을 꽤 자세히 조사해보았습니다. 하지만 지금은 이 사건과 유사한 사건으로 칼라일 해리스 사건을 거론하고 싶습니다. 기억하시겠지만, 칼라일 해리스라는 젊은 의대생이 모르핀이 든 알약을 헬렌 포츠라는 여자에게 보냈습니다. 나중에 두 사람은 일 년 전 비밀리에 결혼한 사이라는 사실이 드러났습니다. 그는 흔히 볼 수 있는 방탕한 건달 청년이었습니다. 이 사건에서 영감을 얻은 위대한 소설•이 등장했으니, 똑같이 영감을 얻어 위대한 형사사건이 등장했다 한들 이상한 일은 아니지 않을까요?"

"셰링엄 씨, 벤딕스 씨는 기회가 있었는데도 왜 위조된 편지와 포장지를 파기하지 않고 위험을 자초했을까요?"

대머스는 궁금한 듯 물었다.

로저는 지체 없이 대답했다.

"굉장히 신중했기 때문에 그러지 않았던 겁니다. 위조된 편지와 포장지는 그를 의혹에서 벗어나게 해줄 뿐만 아니라, 다른 사람, 예를 들어 메이슨사의 직원이나 이름 모를 미치광이 같은 사람에게 혐의를 돌려줄 거라고 계산했을 테니까요. 실제로 경찰이 누구에게 혐의를 두었는지 생각해보시죠."

"하지만 그런 식으로 유스터스 경에게 초콜릿을 보내는 방식은 극히 위험하지 않을까요? 유스터스 경이 다음날 몸이 아파 클럽에 나오지 않았을지도 모르고, 벤딕스 씨에게 초콜릿을 건네주지 않았을 수도 있지 않습니까? 벤딕스 씨 말고 다른 사람에게 초콜릿을 주었을 가능성도 있습니다."

치터윅이 소심하게 의견을 밝혔다.

로저는 치터윅의 소심함을 부추기기 시작했다. 그는 이때까지 벤딕스가 위대한 범죄자라는 점에 어느 정도 자부심을 느끼고 있었기 때문에, 그를 비방하는 듯한 이야기를 들으니 고통스러운 기분마저 들었다.

"아니, 정말 그렇게 생각하십니까? 그가 어떤 사람인지 받아들이셔야 합니다. 아시다시피 그는 일을 서투르게 처리하는 사람이 아닙니다. 만약 유스터스 경이 다음날 아침 몸져누웠더라도, 혹은 그가 초콜릿을 먹었더라도, 또는 배송중에 우체부의 사랑하는 딸이 초콜릿을 훔쳐 먹어버렸다 할지라도, 그 외 만에 하나 무슨 사태가 발생한다 하더라도 심각한 일은 벌어지지 않았을 겁니다, 치터윅 씨! 당신은 그가 우체국에서 부친 것이 독이 든 초콜릿이라고 생각하는 것은 아니겠지요? 당연히 독이 든 초콜릿이 아니었습니다. 그는 독이 없는 보통 초콜릿을 부친 다음, 소포가 유스터스 경의 손에 들어가기 전에 다른 초콜릿으로 바꿔치기한 겁니다. 젠장, 그는 범

• **위대한 소설** _ 공포소설로 유명한 영국의 소설가 앨저넌 블랙우드의 『맥스 헨지그, 세균학자이자 살인자였던 사람』을 가리킨다.

행의 성공 여부를 운에 맡겨둘 생각은 없었을 테니까요."

"아, 이제 이해했습니다."

치터윅은 예의 바르게 목소리를 낮춰 웅얼거렸다.

로저는 다소 목소리를 누그러뜨리며 이야기를 계속했다.

"우리는 굉장히 위대한 범죄자를 상대하고 있습니다. 어떤 점을 보더라도 알 수 있습니다. 예를 들어 클럽에 간 시간도 그렇습니다. 그는 이상할 정도로 평소보다 이른 시간에 클럽에 도착했는데, 그에게 범죄 계획이 없다면 왜 그렇게 클럽에 일찍 들렀을까요? 밖에서 기다리다가 공범으로 점찍은 사람을 따라 들어가지도 않았습니다. 의심을 살 만한 짓은 절대 하지 않았습니다. 유스터스 경이 선택된 이유는, 그가 매일 아침 10시 30분 정각에 클럽에 나타난다는 사실이 익히 알려져 있기 때문입니다. 그는 그것에 자부심을 느끼다 못해 자랑까지 하고 다녔으니까요. 그는 자신의 오랜 습관은 관습처럼 기를 쓰고 지키려는 사람이었습니다. 그래서 벤딕스는 10시 30분경에 도착했고, 이로써 상황은 모두 갖춰졌습니다. 처음에 이 사건을 접했을 때는 유스터스 경에게 보낸 초콜릿이 그의 집이 아닌 클럽으로 배송된 이유를 파악하기가 곤혹스러웠지만 이제는 명백합니다."

"음, 제가 열거한 조건들로는 거기까지 도달할 수 없었습니다." 브래들리는 스스로를 위로하듯 말했다. "그런데 어째서 살인범이 사립학교나 대학 출신이 아닐 것이라는 점에 동의하시지 않는 겁니까, 셰링엄 씨? 그렇게 단정하기에는 섬세한 부분일 텐데요. 그저 벤딕스가 셀체스터 대학과 옥스퍼드 대학을 다녔기 때문입니까?"

"아닙니다. 저는 훨씬 더 섬세한 관점에서 그렇게 판단했습니다. 사립학교나 대학의 문화와 관습은 다른 남자를 살해할 경우에는 영향을 끼쳤을지도 모릅니다. 하지만 여성이 피해자일 경우에는 별다른 영향을 끼치지 못했을 겁니다. 만약 벤딕스가 간절히 원했던 것이 유스터스 경을 없애는 일이었다면, 아마도 사나이답게 멋지고 직접적인 방식으로 해치웠을 겁니다. 하지만 여성을 상대로 하는 일이라면 그런 사나이다운 멋지고 직접적인 방법을 쓸 수는 없는 노릇입니다. 그런 상황이라면 쇠몽둥이로 머리를 후려칠 수는 없지 않겠습니까? 이런 상황에서는 독살이 꽤 적절할 것 같습니다. 니트로벤젠을 과다 복용했을 경우 고통은 거의 느끼지 않습니다. 곧바로 의식을 잃을 테니까요."

"알겠습니다. 심리학적 소양이 전혀 없는 제게는 지나치게 섬세한 관점이긴 합니다."

브래들리는 마지못해 고개를 끄덕였다.

"당신이 제시한 다른 조건들에 대해서는 대부분 의견을 밝혔습니다. 체계적인 성격이라는 점에 대해 당신은 범인이 꼼꼼하게 각각의 초콜릿에 들어갈 독극물의 양을 계량했다는 점에서 그런 조건을 추론해냈습니다. 하지만 저는 이렇게 생각했습니다. 벤딕스가 그렇게 독극물의 양을 세심하게 조절한 이유는, 자신이 초콜릿을 두 개쯤 먹더라도 적당한 증상만 나타날 뿐 심각한 위험에 빠지는 일은 피하고 싶었기 때문입니다. 스스로 독을 먹다니, 절묘한 솜씨가 아닐 수 없습니다. 남자가 여자만큼 초콜릿을 먹지 않는다는 사실은 지극히 자연스러운 일로 받아들여지니까요. 그는 일부러 자신의 증상을 과장했을 겁니다. 그 행동이 사람들에게 엄청난 효과를 발휘했습니다.

우리는 그의 진술에만 의존해서 당시 응접실에서 두 사람이 초콜릿을 먹었던 일에 대해 파악하고 있었다는 사실을 유념하시기 바랍니다. 그의 진술만 듣고 내기가 있었다고 믿어버렸던 것과 마찬가지로 그에게 속아넘어간 것입니다. 물론 그가 진술한 대화 내용은 대부분 두 사람이 실제로 나눴던 것이었습니다. 벤딕스는 사실을 이야기할 때에도 일부를 누락시켜 거짓말과 같은 효과를 낼 수 있을 정도로 위대한 예술가입니다. 그날 오후, 그는 물론 아내가 적어도 여섯 개 이상의 초콜릿을 먹는 모습을 보기 전까지, 즉 그녀가 치사량 이상의 독을 섭취하기 전까지는 집을 나서지 않았을 겁니다. 초콜릿에 독을 정확히 6미님씩 넣은 행위에는 이런 이점도 있었습니다.

"우리의 벤딕스 씨는 그야말로 굉장한 사람이로군요."

브래들리는 한마디로 로저의 말을 요약했다.

"바로 그렇습니다."

로저는 굉장히 엄숙한 태도로 말했다.

"그가 범인이라는 점에 대해서는 추호의 의심도 없나요?"

대머스가 물었다.

"전혀 없습니다만."

로저는 깜짝 놀라 대답했다.

"흠."

대머스가 중얼거렸다.

"왜 그러시죠? 납득이 안 되십니까?"

"흠."

두 사람의 대화는 여기서 끊기고 말았다.

"이제 셰링엄 씨에게 오류를 지적해줄 시간이로군요?"

브래들리가 말했다.

"저는 셰링엄 씨의 추론이 옳다고 생각해요."

필더플레밍 부인은 신경이 날카로운 듯 낮은 목소리로 말했다.

그러나 브래들리는 필더플레밍 부인의 의견에 동참하기를 거부했다.

"아, 제 생각에는 한두 가지 구멍이 있는 것 같습니다. 셰링엄 씨, 당신은 동기의 중요성을 지나치게 강조하는 것 같군요. 조금 과장된 것 같지 않습니까? 아내에게 싫증이 났다고 해서 독살하는 남편은 없습니다. 그보다는 이혼을 선택하겠죠. 그리고 몇 가지 믿기 어려운 점이 있습니다. 첫 번째, 벤딕스는 정말로 가망 없는 사업에 돈을 대기 위해 살인을 저지를 정도로 자금 사정이 좋지 않았을까요? 두 번째, 만약에 그가 정말로 심한 자금 압박을 겪었다고 해도, 벤딕스 부인은 남편에게 도움을 주지 않을 정도로 인색한 사람이었을까요?"

"그렇게 생각하신다면, 두 사람의 성격 파악을 제대로 못 하신 겁니다. 두 사람은 지극히 고집 센 사람들입니다. 그리고 그의 사업이 밑 빠진 독이라는 사실을 알아차린 사람은 그가 아닌 벤딕스 부인이었습니다. 벤딕스보다 훨씬 사소한 이유로 살인을 저지른 사람들은 얼마든지 있습니다."

"그렇다면 동기 문제는 다시 수긍하도록 하겠습니다. 벤딕스 부인이 죽던 날, 그녀는 점심 약속이 있었지만 나중에 취소되었다는 사실을 기억하실 테죠? 벤딕스는 그녀의 점심 약속을 모르고 있지 않았을까요? 만약 그가 그 사실을 알고 있었다면, 아내가 집에 없을 거라는 사실을 알고 있었음에도 그녀에게 초콜릿을 먹일 날로 그날을 선택했다는 건데요?"

"저 역시 셰링엄 씨의 추론을 듣고 같은 생각을 했어요."

대머스가 발언했다.

로저는 당황스러워하는 듯한 표정이었다.

"그 점은 별로 중요하지 않은 것 같군요. 만일 그렇다 할지라도, 반드시 점심시간에 아내에게 초콜릿을 주어야 할 필요는 없지 않겠습니까?"

"두 가지 이유가 있습니다. 첫 번째, 그로서는 당연히 가능한 한

빨리 초콜릿을 목적에 맞도록 사용하고 싶었을 겁니다. 두 번째, 내기가 있었다는 이야기를 반박할 수 있는 사람은 아내뿐이기 때문에, 가능한 한 빨리 입을 다물도록 만들어야 했을 겁니다."

브래들리는 입심 좋게 대답했다.

"사소한 문제를 걸고 넘어지시는군요." 로저는 미소를 지었다. "그런 말에 걸려 넘어질 생각은 없습니다. 그 문제에 대해서라면, 벤딕스는 아내의 점심 식사 약속에 대해서는 몰랐을 겁니다. 두 사람은 종종 밖에서 점심 식사를 했기 때문에 사전에 특별히 서로에게 약속 여부를 알려주었을 것 같지 않습니다."

"흠."

브래들리는 턱을 문질렀다.

치터윅은 조금 전에 박살이 났던 머리를 다시 들고 용기를 내 입을 열었다.

"당신의 추론은 모두 그 내기에 기반을 두고 있지 않습니까?"

"내기 이야기에서 끌어낸 심리학적 논증에도 기대고 있습니다. 뭐, 대체적으로 그렇다고 할 수 있습니다."

"만약 두 사람이 정말 내기를 했다면, 당신의 추론은 근거를 상실하는 것 아닙니까?"

"뭐라고요? 내기를 했다는 사실을 증명하는 별개의 증거가 있습니까?"

"아, 아닙니다. 아, 이런, 그런 증거는 하나도 없습니다. 브래들리 씨처럼 당신의 추론을 부정하려는 사람이 있다면, 이 내기 쪽에 집중하는 게 좋겠다는 생각이 들어서 말입니다."

브래들리가 사근사근한 태도로 입을 열었다.

"동기 문제나 점심 약속, 여타 사소한 일을 걸고넘어져봤자 요점을 벗어난 일일 뿐이라는 말씀이시지요? 아, 십분 동감합니다. 하지만 셰링엄 씨의 추론을 검증해보고 싶었을 뿐이지 부정하려는 의도는 없었습니다. 구태여 왜 그러겠습니까? 저는 이 추론이 옳다고 생각하는데 말입니다. 제가 보기에 독이 든 초콜릿의 수수께끼는 풀린 것 같습니다."

"고맙습니다, 브래들리."

브래들리가 지극히 진심 어린 태도로 말을 이었다.

"그러면 우리 명탐정 회장님을 위해 만세 삼창을 하도록 합시다. 아울러 우리에게 재미있는 여흥거리를 제공한 그레이엄 레이너드 벤딕스 씨에게도 경배를. 하나, 둘……."

"타자기 구입 건과 벤딕스 씨가 웹스터 인쇄소의 견본품 책에 손을 댄 문제에 대해서도 확실히 입증하셨다고 말씀하시는 건가요, 셰링엄 씨?"

입을 연 사람은 대머스였다. 그녀는 지금까지 생각의 흐름에 몸을 맡기고 있었던 것 같았다.

"그렇습니다, 대머스 씨."

로저는 자기만족에 젖어 대답했다.

"타자기 가게의 이름을 알려주시겠어요?"

"물론입니다."

로저는 수첩을 한 장 찢어 가게 이름과 주소를 적었다.

"감사합니다. 벤딕스 씨의 사진을 확인해준 웹스터 인쇄소 여직원의 인상착의도 설명해주시겠어요?"

로저는 다소 불안한 표정으로 그녀를 바라보았다. 하지만 그녀는 평소처럼 조용한 평정을 유지한 채 마주 바라볼 뿐이었다. 로저는 한층 더 불안한 마음이 들었다. 그는 웹스터 인쇄소의 여직원의 모습을 기억이 허락하는 한 자세하게 설명해주었다. 대머스는 차분하게 감사 인사를 했다.

"자, 그렇다면 이제 어떻게 하면 좋을까요? 셰링엄 씨와 제가 대표로 런던 경찰청에 가서 사건을 해결했다는 소식을 전하는 게 어떻겠습니까?"

브래들리는 고집스레 자신의 의견을 밀고 나갔다. 회장을 위해 진행자 역할을 맡기로 작정한 것 같았다.

"모두 셰링엄 씨의 추론에 동의하시나요?"

"물론입니다."

"이런 문제는 투표에 부치는 것이 관례 아닌가요?"

대머스가 냉정한 태도로 제안했다.

"만장일치로 합의를 보는 게 관례이지요. 좋습니다. 올바른 절차를 따르도록 합시다. 자, 그렇다면 셰링엄 씨는 독이 든 초콜릿 사건에 대한 자신의 추론을 정답으로 채택해서, 그와 저를 대표로 삼아 런던 경찰청을 방문해서 경찰에게 이 이야기를 간략하게 전달하도록 할 것입니다. 저는 여기에 찬성합니다. 다른 분들은 어떠십니까? 필더플레밍 부인?"

필더플레밍 부인은 브래들리의 제안에는 찬성했지만, 그녀의 노력에도 불구하고 브래들리에 대한 반감은 숨길 수 없었다.

"저는 셰링엄 씨가 사건을 해결했다고 생각해요."

그녀는 딱딱한 표정으로 말했다.

"찰스 경께서는 어떠십니까?"

"저도 찬성합니다."

찰스 경의 엄격한 말투에도 브래들리의 경거망동에 대한 반감이 드러나 있었다.

"치터윅 씨는 어떻습니까?"

로저는 "저도 찬성합니다"라는 대답을 기대했지만, 치터윅은 입을 열기 전에 잠시 머뭇거렸다. 혹시 입 밖으로 털어놓지 못하는 일을 흉중에 숨기고 있어 머뭇거리고 있는 것은 아닐까? 로저는 기분 탓이라고 생각하기로 했다.

"대머스 씨는 어떻습니까?"

브래들리가 마지막으로 물었다.

대머스는 침착한 얼굴로 테이블 주변을 둘러보았다.

"저는 전혀 찬성하지 않아요. 셰링엄 씨의 추론은 명성에 걸맞을 정도로 기발하다고 생각해요. 하지만 동시에 틀린 부분도 꽤 있다고도 생각해요. 내일 제가 이 범죄를 저지른 사람이 사실은 누구인지 입증할 수 있는 기회가 있었으면 좋겠어요."

회원들은 최소한의 예의를 지켜 그녀를 향해 입을 딱 벌렸다.

로저는 자신의 귀가 장난을 치고 있는 게 아닐까 하는 의문이 들었다. 그의 혀 역시 제대로 움직이지 않았다. 그의 심정을 잘 표현하는 신음 소리가 입에서 흘러나왔을 뿐이다.

첫 번째로 정신을 차린 사람은 브래들리였다.

"만장일치를 보지 못했습니다. 회장님, 이 안건은 선례로 남을 것 같습니다. 안건이 만장일치를 얻지 못했을 경우 어떻게 해야 하는지 아시는 분 계십니까?"

회장이 일시적으로 행동 불능 상태에 빠졌기 때문에 대머스가 대신 책임을 지고 결정을 내렸다.

"모임을 휴회해야 할 것 같네요."

그리하여 모임은 자연히 휴회에 들어갔다.

다음날 로저는 평소보다 한층 들뜬 상태로 범죄 연구회 모임에 도착했다. 대머스가 벤딕스를 범인으로 지목하는 자신의 추론을 무너뜨리는 것은 고사하고 위태롭게 흔들기나 할 수 있을까? 그러지는 못할 거라고 생각했다. 이제 그녀가 하려는 이야기는 그의 해답에 대한 비난조차 되지 못할 테지만, 사람들의 관심을 사로잡을 정도로 굉장히 흥미로운 내용일 것은 분명했다. 로저는 지금까지 다른 사람들이 내놓았던 추론보다 대머스의 발표를 훨씬 고대하고 있었다.

얼리샤 대머스는 누구보다도 시대를 반영하는 사람이었다.

그녀가 오십 년 전에 태어났더라면 어떤 일을 직업으로 삼았을

지 예상하기 어려웠다. 그 시대에도 여성으로서 작가가 될 수 있으리라고 생각하기는 힘들었다. 당시 기준에서 여성 작가는 흰 무명 장갑을 끼고, 진지하고 열정적인 태도를 겸비했으며, 자신의 외모로는 아무래도 불가능해 보이는 로맨스를 병적으로 동경하는 이상한 생물이었던 것이다.

대머스의 장갑은 그녀가 입고 있는 옷과 마찬가지로 굉장히 공들여 지은 고급품이었다. 그녀에게도 어린 시절이 있었는지는 모르겠지만, 열 살 이후에는 무명 같은 것은 만져본 적도 없을 터였다. 그녀에게 긴장감이란 무엇보다 비정상적인 상태였으며, 만일 그녀가 무언가를 동경하는 법을 알고 있다 할지라도 마음속에만 간직하고 있을 게 분명했다. 열정이나 미사여구 따위는 보잘것없는 사람들에게나 흥미롭게 보일 뿐, 그녀에게는 불필요한 것에 불과했다.

여성 작가라는 존재는 무명 장갑을 낀 애벌레에서 출발해서, 필더플레밍 부인이 옴짝달싹못하고 있는 고치 단계를 거쳐 이제는 주변으로부터 자유롭고도 진지한 나비가 되어 있었다. 최근엔 수심어린 분위기에 아름다운 외모까지 겸비한 여성 작가들이 드문 것도 아니어서, 인기리에 발행되는 삽화 위주의 잡지에 그들의 사진이 장식용으로 실리기도 한다. 그들 중에는 분석적인 사고를 하는 탓에 약간 주름이 간 심각한 이마를 한 나비도, 풍자적이고 냉소적인 나비도 있다. 정신 해부실에 틀어박혀, 솔직한 말로 표현하자면, 그곳에 너무 오래 처박혀 있는 외과의사 나비도 있다. 만개한 콤플렉스 사이를 우아하고도 열정 없이 옮겨 다니는 나비도 있다. 때로는 유머 감각을 완전히 잃고 애처로울 정도로 따분하게 변해버린 나비도 있다. 이런 나비에게서 꽃가루를 모으면 진흙 빛깔을 띨 것도 같았다.

대머스를 만나 그녀의 고전적인 계란형 얼굴과 조그맣고 우아한 코와 입, 커다란 회색 눈을 바라본다면, 그리고 아름다운 드레스 차림의 키가 큰 몸매를 눈으로 음미할 수 있다면, 진부한 발상밖에 하지 못하는 사람들은 그녀가 소설가라는 생각은 전혀 하지 못할 것이다. 그리고 대머스의 생각으로는 그러한 외모에 훌륭한 책을 쓰는 능력을 겸비한 상태야말로 제대로 된 정신을 가진 현대 여성 작가가 도달해야 하는 경지였다.

직접 경험한 적도 없으며 다른 사람 것이기도 한 감정을 제대로 분석하려드는 염치가 어디서 나오는지에 대해 그녀에게 감히 물어볼 생각을 한 사람은 아무도 없었다. 어쩌면 그녀가 그런 일을 할 수 있고, 실제로 한 적도 있었다는 사실 때문일지도 몰랐다. 그것도 누구보다 훌륭하게.

그녀가 이야기를 시작한 것은 저녁 9시 5분이었다.

"어젯밤 우리는 이 사건과 관련해서 굉장히 흥미로운 추론에 대한 훌륭한 설명을 들었습니다. 실례가 되지 않는다면, 셰링엄 씨의 방식은 우리 모두의 모범이 될 만할 것이었다고 생각해요. 셰링엄 씨는 연역 추론으로 시작해서 범인의 정체를 지목하는 단계까지 나아갔습니다. 그다음으로는 추론을 입증하기 위해 귀납 추론의 힘을 빌렸습니다. 그는 이러한 방법으로 두 가지 방식을 더없이 훌륭하게 사용할 수 있었지요. 하지만 이러한 기발한 조합은 그릇된 사실에 기반을 두고 있었기 때문에, 셰링엄 씨는 올바른 진상에 도달할 수 있는 기회를 얻을 수 없었습니다. 이건 그의 잘못이라기보다는 운이 나빴던 탓이라고 생각합니다."

로저는 자신의 해답이 틀렸다는 사실을 믿지 않았기 때문에 미심쩍다는 미소를 지을 뿐이었다.

대머스는 맑고 침착한 음성으로 이야기를 계속했다.

"셰링엄 씨가 이 사건을 해석한 방식을 두고 참신하다고 생각하신 분도 계실지 모르겠네요. 하지만 제게 있어 셰링엄 씨의 추론은 소설보다 흥미로울지언정 참신하지는 않았습니다. 제 추론 역시 같은 시작 지점, 그러니까 이 범죄는 목적을 달성했다는 관점을 공유하고 있기 때문이에요."

로저는 귀를 쫑긋 세웠다.

"치터윅 씨가 지적한 대로, 셰링엄 씨의 추론은 벤딕스 부부 사이에서 이루어진 내기에 바탕을 두고 있습니다. 그리고 셰링엄 씨는 내기에 대한 벤딕스 씨의 진술로부터 두 사람 사이에 내기가 존재하지 않았다는 심리학적 추론을 이끌어내셨지요. 이는 굉장히 영리한 사고 과정이었지만, 또한 잘못된 추론이기도 했습니다. 여성 심리에 대한 셰링엄 씨의 해석은 너무 안이했어요. 저도 그 내기에서 추론을 시작했다고 봐도 좋습니다. 저는 자매들과 함께 지냈기 때문에 여성 심리에 대해 셰링엄 씨보다 조금은 더 자세하게 알고 있지요. 따라서 제가 내기로부터 이끌어낸 추론은 벤딕스 부인이 스스로 꾸며낸 만큼 고결한 사람은 아니었다는 거예요."

"저도 물론 그런 생각을 해봤습니다." 로저가 이의를 제기했다. "하지만 논리적인 판단에 따라 그 생각을 배제했습니다. 벤딕스 부인의 삶을 파헤쳐보면 그녀가 정숙하다는 인상만 받을 뿐, 그렇지 않다는 단서는 하나도 찾아볼 수 없었습니다. 또한 벤딕스의 주장을 제외하면 내기를 실제로 했다는 증거는 하나도 없기 때문에……."

"아니에요, 증거가 있어요." 그녀의 말에 로저는 자리에서 벌떡 일어섰다. "저는 그 증거를 찾으면서 오늘 하루 대부분을 보냈어요. 내기가 있었다는 사실을 명확히 입증하지 않는 한 절대로 당신의 추론을 무너뜨릴 수 없을 거라고 생각했기 때문이지요. 제가 곧 고통에서 해방시켜드리겠어요, 셰링엄 씨. 저는 내기가 있었다는 결정적인 증거를 갖고 있어요."

"증거가 있다고요?" 로저는 당혹한 표정으로 말했다.

"확실해요. 사실은 셰링엄 씨 스스로 확인해보았어야 하는 부분이었죠." 대머스는 부드러운 말투로 그를 책망했다. "이 지점이야말로 당신 추론에서 굉장히 중요한 부분인걸요. 자, 제게는 두 명의 증인이 있습니다. 벤딕스 부인은 침실로 올라가 몸져눕기 전에 하녀에게 이 이야기를 했습니다. 이토록 극심한 소화불량은 분명 내기에 대한 벌을 받은 탓이라고 말이죠. 두 번째 증인은 벤딕스 부부와 친분이 있는 제 친구입니다. 그녀는 두 번째 막간 휴식 시간에 벤딕스 부인이 특별석에 혼자 앉아 있는 모습을 보고 이야기를 나누러 갔어요. 벤딕스 부인은 대화를 나누던 도중에 남편과 범인의 정체에 대한 내기를 했다는 이야기를 했다지요. 자신은 어떤 인물을 범인으로 생각한다는 이야기도 하면서요. 이로써 제 추론은 완벽하게 입증되었을 테지만, 당시 벤딕스 부인은 이전에 연극을 본 적이 있다는 말은 하지 않았다고 해요."

"이런."

로저는 꽤 풀이 죽어 중얼거렸다.

대머스는 그를 위로하려 애썼다.

"내기로부터 끌어낼 수 있는 추론은 단 두 가지뿐이었어요. 운이 나쁘게도 당신은 그중에서 잘못된 쪽을 택했던 거고요."

"벤딕스 부인이 이전에 연극을 본 적이 있었다는 사실은 어떻게 알았습니까? 저는 며칠 전에 우연한 일을 겪어 겨우 알게 된 사실입니다만."

로저는 겨우 세 번째 질문을 입 밖으로 낼 수 있었다.

"아, 저는 처음부터 알고 있었어요." 대머스는 무심한 태도로 말했다. "베레커르므쥐레 부인이 말해주었겠죠? 저는 그녀를 개인적으로 알지 못하지만, 그녀와 친분이 있는 사람들과 알고 지내는 사이에요. 어젯밤 당신이 굉장히 놀라운 우연 덕택에 그 사실을 알게 되었다고 말했을 때, 저는 굳이 이야기를 방해하지 않았어요. 그 점을 알고 있다는 말씀을 드렸더라면, 베레커르므쥐레 부인이 알게 되는 일이라면 자연스럽게 그녀의 친구들에게 알려질 게 뻔한 일이니 우연이 아니라 필연이라는 이야기까지 말씀드려야 했을 거예요."

"알겠습니다."

로저는 세 번째로, 그리고 마지막으로 의기소침해지고 말았다. 그러나 그는 그렇게 주저앉으면서도 베레커르므쥐레 부인이 친구들에게 말하지 않으려고 애쓰려다 성공 문턱에서 실패해 누설하고 만 정보를 떠올렸다. 브래들리의 야비한 눈빛을 보니 그도 같은 생각을 하고 있는 모양이었다. 심리학의 관점에서는 대머스 같은 사람조차 절대 실수하지 않는다고 말할 수 없다.

그녀는 다소 설교하는 듯한 말투로 이야기를 재개했다.

"그렇게 해서 벤딕스 씨는 잠시 동안 맡았던 악역에서 풀려나 두 번째 피해자라는 오래된 배역으로 돌아오게 되었습니다."

여기서 그녀는 잠시 말을 멈추었다.

"유스터스 경을 그가 처음에 맡고 있던 범인의 목표 역할로 돌려놓지는 않는 겁니까?"

브래들리가 추가 질문을 던졌다.

얼리샤 대머스는 당연히 그의 말을 무시했다.

"자, 제가 어제 셰링엄 씨의 추론에 흥미를 느꼈던 것만큼 셰링엄 씨도 제 추론에 흥미를 가질 거라고 생각합니다. 몇몇 본질적인 부분에서는 중대한 차이가 있지만 다른 부분에서는 놀랄 정도로 의견이 일치하기 때문입니다. 우리가 의견 일치를 본 부분 중 하나는 살해당한 피해자는 원래 범인이 노린 목표였다는 점입니다."

"뭐라고요, 얼리샤? 당신도 처음부터 범인은 벤딕스 부인을 살해하려는 계획을 세운 거라고 생각해요?"

필더플레밍 부인이 큰 소리로 외쳤다.

"그 점은 확실해요. 하지만 추론의 인과관계를 증명하기 위해서는 셰링엄 씨의 결론 중 하나를 더 무너뜨려야 하지요.

셰링엄 씨의 주장에 따르면, 벤딕스 씨는 평소와는 달리 10시 30분이라는 시각에 클럽에 도착했기 때문에 이 점이 굉장히 중요해 보입니다. 하지만 셰링엄 씨의 추정과는 달리, 그가 그 시각에 클럽에 도착했다는 사실이 반드시 그의 범행 의사를 보여준다고는 할 수 없습니다. 만약 벤딕스 부인이 범인이 노리던 목표였고 벤딕스 씨가 그녀를 살해한 범인이 아니라면, 그가 딱 알맞은 시각에 클럽에 나타난 것은 범인이 계획한 일일지도 모른다는 생각을 했어야 합니다. 셰링엄 씨는 그러지 못했지요. 공정하게 말하자면 그런 생각을 한 사람은 아무도 없었다는 사실을 지적해야겠네요. 그런 생각이 들었더라면 셰링엄 씨는 벤딕스 씨에 대한 의심은 일단 접어두고 그에게 이 점을 해명할 수 있는지 물어보았을 수도 있었을 겁니다. 제가 물어봤던 것처럼요."

"벤딕스 씨에게 왜 오전 10시 30분이라는 시각에 클럽으로 갔는지 물어보셨다는 말씀이십니까?"

치터윅은 경외심을 숨기지 못한 채 물었다. 이는 실제 조사 과정에서 반드시 해야 하는 일이었지만 불행하게도 치터윅은 수줍음 탓에 실제 조사에 전혀 나서지 못했기 때문이다.

"그럼요."

대머스는 씩씩하게 고개를 끄덕였다.

"그에게 전화를 걸어서 물어봤습니다. 제가 알아낸 바에 따르면 경찰도 이 점에 대해 물어볼 생각은 하지 않았나 봐요. 대답은 제 예상을 거의 벗어나지 않았지만, 그는 자신의 대답이 중요한 의미를 담고 있다는 생각은 하지 못했던 게 분명해요. 벤딕스 씨는 전화로 온 메시지를 받기 위해 그곳에 갔다는 대답을 했습니다. 그런데 왜 메시지가 집으로 오도록 하지 않았을까요? 그런 질문을 던지시겠죠. 저도 정확히 그 점을 물었습니다. 그는 집에서 받고 싶지 않은 메시지였기에 그랬다고 대답했습니다. 저는 메시지의 내용을 벤딕스 씨에게 강하게 캐물었어요. 그는 질문의 중요성을 이해하지 못했기 때문에 제 도덕성을 의심했겠지요. 하지만 저는 그럴 수밖에 없었어요.

결국 그는 그 전날 오후에 사무실에서 비라 델롬이라는 여자가 건 전화를 받았다는 사실을 인정했습니다. 그녀는 리전시 극장에서 상연하는 〈어서 뛰어!〉라는 연극에서 단역을 맡고 있는 배우입니다. 그는 그녀와 한두 번 만난 적이 있었는데 한 번쯤 더 만나도 괜찮겠다는 생각이 들었다나 봐요. 그녀가 다음날 오전에 중요한 일이 있는지 묻자 그는 별일 없다고 대답했어요. 그러자 그녀는 어디 조용한 곳으로 가서 점심을 사주지 않겠느냐고 말했다고 해요. 그는 꽤 기뻤을 거예요. 하지만 그녀는 그날 시간이 날지 확실하지 않으니 다음날 오전 10시 30분에서 11시 사이에 레인보 클럽으로 전화를 걸어 메시지를 남겨주겠다고 했다는군요."

사람들이 미간을 찡그리자 다섯 쌍의 눈썹이 제각기 하나로 이어졌다.

"어떤 경우라도 별다른 의미는 없다고 봐요."

마침내 필더플레밍 부인이 끼어들었다.

"없다고요? 하지만 델롬 양이 벤딕스 씨에게 전화를 건 사실을 극구 부인한다면요?"

다섯 쌍의 눈썹은 여전히 그 모습을 유지했다.

"아!"

필더플레밍 부인이 외마디 외침을 토했다.

"물론 제가 가장 먼저 확인한 것이 바로 그 점이에요."

대머스가 차분하게 말했다.

치터윅은 한숨을 쉬었다. 의심할 바 없는 진짜 조사 활동이었던 것이다.

"살인범에게 공범이 있었다는 말씀이십니까, 대머스 씨?"

찰스 경이 물었다.

"두 명 있었지요. 자신들은 몰랐을 테지만."

"아, 알겠습니다. 한 명은 벤딕스를 뜻하는 거로군요. 다른 한 명은 그녀에게 전화를 건 여자입니까?"

"명백하지 않나요?"

그녀는 냉정한 태도를 유지한 채 사람들의 얼굴을 둘러보았다. 그러나 다른 사람들에게는 전혀 명백해 보이지 않았다.

"어쨌든 델롬 양이 전화를 걸 사람으로 선택된 이유는 명백해요. 벤딕스 씨는 그녀에 대해 거의 몰랐기 때문에 전화상으로 목소리를 제대로 구분할 수 없었을 테니까요. 그렇다면 정말로 전화를 건 사람은 누굴까요? 어서요!"

대머스는 이런 둔감한 사람들이 어디 있을까 하는 표정이었다.

"벤딕스 부인이군요!"

필더플레밍 부인이 삼각관계의 낌새를 눈치채고 흥분한 채 소리쳤다.

"물론이에요. 누군가 벤딕스 부인에게 남편의 사소한 외도 사실을 알려주며 교묘하게 그녀를 부추겼기 때문이에요."

"당연히 그 누군가가 살인범일 테고요."

필더플레밍 부인은 고개를 끄덕였다."

"범인은 벤딕스 부인의 친구일 거예요. 적어도……." 필더플레밍 부인은 진정한 친구 사이라면 서로 살해하지는 않는 법이라는 사실을 떠올리고는, 다소 혼란스러운 표정으로 다음과 같이 고쳐 말했다. "그녀는 살인범을 친구라고 생각했을 거예요. 세상에, 정말 흥미진진해지는데요, 얼리샤."

대머스는 그녀에게 살짝 빈정대는 듯한 미소를 지어 보였다.

"예, 결국 이 살인 사건은 굉장히 친밀한 사람들 사이에서 일어난 작은 규모의 사건이에요. 굉장히 폐쇄적인 성격의 살인 사건이라 할 수 있어요, 브래들리 씨.

제가 이야기를 지나치게 성급하게 진행하고 있는 것 같네요. 제 추론을 세우기에 앞서 셰링엄 씨의 추론을 완전하게 무너뜨려야 하는데 말이에요."

로저는 희미하게 신음을 토하며 딱딱한 흰색 천장을 올려다보았다. 흰색 천장은 얼리샤 대머스의 흰 옷차림을 연상시켰기 때문에 그는 다시 시선을 아래로 내렸다.

"사실 인간 본성에 대한 셰링엄 씨의 신뢰는 맹목적이에요. 어떤 사람이 무슨 말을 하든 당신은 죄다 믿어버릴 테죠. 당신에게는 증거의 신뢰성이란 개념은 필요 없는 듯 보여요. 어떤 사람이 당신 맨션으로 찾아와 페르시아 황제가 초콜릿에 니트로벤젠을 넣는 모습을 봤다고 말한다면, 당신은 주저하지 않고 믿어버릴 거예요."

대머스는 무자비하게 로저를 조롱했다.

"누가 제게 거짓말을 했다는 힌트를 주려는 겁니까?"

로저는 슬픈 표정으로 끙끙대는 듯한 소리를 냈다.

"단순한 힌트가 아니라 사실을 입증해드리려는 거예요. 어젯밤에 하신 말씀으로는 타자기 가게 점원이 벤딕스 씨가 확실히 중고 해밀턴 타자기 4번 모델을 구입한 사람이라고 확인해주었다고 하셨죠. 그 말을 들었을 때 저는 아연실색했어요. 저는 가게 주소를 받아들고, 오늘 아침에 가장 먼저 그곳으로 가봤어요. 그곳에서 직원을 강하게 압박해서 거짓말을 했다는 자백을 받아냈지요. 그는 씩 웃으면서 인정했어요.

그가 보기에 당신이 찾는 것은 괜찮은 해밀턴 타자기 4번 모델인 것 같았대요. 가게에는 그 타자기가 있었죠. 그래서 당신으로 하여금 당신 친구가 그 가게에서 타자기를 샀다고 믿도록 만들어도 그리 큰 죄를 짓는 것은 아니라고 생각했다고 하더군요. 어쨌든 그곳에도 상태가 좋은 해밀턴 타자기 4번 모델이 있었으니까요. 그래서 만약 당신이 보여준 사진 속의 얼굴을 알아보는 척을 해서 당신을 안심시킬 수 있다면……." 그녀는 건조한 태도로 덧붙였다. "그는 당신이 어떤 사진을 보여줘도 몇 번이라도 당신이 원하는 대답을 해줬을 거예요."

"알겠습니다."

로저는 자신을 안심시켜주었던 가게 점원에 대한 호의적인 보답으로, 원하지도 않았던 해밀턴 타자기 4번 모델을 사느라 지불했던 팔 파운드에 대한 생각이 머리에서 떠나지 않았다.

대머스는 무자비하게 말을 이어나갔다.

“그리고 웹스터 인쇄소의 여직원 말인데요, 그녀는 어제 편지지 견본을 보러 들른 신사분의 친구을 잘못 알아봤을지도 모른다고 기꺼이 인정했어요. 사실은 이렇게 말하더군요. ‘사실은 그 신사분이 너무 간절한 표정으로 물어봤기 때문에 실망시켜드리는 것이 가여워서 그렇게 대답을 했어요. 그런다고 해서 특별히 해가 될 것 같지는 않았어요.’ 지금도 셰링엄 씨에게 특별히 해가 된 것 같지는 않다고 생각하는 모양이에요.”

대머스가 웹스터 인쇄소의 여직원 목소리를 흉내내서 말하자 사람들은 굉장히 즐거워했다. 로저는 진심으로 웃을 수 없었다.

“제가 계속 상처를 건드리는 것 같네요. 죄송해요, 셰링엄 씨.”

“별말씀을요.”

“하지만 제 추론에 꼭 필요한 일이라는 걸 아실 거예요.”

“예, 알고 있습니다.”

“그 증거는 처분되었네요. 이제 셰링엄 씨에게는 아무것도 없는 것 같은데요?”

“저도 그렇게 생각합니다.”

대머스는 로저의 시체를 밟고 이야기를 계속했다.

“아시다시피 저 역시 범인의 이름을 덮어두는 유행을 따르는 중이에요. 제 차례가 되어 발표를 하다 보니 그런 방식의 이점을 깨닫게 되는군요. 하지만 제가 대단원에 도달하기도 전에 여러분이 눈치채실까 두려워요. 어쨌든 제게 있어 범인의 정체는 터무니없을 정도로 명백하니까요. 일단 진상을 밝히기 전에, 셰링엄 씨가 언급한 실질 증거가 아닌 몇 가지 지점에 대해 다뤄야 할 것 같습니다.

셰링엄 씨의 추론은 기발했습니다. 추론이 기발한 나머지 셰링엄 씨는 범행이 완벽한 계획하에 벌어졌으며 범인의 위대한 두뇌 덕택에 그런 계획이 가능했다고 몇 번이나 주장했지요. 하지만 저는 그 점에 동의하지 않아요."

대머스는 활기차게 말을 이었다.

"제 추론은 훨씬 간단해요. 교활한 계획이었지만 완벽함과는 거리가 있었습니다. 거의 대부분 요행에 기댄 것이었어요. 다시 말해서 중요한 증거 하나는 아직 발견되지 않은 거죠. 이 계획을 세운 사람의 두뇌는 그리 뛰어나지 않았어요. 평소의 사고방식을 벗어난 문제를 처리할 때에는 다른 사람의 방식을 모방할 수밖에 없는 정도의 지능이었다는 뜻이죠.

그러자 브래들리 씨가 제시한 조건이 떠올랐습니다. 범인이 범죄의 역사에 대해 어느 정도 지식이 있다고 가정해야 한다는 브래들리 씨의 의견에는 동의합니다. 하지만 범인이 독창적인 두뇌의 소유자라는 점에는 동의할 수가 없네요. 제가 보기에 이 범행의 핵심 얼개는 예전에 일어났던 사건들을 졸렬하게 모방한 것에 지나지 않아요. 이런 관점에서 추론해보면, 범인은 독창적인 면이 전혀 없고 변화의 과정을 인식할 수 있는 분별력이 전혀 없는 아주 보수적인 사람입니다. 또한 고집불통에 독단적인 실리주의자로 정신적 가치에 대한 감각을 완전히 상실한 인물이에요. 저는 혐오스러운 일면 또한 기꺼이 참고 견디려는 사람이기 때문에, 이 사건을 둘러싼 분위기와는 정반대의 기운을 감지할 수 있었습니다."

모두들 당연하게도 동요하는 모습이었다. 치터윅은 한낱 분위기에서 구체적인 추론을 이끌어내는 모습을 바라보며 이야기를 따라가려고 애를 썼다.

"이 살인 사건은 여성을 노린 범죄이기에 독극물을 담을 매개체로 초콜릿을 사용한 거라는 셰링엄 씨의 의견에는 동의한 바 있습니다. 그런데 여기서 한 가지, 범인은 벤딕스 씨에게 해를 끼칠 생각이 전혀 없었다는 사실을 더하려고 합니다. 벤딕스 씨가 초콜릿을 좋아하지 않는다는 사실은 다들 알고 있는 점이니, 살인범 역시 이를 알았다고 가정해도 합리적인 추정일 거예요. 범인은 벤딕스 씨가 초콜릿을 하나라도 먹으리라고는 예상하지 못했던 게 분명합니다.

셰링엄 씨는 작은 화살로는 과녁을 빈번하게 맞히면서도 큰 화살로는 제대로 맞히지 못했으니 참 신기한 일이에요. 편지지가 웹스터 인쇄소의 견본품 책에서 빼낸 것이라는 발상은 꽤 훌륭합니다. 저는 범인이 편지지를 어떻게 손에 넣었는가 하는 문제로 상당히 고심했었다는 이야기를 하지 않을 수 없네요. 그 대목에서 완전히 어쩔 줄 몰랐어요. 그러다가 셰링엄 씨가 그토록 쉽게 설명한 내용을 듣고 난 뒤 오늘에 와서 셰링엄 씨가 추론을 적용한 부분을 무너뜨리고 제 추론을 보강할 수 있었어요. 셰링엄 씨가 보여준 사진을 보고 순수하고 공손한 마음에 본 적이 있는 사람이라고 말했던 여직원 역시 제가 보여준 사진을 보고 얼굴을 알아보겠다고 진심으로 맹세했습니다. 단지 알아봤을 뿐만 아니라……."

대머스는 아직까지 한 번도 보여준 적이 없었던, 자기만족에 빠진 듯한 모습을 내비쳤다.

"그 사람의 이름까지 알고 있었어요."

"세상에!"

필더플레밍 부인은 극도로 흥분해서 연신 고개를 끄덕였다.

대머스는 평소처럼 인간미 없는 모습으로 돌아가 이야기를 이어나갔다.

"셰링엄 씨는 그 외에도 몇 가지 사소한 의견을 피력했는데, 이 자리에서 조금이나마 날을 무디게 해두는 편이 나을 것 같네요. 벤딕스 씨가 임원으로 참여하고 있는 작은 회사들은 대부분 경영 상태가 좋지 않다는 점을 들어, 셰링엄 씨는 그가 무능한 사업가일 뿐만 아니라 극도로 돈에 쪼들리고 있다는 의견을 밝혔습니다. 앞선 의견에는 저도 동의합니다만 뒤쪽 의견에 대해서는 그렇지 않아요. 다시 한번, 셰링엄 씨는 추론을 제대로 증명하지 못했기 때문에, 다시 한번 완전히 잘못 짚었다는 사실을 알게 되는 쓰라린 대가를 치러야 하는 거예요.

셰링엄 씨에게 아주 기초적인 조사 수단이라도 있었더라면, 벤딕스 씨의 재산 중 극히 일부만이 장난감 같은 사업체들에 투자되었다는 사실을 알 수 있었을 텐데요. 부친의 사망 이후 물려받은 재산 대부분은 국채나 벤딕스 씨조차 감히 임원 자리를 노릴 수 없는 거대한 사업체에 투자된 상태입니다. 그리고 제가 아는 바로는, 벤딕스 씨는 자신이 부친처럼 사업가 체질이 아니라는 사실을 알고 있을 정도로 현명한 사람이기 때문에, 장난감 같은 사업에 자신이 수월하게 감당할 수 있는 금액 이상을 들일 생각은 없어요. 따라서 그가 돈 때문에 아내의 죽음을 바랐다는, 셰링엄 씨가 주장한 동기는 완전히 사라진 셈이에요."

로저는 고개를 푹 숙였다. 진짜배기 범죄학자들이 추론을 증명하는 데 실패한 자신을 경멸의 시선으로 바라보며 영영 손가락질할 것만 같은 기분이 들었기 때문이다. 오, 이런 수치스러운 미래라니!

"다른 부수적인 동기에 대해서는 그다지 중요하게 생각하지 않지만 전체적으로는 셰링엄 씨의 의견에 동의합니다. 벤딕스 부인은 끔찍할 만큼 지겨운 아내였을 거라고 생각합니다. 결국 벤딕스 씨도 평범한 남성의 반응과 가치척도를 지닌 평범한 남자였다는 거예요. 그녀의 도덕적 원칙이 그를 몰아댔기 때문에 그가 좀더 가벼운 관계를 찾아 여배우의 품에 안겼다고 생각해요. 그는 결혼했을 무렵만 하더라도 그녀를 깊이 사랑했음이 분명합니다. 그건 의심의 여지가 없어요. 그리고 그녀에 대한 감정은 자연스럽게 깊은 존경심으로 변해갔습니다. 하지만 결국 불행한 결혼이었어요."

대머스는 냉소적인 말투로 이야기를 이어나갔다.

"존경심이 필요 이상으로 오래 남아 있었기 때문입니다. 남자는 결혼 생활에서 인간적인 관계를 원하지, 깊은 존경의 대상을 원하는 게 아니에요. 만약 벤딕스 부인이 남편을 죽을 만큼 지루하게 만들었다 할지라도, 그는 그런 사실을 드러내지 않을 정도로 신사적인 사람이었다는 말을 할 수밖에 없네요. 사람들 눈에는 두 사람의 결혼 생활이 이상적으로 보였겠지요."

대머스는 잠시 말을 멈추고 앞에 놓인 물잔을 들어 한 모금 홀짝였다.

"마지막으로, 셰링엄 씨는 살인범이 편지와 포장지를 없애버리지 않은 까닭이, 그 존재로 해를 입는 것이 아니라 오히려 이득을 보게 될 거라고 확신했기 때문이라고 설명했습니다. 저도 그 의견에 동의합니다. 하지만 저는 그 점으로부터 셰링엄 씨와는 다른 추론을 이끌어냈습니다. 범인이 그렇게 생각했다는 사실은, 이 범행이 사실 이류에 불과한 사람의 작품이라는 제 추론을 확인해준다고 말할 수밖에 없겠네요. 일류에 속하는 사람이라면 어떤 단서가 자신에게 도움이 될지도 모른다고 한들, 쉽게 없앨 수 있다면 그냥 내버려둘 리가 없습니다. 범인들은 경찰의 눈을 흐리기 위해 그런 단서들을 남겨두곤 했지만 실제로는 범행을 실패로 몰아간 경우가 허다하니까요. 제가 여기서 이끌어낸 부수적인 추론은, 범인이 포장지와 편지를 남긴 까닭은 그저 막연하게 쓸모가 있을 거라고 생각해서가 아니라, 경찰의 눈을 흐리게 할 특별한 정보가 담겨 있다고 생각했기 때문이라는 거예요. 저는 그 정보가 무엇인지 알고 있다고 생각해요.

셰링엄 씨의 추론에 대해 언급할 것은 이게 전부입니다."

로저는 숙이고 있던 머리를 들었다. 대머스는 다시 물을 한 모금 마셨다.

그때 치터윅이 위험을 무릅쓰고 질문을 던졌다.

"벤딕스 씨가 아내에게 존경심을 품고 있다고 하셨는데, 묘하게 이상한 부분이 있지 않습니까, 대머스 씨? 맨 처음에 하신 이야기를 제가 제대로 이해했다면, 그 내기로부터 벤딕스 부인은 우리가 상상했던 것과는 달리 그다지 존경받을 가치가 없는 사람이라는 추론을 이끌어내셨습니다. 그렇다면 그 추론은 모순되지 않습니까?"

"모순되지 않아요, 치터윅 씨. 이상한 부분은 아무것도 없어요."

"남자란 아내에게 의심을 품지 않으면 존경심을 품기 마련이랍니다."

필더플레밍 부인이 재빨리 나서며, 얼리샤 대머스가 다음에 할 말을 생각하기도 전에 대화에 끼어들었다.

"아, 묘석에 멋지게 회칠을 해도 아래는 끔찍한 무덤일 뿐이니." 브래들리가 논평하듯 입을 열었다. 그로서는 아무리 뛰어난 극작가의 말이라고 해도 그런 표현은 용납할 수 없는 듯했다. "이제 그곳으로 내려가는 겁니까? 그곳에는 무덤이 있습니까, 대머스 씨?"

"그래요." 대머스는 무심하게 고개를 끄덕였다. "이제 브래들리 씨, 당신이 말한 대로 그 아래로 내려갈 거예요."

"아!" 치터윅이 의자 위로 벌떡 튀어 올랐다. "살인범이 편지와 포장지를 없앨 기회가 있었다고 한다면……. 벤딕스 씨가 살인범이 아니라면……. 그리고 수위를 논의의 대상에서 제외한다고 가정하면……. 아, 알겠습니다!"

"언제 한 분이라도 알아차리실지 궁금했어요."

대머스는 평소처럼 차분한 태도로 이야기를 계속했다.

"저는 이 사건을 처음 접했을 때부터 살인범이 우리에게 남겨준 가장 큰 단서는 그가 전혀 의식하지 못한 채 내버려둔 것 중 하나라고 생각하고 있었어요. 이는 범인의 성격을 확실하게 보여줍니다. 저는 셰링엄 씨처럼 범인은 특별한 사고방식을 가진 사람이라는 해석을 정당화하기 위해 이런저런 가정을 하는 대신, 제가 발견해낸 단서를 사실 그대로 받아들이기로 했어요."

그녀는 도전적인 표정으로 로저를 바라보았다.

"제가 입증할 수 없는 사실을 가정했습니까?"

로저는 그녀의 표정을 보니 도전에 응하지 않을 수 없었다.

"분명 그러셨지요. 예를 들어 편지를 작성하는 데 사용된 타자기가 지금쯤이면 템스 강 바닥에 가라앉아 있을 거라고 가정한 것도 그래요. 타자기가 그곳에 없다는 간단한 사실이 제 설명이 옳다고 다시 한번 확인해주지요. 제가 직접 확인해서 확고하게 만든 사실만 갖고도 별 어려움 없이 살인범의 이미지를 그려낼 수 있습니다. 이미 여러분께 대략적인 모습을 보여드린 것처럼요. 하지만 제 이미지에 들어맞는 사람을 찾아내서 그를 범인으로 몰고 가는 추론을 짜맞추지 않도록 신중을 기했습니다. 그저 이미지를 마음속에 걸어두고 있다가 의혹이 가리키는 사람이 등장하면 그와 비교해보기 위해 꺼내볼 뿐이었지요.

자, 제가 벤딕스 씨가 그날 아침에 평소와는 달리 그렇게 이른 시각에 클럽에 등장한 이유를 알아낸 후에도 이해할 수 없는 점이 딱 하나 남아 있었어요. 전혀 중요한 것처럼 보이지도 않았고, 아무도 관심을 기울이지 않았던 부분이었습니다. 그러니까 그날 유스터스 경에게는 점심 식사 약속이 있었고, 약속이 나중에 취소되었다는 점이에요. 브래들리 씨가 이 사실을 어떻게 알아냈는지는 모르겠지만 제가 어떻게 알아냈는지는 말씀드릴 수 있습니다. 필더플레밍 부인에게 흥미로운 정보를 알려준 그 훌륭한 하인으로부터 들은 이야기예요.

저는 사건 조사 과정에서 범죄 연구회의 다른 회원들보다 이점을 누리고 있었다는 사실을 인정하지 않을 수가 없겠네요. 이 사건에는 유스터스 경이 관련되어 있고, 저는 유스터스 경뿐만 아니라 하인 역시 잘 알고 있기 때문입니다. 필더플레밍 부인이 돈의 힘을 빌려 그에게 많은 정보를 얻을 수 있었다면, 저는 돈의 힘에만 의지하지 않고 전부터 아는 사이라는 관계를 이용해서 한층 더 깊은 정보를 얻을 수 있었습니다. 어쨌든 그 하인이 아무 생각 없이 한 이야기에 따르면, 사건이 일어나기 나흘 전에 유스터스 경은 제민 스트리트에 있는 펠로스 호텔에 전화를 걸어 살인 사건이 일어난 당일 점심시간에 사용할 개인실을 하나 예약해두었다는 이야기를 했다고 합니다.

이 정보는 모호한 내용이었기 때문에 저는 가능한 한 명확하게 살펴볼 가치가 있다고 생각했습니다. 유스터스 경은 그날 누구와 점심 식사를 할 예정이었을까요? 분명 여성이었을 테지만, 그와 관계를 맺고 있는 수많은 여성들 중 누구였을까요? 하인은 그 점에 대해서는 아무것도 몰랐습니다. 그가 아는 한 유스터스 경은 당시 다른 여자에게 지분거리지 않았다고 하더군요. 찰스 경께 죄송한 말씀입니다만, 그때 유스터스 경은 와일드먼 양의 사랑과 재산을 손에 넣는 일에 몰두하고 있었으니까요. 그렇다면 와일드먼 양이 점심 식사 상대였을까요? 저는 곧바로 그녀가 아니라는 사실을 알아낼 수 있었습니다.

사건이 발생한 날 점심 약속이 취소되었다는 이야기에서 뭔가 연상되는 점이 없나요? 저는 오랫동안 그 생각을 떠올릴 수 없었지만, 당연히 연관되는 점이 있었습니다. 벤딕스 부인 역시 그날 점심 약속이 있었어요. 전날 오후, 알 수 없는 이유로 약속은 취소되었지요."

"벤딕스 부인이군요!"

필더플레밍 부인은 속삭이듯 말했다. 군침 도는 삼각관계가 여기 등장한 것이다.

대머스는 희미하게 미소를 지었다.

"그래요. 메이블, 당신을 더이상 애타게 하지 않을게요. 찰스 경 덕택에 알게 된 내용인데, 벤딕스 부인과 유스터스 경은 생면부지의 관계는 아니었어요. 저는 마지막에 가서야 간신히 두 사람 사이의 관계를 알아낼 수 있었지요. 벤딕스 부인은 펠로스 호텔 개인실에서 유스터스 경과 점심 약속이 되어 있었어요. 그 호텔은 어떤 의미에서 악명 높은 곳이지요."

"남편의 결점에 대해 상담하려던 게 아니었을까요?"

필더플레밍 부인이 입을 열었다. 그녀의 말투는 그녀 자신이 바랐던 것보다 훨씬 너그럽게 들렸다.

"이런저런 일을 하는 도중에 그런 이야기도 했을 거예요." 대머스는 냉담한 태도로 말을 이었다. "하지만 가장 큰 이유는 따로 있었지요. 바로 그녀가 그의 정부였기 때문입니다."

대머스는 사람들 사이에 이런 폭탄선언을 내던지면서도, 마치 벤딕스 부인이 비취색 태피터 드레스를 입고 약속 장소에 나갈 예정이었다는 이야기를 하듯이 태연한 표정이었다.

"그, 그 주장을 입증할 수 있습니까?"

제일 먼저 정신을 차린 찰스 경이 물었다.

대머스는 잘 다듬은 눈썹을 치킬 뿐이었다.

"물론이에요. 저는 입증할 수 없는 말은 하지 않아요. 벤딕스 부인은 적어도 일주일에 두 번 유스터스 경과 점심 식사를 했고, 때로는 저녁 식사도 함께 했습니다. 언제나 펠로스 호텔의 같은 방에서요. 두 사람은 남의 눈에 띄지 않기 위해 굉장히 주의를 기울였습니다. 호텔에 도착할 때뿐만 아니라 방에 들어갈 때에도 철저하게 따로 행동했어요. 호텔 방 밖에서는 절대 만나지 않았고요. 두 사람은 시중을 들어줄 급사로 언제나 같은 사람을 불렀는데, 그 급사는 그녀가 사망한 후 신문에 실린 사진을 보고 벤딕스 부인이 틀림없다고 진술서에 서명했습니다. 호텔에서 항상 유스터스 페네파더 경과 함께 지냈던 여성이라고 하면서요."

"그가 진술서에 서명까지 했다고요?" 브래들리는 혼잣말을 하듯 중얼거렸다. "탐정 일은 돈이 많이 드는 취미라는 사실을 알게 되셨을 테지요, 대머스 씨."

"값비싼 취미 하나쯤은 감당할 여유가 있어요, 브래들리 씨."

"하지만 그녀가 그와 점심을 함께 했다고 해서……." 필더플레밍 부인은 다시 한번 너그러운 목소리로 이야기를 하다가, 자신이 대외적으로 취해야 할 태도를 떠올리며 서둘러 이런 말을 덧붙였다. "그러니까 제 말은, 그렇다고 해서 그녀가 반드시 그의 정부라는 뜻은 아니잖아요? 그렇다고 해도 그녀를 비난하려는 건 아니지만……."

대머스는 건조한 말투로 대답했다.

"두 사람이 식사를 했던 호텔방에는 침실이 딸려 있습니다. 급사가 알려준 바에 따르면, 두 사람이 돌아간 후에는 언제나 침구들이 어지러이 흩어져 있어서 침대를 사용했다는 사실을 알 수 있었다고 하네요. 이 정도라면 간통에 대한 명확한 증거가 되지 않을까요, 찰스 경?"

"아, 확실합니다. 의심의 여지가 없습니다."

찰스 경은 당황한 듯 지나치게 큰 소리로 대답했다. 찰스 경은 그런 말을 쓰는 여성을 볼 때마다 굉장히 당혹스러워하곤 했다. '간통'이나 '변태성욕' 같은 말은 물론이고 '정부' 같은 표현을 들을 때도 마찬가지였다. 애석하게도 그는 구식 신사였기 때문이다.

"물론 유스터스 경은 국왕 대소인을 겁낼 사람은 아니었습니다."

대머스는 무심한 말투로 한마디 덧붙이고는 물을 한 모금 마셨다. 그동안 다른 사람들은 사건을 비추는 새로운 빛과 밝혀진 거리에 익숙해지려 애를 썼다. 대머스는 심리학이라는 서치라이트로 강한 빛을 쏘아대며 좀더 깊숙한 곳을 밝히기 시작했다.

"두 사람은 확실히 흥미로운 한 쌍이었습니다. 두 사람은 가치

척도에 대해서도 현격한 차이를 보였고, 두 사람을 한데 묶어준 상황에 대한 반응도 대조적이었으며, 흔한 열정을 불태우는 와중에도 서로 마음의 접점을 전혀 찾지 못했을 가능성도 있어요. 이러한 상황의 심리학적인 면을 자세히 살펴보시기를 바라요. 살인이라는 비극은 바로 이 지점에서 파생되었으니까요.

저는 벤딕스 부인이 처음에 어떤 점에 설득당해 유스터스 경의 정부가 되었는지 모르겠어요. 하지만 상상할 수조차 없는 일이라는 등의 진부한 표현은 쓰지 않겠어요. 그런 일이 일어날 수 있는 온갖 경우의 수를 상상할 수 있으니까요. 선량하지만 멍청한 여성들은 나쁜 남성에게 흥미로운 정신적 자극을 받는 경향이 있나 봐요. 극도로 선량한 여자들이 그렇듯이 그녀 안에도 계몽가 기질이 있어서 나쁜 남자를 구해주고 싶다는 헛된 욕망에 사로잡혔을 거예요. 그런 경우 열에서 일곱 정도는 남자의 수준까지 타락하는 것으로 첫걸음을 떼게 되지요.

처음에는 자신이 타락하고 있다는 생각은 전혀 하지 못했을 겁니다. 선량한 여성이란 예외 없이 자신이 무슨 짓을 하든 특유의 선한 본성이 더럽혀질 리가 없다는 헛된 망상 속에 빠져 허우적대는 법이니까요. 처음에는 자신의 육체를 통해서 타락한 남자에게 좋은 영향을 끼칠 수 있기를 바라는 심정에 그와 잠자리를 함께했을지도 몰라요. 육체를 통해 영혼끼리 접촉이 이루어질 때까지요. 남자는 평소 백주에 여자를 끌어들이던 것보다 훨씬 세련된 방식으로 그녀를 이끌었을 거고, 적어도 첫 잠자리는 그녀의 순수성을 되돌아보게 하지는 않았을 테죠. 진부한 생각일 테지만, 저는 다시 한번 이렇게 주장할 수밖에 없어요. 선량한 여성이란 누구보다도 심각한 자기기만에 빠져 있는 존재이지요.

벤딕스 부인 역시 유스터스 경을 만나기 전에는 선량한 여자였을 거라고 생각해요. 그녀의 문제는 자신을 실제보다 훨씬 훌륭한 사람으로 생각하고 있다는 점이었어요. 셰링엄 씨가 인용했듯이, 그녀가 끊임없이 입에 올리곤 하는 명예니 정정당당한 행동이니 같은 표현이 딱 그런 모습을 보여준다고 할 수 있지요. 그녀는 자기 자신의 선량함에 푹 빠져 있었던 거예요. 물론 유스터스 경 역시 그녀의 선량함에 빠져 있었습니다. 아마도 그는 그때까지 선량한 여성의 상냥함을 맛볼 수 있는 기회가 없었을 테니까요. 그녀를 유혹하는 일은 굉장히 어려웠을 테지만 그만큼 엄청나게 즐거웠을 거예요. 그는 몇 시간 동안이나 명예나 인간 개선, 영성 같은 내용에 대한 이야기를 경청해야 했을 겁니다. 하지만 그는 자신이 바라 마지않던 행위로 격렬하게 설욕할 때를 기다리며, 참을성 있게 대화를 견뎌냈을 거예요. 처음 두세 번 정도는 펠로스 호텔을 방문하는 일이 그에게 굉장히 큰 즐거움이었을 테죠.

하지만 그 후로 즐거움은 점점 줄어들기 시작했습니다. 벤딕스 부인은 아마 자기가 품고 있던 선량함이 이런 부정함을 감당할 수 있을 정도로 강하지 않다는 사실을 깨닫게 되었지요. 그녀는 자책을 하며 그를 따분하게 만들기 시작했고, 시간이 지나면서 그는 정말로 끔찍하게 지루해졌을 거예요. 하지만 그는 계속해서 그녀를 만났습니다. 여자라면 누구라도 상관없었기 때문이기도 했지만, 나중에는 그녀가 놓아주지 않았기 때문이었습니다. 저는 필연적으로 어떤 일이 벌어졌을지 정확하게 알 수 있어요. 벤딕스 부인은 자신이 저지른 부정에 대해 극도로 병적인 태도를 취하면서, 처음에 품었던 인간 개조에 대한 열정은 더이상 안중에도 없게 되었던 거지요.

이제 두 사람은 그저 침대가 그곳에 있기 때문에, 침대를 쓰지 않으면 아까워서 잠자리를 같이하게 됩니다. 하지만 그녀는 양쪽 모두의 쾌락을 망쳐놓았어요. 그녀가 양심의 가책을 못 이겨 다른 방법이 없다고 울며 요구했을 테죠. 즉시 유스터스 경과 달아나버리든지, 아니면 남편에게 사실을 고백하고 이혼 수속을 밟아 양쪽의 이혼이 마무리되면 가능한 한 빨리 유스터스 경과 결혼하든지, 둘 중 하나였을 거예요. 아마도 후자 쪽을 요구했을 것 같긴 하지만, 당연히 그녀의 남편은 결코 용서하려 들지 않을 테죠. 절대로. 어쨌든 이제 그를 혐오하게 되었을지라도 그녀의 머릿속에는 남은 일생을 유스터스 경과 함께 보내야 하며 그 역시 그녀 곁에 있어야 한다는 생각밖에 남아 있지 않았습니다. 저는 이런 성격을 가진 사람에 대해서는 잘 알고 있어요.

당연하게도 유스터스 경에게 전혀 매력적인 계획이 아니었습니다. 그는 돈이 많은 여자와 결혼해서 한몫 잡으려는 생각에 혈안이 되어 있었으니까요. 애초에 이런 지겨운 여자를 유혹했던 자신을 저주하기 시작한 그는 급기야 자신에게 유혹당한 빌어먹을 여자를 훨씬 더 저주하기 시작했습니다. 그녀가 점점 더 강하게 밀어붙일수록 그녀를 점점 더 증오하게 되었지요. 때마침 와일드먼 양에 대한 소문이 돌아, 벤딕스 부인은 머릿속이 꽉 차서 주변을 돌아볼 수 없게 되었습니다. 그녀는 당장 그 관계를 깨뜨려야 했습니다. 그래서 유스터스 경에게 스스로 약혼을 파기하지 않으면 자신이 나서서 두 사람을 갈라놓겠다고 말했습니다. 유스터스 경은 모든 일이 들통나리라는 사실을 깨달았습니다. 두 번째로 이혼 법정에 서야 할뿐더러 와일드먼 양과 결혼하여 재산을 손에 넣을 희망도 영원히 사라져버리게 된다는 사실을 알게 되었던 거예요. 무슨 짓이라도 해야만 했습니다. 하지만 무슨 짓을 할 수 있을까요? 살인 말고는 빌어먹을 여자의 입을 막을 수 있는 방법은 없었던 거예요.

자, 이렇게 해서 그녀가 살해당할 때가 무르익었던 겁니다.

다소 불확실한 근거에 기반하고 있지만 제 이런 추정은 충분히 믿을 만하다고 생각합니다. 이를 뒷받침하는 합리적인 증거도 여럿 제시할 수 있어요. 유스터스 경은 그녀를 영원히 제거하기로 결심했습니다. 그는 신중하게 생각을 거듭한 끝에 범죄학 서적에서 읽었던 여러 사건들을 떠올렸습니다. 사소한 실수 때문에 실패로 돌아갔던 범죄들이었지요. 그는 각각의 사건을 조합하여 작은 실수를 저지르지 않을 수만 있다면, 자신과 벤딕스 부인의 관계를 사람들이 모르는 한 범행이 발각될 가능성은 없다고 생각했습니다. 그는 두 사람 사이의 관계를 아무도 모를 거라고 확신했으니까요. 이런 가정은 억측으로 보일지도 모르지만, 이제부터 증거를 제시하도록 하겠습니다.

저는 그를 연구할 당시 그에게 갖은 감언이설을 늘어놓을 기회를 주었어요. 그의 방식 가운데 하나는 상대 여성이 관심을 갖고 있는 사안에 대해 자신 역시 깊은 흥미를 느끼고 있다고 주장하는 것이었지요. 따라서 그는 당연하게도 잠들어 있던 범죄학에 대한 지대한 관심을 그제야 발견하게 되었습니다. 그는 제 책 몇 권을 빌려갔고 정말 읽기도 한 것 같아요. 그가 빌려간 책들 중에는 미국에서 벌어진 독살 사건을 다룬 책이 있었습니다. 그 책에는 우리 범죄 연구회 회원들이 유사성을 지적하면서 언급했던 사건들이 실려 있습니다. 마리 라파르주 사건과 크리스티나 에드먼즈 사건은 빼야겠지만요.

육 주 전쯤, 제가 어느 날 밤에 집에 돌아와보니, 하녀가 유스터스 경이 저를 찾아왔었다고 하더군요. 몇 달 동안 제 아파트를 방문했던 적이 없었는데 말이지요. 그는 잠시 동안 거실에서 기다리다가 돌아갔다는 거예요. 살인 사건이 발생한 직후 저는 이 사건과 미국에서 일어난 한두 건의 사건 사이의 유사성이 떠올라, 사건에 대해 살펴보려 거실에 있는 책장으로 향했어요. 하지만 그 책은 그곳에 없었습니다. 테일러의 법의학 책도 보이지 않았어요, 브래들리 씨. 그러다가 유스터스 경의 하인과 긴 대화를 나누던 도중, 그의 방에 두 권 모두 있다는 사실을 알게 되었지요."

대머스는 다른 사람들의 논평을 기대하며 잠시 말을 멈추었다.

그녀가 바라는 대로 브래들리가 느릿느릿한 말투로 입을 열었다.

"그렇다면 그 남자는 이제 자신에게 닥칠 형벌을 받아 마땅하겠군요."

"제가 아까 이 살인은 그렇게 높은 지능을 가진 사람의 범행이 아니라는 말씀을 드렸지요.

자, 이제 사건의 재구성을 마쳐야겠네요. 유스터스 경은 자신의 골칫거리를 제거하기로 결심하고는, 완벽하게 안전하다고 생각하는 범행 방식을 선택해서 계획을 짜기 시작했습니다. 브래들리 씨는 니트로벤젠에 크게 신경을 쓰고 있는 것 같지만 제가 보기에는 간단한 문제입니다. 유스터스 경은 독을 먹일 수단으로 초콜릿을, 그중에서도 리큐어가 들어 있는 초콜릿을 선택했어요. 그는 메이슨 사의 리큐어 초콜릿을 좋아해서 종종 구입하곤 했습니다. 최근에도 일 파운드짜리 상자 몇 개를 산 적이 있다는 사실은 굉장히 중요하다고 할 수 있어요. 그는 리큐어와 잘 어울리는 향을 가진 독극물을 찾기 시작했어요. 그러다 비터 아몬드 오일을 우연히 발견하고는 이 물질이 실제로 과자 제조에 사용된다는 점에 착안해서 니트로벤젠에까지 생각이 미친 것은 당연한 수순이었을 거예요. 니트로벤젠은 훨씬 일반적이고 훨씬 구하기 쉬우며 사실상 추적하기 불가능하니까요.

그는 벤딕스 부인과 점심 식사 약속을 하고, 그 자리에서 그날 아침에 소포로 배송될 초콜릿을 선물할 계획이었습니다. 아주 자연스러운 방식이었어요. 그는 수위가 아무런 의심을 하지 않고 그에게 초콜릿을 전달해주리라는 사실을 확인해봤을 거예요. 그런데 마지막 순간에 이 계획에 명백한 결함이 있다는 사실을 알아차렸습니다. 만약 그가 벤딕스 부인에게 직접, 그것도 펠로스 호텔에서 점심 식사를 하는 도중에 초콜릿을 준다면, 그녀와의 깊은 관계가 드러나리라는 것은 자명한 일이었으니까요. 그는 급히 머리를 짜내 훨씬 더 나은 계획을 세웠습니다. 벤딕스 씨를 끌어들여, 벤딕스 부인에게 그녀의 남편과 비라 델롬에 대한 이야기를 흘리는 것이었지요.

벤딕스 부인은 성격에 걸맞게 남편이 저지른 티끌 같은 실수를 알게 되자 이성을 잃었습니다. 비라 델롬의 목소리를 흉내내어 그녀인 척 남편에게 전화를 걸어서 다음날 점심 식사를 함께 하자고 하면 그가 어떤 대답을 하는지 직접 알아보라는 유스터스 경의 제안을 덜컥 받아들이고 말았습니다.

유스터스 경은 무관심한 척 이렇게 말을 건넸어요. '그러면 내일 오전 10시 30분에서 11시 사이에 레인보 클럽으로 전화를 걸겠다고 말해둬. 그가 레인보 클럽에 나타나면, 언제 그 여자를 만나 수작을 걸 생각인지 확실히 알 수 있을 테니까.' 그녀는 그가 시키는 대로 했습니다. 벤딕스 씨는 다음날 아침 10시 30분에 확실히 클럽에 나와 있을 게 분명했지요. 유스터스 경이 소포에 대고 고래고래 고함을 지르고 있을 때, 벤딕스 씨가 우연히 그 자리에 있었던 게 아니라고 누가 의심하겠어요?

그리고 내기에 대한 이야기인데, 그 때문에 유스터스 경은 초콜릿을 벤딕스 씨에게 넘겨줄 수 있었습니다. 저는 이것이 유스터스 경의 요행수라고는 도저히 믿을 수 없었습니다. 이렇게까지 운이 좋다고 할 수는 없는 법이죠. 이는 한낱 추측이기 때문에 자세히 설명하지는 않겠지만, 유스터스 경은 어떤 방식으로든 사전에 내기를 하도록 계획을 짜두었다고 확신합니다. 만약 그가 그랬다 할지라도, 그 사실이 내기에서 이끌어낸 제 추론, 즉 벤딕스 부인이 겉으로 보이는 행동과 달리 그다지 정직한 여자가 아니었다는 사실을 뒤엎지는 못할 거예요. 유스터스 경이 사전에 내기에 관여했든 하지 않았든, 답을 알고 있는 내기는 부정직한 행위라는 단순한 사실은 여전히 남으니까요.

마지막으로 유사한 사건을 언급하는 우리 모임의 유행을 따라 저도 비슷한 사건에 대한 이야기를 해볼까요? 저는 서슴없이 존 터웰 사건을 고르겠습니다. 존 터웰은 정부인 새러 하트에게 싫증이 나자 맥주에 청산가리를 넣어 먹인 사람입니다."

범죄 연구회 회원들은 감탄한 표정으로 그녀를 바라보았다. 마침내 이 사건의 밑바닥에 도달했다는 생각이 들었기 때문이다.

찰스 경의 목소리는 사람들의 그런 심정을 대변하고 있었다.

"대머스 씨, 만약 그 추론을 뒷받침하는 확고한 증거를 갖고 계신다면……."

찰스 경은 그럴 경우에는 교수대의 밧줄이 유스터스 경의 시골 사람다운 굵고 붉은 목에 어울릴 거라는 말투로 입을 열었다.

"그 말씀은 법적인 시각에서 보면 제가 앞서 제출한 증거만으로는 충분하지 않다는 뜻인가요?"

대머스는 한결같은 태도로 물었다.

"시, 심리학적 재구성은 배심원에게 큰 설득력을 발휘할 수 없을 겁니다."

찰스 경은 배심원을 끌어들여 그 뒤로 숨어버렸다.

"저는 메이슨사의 편지지와 유스터스 경 사이의 관계를 증명했는데도요?"

"그것만으로는 유스터스 경에게 유리한 판결이 내려질 것 같아 두렵군요."

찰스 경은 누가 봐도 심리학에 둔감한 배심원단을 비난하고 있었다.

"엄청난 동기를 말씀드린데다, 그가 비슷한 사건을 모은 책과 독극물에 대한 책을 갖고 있다는 사실 역시 밝혔는데요."

"예, 분명 그렇게 하셨습니다. 하지만 제가 말씀드리고자 하는 바는 이렇습니다. 유스터스 경을 편지나 초콜릿, 혹은 포장지와 연결시킬 수 있는 물적 증거를 갖고 계십니까?"

"그는 오닉스 만년필을 갖고 있고, 서재에 있는 잉크병에는 하필드사의 잉크가 채워져 있어요." 대머스는 미소를 지었다. "지금도 그럴 거라고 생각해요. 살인 사건이 일어나기 전날 밤, 그는 저녁 내내 레인보 클럽에 있었다고 해요. 하지만 9시부터 9시 30분 사이의 시간 동안 아무도 그를 보지 못했다는 사실을 확인했습니다. 그는 9시에 식당을 떠났고, 9시 30분에는 급사가 라운지에 있는 그에게 소다수를 섞은 위스키를 가져다주었지요. 그사이에 그는 어디에 있었던 걸까요? 수위는 그가 나가거나 들어오는 모습을 보지 못했다고 맹세했습니다. 하지만 클럽에는 뒷문이 있기 때문에 다른 사람의 눈에 띄지 않기를 바랐다면 뒷문을 이용했을 수도 있을 겁니다. 그는 당연히 그렇게 했을 거예요. 저는 농담하는 척 그에게 물어보았어요. 그러자 그는 맹수 사냥을 다룬 책에서 찾아볼 것이 있어 도서실에 올라갔었다고 대답했습니다. 그렇다면 도서실에 있던 다른 회원들의 이름을 댈 수 있어야 할 게 아니겠어요? 하지만 그는 도서실에 다른 사람은 한 명도 없었다고 대답했습니다. 텅 비어 있었다면서요. 그가 클럽에 머물렀던 시간 내내 도서관에서는 한 사람도 만나지 못했다고 했어요. 저는 그에게 감사 인사를 한 다음 전화를 끊었습니다.

다시 말해서, 그가 자신이 도서실에 있었다고 말한 까닭은, 자신이 그곳에 없었다는 사실을 입증해줄 회원이 한 사람도 없다는 사실을 알고 있었기 때문입니다. 그가 삼십 분 사이에 한 일은 뒷문을 몰래 빠져나가 서둘러 스트랜드 대로로 달려가 소포를 부치는 것이었습니다. 셰링엄 씨가 주장한 벤딕스 씨의 행적처럼 말입니다. 그리고 다시 몰래 뒷문으로 들어와 도서실로 향해 그곳에 아무도 없다는 사실을 확인했겠지요. 그러고 나서야 라운지로 내려와 자신이 그곳에 있었다는 증거를 남기기 위해 소다수를 섞은 위스키를 주문했던 겁니다. 셰링엄 씨, 당신이 주장하는 벤딕스 씨의 행적보다 이쪽이 실현 가능성이 더 높지 않을까요?"

"제 의견 못지않다는 사실을 인정할 수밖에 없겠군요."

로저는 어쩔 수 없이 고개를 끄덕였다.

"물적 증거는 하나도 없는 겁니까? 배심원들에게 깊은 인상을 심어줄 만한 것은 전혀 없단 말입니까?"

찰스 경은 한탄하듯 물었다.

대머스는 조용히 입을 열었다.

"아니, 있어요. 저는 이 증거 없이도 추론을 입증할 수 있기를 바랐기에 마지막까지 꺼내놓지 않았던 거예요. 저는 이미 제 추론을 입증했다고 생각해요. 하지만 이것은 틀림없이 결정적인 증거입니다. 확인해보시기 바랍니다."

대머스는 핸드백에서 갈색 포장지로 싸맨 꾸러미를 하나 꺼냈다. 그녀는 포장을 풀고 사진 한 장과 타자기로 친 편지로 보이는 사절지 한 장을 들어 보였다.

"이 사진은 일전에 모르즈비 경감님께 얻은 것입니다. 하지만 제가 사진을 원하는 진짜 이유는 굳이 말씀드리지 않았어요. 이 사진은 위조된 편지를 그 실제 크기대로 복사한 것이에요. 여기 어떤 타자기로 친 편지가 한 통 있으니, 사진과 비교해보시겠어요? 셰링엄 씨, 먼저 살펴보시겠어요? 그런 다음 옆으로 돌려주시고요. 소문자 S가 살짝 비뚤어져 있다는 것과 대문자 H에 살짝 깨진 부분이 있다는 것을 알아보시겠어요?"

쥐 죽은 듯한 침묵 속에서 로저는 두 종이를 자세히 비교해보았다. 이 분을 꽉 채워가며 두 통의 편지를 조사했는데, 다른 사람들에게는 두 시간은 족히 걸린 것처럼 느껴졌다. 그런 다음 오른편에 앉아 있던 찰스 경에게 종이를 넘겼다.

"두 통의 편지가 같은 타자기로 친 것이라는 점에는 의심할 여지가 없습니다."

그는 냉정하게 잘라 말했다.

대머스의 얼굴에 드러나 있던 감정은 이제껏 그녀가 보여주었던 것과 별반 차이가 없었다. 그녀의 억양에서는 예전과 마찬가지로 인간미가 엿보이지 않았다. 마치 두 장의 옷감 사이에서 성냥 한 개비를 찾아냈다고 발표하는 것과 다름없는 태도였다. 그녀의 침착한 목소리만 들으면 한 남자의 목에 교수대 밧줄이 드리워지는 일이 그녀의 한마디 말에 달려 있다는 사실을 아무도 짐작할 수 없을 터였다.

“그 타자기는 유스터스 경의 아파트에서 찾을 수 있을 거예요.”

이번에는 브래들리조차 동요되었다. 하지만 그런 심정과는 달리 불가능할 정도로 냉담한 태도로 느릿느릿 입을 열었다.

“그렇다면 아까 말씀드린 대로, 남자는 이제 마땅히 자신에게 닥칠 형벌을 받아야 할 겁니다. 세상에, 이렇게 서투르게 일을 그르치다니 딱한 사람이로군.”

찰스 경은 증거물을 옆으로 넘기며 깊은 인상을 받았다는 듯 입을 열었다.

“대머스 씨, 사회에 커다란 기여를 하셨군요. 축하드립니다.”

“감사합니다, 찰스 경. 제 추론은 셰링엄 씨의 발상에 기댄 것이었어요.”

그녀는 무덤덤하게 대답했다.

“셰링엄 씨는 알지도 못하는 사이에 훌륭하게 씨를 뿌린 셈이로군요.”

찰스 경이 중얼거렸다.

이 사건을 직접 해결해서 자신의 모자에 승리의 깃털을 하나 더 하고 싶었던 로저는 어딘지 모르게 불편한 미소를 지어 보였다.

필더플레밍 부인은 이 기회를 놓치지 않았다. 그녀는 분위기에 딱 맞는 엄숙한 목소리로 말했다.

“우리는 역사에 길이 남을 일을 해냈어요. 이 나라의 경찰이 나서도 해결할 수 없었던 사건이었지만, 한 여성이 나서서 어두운 수수께끼의 장막을 걷어냈으니까요. 얼리샤, 오늘은 당신이나 우리 범죄 연구회뿐만 아니라 여성 전체에게 있어서도 기념할 만할 날이에요."

"고마워요, 메이블. 그렇게 말씀하시니 얼마나 기쁜지 모르겠네요."

그사이 증거물은 천천히 한 바퀴 돌아 대머스의 손으로 돌아왔다. 그녀는 증거물을 로저에게 건네주었다.

"셰링엄 씨, 이 일에 대한 책임을 지셔야지요. 회장으로서 증거품을 맡아주셨으면 좋겠어요. 어떻게 해야 할지 저보다 잘 아실 테니까요. 짐작하시겠지만, 제가 직접 공식적으로 경찰에 통보한다면 굉장히 불쾌한 추문에 시달릴 것 같지 않나요? 그러니 경찰에 진상을 밝히시더라도 제 이름은 일체 언급하지 말아주시길 바라요."

로저는 턱을 문지르며 말했다.

"그렇게 처리하는 것도 가능할 겁니다. 이 증거품을 타자기의 소재와 함께 모르즈비 경감에게 넘기겠습니다. 그렇게 하면 런던 경찰청이 남은 일을 처리할 수 있을 겁니다. 여기에 더해, 펠로스 호텔의 급사의 증언과 함께 범행 동기를 모르즈비에게 알려주겠습니다. 경찰이 흥미를 보일 몇 안 되는 사안이니까요. 자! 지금 당장 모르즈비 경감을 찾아가는 게 낫겠습니다. 저와 함께 가주시겠습니까, 찰스 경? 위엄을 한층 더해줄 테니까요."

"물론입니다. 기꺼이 동행하겠습니다."

찰스 경은 재빨리 대답했다.

모두들 사태의 심각성을 느끼고 있었기 때문에 얼굴이 굳어 있었다.

"혹시 스물네 시간만 신고를 늦출 수는 없을까요?"

치터윅은 부끄러워하면서도 엄숙한 태도로 불쑥 입을 열었다.

로저는 놀란 표정으로 그를 바라보았다.

"왜 그러십니까?"

"어, 아시다시피 …… 제가 아직 발표를 하지 않았으니까요."

치터윅은 기가 죽어 몸을 꿈지럭거렸다.

다섯 사람이 일제히 놀란 눈빛으로 그를 바라보았다. 치터윅은 흥분해서 얼굴이 달아올랐다.

"물론이지요. 당연한 말씀입니다. 어, 그러니까 당신도 역시 발표를 하고 싶을 테지요?"

로저는 최대한 요령 있게 받아넘기려 애를 썼다.

"저도 가설을 하나 세웠습니다. 바, 발표하고 싶지는 않지만, 어쨌든 가설은 세워두었습니다."

치터윅은 겸손한 태도로 대답했다.

"알겠습니다."

로저는 무력한 표정으로 찰스 경을 바라보았다.

찰스 경은 로저를 구하기 위해 분연히 나섰다.

"우리 모두 무엇보다 치터윅 씨의 추론을 듣고 싶어 할 거라고 확신합니다. 굉장히 흥미로울 테죠. 그런데 지금 들려주실 수는 없겠습니까, 치터윅 씨?"

"아직 미흡한 점이 있습니다. 스물네 시간 정도면 한두 가지 사안을 명확히 할 수 있을 것 같습니다."

그는 기가 죽은 듯했지만 집요하게 포기하지 않았다.

찰스 경은 갑자기 좋은 생각이 떠올랐다.

"그럼요. 당연한 권리입니다. 당연히 내일 이 자리에서 치터윅 씨의 추론을 들어야 하겠지요. 그사이 셰링엄 씨와 저는 런던 경찰청을 방문해서……."

"그러지 않으시는 게 좋겠습니다. 진심으로 드리는 말씀입니다."

치터윅은 굉장히 괴로워하는 표정으로 말했다.

로저는 또다시 무력한 표정으로 찰스 경을 바라보았다. 이번에는 찰스 경도 무력한 시선을 되돌려줄 뿐이었다.

"뭐, 앞으로 스물네 시간 정도라면 그다지 달라질 일도 없겠군요. 어차피 여기까지 왔으니……."

"그다지 달라질 일은 없을 겁니다."

치터윅은 애원하기 시작했다.

"뭐, 확실히 달라질 일은 없겠군요."

찰스 경은 고개를 끄덕였지만 노골적으로 곤혹스럽다는 표정을 짓고 있었다.

"허락해주시는 겁니까, 회장님?"

치터윅은 애절한 태도로 집요하게 물었다.

"그렇게 생각하신다면 그런 거지요."

로저는 다소 차가운 말투로 대답했다.

모임은 당혹스러운 분위기 속에서 해산했다.

치터윅이 말한 대로, 그는 자신의 추론을 발표하기를 바라지 않는 것처럼 보였다. 어서 이야기를 시작하라는 로저의 독촉을 받고도 애원하는 듯한 표정으로 이날 밤에 모인 회원들의 얼굴을 둘러볼 뿐이었다. 하지만 다들 매정한 태도로 단호한 표정을 짓고 있었다. 그들의 표정에 분명히 드러나 있듯, 치터윅은 어리석은 노파 취급을 받고 있었다.

치터윅은 소심하게 목소리를 한두 번 가다듬은 다음 마침내 이야기를 시작했다.

"회장님, 그리고 신사 숙녀 여러분. 여러분이 어떤 생각을 하시는지 잘 알고 있습니다. 그러니 부디 관용을 베풀어주시기 바랍니다. 제가 괴팍한 행동을 한다고 생각하실 테니 죄송하다는 이야기 밖에 드릴 말씀이 없습니다. 하지만 대머스 씨께서 기발한 추론을 발표하셨고 제시하신 증거 또한 확고해 보이기는 하지만, 지금까지 이 사건에 대해 꽤 설득력 있어 보이는 해답을 수차례 들었고 그에 따른 증거 또한 그럴듯하게 보였기 때문에, 대머스 씨의 추론 역시 깊게 생각해보면 처음에 생각했던 것만큼 견고하지 않을지도 모른다는 기분이 드는 건 어쩔 수 없었습니다."

치터윅은 높은 장애물을 뛰어넘으려 애를 쓰면서 계속해서 눈을 빠르게 깜빡이고 있었다. 하지만 그가 신중하게 준비해둔 다음 문장이 도통 떠오르지 않는 듯했다.

그러다 장애물을 뛰어넘었는지 조금 더 말을 이었다.

"저는 이 실험에 참여한 사람으로서 마지막으로 발표를 하게 된 것에 대해 영광과 책임을 느낍니다. 그러니 제가 실례를 무릅쓰고 앞서 발표하신, 방법과 결론에서 서로 큰 차이를 보이는 여러 추론들을 요약한다 한들, 제 본분을 벗어난 것으로 보시지는 않을 거라고 믿습니다. 하지만 그 이야기들을 일일이 반복하며 시간을 낭비하는 대신, 여러 상이한 추론들과 각각의 추론과 유사성을 보이는 사건 및 범인으로 지목된 사람들을 나타낼 수 있는 작은 표를 준비해 왔습니다. 표를 옆으로 돌려주시겠습니까?"

치터윅은 한참 동안 머뭇거리다가, 신중한 생각을 거듭해서 작성한 표를 그린 종이를 꺼내 오른편에 앉아 있던 브래들리에게 내밀었다. 브래들리는 고맙게도 표를 받아, 이상할 정도로 공손한 태도로 자신과 대머스 사이에 내려놓고 살펴보기 시작했다. 치터윅은 그 모습을 보고 소박한 심정으로 기뻐했다.

치터윅의 말투에 한층 자신감이 붙기 시작했다.

"솔직하게 말해서, 아시다시피 중요한 논점에 대해 동일한 의견을 가진 사람은 아무도 없었습니다. 이 사건을 바라보는 관점과 범행 방식에 대한 의견의 차이는 굉장히 두드러집니다. 그리고 이렇게 다양한 의견이 존재하는데도, 여러분께서는 저마다 자신의 추론이 해답이라는 확신을 품고 계십니다. 제가 굳이 말씀드릴 필요도 없이, 이 표는 브래들리 씨께서 말씀하신 바와 같이 극단적으로 개방적인 사건이라는 점을 강조하는 데 그치지 않고, 역시 브래들리 씨께서 밝히신 것처럼 저마다 의식적 혹은 무의식적 선택 과정에 의해 얼마나 쉽게 자신이 바라는 방향으로 추론을 짜맞출 수 있는지 보여줍니다.

어쩌면 대머스 씨는 이 표에 특별히 흥미를 보일지도 모른다고 생각합니다. 저는 심리학을 공부한 적이 없지만, 그런 저 역시 여러분께서 발표하신 각각의 해답이, 실례가 될지도 모르겠습니다만, 바로 그분의 사고방식과 성격을 반영한다는 점은 뚜렷하게 알아차릴 수 있었습니다. 예를 들어 찰스 경께서는 오랜 직업적 훈련 탓에 자연스럽게 물적 증거의 중요성을 강조하고 계십니다. 제가 이런 말씀을 드려도 저를 탓하시지는 않겠지만, 경께서 이 문제를 바

탐정	동기	관점	핵심 단서	논증 방식	유사한 사건	범인
찰스	금전적 이득	누가 이득을 보았는가	편지지	귀납법	마리 라파르주 사건	페네파더 부인
필더플레밍	제거	여자를 찾아라	드러나지 않은 삼각관계	직감과 귀납법	몰리뉴 사건	찰스 경
브래들리 (1)	실험	추리소설가의 관점	니트로벤젠	과학적 연역법	윌슨 박사 사건	브래들리
브래들리 (2)	질투	유스터스 경의 성격	살인범의 범죄학 지식	연역법	크리스티나 에드먼즈 사건	이름 모를 여성
셰링엄	금전적 이득	벤딕스 부인의 성격	내기	연역법 및 귀납법	칼라일 해리스 사건	벤딕스
대머스	제거	관계자들의 심리 상태	범인의 성격	심리학적 연역법	터웰 사건	유스터스 페네파더 경
경찰	신념 혹은 살인 욕구	일반적인 관점	물적 단서	일반 수사 방식	호우드 사건	익명의 편집광 혹은 미치광이

치터윅의 표

라보시는 관점은 '누가 이득을 보는가'로 대표되는 지극히 물질적인 면에 치우쳐 있습니다. 그리하여 찰스 경께는 물적 증거인 편지지가 핵심적인 단서로 자리잡았을 겁니다. 저울의 한쪽 선반 위에 찰스 경이 있다면, 다른 한쪽 선반 위에는 대머스 씨가 있습니다. 그녀는 거의 전적으로 심리학적 관점에서 사건을 바라보고 있으며, 무의식적으로 드러내셨듯 범인의 성격을 핵심 단서로 받아들이고 있습니다.

두 분을 양쪽 축으로 해서, 다른 회원 분들께서는 그 중간쯤에서 심리학적 증거와 물적 증거를 저마다 다양한 비율로 조합해서 사건을 바라보고 계십니다. 그리하여 각각의 용의자가 범인임을 입증하는 과정에서, 그 방식은 또다시 현격한 차이를 보이게 됩니다. 거의 대부분 귀납법의 힘을 빌리신 분도, 전체적으로 연역법을 주로 사용하신 분도 계십니다. 셰링엄 씨처럼 양쪽을 적당히 섞어 사용하신 분도 계십니다. 요컨대 회장님께서 우리에게 제공해주신 사건은 비교 탐정학의 관점에서 아주 유익한 수업이 되었다고 할 수 있습니다."

치터윅은 다시 한번 목소리를 가다듬고 초조하게 미소를 지은 다음 계속해서 이야기를 진행했다.

"저는 다른 표를 하나 더 만드는 게 어떨까 하는 생각도 했습니다. 먼저 보여드린 표만큼이나 사건 이해에 도움이 될 거라고 생각했기 때문입니다. 그 표는 각각의 회원들이 이 사건에 존재하는 움직일 수 없는 사실로부터 굉장히 상이한 추론을 이끌어냈다는 내용을 담고 있었을 것입니다. 만약 제가 그 표를 만들어 왔더라면 브래들리 씨께서 특별한 관심을 보이셨을 것 같기도 합니다. 아무래도 탐정소설 작가이시니까요."

치터윅은 탐정소설가들을 싸잡아 이야기해서 미안하다는 표정으로 말을 이었다.

"몇 번이나 신경이 쓰였던 문제입니다만, 추리소설에서는 주어진 사실에 대해 오직 한 가지 추론밖에 허용하지 않으며, 예외 없이 그 추론이 사실로 드러난다고 봐도 무방할 듯합니다. 오직 작가가 편애하는 탐정만이 추론을 이끌어낼 수 있으며, 그 추론이 옳다고 밝혀집니다. 아, 물론 소설 속 탐정이 추론을 이끌어낼 수 있을 정도로 능력 있는 경우에 한합니다만. 안타깝게도 그런 작품들은 굉장히 적습니다. 언젠가 대머스 씨께서도 두 병의 잉크에 대한 예를 들며 비슷한 이야기를 하신 적이 있습니다.

따라서 실제로 어떤 일이 일어났는지에 대한 예시로서, 저는 이 사건에서 등장한 메이슨사의 편지지 문제를 끌어오도록 하겠습니다. 한 장의 종이로부터 한 번쯤 끌어낼 수 있는 추론은 다음과 같습니다."

1. 범인은 메이슨 앤드 선스사의 직원이었거나 전 직원이다.

2. 범인은 메이슨 앤드 선스사의 고객이다.

3. 범인은 인쇄업자, 혹은 인쇄기에 접근 가능한 사람이다.

4. 범인은 메이슨 앤드 선스사를 대리했던 변호사이다.

5. 범인은 메이슨 앤드 선스사 전직 직원의 친척이다.

6. 범인은 웹스터 인쇄소의 자칭 고객이다.

"이 종이 한 장에서 이끌어낼 수 있는 추론은 이 밖에도 수없이 많습니다. 종이를 우연히 소유하고 있었기 때문에 전체 범행 방식을 생각해낼 수 있었다는 추론도 가능하지만, 저는 범인의 정체를 직접적으로 드러내는 추론에만 주의를 기울이도록 하겠습니다. 보시다시피 적어도 여섯 종류나 되는 추론이 가능하며, 이 추론들은 서로 상반되는 내용입니다."

브래들리가 불쑥 끼어들었다.

"당신을 위해 탐정소설을 한 권 써야겠군요, 치터윅 씨. 탐정이 각각의 사실로부터 서로 모순되는 추론을 여섯 개 끌어내는 겁니다. 어쩌면 그는 살인 혐의로 일흔두 명을 체포하고서야 자신이 범인이라는 사실을 깨닫고 자살하는 것으로 끝날지도 모르겠군요. 그런 소설을 쓰게 되면 당신에게 바치겠습니다."

"예, 감사합니다." 치터윅은 활짝 웃었다. "사실 이 사건에서 우리가 겪은 일과 큰 차이가 없는 것 같습니다. 예를 들어 저는 오직 편지지에만 주의를 기울였습니다만, 그 외에도 독극물이나 타자기, 우체국 소인, 주입된 독극물의 정확한 분량 등 수없이 많은 사실이 존재합니다. 이런 사실로부터 여섯 개나 되는 결론이 도출되었습니다.”

치터윅은 한마디로 다음과 같이 요약했다.

“뭐랄까, 서로 다른 회원들이 서로 다른 추론을 입증하면서 서로 다른 해답을 내놓았다고나 할까요.”

“다시 생각해보니 제가 앞으로 만들어낼 탐정들은 아무런 추론도 내놓지 않는 사람들로 정해야겠습니다. 아무래도 그편이 수월할 것 같군요.”

브래들리는 마음을 굳혔다.

“회원 여러분께는 죄송하지만 우리가 이미 들은 해답에 대한 이야기는 이 정도로 하고, 어젯밤에 그토록 긴급하게 런던 경찰청으로 달려가려던 셰링엄 씨를 말렸던 까닭을 이야기하겠습니다.”

아무 말도 없는 사람들의 얼굴에는 이제 치터윅이 그 점에 대해 이야기를 할 때라고 생각하는 표정이 떠올라 있었다. 치터윅이 다소 어쩔 줄 모르는 태도를 취하는 것으로 보아, 사람들의 표정 뒤에 떠오른 생각을 눈치챈 것 같았다.

“어젯밤 대머스 씨께서 말씀하신, 유스터스 경을 범인으로 지목하는 추론에 대해 간략히 말씀드리겠습니다. 대머스 씨의 추론을 아무렇지도 않게 업신여길 생각은 전혀 없습니다만, 저는 다음과 같은 점을 지적하지 않을 수 없습니다. 그녀가 유스터스 경의 유죄를 확정한 두 가지 주된 이유는 다음과 같습니다. 첫째, 유스터스 경은 대머스 씨가 범인으로 정해놓은 사람의 유형에 들어맞았다는 것. 둘째, 유스터스 경은 벤딕스 부인과 은밀한 관계를 맺고 있었기 때문에 그가 그녀를 없애려는 마음을 품는다 해도 이상한 일은 아니라는 것입니다. 그런데 이 두 가지는 두 사람의 밀회에 대한 대머스 씨의 견해가 옳은 경우에만 성립합니다."

"타자기에 대한 증거가 있잖아요, 치터윅 씨!"

필더플레밍 부인은 같은 여성을 옹호하려는 듯 소리를 빽 질렀다.

"아, 그렇습니다. 타자기에 대한 증거가 있습니다. 이제 그 이야기를 하도록 하겠습니다. 하지만 그전에, 대머스 씨가 유스터스 경을 범인으로 지목하는 증거로 우리에게 제시한 두 가지 지점에 대한 이야기를 먼저 하고 싶습니다. 심리학적 증거가 아닌 물적 증거 말입니다. 우선 그에게 메이슨사의 리큐어 초콜릿을 사서 애인들에게 선물하는 습관이 있다는 점은 그다지 중요한 증거로 여겨지지 않습니다. 만약 메이슨사의 초콜릿을 구입하는 습관이 있는 사람들을 용의자라고 한다면, 런던은 용의자들로 가득차게 될 것입니다. 그리고 유스터스 경처럼 독창적이지 못한 살인범이라 할지라도 독극물을 먹일 수단을 고를 때는 보통 자신의 이름이 거론되지 않도록 기초적인 예방 수단을 강구했을 게 분명합니다. 즉, 리큐어 초콜릿을 선택했을 것 같지는 않습니다. 그리고 제 의견을 밝히기는 조심스럽지만, 유스터스 경은 대머스 씨가 생각하는 것처럼 그렇게까지 바보는 아니라고 생각합니다.

두 번째로, 웹스터 인쇄소의 여직원이 사진 속의 유스터스 경을 알아보았을 뿐만 아니라 이름까지 알고 있었다는 점 역시 그렇습니다. 제가 이런 말씀을 드려도 괜찮으시다면, 그 점 또한 제게는 대머스 씨가 강조했던 것만큼 중요하게 다가오지 않습니다. 저는 유스터스 경이 최근 수년간 웹스터 인쇄소에서 편지지를 구입하곤 했다는 사실을 알아냈습니다."

치터윅은 한층 자신감 있는 태도로 이야기를 이어나갔다. 마침내 그도 직접 조사에 나섰던 것이다.

"그는 약 한 달 전에 새 편지지를 주문하기 위해 인쇄소를 방문했습니다. 그는 작위를 받은 귀족이기 때문에, 만약 여직원이 그의 신분을 모른 채 맞이했다면 그야말로 놀랄 일이었을 겁니다. 따라서 이 점 역시 대머스 씨의 의견과는 달리 그리 중요하지 않다고 여겨집니다."

치터윅은 한층 단호한 태도로 말했다.

"타자기는 실제 증거에 넣을 수 있다고 보고, 어쩌면 두 권의 범죄학 서적 역시 포함시킬 수 있을지도 모릅니다. 하지만 이 두 가지를 제외하면 대머스 씨의 추론을 뒷받침하는 물적 증거는 아무것도 없습니다. 그리고 그의 알리바이를 무너뜨린 것은 중요한 증거가 아니라고 생각합니다."

치터윅은 조심스럽게 말을 이었다.

"어느 한쪽에 치우치지 않는 공정한 태도를 취하고 싶어서 드리는 말씀입니다만, 유스터스 경이 범인이라고 주장하는 대머스 씨의 추론은 전적으로, 그리고 오로지 타자기의 증거에 의존하고 있습니다."

치터윅은 반론을 예상한 듯 근심 어린 표정으로 두리번거렸다.

즉시 반론이 하나 나왔다.

"하지만 증거를 무시해버릴 수는 없을 텐데요?"

필더플레밍 부인이 성급하게 소리쳤다.

치터윅은 다소 괴로운 표정을 지었다.

"'무시한다'라는 표현이 적절할까요? 저는 고의적으로, 혹은 악의 어린 재미로 대머스 씨의 추론을 흠집 내려는 것은 아닙니다. 그 점만큼은 저를 믿어주셔야 합니다. 제가 범행을 저지른 진범을 반드시 잡고 싶다는 욕망에 이런 행동을 벌이고 있다는 사실을 부디 알아주시길 바랍니다. 마음속에 품은 오직 하나의 목적을 위해, 저는 타자기에 대한 증거와 관련해서 유스터스 경에게 죄가 없는 이유를 제시할 수 있습니다."

필더플레밍 부인이 그가 회원들의 시간을 낭비하고 있다는 이야기를 돌려 말하는 듯해서 치터윅은 굉장히 슬픈 표정을 지었다. 그때 로저가 친절하게 말을 건넸다.

"제시하실 수 있다고요? 굉장히 흥미롭군요, 치터윅 씨. 어떻게 하실 작정입니까?"

그는 마치 소를 그리겠다던 딸아이가 소는 고사하고 세상 어떤 동물과도 닮지 않은 그림을 내놓는 바람에 상냥하게 독려해야하는 처지에 놓인 부모처럼 말했다.

치터윅은 그런 대우를 받자 자부심으로 눈을 빛내며 응답했다.

"세상에! 정말 아무도 깨닫지 못하셨습니까? 아무도 안 계십니까?"

깨달은 사람은 아무도 없어 보였다.

"저는 이 사건을 접한 직후부터 이런 일이 일어날 가능성을 염두에 두고 있었습니다. 이런, 이런!"

득의만면해진 치터윅은 마구 떠들어대기 시작했다. 그는 코에 걸린 안경을 고쳐 쓰고 활짝 웃으며 주변을 둘러보았다. 빨갛게 달아오른 둥근 얼굴은 확실히 빛나고 있었다.

"흠, 그게 당신의 설명인가요, 치터윅 씨?"

치터윅이 영원히 소리 없이 웃고 있을 것 같아 보이자 대머스가 질문을 던졌다.

"아! 바로 그렇습니다. 당연하지요. 자, 한 가지 지적해보겠습니다, 대머스 씨. 범인의 능력에 대한 추정에서, 당신은 틀렸고 셰링엄 씨가 옳았습니다. 이 살인 사건의 배후에는 극도로 뛰어나고 기발한 두뇌를 가진 살인범이 존재합니다. 대머스 씨는 그렇지 않다는 점을 입증하려 했지만, 이번에도 자신에게 유리한 근거만 늘어놓은 것이라고 생각합니다. 범인의 기발한 두뇌를 갖고 있다는 사실은, 누군가에게 혐의가 돌아간다면 그 사람은 바로 유스터스 경이 되도록 증거를 안배해둔 점을 보더라도 알 수 있습니다. 한마디로 말해서 타자기와 범죄학 서적에 대한 증거는 전문 용어를 사용하면 이렇게 표현할 수 있을 겁니다. '조작되었다'."

치터윅은 다시 활짝 웃었다.

회원들은 갑자기 움직이기로 합심이라도 한 듯 일제히 자세를 바로 했다. 치터윅에 대한 감정의 흐름이 순식간에 방향을 바꿨던 것이다. 이 남자는 예상과는 달리 중요한 이야깃거리를 숨기고 있는 게 분명했다. 어젯밤의 부적절한 요구 또한 무언가 복안이 있었기 때문일 것 같았다.

브래들리가 임기응변을 발휘해서 먼저 입을 열었다. 평소처럼 거들먹거리는 태도는 깡그리 잊어버린 채였다.

"정말 대단합니다, 치터윅 씨! 하지만 그 사실을 증명할 수 있겠지요?"

"아, 그렇습니다. 할 수 있을 거라고 생각합니다."

치터윅은 자신을 향해 쏟아지는 감탄의 눈빛을 한껏 즐기며 대답했다.

"이제 범인이 누구인지 말씀하실 차례입니다."

로저가 미소를 지으며 말했다.

"아, 범인의 정체는 알고 있습니다."

치터윅은 그를 향해 마주 미소를 지었다.

"정말입니까!" 다섯 명이 입을 모아 외쳤다.

치터윅은 겸손한 태도로 의견을 밝혔다.

"물론 알고 있습니다. 여러분께서 알려주신 것이나 다름없습니다. 아시다시피 저는 마지막 순서였기 때문에 제 일은 비교적 간단했습니다. 저는 여러분께서 하신 진술이 사실인지 거짓인지 가려내기만 하면 됐으니까요. 음, 진실은 그 가운데 있었습니다."

범죄 연구회 회원들은 자신도 모르는 사이에 치터윅에게 진상을 가르쳐주었다는 소리에 경악한 표정을 지었다.

치터윅의 얼굴에 깊은 생각에 잠긴 듯한 표정이 떠올랐다.

"이제 고백해도 좋을 것 같습니다. 회장님께서 처음에 이 실험을 제안하셨을 때 저는 대경실색하고 말았습니다. 실제로 탐정 일을 해본 경험도 없고 어떻게 조사에 착수해야 하는지도 몰랐거니와, 이 사건에 대해 아무런 추론도 세울 수 없었습니다. 어느 지점에서 시작해야 하는지조차 몰랐으니까요. 그렇게 일주일이 흘러가 버렸습니다. 그때 저는 일주일 전 바로 그 순간에 버려져 있다고 생각했습니다. 그날 밤, 저는 찰스 경의 추론에 완벽히 설득당하고 말았습니다. 잠깐 동안이었지만 다음날 발표하신 필더플레밍 부인의 추론에도 납득이 갔습니다.

자기 자신을 범인으로 지목했던 브래들리 씨의 추론에는 완전히 납득할 수 없었지만, 다른 사람의 이름이 거론되었다면 그 추론에 납득하지 않을 수 없었을 겁니다. 당시 상황에서는 버림받은 정부를 범인으로 지목하는 브래들리 씨의 추론은…….”

치터윅은 잠시 입을 다물었다가 용감하게 말을 이었다.

“틀림없이 옳다고 생각했습니다. 저도 당시에는 이 범행은 유스티스 경의, 어흠, 버림받은 정부가 저지른 일일지도 모른다는 생각밖에 떠오르지 않았으니까요.

하지만 다음날 벤딕스 씨가 살인범이라는 셰링엄 씨의 추론을 접하고 나니 이것이야말로 틀림없는 사실이라는 생각이 들었습니다. 제가 진상을 깨닫기 시작한 것은 바로 어젯밤 대머스 씨가 설명을 하던 도중이었습니다.”

“저만 치터윅 씨를 납득시키지 못했다는 거로군요?”

대머스는 미소를 지었다.

“그런 것 같습니다.”

치터윅은 사과하는 말투로 대답했다.

그는 잠시 동안 생각에 잠겨 있다가 이내 입을 열었다.

“이 사건에 대해 모든 사람들이 어느 정도는 진상에 근접했다는 점을 감안하면, 정말로, 굉장히 놀라운 일이라 할 수 있습니다. 각자 적어도 하나 이상의 중요한 단서를 찾아냈으며, 적어도 하나 이상의 올바른 추론을 세웠습니다. 운이 좋게도 저는 각각의 해답이 서로 상당한 차이를 보일 것이라는 사실을 깨닫고, 집에 돌아가자마자 그날 들었던 방대한 추론 과정을 일일이 적어두었습니다. 그 작업은 어제까지 계속되었지요. 그리하여 저는 저보다 훨씬 뛰어난 두뇌를 지니신 분들의 사고 과정을 고스란히 손에 넣게 되었습니다."

"아니, 저런."

브래들리가 중얼거렸다.

"어젯밤 저는 잠자리에 들지 않고 이 기록을 조사하면서 진실과 거짓을 구분해보았습니다. 혹시 이 점에 대해 제 결론을 듣고 싶어 하실 분이 계실까요?"

이런 말을 하는 치터윅은 어떤 때보다도 자신이 없어 보였다.

회원들은 모두 자신이 진실을 발견한 부분을 들을 수 있다면 큰 기쁨이 될 거라고 장담하며 치터윅에게 이야기를 재촉했다.

치터윅은 노트를 펴고 그중 한 페이지를 들여다보았다. 그는 잠시 동안 고통스러운 표정을 짓다가 이내 이야기를 시작했다.

"찰스 경은…… 어, 찰스 경께서는……."

치터윅은 찰스 경의 추론에서 제대로 짚은 곳을 찾는 데 어려움을 겪고 있는 게 분명했다. 그는 친절한 사람이었기 때문이다. 그 순간 그의 얼굴이 밝아졌다.

"아, 그렇지요. 찰스 경께서는 위조 편지에 사용된 편지지에 무언가를 지운 자국이 있다는 사실을 맨 처음 지적하셨습니다. 그 점은…… 어, 굉장히 도움이 되었습니다. 그리고 유스터스 경에게 닥친 이혼 문제가 모든 비극의 원천이었다고 지적하셨는데, 이 지점에서도 옳은 식견을 보여주셨습니다. 하지만 안타깝게도……."

치터윅은 어쩔 수 없다는 심정으로 말을 이어나갔다.

"그로부터 끌어낸 추론은 올바른 것이 아니었습니다. 이렇게 교묘한 계획을 세운 범인이라면 알리바이를 만들기 위해 손을 썼을 테니 이 사건에는 피해 돌아가야 할 알리바이가 존재할 것이라고 말씀하신 것은 지극히 옳은 의견이었습니다. 하지만 우리가 피해 돌아가야 할 알리바이는 페네파더 부인의 것이 아니었습니다."

치터윅은 계속해서 말을 이었다.

"필더플레밍 부인께서는 이 살인은 범죄학 지식을 갖춘 사람의 소행이라고 주장하셨는데 그 말씀은 지극히 옳습니다. 이는 굉장히 영리한 추론이었습니다. 저는 부인의 추론이 핵심을 꿰뚫고 있다고 장담할 수 있어 굉장히 기쁩니다."

치터윅은 환하게 미소를 지었다.

"부인께서는 또 한 가지 중요한 정보를 제공해주셨습니다. 이 정보는 부인의 추론에서도 중요한 만큼, 이 비극의 기저를 이루고 있는 진상을 밝히는 데에도 굉장히 중요합니다. 다시 말하자면, 유스터스 경은 와일드먼 양을 사랑하지 않았고 그저 그녀의 재산을 손쉽게 차지하기 위해 그녀와의 결혼을 바랐다는 정보였습니다. 만약 이것이 사실이 아니었더라면……."

치터윅은 고개를 절레절레 흔들었다.

"정말로 끔찍한 일이지만…… 벤딕스 부인 대신 와일드먼 양이 죽음을 맞이하지 않았을까 두렵습니다."

"세상에, 맙소사!"

찰스 경이 중얼거렸다. 치터윅은 이 왕립 변호사가 이런 놀라운 이야기를 의심 없이 받아들였다는 사실을 자신에 대한 큰 찬사로 받아들여도 좋을 터였다.

"결말이 났군요. 버림받은 정부가 범인입니다."

브래들리는 필더플레밍 부인에게 중얼거리듯 속삭였다. 치터윅이 그를 향해 몸을 돌렸다.

"브래들리 씨, 당신이 거의 진상에 도달했다는 사실을 생각하면 놀라지 않을 수 없습니다. 감탄스러울 정도입니다." 치터윅은 감탄하는 표정을 지었다. "당신 자신을 범인으로 내세운 첫 번째 추론에서조차, 당신의 결론은 대부분 완벽히 들어맞았습니다. 예를 들어 니트로벤젠으로부터 추론해낸 최종 결론, 즉 범인은 손재주가 뛰어나고 체계적인 성격이며 독창적인 두뇌를 가진 사람이라는 사실 같은 것 말입니다. 심지어 당시에는 그다지 설득력 없어 보였던, 범인의 책장에 테일러의 법의학 책이 꽂혀 있으리라는 추론 또한 옳습니다.

당신이 제시한 열두 가지 조건들은 대부분 옳습니다. 그중 네 번째 항목은 '메이슨사의 편지지를 몰래 손에 넣을 기회를 얻은 적이 있었다'로 범위를 한정해야 할 테고, 알리바이의 가능성을 허용하지 않는 여섯 번째 항목 및 오닉스 만년필과 하필드 잉크에 관련된 일곱 번째 항목과 여덟 번째 항목은 제외해야 할 테지만요. 셰링엄 씨는 범인은 어쩌면 남의 눈에 띄지 않게 만년필과 잉크를 빌려 썼을지도 모른다는 다소 미묘한 의견을 제시하셨는데, 이는 확실히 옳은 의견이었습니다. 그리고 이 관점은 당연히 타자기에 대해서도 똑같이 적용됩니다.

자, 당신의 두 번째 추론에 대해서인데…….”

치터윅은 브래들리의 두 번째 추론에 대한 감탄의 표현이 그다지 떠오르지 않는 것 같았다.

“당신은 거의 모든 지점에서 진상에 근접했습니다. 범죄를 여성의 소행으로 보았고, 모든 사건의 기저에 여성의 분노가 흐르고 있다고 추정했으며, 범인은 범죄학 지식을 갖춘 사람이라는 조건에 모든 추론의 기반을 두었습니다. 정말로 날카로운 시각이 아닐 수 없습니다.”

“그러니까 저는 살인범을 찾아내는 일만 제외하면 모든 일을 다 밝혀냈다는 말씀이로군요.”

“음, 그렇다고 할 수 있습니다. 당연한 일이지요.”

치터윅은 브래들리의 날카로운 통찰력에 비하면 범인을 찾아내는 것은 굉장히 사소한 문제에 불과하다는 생각을 그에게 전달하기 주저하는 듯 보였다.

“이제 셰링엄 씨에게로 옮겨가보도록 하겠습니다.”

“이런, 그냥 넘어가시죠.”

로저는 그에게 애원했다.

"아, 당신이 사건을 재구성한 방식은 굉장히 영리했습니다. 실은 범인이 노렸던 사람이 정확히 살해당했다는 의견을 제시하면서, 사건 전체에 새 국면을 던져주셨으니까요."

치터윅은 굉장히 진지한 태도로 잘라 말했다.

"뭐, 훌륭한 사람도 실수를 저지르는 법이니까요."

로저는 대머스를 흘끗 바라보며 진부한 격언을 입에 담았다.

"당신은 실수를 저지르지 않았습니다."

치터윅이 그의 말을 정정했다.

"예? 그렇다면 이 사건은 벤딕스 부인을 노린 범행이었습니까?"

로저는 놀란 표정으로 물었다.

치터윅은 어리둥절한 듯 보였다.

"그 말씀은 이미 드리지 않았습니까? 아무래도 제가 말주변 없는 바보인가 봅니다. 예, 이 사건이 벤딕스 부인을 노린 범행이라는 것은 부분적으로는 사실입니다. 저는 범인이 벤딕스 부인과 유스터스 경을 한꺼번에 노렸다고 생각합니다. 그것이 범인의 진짜 목적이었습니다. 질투심이 강한 연적 대신 질투심이 강한 남편을 내세운 것만 제외하면, 셰링엄 씨는 진상에 근접했다고 할 수 있습니다. 거의 진상에 도달할 뻔했습니다. 범인이 편지지를 우연히 갖고 있어서 범행 계획을 떠올린 것이 아니라 과거 사건에서 힌트를 얻어 계획을 세웠다는 의견 역시 전적으로 옳은 추론이었습니다."

"제가 뭐라도 제대로 맞힌 점이 있다니 기쁘군요."

로저가 중얼거렸다.

"그리고 대머스 씨의 추론이 무엇보다 큰 도움이 되었습니다. 정말로 큰 도움을 받았습니다."

그는 그녀에게 목례했다.

"설득력이 없다면서요?"

그녀는 비꼬듯 한마디 던졌다. 치터윅은 미안한 표정으로 고개를 끄덕였다.

"저는 대머스 씨의 추론에서 설득력 있는 점을 찾아낼 수는 없었지만, 제게 진짜로 진상을 알려준 것은 대머스 씨가 제시한 추론이었다고 할 수 있습니다.

또한 대머스 씨는 이 범죄에 또 다른 국면을 제시해주었습니다. 그러니까 벤딕스 부인과 유스터스 경 사이의, 어흠, 불륜에 대한 정보 말입니다. 이 사실이야말로 실로 모든 사건의 초석이었습니다."

"그 일이 초석이 아닐 리가 없잖아요. 저는 이 사실로부터 이끌어낸 제 추론이 옳다고 믿고 있어요."

"제 추론을 말씀드려도 괜찮겠습니까?"

치터윅은 머뭇거리며 물었다. 살짝 낙심한 것 같았다. 대머스는 톡 쏘아붙이는 듯한 태도로 이를 허락해주었다.

치터윅은 애써 마음을 추슬렀다.

"예, 그렇습니다. 대머스 씨는 특히 중요한 점 하나를 지적했습니다. 바로 범죄의 밑바닥에 깔려 있는 것은 벤딕스 부인과 유스터스 경의 불륜 사실이라기보다는 벤딕스 부인의 성격이라고 추정한 것이었습니다. 이 추론은 지극히 옳습니다. 그녀에게 죽음을 안겨준 것은 바로 자신의 성격이었던 것입니다. 대머스 씨가 두 사람간의 은밀한 관계를 추정하고 그 관계에 대한 벤딕스 부인의 반응에 대해 창의적인 통찰력을 발휘한 것 또한 더할 나위 없이 옳다고 믿습니다. 그런데 반응이라는 표현이 적절한가요?"

치터윅은 소심한 태도로 허락을 구했다.

"불륜에 반응하는 벤딕스 부인의 모습에 대해서는 대머스 씨의 의견이 옳다고 보지만, 유스터스 경이 그녀에게 점점 싫증을 내게 되었다고 추정한 것은 틀렸다고 생각합니다.

저는 유스터스 경이 벤딕스 부인에게 싫증을 내기보다는, 그녀의 괴로움을 함께 나누려 했다고 믿습니다. 대머스 씨가 생각했던 것과는 다르게, 유스터스 경은 벤딕스 부인에게 푹 빠져 있었습니다. 그녀가 그에게 품고 있는 것보다 훨씬 더 큰 감정을 품고 있었죠."

치터윅은 딱 잘라 말했다.

"이 점이 바로 비극을 초래한 결정적인 요인 중 하나입니다."

모두들 이 요인이란 것을 붙들고 늘어졌다. 이제 범죄 연구회 회원들의 치터윅에 대한 평가는 지적으로 기대할 만한 면이 어느 정도 있다는 쪽으로 바뀌었다. 그가 사건을 해결했다고 믿는 사람은 없을 테지만, 대머스의 평판을 크게 낮출 수는 있을 거라고 생각하는 것 같았다. 어쨌든 이 남자에게는 할말이 더 있는 게 분명했다.

치터윅은 사람들의 주목을 받으며 이야기를 계속했다.

"대머스 씨가 이끌어낸 또 다른 추론 역시 옳았습니다. 즉 독살 사건을 다룬 책에서 살인에 대한 영감을, 혹은 범행 방식에 대한 구체적인 정보를 얻었다는 이야기는 사실입니다. 그런데 유스터스 경의 아파트에 그 책을 가져다 둔 사람은……." 치터윅은 얼떨떨한 얼굴로 한마디 덧붙였다. "바로 그 살인범 여성입니다."

치터윅은 말을 이었다.

"또 대머스 씨가 밝혀낸 유용한 사실이 하나 더 있습니다. 벤딕스 씨가 꼬임에 빠져 그날 아침에 레인보 클럽으로 올 수밖에 없었다는 점입니다. 죄송하지만 다른 표현을 쓸 수 없었습니다. 전날 오후에 그에게 전화를 건 사람은 벤딕스 부인이 아니었습니다. 또한 그가 유스터스 경으로부터 초콜릿을 건네받는 것은 범인이 노린 상황이 아니었습니다. 그날 오후의 점심 식사 약속이 취소되었다는 사실은 범인의 계산 밖이었으니까요. 벤딕스 씨는 유스터스 경이 소포를 받는 장면을 지켜보는 증인으로서 불려나간 것이었습니다. 그게 전부입니다.

범인의 의도는 물론 벤딕스 씨의 머릿속에서 유스터스 경과 초콜릿의 관계를 강하게 심어두어, 특정 사람에게 혐의가 돌아가야 하는 상황이 발생한다면 벤딕스 씨가 이내 유스터스 경을 범인으로 지목하도록 만들려는 것이었습니다.

그는 아내의 불륜 사실을 알게 될 것이 분명했습니다. 개인적인 생각으로는, 그는 실제로 그 사실을 알게 되었다고 봅니다. 그러니 그토록 극심한 괴로움을 표했던 겁니다."

"그렇게 초췌한 몰골이었던 이유가 있었군요!"

로저의 외침에 치터윅은 엄숙히 고개를 끄덕였다.

"의심의 여지가 없습니다. 사악한 계획이었습니다. 유스터스 경은 그때쯤에는 이미 죽었을 테니 자신의 죄를 부정할 수 없었을 겁니다. 살인을 저지르고 자살했다는 혐의를 덮어씌울 증거가 세심하게 준비되어 있었습니다.

하지만 우리가 아는 한 경찰은 그에게 혐의를 두지 않았습니다. 이 점은 경찰 수사가 언제나 범인의 의도대로 진행되지는 않는다는 사실을 보여줍니다. 전체적으로 보아 이 사건에서……." 치터윅은 다소 엄격한 표정으로 덧붙였다. "범인은 지나치게 치밀하게 굴었다고 봅니다."

대머스는 살짝 냉소적인 표정으로 고개를 끄덕였다.

"벤딕스 씨가 반드시 레인보 클럽에 나타나도록 하는 것이 범인의 의도였다면, 그녀의 치밀함은 도를 넘었군요."

대머스는 심리학적 측면뿐만 아니라 다른 측면에 대해서도 치터윅의 추론을 받아들이기로 한 것이 분명했다.

치터윅은 조용히 대답했다.

"예, 정확하게 보셨습니다. 아, 초콜릿 이야기를 하는 김에 할 이야기가 하나 더 있습니다. 범인이 초콜릿을 클럽으로 보낸 이유는 벤딕스 씨를 증인으로 삼아 소포가 도착하는 모습을 보여주려는 의도 외에도 하나 더 있었습니다. 제 생각으로는, 유스터스 경이 초콜릿을 점심 약속 자리에 반드시 가져갈 거라고 여겼기 때문인 것 같습니다.

범인은 유스터스 경의 습관에 대해 충분히 알고 있었기 때문에, 그가 오전에는 클럽에서 시간을 보내고 곧장 점심 약속 장소로 향할 것이라고 확신하고 있었습니다. 그가 벤딕스 부인이 가장 좋아하는 초콜릿 상자를 들고 갈 확률은 굉장히 높았습니다.

범인은 허술하게도 언젠가는 발각이 될 단서를 간과하고 넘어가는 버릇이 있다고 여겨도 좋을 듯합니다. 일례로 이 살인범은 점심 약속이 취소될 수도 있는 가능성을 전혀 염두에 두지 못했으니까요. 물론 범인은 굉장히 능수능란한 범죄자입니다."

치터윅은 범인에게 조심스럽게 찬사를 보낸 다음 한마디 덧붙였다.

"하지만 그런 그녀도 자신의 결점을 떨쳐버리지 못했습니다."

"그래서 그녀가 누군데요, 치터윅 씨?"

필더플레밍 부인이 천진난만한 태도로 물었다.

치터윅은 누가 봐도 악동 같은 미소를 지으며 대답했다.

"여러분께서는 모두 용의자의 이름을 적절한 시점까지 덮어두셨습니다. 저 역시 그렇게 해도 괜찮을 거라고 생각합니다.

자, 저는 이제 의심 가는 부분에 대해서는 대부분 설명했다고 생각합니다. 메이슨사의 편지를 사용한 것은 독을 넣어 먹이기로 한 매개체가 초콜릿이었기 때문입니다. 그리고 메이슨사는 웹스터 인쇄소와 거래하는 유일한 초콜릿 제조업체였기 때문이기도 합니다. 공교롭게도 일이 잘 맞아떨어졌습니다. 유스터스 경은 자신이 즐기거나 애인들에게 사줄 초콜릿으로 항상 메이슨사 제품을 골랐기 때문입니다."

필더플레밍 부인은 어리둥절한 표정으로 물었다.

"메이슨사가 웹스터사와 거래하는 유일한 업체라는 게 무슨 뜻인가요? 이해가 잘 안 가는데요."

"아!" 치터윅은 자신의 둔감함에 대해 책임을 통감하며, 괴로운 표정으로 외마디 소리를 질렀다. "제 설명이 서툴렀습니다. 범행에 사용될 편지지는 웹스터 인쇄소의 견본품 책에 견본이 들어 있는 회사의 편지지여야 했습니다. 유스터스 경은 자신이 쓰는 편지지를 웹스터 인쇄소에 주문하기 때문에, 만일 훔친 편지지의 출처가 웹스터 인쇄소의 견본품 책이라는 사실이 밝혀진다면, 최근 그곳에 방문한 적이 있는 유스터스 경의 신원이 밝혀질 것이기 때문입니다. 실제로 대머스 씨가 정확히 범인의 의도대로 유스터스 경의 신분을 밝히고 말았습니다."

로저는 휘파람을 불었다.

"아, 알겠습니다. 그러니까 우리 모두 편지지에 대해 앞뒤를 뒤바꿔서 생각했다는 말씀이시죠?"

"그런 것 같습니다. 유감이지만 그렇다는 말씀을 드릴 수밖에 없군요."

치터윅은 진심으로 애석하다는 표정을 지으며 대답했다.

여론이 아주 조금씩 치터윅에게 호의적인 방향으로 바뀌기 시작했다. 그의 논지는 적어도 대머스의 추론만큼 설득력을 갖고 있었다. 더군다나 이런 성과는 섬세한 심리학적 재구성을 시도하거나 '가치' 같은 표현을 들먹이지 않고도 이룬 결과였다. 오직 대머스만이 여전히 회의적인 표정을 짓고 있을 뿐이었다. 하지만 그런 모습은 당연히 예상했던 것이다.

"흐음!"

대머스는 회의적인 심정을 한마디로 표현했다.

"동기는 무엇입니까, 치터윅 씨? 질투가 맞습니까? 아직 동기에 대해서는 명확히 밝히지 않으신 것 같습니다만."

찰스 경은 고개를 끄덕이며 물었다.

"아, 물론 명확히 밝혔습니다." 치터윅은 눈에 띄게 얼굴을 붉혔다. "이걸 어쩐다, 처음에 분명히 밝혀둘 생각이었는데 역시 제 설명이 서툴렀군요. 아니, 질투가 아니라고 생각합니다. 복수입니다. 혹은 적어도 유스터스 경에 대해서는 복수이고 벤딕스 부인에 대해서는 질투라고 할 수 있겠군요. 제가 알고 있는 한 그녀는…… 거

있잖습니까? 이런…….”

치터윅은 괴로우면서도 난처한 표정을 지었다.

“굉장히 조심스러운 부분이라서요. 하지만 어쩔 수 없이 이 부분을 건드릴 수밖에 없습니다. 음, 지인들로부터 굉장히 잘 숨겨온 사실이었지만, 이 여성은 유스터스 경을 열렬하게 사랑했고, 급기야는, 어…….”

치터윅은 잠시 머뭇거리다가 용기를 내 말을 끝마쳤다.

“그녀는 그의 정부가 되었습니다. 꽤 오래된 일입니다.

유스터스 경 역시 그녀를 깊이 사랑했습니다. 그는 계속해서 다른 여성들과도 관계를 맺었지만, 심각한 관계로 발전하지 않는 한 양해할 수 있다는 암묵적인 합의가 두 사람 사이에 이루어져 있었습니다. 그녀는 굉장히 현대적이고 마음이 넓은 여성이라고 할 수 있을 겁니다. 그리고 그가 이 불륜 관계에 대해 전혀 모르고 있는 아내를 설득해서 이혼하기만 하면, 두 사람은 바로 결혼할 생각이었을 거라고 믿습니다. 그런데 마침내 이혼이 눈앞에 다가오게 되자 유스터스 경은 부채 때문에 극심한 자금 압박을 겪게 될 거라는 사실을 알아차렸습니다. 그는 사랑하는 사람이 아닌 돈 때문에 결혼해야 하는 처지에 놓였던 것입니다.

이 여성은 당연히 굉장히 실망했습니다. 하지만 그녀는 유스터스 경이 와일드먼 양에게 전혀 호감이 없다는 사실을, 즉 그녀에게 전혀 사랑을 느끼지 않는다는 사실을 알고 있었습니다. 또한 그가 단지 편의 때문에 그녀와 결혼하려 한다는 사실 역시 알고 있었습니다. 그녀는 유스터스 경이 그럴 수밖에 없다는 사실을 잘 알고 있었기 때문에, 그와 결혼할 수 없는 미래를 감수했고 와일드먼 양의 등장에도 분개하지 않았습니다. 사실 와일드먼 양이야말로 화를 내야 할 당사자가 아닐까 합니다."

치터윅은 아무래도 몇 마디 덧붙여야 할 것 같은 기분이 들었다.

"그녀는 와일드먼 양과의 결혼은 사소한 일로 치부했습니다. 오래전에 합의한 사항은 여전히 유효할 것이며, 유스터스 경이 자신을 진심으로 사랑하고 있다는 점에는 추호의 의심도 품지 않았습니다. 오히려 그 점에 만족하고 있었습니다.

하지만 전혀 예상하지 못했던 일이 발생했습니다. 유스터스 경이 그녀에 대한 사랑을 저버렸을 뿐만 아니라 누가 봐도 명백하게 벤딕스 부인과 사랑에 빠진 것이었습니다. 게다가 그는 그녀를 자신의 정부로 만드는 데 성공했습니다. 이는 그가 와일드먼 양에게 구혼하기 시작한 직후에 벌어진, 극히 최근의 일이었습니다. 그 결과에 대해서는 대머스 씨가 실상을 잘 설명해주셨다고 봅니다. 유스터스 경에 대해서는 그러지 못했지만, 최소한 벤딕스 부인에 대해서만큼은 훌륭했습니다.

자, 이제 범인이 어떤 상황에 대해 고민하고 있었는지 아시겠습니까? 유스터스 경은 이혼 소송중이었고, 애초에 신경쓸 가치도 없었던 와일드먼 양과의 결혼은 아예 물 건너간 상태였습니다. 하지만 그와 벤딕스 부인과의 결혼 문제가 등장했습니다. 벤딕스 부인은 양심의 가책에 시달린 나머지 이 상황을 타개할 수 있는 유일한 방법은 남편과 이혼하고 유스터스 경과 결혼하는 것뿐이라고 생각했습니다. 게다가 유스터스 경은 벤딕스 부인을 진심으로 사랑했고, 심지어 금전적인 측면에서도 벤딕스 부인은 와일드먼 양보다 훨씬 나은 신붓감이었습니다. 어느 모로 보나 두 사람의 결혼은 필연적이었습니다. 저는 진부한 인용구를 누구보다도 싫어하는 사람입니다만, 다음과 같은 말을 인용해야 할 것 같은 기분이 듭니다. '사랑이 변한 증오에 비할 것은 하늘 아래 없고, 멸시당한 여성의 분노에 비할 것은 지옥에도……'."

"말씀하신 이야기를 입증할 수 있나요, 치터윅 씨?"

대머스가 진부한 인용구를 냉정하게 자르고 끼어들었다.

"하, 할 수 있을 것 같습니다."

치터윅은 다소 미심쩍은 태도로 대답했다.

"과연 그럴까요?"

대머스는 간단히 잘라 말했다.

치터윅은 대머스의 회의적인 시선을 받으며 다소 불편한 표정으로 이야기를 시작했다.

"어, 저는 최근에 약간 귀찮은 노력을 들여서 유스터스 경과 친분을 쌓을 수 있었습니다."

치터윅은 그 친분이 꽤 좋지 않았던 듯 약간 몸을 떨었다.

"음, 유스터스 경이 자신도 모르게 한 말 때문에 몇 가지 사정을 알게 되었는데……. 아, 그러니까 저는 오늘 점심 식사 자리에서 유스터스 경에게 교묘하게 질문을 던졌습니다. 그는 자신도 모르는 사이에 몇 가지 사소한 이야기를 흘리고 말았고, 저는 그 이야기를 듣고 나서야 마침내 범인의 정체에 대한 확신이 들었습니다. 그 사소한 이야기란……."

"과연 그럴까요?"

대머스는 퉁명스럽게 같은 말을 반복했다.

로저는 서둘러 구원에 나섰다.

"자, 입증 문제는 잠시 보류하도록 하고, 치터윅 씨, 당신의 사건 재구성이 단순히 상상력의 산물이라고 가정하고 이야기를 진행하는 것은 어떻겠습니까? 조금 전에 유스터스 경과 벤딕스 부인의 결혼이 필연적이라고 하셨습니다."

치터윅은 구세주에게 감사의 눈빛을 보내며 말을 이었다.

"아, 그렇습니다. 그러니 범인이 끔찍한 결정을 내리고 굉장히 교묘한 계획을 세운 것은 당연한 일이었습니다. 그 점에 대해서는 전부 설명을 한 것 같군요. 그녀는 오래전부터 유스터스 경의 아파트에 마음대로 드나들 수 있었기에, 그가 아파트를 비운 틈을 타 그의 타자기로 편지를 작성할 수 있었습니다. 또한 그녀는 남을 흉내내는 솜씨 역시 탁월했기 때문에, 벤딕스 씨에게 전화를 걸어 델롬인 척 연기를 하는 것은 쉬운 일이었습니다."

"치터윅 씨, 우리 중에서 그 여자를 아는 사람이 있나요?"

필더플레밍 부인이 불쑥 질문을 던졌다.

치터윅은 이전보다 한층 더 난처한 표정을 지었다.

"어…… 그렇습니다." 그는 한동안 주저하다 말을 이었다. "대머스 씨의 책 두 권을 몰래 유스터스 경의 아파트에 가져다 놓은 사람도 그녀라는 사실을 유념해주시기 바랍니다."

"앞으로 친구를 사귈 때는 좀더 신중해야겠네요."

대머스가 다소 비꼬는 듯한 태도로 말했다.

"유스터스 경의 전 정부였군요?"

로저는 그의 정부에 대한 장황한 명단 중에서 기억나는 이름을 헤아려보며 중얼거렸다.

"뭐, 그렇습니다." 치터윅은 고개를 끄덕였다. "하지만 그 사실을 아는 사람은 아무도 없을 겁니다. 뭐랄까, 정말이지 짐작하기 어려운 일이니까요."

치터윅은 손수건으로 이마를 훔쳤다. 그런 그의 표정은 지극히 슬퍼 보였다.

"그녀는 용케 그 사실을 숨겼군요."

로저가 치터윅을 압박했다.

"어…… 그렇습니다. 그녀는 두 사람 사이의 진짜 관계를 확실히 숨길 수 있었습니다. 굉장히 교묘한 방식이었습니다. 두 사람의 관계를 의심하는 사람이 있을 거라고는 생각하지 않습니다."

"서로 모르는 사이인 척했나 보죠? 같이 있는 모습이 눈에 띄었던 적은 없었나요?"

필더플레밍 부인이 집요하게 물었다.

치터윅은 쫓기고 있는 사냥감처럼 사람들의 얼굴을 번갈아 훑어보았다.

"아, 과거에 그랬던 적이 있었습니다. 그것도 꽤 여러 번 말입니다. 그러다가 두 사람은 서로 싸운 척하는 게 낫다고 생각했던 것 같습니다. 그다음부터는 비밀리에 만남을 계속했습니다."

"이제 여자의 이름을 알려줄 때가 아닙니까, 치터윅?"

찰스 경이 재판관 같은 모습으로 테이블을 쾅 내려치며 말했다.

치터윅은 질문 세례를 피해 필사적으로 도망치다가 숨이 차서 헐떡거리며 입을 열었다.

"살인범들은 왜 끝내 긁어 부스럼을 내고 마는지 정말 이상하지 않습니까? 이런 일은 굉장히 빈번하게 일어납니다.

만약 살인범이 그녀의 훌륭한 계획에 따라 이후의 상황에 개입하지 않고 가만히 있었더라면, 제가 사건의 진상을 우연히 알아내는 일은 일어나지 않았을 거라고 확신할 수 있습니다. 하지만 이처럼 다른 사람에게 누명을 씌우려 애를 썼기 때문에……. 사실 이 사건에서 발휘된 범인의 지적 능력이라면, 그녀는 그보다 더 현명하게 행동했어야 합니다. 물론 그녀의 계획은 실패로 끝났습니다.

절반밖에 성공하지 못했다고도 할 수 있겠지요. 하지만 왜 부분적인 실패를 받아들이지 못했을까요? 왜 신의 섭리를 재촉했을까요? 어떤 일이든 문제가 생기는 건 불가피한데 말입니다. 불가피했는데……."

여기까지 오자 치터윅은 극도로 고통스러워하는 듯했다. 그는 매우 신경질적으로 노트를 넘기며 의자에 앉은 채 꼼지락거렸다. 사람들의 얼굴에 번갈아 꽂히는 그의 시선은 무언가 애원하는 것 같았다. 하지만 무엇을 애원하고 있는지 알아차리기 힘들었다.

이윽고 치터윅은 어찌할 바 모른 채 입을 열었다.

"아, 이런. 정말로 어려운 문제입니다. 남아 있는 문제를 먼저 설명하는 게 낫겠군요. 알리바이에 대한 것입니다.

제 생각에 알리바이는 나중에 만들어진 것 같습니다. 행운을 만난 덕택에 말입니다. 세실 호텔과 사보이 호텔 모두 사우샘프턴 스트리트에서 지척이지 않습니까? 저는 우연한 기회에 범인의 친구 한 명을 알게 되었습니다. 친구 역시 관습에 얽매이지 않는 천성을 지닌 여성이었습니다. 그녀는 탐험 여행 같은 일로 대부분 해외에서 지냈기 때문에 보통은 혼자 생활하곤 했습니다. 그녀는 런던에 이삼일 이상 머무르는 법이 없었고, 아마도 신문 같은 것은 거의 읽지 않는 부류의 사람일 거라고 생각합니다. 만약에 신문을 읽고 혐의점을 발견했다고 해도 그 사실을 폭로할 사람은 절대 아닐 겁니다. 특히 자신의 친구가 관련될 일일 경우에는 말입니다.

그녀의 이름은 제인 하딩입니다. 저는 그녀가 사건이 발생하기 직전에 사보이 호텔에서 이틀 밤을 묵었고, 초콜릿이 배달된 날 아침에 런던을 떠나 아프리카로 향했다는 사실을 알아냈습니다. 그녀는 아프리카에 머물렀다가 다시 남아메리카로 떠났습니다. 지금은 그녀가 어디에 있을지 전혀 모르겠습니다. 아무도 알지 못할 테죠. 하지만 그녀는 런던에 오기 전에 파리에서 일주일 정도 머물렀습니다.

어…… 범인은 그녀가 곧 런던을 짧게 방문할 거라는 사실을 알고 서둘러 파리로 떠났을 겁니다. 이 점에 대해서는 추측이 대부분을 차지합니다만."

치터윅은 불안한 표정으로 사과했다.

"친구에게 런던에서 소포를 한 통 부쳐달라고 부탁하는 일은 굉장히 간단했을 겁니다. 프랑스에서 소포를 부치려니 우편 요금이 비싸고, 벤딕스 부인의 점심 약속에 반드시 늦지 않게 도착해야 한다는 등의 이유가 있었으니까요. 생일 선물이니 하는 핑계를 대면서 반드시 제 날짜에 도착해야 한다고 부탁했을 겁니다."

치터윅은 다시 한번 이마를 훔치더니 애처로운 표정으로 로저를 바라보았다. 로저는 혼란스러워하며 그를 마주 바라볼 수밖에 없었다.

"아, 이런, 굉장히 어려운 문제입니다. 음, 그러면 이제……."

치터윅은 심란한 표정으로 중얼거렸다.

얼리샤 대머스가 자리에서 일어나 느긋하게 소지품을 챙겼다.

"제가 약속이 있어서요. 먼저 일어나도 될까요, 회장님?"

"물론입니다."

로저는 다소 얼이 빠진 듯 대답했다.

대머스는 문가에서 뒤를 돌아보았다.

"나머지 추론을 듣지 못해서 유감이에요, 치터윅 씨. 아까 말씀드렸듯이, 당신이 그 추론을 입증할 수 있을지는 굉장히 회의적이군요."

그녀는 회의실을 떠났다.

치터윅은 겁에 질린 표정으로 그녀가 떠나는 모습을 물끄러미 바라보고 있다가 입을 열었다.

"대머스 씨의 말이 지극히 옳습니다. 입증할 수는 없습니다. 하지만 제 추론에는 추호의 의심이 없습니다. 추호의 의심도 말입니다."

사람들은 망연자실해서 아무것도 할 수 없었다.

"당신…… 설마…… 그런 거예요?"

필더플레밍 부인은 기괴할 정도로 새된 목소리로 떠들어댔다.

제일 먼저 정신을 차린 사람은 브래들리였다.

"결국 우리 중에 실천파 범죄학자가 있었던 셈이로군요. 정말 흥미로운데요."

그는 명문 대학에선 쓰지 않는 말투로 느릿느릿 말했다.

침묵이 다시 한번 그들을 뒤덮었다.

"이제 어떻게 해야 합니까?"

범죄 연구회 회장이 무력한 표정으로 물었다.

답을 가르쳐주는 사람은 아무도 없었다.

작가 정보

●

앤서니 버클리
Anthony Berkeley

앤서니 버클리는 1893년에 태어나 추리소설의 황금기인 1920~1930년대에 활동했다. 본명은 앤서니 버클리 콕스이지만 앤서니 버클리, A.B. 콕스, 프랜시스 아일스 등 여러 이름으로 다양한 작품을 발표했다. 퍼즐 미스터리가 주를 이루었던 시대에 활동하면서 후더닛을 능수능란하게 다루었던 그는 기계적인 트릭에 반하여 심리적 요소를 중요시하기도 했다. 특히 독특하고 실험적인 발상으로 추리소설의 규칙을 무너뜨리려는 다양한 시도를 보여주었다. 한 사건에 대해 타당한 추리가 여러 개 존재할 수 있음을 지적하는 『독 초콜릿 사건』을 포함하여 『살의Malice Aforethought』(1931), 『시행착오Trial and Error』(1937) 등은 아직까지도 참신한 발상과 치밀한 구성으로 놀라운 재미를 선사하고 있다.

작품 활동

앤서니 버클리는 1893년 영국 왓퍼드에서 태어났다. 1차세계대전에 육군으로 참전했다가 부상을 입고 1918년에 전역했다. 《데일리 텔레그래프》에서 기자로 일하면서 A.B. 콕스라는 이름으로 《펀치》, 《유머리스트》 같은 잡지에 짧은 글을 기고하기도 했다.

1925년에는 첫 소설 『레이턴 코트 미스터리The Layton Court Mystery』를 익명으로 발표했다. 버클리의 탐정 캐릭터인 로저 셰링엄이 처음으로 등장한 작품인데 첫 소설에 대한 긍정적인 반응을 보고 힘을 얻은 버클리는 계속해서 소설을 쓰기로 결심한다.

이후 매년 꾸준히 한 편씩 작품을 발표하던 그는 1929년 단편 「우연이라는 이름의 복수The Avenging Chance」를 토대로 하여 『독 초콜릿 사건』을 발표해 추리소설계에 신선한 충격을 주었다. 이 단편은 1949년 《엘러리 퀸 미스터리 매거진》에서 선정한 최고의 단편 열두 편의 목록에 포함되었고, 엘러리 퀸이 직접 최고의 단편 중 하나라고 언급하기도 했다. 『독 초콜릿 사건』은 버클리의 실험적인 시도가 빛나는 작품으로, 미스터리 소설에 여러 해답이 존재할 수 있다는 점을 날카롭게 지적하고 있다. 특히 그는 등장인물의 입을 빌려 "작가는 발견되기를 바라는 단서들의 수를 명확히 정해놓고 탐정으로 하여금 발견하도록 하면 족할 뿐, 다른 일은 신경쓸 필요가 없습니다"라든지 "어떤 사항을 집어넣고 어떤 사항을 빼야 하는지 알고 있다면, 단언컨대 원하는 대로 추론을 이끌어갈 수 있습니다"라고 말하며 추리소설 작가에겐 밑천이나 다름없는 작법을 숨김

없이 보여준다.

버클리는 기발하고 신선한 작품들을 연이어 발표한다. 다음해에 발표한 『두 번째 총성The Second Shot』(1930)은 의외의 인물을 범인으로 상정하고 이를 이중 구조로 교묘하게 감춰놓은 솜씨가 일품이다. 그는 기계적인 수수께끼 풀이에 천착하던 당대의 추리소설들을 비판적인 시선으로 바라보며 언제나 새로운 이야기를 써야 한다고 생각했다. 또한 버클리는 추리소설의 기본적인 구조인 '사건의 발생 – 탐정의 개입 – 사건 해결'의 성공적인 변형 지점을 선보였다. 특히 범행을 저지르는 입장에서 작품을 시작하는 '도서倒敍 추리'의 대표 작가 리처드 헐이 앤서니 버클리의 『살의』(프랜시스 아일스라는 필명으로 발표)를 읽고 고무되어 세계 3대 도서 추리소설에 빛나는 『백모 살인 사건The Murder of My Aunt』(1934)을 써냈다는 일화는 유명하다.

작법을 아는 것만으로는 추리소설을 쓸 수 있는 것이 아니라고 말하는 듯, 버클리는 여러 작품에서 추리소설의 틀과 형식을 뒤집고 부수며 새로운 방식을 시도했다. 이는 추리소설의 규칙에 통달한 사람이 아니었다면 어려웠을 것이다.

특이한 탐정들

앤서니 버클리는 홈스처럼 전능한 탐정을 별로 좋아하지 않았다. 어딘가 부족해 보이는 탐정 로저 셰링엄과 앰브로즈 치터윅을 주인공으로 내세워 그들의 인간적인 허술함과 탐정소설의 규칙 파괴를 매력으로 삼는 작품들을 썼다. 아홉 편의 '로저 셰링엄' 시리즈와 두 편의 '앰브로즈 치터윅' 시리즈를 포함하여, 두 탐정이 함께 등장하는 『독 초콜릿 사건』까지 다양하다.

이 시리즈들에서 탐정은 항상 승리하지는 않는다. 그들은 허둥거리기도 하고 잘못된 단서를 따라가 범인을 찾아내는 데 실패하기도 한다. 모르즈비 경감으로 대표되는 경찰이 승리를 거두는 결말도 존재한다. 경찰과 탐정은 쌍방향으로 도움을 주고 탐정만큼 경찰에게도 위엄이 있다. 그 시대에 유행했던 다른 시리즈처럼, 평범한 경찰이 특출난 지성을 가진 탐정에게 일방적으로 도움을 받는 구도와는 확연한 차이를 보인다.

추리 클럽의 창시자

1930년 앤서니 버클리는 추리소설 작가들을 모아 추리 클럽Detection Club을 만들었다. 이 클럽에 참여한 작가들은 추리소설의 여왕 애거사 크리스티, 도러시 L. 세이어스, 추리소설의 십계를 세운 로널드 녹스, 도서 추리의 창시자 리처드 오스틴 프리먼, 브라운 신부의 창조자 G.K. 체스터턴 등이었다. 기존 회원 모두의 동의를 얻어야 가입할 수 있을 정도로 조건이 까다로웠기 때문에 소수의 인원만 가입할 수 있었다. 그들은 정기적으로 만찬을 함께하며 서로의 작품, 트릭 등에 관해 심도 있는 대화를 나누었다.

회원 모두의 추대를 받아 초대 회장의 자리에 오른 것은 G.K. 체스터턴이었다. 여덟 번째이자 현재 회장은 사이먼 브렛이다. 앤서니 버클리가 추진한 이 모임은 황금기 작가들에겐 작품을 위한 긍정적 자극의 산실産室이었고, 현재는 추리소설사에서 명예와 역사의 한 장을 담당하고 있다. 앤서니 버클리가 『독 초콜릿 사건』을 출간한 것은 1929년이었는데 여러 명의 탐정이 등장해 각자의 추리를 펼치는 장면은 마치 추리 클럽의 탄생을 예고한 듯하다.

작풍과 후대에 끼친 영향

애거사 크리스티나 존 딕슨 카로 대표되는 당대 작가들이 무수한 작품을 써냈던 것에 비하면, 앤서니 버클리는 고작 서른 편 남짓한 수의 작품을 썼을 뿐이다. 그러나 '새로운 미스터리와 기발한 해결'이라는 추리소설의 기본 정신을 지키며 언제나 새롭고 신선한 작품을 써냈다. 퍼즐 미스터리가 범람하던 시대에 심리가 범죄에 중요한 요소가 될 수 있음을 성공적으로 보여주었고, 홈스형 탐정에서 탈피하여 새로운 탐정 캐릭터의 가능성을 열어 보였다. 동시에 견고하게만 보였던 퍼즐 미스터리의 규칙을 다양한 방식으로 변형하여 추리 자체의 즐거움도 만끽할 수 있게 해주었다. 그는 황금기에 안주하지 않고 추리소설이 나아가야 할 길을 보여준 진정한 거장이다.

/

앤서니 버클리의 주요 장편 목록

앤서니 버클리로 발표한 소설

The Layton Court Mystery (1925, 로저 셰링엄 시리즈)

The Wychford Poisoning Case (1926, 로저 셰링엄 시리즈)

Roger Sheringham and the Vane Mystery (1927, 로저 셰링엄 시리즈)

The Silk Stocking Murders (1928, 로저 셰링엄 시리즈)

The Piccadilly Murder (1929, 앰브로즈 치터윅 시리즈)

The Poisoned Chocolate Case (1929) – 『독 초콜릿 사건』 (엘릭시르, 2015, 미스터리 책장 시리즈)

The Second Shot (1930, 로저 셰링엄 시리즈)

The Storey Murder (1931, 로저 셰링엄 시리즈)

Murder in the Basement (1932, 로저 셰링엄 시리즈)

Jumping Jenny (1933, 로저 셰링엄 시리즈)

Panic Party (1934, 로저 셰링엄 시리즈)

Trial and Error (1937, 앰브로즈 치터윅 시리즈)

프랜시스 아일스로 발표한 소설

Malice Aforethought (1931)

Before the Fact (1932)

As for the Woman (1939)

A.B. 콕스로 발표한 소설

The Family Witch (1926)

The Professor on Paws (1926)

Mr. Priestley's Problem (1927)

A. 몬머스 플래츠로 발표한 소설

Cicely Disappears (1927)

해 설

고전 추리소설과 앤서니 버클리 콕스

고전 추리소설은 양 세계대전 사이의 기간 동안 황금기를 맞이했다고 일컬어진다. 이 황금기의 특성은 무엇이라고 정의 내릴 수 있을까? 거칠게 말하자면 이 시기에 접어들면서 비로소 소수의 등장인물, 피해자의 도구화, 범죄행위 및 수사 과정의 규칙성 등의 정형화된 플롯이 확립되어 추리소설 작법의 기초로 자리잡았다고 간추릴 수 있을 것이다. 여기에 셜록 홈스 이후 한 세대가 지나면서 천재적인 탐정의 스테레오타입 역시 확고히 자리잡았고, 기계적이기만 했던 트릭이 플롯 속에 녹아들면서 서스펜스가 확장되었으며, 사건의 무대는 대도시의 익명성을 피해 안락한 응접실 안으로 파고들었다.

다시 말하면 '추리소설=지적 게임'의 등식이 확립되었다고 할 수 있다.

역대 최악의 소모전으로 치달았던 1차세계대전은 인간 이성에 대한 신뢰를 산산조각 내고 말았다. 산업혁명 이후 모든 질문에 대한 해답으로만 여겨졌던 인류 문명의 발달이 오히려 인류의 대량 학살로 이어졌다는 자괴감이 유럽 전역을 비관적인 분위기로 몰아갔던 것이다. 이에 미스터리는 사회의 단면을 직접적으로 드러내는 대신, 이성에 의한 해결이 가능한 무대를 구축해서 그 안으로 독자들을 초대했다. 이성이 배반한 시대에 이성이 여전히 원활하게 작동하는 무대를 보여준 고전 추리소설은 독자들에게 달콤한 위안을 안겨주었고, 그럼으로써 이 시기에 접어들어 비로소 문학 장르의 한 자리를 확고히 차지할 수 있었다.

일단 무대와 규칙이 완성되자 여러 작가들이 저마다 다채로운 솜씨를 뽐내기 시작했다. 애거사 크리스티는 매력적인 캐릭터를 다양한 상황에 떨어뜨려 우아한 서스펜스를 펼쳐냈다. S.S. 밴 다인은 천재적인 명탐정의 최종 버전을 완성함으로써 후대의 명탐정들을 죄다 자신의 그늘 아래 몰아넣었다. 도러시 L. 세이어스는 추리소설의 플롯을 천의무봉의 경지까지 끌어올려 그 자체만으로 이야기가 될 수 있다는 사실을 증명했다. 존 딕슨 카는 초자연적이고 불가능하게 보이는 상황을 이성의 영역에 끌어들이려 했다. 그리고 엘러리 퀸은 이 모든 것을 끌어안고 2차세계대전의 포연 속으로 살포시 내려앉았다.

그 가운데 앤서니 버클리 콕스가 있다. 그는 고전 미스터리의 최고 작가들과 어깨를 나란히 한 거장이자, 그중에서도 가장 이질적인 악동일 것이다. 또한 동시대 작가들 중 가장 유머 감각이 뛰어난, 패러디의 대가

이기도 하다. 하지만 무엇보다 추리소설의 논리에 심리적인 면을 정착시킨 장본인이며, 장르의 규칙을 새롭게 정립하려 했던 선구자라고 하는 편이 더욱 합당한 평가일 것이다.

앤서니 버클리 vs. 프랜시스 아일스

앤서니 버클리 콕스는 여러 필명으로 활동했지만 그중에서 가장 빛나는 이름은 바로 앤서니 버클리와 프랜시스 아일스라고 할 수 있다. 이 두 작가가 한 사람이라는 것은 현재는 물론이거니와 당시에도 널리 알려진 사실이었다. 하지만 비평 쪽에서는 이 둘을 서로 구분해서 다룰 정도로, 앤서니 버클리와 프랜시스 아일스는 추리소설사에서 각기 독자적인 영역을 구축하고 있다. 한 작가의 자아를 둘로 나누어놓았다고 해야 할까, 갈라진 단면은 쌍둥이를 보는 듯 흡사할지언정 전체적으로는 서로 다른 뚜렷한 개성을 지니고 있다.

앤서니 버클리는 물적 증거 위주로 이루어졌던 추리소설의 논리 구조에 인간 심리라는 항목을 추가했다. 범인은 이제 냉정하게 상황을 통제하는 탐정의 쌍둥이 동생 역할에서 벗어나게 되었고, 탐정은 작가의 안티테제가 아닐까 하는 의심이 들 정도로 제멋대로 행동하기 시작했다. 반면 프랜시스 아일스는 아예 추리소설이라는 장르를 탈피하여 독자적인 영역을 구축한 느낌을 준다. 도서 추리소설의 대가라는 평에 걸맞게, 수수께끼를 완전히 포기한 대신 모든 역량을 동원해서 서스펜스를 켜켜이 쌓아올리는 솜씨를 보고 있자면 현대적인 스릴러의 원형으로 보일 정도

이다.

어쩌면 앤서니 버클리는 추리소설의 현재를 끌어안고 다듬으려 했고, 프랜시스 아일스는 추리소설의 미래를 모색하려 했다고 평할 수도 있을 것이다. 이러한 모습은 똑같이 일인칭 화자를 주인공으로 하는 앤서니 버클리의 『두 번째 총성』과 프랜시스 아일스의 『살의』를 비교해보면 비교적 뚜렷하게 드러난다. 그리고 두 자아는 시간이 지나 하나로 합쳐져 앤서니 버클리라는 이름으로 발표한 후기 작품 『시행착오』에서 집대성을 이룬다.

『독 초콜릿 사건』

1930년, 앤서니 버클리 콕스는 G.K. 체스터턴, 애거사 크리스티, 리처드 녹스, 도러시 L. 세이어스, 에드먼드 C. 벤틀리, 리처드 오스틴 프리먼 같은 당대 최고의 영국 추리소설 작가들과 함께 현재까지 이어져 내려오는 전설적인 '추리 클럽'의 발기인이 된다. 클럽 회원들은 정기적으로 모여 서로의 작법에 대해 비평하고 합작으로 작품을 발표하기도 했다. 특히 『표류하는 제독The Floating Admiral』(1931) 같은 작품에서는 앤서니 버클리를 포함한 열네 명의 작가들이 각각 한 장씩 맡아서 집필했을 뿐만 아니라, 제각기 독자적인 추론을 세워 마지막 결말을 쓴 다음 서로 비교해보기까지 했다. 그야말로 소설 속에만 등장할 것 같은 일이 실제로 일어난 것이다.

추리 클럽의 이러한 모습은 『독 초콜릿 사건』의 범죄 연구회의 모습과 꼭 닮아 있다. 이 작품을 발표한 해가 클럽이 창립되기 바로 전해인 1929년이라는 사실을 감안하면 나름 의미심장하게 보이기도 한다. 범죄학의 거장들이 모여 범죄에 대해 의견을 나누는 모임. 앤서니 버클리 콕스 본인은 그런 자신의 구상이 현실로 이루어진 모습을 보면서 감회가 남달랐을지도 모른다. 이런 배경을 염두에 둔다면 소설 속 범죄 연구회의 모습이 좀더 현실적인 모습으로 다가올 것이다.

그런데 역설적으로 이런 설정하에서는 한 명의 탐정에게 전지전능함을 부여할 수 없다. 작품 속에서 범죄 연구회를 구성하는 아마추어 탐정들은 제각기 비범한 두뇌를 지닌 인물로 묘사되고는 있지만, 여느 작품에서라면 확고한 진상으로 밝혀졌을 추론들은 연이어 무너지고 탐정들은 자신의 헛발질에 당황한다. 그들의 모습을 보면 오귀스트 뒤팽 이후로 유구하게 이어진 천재적인 탐정의 전통은 순간 맥이 끊긴 것처럼 보일 지경이다.

이는 비단 『독 초콜릿 사건』뿐만이 아닌, 앤서니 버클리의 이름으로 발표된 대부분의 작품 속에서 드러나는 특징이다. 이 작품 속에 등장하는 로저 셰링엄이나 앰브로즈 치터윅은 다른 작품 속에서도 여전히 스스로를 회의하며 작가가 쳐놓은 그물 속에서 버둥거린다. 앤서니 버클리의 소설 속에서 탐정은 오롯한 절대자의 위치는 고사하고 작가의 페르소나조차 되지 못한다. 이들이 전통적인 탐정상을 견실하게 계승한 동시대의 다른 작가들의 탐정들과 차별화를 이루는 대목은 바로 이 지점이다.

이렇게 전지전능한 탐정이 사라지면서 몇 가지 질문이 그 자리를 메운다. 추리소설에서 탐정이 내놓은 정답은 진상이라 할 수 있는가? 추리소설에서는 단 하나의 진상만이 존재하는가? 추리소설의 정답과 현실의 진실은 일치하는가? 천재적인 탐정이라는 존재는 이성에 의한 문제 해결을 약속하는 고전 추리소설의 대전제를 상징한다. 따라서 탐정이 내놓는 답이 진실을 담보하지 못하게 된다면, 전통적인 고전 추리소설의 규칙 역시 흔들리게 되는 것이다.

앤서니 버클리는 『독 초콜릿 사건』에서 추리소설의 규칙을 재조정할 것을 요구한다. 작품의 배경은 여전히 고전 추리소설의 전형적인 무대장치 위이고, 등장인물 역시 '피해자', '용의자', '탐정'이라는 전통적인 역할을 충실히 연기한다. 그럼에도 탐정들이 자신만만하게 내놓은 논증은 엇나가기 일쑤이고, 서로 난도질을 하며 만신창이로 만든 각자의 추론의 시체를 수습해야 진상에 가까스로 손이라도 대볼 수 있다.

추리소설의 수수께끼는 탐정이라는 대리인을 거치지 않고 독자들에게 직접적으로 다가온다. 용의자들의 심리 변화는 물론이고 탐정의 언행마저 증거이자 단서로서 받아들여야 하는 상황이 발생하는 것이다. 그럼으로써 발생하는 효과는 사뭇 극적이다. 수수께끼의 외연이 확장되면서 결말이 다양하게 가지치기를 하며, 그와 동시에 독자들의 심리 역시 작가에게 포섭되면서 서스펜스가 강화된다. 그런 성취가 당시 어떤 반향을 불러일으켰는지는 굳이 말할 필요도 없을 것이다.

퍼즐 미스터리가 주는 지적 자극의 효용이 크게 낮아진 오늘날, 고전 추리소설을 읽어야 하는 의미에 대해 쉽게 답을 내리기는 어렵다. 하지만 고전 추리소설이 오늘날에도 여전히 생명력을 유지할 수 있다는 증거를 대야 한다면 이 작품을 예로 드는 것만으로 어느 정도 대답이 될 수 있을 거라고 믿는다.

이동윤(번역가)

독 초콜릿 사건
The Poisoned Chocolates Case
/

초판 발행 2015년 10월 16일

지은이 앤서니 버클리 / **옮긴이** 이동윤 / **펴낸이** 강병선

책임편집 이송 / **편집** 임지호
아트디렉팅 이혜경 / **본문조판** 이보람 / **그림** 이한나
저작권 한문숙 박혜연 김지영 / **마케팅** 정민호 김도윤 / **홍보** 김희숙 김상만 한수진 이천희
제작 강신은 김동욱 임현식 / **제작처** 영신사

펴낸곳 (주)문학동네 / **출판등록** 1993년 10월 22일 제406-2003-000045호 / **임프린트** 엘릭시르

주소 10881 경기도 파주시 회동길 210
문의 031-955-1918(편집) 031-955-2696(마케팅) 031-955-8855(팩스)
전자우편 editor@elmys.co.kr / **홈페이지** www.elmys.co.kr

ISBN 978-89-546-3778-7 (03840)

엘릭시르는 출판그룹 문학동네의 임프린트입니다.

울새가 노래하는 곳

울새가
노래하는 곳

—

1판 1쇄 2024년 1월 26일 발행

지은이 최정원
편집 김영석, 김동현
기획 도서출판카논
디자인 김동현
펴낸곳 도서출판카논
ISBN 979-11-93353-02-8 03810
가격 13,000원

비즈니스 및 작가 문의. canonpublisher@gmail.com

울새가
노래하는 곳

최정원
CHOI JEONG WON

CANON

목차

작가의 말

소설 '울새가 노래하는 곳'은 서울에서 태어나 자란 소녀가 어느 날 갑자기 가족과 함께 강원도 산골에 정착하며 펼쳐지는 이야기를 담고 있다. 그렇게 열네 살 소녀가 서른셋이 될 때까지 겪고 느껴야 했던 온갖 고통, 삶의 희로애락을 통해 한 개인이 감내해야 하는 운명의 아이러니와 더불어 작금의 우리에게 가족이란 무엇이며 우리는 무엇을 잃어버린 채 살고 있는가를 말하고 싶었다.

누군가에게는 옛 노래의 가사처럼 올드하다고 느낄 수도 있겠다. 그러나 우리는 가족 안에서 태어났고 그 안에서 자라났음을 기억해야 한다. 이 작품을 통해 그러한 삶의 가치에 대해 말하고 싶었다…….

끝으로 장편은 처음이라 어려움이 컸던 것도 사실입니다. 이 소설이 나오기까지 도움을 주신 CANON PUBLISHER 김영석 대표님과 박초이 작가님께 이 자리를 빌려 감사의 마음을 전합니다. 더불어 표사를 써 주신, 저에게 문학적 가르침을 주신 윤후명 선생님에 대한 고마움을 전하지 않을 수 없습니다.

2024 어느 따스하던 날

최정원

울새가 노래하는 곳

울새의 둥지

"본관 행사에 참석했던 차입니다."

점식이 삼촌이 스피커폰에다 대고 말하자 출입구를 가로막고 있던 바리케이드가 올라갔다. 점식이 삼촌은 이마를 트럭 앞 유리에 바짝 대고 안내판을 들여다보았다. C사 정문 앞길은 도심으로 들어가는 길과 외곽으로 나가는 길로 나뉘어 있었다.

트럭이 고속도로에 들어서자 차창 밖 풍경이 물 흐르듯 흘러갔다. 집과 논발이 드문드문 보이더니 이내 나무가 우거진 산이 펼쳐졌다. 트럭 안에는 한동안 침묵이 채워졌다.

잠시 후, 점식이 삼촌의 목소리가 차 안의 침묵을 깼다.

"진실이, 다시 한번 축하해."

“삼촌도 바쁘셨을 텐데 서울까지 와 주셔서 고맙습니다.”

점식이 삼촌은 얼굴에 엷은 미소를 지어 보이다 껌을 씹기 시작했다. 점식이 삼촌이 입을 오물거리며 껌을 씹을 때마다 뭉툭한 콧방울을 덮고 있던 갈색의 점도 따라 움직였다. 언젠가 아버지로부터 점식이 삼촌은 태어날 때부터 콧방울에 점이 있었다고 하는 말을 들었던 것 같다. 그래서 이름까지 점식이라 부르게 되었다는 사실도.

하늘이 검어졌다 싶었는데 어느새 빗방울이 차창에 부딪히면서 길게 흘러내렸다. 트럭은 연신 털털거리며 달렸다. 얼마쯤 갔을까. 눈앞에 낭떠러지가 나타났다. 그때부터 트럭은 엉금엉금 기다시피 했다. 나는 손으로 안전띠를 조이고 나서 점식이 삼촌의 얼굴을 힐끗 쳐다봤다. 그러나 점식이 삼촌의 표정은 태연해 보였다.

오래전부터 점식이 삼촌은 강원도 산속에서 캔 약초를 트럭에 싣고 서울 약재시장에 내다 파는 일을 해왔다. 직업이 직업인만큼 이 정도의 험한 길은 아무것도 아니라는 사실을 점식이 삼촌은 이미 알고 있었던 것이었다. 하지만 나는 자칫 트럭이 저 낭떠러지 아래로 구르게 되면 이장한 어머니의 산소도 보지 못한 채 어머니를 따라가게 되지나 않을까 불안했다. 그러나 나는 그런 느낌을 입 밖으로 내뱉지는 않았다. 공연히 말이 씨가 될지도 몰랐기 때문이었다.

점식이 삼촌으로부터 아무래도 어머니의 산소를 이장해야 할 것 같다는 소식을 전해 들은 날도 오늘처럼 비가 내렸다.

어느 순간 비도 그치고 하늘을 덮고 있던 검은 구름도 열어지기 시작했다. 마침내 트럭이 평평한 길에 들어섰다. 긴장이 풀려서일까. 나는 잠시 멍한 상태로 앉아 있었다. 점식이 삼촌도 긴장이 풀려서인지 씹고 있던 껌을 뱉고 나서 말을 하기 시작했다.

"이 트럭이 올해로 열아홉 살이야. 사람으로 치면 아흔아홉 살쯤 된 셈이지. 허허허."

"그럼, 이 트럭이 그때 그……."

점식이 삼촌은 고개를 끄덕인 후, 다시 운전에 집중했다. 내가 지금 타고 있는 이 트럭이 오래전 서울 집을 떠나 강원도 산속 외딴집으로 갈 때 이삿짐을 싣고 갔던 그 트럭이란 사실이 새삼 놀라웠다.

갑자기 피로가 몰려오더니 위아래 눈꺼풀이 저절로 달라붙는 듯해서 나는 눈을 감았다. 그러나 잠은 오지 않았다. 계속해서 이런저런 상념들이 꼬리에 꼬리를 물고 이어졌다. 삶이니 운명이니 하는 모호한 상념에서부터 갑작스럽게 맞게 된 집안의 몰락과 그에 더해 가족과의 이별, 이별 뒤에 찾아온 외로움과 싸워야 했던 일들이 어제 겪은 일인 양 선명하게 떠올랐다. 이렇듯 나는 머릿속에서 어떤 것에 대해 한번 생각하기 시작하면 꼬리에 꼬리를 물고 생각이 이어졌다. 어쩌다 이런 습관에 물들게 됐는지 스스로도 설명할 길이 없지만 굳이 그 이유를 찾는다면 이렇게 말할 수는 있을 것 같다. 이런저런 기억을 끊임없이 불러오고 돌려보내기를 반복하다 보면 절망적인 상황 속에서도 휘둘리지 않고 나 자신이 가야 할 길을 결정하거나 선택할 수 있게 된다고. 그러나 내 멍한 머리로는 매번 아무것도 결정하거나 선택하지 못했다.

별안간 점식이 삼촌이 재채기를 했다. 그 재채기 소리가 내 회상을 멈추게 했다. 나는 점식이 삼촌을 쳐다보며 말했다.

"비가 계속 와서 삼촌이 엄청 힘드셨겠어요."

"좀처럼 비가 멈출 것 같지 않더니만 막상 파묘 작업이 시작되면서부터 이장이 끝날 때까지 날씨가 그렇게 화창할 수가 없었어. 허허허."

"감사한 일이네요."

"형수님 산소만 이장한 것이 아니고 그쪽에 있던 다른 묘지도 죄다 이장할 수밖에 없었어. 하필이면 새 길이 그쪽으로 관통되는 바람에."

"그러게요."

"사실은 말이다. 형수님 묫자리 주변의 숲이 우거지면서 그늘이 덮고 있었거든. 이장한 곳은 나무도 많지 않고 남향이라 햇볕이 잘 들어서 오히려 잘된 것 같아."

"다행이에요."

"지난번 폭우가 얼마나 심했던지 산허리가 무너져 내려 물길처럼 쭉 내리뻗어있던 고사리밭 절반가량이 짓뭉개져 버렸어."

고사리밭이 짓뭉개졌다는 소리를 듣는 순간, 내 가슴까지 짓뭉개지는 느낌이었다. 불현듯 머릿속에서 한 소녀의 모습이 떠올랐다. 아담한 키에 동그랗게 생긴 얼굴 그리고 크고 까만 눈, 웃을 때 한쪽 볼우물이 옴폭 들어갈 때면 사람을 미소 짓게 했던 그 소녀.

긴 겨울이 지나고 따사로운 햇볕이 쏟아지던 어느 봄날, 소녀는 구름 한 점 없는 파란 하늘을 머리에 이고 아침 일찍부터 집을 나섰다. 행여 누가 먼저 고사리를 꺾을세라 마음이 조급해졌기 때문이었다. 고사리는 주로 그늘로 드리워져 있는 음지에서 잘 자랐다. 음지에는 고사리뿐만 아니고 만나면 반갑지 않은 친구도 많았다. 그늘을 위장한 청개구리며 떼를 지어 기어다니는 개미들, 야행성인 지렁이, 머리 위로 날아다니는 말벌들 그리고 마주하게 되는 순간 온몸의 근육을 오그라들게 만들어버리는 뱀…….

어느 날 고사리밭 한쪽 모퉁이에 서 있는 밤나무 가지에 울새 한 쌍이 찾아왔다. 울새는 소녀와 친구 하는 것이 즐거운 듯 한나절 내내 노래를 부르기도 했다. 소녀는 윙윙대며 공격적으로 머리 위를 날아다니는 말벌이나 매번 사람을 놀라게 만드는 뱀보다는 울새의 노랫소리를 더 좋아했다. 저물녘 고사리로 채워진 묵직한 배낭을 등에 메고 삐뚤빼뚤한 산길을 내려오고 있던 소녀를 떠올리자 갑자기 가슴이 먹먹해져 왔다.

사실 나는 그곳에서 지낼 땐 풍경 따위에는 아무런 관심도 없었다. 고사리를 꺾는 일에만 신경 쓰기에도 벅찼다. 그런데 지금 내 머릿속에서 가장 먼저 떠오르는 것은 고사리밭의 풍경이었다. 그것도 아주 선명하게. 너무도 선명해서 당장 내 앞에 그 고사리밭이 펼쳐질 것 같았다.

열아홉 살의 나는 어느 봄날 배낭을 메고 능선을 오르고 있었다. 고사리밭 한쪽 모퉁이에 서 있는 밤나무는 하도 키가 커 어디서나 볼 수 있었다. 길눈이 어두운 나는 매번 산에 오를 때면 그 밤나무를 보고 찾아가곤 했다. 밤나무에는 봄부터 여름까지 푸른 잎이 무성했다. 여름 내내 푸른 잎들은 알을 품듯 싱그러운 밤송이를 품고 있었다. 하지만 가장 아름다울 때는 역시 가을이었다. 가을에는 가지마다 매달려 있는 풍성한 밤송이들이 저마다 가슴을 활짝 열어 여름내 품고 있던 반들반들한 알밤을 드러내 보였다. 이따금 밤나무의 맨 꼭대기에는 울새 한 쌍이 찾아와서는 한나절 내내 노래를 부르곤 했다.

한번은 고사리를 꺾다 우연히 울새의 둥지를 보게 되었다. 지름이 한 뼘 남짓 돼 보이는 둥지 안에는 푸른빛 알 세 개가 놓여있었다. 그것은 내가 처음 보는 푸른빛 알이었다. 신기한 나머지 조심조심 다가가 안을 들여다보았다. 때마침 주위를 빙빙 돌고 있던 어미 울새가 나를 발견하고는 황급히 날아올랐다. 아마도 그 어미 울새는 내가 자신이 낳은 알을 위협할 대상이라고 오해한 모양이었다. 나는 결코 울새 알을 훔칠 마음을 먹었거나 해를 끼칠 뜻은 더욱 없었다. 그렇다고 어미 울새에게 내 진심을 알릴 방법도 없어서 안타까울 뿐이었다.

언제부터 있었는지 알 수는 없으나 그 밤나무 아래에는 길이가 어른 키만 하고 둘레 역시 어른 허리만 한 통나무 하나가 엎드려 있었다. 나는 이따금 고사리를 꺾다 잠깐씩 그 통나무에 드러눕고는 했는데 그날은 그 어미 울새를 생각하다 깜빡 잠이 들어있었다. 짹,짹,짹, 하는 소리에 퍼뜩 잠에서 깼다. 그러나 그 새는 울새가 아닌 박새였다.

나는 그와 함께 산에 오를 때면 매번 그 통나무에 걸터앉아서 이런저런 이야기를 나누곤 했다.

한번은 내가 그의 얼굴을 쳐다보며 말했다.

"얼마 전까지만 해도 여기엔 새 둥지가 있었어. 그 새는 능선 쪽에서 선을 길게 그으며 고사리밭으로 날아들곤 했어."

조용히 내 말을 듣고 있던 그가 별안간 호기심 어린 눈빛으로 다가앉으며 물었다.

"어떤 새 둥지였는데?"

"울새"

"울새라고? 처음 들어보는 새의 이름인데."

"나도 처음엔 몰랐어."

"어땠어?"

"처음 보았을 땐 참새로 착각할 정도였어. 그런데 자세히 보니 참새보다는 좀 더 커 보이더라고."

"어떻게 알았어? 그 새의 이름이 울새라는 걸."

"응. 점식이 삼촌이 말해줬어. 울음소리가 하도 구슬프게 들린다고 해서 이름이 울새라고. 그런데 우리 아버지는 또 그 새를 가리켜 나그네새라고 부르더라고."

"나그네새? 참, 재밌는 이름인데."

"나는 나그네새란 이름보다 울새란 이름이 더 정겨운 거 같아."

"동감이야."

"그런데 말이야. 우리 어머니는 또 이상한 소리를 하더라고."

"뭐라셨는데?"

"어머니는 새 이름에는 별 의미를 두지 않고 모든 영혼은 다 새소리를 내는 거라고 하는 것이야."

잠깐 고개를 갸웃하더니 그가 말했다.

"모든 영혼은 다 새소리를 낸다고? 우리가 흔히 알고 있는 영혼은 대체로 사람이 죽었을 때 육체로부터 독립된 정신을 의미하잖아. 물론 육신이 살았을 때도 존재하지만."

"아유, 너무 깊이 생각지 마. 넌 뭐든지 너무 진지한 게 문제야. 우연히 울새 얘기를 하다 그런 말들이 나오게 된 것뿐이야."

그날 울새 얘기 말고 또 다른 얘기를 했던 것 같았는데 잘 기억이 나지 않았다. 아마도 처녀바위에 대해 이야기했던 것 같다. 그 처녀바위가 실제 존재하는지 나는 알지 못한다. 그러나 그날 그가 처녀바위 이야기를 들려준 이후로 처녀바위 없이는 그 골짜기의 풍경을 떠올릴 수 없게 되었다. 처녀바위가 어떻게 생겼는지, 어디에 있는지 정확히 알지는 못하지만 머릿속에서 생생하게 떠올릴 수 있을 것 같다.

처녀바위는 높은 골짜기에서 흘러내리고 있는 물줄기가 낮은 곳을 휘돌다 작은 웅덩이를 만들고 있는 곳에 비스듬히 누워있다. 누가 봐도 여자의 형상이었다. 물론 이름이 처녀바위니 당연하겠지만 얼굴과 가슴 그리고 팔과 다리까지도 또렷했다. 봉긋 솟아오른 가슴은 풍만한 여인의 가슴이라기보다는 풋풋한 처녀의 가슴을 연상하게 했다. 우연히 그곳을 지나가던 총각들이 봉긋하게 솟아오른 가슴을 하도 쓰다듬어서 반질반질해졌다. 신기하게도 처녀바위의 가랑이 사이에는 어른 주먹 하나가 들어갈 만한 구멍이 뚫려 있고 그 구멍으로 교묘하게 억새가 자라나고 있었다. 그런데 그 억새 사이에는 이따금 녹색 도마뱀 한 마리가 모습을 드러냈다 사라졌다. 어느 땐 그 녹색 도마뱀이 끽끽 소리를 내기도 하는데 가만히 듣고 있으면 그 소리는 흡사 갓난아기의 울음소리 같기도 했고 또 어찌 들으면 울새 소리 같기도 했다. 녹색 도마뱀은 위급한 상황이 닥칠 때면 처녀바위의 가랑이 사이에 나 있는 구멍 속으로 몸을 숨겨 버렸다. 그러면 눈에 잘 띄지도 않았다.

토속적인 이야기가 그러하듯 나는 처녀바위에 대한 이야기가 독특하다든가 특별히 재미있다고 느끼지는 않았다.

내 반응이 시원치 않자 그는 심각한 표정으로 말을 했다.

"그런데 말이야. 그 억새풀을 잡아당기면 손가락이 끊어질망정 절대로 억새가 잘리는 법이 없다더군. 오히려 사람이 처녀바위의 가랑이 사이에 나 있는 구멍 속으로 빨려 들어가면 갔지."

"억새가 그렇게 질겨?"

"응. 억새는 질길 뿐만 아니고 모서리가 칼날 같아. 내 기억이 맞는지는 모르겠는데 펄벅이 쓴 대지란 소설에서도 여주인공이 밭에서 일하다 갑자기 산기를 느껴 그녀는 억세 하나를 잘라 급히 집으로 달려간 후, 누구의 도움도 없이 혼자 아기를 낳고는 그 억새로 탯줄을 자르지. 억새가 그 정도로 날카로워."

"그럼 억새가 풀이 아니잖아. 억새로 된 칼이지."

"말 된다. 억새 칼. 와! 그 표현 멋진데. 시적이야. 하하하."

"넌 오늘 참 이상하다. 왜 자꾸 무서운 얘기만 하는 것이야. 처녀바위도 그렇고 억새 칼도 그렇고."

"무서운 얘기를 하니까 더위가 싹 가셔서 좋잖아. 하하하."

"더위가 가시기는커녕 오히려 소름이 돋는구먼."

"그 바위의 이름을 왜 처녀바위라고 부르는지에 대해서는 아무도 아는 사람이 없어. 그냥 여인바위, 엄마바위, 그게 아니면 할머니바위라고 할 수도 있었을 텐데. 그보다 더 이상한 일이 있어. 그러니까 몇 년에 한 번씩 그 처녀바위를 찾아가서 술을 마시다 사라져 버리는 사람, 그것도 반드시 여자가 아닌 남자, 꼭 총각만 그렇게 사라진다나 봐."

그는 말을 하고 나서 내 손을 쥐었다.

그를 힐끗 쳐다보며 내가 말했다.

"그렇다면 그 바위는 순수한 처녀바위가 아니잖아. 처녀귀신바위지."

"귀신 자가 붙으면 무섭잖아."

"귀신 자가 안 붙었어도 무섭네 뭐."

"오래전에 처녀바위에 간 사람 아니, 총각 한 사람이 사라져 버린 일이 있었다는 거지. 지금은 아니야."

"별로 기분 좋은 바위는 아니네."

"신경 쓰지 마. 맹세코 내가 그 처녀바위에 가는 일은 없을 테니까."

"고마워 그렇게 말해줘서."

"절대 걱정할 필요 없어. 우리는 언제까지나 함께 할 거니까."

그때 그가 다정한 목소리로 내게 들려주었던 그 말은 고사리밭 위로 쏟아지고 있는 따사로운 햇살처럼 내 안에 쏟아져 무지갯빛으로 자리 잡았다. 그날 이후부터 내 머릿속은 온통 그의 생각으로 꽉 채워졌다. 눈을 뜨고 있을 때도 밥을 먹을 때도 산에 오를 때도, 고사리를 꺾고 있을 때도 온통 그의 생각뿐이었다. 그러다 어느 순간 그가 너무 완벽한 사람이란 생각이 들었고 상대적으로 나 자신이 몹시 초라하게 느껴졌다. 그럴 때면 나도 모르게 움츠러들곤 했다.

그를 힐끗 쳐다보며 내가 말했다.

"한 가지 물어봐도 돼?"

"응."

"근데 넌 왜 나 같은 애를 좋아하는 건데?"

"좋은데 무슨 이유가 필요할까? 그냥 너와 함께 있는 것 자체만으로도 나는 좋아."

"바보."

"나 바보 아냐. 나름 똑똑하다고. 하하하."

"너 정도면 얼마든지 제대로 된 사람과 사귈 수도 있을 텐데."

"제대로 된 사람의 기준이 뭔데?"

"뭐랄까. 너처럼 평범한 가정에서 평범하게 자라고… 근사한 대학에 다니는."

"그건 네가 생각하는 기준이고 나는 달라. 일단 내 눈에는 네가 제대로 된 사람으로 보이거든. 하하하."

"나는 네가 생각하는 그런 사람이 못돼. 그리고 지금 네 감정은 착각일 수도 있어."

"물론 그럴 수도 있을 테지. 그러나 사실상 우리가 좋다거나 나쁘다고 표현하는 어휘들은 질을 나타내는 것으로써 그 자신이 아닌 외부 세계로부터 적용하는 판단의 기준에 따라서만 적용될 뿐이지. 난 말이야. 내가 느끼는 감정을 말이나 행동으로 나타내는 그 순간이야말로 나 자신을 표현할 수 있는 가장 좋은 기회가 아닐까 생각해."

그날 이후부터 나는 이따금 저렇게 멋진 수호와 결혼하면 어떨까 하는 막연한 생각에 사로잡히곤 했다. 그때 머리 위로 울새 한 쌍이 날고 있는 게 보였다. 울새를 올려다보며 내가 말했다.

"저길 봐! 저 새가 울새야."

"아, 저 새였어? 그런데 울새의 소리가 마치 휘파람 소리 같이 들리는데."

"새소리가 휘파람 소리 같다는 게 말이 돼?"

"내가 잠깐 휘파람을 불어 볼 테니 들어 봐."

그의 말대로 그가 부는 휘파람 소리가 울새 소리처럼 들리는 것도 같았다.

십이 년 전, 고사리밭 언저리에 놓인 통나무에 걸터앉아서 그가 내게 들려주었던 '우리는 언제까지나 함께 할 거니까.'란 그 말은 세월이 지나도 내 가슴속에 오래도록 남아있다. 그러나 지금 그 고사리밭 어디에도 '우리는 언제까지나 함께 할 거니까.'하고 말하던 그도 없고, 그가 하던 그 말을 듣고 눈물이 그렁그렁하던 나도 없다. 지나간 모든 시간은 박제되어 내 기억 속 깊숙한 곳에 보관된 금고에 자리하고 있어서 쉽사리 꺼내 볼 수도 없다. 게다가 이미 세월이 너무 많이 지난 탓에 나는 많은 것을 잊어버리기도 했다. 그런데도 고사리밭에서 있었던 갖가지 추억은 아직도 자주 내 머릿속에서 선명하게 떠오르곤 했다.

이상한 인연

기억이란 참으로 놀라운 것이다. 마음속 깊숙한 곳에 보관된 기억은 그 깊이 또한 바다처럼 헤아릴 수 없을 만큼 깊다. 기억의 바다가 얼마나 깊은지 누가 짐작이나 할까. 어쩌면 지금 나는 과거에 존재했던 시간, 현재는 존재하지 않는 시간에 이끌리고 있는지도 모른다. 잠시 눈을 감고 있자, 곧 기억의 바다가 마음속에 차오른다.

참, 이상했다. 아마도 기억은 나 자신이 살아가면서 경험했던 중요한 일들을 나중에 필요할 때 꺼내 볼 수 있도록 깊숙한 금고 속에 보관해 둘 필요를 미리 알고 있었던 것 같다. 일 년 전의 기억은 꿈속의 일처럼 아득하기만 한데 십이 년 전에 있었던 일은 어제 겪은 일인 양 세세한 부분까지 내

기억의 바닷속에서 선명하게 보였다.

실제로 그곳에 있을 때 나는 주변의 풍경이나 공기 따위에는 아무런 관심도 없었다. 딱히 그곳의 풍경이 아름답다거나 공기가 맑았다고 생각하지도 않았다. 당시 나는 너무 어리기도 했지만 그날그날 해결해야 할 일만으로도 삶이 벅찼다. 어머니에 대해 생각하고 아버지에 대해 생각하고 작은오빠에 대해 생각하고 언니에 대해 생각하느라 정작 나 자신에 대해서는 아무것도 생각하지 못했다. 아, 참. 내게도 한 가지가 있긴 했다. 나는 잠시나마 사랑에 빠졌었다. 사랑? 그런 걸 사랑이라고 말해도 될지 모르겠다. 맞아. 그런 감정이 바로 사랑이었어. 그러나 그 사랑은 열아홉의 나를 혼란의 늪으로 끌고 갔다.

지금 생각해 봐도 그와 나는 참 이상한 인연으로 만나게 되었던 것 같다. 그날도 나는 어김없이 고사리를 꺾으러 산에 갈 참이었다. 그런데 아침부터 일이 꼬이기 시작했다. 뒷짐을 짓고 마루를 왔다 갔다 하던 아버지가 어느 순간 돌아보며 말을 했다.

"진실아, 오늘이 점식이 아우의 생일이 아니더냐. 홀아비가 자신이 먹겠다고 어디 미역국이나 끓였겠어. 그래서 말인데 우리가 미역국이나 끓여서 따뜻한 밥 한 끼라도 먹게 해주자고."

어떤 일이 있어도 아버지의 뜻을 거역할 수 없었던 나는 그때부터 밥도 짓고 미역국도 끓이고 평소 점식이 삼촌이 좋아하는 부추전도 굽기 시작했다. 나름 생일상이 다 차려

졌을 땐 이미 산에 오르기에는 늦은 시각이었다. 그렇더라도 나는 고사리 꺾는 일만은 포기할 수가 없었다. 배낭을 메고 능선을 올랐을 땐 이미 어둠이 골짜기를 덮기 시작했다. 게다가 바람까지 거세게 불어와 숲이 파도처럼 흔들리고 산쑥 덤불과 고사리밭이 통째로 몸을 떨며 바람에 허리를 낮추고 있었다. 때마침 산을 내려오고 있던 머리가 하얀 노인과 마주하게 되었다. 나를 힐끗 쳐다보던 노인이 쩌렁쩌렁하게 울리는 목소리로 말을 했다.

"이렇게 저물녘에는 산에 오르지 않은 게 좋아. 짐승 같은 어둠이 이내 숲을 삼켜버리게 되거든."

노인을 뒤로하고 부지런히 발걸음을 옮겼다. 마음이 급해진 나는 평소 오르던 길이 아닌 지름길을 택했다. 얼마쯤 갔을까. 갑자기 내 눈길을 사로잡는 것이 있었다. 그것은 상수리나무에 붙어있는 표고버섯이었다. 그 모습은 흡사 동그랗게 생긴 브로치 같아 보이기도 했고 어찌 보면 도톰하게 생긴 펜던트를 떠올리게 했다. 표고버섯 전은 아버지가 제일 좋아했다. 나는 정신없이 표고버섯을 따서 배낭에 담기 시작했다.

어느새 배낭이 불룩해져 있었다. 나는 불룩해진 배낭을 메고 어둠이 덮고 있는 산길을 걷기 시작했다. 어느새 눈앞에는 어둠이 깔리고 있었다. 그 어둠은 평소 내가 보아왔던 어둠과는 확연히 달랐다. 먹구름을 몰고 온 어둠은 회색도 아니요. 그렇다고 검은색도 아닌 것이 공포감을 떠올리게 하는, 교활한 술책이 그 어둠 속에 담겨 있는 듯한 야릇한 어둠이었다. 나는 서둘러 걸음을 재촉했다. 그런데 이상했다. 확연할 정도는 아니었으나 조금씩 지형이 달라지고 있는 느낌이었다. 발아래서 밟히고 있는 흙의 감촉도 달랐지만 한 발 한 발씩 떼어 놓을 때마다 발이 옴폭옴폭 들어가는 듯한 느낌이 섬뜩하기까지 했다. 아! 역시 그랬구나. 상수리나무 숲이 끝나가는 지점에는 아득한 절벽이 있었고, 그 아래에는 모래는 아니었으나 모래처럼 건조한 느낌의 흙이 깔려 있었다. 내가 표고버섯에 정신이 팔려 그만 길을 잃고 말았구나! 생각하는 순간 정신이 번쩍 들었다. 어디를 봐도 길은 보이지 않았다. 전에도 산에 올랐다가 길을 잃은 적이 있긴 했다. 하지만 그날처럼 당황해 보기는 처음이었다. 내 머릿속에는 오로지 텅 빈 토굴집에서 막내딸인 내가 돌아오기만을 애타게 기다리고 있을 아버지 생각밖에 없었다. 하필이면 그 순간에 머릿속에서 악몽과도 같았던 광경이 떠올랐다. 그것은 몸을 바짝 웅크리고 있던 까만 들쥐를 뚫어지게 노려보고 있는 여우의 모습이었다. 가느다란 몸통과 짧은 꼬리, 붉은 털과 크고 뾰족한 귀를 보게 된 순간 나는 단박에 그것이 여우라는 걸 알 수 있었다. 나와 눈이 마주친 순간, 그 여우는 미끄러지듯 숲속으로 사라졌다. 그쪽을 지나치면서도 왜 나는 그 여우를 보지 못했을까?

나는 어림잡아 4킬로미터 정도를 헤매고 돌아다녔던 것 같다. 하필이면 눈앞에는 가시덤불과 칡넝쿨이 뒤엉켜 앞을 가로막고 있었다. 될 수 있으면 그쪽을 피하려고 조심했으나 가시덤불과 칡넝쿨이 내 발목을 칭칭 감고 말았다.

가시덤불과 칡넝쿨에서 발을 빼내려고 할 때마다 그것들은 오히려 내 발목을 더욱 옭아맸다. 이대로 죽는구나! 싶었다. 그 자리에서 한 발짝도 나아갈 수 없었다. 고개를 들고 하늘을 올려다보았다. 초승달은 구름 속에 모습을 감추었다 드러냈다를 반복했다. 저만치 철조망이 보였다. 푯말에는 빨간 페인트로 '출입금지'라는 글자가 적혀 있었다. 그 글자는 희미한 달빛 아래 잠깐 보였다가 사라졌다. 어디를 둘러봐도 길은 보이지 않았다. 나도 모르게 철조망 아래쪽을 살펴보았다. 그곳에는 가느다란 물줄기가 폭포처럼 쏟아지고 있었다. 얼핏 그곳에서 서로 쫓고 쫓기고 있는 듯한 야생동물의 모습이 보였다.

그때였다. 어떤 소리가 환청처럼 들려왔다. 짐승 소리 같기도 했고, 물소리 같기도 했다.

"저기요!"

아! 그것은 물소리도 짐승 소리도 아닌 사람의 소리였다.

"그 자리에 가만히 있어요. 그쪽은 군사보호지역이라서 민간인이 함부로 들어가면 ……."

곧 작은 불빛 하나가 덤불을 헤치고 내게로 왔다. 하필이면 그 순간에 절벽 아래쪽에서 박쥐들이 푸드덕 날아올랐다. 나는 완전히 혼이 나가 작은 불빛이 내 쪽으로 다가오고 있는 것을 보았다기보다는 흐릿하게 느꼈다. 숨을 헉헉대며 내 앞에 나타난 그가 내 모습을 살폈다. 두려움 때문이었을까. 내 입에서 희한한 말이 튀어나왔다.

"저를 해치진 않을 거죠?"

그는 고개를 끄덕여 보인 후, 한 손으로 작은 손전등을 비추고 또 다른 손으로는 내 발을 칭칭 감고 있던 가시덤불과 칡넝쿨을 걷어냈다. 그가 무슨 말인가를 했는데 긴장한 나머지 나는 그 말을 알아듣지 못했다. 내가 신고 있는 흰색 면양말 위로 붉은 핏물이 번졌다.

그가 걱정스러운 눈빛으로 나를 힐끗 쳐다보며 말했다.

"어쩌다 이렇게…… 엄청 아플 것 같은데."

그의 목소리는 굵으면서도 부드러웠다. 그는 앞니로 자신이 입고 있던 흰색 면티셔츠를 찢어서 상처 난 내 발에 동여매 주었다. 나는 고맙기도 하고 부끄럽기도 해서 엉거주춤한 자세로 서 있기만 했다.

그가 이해할 수 없다는 듯 말했다.

"아니, 이 시간에 어떻게 여길."

"고사리를 꺾으러……."

"고사리를요? 그것도 혼자서요?"

그가 어이없다는 듯 웃었다.

"처음에는 탐스럽게 생긴 표고버섯이 눈에 들어왔고…… 상수리나무 숲을 따라 얼마나 들어갔는지 잘 기억이 나지 않아요."

두서없이 말을 하다 나는 그만 울먹이고 말았다. 주변은 여전히 어둡고 적막한데 둘만이 세상 끝에 있는 듯했다. 어디서 부엉이 울음소리가 들렸다. 부엉이들은 전에 없이 힘차게 울어 댔다. 수는 그리 많지 않아 보였으나 동굴과 절벽이 산울림까지 만들어내 마치 수십 마리가 울고 있는 듯했다.

그가 손전등을 비추며 한 발짝 앞서서 걸었다. 툭툭거리는 그의 발소리만이 어둠 속을 울릴 뿐 다른 어떤 소리도 들려오지 않았다. 그 발소리라도 없었다면 산속인지 꿈속인지 분간하기 어려웠을 것이다. 절벽을 돌아오느라 열기를 느꼈던지 그는 회색 점퍼를 벗어 어깨에 걸쳤다. 그가 발걸음을 옮겨놓을 때마다 그의 어깨에 걸쳐놓은 점퍼 자락이 가늘게 흔들렸다. 평평한 길에 닿을 때까지 우리는 말이 없었다. 조금씩 더해오는 발의 통증 탓에 나는 부자연스럽게 걸었다. 그는 멈춰서서 내게 안쓰러운 눈길을 보내오며 내가 다 내려올 때까지 기다려주었다. 평평한 길에 닿았을 때 그가 말했다.

"그쪽은 어느 방향이죠?"

"저 아래 행운펜션 맞은……."

그가 내 말을 잘랐다.

"아! 그 토굴집 말이죠…… 당분간 상처에 물이 닿지 않도록 하는 게 좋을 겁니다."

잠시 후, 그가 들고 있던 손전등을 내게 주며 말했다.

"이건 그쪽이 들고 가는 게 좋을 겁니다."

나는 손전등을 받아 들면서도 고맙다는 인사도 하지 못한 채 가볍게 머리만 숙여 보이곤 돌아섰다. 나는 이미 지칠 대로 지친 상태였는데도 왠지 기분만은 상쾌했다.

집에 돌아온 후, 아버지가 알게 될까 봐 조마조마했다. 만약 아버지가 붕대가 감긴 내 발을 보게 된다면 '조심하지 않아서 사고를 친 게야!' 하고 단박에 소리를 지를 게 뻔했다.

다행히도 아버지는 코를 골며 자고 있었다. 아마도 낮에 점식이 삼촌과 과음한 모양이라고 나는 생각했다. 발소리를 죽이며 방에 들어간 나는 거울 속의 내 모습을 바라보았다. 머리는 아무렇게나 헝클어져 있었고 회색 점퍼는 땀으로 흠뻑 젖어있었다.

방바닥에 앉아서 찬찬히 들여다보니 상처 난 곳은 발목만이 아니었다. 발바닥에는 작은 진주알 같은 물집이 군데군데 보였고 더러는 그 물집이 터져 있는 것도 있었다. 자신이 입고 있던 면티셔츠를 찢어 상처 난 내 발에 동여매 주던 그의 모습이 눈앞에서 어른거렸다.

사나흘 정도 지나자 발의 상처는 덧나지 않았고 통증도 사라졌다. 나는 해질녘에 아버지 심부름으로 점식이 삼촌네 들렀다가 돌아오던 길에 우연히 그와 마주쳤다.

그가 미소 띤 얼굴로 먼저 말을 걸어왔다.

"어떻게 여길?"

"네. 저 통나무집이 우리 삼촌네에요."

"아! 그렇군요. 나도 저 통나무집 아저씨를 잘 아는데. 참, 발은 좀 어때요?"

"며칠은 좀 그랬는데 지금은 많이 나아졌어요."

"다행이네요."

나는 엷게 웃어 보이며 물었다.

"그쪽은 여길 어떻게?"

"저쪽 산 아래 보이는 회색 기와지붕이 우리 외할머니네예요."

"어머! 그 절집은 나도 잘 아는데"

밝은 날 보니 그의 모습은 작은오빠와 닮은 것 같았다. 솔직히 닮아 보이는 정도가 아니라 작은오빠로 착각할 정도였다. 다만 그의 키가 작은오빠보다 조금 더 큰 것을 제외하곤 말이다. 윤이 나는 머리카락과 오뚝한 코, 쌍꺼풀은 없었으나 서글서글하게 생긴 두 눈. 게다가 두툼한 입술이 열리면 굵으면서도 부드러운 음성이 울려 퍼져 듣는 이로 하여금 정겨움을 느끼게 하는 것까지.

온통 숲으로 둘러싸인 듯 보이는 빈집을 손으로 가리키며 내가 물었다.

"저 집은 사람이 살지 않은가 봐요?"

"아, 사율집말입니까?"

"사율집이라구요?"

"오래전에 저 집 텃밭에 있던 밤나무가 벼락에 맞았는데 그때 충격으로 밤나무가 쪼개지면서 파편이 튀어 때마침 텃밭에서 풀을 뽑고 있던 집주인의 목을 관통하게 되어 죽었다고 하더군요. 그때부터 사람들이 저 집을 가리켜 사율집이라 부르게 되었다고 들었어요."

"벼락보다 벼락이 칠 때 튄 파편이 더 위험하군요."

"그렇지만 그런 일은 흔치 않잖아요."

"파편을 맞게 된 집주인은 죽고 없는데 정작 벼락을 맞은 밤나무는 생명이 남아있어서 가지에서 움이 트고 있네요."

"그러게요. 사람의 생명력보다 나무의 생명력이 더 강인한가 봐요."

우리는 이야기를 나누며 걷다 자연스럽게 고사리밭 쪽으로 올라갔다. 하긴 그 길 말고는 딱히 걸을 만한 길도 없긴 했다. 길이라고 해봤자 능선으로 오르는 가파른 길과 좁고 평평한 마을 길뿐이었다. 느릿느릿 걸었는데도 이십 분 정도 지나자 이마에 땀이 나기 시작했다. 그는 청색 카디건 소매를 한 뼘쯤 걷어 올리고 있었고 나 역시 분홍빛과 감색이 엇갈린 체크무늬 블라우스 소매를 팔꿈치까지 걷어 올렸다. 마침내 고사리밭 한 모퉁이에 놓인 통나무를 발견했고 우리는 그 통나무에 걸터앉아서 꽤 오랜 시간 동안 이런저런 얘기를 나누었다.

그가 내 얼굴을 쳐다보며 말했다.

"참, 우리 빵이나 같이 먹을래요?"

"웬 빵예요?"

"고향슈퍼에 들러 빵을 사 오던 길이었어요."

내 눈길이 그의 손등에 가서 꽂혔다. 그의 손등에는 일회용 테이프가 붙어있었다. 그 역시 내 눈길을 알아차렸던 모양이었다. 자신의 손목에 붙여놓은 일회용 테이프를 손으로 만지며 그가 말했다.

"아! 이거요. 그날 그쪽으로 달려가다 나무옹이에 …."

"죄송합니다. 저 때문에."

"괜찮아요. 지금은 다 나았어요."

벙긋 웃고 나서 그가 빵 하나를 건네주었다.

"잘 먹겠습니다."

"참, 그쪽은 이름이……."

"진실, 최진실이에요."

"이름이 참 괜찮은데요. 진실, 그것도 최고의 진실이라… 그쪽한테는 절대로 거짓은 없겠는데요. 하하하. 참, 제 이름은 수호. 손수호라고 합니다."

"아, 네. 수호 씨."

빵을 다 먹고 났을 때 엷은 미소를 띠며 그가 또 말했다.

"진실이, 그냥 우리 서로 말을 트는 게 어때?"

"좋을 대로요."

"요라고 하면 말을 트는 게 아니지. 하하하."

"아, 그러네. 호호호."

"진실이, 이 크림빵 어때?"

"빵은 다 좋아해."

"나랑 같군. 하하하."

그날 우리는 빵을 나누어 먹으면서 상당히 친해졌다. 그가 자신의 손에 묻어있던 빵가루를 털어내고 차분한 어조로 말을 하기 시작했다.

"우리 외할머니께서 내가 중학교에 들어가기 전까지 나를 사랑으로 돌봐주셨어. 그러다 보니 자연스럽게 외할머니와는 정이 많이 들게 되었지. 내가 틈이 날 때마다 제일 먼저 이곳 외할머니댁에 내려오는 것도 그런 이유 때문이지. 이번에도 봄방학이라 내려오게 된 것이야."

"아! 그랬구나."

그날 그는 자신을 재수생이나 마찬가지인 대학생이라 소개했다. 대학에 입학은 했지만 본인이 원했던 영문학과에 가지 못해 재시험을 준비 중이라고, 그가 자신에 대해 소개하는 동안 나는 아무 말도 하지 못했다. 솔직히 말하면 특별히 할 말이 없었다.

능선을 반쯤 내려왔을 때 그가 물었다.

"참, 서울에서 사귄 친구들과는 연락은 하고 지내?"

머리를 살랑살랑 흔들며 내가 말했다.

"아니."

"그래도 어딜 가든 서로 안부 정도는 주고받을 만한 친구는 있을 거 아니야?"

"물론 있었지. 피아노 학원을 함께 다녔던 친구와 글짓기반을 같이 다녔던……."

"자세한 사정은 잘 모르겠지만 많이 힘들었겠구나."

나는 많이 힘들었다고 말할 수도 없고 괜찮다고 말할 수도 없었다. 적절한 말이 떠오르지 않아 눈길을 먼 산 쪽으로 보냈다. 우리가 능선을 내려왔을 때는 이미 해가 서쪽 산허리에 걸려 있었다.

봄방학 내내 우리는 거의 매일 만나다시피 했다. 언제부턴가 내 생활에서 그와 만나는 시간이 가장 즐거웠다. 그 역시 내게 호감이 있는 게 분명해 보였다. 그는 자신의 외할머니와 보내는 시간보다 나와 함께 지내는 시간이 더 많았다.

봄방학이 끝나는 전날에는 하루에 두 차례 만났다. 오전에는 냇가에 들어가서 손으로 송사리를 잡았다가 다시 놓아주었다. 오후에는 그와 내가 처음 만나게 되었던 골짜기를 따라 걸으며 머루와 다래를 따서 먹기도 했다. 다행히도 그 길은 오래 걸을 수 있어서 좋았다.

양지바른 언덕은 온통 진달래꽃으로 물들어 있었다. 나는 여태 그곳에 진달래꽃이 그토록 흐드러지게 피어있다는 사실도 알지 못했다. 산에 오를 때마다 진달래꽃은 보지 않고 고사리만 보았던 까닭이었다.

갑자기 그가 언덕으로 올라갔다.

나는 제법 큰 소리로 말했다.

"위험해!"

"뭐가?"

"언덕으로 올라가는 거."

"괜찮아."

그는 기어이 언덕으로 올라가더니 진달래꽃 한 송이를 꺾어 와서는 내게 건네주었다.

꽃송이를 받아 들고 내가 말했다.

"고마워."

얼굴 가득 미소를 지어 보이며 그가 말했다.

"우리 꽃잎을 많이 잡는 사람의 소원을 들어주기로 해."

별안간 그가 점퍼 주머니에 들어있던 꽃잎을 한 움큼 집어 바람에 날렸다. 곧 그가 몸을 날려 땅에 닿을락 말락 하는 꽃잎을 움켜쥐고 나서 엄지손가락을 치켜세우며 자신이 승자임을 과시해 보였다. 나는 아이처럼 팔짝팔짝 뛰었으나 꽃잎은 하나도 잡지 못했다. 자신의 소원은 나랑 같이 손잡고 걷는 거라고 그가 말했을 때 나는 깔깔대며 도망을 쳤다. 별안간 그에게 손 잡힐 생각을 하니 느닷없이 체온이 오르는 듯했다. 나는 있는 힘을 다해 앞으로 달려갔다.

숨을 헐떡거리며 따라오던 그가 말했다.

"이건 완전 반칙인데. 하하하."

"호호호."

즐거움은 고조되어 갔다. 우리에게 같이 있는 시간은 더없이 즐거웠다. 능선을 거의 다 내려왔을 때 뜬금없이 그가 시를 읊기 시작했다.

나 보기가 역겨워

가실 때에는

말없이 고히 보내드리우리다

영변에 약산

진달래꽃…….

시를 읊다 말고 그가 말했다.

"하필이면 이 시에 등장하는 영변이 바로 핵시설이 만들어진 곳이어서 지금은 진달래꽃이 피어나지도 않는다고 하더라고."

"아! 안타깝다."

"꼭 그렇다는 건 아니고 그런 말도 있다는 거지."

나도 이 시는 기억하고 있었지만 그런 것까지는 알지 못했다. 그의 얼굴을 힐끗 쳐다보며 내가 말했다.

"왜 이름이 약산일까. 혹 약초가 많이 나서 붙여진 이름이 아닐까?"

"그럴 수도 있을 거야."

"혹시 북쪽은 진달래꽃을 나름 국화로 치나?"

"내가 알기론 목란인 걸로 알아."

"목란보다는 진달래꽃이 훨씬 예쁘잖아. 만약 남과 북이 하나가 되면 진달래꽃을 국화로 하면 좋겠다. 누구나 다 좋아하는 꽃일 테니."

"그건 곤란해."

"왜?"

"국화는 그렇게 함부로 바꿀 수 있는 꽃이 아니야. 무궁화는 우리나라를 상징하는 꽃으로 영원히 피고 또 피어서 지지 않는 꽃이란 뜻을 지니고 있거든."

"무궁화에 그런 뜻이 담겨 있었구나."

"신라 때 최치원이 당나라에 보낸 국서에서도 이미 신라를 근화향, 즉 무궁화의 나라라 일컬었고. 가끔 사극에서도 보았듯 조선 시대 때 과거에 급제하면 어사화라 하여 무궁화꽃을 머리에…… 현재도 가장 영예로운 훈장 역시 무궁화 대훈장이잖아. 애국가에도 무궁화 삼천리……."

"결국 네 말의 핵심은 국화는 함부로 바꿀 수 있는 꽃이 아니다 이거지."

"응. 맞아."

"참, 고사리는 주로 어디에서 꺾어?"

"저기 보이는 음지쪽이 거의 다 고사리밭이라고 보면 돼."

그는 잠시 내가 가리키는 방향으로 눈을 주고 나서 슬며시 팔을 뻗다 귀중한 예술작품을 다루듯 가만히 내 어깨 위에 손을 얹었다. 어느새 그의 손이 내 어깨선을 타고 내려와서는 슬며시 내 손을 잡았다. 그의 손은 부드러우면서도 따뜻했다.

능선을 다 내려오고 나서부터 우리는 마을버스 정류장까지 뛰기 시작했다. 아쉽지만 그는 서울로 올라가야 했다. 저만치 마을버스가 먼지를 일으키며 언덕을 올라오고 있었다.

그는 자신의 휴대폰에 우리 집 전화번호를 저장하고 나서 곧 마을버스에 올랐다. 잠시 후, 그가 차창 유리에 미소 지은 얼굴을 대고서 손을 흔들고 있었다. 그때 나는 그의 옆모습을 보았다. 하얀 귀와 도톰한 볼 그리고 오뚝한 코가 차창 밖으로 보였다. 그 모습은 마치 영화 속에서 차를 타고 가다 차창 밖으로 얼굴을 내밀며 연인을 향해 손을 흔드는 멋진 남자주인공의 모습을 떠올리게 했다. 솔직히 말하면 영화 속에 등장하는 남자주인공보다 그가 훨씬 더 멋있었다.

사흘 뒤 내가 고사리가 가득 들어있는 배낭을 메고 산에서 돌아왔을 때였다. 돌층계에는 작은 택배 상자가 놓여 있었다. 나는 고개를 갸웃했다. 우리 집에 택배를 보내올 사람이 없었기 때문이었다. 보낸 이의 이름부터 확인해 보았다. 손수호였다. 상자 안에는 손편지와 분홍색 케이스로 감싼 휴대폰이 같이 들어있었다. 나는 얼른 편지부터 펼쳐보았다.

'잘 지냈어? 아무래도 너랑 자주 안부를 주고받으려면 집 전화보다는 휴대폰이 편리할 것 같아서… 내가 개통해 놓

았으니 넌 이용하기만 하면 돼. 휴대폰을 받게 되면 문자부터 줘. 안녕!'

나는 편지와 휴대폰을 가슴에 끌어안고 한동안 돌층계에 그대로 앉아 있었다. 어느새 집 앞 개울가에서는 개구리 우는 소리가 들려왔고 거뭇거뭇하던 벚나무에도 분홍 꽃망울이 올망졸망 맺혔다. 나는 따사로운 햇살이 쏟아지고 있는 마당으로 나갔다. 앙증맞고 파릇파릇한 새 생명들이 언 땅을 뚫고 올라오는 소리가 여기저기에서 들려오는 듯했다. 새 생명들은 낙엽 더미도 뚫고 단단한 나무껍질도 뚫고, 돌 틈까지도 뚫고 모습을 드러냈다.

머지않은 시기에 그가 올 거라고 기대를 하고는 있었지만 사실 언제 올지는 알 수 없어 체념하는 사이 뜻밖에도 그가 찾아왔다.

"어떻게 왔어?"

"응. 학교 개교기념일과 주말이 이어졌어."

그의 목소리는 막 돌 틈을 박차고 나온 파릇파릇한 새싹처럼 해맑고 산뜻했다. 반가운 마음에 조금 흥분된 목소리로 내가 말했다.

"아! 그랬구나."

반가움도 잠시뿐. 평생 잊을 수 없는 사건이 연이어 벌어지고 말았다. 갑자기 절집에 불이 난 것이었다.

그날 오후, 내가 절집 마당으로 들어섰을 때 그의 모습이 보이지 않았다. 나는 잠깐 주위를 두리번거렸다. 그때 그는 안채와 꽤 떨어진 곳에 자리한 행랑채 앞에 쪼그리고 앉아 있었다.

그는 환하게 웃는 얼굴로 나를 반겼다.

"진실이. 어서 와."

"거기서 뭐 하고 있었어?"

"응. 물을 좀 마셨어."

마름모꼴에 가까운 듯 보이는 옹달샘에는 맑은 물이 넘칠 듯 말 듯 했다. 바람이 불어오자 옹달샘 위로 감나무 가지가 춤을 추듯이 흔들리고 있었다. 나는 여태 그곳에 옹달샘이 있는 줄은 알지 못했다. 매번 절집에 들렀을 땐 안채에만 머물다가 돌아오곤 했기 때문이었다.

"너도 한번 마셔봐. 물맛이 달아."

"물맛이 달다고? 시원하다면 몰라도 물에서 단맛이 느껴진다는 말은 처음 들어보는데."

그는 나무 꼬챙이로 마당에 글씨를 또박또박 썼다. 그때 그의 뒤로 보이는 행랑채 지붕 위에는 수탉 한 마리가 화려한 볏을 뽐내며 홰를 치며 울어댔고, 털이 하얀 개는 행랑채 기둥에 묶인 채 허공을 향해 짖어대고 있었다. 그는 글씨를 다 쓰고 나서 자상한 선생님처럼 손으로 한 자 한 자 짚어가며 설명을 하기 시작했다.

"왜 감로수란 말도 있잖아. 이리 와서 봐. 달 감 甘 이슬 로 露 물 수 水……."

그러나 나는 퉁명스럽게 말해버리고 말았다.

"나는 한자는 잘 몰라. 내 앞에서 유식한 척 좀 하지 마."

"그렇게 생각했다면 미안. 나는 그냥 쉽게 설명하느라."

"쉽긴. 더 어렵거든."

"오늘따라 하늘이 이상하지. 그렇다고 비가 올 것 같지도 않은데 말이야."

"그러게. 근데 왜 집이 이렇게 조용해."

"응. 모처럼 외할머니와 외할아버지 모두 읍내로 나가셨어. 오늘이 장날이라고 하던데."

"아. 맞다. 오늘이 장날이야."

나도 앙증맞게 생긴 표주박으로 물을 떠서 마셨다. 물맛이 달다기보다는 우리 집 물보다는 좀 더 시원했다. 옹달샘 뒤쪽으로 빙 둘러쳐진 돌담에는 푸른빛이 도는 담쟁이넝쿨로 덮여있었다. 햇살이 비치자 담장은 온통 진홍색으로 물이 들었고 옹달샘 주위에는 파릇파릇한 풀이 돋아나 있었다.

불현듯 갑자기 하늘에는 검붉은 장미꽃다발 같은 구름떼가 몰려왔다. 놀란 내가 그 구름 떼를 힐끗힐끗 쳐다보았다. 그가 바람이 차다며 내 손을 잡아끌었다. 그의 손에 이끌려 절집 방으로 들어가게 되었다. 말끔해 보이는 방 한구석에는 기타가 세워져 있었다.

바닥에 엉덩이를 대고 앉으며 내가 말했다.

"이 방에서 너랑 나랑 단둘이 앉아 있게 될 줄이야."

"난 말이야. 너랑 나랑이라고 하는 것보다는 우리라고 하면 더 좋을 것 같아."

"나는 너랑 나랑이란 말이 더 정겹게 느껴지는 것 같은데."

“지금부터 내가 하는 말을 잘 들어봐. 내가 처음 기타를 배울 때 영국 민요인 ‘즐거운 나의 집’이란 곡을 치면서 노래도 불렀지. 그 노랫말 가운데 ‘나의 집’이란 말이 자주 나오거든. 그때 곁에 앉아 계시던 외할아버지가 호통을 치셨어.”

“왜?”

“녀석아, 네 집이 어딨어서 자꾸만 나의 집, 나의 집, 하는 거냐. 네가 잘 몰라서 그렇지 한국 사람은 말이다. ‘나’라는 개체보다는 ‘우리’라는 집단을 더 좋아하지. 그러기에 우리 나라, 우리 고향, 우리 동네, 우리 학교, 우리 친구 하지 않더냐. 하시는 거야. 외할아버지의 말씀을 듣고 보니 너와 나라고 하는 개체보다 집단을 뜻하는 우리란 말이 더 정겹게 느껴지긴 하더라고.”

잠시 후, 그가 구석에 세워져 있던 기타를 가져왔다.

“기타는 할머니 댁에 와서 처음 치기 시작했어. 완전 독학이야. 그래서 잘 치지는 못해. 그런데 기타는 정말 좋아. 소리가 요란하지도 않고 뭐랄까. 정겨운 친구 같다고 할까. 엉성하지만 몇 곡은 칠 수 있어. 내가 요즘 즐겨 치는 건 ‘굿바이 데이’란 곡이야.”

그가 기타를 치기 시작했다. 기타 소리가 방안을 가득 채웠다. 그 소리는 어디선가 들어본 듯 익숙했다. 가만히 생각해 보니 우리 가족이 서울에서 살 때 작은오빠도 가끔 기타를 치곤 했는데 이따금 ‘굿바이 데이’란 곡을 들려주었던 것 같았다.

나는 숨을 죽이고 앉아서 그가 치는 기타 소리에 귀를 기울였다. 얼마가 지났을까. 그가 손을 흔들어 내 얼굴 주위에서 날고 있던 파리를 쫓다 상체가 기울어 기타 줄이 제멋대로 흔들리게 되면서 불협화음이 났다. 그가 상체를 바로 하려 했을 때 그의 어깨와 내 어깨가 살짝 부딪쳤다. 소름이 끼치도록 은근한 눈빛으로 나를 바라보고 있던 그가 갑자기 손으로 내 턱을 받치고 사랑스런 아기에게 하듯 내 뺨에 가볍게 입술을 갖다 댔다. 곧 그는 내 입술에 열정적으로 키스했다. 그의 숨결에서 뿜어져 나온 뜨거운 열기에 나도 모르게 내 몸이 활처럼 구부러졌다. 그는 부드러운 손길로 천천히 내가 입고 있던 카디건 단추를 풀기 시작했다. 작고 둥근 모양의 단추는 모두 여섯 개였다. 나는 그의 손이 단추를 하나씩 벗겨내는 모습을 숨소리도 내지 않은 채 바라보고 있었다. 여섯 개째 단추에 닿게 되는 순간 그의 손이 가늘게 떨렸다. 마침내 카디건 틈으로 하얗고 봉긋한 가슴이 드러났다. 곧 그는 자신의 얼굴을 내 가슴에 묻었다.

나중에 알게 된 사실이지만 하필이면 그 순간에 절집 아니, 그의 외할머니네 행랑채에서 연기가 조금씩 솟아 올라오고 있었다. 시간이 지날수록 불은 점점 번졌고 우우우 소리를 내는 불길은 성난 짐승처럼 울어댔다. 타닥타닥 나무 기둥과 서까래가 타는 소리 속에서 후끈후끈한 불기운이 마당을 가득 채웠다. 그때 행랑채 기둥에 목줄이 묶여있던 개가 뜨거운 불기운을 견디지 못하고 미친 듯이 짖어대기 시작했다. 때마침 바람이 거세게 불어와 작은 불씨들이 사방으로 흩어지면서 개집에까지 불이 옮겨붙게 된 것이었다.

공교롭게도 개가 불에 타서 죽어가고 있던 순간에 그의 몸은 마치 물속을 무자맥질하듯 떴다 가라앉았다 반복하면서 내 몸속으로 빠져들고 있었다. 그의 행동은 난폭했음에도 불구하고 나는 첫 경험을 하는 소녀답지 않게 황홀한 우주 속으로 빠져들고 말았다.

마침내 소방차가 출동했으나 길이 워낙 좁은 탓에 절집 마당에까지는 들어오질 못했다. 곧 두 명의 소방관이 소화기를 들고 달려왔고 아랫마을에 사는 사람들을 포함해서 지나가던 등산객까지 달려와 준 덕분에 다행히 불은 이내 잡혔고 안채에까지 번지는 일도 없었다. 소방관 한 명이 잔불을 다 끄고 나서 우리가 있는 안채 쪽을 향해 뚜벅뚜벅 걸어와서는 제법 큰 소리로 말했다.

"계십니까?"

순간 우리는 동시에 눈이 휘둥그레졌다. 그때 몸을 바들바들 떨고 있던 내가 떨리는 목소리로 말을 했다.

"아, 어떻게!"

"쉿!"

그가 손가락 두 개를 입술에 갖다 대며 조용히 하라는 신호를 해 보였다.

소방관이 또 한 차례 말을 했다.

"안에 아무도 안 계십니까."

갑자기 내 심장이 들썩들썩 뛰었다. 나는 숨을 길게 한 차례 내쉬고 나서 아까보다 작은 목소리로 말했다.

"어떡해! 저 소방관이 우리가 방에 있는 걸 아나 봐."

"설마."

"아무래도 소방관이 댓돌 위에 나란히 놓아둔 신발 두 켤레를 본 모양이야."

우리는 나갈 수도 없고 그렇다고 그냥 있기도 난감했다. 때마침 어디서 걸려 온 전화를 받고 나더니 소방관이 대문 밖으로 사라졌다. 내 입에서 한숨이 길게 뿜어져 나왔다.

"휴!"

그때까지 눈을 열쇠 구멍에 박고 있던 그가 낮은 목소리로 말을 했다.

"아직 나가면 안 돼. 또 다른 소방관 한 명이 잿더미에다 대고 오줌을 누고 있어. 무지 참았던 모양이야. 오줌 소리가 소방호스에서 뿜어져 나오는 물소리 같아. 이리 와서 너도 한번 봐."

"그건 아니지. 소방관 아저씨가 소변보는 걸 내가 뭣 하러 봐."

"거기를 보라는 말이 아니고 행랑채 쪽을 보라는 거지. 내 말은."

나는 눈을 문틈에 박고서 밖을 내다봤다. 오줌을 다 눈 소방관이 대문 쪽으로 뚜벅뚜벅 걸어 나가고 있었다. 그때야 우리는 문을 열고 밖으로 나갔다. 검은 연기가 마당을 채우고 있어서 앞이 잘 보이지 않았다. 바람이 불어오자 연기가 조금씩 사라지는 듯했다. 매캐한 냄새가 목구멍까지 들어온 탓에 우리는 번갈아 가며 기침을 했다. 이미 행랑채는 잿더미로 변해 있었고 그 위로 잿빛 먼지가 연기처럼 피어오르고 있었다. 또 한차례 바람이 불어왔고 잿빛 연기는 마당으로 내려앉지 않고 하늘가로 사라져갔다. 그때서야 털이 하얀 개가 새까맣게 그을린 채 바닥에 널브러져 있는 게 눈에 들어왔다.

내가 울먹이며 말을 했다.

"어떻게 해. 개가 불에 타서 죽었나 봐."

별안간 그가 무릎을 꿇고 앉더니 축 늘어진 개를 끌어안고 흐느꼈다. 나는 그의 어깨만 토닥여줄 뿐 아무 말도 할 수가 없었다. 잠시 후, 우리는 개의 사체를 거두어 능선으로 올라갔다. 따스한 햇볕이 비치는 고사리밭 한 모퉁이에 땅을 파서 개의 사체를 묻어주었다. 그러고 능선을 내려오다 우리는 약속이나 한 듯 동시에 고개를 돌려 개의 무덤을 물끄러미 바라보았다.

능선을 다 내려왔을 때 그가 말했다.

"우리는 왜 행랑채에서 불이 난 줄을 몰랐을까."

"불은 언어가 없으니까."

"우리가 몰라서 그렇지 세상 만물은 저마다의 언어를 가지고 있을지도 몰라."

"그러면 불도 언어가 있다는 말인데 그게 말이 돼?"

"말이 되지."

"이럴 테면 어떤 언어?"

"타닥타닥."

"그럼 비는?"

"보슬비는 보슬보슬, 소나기는 좌르르."

"눈은?"

"뽀드득"

"그건 아니라고 봐. 그건 우리가 눈을 밟았을 때 발과 눈이 동시에 부딪치면서 나는 소리일 뿐. 눈이 독립적으로 내는 소리는 아니지."

"그럼 펑펑 혹은 소복소복."

"하하하."

"호호호."

결코 웃을 일이 아니었으나 우리는 소리 내 웃고 말았다. 그때 머리 위로 쏟아지고 있던 붉은 노을과 산 위에서 불어오는 시원한 바람, 하늘 높이 날고 있는 산새들의 날갯짓 그리고 그 산새들이 지저귀는 노랫소리……. 언제 절집 행랑채에 불이 났느냐는 듯이 여전히 진행되고 있는 산속의 일상이 전에 없이 놀랍게 다가오고 있었다.

그와 헤어지고 집으로 돌아오던 길에 우연히 점식이 삼촌과 만나게 되었다. 아직도 점식이 삼촌의 얼굴은 절집 행랑채에 불이 난 것에 대해 흥분을 가라앉히지 못하는 듯 보였다. 그때 점식이 삼촌으로부터 듣게 된 불이 났을 때의 상황을 요약하면 대충 이랬다.

사람들이 언덕을 다 올라와 옥수수밭 모퉁이로 막 돌아섰을 땐 이미 절집 행랑채 쪽에서 시커먼 연기가 솟아나고 있었다. "절집이다!" 누군가 소리를 질렀다. 또 누군가는

"절집 행랑채에서 불이 났어!" 단정 지었다. 맨 먼저 모르는 트럭 하나가 사람 몇을 태우고 무서운 속력으로 달리고 있었고, 그 뒤로 소방차가 사이렌을 울리며 따라갔다. 소방차가 화재 현장 가까이 왔을 때만 해도 불을 꺼야 한다는 사람들의 열기는 불보다 더 뜨거웠다. 그러나 안타깝게도 소방차도, 트럭도 모두 화재 현장에는 들어갈 수가 없었다. 찻길에서 절집으로 들어가는 길 폭이 좁았기 때문이었다.

사람들이 힘을 모아 옹달샘을 통째로 퍼부어서라도 불을 꺼보려고 했으나 그런 판단은 곧 바뀌었다. 다 타도록 그냥 놔두기로 결론이 났다. 이미 게딱지만 한 행랑채가 다 타버린 데다 가치도 대단치 않다고 판단되었기 때문이었다. 사람들이 둘러서서 불탄 행랑채를 바라보며 저마다 자신의 감정을 나타내기도 했고, 낮은 소리로 지난번 행운펜션 천막 안에서 손님들이 고기를 굽다 불을 냈을 때를 포함해서 그동안 몇 번 있었던 산불에 대한 이런저런 이야기를 주고받기도 했다. 또 어떤 이는 만약 절집 마당으로 들어가는 돌담 모퉁이의 길폭이 한 뼘만 더 넓었더라면 소방차가 들어가서 빨리 불을 끌 수도 있었을 텐데 하며 아쉬워하기도 했다.

막상 있는 힘을 다해 달려오긴 했으나 불이 난 현장에는 들어가 보지도 못한 채 트럭과 소방차는 마치 아무 일도 없었다는 듯이 언덕 아래로 내려가고 있었고, 그 뒤를 사람들 몇이 이야기를 나누며 걸어갔다. 행랑채에 불이 활활 타오르던 그 순간에 안채에서 그와 내가 불보다 더 뜨거운 불꽃

놀이를 하고 있었던 사실에 대해서는 누구도 짐작하지 못했을 것이다.

곰곰이 생각해보니 그가 얼굴을 내 가슴에 묻고 있을 때 먼 거리에서 소방차 소리가 들려오고 있었던 것도 같았다. 앵앵거리며 달려오고 있던 소방차 소리와 사람들이 불이야! 하고 소리치며 달려오는 소리도 같이 들려왔다. 그때 나는 골짜기 너머 북쪽에서 산불이 난 줄로만 알았다. 전에도 산불이 났을 때면 아랫마을 사람들이든 등산객이든 개의치 않고 달려가곤 했으니까.

그날 밤, 나는 조금도 과장하지 않고 아침이 될 때까지 벽을 지고 그대로 앉아 있었다. 아무리 생각하고 또 생각해봐도 낮에 절집에서 있었던 엄청난 사건들이 현실이 아닌 꿈속의 일처럼 느껴졌기 때문이었다. 현실에 있었던 일인지 그냥 꿈에 불과한 일인지 확인하고 싶어 나는 내 살을 꼬집어보기도 했다.

날이 훤히 밝아오면서부터는 엄습해오는 어떤 허탈감에 젖어있었다. 허탈감이라고 하는 그 말속에 그가 나를 무시했다거나 나 자신의 태도에 대해 후회의 의미가 담겨 있는 건 아니었다. 여전히 벽을 지고 앉은 상태에서 나는 잠깐 잠이 들었던 것 같다. 잠결인지 꿈결인지 그의 머리카락에서 풍기던 향긋한 샴푸 냄새와 그의 목덜미에서 말아지던 야릇한 남자의 살냄새가 아직도 몸 안에서 은은하게 느껴졌다.

이튿날 아침 풍경은 어제와 다름없었다. 아버지와 나는

통나무 식탁 앞에 마주 앉았다. 괜스레 나는 눈길을 어디에 다 두어야 할지 난감했다. 갑자기 아버지가 어제 절집에 불이 난 이야기를 꺼냈다.

"어제 절집 행랑채에서 불이 났다지."

순간 가슴이 철렁했다. 나는 안다고 말할 수도 없고, 그렇다고 모른다고 말할 수도 없어서 그냥 가만히 듣고만 있었다.

"행랑채 천장에 연결된 낡은 전선에서 불똥이 튀었다지. 때마침 집에 아무도 없어서 다행히 다친 사람은 없었다고. 그런데 개가 불에 타 죽었다더군. 아무리 짐승이지만 참으로 애석한 일이야. 무엇보다 진실이 네가 그 시간에 절집에 안 간 건 천만다행이야."

아버지는 아직도 내가 어리다고 생각하는 모양이었다. 불이 난 그 순간에 불같이 뜨거운 사랑을 한 나를 말이다. 왠지 나는 죄인인 양 고개를 들지 못한 채 밥만 꾸역꾸역 퍼먹고 있었다.

토굴집과 통나무 식탁

아주 오래전, 당시 열네 살이었던 나는 강원도 산속 오지 마을로 향하는 자동차 안에 앉아 있었다. 서울에서 태어나 열네 살이 될 때까지 한 번도 서울을 떠나 본 적이 없었던 나는 내색은 하지 않았지만 속으로 얼마나 착잡한 심정이었는지 모른다.

내가 웅성거리는 소리를 듣고 잠에서 깨어났을 때는 아직 한밤중이었다. 점식이 삼촌이 트럭을 몰고 나타났다. 트럭 표면에 입힌 파란색 페인트가 반질반질 윤이 났다. 아마도 점식이 삼촌이 새 트럭을 장만한 모양이라고 나는 생각했다. 점식이 삼촌을 보자마자 아버지가 말했다.

"전화상으로도 말했듯이 지금 이 상황에서 내가 네 형수한테 할 수 있는 건 이 길밖에 없는 것 같아."

"예. 형님. 잘 판단하신 겁니다."

아버지가 점식이 삼촌을 쳐다보며 말했다.

"그래도 다행히 비가 오지 않아서…. 장마철도 아닌데 끈질기게도 비가 내리더니만."

"그러게요. 형님."

"자, 짐부터 싣자고."

마침내 점식이 삼촌이 아버지와 작은오빠가 날라다 준 짐을 트럭에 차곡차곡 쌓기 시작했다. 세 남자는 손발이 척척 맞았다. 이윽고 트럭에 짐이 산처럼 쌓였다. 점식이 삼촌이 짐을 가득 실어놓은 트럭에 덮개를 씌우고 나서 밧줄로 단단히 동여맸다. 이제 떠나기만 하면 되었다.

아버지가 점식이 삼촌을 쳐다보며 말했다.

"평창까지 얼마나 걸릴 것 같은가?"

"세 시간 반 정도면 충분할걸요."

"세 시간 반이라."

아버지의 얼굴에는 어딘가 모르게 긴장감이 엿보였다. 솔직히 아버지뿐만이 아니었다. 우리 가족 모두 긴장할 수밖에 없었다. 과연 어머니가 자동차를 타고 세 시간 반을 버틸 수 있을까, 마음을 졸이고 있었던 터였다. 그때 작은오빠가 공터에 세워두었던 은색 승용차를 몰고 와서 트럭 뒤에다 세웠다. 그 은색 승용차는 큰오빠가 베트남으로 떠나면서 두고 간 것이었다.

평소 춥다고 하는 말을 입에 달고 살다시피 하던 어머니는 두꺼운 기모바지 속에 내의를 입고 털실로 짠 스웨터도 입었다. 그래도 안 되겠다고 생각되었던지 그 위에다 패딩 코트까지 걸쳤다. 둥글둥글한 어머니의 모습은 흡사 이불 보따리 같아 보였다. 작은오빠가 어머니를 부축해 승용차에 오르게 했다. 조수석은 어머니가 차지했고 나와 언니는 뒷좌석에 앉았다.

마침내 트럭에 시동이 걸리고 수직으로 뻗은 배기관에서 붕붕 소리를 내더니 엷은 잿빛 배기가스를 뿜어내며 바퀴가 서서히 움직이기 시작했다. 작은오빠가 모는 은색 승용차도 곧 뒤를 따랐다. 그렇게 나는 동네 친구며 학교 친구들을 모두 뒤로한 채 서울을 떠나 강원도 산골로 가게 되었다. 나는 슬프지 않았다. 이미 열네 살이 된 나는 우리 집안 사정을 어느 정도 파악하고 있었기 때문이었다.

내게는 내세울 만한 게 몇 가지가 있었다. 첫째는 공부였다. 매번 일등은 아니었지만 나름 반에서 다섯, 아니 어느 땐 세 손가락 안에 들 때도 있었으니까. 둘째는 글쓰기였다. 교내 글짓기 대회에 참가해 전교 일등을 두 차례 했고 국어 선생님의 권유로 서울시에서 개최하는 청소년 글짓기 대회에 나가 대상도 탄 적이 있었다. 셋째는 선생님뿐만 아니고 애들과의 관계에서도 늘 원만한 편이었다. 그러다 보니 나는 학교생활이 무척 즐거웠다. 그러나 이제부터는 서울에서 있었던 모든 기억은 지워야만 했다.

어느새 서울 외곽을 벗어난 트럭이 나들목이 있는 쪽으로 방향을 틀고 있었다. 그새 어머니는 잠이 든 듯 보였다.

삼 개월 시한부 판정을 받게 된 어머니가 흔들리는 차 안에서도 잠이 들 수 있었던 것은 출발하기 전 복용한 모르핀 때문일 거라고 나는 생각했다. 하루도 모르핀 없이는 견디기 어려울 정도로 어머니는 통증이 심한 상태였다. 언니도 잠이 들었는지 헤 벌린 입과 코로 한껏 바람을 뿜어내고 있었다. 나는 눈을 감고 있었지만 잠은 오지 않았다. 갑자기 머릿속에서 얼마 전에 아버지가 우리 삼 남매를 한자리에 모이라고 하던 때가 떠올랐기 때문이었다.

그날 밤, 우리 삼 남매는 네모난 상 앞에서 숨을 죽이고 앉아 있었다. 아버지의 표정이 지나치다 싶을 정도로 무겁게 보였기 때문이었다. 잠시 후, 갈라지는 듯한 목소리로 아버지가 말을 하기 시작했다.

"너희들 각자의 인생에서 삼 년씩만 너희 어머니에게 봉사한다고 생각해 주면 좋겠구나. 봉사라는 말이 뭣하게 들리면 효도라 생각해도 좋고."

아버지의 목소리가 듣기에 곤혹스럽기까지 한 탓에 누구도 말이 없었다. 그러나 언니만은 달랐다. 언니는 불만으로 채워진 듯한 목소리를 거침없이 쏟아냈다.

"그건 봉사도 효도도 아니야. 완전 희생이지."

갑자기 방 안 공기가 무중력 상태처럼 느껴졌다.

"나도 다 생각이 있어. 공기 좋고 물 좋은 산속에 들어가서 암에 좋다는 약초를 캐 먹고 삼 년만 잘 견디면 틀림없이 너희 어머니의 몸도 곧 회복될 것이야. 점식이 아우가 그랬던 것처럼."

언니가 또 불쑥 말을 내뱉었다.

"점식이 삼촌의 경우는 의사도 기적이라고 했다면서요."

"그래. 맞아. 기적."

"흥. 기적이 뭐 아무한테나 일어나나."

갑자기 방 안 공기가 찬물을 끼얹은 듯 싸늘했다. 다섯 살이나 어린 내가 봐도 언니는 도무지 철이 없는 건지, 이기적인 건지 알 수 없었다. 언니는 때와 장소에 따라 해야 할 말과 하지 말아야 할 말이 무엇인지 잘 모르는 것 같았다. 그런 언니에 비하면 나는 내가 생각해도 타인의 마음을 헤아리고 주위를 둘러싼 분위기를 읽는 감각이 타고난 것 같았다. 물론 나 역시 드러내지는 않았으나 당분간 학교를 못 다니게 된 것에 따르는 절망은 있었다.

"너희 어머니가 건강만 되찾게 되면 다시 서울로 올 생각이야."

점점 가라앉은 듯한 아버지의 목소리를 듣게 되는 순간 우리가 앉아 있는 지하 방 안의 분위기마저 깊은 지하로 가라앉는 듯했다.

어머니의 몸은 두 차례 수술을 받고 나서부터 급격하게 나빠지기 시작했다. 그때부터 아버지는 현대의학을 믿지 않았다.

"도대체 오늘날 현대의학이 이루어놓은 게 아무것도 없어. 고혈압이며 당뇨, 암, 어느 것 하나도 고치질 못해. 너희 엄마만 해도 그래. 자궁암으로 두 차례나 수술을 받았는데도 결과가 어땠어. 결국 대장까지 전이되고 말았잖아. 그 양

약이란 것도 그래. 일시적으로 풍선이 터지지 못하도록 누르고 있는 거나 마찬가지라고. 내가 보기엔 현대의학이 근본적으로 인간의 병을 고칠 수 있는 기술은 아직 없다고 봐. 흥! 더러 있긴 하지. 부러진 뼈를 붙이고 찢어진 곳을 꿰매는 일. 그것 말고는 현대의학이 해놓은 게 아무것도 없어."

잠깐 방안에 정적이 채워지는 듯했다.

잠시 후, 아버지가 그 정적을 깼다.

"삼천 년 전 현대의학의 아버지인 히포크라테스가 음식으로 고치지 못하는 병은 어떤 약으로도 고칠 수 없다고 한 말은 지금도 진리야."

언니가 또 끼어들었다.

"히포크라테스가 병에 걸린 사람을 치료한 건 맞지만 결국 그 자신도 병으로 죽고 말았어. 그러고 아빠! 삼천 년은 아니야. 내가 알기로는 B.C. 오륙백……."

그때까지 줄곧 고개만 떨군 상태에서 말없이 앉아 있기만 하던 작은오빠가 갑자기 목소리를 높여서 말을 했다.

"지금 그게 뭐가 중요해!"

아버지가 점식이 삼촌의 영향을 받은 게 분명해 보인다고 나는 생각했다. 점식이 삼촌이 약초꾼이 된 이유도 다르지 않았다. 물론 운이 좋아 그럴 수도 있었겠으나 암을 앓고 있던 점식이 삼촌이 산속에 들어가 살면서 이것저것 몸에 좋다고 하는 약초를 캐 먹고 나서부터 차츰 건강이 회복되었던 건 사실이었다. 결국 아버지가 하고 싶은 말의 핵심은 암에 걸린 어머니를 살리기 위해 자식들에게 삼 년만 효도

든, 봉사든 해 달라는 것이었다.

머릿속 생각이 거기까지 미치고 있을 때였다. 작은오빠가 손을 뒤로 뻗어 내 어깨를 툭 치는 바람에 나는 눈을 번쩍 떴다. 그때 차가 멈췄고 길 건너 신호등에 빨간불이 켜져 있는 게 보였다. 중년 남자가 경쾌한 발걸음으로 횡단보도를 건너가고 있었다. 얼핏 머리에 가발을 쓴 듯 보이는 남자의 손에는 까만 지팡이가 쥐어져 있었으나 남자는 지팡이에 의지하고 걷는 것 같지는 않아 보였다.

때마침 털이 하얀 개가 나타나서는 남자 앞을 왔다 갔다 했다. 당황한 남자가 들고 있던 지팡이로 개의 옆구리를 가볍게 밀쳤다. 하필이면 그때 바람이 거세게 불어온 탓에 남자가 쓰고 있던 가발이 공중으로 날았다. 그 순간 남자의 민머리가 탈처럼 보였다. 남자는 당황한 나머지 들고 있던 지팡이로 공중에 떠 있던 가발을 낚아채려 했으나 안타깝게도 놓치고 말았다. 빵빵거리는 자동차 소리 때문에 개가 불안했던지 땅바닥에 구르고 있던 가발을 덥석 물고는 인도 쪽으로 줄행랑을 쳤다. 그 광경을 지켜본 남자가 어린아이처럼 발을 동동 굴렀다. 그 모습을 보게 된 작은오빠가 손으로 남자와 개를 번갈아 가리키며 킬킬거렸다. 나 역시 웃지 않을 수 없었다. 작은오빠와 나는 잠이 들어있는 어머니와 언니에게 들리지 않게 하려고 애써 작은 소리로 웃었다. 웃는 소리가 자꾸만 커지자 작은오빠와 나는 동시에 손으로 입을 틀어막았다. 너무 우스워서 배를 쥐고 웃었고 너무 웃다가 기침이 자꾸 나서 죽을 지경이었다. 나중에는 서로 얼굴만 쳐다봐도 웃음보가 빵 터질 정도였다. 너무 웃다 끝내 숨이 턱까지 차올라 괴롭기까지 했다. 웃느라 작은오빠와 나는 신호등에 파란불이 켜져 있는 것을 미처 보지 못했다. 그런 탓에 뒤에 있던 차들이 일제히 빵빵거렸고 빵빵거리는 소리의 파장이 아스콘으로 덮여있는 도로 위로 넓게 퍼져나갔다. 작은오빠가 손을 들어 뒤의 차들을 향해 미안하다는 신호를 해 보이고는 곧 차를 몰았다.

저만치 바라보이는 이정표에는 강원도라고 써놓은 글자가 보였다.

"벌써 강원도인가 본데."

작은오빠가 말했을 때 창밖을 내다보며 내가 말했다.

"생각보다 멀지 않네."

"밤이라 도로가 막히지 않아서 그럴 거야."

그때까지 언니는 아랫입술을 쑥 내밀고 곤히 잠이 들어 있었다. 출발하기 전 언니가 야구 모자를 눌러쓰며 이런 말을 했던 것 같다.

"일단 가 보고 도저히 살 수 없다고 판단될 땐 미련 없이 다시 서울로 와 버릴 생각이야."

앞에서 달리고 있던 트럭이 갑자기 시멘트로 덮여있는 좁은 길로 들어서고 있었다. 얼마나 갔을까. 눈앞에 흐릿한 불빛이 보였다. 폐차장, 행운펜션, 고향슈퍼, 약수터, 처녀바위골이라고 적어놓은 안내판을 비추고 있었다. 철조망으로 둘러싸인 폐차장이 제일 먼저 눈에 들어왔다. 거기에는 흐릿한 수은등이 켜져 있었고 공터에는 자동차의 폐품들이 산더미처럼 쌓여 있었다. 풀이 듬성듬성 나 있는 공터에는 이동식 목조 주택이 보였고, 그 옆에는 패널을 이용해 지은 듯 보이는 사무실도 있었다. 사무실 유리창은 버스나 혹은 대형 트럭의 앞면 유리를 뜯어다 맞춘 듯 보였다. 마당에는 트럭 한 대와 승용차 한 대가 나란히 세워져 있었다. 밤이라 그런지 사람의 모습은 보이지 않았다.

폐차장을 지나고부터는 사방이 산으로 덮여 있었다. 아무리 살펴봐도 집이라곤 보이지 않아서 도무지 사람이 살기나 할까 싶었다. 저만치 산 아래로 십여 채 남짓한 집들이 옹기종기 모여 있는 모습이 눈에 들어왔다. 불빛이 보이는 것이라고는 고향슈퍼 간판을 비롯해 서너 집 정도였다. 슈퍼가 들어와 있는 것이 신기하게 여겨질 만큼 전형적인 산골 마을이었다. 트럭이 고향슈퍼를 끼고 곧장 언덕으로 올라갔다. 잠시 후, 트럭이 외딴집 앞에서 멈추었을 때야 비로소 다 왔구나! 하는 생각이 들었다.

점식이 삼촌이 이쪽으로 걸어와서는 작은오빠를 쳐다보며 말했다.

"다 왔어. 이 차를 저 트럭 앞에다 세우라고."

곧 트럭에 올라간 점식이 삼촌이 짐을 내리기 시작했다. 작은오빠가 달려가 점식이 삼촌이 건네준 짐을 받아 바닥에 내려놓았다. 그러는 사이 아버지는 어머니를 부축해 조심조심 대문 쪽으로 걸어갔다. 나는 언니와 함께 각각 트렁크 하나씩을 끌고 크고 작은 돌이 삐죽삐죽 박혀있는 길을 따라서 갔다.

대문 안으로 들어서자 꽤 넓어 보이는 마당이 눈에 들어왔다. 잡초가 무성한 마당은 어둠으로 채워졌다. 그런데 집 안으로 들어섰을 때는 완전히 분위기가 달랐다. 환한 불빛 아래 반들반들 윤기가 흐르는 마루가 보였다. 주방 쪽에서 낯선 아주머니 한 분이 환한 미소를 지어 보이며 반겼다.

"생각보다 빨리 오셨네요."

아주머니를 쳐다보며 점식이 삼촌이 말했다.

"네. 아무래도 밤이라 차가 밀리지 않아… 그나저나 오늘 애 많이 쓰셨어요."

"뭘요. 별로 한 것도 없는데요."

"형님, 이분이 제가 말씀드렸던 그 절집 아주머니세요."

아버지가 허리를 숙이며 말했다.

"예. 우리 아우한테서 말씀 많이 들었습니다. 이렇게 늦은 시간까지…… 참으로 신세가 많습니다."

"별말씀을요. 당연히 도와드려야지요. 이제 이웃이 되셨잖아요."

절집 아주머니는 곧 통나무 식탁 앞으로 걸어가서는 분홍빛과 노란빛의 천을 어슷한 모양으로 잘라 붙여 만든 보자기를 벗기며 말했다.

"제가 수정과와 인절미를 조금 가져다 놓았어요. 출출하실 텐데 먼저 이것부터 좀 드시고 짐은 천천히 정리하세요. 짐이 제자리를 잡으려면 아마도 열흘은 족히 걸릴 겁니다. 저희도 그랬으니까요."

절집 아주머니는 어머니와 잠깐 이야기를 나누고 나서

이내 손전등을 들고 자기 집으로 돌아갔다. 나는 반들거리는 마루를 따라가 보았다. 왼쪽에 안방이 있었고 안방에서 오른쪽으로 조금 돌아가니 주방이 나왔다. 아버지는 무엇보다 천장이 높아서 마음에 든다고 말했다. 서울 집에 비하면 어림잡아도 삼십 센티는 더 높아 보였다.

오랫동안 차를 타고 왔는데도 어머니의 얼굴은 생각보다 지친 기색이 없어 보였다. 지팡이에 의지한 채 집 안 여기저기를 둘러보던 어머니가 입가에 엷은 미소를 지어 보이며 말했다.

"서방님, 이 깊은 산중에 이렇게 아늑한 집이 있으리라곤 생각도 못 했습니다."

"형수님께서 집이 아늑하다고 하시니 정말 다행입니다."

이삿짐을 모두 집 안으로 들이고 났을 때 아버지와 점식이 삼촌이 통나무로 된 식탁 앞에 가서 앉았다. 아버지가 포크로 인절미를 집고 있을 때 점식이 삼촌은 튀어나온 목젖을 떨며 수정과부터 쭉 들이켰다. 컥! 하고 트림을 하고 나서 점식이 삼촌이 말했다.

"아마 절집 아주머니가 일찍부터 와 있었던 모양이네요. 이렇게 집 안을 말끔하게 청소까지 해놓은 걸 보니."

한동안 눈길을 반들거리는 마루에 주고 있던 아버지가 말했다.

"고마운 분이구먼. 참, 이 골짜기에는 모두 몇 집이나 사나?"

"칠팔 년 전만 하더라도 꽤 여러 집이 살았는데 세월이 지나다 보니 노인들이 한 분 한 분 돌아가시기도 하고 더러는 도시로 나가버린 탓에 지금은 겨우 서너 집밖에 남지 않았어요."

"그렇구먼."

"아랫마을에 사는 사람들은 이 골짜기에 남아있는 우리 세 집을 가리켜 자기들끼리 나름 이름을 지어 부르더라고요. 우리 집은 통나무집, 이 집은 토굴집 그리고 기와집은 절집이라고. 허허허."

"이름이야 뭐 아무려면… 참, 아랫마을엔 모두 몇 집이나 되지?"

"아마 열댓 집 정도 될 겁니다. 그 사람들은 이 골짜기에 사는 사람들과는 거의 왕래도 없어요. 왕래가 없다 보니 거리상은 가까워도 마음의 거리는 멀어지는 것 갈더라고요."

"그럴 테지. 사람은 서로 자주 얼굴을 대하고 살아야만 정도 생기는 법이지. 안 보고 사는데 정이 생기겠어."

"아 참, 행운펜션도 있었네."

눈을 커다랗게 뜨며 아버지가 말했다.

"이런 산속에도 펜션이 들어와 있다고?"

"형님, 아까 보셨잖아요. 개울 건너편 숲 사이로 불빛이 보이던 곳이 바로 행운펜션이에요. 그 펜션이 문을 연 지는 한 삼 년 정도 됐을 겁니다. 그런데 그 젊은 사장은 뭘 잘 모르는 것 갈더라고요. 형님도 알다시피 이곳의 물이 좋기로 좀 소문이 나 있지 않습니까."

"이곳은 공기도 좋지만 나도 좋다는 약수를 보고 이사를 결심한 게야."

"형님 말씀이 백번 옳습니다. 그런데 그 젊은 사장은 약수를 최대한 활용하지 못하고 그저 음식을 먹고 난 그릇을 닦거나 세차를 하는 데만 이용하고 있더라고요. 겨울이면 이곳은 눈도 많이 쌓이는 데다가 춥기까지 해서 펜션을 찾아오는 사람도 많지 않아요. 약수를 활용해 휴양지로 활용하면 훨씬 경제성이 좋을 텐데 말입니다. 매일 술판만 벌이다 노래방에서 노래나 부르고 춤만 추다가 돌아가는 사람들이 태반인 것 같아요."

목 근육을 푸느라 고개를 좌우로 돌리며 아버지가 말했다.

"사람마다 생각이 다 다르니까."

"그나저나 덩그러니 비어있던 이 토굴집에 형님이 오셔서 사시게 될 줄이야. 그러고 보면 집이든 사람이든 다 인연이 따로 있나 봅니다."

아버지도 맞장구를 쳤다.

"그렇지. 사람이든 집이든 다 인연이 닿아야 만나게 되는 법이지."

"형님, 이 집이 이래도 참 튼튼하게 잘 지은 집입니다. 건축업자가 손수 지었거든요. 그러니 좀 잘 지었겠어요. 이 마루를 한번 보세요. 원목을 그대로 깔았잖아요. 이런 원목은 때가 끼어도 걱정 없어요. 대패로 한번 쓱 밀어버리면 다시 새 마루가 되거든요."

아버지가 손으로 통나무 식탁을 만지며 물었다.

"그건 그렇고 이 통나무 식탁은?"

점식이 삼촌이 벙긋 웃어 보이며 말했다.

"볼품은 없어도 재질이 통나무라…… 형님이 오시면 쓰시라고 서툰 솜씨지만 제가 한번 만들어 봤습니다. 허허허."

"원 사람도 참, 별걸 다 신경을 썼구먼. 앞으로 자네의 도움이 많이 필요할 것 같구먼."

"당연히 그래야지요. 형님이 이 낯선 산속에 저 하나 믿고 오셨는데."

나는 아까부터 점식이 삼촌이 이 집을 가리켜 왜 토굴집이라고 하는지 궁금증이 생겼다. 점식이 삼촌은 그런 내 마음을 훤히 들여다본 것 같았다.

"이 집이 토굴집으로 불리게 된 건 집터가 길보다 훨씬 낮은 곳에 자리 잡고 있기 때문이지요. 형님도 날이 밝으면 밖에 나가서 한번 쭉 둘러보세요. 외관상으로 봐서는 집이 길보다 낮아서 좀 뭣하게 보일 수 있겠지만 장점도 많아요. 여름엔 시원하고 겨울엔 외풍도 적고…."

점식이 삼촌이 곧 자리에서 일어났다. 나는 점식이 삼촌을 배웅하고 나서 제일 먼저 창부터 열었다. 달은 하얀 조각이 되어 서쪽 산허리에 걸려있었고, 서울 하늘 아래에서는 볼 수 없었던 은하수의 형체가 또렷이 보였다. 주변을 둘러보았다. 주변은 온통 숲으로 우거져 있었다. 숲을 덮고 있던 푸른빛이 도는 안개가 걷히기 시작하면서 서서히 여명이 밝아왔다. 이 산속의 여명은 푸른빛으로 잉태되고 있었다. 바람이 불어오자 상큼한 솔향이 코를 자극했다. 서울 지하 방에서 풍기던 퀴퀴한 곰팡이 냄새와는 달라도 너무 달랐다.

밝은 날 다시 보니 집은 지나치다 싶을 정도로 넓은 거실과 크고 작은 두 개의 방과 주방 그리고 주방 뒤쪽에 자리하고 있는 아담한 황토방까지. 안방은 당연히 아버지와 어머니가 쓸 줄 알았는데 어머니는 황토방을 쓰겠다고 했다. 결국 아버지는 안방과 황토방을 왔다 갔다 하게 되었다. 언니와 나는 같은 방을 써야 했고 선택의 여지가 없던 작은오빠는 다락방을 쓸 수밖에 없었다.

아버지와 작은오빠는 세간살이를 여기에 놓았다 저기에 놓았다 했다. 안방에 놓아두었던 텔레비전이 다시 마루에 놓이게 되었고 책장 역시 제자리에 놓였다고 생각했는데 안마의자와 자리가 바뀌게 되었다. 냉장고와 세탁기 역시 어제 놓였던 자리에서 다른 자리로 옮겨졌다. 황토방에는 벽에 선반을 달아 이것저것 자주 사용하지 않는 주방 집기들을 올려놓았다. 나는 빈 박스와 선반을 만들고 남은 판자 조각과 망치, 톱 등을 치우는 일을 도왔다.

큰 짐들이 어느 정도 자리를 잡았을 때 우리 가족은 통나무 식탁 앞에 둘러앉아서 미리 준비해 온 빵을 먹었다. 소파가 없어서 빵을 먹고 나서도 우리 가족은 통나무 식탁 앞에 그대로 앉아 있었다. 통나무 식탁에는 한동안 침묵이 쌓여가고 있었지만 누구도 먼저 말을 꺼내려 하지 않았다. 누구도 입을 열지는 않았지만 우리 모두는 같은 생각을 하고 있었을 것이다. 앞으로 이 낯선 산속에서 어떻게 어머니의 암을 낫게 할 수 있으며, 우리 가족이 어떻게 살아갈 것인가?에 대한 생각 말이다. 게다가 익숙해져 있던 일상의 안전망을 벗어나 낯선 산속에서 살아가야 한다는 참담한 심정이야 누구도 다를 리 없었을 것이었다.

작은오빠와 언니가 커피를 마시겠다고 했을 때 아버지는 구기자차를 달라고 했다. 아버지가 구기차를 고집하는 이유는 구기자가 구겨진 사람의 몸과 마음을 펴주기 때문이라고 했다. 커피도 구기자차도 좋아하지 않은 나는 대문 밖으로 나가보았다. 밖에서 바라본 갈색 지붕은 어찌나 얇은지 집은 마치 거대한 거북이 한 마리가 납작 엎드려 있는 듯 보였다. 처마에서 길게 내리뻗은 동으로 된 물받이는 색이 바래 청색을 띠고 있었고 돌담 밑에는 감나무와 대추나무가 어깨를 나란히 하고 있었다. 돌담 위에는 구불구불한 포도나무 줄기가 뻗어 더러는 푸른 혈관 같은 담쟁이 줄기와 얽히고설켜 있었다.

우리 삼 남매는 나란히 집 뒤쪽으로 걸어가 보았다. 주변의 산과 경계가 분명해 보이지는 않았으나 꽤 넓어 보이는 텃밭이 자리하고 있었다. 거기에는 무슨 씨앗을 뿌려놓은 듯 보였으나 김을 매지 않아 밭은 쑥과 엉겅퀴 그리고 도깨비 풀들로 뒤덮여 있었다. 잠깐 스치기만 했는데 언제 그랬는지 청바지에는 도깨비 풀이 여기저기에 달라붙어 있었다. 닭장으로 쓰였던 곳으로 보이는 공간에는 부서진 닭똥만 수북이 쌓여 있어서 그곳이 닭을 기르던 공간이라는 걸 짐작하게 했다. 마당 한쪽에는 물 펌프가 놓여 있었고 뒤쪽에는 대나무로 엮은 가림막이 세워져 있었다. 잠깐 그 가림막에 눈길이 가 있던 작은오빠가 말했다.

"와! 여름에는 여기서 등물을 해도 좋겠는데."

작은오빠를 쳐다보며 내가 물었다.

"작은오빠, 등물이 뭐야?"

"응. 등물은 말이야. 샤워 시설이 없을 때 팔다리를 뻗고 엎드린 자세를 취하고 있는 사람의 허리 위에서 목까지 씻어주는 것을 그렇게 말해. 주로 아버지 세대에서 많이 이용했을 것이야."

언니가 입을 삐죽이 내밀며 말했다.

"완전 원시적이군."

언니는 토굴집이 산속에 자리 잡고 있어서 과연 텔레비전이나 휴대폰을 사용할 수 있을지 회의적이었다. 그러나 걱정할 필요가 없었다. 지붕 위에는 코끼리만 한 안테나가 자리 잡고 있었다. 나는 갑자기 화장실에 가고 싶었다. 언제부턴가 어머니는 화장실에 들어가기만 하면 좀처럼 나올 생각을 하지 않았다. 어느 땐 두세 시간을 앉아 있을 때도 있었다. 다급해진 나는 방방 뛰었다. 그런 내 모습을 본 아버지가 큰 소리로 말했다.

"그렇게 급하면 마당의 화장실을 이용하라고."

놀라 하는 표정을 지어 보이며 내가 말했다.

"마당에도 화장실이 있다고요?"

아버지의 손가락이 가리키는 곳은 굴뚝 옆의 작은 창고 같은 곳이었다. 나는 급히 문을 열고 안으로 뛰어 들어갔다. 화장실은 어둡고 퀴퀴한 냄새까지 났지만 나는 엉덩이를 치켜든 채 엉거주춤 앉았다.

내가 다시 마당으로 나왔을 때 언니가 눈을 크게 뜨고 말했다.

"야. 최진실! 넌 참 대단한 아이로구나. 저런 곳에서 볼일을 다 보다니. 암튼 별종이야."

그때 아버지가 목청을 높여 말했다.

"뭐가 대단해. 로마에 가면 로마의 법을 따라야지."

해질녘의 고사리밭

우리 가족은 누구도 말은 하지 않았지만 갑작스럽게 바뀐 낯선 환경에 적응하는 것이 쉽지 않았다. 그러나 약 보름 정도 지나고 나니 각자 조금씩 적응이 되어 가는 듯 보였다. 나는 며칠 동안 주변을 둘러보며 나름대로 길도 익히게 되었고 이러저러한 비밀스러운 장소도 보게 되었다. 언덕 아래 고향슈퍼 앞 공터에는 마을버스 정류장이라고 쓴 팻말이 전봇대에 붙어 있었다. 아침 일찍 도착한 마을버스는 주로 읍내 학교로 가는 학생들을 태운다는 사실은 알게 되었지만 학교가 읍내 어디쯤 있는지는 알 길이 없었다.

아침이 되면 아버지와 어머니는 마루에 나와 앉아서 밖을 내다보며 토굴집 풍경에 대해 각자의 느낌을 이야기하기도 하고, 아버지가 약수터에 가서 떠온 약수를 마시기도 했다. 작은오빠는 일찍부터 마당으로 나가 잡초도 뽑고 제멋대로 자라 있는 나뭇가지들을 잘라냈다. 언니와 나는 주방에서 아침 준비를 하느라 분주하게 움직이고 있었다.

아침을 먹고 나서 우리 삼 남매는 마당에 놓인 평상에 앉아서 잠시 수다를 떨고 있었다. 그때 점식이 삼촌이 씨감자라며 불룩해 보이는 자루를 어깨에 메고는 불쑥 찾아왔다. 아버지는 곧장 점식이 삼촌과 함께 삽과 곡괭이를 들고 텃밭으로 걸어갔다. 우리 삼 남매도 뒤를 따랐다. 먼저 점식이 삼촌과 아버지가 곡괭이를 쳐들었다 아래로 내리찍었고 깨진 흙을 작은오빠가 삽으로 잘게 부쉈다. 단단한 흙을 찍었던 곡괭이가 다시 허공으로 치켜든 순간 튕겨 나간 흙덩이가 햇빛을 받아 반들거렸다. 반들거리는 시커먼 흙덩이 사이에 자주색이 도는 지렁이 한 마리가 달라붙어 있었다. 흙덩이와 같이 땅에 떨어진 순간 지렁이가 놀랐던지 힘을 주어 몸의 앞부분을 늘리는 동시에 뒷부분을 끌어당겨 조금씩 앞으로 나아갔다. 내가 나무 꼬챙이로 살짝 건드려 보았더니 녀석은 온몸으로 자신의 몸길이를 바짝 줄어들게 만들어버렸다. 그 모습이 신기한 나머지 또 한 차례 건드려 보았다. 그랬더니 녀석도 안 되겠다 싶었던지 곧 흙에 구멍을 뚫고는 서서히 모습을 감추어버리는 것이었다.

"너무 징그럽다."

언니가 지렁이처럼 몸을 움츠리는 시늉을 해 보이며 말했을 때 작은오빠가 이상한 말을 했다.

"어허. 위대하신 견훤 님을 보고 징그럽다니."

영문을 모르겠다는 듯 내가 말했다.

"작은오빠 지금 무슨 소리를 하는 거야."

작은오빠가 들고 있던 삽을 밭에다 내리꽂고는 말을 하기 시작했다.

"또 잠깐 역사 강의를 해야겠군. 옛날에 한 소년이 있었는데 그는 물에 들어갔다 나오기만 하면 힘이 장사가 되는 거야. 그래서 사람들이 그 소년을 가리켜 지렁이가 화한 사람이라고 말하게 되었지. 이후 소년이 자라 고구려 왕건, 신라의 궁예와 함께 후 삼국시대를 이끌었던 바로 그 영웅인 견훤이 된 거야. 당시 사람들이 견훤을 가리켜 지렁이 왕이라고 부르기도 했었지."

역사 전공자답게 역사 쪽으로는 작은오빠를 따라갈 사람이 없었다. 우리 삼 남매가 잠깐 웃고 수다를 떨었다고 생각했는데 그새 텃밭에는 기다란 이랑이 여러 개가 만들어졌다. 점심으로 감자수제비를 만들어 먹고 나서 아버지와 점식이 삼촌은 감자를 심었고, 나와 언니는 옥수수 알갱이를 땅에 묻었다. 작은오빠는 양동이 가득 펌프 물을 길어와서는 발이랑에다 부었다. 텃밭 한 모퉁이에는 배추와 상추 그리고 고추와 파도 조금씩 심었다.

점식이 삼촌을 쳐다보며 아버지가 말했다.

"감자 심는 시기가 좀 늦지 않을까?"

"지금이 오월 초니까 다른 지방에 비해 강원도는 기온이 좀 낮은 편이어서 괜찮을 겁니다."

저녁 식탁은 풍성했다. 점식이 삼촌이 가져다준 각종 산나물과 버섯. 거기에 작은오빠가 낮에 냇가에 가서 건져 온 가재와 다슬기 등이 식탁 위에 가득 올랐다.

아버지가 눈을 크게 뜨면서 말했다.

"여보! 찬찬히 많이 들어요. 이건 음식이 아니고 보약이요. 보약."

모처럼 어머니는 죽 대신에 밥 한 공기를 다 비웠다. 참으로 오랜만에 보는 모습이었다.

다음 날 아버지와 작은오빠 그리고 언니까지 점식이 삼촌을 따라 약초를 캐러 산으로 가겠다고 말했을 때 나도 같이 가겠다고 했다. 그러나 막내는 어머니 곁을 지키는 게 좋겠다고 작은오빠가 말했다. 그때 곁에 있던 어머니가 웃는 얼굴로 말했다.

"난 괜찮으니 가고 싶으면 막내도 같이 다녀오도록 해."

집을 나선 지 한 시간 남짓, 산과 산이 연이어 겹쳐 있어서 어디를 봐도 시야를 가리고 있는 것은 푸른 숲뿐이었다. 울창한 숲과 숲 사이로 조각이 나 있는 듯 보이는 파란 하늘 말고는 아무것도 보이지 않았다. 산길은 말이 길이지 그냥 사람들이 자주 오르내리다 보니 저절로 길이 만들어진 듯 보였다. 점식이 삼촌과 아버지가 맨 앞에서 올라갔고, 그 뒤를 작은오빠가 따라갔다. 언니와 나는 작은오빠의 뒤를 바짝 쫓았다. 산길에는 바람에 휩쓸리면서 부러진 나뭇가지들이 여기저기에 널브러져 있었고 더러는 발길에 걸리는 것도 있었다. 나는 벌써 다리도 아프고 숨까지 차올라서 더는 못 올라갈 것 같았다. 나는 서울에서 살 때 어쩌다 작은 오빠를 따라 집 뒤에 있는 야트막한 산에는 몇 번 올라가 본 적이 있었으나 그렇게 높은 산은 처음이었다. 능선을 거의 다 올랐을 때 일행은 양지바른 곳에 앉아서 잠시 쉬었다.

점식이 삼촌을 쳐다보며 내가 물었다.

"삼촌은 매일 산에 올라 종일토록 약초를 캐다 보면 엄청 힘들겠어요?"

"힘들기는커녕 자주 다니다 보면 나중에는 기운이 솟구치게 되지."

놀란 표정을 지으며 언니가 말했다.

"삼촌, 그게 정말이에요?"

"그렇다니까. 너희들도 앞으로 자주 산에 오르다 보면 차츰 익숙해져. 익숙해진다는 건 그만큼 체력이 좋아졌다는 증거이기도 하지."

일행은 다시 산을 오르기 시작했다. 얼마를 올랐을까. 앞에서 걷고 있던 점식이 삼촌이 갑자기 발길을 멈추고 말했다.

"오늘 우리 남자 셋은 저 산속으로 더 들어가서 석이버섯을 따올 계획이야. 너희 둘은 고사리가 많이 나는 곳에 데려다줄 테니 거기에서 고사리를 꺾고 있는 게 좋을 것 같구나. 이 산에는 고사리 말고도 다양한 산나물이 많지만 고사리만큼 돈이 될 만한 것도 없지. 너희 둘은 부지런히 고사리를 꺾어 두라고. 돈 만드는 일은 내가 기꺼이 도와줄 테니."

언니가 눈을 크게 뜨며 말했다.

"고사리로 돈을 만든다고요?"

"그렇다니까."

이번에는 내가 물었다.

"왜 다른 나물은 돈이 안 되나요?"

점식이 삼촌은 머리에 쏙 들어오도록 세세하게 설명해 주었다.

"이 골짜기에는 곰도 즐겨 먹는다고 하는 곰취 나물과 머위, 더덕, 도라지, 원추리 같은 나물들이 많아. 하지만 자칫 하다간 비슷하게 생긴 독초와 착각할 수가 있어. 게다가 고사리만큼 쓰이는 데도 많지 않은 편이고."

고개를 끄덕이며 언니가 말했다.

"아! 그렇구나."

"고사리는 말이야 태생적으로 양지보다는 이런 음지를 좋아하지. 그리고 물이 잘 빠지는 이런 경사진 곳에서 잘 자라. 저길 한번 보라고. 저 비탈을 따라 고사리가 군락을 이루고 있는 게 보이지?"

점식이 삼촌이 손으로 가리키는 곳을 바라보며 내가 물었다.

"고사리는 언제부터 꺾을 수 있나요?"

"고사리는 일 년 중 사월부터 유월 초까지 약 두 달 남짓 동안만 꺾을 수 있어. 기온이 섭씨 삼십 도를 오르내리게 되면 꽃이 피어버리기 때문이지. 일단 꽃이 피어버리게 되면 고사리는 먹을 수 있는 나물이 아니야. 그냥 딱딱한 나무에 불과할 뿐이지."

"그럼 딱딱해지기 전에 부지런히 꺾어둬야겠네요."

"응. 그러니 부지런히 꺾어 두라고. 아, 참. 우리 남자들이 돌아올 때까지 너희 둘은 이 둘레를 벗어나지 말아야 해. 자칫 길을 잃을 수 있으니까."

점식이 삼촌은 손을 번쩍 들어 보이고는 이내 숲속으로 사라져갔다. 나는 아기 손가락을 닮은 것 같은 고사리가 그렇게 많을 줄은 상상도 못 했다. 손으로 고사리를 만져보았다. 부드러운 감촉이 손끝에 전해졌다. 언니와 나는 고사리를 부지런히 꺾기 시작했다. 얼마쯤 지났을까. 허리를 펴고 주위를 살펴보았다. 고사리밭 주위에는 숲이 우거져 있었고, 골짜기 쪽에서 물이 졸졸 흘러내리는 소리가 들려왔다.

참, 이상했다. 나 자신이 시골 태생도 아니고 자라면서 고사리를 접할 기회도 없었는데 왠지 고사리밭이 낯설게 느껴지지 않았다. 어딘가 모르게 푸근한 느낌마저 드는 것이었다. 지금도 보관하고 있는 그때의 일기장에는 고사리밭이 나를 부른다고 적혀 있었다. 그런 것으로 보아 어차피 나와 고사리와의 만남은 운명이 아닐까 싶었다.

해질녘이 되어서야 약초를 캐러 간 남자 셋이 우리가 있는 곳으로 돌아왔다. 집에 돌아오자마자 작은오빠는 마루에다 배낭부터 쏟아부었다. 석이버섯과 꾸지뽕, 겨우살이, 느릅나무……. 언니와 나도 각자의 배낭을 쏟았다. 조금 과장하면 갖가지 약초와 고사리가 마루에 산처럼 쌓였다.

저녁을 먹으면서 우리 가족은 산에 다녀온 이야기를 나

누었다. 작은오빠는 점식이 삼촌이 약초에 대해 세세하게 일러주었다고 말했고, 아버지는 짐작은 했지만 점식이 아우가 알고 있는 약초가 그렇게 많을 줄은 몰랐다고 했다.

어느새 아버지는 약초가 담긴 주전자를 가스 불에 올리고 있었다. 얼마가 지났을까. 어머니에게 약대접을 건네주며 아버지가 말했다.

"여보. 내가 난생처음으로 암에 좋다고 하는 약초를 캐와서 달인 것이니 어서 마셔봐요."

두 눈에 눈물이 그렁그렁한 어머니가 말했다.

"고마워요. 여보."

"원, 사람도 고마우면 웃어요. 울긴…. "

저녁을 먹고 나서 언니와 나는 주방에서 같이 설거지를 했다. 마루 쪽에서 가라앉은 듯한 작은오빠의 목소리가 들려왔다.

"아버지, 아무래도 승용차를 팔고 중고 지프를 사야겠어요."

"산길을 오르내리는 데는 아무래도 승용차보다 지프가 유용할 테지."

별안간 언니가 손에 끼고 있던 고무장갑을 벗는 둥 마는 둥 하면서 마루로 걸어갔다.

"그 차는 절대 팔면 안 돼요. 그 차로 내가 운전 연습을 할 거라고요."

언니의 입에서 튀어나온 말은 거의 발작적인 외침이었다. 그러나 며칠 뒤 은색 승용차가 있던 자리에는 검은색 중고 지프가 엎드려 있었다.

그날은 점식이 삼촌과는 산 아래에서 여덟 시 반경에 만나기로 돼 있었다. 우리 가족은 삶은 감자와 물병이 들어있는 배낭을 하나씩 등에 메고 대문을 나섰다. 일행이 능선을 반쯤 올랐을 때부터 안개도 걷히고 날씨는 더없이 화창했다. 매번 그러했듯 그날도 아버지와 작은오빠는 점식이 삼촌과 같이 약초를 캐려면 능선을 오르고도 한참을 더 숲속으로 들어가야 했다. 언니와 나는 그럴 필요가 없었다. 능선을 중간쯤 오르다 오른쪽으로 방향을 틀어 경사가 완만한 곳에서 고사리를 꺾으면 되었다.

언니와 내가 고사리밭에 도착했을 때였다. 새들은 봄 햇빛을 받아 반짝반짝 빛이 나는 나뭇잎들 사이에서 즐거움에 가득 차 노래를 부르고 있었고, 나뭇잎들도 새들의 노랫소리에 장단을 맞추기라도 하듯 살랑살랑 몸을 흔들고 있었다. 언니도 신이 났던지 고사리를 꺾으면서 노래를 불렀다. 나 또한 새들의 노랫소리와 언니의 노랫소리를 들으며 부지런히 고사리를 꺾고 있었다.

언니와 내가 묵직한 배낭을 메고 집으로 돌아왔을 때 어머니는 잠이 들어있었다. 나는 서둘러 밥솥부터 가스 불에 올렸다. 그날도 아버지는 집에 돌아오자마자 약재부터 손질하기 시작했다.

작은오빠는 밥 한 공기를 양재기에 쏟아붓더니 열무김치와 고사리나물 그리고 고추장을 듬뿍 넣고 숟가락으로 쓱쓱 비볐다.

작은오빠가 아버지를 쳐다보며 말했다.

"아버지. 저 먼저 먹겠습니다."

작은오빠가 정신없이 비빔밥을 퍼먹고 있었다. 그새 약이 달여진 모양이었다. 아버지는 김이 모락모락 피어오르는 약대접을 들고 조심조심 황토방 쪽으로 걸어갔다. 나도 따라가 보았다.

어머니 앞에 약그릇을 내밀며 아버지가 말했다.

"여보, 식기 전에 어서 마셔요."

어머니가 약을 삼키다 사레가 들었던지 별안간 가쁜 숨을 몰아쉬며 기침을 몇 차례 했다. 순식간에 어머니의 얼굴이 파랗게 변했고, 다급한 목소리로 아버지가 소리쳤다.

"얘들아!……."

작은오빠와 언니가 한꺼번에 우르르 황토방으로 달려왔다. 다행히 어머니는 곧 숨을 토해냈다. 숨을 고르고 난 어머니가 엷게 웃어 보이며 나직한 목소리로 말했다.

"이렇게 든든한 응원부대가 있으니 힘이 절로 나는걸요. 아마 지금 내 몸 안에 들러붙어 있던 암세포도 이 응원부대를 보고 놀라 도망을 칠걸요. 호호호."

아버지도 맞장구를 쳤다.

"암. 그렇고말고."

엄마의 웃음에 다들 따라 웃었다. 모처럼 우리 가족의 웃음소리가 토굴집에 쩌렁쩌렁 울려 퍼졌다.

며칠 전부터 작은오빠는 누구의 도움도 받지 않고 방치돼 있던 닭장을 손질하기 시작했다. 곡괭이와 삽을 동원해

바닥을 덮고 있던 닭똥과 쓰레기들을 깨부수고 부서진 쓰레기들은 산 밑에다 버렸다. 그런 다음에는 물이 잘 빠지는 강가의 모래를 퍼다 바닥에 깔았다. 곧 어수선하고 무질서해 보이던 닭장이 깔끔해졌다.

다음날 작은오빠는 읍내에 가서 병아리 열 마리를 사 왔다. 병아리들은 내가 책에서 보았던 것과 비슷했다. 아니, 책에서 보았던 병아리보다 훨씬 예뻤다. 어떤 녀석은 노란 털을 지녔는가 하면 어떤 녀석은 갈색과 까만색이 섞여 있었는데 손으로 털을 만지면 하나같이 보들보들했다. 좁쌀 한 줌을 놓아두자 녀석들이 쪼르르 달려와서 작고 귀여운 부리로 쪼아 먹곤 했다.

작은오빠는 이틀에 한 번씩 닭장 문을 활짝 열어 놓고 바닥 여기저기에 놓여 있는 닭똥을 치우곤 했다. 나도 작은오빠를 도와 싱싱한 풀을 한 아름 뜯어다가 닭장 안에 넣어주고 물통에 물을 채워주기도 했다.

한 달 남짓 지나자 병아리들은 중닭의 모습으로 성장했다. 나는 농약을 치지 않아서 구멍이 숭숭 뚫린 배춧잎을 한 아름 뜯어다 닭장에 넣어주었다. 곧 닭들이 우르르 몰려와서는 그것들을 마구 쪼아 먹었다. 나는 닭이 곡식 알갱이가 아닌 배춧잎까지 먹어 치우는 모습에 새삼 놀랐다. 놀라운 광경은 또 있었다. 녀석들이 배춧잎에 붙어있던 벌레까지 모조리 쪼아먹는 것이었다.

그날 아침 텔레비전에서는 장마가 시작된다는 보도가 연이어 나왔다. 작은오빠는 닭장에 물이 들어가지 않도록 넓은 비닐을 지붕에 씌웠다. 삽으로 닭장에 물이 고이지 않게 물길도 만들어 놓았다.

장마가 지나자 본격적으로 찜통더위가 시작되었다. 닭들은 중닭의 모습에서 어른 닭의 모습을 갖추었다. 언제부턴가 자고 나면 닭장 안에 놓아둔 박스 안에는 따뜻한 기가 전해지는 달걀이 서너 개씩 보이곤 했다. 이때부터 달걀은 어머니에게 유일한 단백질 공급원이 되어주었다. 작은오빠는 달걀을 맛있게 삶을 줄 알았다. 노른자가 완전히 익지도 않았지만 그렇다고 노른자위가 흐르지도 않았다. 달걀을 들고 황토방으로 걸어가고 있던 작은오빠가 미소 띤 얼굴로 내게 말했다.

"이렇게 적당히 삶아진 걸 드셔야 소화 기능이 떨어진 어머니에게 도움이 되거든."

나는 아침에 눈을 뜨자마자 대문 밖으로 나갔다. 사방이 조용한 가운데 언덕 아래에서 애들이 떠드는 소리가 들려왔다. 때마침 등교 시간이라 똑같은 교복을 입은 또래 학생들이 고향슈퍼 앞에 서서 마을버스를 기다리고 있었다. 잠시 후, 허리에 녹색 띠를 두른 마을버스가 고향슈퍼 앞 공터에 도착했다. 애들이 우르르 몰려가서는 버스에 올랐고 곧 버스는 희뿌연 매연을 뿜어내며 천천히 움직였다.

잠시 서울에서 중학교에 다니던 시절의 기억을 더듬어 보았으나 아주 희미했다. 그러나 약수동 사거리에서 학교까지 교복 입은 학생들로 넘쳐났던 기억만은 또렷했다. 지금 생각해 보니 나는 겉보기에는 얌전한 모범생 같아 보였을지 몰라도 속은 알맹이가 꽉 찬 학생이었던 것 같다. 어쩌다 시간에 쫓겨 죽기 살기로 달리다가 큰길이 아닌 샛길로 뛰어간 적은 있었지만 단 한 번도 지각한 적은 없었다. 그러나 산속에 들어와 살게 되면서부터 서울에서 살던 때의 기억은 빠르게 희미해져 갔다. 수업 시간에 샤프심이 사각거리는 소리, 책장 넘기는 소리, 수업이 끝난 것을 알리는 벨소리 등. 어느 땐 중학교에서 보낸 이 년의 시간은 나 자신이 상상 속에서 만들어낸 허구처럼 느껴지기도 했다.

아침 일찍 아버지와 언니가 이것저것 필요한 물건을 사려고 점식이 삼촌의 트럭을 타고 읍내로 나간 탓에 나는 어머니를 돌보며 집을 지키고 있었다. 그런데 돌아올 시간이 지났는데도 트럭도, 트럭을 타고 간 사람들도 돌아오지 않았다. 언니가 트럭이 논두렁에 빠져 견인차를 부르게 되었다는 소식을 알려왔을 때는 이미 땅거미가 깔려 있었다.

나는 대문 밖에서 트럭이 오기만을 기다리다 천천히 언덕 아래로 내려갔다. 저만치 고향슈퍼 앞 작은 공터에서는 아이들이 재잘거리는 소리가 들려왔다. 남자애 셋, 여자애 셋이었다. 그동안 먼발치에서 가끔 본 적이 있는 애들이었다. 여자애들은 하나같이 귀여웠다. 그중에 한 여자애는 얼굴도 예쁘고 입고 있는 아이보리색 원피스도 세련돼 보였다. 남자애들의 시선이 그 여자애한테로 집중되는 듯했다. 곧 청바지에 흰색 셔츠를 입은 남자애가 번쩍번쩍 광채가 나는 자전거를 타고 나타나자 별안간 여자애들이 뭐가 그렇게 우스운지 깔깔대며 웃었다. 그 웃음소리는 자그맣고 동그랗게 생긴 자갈끼리 부딪치는 소리 같았다. 별안간 내 입에서도 웃음이 터져 나왔다. 웃다 보니 내 몸이 그쪽으로 쏠리고 있었다. 그러나 학교에도 다니지 않는 나는 그 애들과 어울릴 수가 없었다. 나는 길을 가다가도 책가방을 손에 든 그 애들이 나타나면 매번 언덕길에 비스듬히 서 있는 커다란 미루나무 뒤로 달려가 몸을 숨기곤 했다. 내게 그 미루나무는 작은오빠와 같은 존재였다.

어느 순간 고향슈퍼 문이 활짝 열리더니 주인 할아버지가 소리를 질렀다.

"도대체 몇 번을 말해야 알아듣겠나? 나 원. 시끄러워서."

곧 조용해졌지만 그건 그때뿐. 또다시 그 애들이 떠들기 시작했다. 얼마쯤 지났을까. 그 애들은 곧 하나둘씩 뿔뿔이 흩어졌다. 그제야 나는 공터로 내려가 보았다. 공터에는 모든 것이 허상으로 남아있는 듯했다. 그 애들이 엉덩이를 대고 앉았거나 책가방을 올려놓았을 법한 펀펀하게 생긴 돌이며 자그맣고 동그란 자갈끼리 부딪치는 소리처럼 들리던 여자애들의 웃음소리. 게다가 고향슈퍼 주인 할아버지가 내지른 고함마저도 실상이 아닌 허상처럼 느껴졌다.

며칠 후, 나는 언니와 같이 능선을 올랐다. 언니와 나는 약 사오 미터 정도 거리를 두고 각각 앉아서 고사리를 꺾었다. 무심코 고개를 들었을 때 알록달록한 등산복을 입고 있는 애들 몇이 깔깔대며 걸어오고 있었다. 그중에서 가장 키가 큰 남자애가 내 쪽으로 슬금슬금 걸어왔다. 나는 얼른 배낭을 들고 언니가 있는 쪽으로 걸어가다 그 애와 마주쳤다. 그 애는 고향슈퍼 앞에서 몇 번 본 적이 있었지만 서로 아는 체는 하지 않았다. 그 애와 나는 뱀과 개구리가 만난 것처럼 서 있었다. 그 애들을 보면 도망치는 게 버릇이 된 나는 나무 뒤로 숨어버릴까 생각했다. 하지만 나는 꿋꿋하게 버티고 서서 그 애의 눈을 똑바로 쳐다보았다. 그러자 그 애는 실실 웃더니 그냥 지나쳐버렸다. 아마도 그 애가 저만치서 고사리를 꺾고 있는 언니의 모습을 보게 된 모양이라고 나는 생각했다. 그때 머릿속에서 얼마 전에 있었던 끔찍한 일이 떠올랐다.

그날은 언니가 생리통이 심한 탓에 하는 수 없이 나는 혼자서 고사리를 꺾고 있었다. 때마침 내 앞을 지나고 있던 그 애들과 마주치게 되었다. 만약 그 순간의 내 모습을 서울에 있는 아이들에게 보였더라면 나 자신이 무척 창피했을 테지만 이곳에서는 아무렇지도 않았다. 누가 나한테 학교는 가지 않고 매일 산에 올라 고사리만 꺾는다고 하든, 그 애들이 그런 내 모습을 보고 귓속말로 뭐라고 하든 무슨 상관이람, 그렇게 생각하고 있는데 키가 큰 남자애가 이쪽으로 걸어왔다. 그러나 나는 그 애한테 눈길도 주지 않고 고사리만 꺾었다. 잠시 후, 그 애가 축구공을 차듯 고사리가 들어있는 배낭을 한 차례 발로 찼다. 거기까지는 참을 수 있었다. 이번에는 몸집이 작고 배가 볼록 나온 남자애가 손에 들고 있던 개구리를 배낭 안에다 쑤셔 넣는 것이었다. 그 광경을 지켜보고 있던 또 다른 애들이 손뼉까지 치며 킬킬거렸다. 인내심을 완전히 잃게 된 나는 자리에서 벌떡 일어나 배낭에 들어있는 개구리를 꺼내 힘껏 던졌다. 때마침 거세게 불어온 바람을 타고 날아간 개구리가 키가 큰 남자애의 콧잔등에 찰싹 달라붙었다. 당황한 그 애가 자신의 얼굴에 달라붙어 있는 개구리를 손으로 뜯어내 바닥에 패대기를 쳤다. 그러고는 성큼성큼 걸어와서는 말했다.

"요즘 하룻강아지들은 자기가 범인 줄 알아요."

나는 그 애들에게 처음부터 호락호락하게 보여서는 앞으로 나 자신이 버티기 어려울 것 같다고 생각했다. 서울에서 자란 아이답게 마음을 야무지게 먹고 카랑카랑한 목소리로 내가 말했다.

"도대체 왜 이러는 건데? 이유가 뭐야?"

어깨를 으쓱 추켜올리며 그 애가 말했다.

"이유? 내 마음이 이유야. 됐어?"

그때까지 가만히 서 있기만 하던 다른 애들이 하나둘씩 내 앞으로 걸어왔다. 때마침 능선 위로 올라오고 있던 약초꾼의 모습을 보게 된 그 애들은 아무 일도 없었던 것처럼 곧 발길을 돌려 숲속으로 사라져갔다.

집으로 돌아온 나는 그 애들과의 관계를 해결하고 싶어서 나 나름의 머리를 굴리다가 언니에게 도움을 청했다.

"언니, 내가 어지간하면 말하지 않으려고 했는데 이곳에서 살려면 어떤 방법으로든 그 애들과 관계를 개선해야 할 것 같아. 하루 이틀도 아니고 이대로는 안 될 것 같아."

힐끗 나를 쳐다보며 언니가 말했다.

“내가 어떻게 해주길 바라는 건데.”

이상하게도 언니가 하는 말은 해결책은커녕 내게 절망감만 안겨주었다. 그러나 곰곰이 생각해 보니 언니는 말 그대로 자기가 어떻게 도울 수 있는지에 대해 질문을 한 것 같았다. 하지만 분함과 서러운 마음으로 가득 차 있던 내 귀에는 그 말이 다르게 들렸다. 말하자면 ‘넌 도대체 내가 무얼 해주기를 기대하는 거니?’로 말이다.

가장 좋은 방법은 작은오빠한테 도움을 요청하는 것이겠지만 나는 차마 작은오빠한테는 그 말을 할 수가 없었다. 얼마 전부터 작은오빠는 거의 매일 읍내에 나가 일을 하느라 며칠에 한 번씩 집에 돌아와서는 겨우 옷만 갈아입고 또다시 피곤한 몸을 이끌고 일터로 달려가곤 했다. 나는 그런 작은오빠에게 도저히 도움을 청할 수가 없었다.

결국 나는 아버지에게 도움을 구할 생각을 했다. 그러면 아버지가 그 애들의 부모님과 만나게 되었을 때 어떤 해결책이 나올 수도 있지 않을까 해서였다. 나는 기대를 걸고 그 애들과의 갈등을 아버지에게 솔직히 다 털어놓았다. 그러나 얼마 전부터 베트남에 간 큰오빠가 어머니의 약값으로 매달 부쳐오던 얼마의 돈마저 끊긴 탓에 집안 살림은 궁핍해져만 갔고 무력감으로 하루하루를 보내고 있던 아버지는 무정하고 성의 없는 말만 했다.

“굴러온 돌이 박힌 돌을 탓하면 쓰는가?”

나 자신이 감정이 앞선 탓에 상황을 제대로 설명하지 못한 부분도 있고 아버지가 내 문제를 애들이 자라면서 흔히 겪을 수 있는 사소한 일쯤으로 여긴 탓도 있었을 것이다. 그때부터 나는 더 이상 그 애들과의 문제에 대해 누구한테도 말하지 않았다.

그날 이후부터 나는 그 애들이 나타나면 고사리밭을 박차고 밤나무 뒤로 달려가서는 몸을 낮추어 버리곤 했다. 잘못한 것도 없는데 그래야만 하는 나 자신이 얼마나 못난 건지 알면서도 어쩔 수가 없었다. 매번 부딪칠 때마다 싸운다는 것도 막막하기 그지없었다. 설령 싸워서 이긴다고 하더라도 처지가 다른 나와 그 애들과의 관계가 개선될 것 같지도 않았다. 나는 멍한 상태로 며칠을 보내고 있었다. 분명한 것은 무엇인가 잘못되어 있다는 사실 뿐이었다. 어른들 식으로 말하면 기득권자들의 불합리와 폭력에 기초한 어떤 불의란 확신은 들었으나 거기에 대응할 용기도 힘도 내겐 없었다.

그러나 그날만은 달랐다. 나보다 다섯 살이나 더 많은 데다 패션모델처럼 멋져 보이는 언니와 같이 있는 모습을 보게 된 그 애들이 슬금슬금 뒷걸음질을 치며 저쪽으로 걸어갔다. 본래 그 애들은 공휴일이나 주말이면 소풍 삼아 산에 올라와서는 고사리를 꺾거나 진달래꽃을 구경하다 돌아가곤 했다. 나와 마주치기 전까지는 말이다.

며칠 뒤 나는 언니와 함께 점식이 삼촌의 트럭을 얻어 타고 처음으로 읍내로 나가게 되었다. 때마침 장날이어서 장터에는 사람들로 북적거렸다. 점식이 삼촌이 나와 언니를 데리고 북적거리는 시장 골목 안으로 쑥 들어가서는 반찬가게며 육개장 전문 식당, 비빔밥 전문집 등을 들러 일일이 인사도 시켜주었을 뿐만 아니라 가져간 고사리까지 몽땅 팔 수 있게 해주었다. 그 일이 고사리로 돈을 만드는 첫 출발인 셈이었다.

햇볕이 유난히 따갑게 느껴지는 낮과는 달리 해질녘이 되자 해그늘이 옮겨와서 나무의 그림자가 제법 길어지고 있었다. 며칠 새 옥수수와 감자는 누가 몰래 쭉쭉 늘려놓기라도 한 것처럼 키가 쑥쑥 자라 있었다. 아버지가 옥수수를 한 아름 꺾어 왔다. 작은오빠가 옥수수 껍질과 수염을 벗겨 솥 안에 넣고 가스 불을 켰다. 그러는 사이에 언니와 나는 걸레로 마당에 놓아둔 평상을 닦았다.

내가 삶은 옥수수가 담긴 쟁반을 들고 황토방에 들어갔을 때 어머니는 잠이든 듯 보였다. 아마도 밤새 극심한 통증에 시달리던 어머니가 진통제를 먹고 나서야 겨우 잠이 든 모양이었다. 나는 옥수수가 담긴 쟁반을 어머니의 머리말에 놓아두고 조용히 방을 나왔다.

작은오빠가 발둑에서 한 아름 베어온 풀을 둥글둥글한 모양으로 쌓아놓고 나서 라이터를 켰다. 곧 풀더미에서 희뿌연 연기가 피어오르기 시작했다. 그 광경을 보게 된 내가 말했다.

“작은오빠, 이게 바로 그 천연 모기퇴치법이구나.”

“응. 그런 셈이지. 연기를 피우면 다량의 이산화탄소를 발생시켜 모기를 다른 곳으로 유인하게 되는 원리지. 시중에서 파는 모기약도 연기에다 살충제를 섞은 거라고 보면 돼.”

역시 작은오빠는 모르는 게 없었다. 모깃불에서 피어오른 희부연 연기가 평상 주위에 몰려들고 있던 모기들을 쫓은 게 분명해 보였다. 조금 전까지만 해도 앵앵거리던 모기들이 흔적도 없이 사라졌다. 그때 손을 흔들어 연기를 밀쳐내고 있던 언니가 작은오빠를 쳐다보며 말했다.

"임용고시 준비는 어떻게 할 생각이야."

작은오빠가 옥수수를 한 입 베어 먹으며 말했다.

"당분간 미루어야겠지."

"그럼, 앞으로 어떻게 할 건데."

"어떻게 하긴. 지금은 어머니한테만 집중해야지. 그러려고 우리가 다 이곳에 온 거잖아."

나는 작은오빠와 언니가 주고받는 말에 집중할 수가 없었다. 내 눈길이 평상 바닥을 기어다니고 있는 몸이 까맣고 기다랗게 생긴 벌레한테 가 있었기 때문이었다. 언뜻 보기에는 개미와 닮은 듯했으나 자세히 보니 개미는 아닌 것 같았다. 하필이면 녀석은 내 쪽을 향해 스멀스멀 기어 왔다. 나도 모르게 소리를 질렀다.

"야! 저리 가! 저리 가라고! 작은오빠 대체 이게 무슨 벌레야."

옥수수 껍질로 그 벌레를 덥석 집으며 작은오빠가 말했다.

"응. 이건 말이야. 화상벌레라는 것이야. 일명 청딱지개미반날개라고 부르기도 하지."

"왜 이름이 화상벌레야?"

"응. 뭐랄까. 이 화상벌레는 페데린인가 하는 독성이 강한 물질을 분비하는데 그 독성물질이 사람 피부에 닿으면 화상을 입은 것처럼 화끈거리고 아프다고 해. 만약 이 녀석이 다시 나타나면 맨손으론 절대 잡지 마. 알겠지."

성격이 자상한 작은오빠는 혹시라도 내가 화상 벌레한테 물리기라도 할까 봐서 단단히 일러주었다. 화상 벌레의 공포에서 벗어났다고 생각했는데 이번에는 검은색 등판에다 노란색이 도는 발이 다닥다닥 붙어 있는 지네가 출몰했다. 녀석들은 한두 마리가 아니었다. 갑자기 몸이 오그라드는 느낌이었다. 그런데 녀석들을 퇴치하는 방법은 의외로 간단했다. 작은오빠가 살충제를 뿌리자 간단히 해결되었다.

그 뒤로도 나는 때때로 이름을 알 수 없는 벌레 같은 걸 밟기도 했다. 밟으면 연하고 물렁한 듯한 감촉이며, 딱딱하고 투박한 감촉이 발밑에서 느껴지곤 했다. 어느 땐 어두워서 아무것도 볼 수 없었지만 아마도 발밑에 밟히고 있는 느낌이 벌레인 것 같다는 생각을 지울 수가 없었다. 그럴 때면 나는 굉장히 기분이 언짢았다.

어느새 아침저녁으로 부는 바람이 시원하게 느껴졌다. 며칠 전까지만 해도 포도나무 줄기에는 청색을 띠는 작은 알갱이들이 오톨도톨 돋아나 있었다. 나는 토굴집에 와서 포도알이 굵어지면 추석이 가까워지고 있다는 걸 알 수 있게 되었다. 포도가 익어 가면 까치가 어찌 알고 사람보다 먼저 찾아와서는 잘 익은 포도알을 쪼아 먹곤 했다. 그러면 포도에는 구멍이 생겨났다. 이후에는 벌이나 파리들이 날아와서는 그 구멍 속을 바쁘게 들락거렸다. 며칠이 지나고 나면 이미 포도는 단물이 완전히 빠져나가고 껍질과 씨만 남게 된다. 껍질과 씨앗은 땅에 떨어지게 되지만 거기서 끝이 아니다. 새들과 개미 떼가 차례로 찾아와서는 경쟁이라도 하듯이 달려들어서 포식을 했다. 이 또한 끝이 아니었다. 새가 배설해 놓은 포도 씨앗은 바람에 날려 어느 곳에 정착하게 되고, 눈과 비가 가져다준 강장제를 먹고 원기를 회복하면서 겨울을 보낸 후, 이듬해 봄이 되면 새싹은 다시 세상 밖으로 나오게 된다.

그날도 나는 언니하고 몇 미터 간격을 두고 앉아서 부지런히 고사리를 꺾고 있었다. 별안간 언니가 숨을 헐떡이며 다가오더니 말도 안 되는 소리를 했다.

"얘, 산에 올 때마다 이 통나무를 무대 삼아 마음껏 노래를 부르면 되겠다."

"언니는 그게 말이 되는 소리라고 해?"

"왜? 좋잖아. 시끄럽다고 말할 사람도 없고."

언니는 통나무에 올라가서는 오래도록 노래도 부르고 춤까지 추었다. 얼마나 지났을까. 별안간 언니가 통나무에 벌러덩 누워버리는 것이었다. 누운 상태에서 언니가 말했다.

"무대에서 노래 부르며 춤추는 일도 장난이 아니네."

나는 언니를 쳐다보지도 않은 채 소나무 숲으로 걸어갔다. 불과 몇 발짝도 못 갔을 때 등 뒤에서 언니의 비명이 들렸다.

"앗! 사람 살려!"

달려간 순간 눈을 크게 뜨고 주위를 살펴보았다. 주위에는 개미가 떼를 지어 기어다니는 것 말고는 아무것도 보이지 않았다. 언니가 개미 떼를 발견하고 비명을 질렀던 것이었다. 그 모습이 어찌나 우습던지 나는 그만 소리 내 웃고 말았다.

"호호호. 그깟 개미를 보고 어린애처럼 놀라…."

내 말이 끝나기도 전에 공중에서 붕붕거리는 소리가 들려왔다. 그 소리는 점점 가까워졌지만 정작 벌의 모습은 보이지 않았다. 나는 주위를 유심히 살폈다. 어느 순간 언니의 머리 위로 말벌 한 마리가 날고 있는 게 보였다.

내가 목청을 높여 말했다.

"언니! 지금 개미 타령을 할 때가 아니야. 어서 이쪽으로 몸을 피해. 말벌이 나타났어."

"뭐! 말벌?"

황급히 내 쪽으로 달려오고 있던 언니는 비틀거리기까지 했다.

"언니, 천천히 와. 뛰면 말벌이 자기를 공격하는 적으로 인식할 수 있다잖아. 말벌에 쏘이게 되면 즉시 오줌을 발라 주래. 오줌이 나오지 않으면 침이라도…."

"누가 그딴 무식한 소리를 해!"

"지난번에 점식이 삼촌이 말해주었어."

"천만에. 점식이 삼촌이 대체의학에 대해 많이 아는 건 인정하지만 그건 아니야. 알레르기가 있는 나 같은 체질은 재수 없으면 아나필락시스 반응으로 인해 죽을 수도 있다고."

"아나필락시스라고? 그게 뭔데?"

"쉽게 말해 혈압이 떨어지고 기도가 닫혀 생명을 위협하는 알레르기 반응을 말해. 내 친구 하나가 시골 친척네 갔다가 그걸로 죽을 뻔했잖아."

그렇게 말하고 나서 언니는 곧 배낭을 챙기기 시작했다.

"내가 또다시 고사리밭에 오면 성을 간다. 성을 갈아."

언니는 신경질을 한바탕 쏟아놓고는 혼자 능선을 내려가버렸다. 나는 언니가 말은 저렇게 해도 곧 돌아오겠거니 생각했다. 하지만 언니는 끝내 돌아오지 않았다. 처음엔 잘 몰랐는데 조금 지나자 무서움이 내 안으로 쑥 밀고 들어오는 것을 느끼게 되었다. 나는 무서움을 밀쳐내려고 손에 힘을 주어 고사리를 비틀곤 했다.

내가 묵직한 배낭을 메고 집으로 돌아왔을 때는 이미 점심때가 훌쩍 지나버렸다. 그때까지 아버지와 작은오빠는 산에서 돌아오지 않고 있었다. 분명 언니가 있을 텐데 이상하게도 집 안이 조용했다. 언니! 하고 몇 차례 불러보았으나 아무런 대답이 없었다. 잠시 후, 언니가 황토방에 있는 것을 알게 되었고 눈이 휘둥그레진 내가 물었다.

"언니가 왜 여기에 있어?"

"아까 말벌을 보고 너무 놀라서 그런지 갑자기 으슬으슬 추워지는 것이야. 그래서 따뜻한 곳에 좀 눕고 싶어서 어머니한테 잠시 안방에 가 있으라고 했어."

"아무리 그래도 그렇지. 어떻게 어머니를……."

나는 너무 어이가 없었다. 그새 벽시계는 오후 세 시를 가리키고 있었다. 지금 그런 걸 따질 때가 아니었다. 급히 잣죽부터 끓여야 했다. 어머니는 죽이라도 먹어야 약을 먹을 수가 있었기 때문이었다.

나는 잣죽을 올려놓은 쟁반을 들고 조심조심 안방으로 갔다. 어머니는 한기를 느꼈던지 몸을 웅크린 채 앉아있었다. 늘 보일러가 들어오는 황토방보다는 보일러를 켜놓지 않은 안방 온도가 낮을 수밖에 없었다. 암 환자인 어머니는 건강한 사람에 비해 늘 체온이 일 이도 정도 낮았다. 그런 어머니를 보일러도 안 들어오는 안방에 가 있으라고 했으니. 어머니는 시장했던지 잣죽 한 공기를 다 비웠다. 휴지로 입가를 닦고 난 어머니가 어깨가 흔들릴 정도로 울먹이며 말을 했다.

"지금쯤 학교에 있어야 할 네게 고사리나 꺾게 하다니. 쯔쯔쯔."

나는 어머니가 하는 말을 못 들은 척 엉뚱한 소리를 하며 방을 나왔다.

"아! 배고파."

나는 배가 고팠지만 고사리부터 처리해야 했다. 점식이 삼촌이 일러준 대로 솥에 물이 팔팔 끓고 있을 때 생고사리를 집어넣었다. 손잡이가 긴 주걱으로 몇 차례 고사리를 뒤집었다. 어느 정도 삶아졌는지 알아보려고 고사리 하나를 건져 손가락으로 지그시 눌러 보았다. 손끝에서 약간 말랑한 느낌이 드는 순간 얼른 가스 불을 껐다. 고사리를 너무 오래 삶게 되면 물컹거려 꼬들꼬들한 맛이 사라져 버리게 되기 때문이었다. 삶은 고사리를 찬물에 몇 차례 씻은 후, 소쿠리에 쏟아붓고는 고르게 펼쳤다. 물기가 다 빠진 고사리는 햇볕이 잘 드는 평상에 놓아두고 말려야 했다. 날씨가 화창하고 바람까지 불어주는 날에는 하루 만에 다 말릴 수가 있었다.

다음날도 언니와 나는 변함없이 능선으로 올라갔다. 내가 웅크리고 앉아서 고사리를 꺾고 있는데 별안간 청개구리 한 마리가 튀어나오더니 내 무릎에 와서 찰싹 달라붙었다. 나는 녀석과 눈을 맞추었다. 곧 녀석은 자신의 안식처가 아니라는 사실을 알게 되었던지 이내 풀발 위로 팔짝팔짝 뛰어갔다. 그때까지 꼿꼿하게 서 있던 풀이 한순간에 누웠다. 알고 보니 검붉은색을 띠는 뱀 한 마리가 청개구리를 쫓고 있었던 것이었다. 그 광경을 보게 된 순간 나는 언니가 있는 곳으로 달려갔다. 나는 세상에서 뱀이 제일 무서웠다. 뱀은 하루 열 번을 봐도 열 번 다 나를 놀라게 했다.

별안간 언니가 통나무를 무대 삼아 솔방울을 마이크 삼아, 정신 나간 사람처럼 노래를 부르다 엉덩이를 실룩거리며 춤까지 추었다. 그 모습은 광기 든 사람 같았다. 그런데 자꾸 보고 있으니 언니의 팔과 다리는 마치 새가 날고 있는 듯했고, 엉덩이는 공기를 휘어잡듯 좌우로 힘차게 흔들리고 있었다. 나는 고사리를 꺾다 말고 언니의 모습을 한참 동안 바라보았다.

그날 밤, 내가 막 잠이 들려던 참이었다. 별안간 언니의 휴대폰에서 요란한 음악 소리가 흘러나왔다. 내가 눈을 번쩍 떴을 때 언니가 음악 소리에 맞춰 거울 앞에서 춤을 추고 있었다. 조금만 기다리면 되겠지, 반 시간쯤은 충분히 참아줄 수 있어. 그러나 한 시간이 지나도록 휴대폰에서 흘러나오는 노랫소리는 멈추지 않았다. 더는 참을 수 없게 된 나는 결국 격앙된 목소리로 말하고 말았다.

"언니! 그렇게 볼륨을 높인 상태에서 춤을 추고 싶으면 아무도 없는 고사리밭에나 가서 해줄래. 도저히 시끄러워서 잠을 잘 수가 없다고!"

"미안해. 그렇다고 한밤중에 고사리밭에 갈 수는 없잖아. 나한테 춤과 노래는 생명줄과 같다고. 왜 춤과 노래가 생명줄과 같으냐고 물으면 설명할 말은 없지만."

나는 한 시간이 지나도록 여전히 귀를 찢는 듯한 음악 속에 갇혀 지내야 했다. 결국 화를 참지 못한 내가 자리에서 벌떡 일어났다. 그때 내 눈에 가장 먼저 들어온 것은 방구석에 아무렇게나 쌓아놓은 언니의 옷가지와 화장품이었다. 나는 정리는 하지 않고 늘어놓기만 하는 것에 대해서도 한마디 하고 싶었으나 그냥 넘어가기로 했다. 그것까지 다 말해버리는 건 아닌 것 같았다. 가장 좋은 해결책은 언니가 없는 틈을 타 언니의 휴대폰을 지하 창고에다 감추어버리는 것이겠지만 그랬다가는 언니가 정신 나간 사람처럼 펄펄 뛸 것이 불을 보듯 뻔했다.

"언니! 제발 잠 좀 자자."

"최진실! 내 말 잘 들어, 내가 연예인으로 성공하기만 하면 넌 살판나는 것이야. 알겠어?"

언니가 저토록 연예인이 되려고 필사적으로 노력하는 이유가 무엇일까. 내가 보기에는 언니는 무대 체질은 아닌 것 같았다. 언니는 학교 다닐 때 시험 기간만 되면 손톱을 하도 물어뜯어 늘 손톱이 제대로 자라지 못했을 뿐만 아니라 지독한 소화장애에 시달렸다. 자정이 가까웠는데도 언니의 노랫소리는 계속되었다. 다행히 어머니는 진통제를 복용한 탓에 세상모르고 잠이 들어있었다. 도저히 시끄러워서 참을 수가 없어서 결국 나는 방을 나오고 말았다.

아침 일찍 외출한 언니는 날이 어두워질 때까지 돌아오지 않았다. 그동안 언니가 혼자서 마을버스를 타고 몇 차례 읍내까지 가서 화장품과 생리대를 사 온 적이 있긴 했다. 그러나 그날은 이미 마을버스가 끊긴 지 한참이 지난 후였다. 마음이 불안해진 나는 오래도록 대문 앞에서 서성이고 있었다. 혹시 언니가 행운펜션 지하에 있는 노래방에 가 있지나 않을까? 하는 생각이 들었다. 얼마 전에도 언니가 나를 데리고 거기에 가서 노래도 부르고 춤도 춘 적이 있었기 때문이었다. 내가 행운펜션에 도착했을 때 하필이면 출입문에는 '수리 중'이라고 써놓은 안내판이 붙어 있었다.

얼마 전부터는 언니와 내 생활이 달라도 너무 달라졌다. 아침을 먹고 나면 나는 고사리 포장을 했고 언니는 행운펜션 건물 지하 노래방에 가곤 했다. 언니가 변한 건지 본래부터 언니는 그런 사람이었는지 도무지 알 수 없었다. 아무리 생각해 봐도 언니는 가족은 뒷전이고 오직 연예인이 되겠다는 헛된 꿈만을 염두에 두고 사는 것만 같았다. 산속 토굴집에 오고부터 친구 하나 없는 내게 있어 언니는 유일한 친구이자 버팀목이었다. 나와는 다섯 살 터울이고 성격도 달랐지만 자라면서 싸움 한번 하지 않았다. 하긴 싸울 수 없을 만큼 나이 차가 많긴 했다. 그날 밤 나는 자정이 되어서야 돌아온 언니에게 물었다.

"도대체 언니는 요즈음 어디를 그렇게 다니는 거야?"

"넌 알 것 없어. 그리고 지금은 고사리 철도 아니잖아."

별안간 언니가 상표도 떼지 않은 원피스를 입고는 거울 앞에 서서 내게 물었다.

"이 원피스 어때?"

"못 보던 거잖아. 어디서 났어?"

"아는 사람이."

"이 산속에 언니가 아는 사람이 어딨어?"

언니는 멋쩍게 웃어 보이기만 했다. 언니의 얼굴을 보는 순간 나는 지금 언니가 거짓말을 하고 있다는 사실을 직감했다. 언니 역시 자신이 생각해도 멋쩍었던지 또 한차례 멋쩍게 웃었다.

거울 앞으로 다가간 언니가 말했다.

"더 날씬해 보이지 않니?"

그때 내 머릿속에서는 곡선이 없고 길쭉하기만 한 물체들이 이것저것 떠올랐다. 양미리, 사요리, 갈치, 뱀장어, 막대기…… 나는 날씬해 보이기는커녕 허리에 곡선이 너무 없어서 양미리 갈다고 말하려던 참이었다. 그런데 그만 나는 "사요리 같아 보여."하고 말해버렸다. 그러자 언니가 날카롭게 나를 쏘아보았다. 언니의 그런 태도는 이해가 갔다. 사실 아닌 게 아니라 내가 한 말에는 양미리나 갈치, 뱀장어, 막대기까지 모두 포함돼 있었던 것이었다. 결과적으로 어느 한 가지도 듣기에 좋은 말은 아니었을 것이다.

솔직히 그 원피스는 언니에게 썩 잘 어울렸다. 언니는 키도 훤칠한 편인 데다 몸매까지 예뻤다. 조화로운 몸매 때문인지 언니는 어떤 옷을 걸쳐도 패션모델이 아닐까 여겨질 정도였다. 이목구비가 뚜렷한 데다 동그랗게 생긴 눈과 완만한 콧날과 조화를 이룬 도톰한 입술. 게다가 학처럼 길게 뻗은 목선에는 독특한 매력이 풍기고 있어서 어딜 가든 사람의 시선을 끌곤 했다.

이튿날도 언니는 밤이 깊어서야 돌아왔다. 그때 마루에 앉아 있던 아버지와 눈이 마주치게 되었다. 아버지의 눈꼬리가 언니 쪽을 향했다. 눈치 빠른 언니가 그런 아버지와 오래 앉아 있을 리가 없었다. 언니가 재빨리 수건을 챙겨 욕실 쪽으로 걸어가면서 말했다. "나는 빨리 씻어야겠다." 때마침 점식이 삼촌한테서 전화가 걸려 왔고 아버지는 그 전화를 받게 되었다. 만약 그 순간에 점식이 삼촌의 전화가 걸려오지 않았더라면 아마도 언니는 아버지한테 주먹으로 머리통을 한 대 쥐어박힐 게 뻔했다.

욕실 쪽으로 걸어가면서 언니가 입술에 손가락 하나를 갖다 대고 내게 입을 다물라는 시늉을 했다. 나는 언니가 시키는 대로 입을 다물어버렸다. 나는 내가 생각해도 윗사람의 명령에 잘 복종하는 편이었다. 욕실에 들어간 언니는 일부러 세면기의 물을 내렸고 물소리가 나는 사이에 아버지 몰래 방으로 들어가 버렸다. 그것은 언니가 아버지와 마주하기 싫을 때 자주 써먹는 방법이었다.

내 삶의 두 그림자

우리 가족이 산속 토굴집에 들어와 산 지도 삼 년이 되었다. 우리 모두는 공기 좋고 물 좋은 산속에서 살면서 암에 좋다고 하는 약초를 달여 먹고 삼 년만 견디면 어머니의 암이 완치될 거라고 굳게 믿고 있었다. 얼마 전까지만 해도 어머니가 지팡이 없이 혼자 텃밭으로 걸어가 애호박과 풋고추를 따와서는 된장찌개도 끓이고 호박전도 부치며 얼굴에 미소까지 지어 보였으니 더욱 그렇게 생각하게 되었던 것이었다. 그러나 소리 없이 찾아온 죽음의 그림자는 연약한 생명을 짓밟아 어머니의 모습은 허물어져 가는 폐가처럼 변해갔다.

어느 날 술에 취한 아버지가 어머니의 죽음을 날로 몰락해 가는 가정 경제에 빗대어 말했다.

"암이란 존재는 사람의 피를 빠는 거머리처럼 끊임없이 돈만 빨아들이는 괴물인 것이야. 어차피 죽을 거면 하루라도 빨리 죽든가."

그때 잠이 들어있던 어머니가 그 소리를 듣지 못한 것은 천만다행이라고 나는 생각했다. 집안 분위기가 무겁게 가라앉고 있었지만 누구도 말을 하려는 사람이 없었다. 그동안 우리 가족 모두는 낯선 산속에 들어와 살면서 갖은 고통을 참아내며 꿋꿋하게 견뎌내고 있었다. 그럴 수 있었던 것은 오로지 어머니를 살릴 수 있을 거라는 희망이 있었기에 가능했던 것이었다.

그런데 최근 들어 어머니는 빨대로 멀건 죽만 한 모금씩 목구멍으로 넘기며 하루하루 버텼다. 어느 순간 어머니의 입술에 물려 있던 빨대가 툭 바닥으로 떨어졌다. 얼마 전에도 이런 경우를 보았기 때문에 별다른 생각 없이 배낭을 메고 대문을 나섰다.

내가 고사리밭에 도착했을 때였다. 그날따라 희뿌연 안개가 계곡을 따라 물결처럼 흘러갔다. 눈앞의 풍경은 여느 때와 달리 괴이한 것이었다. 이상하게도 고사리들은 일정한 패턴을 이루며 완전히 휘어져 있거나 엎드려 있거나 했다. 그 모습은 흡사 포수가 총을 겨누는 사실을 알아차린 새떼처럼 느껴졌다. 곧 바람이 불어왔고 고사리밭이 물결처럼 술렁거렸다. 나는 잠깐 하늘을 올려다보았다. 안개를 헤치고 모습을 드러낸 한줄기 햇빛이 이상하게도 핏빛으로 보였다. 하늘에 길게 떠 있는 구름의 모습까지도 기이했다. 그 구름은 내가 여태껏 보아온 구름의 모습이 아니었다. 뱀처럼 생긴 구름이 금방이라도 구불구불 기어서 내 머리 위에 내려앉을 것만 같았다. 내 상상이 만들어낸 것인지는 모르겠으나 그 구름은 검다고 말하기도 그렇다고 붉다고 말하기도 애매한, 어떤 음흉함으로 채워져 있는 것처럼 보였다.

나는 집으로 돌아갈까 하다 곧 생각이 바뀌었다. 어차피 왔으니 고사리를 배낭 가득 채워야겠다고 생각했다. 나는 잽싸게 손을 놀려 고사리를 꺾기 시작했다. 얼마나 지났을까. 별안간 등줄기에 찬물을 끼얹는 듯한 섬뜩한 느낌이 들었다. 그냥 섬뜩한 느낌이라고 표현했으나 그 느낌은 내가 여태껏 경험한 어떤 느낌과도 비교할 수 없는 것이었다. 결국 나는 반도 채워지지 않은 배낭을 멘 채 능선을 내려오고 말았다.

평평한 길에 도착했을 때부터 조금씩 빗방울이 떨어지기 시작했다. 갈수록 빗방울은 굵어졌다. 쏟아지는 비를 맞으며 내가 대문 안으로 들어섰을 때 점식이 삼촌이 흰 가운을 입은 의사를 앞세우고 방을 나오고 있었다. 허리를 구부리고 신발 끈을 묶고 있던 의사가 나직한 목소리로 말을 했다.

"아무래도 마음의 준비를……."

의사는 하얀 가운 위에 투명 비닐로 된 비옷을 입고 대문 쪽을 향해 성큼성큼 걸어갔다. 그 모습은 마치 축축한 땅 위를 떠도는 영혼처럼 보였다.

나는 급히 문을 열고 방으로 들어가 보았다. 그때 내 눈에 들어온 어머니의 모습은 너무도 낯설었다. 백목련처럼 희고 고왔던 피부는 간 곳 없고 허물어진 어머니의 육신은 알맹이를 다 빼낸 껍데기처럼 보였다. 어느 순간 어머니의 팔 하나가 이불 밖으로 삐죽이 나와 있었는데 그것은 마치 사냥꾼이 쏜 엽총에 맞은 새끼 동물의 것인 양 축 늘어져 있었다. 앙상한 뼈에 낡은 가죽을 씌워놓은 듯 보이는 피부에다 손톱은 길었고, 듬성듬성 몇 올 남아있던 머리카락까지 길게 자라 있었다. 이토록 생명을 다 잃게 되었는데도 머리카락과 손톱이 자랄 수 있다는 사실이 놀라웠다.

그때까지 닫혀 있던 눈꺼풀이 조금 열리는 듯하더니 제법 또렷한 목소리로 어머니가 말을 했다.

“생각해 보니 서방님께 신세를 너무 많이 진 것 같네요.”

조금 떨리는 듯한 목소리로 점식이 삼촌이 말했다.

“형수님! 왜 그런 말씀을.”

어딘가 모르게 불안과 초조함이 서려 있는 듯한 어머니의 풀어진 눈동자는 이미 죽음의 늪을 헤매고 있는 듯했다. 그 모습은 무언가 가슴속에 담고 있는 어떤 비밀을 견디며, 그 비밀을 고백하는 데 용기를 내려고 안간힘을 다하려는 듯 보였다. 약 십 초 정도 허공을 바라보고 있던 어머니가 창백한 손을 뻗어 내 얼굴을 만지려 했으나 이내 바닥으로 툭 떨어졌다. 방안에 정적이 채워졌다. 정적은 십 초 정도 지속됐다. 곧 안간힘을 다해 쥐어짜는 듯한 목소리로 어머니가 말을 했다.

"그때 진실이 너를 데리고 오는 게 아니었어……."

어머니의 말씀은 그것이 마지막이었다.

우리 가족이 이곳으로 이사를 계획할 무렵이었다. 어느 날 집주인 아주머니가 어머니를 찾아와서는 나를 자신이 다니는 교회 장로 댁에 수양딸로 보내라고 했다. 그 아주머니는 또 우리 가족이 서울집을 떠나오기 전날에도 찾아와서는 이런 말도 했던 것 같다.

"진실이 엄마! 내 말대로 해요. 그러면 공부도 계속할 수 있을 테고…… 남들은 자식 공부시키려고 서울로 올라오기도 하는데……."

아마도 그때 그 일이 어머니의 가슴속에서 지울 수 없는 한으로 남아있었던 모양이었다. 잠깐 어머니가 숨을 몰아쉬는가 싶었는데 곧 숨소리가 멎고 말았다.

어머니가 숨을 거두고 났을 때 점식이 삼촌이 남자 셋을 데리고 고사리밭이 훤히 내려다보이는 능선으로 올라갔다. 점식이 삼촌이 발로 어림잡아 가로세로를 재고 나서 삽으로 콕 찍어 표시했다. 남자 둘이 곡괭이로 땅을 찍으면 또 다른 한 남자와 점식이 삼촌이 삽으로 흙을 떠냈다. 예상했던 것보다 작업은 빠르게 진행되었고 구덩이는 점점 깊어갔다. 점식이 삼촌이 구덩이 안으로 들어갔을 때 허리까지 왔다. 앞으로 한 자 정도만 더 파면 될 것 같다고 점식이 삼촌이 말했다.

사람이 죽으면 으레 그렇듯 고인이 된 어머니도 관속에

편안하게 누워있었다. 이제 움직일 수도 없고 숨을 쉴 수도 없게 된 어머니는 납처럼 차가운 물질로 변해 있을 뿐이었다.

장례를 치르던 날 어머니가 누워있는 관이 네 가닥의 밧줄에 의지한 채 천천히 구덩이 속으로 내려졌다. 관이 바닥까지 거의 내려갔을 때 별안간 관의 모퉁이가 벽과 바닥을 차례로 부딪치면서 내는 둔탁한 소리가 들렸다. 그 소리는 마치 저쪽 세상의 소리 같았다. 그때까지만 해도 작은오빠는 두 눈이 벌겋게 충혈돼 있었으나 결코 소리 내 울지는 않았다. 다만 가슴이 미어지는 듯한 슬픔을 참느라 윗니로 아랫입술을 잘근잘근 깨물고 있을 뿐이었다. 그러나 언니만은 달랐다. 언니는 관이 점점 구덩이 속으로 내려가자 손을 흔들어 보이며 담담한 목소리로 말을 했다.

"엄마! 이제 아프지 말고 잘 가. 안뇽!"

언니의 모습은 마치 연기 연습을 하는 배우 같았다. 마침내 관 위로 흙이 올려졌다.

나는 애원하듯 말했다.

"아저씨들 제발! 흙으로는 덮지 말아 주세요. 울 엄마가 답답해할 것 같아서 그래요. 제발! 제발요!"

이 순간이 지나고 나면 언제 또 엄마란 단어를 불러볼 수 있을까 싶었다. 곧 내 입에서 엄마란 단어가 파편처럼 튀어나왔다.

"엄마! 엄마! 엄마!"

작은오빠가 다가와서 나를 부둥켜안고 엉엉 소리 내 울

기 시작했다. 작은오빠와 내 울음소리가 구덩이를 가득 채웠다. 그때까지 혼이 나간 사람처럼 멍하니 서 있던 아버지가 갈라진 목소리로 말을 했다.

“이젠 그만들 울라고. 틀림없이 네 엄마는 좋은 곳에 갔을 것이야. 늘 착하고 바르게 살아온 사람이었으니까.”

언제 날아왔는지 울새 한 마리가 모습을 드러냈다. 울새는 허공의 한 지점에서 잠시 멈추었다가 구덩이 쪽으로 급강하는가 싶었는데 이내 땅 위로 모습을 드러냈다. 그날따라 울새의 모습은 이쪽 세상과 저쪽 세상을 오가는 듯 보였다.

‘어머니! 하늘나라로 가는 여정은 어떠셨나요? 한 번도 가 보지 않았던 낯선 길을 홀로 가느라 외롭지는 않으셨나요? 가는 길이 울퉁불퉁하지는 않던가요? 가다가 날이 저물면 하룻밤 묵을만한 곳은 있던가요? 혹시 앞에서 걸어가고 있는 사람을 보게 되거든 함께 가자고 어머니 쪽에서 먼저 말을 걸어보는 건 어떨까요? 여럿이 함께 가면 덜 외로울 테니까요.’

어머니를 장사 지내던 날 밤 나는 일기장에 그렇게 적고 있었다. 돌아보니 어머니의 인생은 너무도 단순하고 평범했다. 그래서 더 불쌍했다. 어머니는 초등학교 교사로 근무하다 스물아홉 살에 자동차 정비 사업을 하던 일곱 살 연상인 아버지를 만나 결혼했고 그때부터 줄곧 전업주부로만 살아오면서 네 남매의 어머니로 살았다.

어느 날 갑자기 어머니가 소변에서 조금씩 피가 섞여 나오고 아랫배도 아프다고 말했지만 아무도 심각하게 받아들이지 않았다. 전에도 어머니가 몇 차례 건강검진을 받은 적이 있었고, 그때마다 위염이 조금 있다는 것 말고는 별다른 문제는 발견되지 않았기 때문이었다. 하지만 어머니는 갈수록 집안일을 예전처럼 하지 못할 지경까지 이르게 되었다.

그런 사실도 모르고 있던 아버지는 끼니때만 되면 어머니가 다른데 정신이 팔려서 음식을 성의 없게 만들었다며 화를 내곤 했다. 전에 없이 아버지가 자주 화를 내는 데에는 그럴만한 이유가 있었다. 아버지가 하는 사업이 날로 어려워진 데다가 그동안 알뜰히 모아놓은 돈마저 친구의 꼬임에 넘어가 몽땅 날려버리게 되었던 것이었다.

하루는 밥을 먹다 내가 기침을 하는 바람에 입에서 튀어나온 밥알이 식탁에 튀었다. 아버지가 자식 교육을 잘못 가르쳤다며 내 잘못을 어머니에게 떠넘겼다. 어쩌다 밥이 조금 진듯해 보일 때도 아버지는 어머니가 다른 데 정신을 팔고 있어서 밥을 질게 했다며 소리를 지르곤 했다. 그때마다 어머니는 말없이 앉아 있기만 했다.

어느 날 가족이 모여 아침을 먹고 있을 때였다. 아버지가 또 내 잘못을 어머니에게 떠넘기는 일이 벌어졌고 순간 어머니도 전에 없이 화를 냈다.

“왜 사람을 달달 볶는 거예요! 당신 눈에는 내가 그렇게 만만해 보이나요?”

아버지도 놀랐던지 목청을 한껏 높여 말했다.

"이게 뭣 하는 짓이야!"

아버지의 날카로운 목소리는 집안 분위기를 불안 속으로 몰아갔다. 그날 이후로 거의 매일 밥상머리에서 고함을 지르며 싸우는 일이 되풀이되곤 했다. 어머니는 아버지와 싸울 때마다 자신의 신체기능이 교란되고 있음을 느꼈고 그때부터 아버지의 짜증에 대해 일절 대응하지 않았다.

어느 날 어머니는 동네 병원을 찾았다. 검사 결과를 보여주면서 의사는 대학 부속병원으로 가 보라고 했다.

대학 부속병원 의사 말은 충격적이었다. 앞으로 버틸 수 있는 기간이 얼마 남지 않았다고 했다. 그런 사실을 알지 못했던 아버지는 어머니가 복에 겨워 맨날 누워만 있다며 불만에 가득 찬 목소리로 말하곤 했다. 게다가 결혼 당시에 보았던 교양과 예의라고는 찾아볼 수 없는 어머니의 태도에 질린다는 소리까지 하는 것이었다.

며칠 뒤 아버지는 우연히 어머니와 이모의 대화를 엿듣게 되었다. 어머니가 자궁암 4기라는 사실을 알게 된 아버지는 어머니를 병원으로 데려가 두 차례 수술까지 받게 했다. 하지만 달라진 건 없었다. 그때부터 아버지는 모든 일을 뒤로 미루고 오로지 어머니한테만 매달리기 시작했다. 오랜만에 보게 된 자상한 아버지의 모습이었다. 결국 아버지는 어머니를 반드시 살리겠다는 각오로 강원도 산속 토굴집까지 택하게 된 것이었다.

삼우제 날이었다. 나는 우연히 어머니가 사용하던 문갑을 열어보게 되었다. 거기에는 낡은 수첩 하나가 들어 있었다. 반듯반듯한 글씨로 적어놓은 수첩은 낡아 너덜너덜한 상태였고, 수첩을 묶어놓은 끈이 끊어질 듯 말 듯 해 투명한 테이프로 붙여놓았는데 거기에는 이런 글이 적혀 있었다.

'사람이 죽으면 어디로 가게 되는 걸까? 이렇게 해서 나는 정말 죽음의 길로 가는 걸까. 죽음의 길은 어떤 길일까. 산길일까, 물길일까. 그것도 아니면 하늘길일까. 이대로 죽으면 정말 하늘나라에는 갈 수 있는 걸까? 아니야. 나는 하늘나라에는 가고 싶지 않아. 고통이 따르더라도 여기에서 살고 싶어. 지금 내가 얼마나 죽음에 대해 두려워하고 있는지 아무도 알지 못하고 있어. 누구도 나에 대한 동정심 따위는 티끌만큼도 없는 것 같아. 지금 남편과 자식들 모두 텔레비전 앞에서 킬킬거리고들 있어. 그들은 죽음에 대해 고민할 필요도 없으니 당연히 그럴 테지. 나만 홀로 불안에 떨고 있는 것이야. 이건 너무 불공평하고 억울한 일이지만 뾰족한 방법도 없어. 공연히 화가 났다. 내가 이러면 안 되지. 어차피 죽을 사람은 죽어야 하고 살 사람은 살아야 하는 거니까. 그게 순리지. 그런데 사랑하는 내 가족이 오래도록 나를 기억해 주길 바라는 이 마음은 또 무슨 헛된 욕심이란 말인가.'

나도 모르게 손으로 그 문장을 어루만졌다. 죽음을 눈앞에 둔 어머니가 혼자서 감당해야 했을 두려움과 처절함이 감전이라도 된 듯 내 손에 강렬하게 전달됐다. 나는 엄마가 죽는다는 것은 꿈에도 생각지 못했다. 엄마는 늘 곁에 있는 사람. 추울 땐 포근한 이불처럼, 배고플 땐 따뜻한 밥처럼,

숨을 쉴 땐 신선한 공기처럼 언제까지나 내 곁에 있어 줄줄 알았다. 이제 그런 엄마는 이 세상에 없다.

어머니가 아프기 전까지만 해도 우리 집은 부자 소리는 못 들었어도 별다른 걱정 없이 살았던 것 같았다. 내 기억으로는 이층집에서 살던 때가 우리 가족이 가장 단란했던 것 같다. 이층집에는 방이 모두 다섯 개였다. 큰오빠와 작은오빠는 각각 방을 하나씩 썼고 언니와 나 역시 각각의 방이 있었다. 거실에는 테두리가 까만 사십구 인치 텔레비전과 육인용 밤색 가죽 소파 그리고 작은오빠가 늘 즐겨 치던 기타도 한 쪽 벽면에 세워져 있었다. 이따금 작은오빠의 기타 반주에 맞춰 언니와 나는 노래도 부르고 춤도 추곤 했는데 그때마다 아버지와 어머니는 환하게 웃으며 손뼉을 치곤했다. 아쉽게도 이층집에서는 오래 살지는 못했다. 갑자기 아버지가 운영하던 자동차 정비 사업이 기울어진 데다 어머니마저 암에 걸렸기 때문이었다. 결국 이층집을 팔고 작은 빌라로 옮겨갔다. 그러나 일 년도 되지 않아서 반지하로 밀리게 되었고 급기야는 강원도 산속 토굴집까지 밀리게 된 것이었다. 성격도 얼굴도 어머니를 제일 많이 닮은 작은오빠는 역사 선생님이 꿈이었다. 그러나 그 꿈도 잠시 접어야 했다. 언니 역시 자신이 원하던 예술대학에 합격했지만 휴학해야 했고 겨우 중학교 2학년인 나까지 공부를 중단하지 않으면 안 되었다.

어머니를 떠나보낸 후부터 집안 분위기가 급격히 나빠지기 시작했다. 아버지는 매일 술병을 끼고 살다시피 했고 작은오빠는 통 말이 없어졌고, 언니 역시 짜증을 내는 횟수가 많아졌다. 나는 나대로 그런 식구들의 눈치를 살피느라 늘 불안한 나날을 보내야 했다.

아침에 눈을 떴을 때 욕실 쪽에서 언니의 비명이 들려왔다. 놀란 내가 욕실 문을 열고 들어가 보았다. 그때 흰색 타일 바닥에는 발이 여러 개가 달린 회갈색의 벌레 한 마리가 보였다. 얼핏 보기에 그것은 집그리마가 아니면 돈벌레 같았다. 문제는 언니가 그 벌레를 보게 된 순간 당황한 나머지 샴푸를 바닥에 뿌려놓고는 말도 없이 나와 버린 것이었다. 작은오빠가 무심코 욕실에 들어갔다가 그만 미끄러져 발목을 삐고 말았다. 그 상황에서도 언니는 미안해하기는커녕 오히려 잘못이 작은오빠한테 있는 것처럼 말을 했다.

"그러니까. 조심했어야지."

절뚝거리는 걸음걸이로 욕실에서 나오고 있던 작은오빠가 말했다.

"누가 바닥에 샴푸를 뿌려놓은 줄을 알았나."

언니의 대답은 너무도 엉뚱했다.

"그러니까 내 말은 작은오빠가 운동신경이 둔해서 그런 거라고."

"아무리 운동신경이 발달한 사람이라도 이 상황에서는……."

"그럼 그게 내 잘못이라는 거야?"

보다 못한 내가 한마디 했다.

"언니는 지금 억지를 쓰고 있는 거야."

언니가 나를 쏘아보며 격앙된 목소리로 말했다.

"뭐라고?"

마루에 쪼그리고 앉아서 발목에 파스를 붙이고 있던 작은오빠가 평소보다 조금 큰 소리로 말을 했다.

"다들 조용히 해. 발 삔 사람은 난데 왜 너희끼리 난리야?"

"아침부터 재수 없어."

"언니, 지금 그 말 작은오빠보고 하는 소리야?"

"둘 다."

"흥. 기가 막혀."

"뭐야!"

갑자기 언니가 주먹으로 내 머리를 쥐어박는 것이었다.

최근 들어 언니의 입에서 튀어나온 말들은 유리그릇과도 같아서 듣는 사람이 유리 파편에 상처를 입게 될까 두렵기까지 했다.

참다못한 내가 또 한마디 했다.

"언니는 본래 자기밖에 모르는 사람이었어? 아니잖아?"

"맞아! 나는 나밖에 몰라. 나는 내 인생이 가장 소중하다고 생각해. 나 자신이 있어야 부모도 있고 형제도 있는 거라고. 내가 없으면 우주도 없다고. 겨우 초졸 주제에 뭘 안다고 까불고 있어."

"나 초졸 아니거든. 나도 중2까지 다녔다고."

"흥. 바보 멍청이. 넌 아무리 그래봐야 겨우 초졸일 뿐이야. 중학교 졸업장이 있어야 중졸이라고…… 뱃속에 똥밖에 들어있지 않은 주제에."

결국 언니의 입에서 뱉어진 말은 유리 파편이 되어 내 가슴에 날아와 박히고 말았다. 내가 기억하는 어머니는 말을 함부로 하는 것을 제일 싫어했다. 자칫 생각 없이 불쑥 뱉은 말 한마디가 상대방의 가슴에 오래도록 아픈 상처로 남게 될 수도 있기 때문이라고. 그 생각을 떠올리게 된 순간 나는 언니처럼 남에게 상처가 되는 말은 절대로 하지 않을 거라고 나 자신에게 다짐했다. 그러나 그 다짐은 단 오 초도 지나지 않아서 허물어지고 말았다.

"그래? 그럼 대학에 합격은 했어도 언니 역시 고졸이겠네."

"응. 맞아. 나 고졸이야."

그날 오후, 집안에는 아버지와 나밖에 없었다. 말린 고사리를 손질하고 있던 나는 힐끗 벽시계를 쳐다보았다. 늦어도 이십 분 안에 아버지의 점심을 챙겨야 했기 때문에 나는 마음이 바빠졌다. 아버지는 식사 시간을 제때 지키지 않으면 언제 저혈당 쇼크가 올지 몰랐다. 모처럼 맨정신 상태인 아버지가 얼굴에 환한 미소를 지으며 텃밭에서 딴 반들반들한 애호박 하나를 건네주며 다정한 목소리로 말을 했다.

"애호박은 말이다. 새우젓을 넣고 볶아야 제맛이 나는 법이란다. 그것 하나만 있으면 밥 한 그릇을 거뜬히 먹을 수가 있지. 오늘은 우리 진실이가 어디 한번 솜씨를 발휘해 보렴. 허허허."

참으로 오랜만에 보게 되는 아버지의 모습이었다. 나는

어머니가 그랬던 것처럼 팬에 기름을 적당히 두르고 나서 미리 썰어놓은 애호박을 넣고 볶다 새우젓으로 간을 맞추었다. 마음 같아선 평소 아버지가 좋아하는 표고버섯 전도 부치고 싶었으나 안타깝게도 표고버섯이 떨어지고 없었다. 곧 나는 아버지가 표고버섯 전 다음으로 좋아하는 것은 감자전이란 생각을 하게 되었다. 먼저 껍질 벗긴 감자를 강판에 간 다음 밀가루를 섞었다. 거기에다 부추와 청양고추를 송송 썰어 넣고 손으로 버무렸다. 팬에다 기름을 적당히 두르고 나서 반죽한 것을 넣고 얇게 편 후, 가장자리가 노릇노릇해졌을 때 뒤집기만 하면 되었다. 요리하는 것이 죽기보다 싫다는 말을 입버릇처럼 하는 언니에 비해 왠지 나는 요리하는 것이 즐겁기만 했다.

때마침 외출했다 돌아온 언니가 통나무 식탁에 수저를 놓고 있었다. 곧 우리 가족은 통나무 식탁에 앉아서 저녁을 먹기 시작했다.

아버지가 웃음 띤 얼굴로 말했다.

"우리 진실이 요리 솜씨가 더 늘었어."

작은오빠까지 제법 큰 소리로 너스레를 떨었다.

"그렇죠? 아버지. 어디 멋진 총각 있으면 진숙이보다 우리 진실이를 먼저 시집보냅시다. 하하하."

아버지도 맞장구를 쳤다.

"그러자꾸나! 허허허."

나도 작은오빠와 아버지의 장단에 맞추어 한마디 했다.

"그럴까. 호호호."

어머니가 돌아가시고 나서 우리 가족이 처음으로 소리 내 웃었던 것 같다. 그러나 그런 분위기는 오래가지 않았다. 설거지를 하고 있을 때 옆에 있던 언니가 한마디 불쑥 내뱉었다.

"넌 좋겠다. 식구들한테 인정받게 됐어."

"왜 질투나? 질투 나면 언니도 인정을 받으시든가?"

"이게 까불래?"

"언니가 먼저 시비를 걸었잖아."

"요걸 그냥."

나는 이유도 모른 채 언니한테 주먹으로 머리통을 쥐어박히고 말았다.

언니를 쏘아보며 날카로운 목소리로 내가 말을 했다.

"왜 때려? 내가 그렇게 만만해 보여? 때와 장소도 가리지 않고 맨날 큰 소리로 노래나 부르고 춤까지 추는 주제에. 고사리밭에 가서도 맨날 농땡이만 치잖아."

"야. 사람은 다 자기가 타고난 소질대로 사는 거야. 넌 고사리 꺾는 일에는 선수잖아. 난 말이야. 산 아이로 살아가는 너하고는 달라. 나는 내가 타고난 소질대로 살 것이야."

"뭐라고? 내가 산 아이라고? 언니 지금 말 다 했어?"

"그래. 말 다 했다. 내가 뭐 틀린 말을 했니? 넌 집에 있을 때보다 산에만 가면 기운이 솟아나잖아. 그러니 산 아이지 집 아이냐?"

"언니가 어떻게 나한테……."

"내가 하는 말이 아니야. 아랫마을 사람들이 하는 말이지."

"지금 그 말 언니가 지어낸 거잖아."

"야. 내가 그런 말을 뭣 하러 지어냈겠어? 사실 이런 말까지는 안 하려고 했는데 남자애들끼리 누가 먼저 산 아이의 순결을 빼앗게 되나 내기까지 한다고 들었어. 그러니까 산에서든 집에서든 조심하라고."

"뭐! 그게 정말이야?"

"그렇다니까. 다 아는데 너만 모르고 있는 것이야."

그렇게 말하고 나서 갑자기 언니가 못 보던 흰색 숄더백을 들고 나가버렸다. 아무리 생각해 봐도 나는 좀 전에 언니가 한 말을 믿을 수가 없었다. 그때 머릿속에서 스치고 지나가는 것이 있었다.

며칠 전 산에서 고사리를 꺾고 있을 때였다. 때마침 아랫마을에 사는 또래 애들이 내 모습을 보는 순간 저희끼리 무슨 암호 같은 말을 주고받았던 것도 같았다. 그렇다고 한다면 이미 그때부터 그 애들이 나를 가리켜 산 아이라고 부르고 있었다는 말인가.

최근 들어 아버지와 작은오빠가 나누는 대화의 주제는 매번 두 가지였다. 서로 다른 의견이란 존재할 수 없었다. 모든 주제는 반드시 옳거나 절대로 옳지 않은 것만이 존재할 뿐이었다. 아침 식사가 끝났을 때 작은오빠가 마루에 앉아 있는 아버지 곁으로 한무릎 다가앉으며 말했다.

"아버지, 이제 어머니의 사십구재도 치렀으니 더 이상 우리 가족이 이 산속에서 살아갈 이유가 없잖아요. 그러니 지하 방이라도 한 칸 얻어 당장 서울로……."

"일없다. 반길 사람이 누가 있다고 서울로 가."

"언제까지나 동생들을 이 산속에다 가두어 둘 수는 없잖아요. 동생들을 학교는 보내야 할 거 아닙니까."

"굳이 학교에 다니지 않아도 산이 내어주는 것만 가지고도 얼마든지 먹고 살 수가 있어."

작은오빠가 얼굴을 붉히며 소리쳤다.

"아버지! 사람이 최소한 기본 교육과정은 마쳐야 거기에 적응하면서 언제 어디서든 살아갈 수 있을 것 아닙니까… 더군다나 막내는……."

나 역시 말은 하지 않았지만 속으로 아버지가 제정신이 아니라고 생각했다.

"아버지! 말도 안 되는…… 정상적인 사고방식으로는 그런 말씀을 하실 수가 없는 겁니다."

"그럼 내가 돌기라도 했단 말이냐?"

"아버지! 제 말뜻을 그렇게 받아들이시면…."

"지금 네놈이 이 애비를 훈계하려 드는 거냐."

갑자기 아버지의 눈에서 불이 쏟아지고 있었고, 작은오빠의 눈에서는 빛이 쏟아지고 있었다. 작은오빠 역시 조금도 물러설 기색이 없어 보였다.

그 순간 나는 아버지와 작은오빠의 표정이 하나같이 무시무시해 보였기 때문에 애원하듯 말했다.

"아버지! 제발 진정하세요. 작은오빠도…."

그러나 아무도 내가 하는 말을 들으려고 하지 않았다.

"아버지의 생각은 인식의 폭력일 뿐입니다."

작은오빠의 말이 끝났을 때 들릴 듯 말 듯 한 목소리로 작은언니가 말했다.

"작은오빠 말에 나도 한 표!"

언니 자신은 아무렇지도 않게 뱉은 말일지는 몰라도 그 순간 나는 정신이 번쩍 들었다. 놀란 내가 언니와 눈을 맞추려고 했으나 언니는 벽만 쳐다보고 있었다. 다행하게도 아버지의 눈빛은 오로지 작은오빠한테만 가 있었기 때문에 언니가 하는 말을 듣지 못한 것 같았다. 만약 아버지가 언니가 한 말을 듣기라도 했다면 아마도 언니는 무사하지 못했을 것이다.

"이놈이 오늘 내 손에 죽으려고 환장을 한 게야."

이미 아버지의 분노는 하늘을 찌를 듯했다. 순식간에 아버지의 앞니가 작은오빠의 목덜미에 가서 꽂혔다. 약 이 초 정도 지났을 때 작은오빠의 입에서 아얏! 하는 비명이 터져 나왔다. 달려가서 작은오빠의 목덜미를 살펴보았다. 이미 살이 일 센티미터 정도 찢겨져 있었고 찢긴 자리에서 붉은 피가 송골송골 올라왔다.

손으로 목덜미를 감싼 채 작은오빠가 소리쳤다.

"제발 아버지의 그 비정상적인 생각 속으로 자식들을 가두어두려고 하지 마시라구요!"

그것은 분명 작은오빠가 아버지의 사고방식이 비정상적이라고 단도직입적으로 쏘아붙인 말이었다. 작은오빠는 손으로 목덜미를 거머쥔 채 밖으로 뛰쳐나갔다. 누구의 말이 옳고 그르고의 문제가 아니었다. 분명 일이 크게 잘못되어

가고 있었다. 그렇더라도 막내인 내가 할 수 있는 건 아무것도 없었다. 평소 가족 간의 소통을 중시했던 아버지가 소통 대신 호통만 일삼다니. 호통도 모자라 폭력까지 행사할 줄은 상상도 못 했다.

그날 밤, 작은오빠는 나를 다락방에다 앉혀놓고 지난 삼 년 반 동안 산속 토굴집에 내려와 살면서 어머니 다음으로 막내인 나 때문에 제일 마음이 아팠다는 말로 이야기를 하기 시작했다.

"어떤 일이 있어도 기본적인 공부는 해야 하니까…… 지하 방 하나를 마련하게 되면 곧 데리러 올게."

이튿날 아침 작은오빠가 여행용 가방을 들고 마당으로 나오고 있었다. 맨발로 달려간 내가 울먹이며 말을 했다.

"작은오빠! 이러지 마. 제발…."

때마침 어디서 전화가 걸려 왔고 작은오빠는 재빨리 휴대폰을 귀로 가져갔다. 그러는 사이 나는 옥상으로 올라갔다. 옥상에는 햇볕은 따뜻한 편이었으나 바람은 차가웠다. 한 오 분 정도 서 있는데 발이 시려오고 볼까지 찼다. 물탱크 뒤에 몸을 숨긴 채 나는 길 쪽을 내려다보고 있었다.

작은오빠의 손에 끌려가고 있던 여행용 가방은 슬픈 듯이 흔들리고 있었고, 대문턱을 넘을 때는 잠깐 망설이기까지 하는 듯 보였다. 작은오빠가 가방을 차에 싣고 나서 잠시 주위를 두리번거렸다. 내가 손을 흔들어 보였지만 작은오빠는 끝내 옥상에 있는 내 모습을 보지 못했다. 잠시 후, 작은오빠가 모는 지프가 미끄러지듯 언덕 아래로 내려갔다.

두 달 정도 지났을 때 작은오빠한테서 연락이 왔다. 작은오빠는 서울에 있는 한 택배 회사에서 일한다고 말했다. 그 뒤로도 자주 전화해서 이런 말도 했다.

"조금만 기다려줘. 곧 너희들을 데려올 계획이야. 꼭 약속할게."

그러나 작은오빠는 끝내 그 약속을 지키지 못했다. 작은오빠가 졸음운전을 하다 전봇대를 들이받았다고 했다. 나는 도저히 그 말을 믿을 수 없었다. 누구보다 침착한 작은오빠가 졸음운전을 하다니.

처음 병원에서 연락이 왔을 때 하필이면 집안에는 나밖에 없었다. 나는 점식이 삼촌의 트럭을 얻어 타고 급히 서울로 갔다. 처음 에스병원 유리문을 열고 안으로 들어갔을 때 경찰관 두 명과 병원 측 사람 서넛이 같이 있었다. 누군가가 하얀 시트가 덮여있는 침대 쪽을 가리키며 나더러 가족이 맞는지 확인하라고 말했다.

아! 차라리 보지 말았어야 했다. 작은오빠의 참혹한 주검을 나는 똑똑히 봐 버렸다. 그것도 퉁퉁 부어오른 얼굴이며 깨진 머리에서 목덜미까지 흘러내린 핏자국까지. 모두 생생하게. 그 상황에서 안 볼 수도 없었다. 세상에서 내가 가장 믿고 의지했던 작은오빠가 죽다니.

장례를 치르고 나서 작은오빠의 뼛가루를 한강에 뿌렸다. 그날 집으로 돌아온 언니와 나는 작은오빠의 유품을 정리하기 시작했다. 작은오빠가 늘 손에 들고 다니던 감색 손가방 안에는 휴대폰과 운전면허증 그리고 지하 방 계약서와 얼마의 돈이 들어있는 예금통장이 같이 들어있었다. 그것들을 보는 순간 억장이 무너진다고 하는 말의 뜻을 알 것 같았다. 무엇보다 가장 가슴이 아팠던 것은 작은오빠가 입고 있던 베이지색 점퍼에 묻어있던 피의 흔적이었다. 그 점퍼를 도저히 그대로 버릴 수가 없었다. 그래서 몇 날 며칠을 빨고 또 빨았더니 피의 흔적이 어느 정도 지워지는 듯했다. 나는 그 점퍼를 햇볕에 말려 다리미로 주름을 펴 가지런하게 접은 후, 불에 태웠다.

어쩌면 작은오빠는 자신에게 찾아올 죽음을 예감이라도 한 것일까. 죽기 직전 작은오빠가 잠시 집에 들렀을 때 언니와 내게 작은 선물 상자 하나씩을 건넸다. 각각의 상자에는 새 운동화가 한 켤레씩 들어있었다. 그날 작은오빠로부터 새 운동화를 받아 든 언니가 "작은오빠 고마워."하고 웃다가 끝에 가서는 몸을 흔들며 춤까지 추었다. 그런 언니와는 달리 나는 나 자신의 감정을 제대로 표현하질 못했다. 야생동물이 가축화되면 자연적인 본능이 사라지게 되듯 오랫동안 산속에서 갇혀 있다시피 지낸 습성이 나를 그렇게 만들어 놓았는지도 몰랐다. 그때 작은오빠는 언니와 내 모습을 번갈아 쳐다보더니 환하게 웃으며 말했다.

"생기발랄한 우리 진숙이는 야생 토끼를 닮은 반면에 성격이 온순한 우리 진실이는 집토끼를 닮았어."

내가 기억하는 큰오빠는 반에서 일 등으로 고등학교를 졸업했는데 대학을 포기하고 친구와 같이 사업을 하겠다고 했다. 굳이 대학까지 다녀서 뭐 하겠는가. 고등학교에서 배운 것과 같은 무의미하고 과장된 지식 나부랭이 따위는 내 인생에 아무런 보탬도 되지 않아. 늘 입버릇처럼 그렇게 말하던 큰오빠는 결국 스물일곱에 베트남으로 날아가서 친구와 같이 여행사를 차리게 되었고, 그곳에서 베트남 여자와 가정을 꾸리게 되었다. 그때부터 큰오빠를 대신해 작은오빠가 이것저것 집안에 신경 쓸 일이 많았다. 바쁜 아버지를 대신해 아픈 어머니를 병원에 데리고 다닌 사람 역시 작은오빠였다. 점차 집안 형편이 기울게 되면서부터 누구보다도 작은오빠가 힘든 삶을 살았을 거라고 나는 생각했다. 서울에서 살 때부터 작은오빠는 낮에는 대학생 신분으로 밤에는 학원 강사로 뛰었다. 산속 토굴집에 와서도 다르지 않았다. 약초를 캐지 못하는 겨울철에도 작은오빠는 쉬는 법이 없었다.

작은오빠가 죽기 전까지 나는 몰랐다. 토굴집에 와서도 전처럼 아버지가 은밀한 경제권을 갖고 있었는데 알고 보니 그 공급원은 바로 작은오빠였다. 어느 날 아침 말끔하게 면도를 한 작은오빠가 내게 다가오더니 평소보다 낮은 목소리로 말했다.

"당분간 읍내 주유소에서 일할 것 같아."

작은오빠가 주유소에서 일한 지 보름 정도 지났을 때였다. 평소 작은오빠를 눈여겨본 한 손님이 하루는 작은오빠에게 찾아와서는 포도 농장에서 일해 보지 않겠느냐고 말했다. 봄부터 여름까지 아홉 명의 인부가 꼭 붙어있어야 할 정도로 포도 농장의 규모가 꽤 컸다. 포도가 다 익어 수확에 들어갈 시기에는 삼사십 명 정도가 더 필요하다고 했다. 포도 수확이 끝나자 또 다른 일자리를 찾아야만 했다. 때마침 포도 농장에서 같이 일했던 한 아저씨가 작은오빠에게 건축공사장에서 함께 일해 보지 않겠느냐고 말했다. 덕분에 작은오빠는 공사판에서 벽돌을 져 나르는 일을 하게 되었다. 그러던 어느 날 작은오빠가 벽돌을 나르다 넘어진 탓에 한동안 어깨가 불편한 상태에서도 하루도 쉬지 않고 일터로 달려갔다. 그때 나는 마음이 너무 아픈 나머지 무언가를 하지 않으면 안 될 것 같았다. 부끄럽지만 나는 작은오빠를 위로해 주고 싶은 마음에 몇 줄의 편지를 썼다. 그러나 그 편지는 한동안 내 책상 서랍에 들어 있었다.

어느 날 나는 용기를 내 보기로 했다. 내가 그 편지를 다락방에 놓인 앉은뱅이책상 위에다 올려놓고 돌아서려 할 때였다. 갑자기 밖에서 작은오빠의 목소리가 들려왔고 그 순간 나도 모르게 그것을 도로 집어 들고 다락방을 내려와 버린 적이 있었다. 지금에 와서 지난날에 있었던 못난 나 자신의 행동을 굳이 떠올리고 있는 것은 그것이 결과적으로 잘한 일인지 잘못된 일인지 알 수 없었기 때문이었다.

내 나이 열일곱 살 구월의 마지막 날 밤 작은오빠를 잡아챈 죽음은 나를 잡아채기도 한 것이었다. 그해 가을이 가고 이듬해 가을이 돌아올 때까지 나는 작은오빠를 잡아챈 죽음을 안고서 살았다.

언니의 외출

작은오빠가 죽은 뒤로 집안은 하루가 다르게 엉망이 되어갔다. 펌프가 고장이 난 지도 몇 달이 지났고 마당의 나무도 지나치게 웃자라 있었다. 게다가 겨우 서너 마리 남아있던 닭마저 돌봐 주는 사람이 없으니 비실비실했다.

매일 술로 살아가는 아버지는 종일토록 누구와도 말을 하지 않았다. 언니와 나 사이에도 말이 없었다. 집에서뿐만 아니라 고사리를 꺾으러 산에 갔을 때도 예전처럼 수다를 떨지도 않을 뿐만 아니라 각기 따로따로 행동할 때가 많았다.

언제부턴가 언니는 챙이 넓은 모자를 쓰고 손에는 반드시 목장갑을 끼고서야 고사리를 꺾곤 했다. 그날만 해도 그랬다. 내가 배낭에서 삶은 감자와 물병을 꺼내고 있을 때도 언니는 배낭에서 거울과 선크림을 꺼냈다.

언니를 쳐다보며 내가 말했다.

“자 먹어봐. 산에 와서 먹으니 감자가 더 맛있더라고.”

“난 안 먹어. 너나 실컷 먹어.”

“왜 안 먹는데?”

“감자에 들어있는 탄수화물의 양이 얼마인지나 아니? 백 그램 중 팔십 프로가 탄수화물이야.”

“뭘 그런 걸 다 따져.”

언니는 내가 하는 말을 들은 척도 하지 않은 채 거울만 들여다보았다. 나는 속으로 나 같으면 선크림 바를 시간에 감자 하나라도 먹겠다 생각하다 힐끗 언니를 쳐다보았다. 그 새 언니는 머리 손질부터 화장까지 벌써 공들인 게 표가 났다.

“아! 어쩌지 약속한 걸 깜빡했네. 미안해. 나 먼저 내려갈게.”

언니는 고사리가 반도 채워지지 않은 배낭을 메고 능선을 내려가 버렸다. 나는 그날처럼 혼자 고사리밭에 남겨졌을 때면 불현듯 밀려오는 불안감을 밀쳐내려고 주먹만 한 돌멩이로 나무를 두들겨 메아리를 울리곤 했다. 곧 그 메아리는 점점 둔탁한 소리가 되어 고사리밭을 채웠고 마침내 골짜기에서 으르렁대는 소리를 끌어냈다. 그러면 나도 모르게 그 소리에 귀를 기울이게 되어 불안감을 어느 정도 잊게 되곤 했다.

여기서 한 가지 분명히 밝히고 넘어갈 것이 있다. 언니가 나만 홀로 남겨둔 채 산을 내려가 버린 건 맞지만 매번 그런 건 아니다. 열심히 고사리를 꺾을 때도 있었다.

내가 고사리로 채워진 묵직한 배낭을 메고 집으로 돌아왔을 때였다. 방안에는 뱀이 허물을 벗어놓은 양 옷만 잔뜩 벗어놓고 언니의 모습은 보이지 않았다. 그때 머릿속에서 점식이 삼촌이 했던 말이 생각났다. '뱀이 허물을 벗는 건 내부의 활동과 자기 세계의 확장에 의한 것이지.' 그러나 내부 활동이나 자기 세계의 확장도 없으면서 뱀이 허물을 벗듯, 옷을 아무 곳에나 벗어놓는 언니의 삶의 방식을 나는 이해할 수 없었다. 나는 팔을 걷어붙이고 나서 방안에 널려있는 옷가지며 핸드백 그리고 양말 등을 치우기 시작했다. 걸레로 방을 닦고 있는데 갑자기 피로가 몰려온 탓에 나는 잠시 쭈그리고 앉아있었다. 때마침 외출했다 돌아온 언니가 불쑥 한마디 했다.

"왜 말라비틀어진 고사리처럼 쭈그리고 앉아있어?"

"……"

나는 아무런 반응도 보이지 않았다. 잠시 후, 언니가 다가와서는 귓속말을 했다.

"난 말이야. 아무리 생각해 봐도 내가 살 길은 하루빨리 이 지긋지긋한 토굴집을 떠나는 길밖에 없을 것 같아."

언니를 쏘아보며 내가 말했다.

"언니! 지금 미쳤어?"

"내가 아버지 때문에 미칠 듯이 화가 난 건 맞지만 아직 미치지는 않았어. 하지만 이대로 살다가는 언제 미쳐버리게 될지도 몰라."

때마침 언니가 어디에서 걸려 온 전화를 받고 있었다. 잠시 후, 전화를 끊고 난 언니의 얼굴이 환하게 밝아졌다. 곧 화장을 예쁘게 고치고 난 언니가 발소리를 죽이며 현관문을 열고 나갔다. 왠지 마음이 불안해진 나는 아버지 몰래 밖으로 나가 보았다. 언니는 대문 앞에 서 있었다. 삼 분 정도 지났을 때였다. 낯선 자가용이 달려와서는 언니를 차에 태우고 어디론가 사라졌다.

'어디서 봤더라? 맞다!' 운전석에 앉아 있던 사내를 나는 본 적이 있었다. 언젠가 고향슈퍼에 다녀오던 길에 공터에 세워져 있는 차 안에 사내와 언니가 같이 있는 모습을 보게 되었다. 그때 어슴푸레한 차 유리에 비친 언니의 음영은 점점 흐릿해졌다. 검은 유리에 비친 언니의 음영 너머로 바람에 흔들리고 있던 나뭇가지의 그림자가 겹쳐 보였다. 두 사람은 빵과 음료를 같이 먹고 있었는데, 그 모습은 참으로 즐거워 보였다. 잠시 후, 사내가 입에 물고 있던 빨대로 언니의 볼을 콕콕 찌르는 시늉을 하다 둘은 킥킥거리며 웃었다. 그때 환하게 웃고 있는 언니의 모습은 참 예뻐 보였다. 내가 여태껏 보아왔던 언니의 모습과는 사뭇 달랐다. 사내가 언니의 저런 모습에 반한 모양이라고 나는 생각했다. 곧 두 사람이 타고 있던 자가용은 바람을 일으키며 어디론가 사라졌다.

날이 갈수록 언니의 옷들은 단추가 떨어져 있거나 솔기

가 터져 있었고, 심지어는 군데군데 얼룩이 묻어있어서 꼬질꼬질하기까지 했다. 언니의 청바지며 티셔츠를 주섬주섬 거두어 방을 나가다 나도 모르게 중얼거렸다. 도대체 언제까지 꼬질꼬질한 옷을 빨고, 언니가 뱉은 감정 쓰레기까지 감당해야 한단 말인가. 그때 언니의 청바지 주머니에서 무언가 손에 잡히는 게 느껴졌다. 그것은 '강릉 호텔 나이트클럽'이란 글자가 찍혀있는 홍보용 라이터였다. 순간 내 입에서 이런 말이 튀어나왔다.

'흥! 강릉 나이트클럽까지 갔다 왔단 말이지.'

언니가 자신의 물건을 정리하지 않는 건 그렇다 치더라도 최근 들어 내가 언니와 자주 다투게 되는 가장 큰 이유는 소음 때문이었다. 나는 대체로 일찍 자는 편인데 언니는 그렇지를 못했다. 매일 밤 언니는 휴대폰에서 흘러나오는 음악에 맞춰 춤을 추며 큰 소리로 노래까지 따라 부르곤 했다. 언니가 그러건 말건 이내 잠이 들 때도 있었다. 그러나 외출했다 밤늦게 돌아온 언니가 별안간 휴대폰의 볼륨을 한껏 올려버릴 때면 나는 반드시 눈을 뜨게 되곤 했다. 그날 역시 그랬다.

참다못한 내가 끝내 소리를 지르고 말았다.

'앗! 시끄러!'

도저히 소리를 지르지 않고서는 견딜 수가 없었다. 언니는 격렬하게 엉덩이를 흔들어대며 춤을 추다 나중에는 목소리까지 한껏 높인 상태에서 노래까지 불렀다. 그 소리가 어찌나 컸던지 안방에까지 들렸던 모양이었다. 그때 아버지가 내지른 소리가 벼락 치는 소리처럼 들려왔다.

"대체 밤중에 이게 무슨 소리얏! 에그 그저 하는 짓마다…… ."

아니나 다를까. 결국 아버지가 마루에 세워둔 지팡이를 들고 방으로 뛰어 들어왔다. 나는 두 팔을 벌려 아버지를 가로막으며 애원하듯 말했다.

"아버지! 제발 이번 한 번만 봐주세요. 언니가 다시는 저러지 않을 거예요."

고개를 절레절레 흔들며 아버지가 또 한 차례 큰 소리로 말했다.

"아무래도 진숙이 네가 제정신이 아니야."

언니의 입에서 총알처럼 말이 튀어나왔다.

"네. 맞아요. 저도 지금 제정신이 아니란 걸 알아요. 하지만 언제까지나 제 인생을 이 산속 토굴집에서 썩힐 수는 없잖아요. 어떻게 하든 사람답게 살아갈 길을 찾아야죠."

"사람답게 사는 게 아니면 지금 우리가 짐승처럼 산다는 게냐!"

"짐승보다 나을 것도 없잖아요."

"뭣이라!"

결국 아버지가 언니의 뺨을 철썩, 소리가 나도록 때렸다. 그런데도 언니는 계속 악을 썼다.

"왜 때려요. 내가 뭘 잘못했단 말이에요. 노래가 좋아서 노래를 부른 것밖에 없잖아요."

"아유, 저 걸림돌을 어찌할꼬. 쯔쯔쯔."

아버지를 향해 온갖 발악을 해대던 언니는 곧 방을 뛰쳐 나갔다. 아버지 역시 소리를 지르며 뒤쫓았으나 곧 마룻바닥에 털썩 주저앉고 말았다. 못이 빠진 마루판에서 삐걱거리는 소리가 났다. 나는 대문 밖으로 나가보았다. 그때 언니는 대문 앞에서 맨발로 오들오들 떨고 있었다.

나는 얼른 집 안으로 들어가서 언니의 신발을 들고 다시 밖으로 뛰어나갔다. 곧 자가용이 나타났고 언니는 미처 신발도 신지 못한 상태에서 차에 올랐다. 그 자가용은 지난번에 보았던 그 차가 분명했다. 나는 언니의 신발을 손에 든 채 멀어져 가는 자가용을 물끄러미 바라보았다.

어느새 가을이 저물고 겨울이 찾아왔다. 나는 벽난로 앞에 앉아서 고사리를 포장했다. 포장을 하는 일은 생고사리를 꺾는 일 못지않게 쾌감을 주었다. 어떤 면에서는 더한 만족감을 주기도 했다. 나는 상자 하나씩 포장을 끝낼 때마다 머릿속에서 어림짐작으로 계산을 하곤 했다. 그럼에도 내 계산은 매번 틀리지 않았다.

그날 나는 언니와 같이 고사리를 가지고 읍내로 나갈 예정이었다. 그런데 언니가 배가 아프다며 나 혼자 다녀오라고 말했다. 나 혼자서 읍내로 나갈 수밖에 없었던 것은 단골인 육개장 전문집과 반찬가게에서 고사리 주문이 들어왔기 때문이었다.

내가 읍내에서 돌아왔을 때 집이 조용했다. 다들 어디로 갔을까? 더군다나 배가 아프다던 언니마저 어디를 갔단 말인가? 나는 냉장고에 들어있는 물병을 꺼내 물을 벌컥벌컥 마셨다. 그때 욕실 쪽에서 신음 소리가 들렸다. 평소 언니가 생리를 할 때면 이따금 앓는 소리를 낸 적이 있긴 했다. 그러나 오늘만은 달랐다. 전에 없이 이상한 신음이 계속 들렸다. 재빨리 욕실 문을 열고 들어가 보았다. 어떻게 된 일인지 언니가 욕실 바닥에 널브러져 있었다. 재빨리 언니를 일으켜 세우며 다급한 목소리로 내가 말했다.

"언니 왜 이래? 어디가 아픈 거야?"

"나도 몰라. 예리한 무엇으로 배를 마구 긋는 것 같아."

나는 배를 움켜쥔 언니를 부축해 대문 밖으로 나갔다. 이미 날은 어두워졌고 눈까지 내렸다. 마을버스가 끊긴 지도 오래였다. 택시를 부르게 되면 비용도 부담스러웠으나 택시가 언제 올지도 몰랐다. 나는 언니를 부축한 채 눈을 맞으며 발만 동동 구르고 있었다.

어머니가 살아계실 때 이따금 하던 말처럼 사람이 죽으라는 법은 없었다. 생각지도 않았던 자가용이 달려오더니 멈춰 서는 것이었다. 차 문밖으로 고개를 내민 사람은 뜻밖에도 언덕 아래에 있는 고향슈퍼집 아들이었다. 손으로 머리에 내려앉은 눈을 털어내며 고향슈퍼집 아들이 말했다.

"급한 볼일이 있어서 막 읍내로 나가려던 참이었어. 읍내로 갈 거면 타지."

나는 언니를 부축해 차에 올랐다. 고향슈퍼집 아들이 군에서 제대한 이후부터 줄곧 슈퍼에 나와 있었던 터라 별로 어색하지는 않았다.

어느새 자동차는 눈바람을 가르며 읍내 사거리로 진입했다. 병원 앞에 언니와 나를 내려준 고향슈퍼집 아들이 진료가 끝나면 다시 연락하라는 말을 남기고 차를 몰고는 어디론가 사라져갔다.

나는 언니를 부축해 급히 병원 문을 열고 들어갔다.

한참 후, 진료실 문이 열렸다. 흰 가운을 걸친 의사가 언니 앞으로 다가와서는 나직한 목소리로 말을 했다.

"아무래도 산부인과를 가 보셔야 할 것 같습니다."

읍내에는 그 병원밖에 없었다. 산부인과에 가려면 강릉이나 원주까지 나가야 했다. 나는 서둘러 병원 밖으로 나갔다. 배를 움켜쥐고 비명을 질러대는 언니는 제정신이 아닌 것 같았다. 손을 흔들어 지나가는 택시를 급히 세웠다. 언니의 입에서 터져 나온 비명으로 택시 안이 폭발할까 두려웠다. 강릉까지는 자동차로 두 시간 거리였다.

택시에서 내린 뒤 나는 언니를 부축해 산부인과 병원으로 들어갔다. 언니의 비명이 병원 복도를 채웠다. 내가 도와달라고 고함을 지르자 간호사 한 명이 뛰어왔고 뒤이어 남자 의료진 한 사람이 달려왔다. 그들은 악을 쓰며 몸부림치는 언니를 데리고 진료실로 들어갔다.

벽면이 하얀 페인트로 칠해진 휴게실에서 나는 어두운 얼굴을 하고 미동도 없이 앉아있었다. 얼마가 지났을까. 간호사의 부축을 받으며 언니가 휴게실로 들어왔다. 곧 의사가 나타나서 말했다.

"임신 사 주인데 안타깝게도…… 빨리 소파수술부터 해

야겠어요."

'임신'이라고 하는 이 음절이 날카로운 송곳처럼 내 귀에 들어와 박혔다. 나는 여태 언니의 생리통이 몹시 심한 모양이라고만 생각했다. 그런데 언니가 임신이라니. 언니를 쏘아보며 내가 물었다.

"언니가 임신이라고? 어떻게 하려고 그랬어?"

바닥에 털썩 주저앉으며 언니가 말했다.

"그 새끼가 먼저 결혼하자고 말했어. 그런데 알고 보니 글쎄 그 새끼가 약혼한 여자가 있더라고. 사람이 어떻게 그럴 수 있느냐고 했더니 약혼을 파기했다잖아……."

"그 새끼가 누군데?"

"몰라."

"그 새끼의 이름이 '몰라'라고?"

"아니, 행운펜션 사장."

그렇게 말한 후, 언니는 손으로 얼굴을 가리고 엉엉 울기 시작했다. 간호사가 들어와서 울고 있는 언니를 데리고 수술실 안으로 들어갔다. 나는 손깍지를 꼈다 풀었다 하면서 수술실과 이어진 복도에서 왔다 갔다 했다.

아마도 언니는 자신이 임신한 사실도 모른 채 틈만 나면 사내의 자가용을 타고 호텔 나이트클럽에 가서 밤늦도록 술을 마시고 춤까지 추었을 것이 뻔했다. 결국 태아에게 악영향이 될 짓만 골라서 하고 다녔으니 태아 아니라 영아. 아니, 유아라도 배겨나질 못했을 것이다. 나는 자신의 인생을 낭비하며 대책 없이 살아가는 언니가 몹시 원망스러웠다.

마침내 수술실 문이 열렸다. 간호사와 의사가 언니가 누워있는 침대를 밀며 이쪽으로 걸어왔다. 나와 눈이 마주친 의사가 카랑카랑한 목소리로 말했다.

"수술은 잘 됐어요. 당분간 환자가 안정을 취할 수 있도록 도와주세요. 스트레스를 많이 받은 것 같습니다."

이상하게도 내 머릿속에는 그날 강릉산부인과에서 막 소파수술을 받고 나왔을 때 언니의 모습이 어떠했는지 기억이 나지 않았다. 잠시 후, 기억 속 금고의 문이 조금씩 열리기 시작했다. 기억 속 금고의 문이 한번 열리기 시작하더니 점점 세세한 부분까지 스크린 속에 나타나는 그림처럼 선명하게 떠올랐다.

나는 언니가 누워있는 침대 쪽으로 다가갔다. 마취에서 채 깨어나지 않은 상태에서도 언니는 사내만 찾았다. 붉게 충혈된 눈을 한 언니가 몸을 비틀다 쉰 듯한 목소리로 말을 했다.

"빨리 주차장에 가서 그 사람을 데리고 와."

주차장에 다녀와서 내가 말했다.

"언니, 주차장이 텅 비어있어."

내 말이 끝나자마자 언니가 큰 소리로 울부짖기 시작했다. 곧 언니의 코에서 흘러내린 콧물과 볼을 타고 흘러내린 눈물이 합쳐져 동아줄처럼 턱 밑까지 길게 흘러내렸다. 그 모습은 평소 언니의 모습과는 너무도 달랐다. 마치 새끼를 잃은 어미 짐승의 포효를 보고 있는 것 같았다. 급기야는 옆의 병실 사람들까지 병실 앞에 와서는 힐끗힐끗 쳐다보곤 했다. 언니는 깊은 적의를 품은 듯한 표정을 지어 보이더니 느닷없이 악을 쓰기 시작했다.

"왜? 남의 병실을 기웃거리는 건데?"

병실을 기웃거리고 있던 사람들이 겁먹은 얼굴을 하고 뒤로 주춤주춤 물러났다. 그때 복도를 지나던 간호사가 발길을 돌려 병실로 들어왔다.

"무슨 일예요?"

나는 간호사에게 되물었다.

"선생님, 우리 언니가 왜 이래요?"

간호사는 무표정한 얼굴을 하곤 아무 말도 하지 않았다. 곧 의사가 노란색이 도는 링거병 하나를 들고 나타났다. 그러자 복도에 서 있던 사람들 몇이 길을 비켜주었다. 언니의 팔에 주삿바늘을 꽂고 나서 의사와 간호사 모두 병실을 나갔다. 안정제를 투여해서인지 언니의 흥분된 감정은 차츰 가느다란 신음으로 바뀌었다.

나는 악몽을 꾸고 있는 것 같았다. 지금 눈앞에서 펼쳐지고 있는 꿈같은 일들이 결코 꿈이 아닌 현실이라면, 나는 언니를 경멸할 수밖에 없었다. 내가 언니를 이해한다고 해서 언니가 저지른 불합리한 행위까지 다 이해할 수는 없는 노릇이었다. 그러나 그런 생각도 잠시뿐. 축 늘어져 있는 언니의 모습을 보는 순간 그동안의 응어리가 녹아 없어지는 듯했다. 동시에 내가 왜 진작 언니를 이해하지 못했을까 싶었다. 내 감정이 뒤죽박죽되고 있었다.

별안간 병실 문이 벌컥 열리더니 사내가 불쑥 얼굴을 내밀었다.

"여긴 왜 온 건데?"

사내의 차가운 목소리가 열기로 벌겋게 달아올라 있던 언니의 뺨에 가서 찰싹 달라붙었다. 그때부터 두 사람 사이에 오가는 대화는 대화가 아니었다. 사내의 입에서 튀어나온 말은 언젠가 텔레비전에서 보았던 재판관이 피고인에게 묻는 일종의 신문 수사를 떠올리게 했다.

갈라진 듯한 목소리로 언니가 말을 했다.

"사실 나도 임신 사실을 알지 못했어. 평소 생리가 불규……."

별안간 사내의 목소리가 병실 안의 공기를 난폭하게 찢었다.

"이 멍청아! 몰랐다는 게 말이 돼!"

"왜 그래? 자기 술 먹은 거야? 술 먹은 거 맞지?"

"누가 술을 먹었다고 그래?"

나는 사내와 쓸데없는 논쟁을 피하라는 신호를 보내고 싶었지만 언니의 눈동자는 오로지 사내한테만 가 있었다. 언니의 손이 사내가 입고 있는 밤색 점퍼 자락을 잡는 순간 사내의 점퍼 자락이 벗겨지려 했을 때 잠깐 드러난 사내의 근육은 쇳덩어리 같았다. 쇳덩이 같은 근육을 지닌 체구의 사내는 마치 병원 건물도 들어 올릴 수 있을 것 같았다. 언니는 조금 갈라진 목소리로 같은 말만 되풀이했다.

"자기 지금 술 먹은 거 맞지?"

"아니라고 몇 번을 말해? 이걸……."

별안간 두꺼비 같은 사내의 손이 작고 가냘파 보이는 언니의 뺨을 철썩하는 소리가 나도록 때렸다. 언니의 얼굴은 절망으로 채워져 있었다. 순간 내 안에서 뜨거운 열기가 치밀어오르는 동시에 언니를 경멸하는 감정까지 한꺼번에 밀고 올라왔다. 나는 잠깐 숨을 고르고 나서 또랑또랑한 목소리로 말을 했다.

"그쪽이 무슨 권리로 우리 언니를 때려요? 그리고 그쪽이 술 먹은 거 맞잖아요. 지금 병실 안을 채우고 있는 이 술 냄새가 그 사실을 말…."

사내의 입에서 불만에 가득 찬 말이 튀어나왔다.

"상관 말아요. 우리 둘의 문제요!"

"어떻게 상관을 안 해요. 우리 언니 문젠데."

사내가 나를 힐끗 쳐다보더니 갑자기 실성한 사람처럼 낄낄거렸다. 그 웃음은 비인간적이었다. 언니는 몹시 괴로웠던지 한 손으로 침대 난간을 부여잡고는 빨래를 짜듯 몸을 비틀었다. 순간 언니가 입고 있는 환의 단추 하나가 살짝 열렸다. 살짝 벌어져 있는 환의 사이로 크고 탄력 있는 하얀 가슴이 잠깐 보였다. 언니가 몸을 바로 하려 했을 때 풍만한 가슴이 출렁했다. 사내의 눈길이 언니의 가슴 쪽으로 향하는 듯 보였으나 이내 시선을 거두었다. 곧 사내가 왼팔을 들어 올려 시계를 들여다보고 나서는 몸을 돌려 병실을 나가버렸다. 순간 언니의 입에서 통곡이 터져 나왔다. 통곡은 언니 안에서 화산이 솟구쳐 오르기라도 하듯 강렬했다.

내가 보기에 사내는 아무것도 특별한 게 없어 보였다. 운

좋게 부모님의 유산을 물려받아 젊은 나이에 행운펜션을 운영하면서 값비싼 옷을 입고, 근사한 자가용을 폼나게 몰고 다니며 언니처럼 순진한 여자들을 온갖 단맛 나는 말로 꼬여서 호사스런 호텔 나이트클럽에나 들락거리는 것 말고는 평범한 사람 중의 하나일 따름이었다. 아니다. 방금 내가 한 말은 잘못된 표현일지도 모른다. 평범하다고 하는 말속에는 뛰어나지도 열등하지도 않은 중간 정도의 의미를 내포하고 있기 때문이다. 약혼한 사실까지 숨긴 채 순진한 언니한테 수작을 부린 사내의 행태는 평범한 축에도 끼지 못하는, 말하자면 쓰레기 같은 존재에 불과할 따름이었다. 그런데도 언니는 왜 저런 쓰레기만도 못한 인간한테 미련을 버리지 못하는 걸까.

참다못한 내가 결국 한마디 했다.

"언니는 왜 저런 쓰레기 같은 인간한테 반한 거야?"

언니는 초점 잃은 눈을 하고서 병실 천장만 멍하니 바라볼 뿐 대답이 없었다. 그동안 사내는 온갖 인공조미료를 섞어 만든 단 말과 값비싼 물질을 동원해 스물넷 언니의 마음을 빼앗고 육체를 농락하고 끝에 가서는 더러운 입에서 쓴 말을 마구 쏟아내며 순진한 언니를 내팽개친 것이었다. 그날 밤 나는 내 일기장에 그렇게 적고 있었다.

이삼일 정도 더 입원하는 게 좋을 거라고 의사가 말했으나 그랬다가는 아버지한테 언니의 임신 사실을 들킬 수도 있기 때문에 퇴원하기로 했다.

집에 돌아온 후, 나는 아버지 몰래 서툰 솜씨로 미역국을 끓여 언니 앞에 내밀었다. 그러나 언니는 미역국을 입에 대지도 않고 계속 울기만 했다. 그때 내 머릿속을 스치는 것이 있었다.

"어쩌면 산모는 앞으로 영원히 아이를 갖지 못하게 될……."

산부인과 의사가 그렇게 말했을 때 언니의 눈동자가 초점을 잃은 듯 보였다. 헝클어진 머리카락 사이로 핏기 없는 언니의 얼굴을 보게 되었고 순간 깨닫게 되었다. 나는 왜 여태껏 내 입장만 생각하고 언니의 입장에 대해서는 한 번도 생각해 보지 않았을까. 진실은 바로 나 자신이 좋은 동생이 아니라는 사실이었다. 나는 마음이 내키지 않더라도 언니의 손을 잡고 앞으로는 언니의 입장에 대해 이해해 보도록 노력하겠다고 말하고 싶었다. 하지만 나는 거짓말을 하지 않았고 설령 나 자신이 거짓말을 했다고 하더라도 어차피 언니도 내가 한 거짓말을 알아차릴 게 뻔했다.

언니는 몸 상태가 좋지 않으면서도 사내로부터 선물로 받은 하얀 강아지를 껴안고 쫄쫄 빨았다. 앙증맞게 생긴 강아지는 장난을 좋아했다. 강아지가 앞발 하나를 언니의 손바닥에 올려놓았다 떼었다 하면서 재롱을 피웠다. 언니는 강아지의 재롱을 보고는 킥킥거리며 웃었다. 하긴 내가 봐도 그 강아지는 작고 귀엽긴 했다.

그러나 안타깝게도 언니는 그 귀여운 강아지를 죽게 했다. 물론 본의는 아니었겠지만. 강아지가 고무통에 가득 채워둔 물속에 빠져 그만 변을 당하고 말았다. 하필이면 몹시 추운 날 고무통의 물이 얼어붙으면서 강아지까지 같이 얼어붙고 만 것이었다. 투명한 얼음 속에 하얀 털이 무늬처럼 박혀있는 그 모습을 본 순간 언니는 두 다리를 뻗고 앉아서 엉엉 소리 내어 울기 시작했다.

전에도 사내가 털이 까만 고양이 한 마리를 보내온 적이 있었다. 작고 귀여운 동물이라면 좋아서 어쩔 줄 몰라 하는 언니의 비위를 맞추려고 사내가 수작을 부렸던 것이었다. 아버지가 털이 까만 고양이를 유난히 경멸한 탓에 결국 녀석은 몹시 추운 날 대문 밖으로 내쫓기고 말았다. 그 일이 있고 나서부터 아버지와 언니 사이에 오가는 말투는 늘 날이 서 있었다. 내가 알기로는 사내가 언니한테 준 세 번째 선물은 아마 최신식 휴대전화기였을 것이다. 직접 사내가 주는 것을 보았거나 언니한테 들은 건 아니지만 내 짐작이 그랬다.

지금 생각해 보니 사내는 언니가 바라는 조건을 다 갖추고 있었다. 사내는 평소 운전을 배우고 싶어 했던 언니에게 운전을 가르쳐 준다는 핑계로 자신의 자가용에 언니를 태우고 강릉 나이트클럽까지 가서 밤새 술도 마시고 춤까지 추었을 뿐만 아니라 값비싼 옷도 사주고 언니가 제일 좋아하는 고양이며 강아지를 선물로 주었으니 언니가 반할 만도 했다.

그날은 종일토록 눈이 펑펑 쏟아지고 있었다. 앞산에도 뒷산에도 마당에도 온통 눈뿐이었다. 해질녘 점식이 삼촌이 산돼지 갈비를 어깨에 메고 현관으로 불쑥 들어왔다.

"형님. 빨리 가스 불을 켜고 솥부터 올리자고요."

눈이 휘둥그레진 아버지가 점식이 삼촌의 얼굴을 쳐다보며 말했다.

"또 산돼지를 잡은 게야?"

"오늘은 제가 잡은 게 아니고요. 아는 후배 놈이 잡은 걸 좀 얻어왔어요."

그렇게 말하고 나서 점식이 삼촌이 곧 산돼지 갈비를 칼로 토막을 내어 솥 안에 집어넣고 가스 불을 켰다. 그러고는 산돼지 갈비가 다 익을 때까지 소주나 마셔야겠다며 바구니에 담겨 있던 오이 하나를 집어 들고는 통나무 식탁으로 가서 앉았다. 아버지가 점식이 삼촌을 쳐다보며 말했다.

"안주도 없이 깡소주를……."

"형님이 몰라서 그렇지 산돼지 갈비는 갈빗대로 뜯어야만 제맛이 나고요. 소주 안주는 이 오이가 딱입니다."

"음식궁합이란 말도 있잖은가. 무엇보다 술은 반드시 안주가 있어야지 나 원. 너는 어떻게 거꾸로야. 다른 일은 다 똑바로 하면서."

"형님이 음식궁합 말씀을 하시니까 제가 이 말을 안 할 수가 없네요. 왜 오이가 소주 안주로 제격이냐 하면 말입니다. 소주를 많이 마시게 되면 체내 칼륨이 지나치게 배설되기 때문에 오이가 칼륨을 보충해 준다 이 말씀입니다요."

"자네가 전문 약초꾼이 되더니 별걸 다 아는 척하는 것 같은데 그렇다면 막걸리와 궁합이 맞는 안주는?"

"예. 막걸리 안주는 주로 김치전이라든가 두부전 같은 게 궁합이 맞다고 볼 수 있지요."

점식이 삼촌이 소주 안주로 오이를 버적버적 소리 내어 씹기 시작했다. 마침내 산돼지 갈비찜이 푸짐하게 담긴 냄비가 통나무 식탁 위에 올려졌다. 완성된 산돼지 갈비찜은 근사해 보였다. 향신료와 소금을 알맞게 썼고 갈비 안쪽에는 구수한 냄새가 나는 육즙이 잔뜩 괴어 있었다. 게다가 쪄진 상태도 이상적이어서 눈으로 보기만 해도 입안에 군침이 돌았다.

나는 소매를 걷어 올리고 나서 산돼지 갈비를 뜯기 시작했다. 아무리 육촌 간이지만 두 분의 식성은 달라도 너무 달랐다. 식성만 다른 게 아니었다. 두 분은 산돼지 갈비를 뜯는 방법도 각기 달랐다. 아버지가 턱을 아래로 내린 채 산돼지 갈비를 뜯는 데 반해 점식이 삼촌은 턱을 위로 치켜세운 상태에서 산돼지 갈비를 대각선으로 들고 뜯었다. 어떻게 먹든 그건 중요한 문제가 아니었다. 다만 귀한 산돼지 갈비를 맛있게 먹는 것이 중요할 뿐이었다. 아버지가 산돼지 갈비를 꿀꺽 소리가 나도록 삼키고 나서 점식이 삼촌을 쳐다보며 말했다.

"먹긴 잘 먹겠다만 이제 사냥은 그만하지. 잔인해서 원."

"형님, 육류든 생선이든 다 산 채로 잡지 어디 죽은 걸 잡던가요?"

"그거야 다른 사람이 잡아놓은 거지. 네가 직접 손에 피를 묻힌 건 아니잖아."

"형님, 제가 어느 책에서 본 것 같은데 옛날 중국 사람들은 몽둥이로 살아있는 돼지 등을 마구 쳤다고 해요. 이때 돼지의 모든 기운이 얻어맞은 부위에 집결되는데 그 부위를 산 채로 도려내……."

"오늘 얘기가 너무 나간 것 같구먼. 자, 어서 소주나 한잔씩 더 하자고."

잠깐 아버지와 내 눈길이 마주치게 되었고 그때 아버지가 턱으로 가리킨 건 비어있는 소주병이었다. 내가 손에 묻은 기름을 휴지로 닦고 있는데 아버지가 다시 한 차례 고개를 끄덕여 보였다. 그것은 아버지가 좀 전에 자신이 턱으로 가리킨 게 무얼 뜻하는 건지 알아차렸냐고 하는, 말하자면 확인차 보내온 신호였다. 나는 아버지가 보내온 신호가 무얼 뜻하는지 알아차렸다는 신호로 고개를 끄덕여 보였다.

언덕 아래로 내려간 나는 고향슈퍼 유리문 앞에 서서 잠깐 안을 들여다보았다. 전에는 주로 젊은 아들이 계산대 앞에 앉아 있곤 했는데 웬 낯선 노인이 보였다. 나는 속으로 놀랐다. 고향슈퍼집 아들의 육십 대가 바로 저런 모습일 거라고 추측될 만큼 아들과 쏙 빼닮아 보였다. 한 가지 닮지 않은 게 있다면 인상이 선해 보이는 아들에 비해 지나치게 깡말라서 노인의 인상이 날카로워 보였다. 오랫동안 병원 신세를 진 탓에 건강이 그다지 좋지 않다는 항간의 소문과는 달리 노인의 모습은 나름 건강해 보였다.

내가 문을 열고 안으로 들어갔을 때 노인은 마치 사냥꾼이 엽총을 겨냥하듯 눈을 가느다랗게 뜨고는 안경 사이로 나를 빤히 올려다보았다. 그러나 나는 노인을 쳐다보기보다는 진열대 쪽으로 눈길을 주었다. 좁은 진열대에는 라면과 깡통들이 피라미드 모양으로 쌓아져 있었고 소주는 맨 아래 칸에 놓여 있었다. 내가 소줏값을 건네려고 했을 때 노인은 한 손으로는 돈을 받고 또 다른 한 손으로 광대뼈를 박박 긁고 있었다. 나는 노인과는 눈도 맞추지 않고 돈만 건네고는 곧 문을 열고 나왔다.

소주병을 들고 집으로 돌아왔을 때였다. 마루에는 어이없는 광경이 펼쳐졌다. 아버지와 점식이 삼촌이 가로 세로로 누워서 코를 골며 잠이 들어있었다. 나는 소주병을 싱크대에 올려놓고 나서 식탁부터 정리하기 시작했다.

언제 일어났는지 점식이 삼촌이 현관문을 열고 밖으로 나갔다. 내가 점식이 삼촌을 배웅하고 대문 안으로 들어오고 있는데 등 뒤에서 언니의 목소리가 들려왔다.

"나도 없는데 고기를 구워 먹었군. 의리 없게."

"응 맞아. 산돼지 갈비를 먹었어. 구워 먹은 건 아니고 찜을 해 먹었어. 근데 넘 맛있어."

"산돼지 멱따는 소리 하고 있네."

"진짜라니까."

"어디서 난 건데?"

"점식이 삼촌 후배가 잡았대. 엽총으로."

언니가 식탁 의자에 엉덩이를 밀어 넣으며 말했다.

"맙소사!"

나는 산돼지 갈비 접시를 언니 앞에 밀어놓았다. 이상하게도 언니는 산돼지 갈비가 담긴 접시에는 관심이 없어 보였다. 나는 조금 빈정대는 듯한 투로 말했다.

"고기 킬러 씨께서 어쩐 일이시래."

언니는 내가 하는 말을 건성으로 듣는 듯했다. 주방으로 간 나는 어디서부터 손을 댈 것인가 잠시 망설였다. 그때 싱크대 위에는 갖가지 양념 병들이며 빈 소주병들이 아무렇게나 널려져 있었고 개수대 안에는 산돼지 갈비를 먹고 난 접시들이며 소주잔 등이 산처럼 쌓여 있었다. 잠시 후, 언니가 싱크대 앞으로 걸어와서는 서랍 세 개를 샅샅이 뒤졌다. 언니가 혼잣말을 했다.

"여기에 들어있을 텐데. 분명 여기다 두었는데 이상하네."

잠시 후, 무슨 종이 뭉치를 발견한 순간 언니의 얼굴이 환하게 밝아졌다.

"오라, 여기에 있었네."

종이 뭉치를 손에 든 언니가 엉덩이를 흔들며 방 쪽으로 걸어갔다. 내가 주방을 정리하고 방에 들어갔을 때 언니는 누군가와 전화를 하고 있었다. 내 눈길이 간 곳은 책상 위에 놓인 명함들이었다. 제이 프로덕션, 연예인 지망생들의 조력자, 오디션 합격하는 노하우…. 비슷비슷한 문구가 박혀 있는 명함은 열 장도 더 돼 보였다. 그 명함들에 주절주절 늘어놓은 활자들은 연예인을 꿈꾸고 있는 언니와 같은 사람들의 머릿속에 헛바람만 잔뜩 불어넣고 있는 것만 같았다.

눈을 크게 뜨고 내가 물었다.

"언니, 도대체 이 많은 명함은 어디서 났어?"

"넌 알 것 없어."

언니는 무엇에 쫓기는 사람처럼 방안을 왔다 갔다 하다 곧 머리를 다시 빗기 시작했다. 머리를 빗으면서도 언니의 눈길은 연신 휴대폰에 가 있었다. 잠시 후, 언니의 휴대폰에서 터져 나오는 요란한 음악 소리가 방안 가득 울려 퍼졌다. 나는 재빨리 방문을 닫았다. 혹시라도 잠이 든 아버지가 깰까 해서였다. 다행히 아버지의 코 고는 소리는 언니의 휴대폰 벨 소리보다 더 요란했다.

언니가 휴대폰을 귀로 가져갔다.

"여보세요. 네 알겠어요. 넹."

언니가 전화를 끊고 났을 때 내가 단호하게 말했다.

"지금 전화한 사람이 누구야? 또 한 번 더 사고만 쳐봐라."

"너 지난번 내가 실수한 걸 가지고 협박하는 모양인데. 자매끼리 의리 없게 그러는 거 아니다."

"실수라고? 그건 실수가 아니고 사고를 친 거였어. 그것도 아주 대형 사고를."

"너, 지금 나한테 협박이라도 하겠다는 거야."

"협박이 아니고 내 말 잘 들어. 지난번의 일은 내가 평생 입 다물고 가주겠지만 두 번은 못 봐줘. 알겠어?"

내가 하는 말을 듣는 둥 마는 둥 한 언니는 책상 위에 놓아둔 명함 뭉치를 가방에 쑤셔 넣고는 방을 나가 버렸다.

이튿날 아침, 눈을 떴을 때 언니는 없었다. 침대 위의 이불이 불룩해 들춰보았더니 텅 비어있었다. 화장실에 갔나 해서 문을 두드려보았지만 아무 소리도 들리지 않았다. 눈이 하얗게 쌓여 있는 마당으로 나가보았으나 언니의 모습은 보이지 않았다. 혹시 언니가 집을 나간 게 아닐까? 설마 언니가 나한테까지 한마디 말도 없이 집을 나가버리지는 않았을 거라고 나는 생각했다.

그 순간 불길한 예감이 독가스처럼 훅 밀고 들어오는 동시에 머릿속에서는 갖가지 의문들이 꼬리에 꼬리를 물고 있었다. 그때 강릉산부인과에서 소파수술을 한 의사가 어쩌면 앞으로 임신이 어려울 수도 있다고 한 말에 아직도 언니가 충격에서 벗어나지 못한 걸까? 그게 아니라면 그 새끼와 같이 있는 걸까? 아니야. 그럴 리는 없을 거야. 언니 입으로도 말하지 않았던가. 그 새끼와는 완전 끝이라고. 그럼 도대체 지금 언니는 어디에 있는 걸까. 순간 며칠 전에 아버지와 크게 싸우고 났을 때 언니가 불같이 화를 내며 했던 말이 떠올랐다.

"앗! 지긋지긋해. 나는 연예인이 못되더라도 이 집을 떠날 생각이야. 더 이상 변해버린 아버지와 한 지붕 아래에서 사는 건 죽기보다 싫어."

내가 오 초 정도 언니를 바라보다 말했다.

"흥! 마음대로 하셔. 말릴 사람도 없을 테니."

그 생각을 떠올리다 방안을 둘러보았다. 늘 벽 한쪽에 걸려있던 숄더백도, 장롱 위에 올려놓았던 트렁크도 보이지 않았다. 언니가 쓰던 서랍장 세 개도 텅 비어있었다. 마치 처음부터 아무것도 없었던 것처럼. 빛처럼 머릿속을 스치고 지나가는 것이 있었다. 주방으로 달려가 쌀통을 열어본 순간 머리털이 비쭉 섰다. 분명 어제까지만 해도 있었는데. 작은오빠가 남기고 간 예금통장이 감쪽같이 사라졌다. 그 통장에는 작은오빠가 목숨을 담보로 트럭을 몰고 새벽까지 일해 모아둔 얼마의 돈이 들어있었다. 그 돈은 작은오빠가 지하 방 보증금으로 쓰려고 알뜰히 모은 돈이란 사실을 알고 있었던 나는 할 말을 잊고 말았다.

도대체 언니의 가출은 어떤 성질의 것일까. 연예인을 꿈꾸는 사람이라고 다 언니처럼 가출하지는 않을 것이다. 문득 언니가 그리 멀리 가지는 못했을 거라는 생각이 들었다. 급히 대문 밖으로 뛰쳐나가 보았다. 그러나 언니의 모습은 어디에도 보이지 않았다. 하얗게 쌓인 눈 위로 언니가 밟고 간 흔적만 남아있을 뿐이었다. 그 흔적은 올록볼록한 무늬를 만들고 있었다. 그것은 언젠가 작은오빠가 언니 몫으로 사다 준 분홍색 운동화 밑창이 닿았던 자리가 분명했다.

작은오빠를 떠나보내고 났을 때부터 유일한 버팀목은 언니밖에 없다고 나는 믿고 있었다. 그런데도 언니는 자신의 인생에서 나라는 동생을 냉정하게 도려낸 채 한마디 말도 없이 집을 나가버린 것이었다. 언니가 어떻게 나한테 이럴 수가 있지.

보름 정도 지났을 때였다. 집 앞에서 비로 눈을 쓸고 있는데 점식이 삼촌이 모는 트럭이 하얀 눈 위로 달려오고 있었다. 차창 밖으로 얼굴을 내민 점식이 삼촌이 뜻밖의 소식을 전해주었다.

"오늘 얼핏 진숙이를 본 것 같아."

"어디서요?"

"읍내 빵집에서. 그런데 내가 급한 볼일이 좀 있어서 빵집에는 들어가 보지는 못했어. 수일 내로 같이 가 보도록 하자고."

점식이 삼촌은 급히 트럭을 몰고 사라졌다. 내 안에서 분노와 기쁨이 한꺼번에 아우성을 쳤다. 당장 읍내 빵집으로 달려가서 언니를 만나보고 싶은 마음에 나는 곧 집을 나섰다. 하지만 읍내로 나가는 마을버스가 오려면 두 시간 가까이 기다려야 했다. 두 시간 동안 멍하니 서서 마을버스를 기다릴 만큼의 여유가 없었다. 나는 발이 푹푹 빠지는 눈길을 따라 걷기 시작했다. 얼마쯤 갔을까. 어느 순간 내 입에서 엉뚱한 말이 튀어나왔다.

'이런 때 만약 그라도 나타나 준다면….'

그 말은 내가 들어도 참으로 엉뚱하기 짝이 없는 말이었다. 지금쯤 그는 다니던 학교를 그만둔 채 또다시 입시 준비를 하느라 매일 밤늦게까지 도서관에서 살다시피 하고 있을 게 뻔했다.

앙상한 버드나무 가지에 매달린 꽃은 마치 털갈이를 하는 강아지처럼 너덜너덜한 모습을 하고 있었다. 축 늘어진 가지 하나가 어깨에 닿을 듯 말 듯 했다. 나는 어깨를 낮추어 그 꽃이 다치지 않게 했다. 그때였다. 내 눈길이 저쪽에서 이쪽으로 달려오고 있는 사람한테 가서 꽂혔다. 거리가 멀어서 사람의 윤곽은 파악할 수 없었다. 차츰 거리가 좁혀지자 사람의 윤곽을 어느 정도 파악할 수 있게 되었다. 가쁜 숨을 몰아쉬며 내 쪽으로 달려온 사람은 뜻밖에도 그였다. 그의 얼굴을 본 순간 하마터면 나는 엉엉 소리 내 울 뻔했다. 그 역시 눈동자에 물기가 어려있었다.

그가 내 손을 덥석 잡으며 말했다.

"이제 네 얼굴을 보니 살 것 같아. 왜 그런지는 모르겠는데 며칠 전부터 이상하게도 마음이 불안한 것이야. 책을 봐도 도무지 머리에 들어오지도 않더라고. 어젯밤에는 꿈속에서 울고 있는 네 모습을 보았어. 암튼 너를 보지 않고는 아무것도 할 수가 없었어. 그건 그렇고. 혹 무슨 일이라도?"

나는 잠깐 생각해 보았다. 이런 경우엔 어떤 말을 해야 좋을까. 무슨 말부터 할까. 말도 없이 언니가 집을 나가버렸다고 말할까. 굳이 그런 말까지 할 필요가 있을까. 아니야. 지금 이 상황에서 감춘다는 것도 손가락으로 하늘을 가리는 일에 지나지 않아.

"그냥 전화로 하지. 중요한 시간을 이렇게 낭비해서야."

엉겁결에 나는 그렇게 말해버리고 말았다. 그 말은 이 상황에서 아무짝에도 쓸모없는 말이었다. 어떤 식으로든 우리 집안의 복잡한 사정을 그가 눈치채게 하고 싶지는 않았던 것이리라.

"내게 가장 중요한 건 너 말고는 없어."

그 말 한마디가 모든 면에서 부족함이 많은 내게 얼마나 큰 위로가 되어주었는지 나는 가슴이 서늘할 정도로 깨달아야 했다. 순간 내 입에서 엉켜있던 실타래가 풀어지듯 말의 타래가 술술 풀렸다.

"결론부터 말하면 언니가 집을 나가 버렸어. 한시라도 빨리 언니를 만나보고 싶은 마음에 읍내 빵집으로 가던 길이었어. 눈 위를 걸으면서, 이런 때 네가 와주었으면 얼마나 좋을까 하고 생각했어. 네가 올 리는 없는데도 말이야……."

그는 한참을 소리 내 웃고 나서 말을 했다.

"우리는 확실히 통하는 데가 있단 말이야."

"아무래도 언니가 집을 나간 건 나 때문인 것 같아."

그렇게 말하면서 나는 조금 울먹였던 것 같다. 그가 어린 아기를 달래듯 내 등을 토닥여주었다. 눈길을 걸으면서 나는 처음으로 그에게 우리 집안 얘기를 솔직히 털어놓게 되었다. 서울에서 살던 우리 가족이 왜 산속에 들어와서 살게 되었는지, 우리 어머니가 어떻게 돌아가셨고 어쩌다 작은오빠가 그렇게 됐는지. 또 언니가 왜 집을 나가게 되었는지에 대해서도. 그러나 아랫마을에 사는 사람들이 나를 가리켜 산 아이라 부른다는 말과 또래 남자애들이 고사리밭에 숨었다가 내 순결을 가장 먼저 훔치는 사람에게 소원을 들어주는 내기를 걸었다는 말은 차마 할 수가 없었다.

"그냥 다 지나간 일이라 생각하고 잊어버리면 안 되겠니? 과거에 대해 지나치게 집착하다 보면 소중한 오늘을 놓치게 되거든. 우리의 삶은 어제보다 오늘이 더 소중하니까."

"나도 그렇게 생각해. 그러나 삶이란 건 오늘만 있는 게 아니잖아."

"맞아. 우리가 힘든 오늘을 살아내고 있는 건 내일이라고 하는 희망찬 미래가 기다리고 있기 때문이지."

"하지만 나한테는 미래란 건 없어."

"미래는 없다고 생각한다 해서 오지 않는 게 아니잖아. 끊임없이 이어지고 있는 시간이 곧 삶이고 인생이지."

"요즈음은 하루하루가 너무 고달파."

"누구든 마찬가지일 거야. 사람이기 때문이지. 사람은 세상에서 가장 민감하고 상처받기 쉽고, 의식을 많이 하는 동물이거든."

"너도 사는 게 고달프다는 말이네?"

"나도 나 나름의 고달픔이 있지. 왜 없겠어."

"어떤?"

"부모님 걱정, 학업 문제, 친구 문제, 입대 문제, 진로 문제 그리고 너와의 문제……."

"저기 땅속에 누워있는 사람은 아무런 고달픔도 없겠다."

길옆에 보이는 무덤을 가리키며 내가 말했다.

"그렇겠지. 죽게 되면 모든 고달픔이 사라지겠지. 그러나 다소 고달픔이 있더라도 사는 게 좋은 것이야. 우리를 봐. 이렇게 좋잖아. 하하하."

반 시간 남짓 더 걸어서 우리는 읍내에 도착했다. 하필이면 사거리 신호등은 빨간색을 띠고 있었다. 나는 초조한 마음을 억제할 길이 없어 콩콩 소리가 나도록 발을 들었다 놓았다 했다. 차들이 지나갈 때마다 눈바람이 풀썩 일어났다. 마침내 신호등에 파란불이 들어왔고 우리는 뛰기 시작했다.

길모퉁이에 있는 3층 건물이 제일 먼저 눈에 들어왔다. 그 건물에는 농협이 있었고, 편의점과 농협 사이에 빵집이 하나 있었다. 달려가서 빵집 문을 밀고 안으로 들어갔다. 머리를 길게 늘어뜨린 젊은 여자가 탁자를 닦고 있었고, 수염이 텁수룩한 남자는 계산대 앞에 앉아있었으나 언니의 모습은 어디에도 보이지 않았다. 계산대에 앉아있던 남자가 내게 물었다.

"어떻게?"

언니의 이름을 말해주자 남자가 나를 힐끗 쳐다보며 말했다.

"어제까지 여기서 일했는데 오늘부로 그만뒀어요."

별안간 다리에 힘이 풀리는 듯했다. 발길을 돌리려는데 테이블을 닦고 있던 여자가 말했다.

"좀 전에 연락이 왔는데 고속버스터미널이라고…."

서울로 가는 고속버스는 하루 두 차례밖에 없었다. 우리는 있는 힘을 다해 뛰어서 터미널에 도착했다. 때마침 서울행 고속버스가 붕붕거리며 느린 속도로 정류장을 빠져나왔다. 뒷좌석에 앉아있는 젊은 여자의 모습이 잠깐 보였다. 그러나 누군지는 알 수 없었으나 왠지 나는 그 여자가 언니 같다는 생각을 지울 수가 없었다.

여태껏 나는 세상에서 가족이 가장 소중하다고 생각했는데 결국엔 가족이 아무것도 아니란 말인가. 그런 걸지도 모르겠다. 발길을 돌리고 있는데 눈앞에서 언니의 얼굴이 계속 왔다 갔다 했다.

저만치 마을버스 정류장이 보였다. 날이 추워서 그런지 정류장 옆에 위치한 신문 판매대, 문방구점, 포장마차 중 문을 연 곳은 한 군데도 없었다. 한 시간이 지나도록 마을버스는 나타나지 않았다. 우리는 동시에 블록으로 된 담벼락에 마을버스가 수리 중이라고 써놓은 안내문을 보게 되었다. 바람이 차서 그런지 나는 연신 코를 훌쩍거려야 했다. 그가 재빨리 몸을 날려 길 건너편으로 뛰어갔다. 잠시 후, 그는 김이 모락모락 피어오르는 종이컵을 양손에 하나씩 들고 왔다. 종이컵 하나를 건네며 그가 말했다.

"식기 전에 마셔."

우리가 커피를 마시며 걷고 있던 그 길에는 잎이 다 떨어져 나간 앙상한 은행나무들이 줄을 지어 서 있었고 눈이 녹으면서 가지에 달라붙어 있던 물방울이 바닥으로 뚝뚝 떨어졌다. 나는 은행나무 아래 있는 항아리로 다가가서 빈 종이컵을 밀어 넣었다.

그와는 딱 일 년 만이었다. 그제야 나는 그의 모습을 똑바로 보았다. 감색 코트를 걸쳐 입은 그는 일 년 전보다 훨씬 더 세련되어 보일 뿐만 아니라 남자다워 보였다. 감색 코트 안에 겨자색 티셔츠를 받쳐 입고 있었는데 그 차림이 너무 잘 어울렸다. 키가 그렇게 큰 편은 아니라고 생각했는데 한 뼘은 더 자라 보였고 목도 더 길어지고 얼굴 살도 조금 빠져 있는 듯했다. 그 모습이 더 세련돼 보였다. 나는 일부러 걸음을 멈추었다가 다시 걷기 시작했다. 늘 그와 숲이 우거진 산길을 걷다 처음으로 탁 트인 길을 걷고 있으니 새삼 주눅이 드는 느낌이었다. 그 표현이 적절하지 않다면 쑥스러움이라고 해 두자. 그가 돌아보며 무슨 말인가를 했다. 그런데 나는 아무 말도 하지 못했다. 그가 무슨 말을 했는지 제대로 알아듣지 못했기 때문이었다. 설령 제대로 알아들었다고 하더라도 무슨 말을 해야 할지 망설였을 것이다. 그가 무심코 하는 말속에는 종종 내가 모르는 단어가 섞여 있었고 그럴 때면 나도 모르게 긴장되곤 했다. 그는 내 쪽에서 알아듣건, 못 알아듣건 신경 쓰지 않은 채 자신이 하고 싶은 말을 하면서 걸었다. 내 얼굴을 힐끗 쳐다보며 그가 말했다.

"꼭 언니가 집을 떠난 것이 진실이 때문만은 아닐 거야. 가족이 같이 살다 보면 그 정도의 갈등은 다 겪고 살아. 너무 깊이 생각지 말고 힘내."

언니마저 집을 나가버리고 나니 나 혼자 세상 끝에 있는 느낌이야. 하고 말하고 싶었으나 막상 내 입에서는 엉뚱한 말이 튀어나왔다.

"괜찮아."

그는 무슨 생경한 것이라도 발견한 듯 내 얼굴을 가만히 바라보았다. 순간 그의 눈은 가슴이 철렁할 만큼 맑고 선했다. 그때까지 나는 그의 눈이 그토록 맑고 선하게 생긴 줄을 몰랐다.

저만치 고향슈퍼가 눈에 들어왔고 때마침 마을버스가 언덕 아래로 미끄러지고 있었다. 그 버스에 몸을 싣고 그는 다시 서울로 갔다.

그를 떠나보내고 집에 돌아온 나는 한참 동안 마당을 왔다 갔다 하다 방으로 들어가게 되었다. 순간 잠시 잊고 있었던 어떤 느낌이 다시금 되살아나는 듯했다. 예컨대 방이 너무 휑하다는 느낌. 그에 더해 진공상태에 휩싸인 듯한 혹은 현기증을 느꼈을 때처럼 어질어질해지는 것이 마치 깊은 맨홀 속에 갇힌 듯했다.

나는 책상 위에 있는 작은 등부터 켰다. 내 눈길이 책꽂이에 꽂혀있는 노란 수첩에 가서 꽂혔다. 언니의 수첩이었다. 왠지 수첩은 쓸쓸해 보였다. 수첩을 펼쳤다. 거기에 적혀 있는 글 대부분은 언니가 산부인과에 가기 전의 것으로 보였다.

'최근에 와서 그는 이상하게도 나를 멀리하려는 듯했다. 그가 보여준 태도로 보아 나한테 아무런 감정도 남아있지 않는 게 분명해 보였다. 이제 와서 날더러 어떻게 하라고. 다 잊자. 그가 딱 부러지게 말하지 않았던가. 나는 결혼할 여자를 진심으로 사랑한다고.'

언니의 수첩에는 그것 말고도 소란스러운 문장들이 꽤 있었으나 곧 수첩을 덮어버렸다. 머릿속에서 언니가 집을 떠나갈 무렵에 벌어졌던 일들이 어지럽게 떠올랐다. 아버지와 언니가 자주 싸우던 일이며 언니가 매번 외출했다가 밤늦게 돌아오던 일, 임신과 유산, 소파수술, 하나하나 뜯어 생각해 봐도 마치 꿈속의 일처럼 아득하게만 느껴졌다.

어느 봄날

어느새 새봄이 찾아왔다. 아버지와 둘이 살게 되면서 처음 맞게 되는 봄이었다. 해마다 봄이 되면 이 산골에는 먹거리 걱정은 하지 않아도 되었다. 냇가에는 겨울잠에서 막 깨어난 미꾸라지와 메기, 꺽저기, 민물새우 등이 우글거리고 있었고 산에는 고사리와 취나물, 더덕, 도라지 그리고 각종 버섯에 이르기까지. 게다가 텃밭의 싱싱한 열무와 배추, 상추, 쑥갓 등은 하루가 다르게 쑥쑥 자라고 있어서 겨울 동안 잃어버렸던 입맛을 돋우어주기에 모자람이 없었다.

나는 따스한 봄 햇살이 내려앉아 있는 평상에 앉아서 말린 고사리를 포장하다 잠깐 졸았다. 잠에서 깨어난 순간 뜻밖에도 다람쥐 한 마리가 새끼를 데리고 마당에 나타났다.

다람쥐의 등판과 꼬리 부분에 나 있는 털은 따스한 햇볕을 받아 반짝였다. 녀석들이 처음에는 의심스러운 눈빛으로 나를 쳐다보다 곧 발톱을 감나무에다 박고 필사적으로 높은 곳으로 올라갔다. 한참이 지나자 내 쪽에서 자신들한테 해를 입힐 의사가 없다는 사실을 직감했던지 녀석들은 다시 마당으로 기어 내려왔다. 내가 도토리 한 줌을 슬며시 던져주었더니 녀석들이 쪼르르 달려와서는 도토리를 갉아먹기 시작했다. 잠시 후, 어미 녀석은 마음이 놓이지 않았던지 곧장 새끼를 데리고 평상 밑으로 쪼르르 달려 들어갔다. 녀석들은 도토리를 쪼아 먹으면서 연신 찍찍거리는 소리를 냈다. 그 소리는 내가 지금까지 들어본 적이 없는 진지한 조잘댐이었다.

나는 마당을 둘러보았다. 지난해만 해도 보지 못했던 이름 모를 새싹이 여기저기에 파릇파릇 돋아나 있는 게 보였다. 씨앗의 이동 경로는 다양했다. 부러진 나뭇가지와 나뭇잎들이 바람에 실려 골짜기로 이동할 때 묻어나 있던 씨앗들이 계곡을 따라 이동하거나 새의 발에 묻은 흙이나 혹은 새의 위장에 들어있던 다양한 씨앗들이 지대가 낮은 토굴집 앞마당에까지 흘러들어오게 된 모양이었다. 그래서 마당에는 작년에 보지 못했던 산딸기며 블루베리 같은 묘목들이 자라나게 되었다. 나는 토굴집에 와서 생활하는 동안 이것 한 가지만은 확실하게 알게 되었다. 계절은 거짓으로 다가오지 않으며 한 치의 착오도 없이 찾아와 준 덕분에 산속의 생명 있는 모든 것은 그 계절이 내어주는 먹거리를 먹고 살아갈 수 있다는 사실을 말이다.

나는 모처럼 마당을 손질하기 시작했다. 마당에는 묵은 낙엽이 쌓여 있었다. 어떤 낙엽은 어린 새싹을 이불처럼 덮어주고 있기도 하고 어떤 낙엽은 수채를 막고 있기도 하고 더러는 마당 여기저기에서 뒹굴기도 했다. 마당을 쓸고 싶었으나 마땅한 빗자루도 없었다. 두리번거리며 살피다 결국 나는 절집으로 올라갔다.

절집 마당은 정원이라 말할 정도는 아니었으나 어딘가 모르게 사람을 미소 짓게 했다. 이를테면 안정감과 유복함의 느낌을 갖게 하는 분위기라고나 할까. 거기에는 색채가 선명하면서도 반짝이게 하는 그 무엇이 보는 이에게 기쁨을 선사하고 있었다. 아담한 채소밭에는 벌써부터 상추와 쑥갓, 파, 딸기, 토마토 등의 모종들이 심겨 있었다. 대각선으로 된 꽃밭에는 장미와 해바라기, 분꽃과 그 밖의 내가 이름을 알지 못하는 아기자기한 꽃모종에 이르기까지. 비탈진 돌밭을 일구어 이만큼 텃밭과 꽃밭을 가꾼다는 건 쉬운 일이 아니었을 것이다. 거기에는 절집 아주머니의 열정이 고스란히 담겨 있는 것이 아닐까 싶었다.

인기척을 듣고 마당으로 나온 절집 아주머니가 얼굴에 환한 미소를 지으며 반겼다.

"진실이구나. 반가워. 어떻게 왔어?"

"네. 안녕하세요. 빗자루와 전지가위를 좀 빌릴 수 있을까 해서요."

"암."

절집 아주머니는 나를 창고 쪽으로 데리고 갔다. 창고에는 여러 가지 도구들이 있었다. 나는 손잡이가 긴 빗자루와 전지가위를 빌려 집으로 돌아온 후, 작은오빠가 그랬던 것처럼 전지가위를 들고 제멋대로 뻗은 감나무와 대추나무 그리고 포도 넝쿨을 잘라냈다. 그때 입이 뾰족한 들쥐 한 마리가 거뭇거뭇한 포도 넝쿨 아래로 지나가는 것을 보았지만 나는 놀라지도 않았다. 전에도 몇 번 보았기 때문이었다. 나는 빗자루로 여기저기에 흩어져 있는 나뭇가지와 낙엽을 쓸어냈다. 조금 손질했을 뿐인데 마당은 생각보다 깔끔해졌다.

나는 빗자루와 전지가위를 되돌려 주려고 다시 절집으로 올라갔다. 그때 절집 아주머니가 나를 불러 인절미와 수정과를 먹고 가라고 말했다. 절집 아주머니가 내온 수정과와 인절미는 언제 먹어도 맛이 좋았다.

환한 미소를 지으며 절집 아주머니가 말했다.

"진실이는 먹는 것도 참, 복스러워 보이네."

"인절미와 수정과를 좋아하시나 봐요."

"응. 우리 집 양반이 젊었을 때부터 위장이 좋지 않았거든. 그런데 인절미와 수정과를 같이 먹으면 속이 편하다고 해서. 그러다 보니 늘 우리 집에는 인절미와 수정과가 떨어지지 않은 편이지."

참, 이상했다. 절집은 이름만 절집일 뿐 흔히 절집에서 볼 수 있는 스님이나 불상 그리고 석탑도 보이지 않았다. 그런 내 궁금증을 풀어주기라도 하듯 절집 아주머니가 말을 했다.

"사람들이 이 집을 가리켜 절집이라고 부르는 건 오래전에 절터였기 때문이야. 나는 본래 읍내에서 오랫동안 해오던 옷 가게를 그만두고 몇 년 전에 이곳에 들어와서 느긋하게 지내. 빨리 옷 가게를 접은 것은 알레르기성 비염에 천식까지 있어서 고생이 심했거든. 집도 땅도 옛날부터 있던 것이고 자식도 모두 출가시켰어. 공기도 맑고 물도 깨끗한 이곳에 들어와 살게 되면서부터 신기하게도 비염이 사라졌어. 아직 천식 증상이 조금 남아있긴 하지만. 그래도 이곳에 들어온 건 탁월한 선택이었다고 생각해. 이곳의 공기가 정말 좋긴 좋은 모양이야."

"네. 저희 아버지도 공기가 좋다고 늘 말씀하세요."

"필요한 게 있으면 언제든지 빌려다 써요."

내가 집 앞에 도착했을 때 뜻밖에도 집안에서 큰 소리가 들려왔다.

"어제도 계산이 잘못됐더라고."

"무슨 계산?"

"무슨 계산은 무슨 계산이야. 고사리 판 돈 계산이지."

점식이 삼촌이 여느 때와 달리 나직한 목소리로 말을 했다.

"형님! 그렇게 흥분부터 하지 마시고 제 말을 끝…… ."

"일없다. 어서 돈부터 내놔!"

점식이 삼촌이 별안간 자리에서 벌떡 일어나더니 팔짱을 꼈다 풀었다 했다. 아버지는 여전히 매의 눈을 하고서 점식이 삼촌을 노려보고 있었다. 다시 마루에 풀썩 주저앉은 점식이 삼촌이 벌써 세 개짼가 네 개짼가 담배에 불을 붙였다.

나는 여태껏 점식이 삼촌이 자신의 집에서든 우리 집에서든 집안에서 담배를 피우는 모습을 본 적이 없었다. 마침내 점식이 삼촌이 불쾌감에 찬 표정으로 피우던 담배꽁초를 손에 힘을 주어 주물로 된 재떨이 바닥에다 비틀었다. 재떨이에 쌓인 담배꽁초의 양으로 봐서 그새 점식이 삼촌이 얼마나 속을 끓였는지 짐작이 갔다.

"여러 말 말고 빨리 돈부터 내놔!"

사태가 심각한 것으로 파악한 내가 아버지를 가로막으며 말했다.

"아버지! 그런 말도 안 되는…"

내 말이 끝나자 점식이 삼촌이 격앙된 감정을 가라앉히려고 한숨을 길게 내뿜고 나서 쥐어짜는 듯한 목소리로 말을 했다.

"형님! 아무렴 내가 벼룩이 간을 내먹으면 먹었지. 저 어린 진실이가 고사리 같은 손으로 꺾은 그 고사리 판 돈을…… 솔직히 저는 여태껏 우리 집 일보다 형님네 집 일에 더 신경을 써왔는데."

결국 점식이 삼촌이 현관문을 밀치고 밖으로 휙 나가 버렸다. 그런데도 아버지는 계속 대문 쪽을 향해 고래고래 소리를 질렀다.

"저놈이 내가 늙고 병드니까 나를 우습게 보는 것이야!"

그날 이후부터 점식이 삼촌의 발걸음이 뚝 끊겼다. 나는 여태껏 고사리를 판매하는 일은 걱정하지 않아도 되었다. 매번 점식이 삼촌의 트럭을 얻어 타고 읍내로 고사리를 팔러 가거나 간혹 단골들이 주문해 온 고사리를 점식이 삼촌 편에 보내주기만 하면 되었기 때문이었다.

벌써 한 달째 점식이 삼촌의 얼굴을 볼 수가 없으니 하는 수없이 나 혼자서 마을버스를 타고 읍내까지 고사리를 팔러 가야 했다. 그런데 이상했다. 분명히 말린 고사리를 잘 보관해 두었다고 생각했는데 군데군데 푸른곰팡이가 피어 있었다. 가만히 생각해 보니 그동안 내가 아버지를 돌보랴, 읍내에 다녀오랴, 그와 만나랴 정신이 없어서 고사리 관리에 소홀했던 것이었다. 나는 재빨리 손을 놀려 곰팡이가 핀 것들을 골라낸 후, 상품성이 좋은 것만 골라 포장해 마을버스를 타고 읍내로 나갔다.

읍내에 도착했을 때 생각지도 않은 일이 발생했다. 그날따라 단골들은 하나같이 최근 들어 유행성 바이러스에 감염된 환자가 늘어난 탓에 손님이 없어서 당분간 고사리가 필요하지 않다고 말했다. 하는 수 없이 시장 골목을 빠져나오고 있는데 환한 미소를 보내오는 한 아주머니와 마주쳤다. 그녀는 인상이 좋아 보이는 옷 가게 아주머니였다. 옷 가게 아주머니가 다정한 목소리로 말을 했다.

"진실이, 오늘은 내가 그 고사리를 몽땅 살게."

"양이 꽤 되는데요."

"괜찮아. 아는 사람끼리 나누면 돼. 내가 쭉 지켜봐 왔는데 진실이가 연로하신 아버지를 모시고 열심히 살아가는 모습이 하도 기특해서 말이야."

나는 머리를 숙여 인사했다. 얼마 전에도 비슷한 일이 있긴 했다. 그때 나는 아버지가 즐겨 드시는 자반고등어를 사고 싶었으나 가진 돈이 조금 모자랐다. 망설인 끝에 용기를 내 생선가게 아주머니 앞으로 다가가 낮게 말했다.

"아주머니, 죄송하지만 자반고등어 한 손 중 새끼 한 마리만 살 수 있을까요?"

"뭣이라! 아직 개시도 안 했는데 재수 없게……."

때마침 그 앞을 지나던 옷 가게 아주머니가 다가와서는 자반고등어 한 손을 기꺼이 사서 내게 건네주었다. 엉겁결에 자반 고등어를 받아 든 나는 고맙다는 인사도 하지 못한 채 멍하니 서 있었다. 그러나 오늘만은 달랐다. 고사리 판 돈을 손에 거머쥔 나는 생선가게에 들러 당당하게 자반고등어 한 손을 사서 집으로 오는 마을버스에 올랐다.

어느새 겨울이 성큼 다가왔다. 계속되는 강추위에 물탱크가 얼어 주방에도, 화장실에도 물이 나오질 않았다. 냇물마저도 꽁꽁 얼었으나 다행히 펌프만은 얼지 않았다. 나는 펌프 물을 길어다 그릇이란 그릇에 어마어마한 양의 물을 채워 놓았다. 아마도 옥상에 놓아둔 물탱크의 얼음이 녹으려면 내년 봄이나 되어야 할 것 같다.

무엇보다 아버지와 단둘이 살게 되면서 가장 어려운 부분은 돈 문제였다. 작은오빠가 살아 있었을 때만 해도 돈 걱정은 하지 않아도 되었다. 아버지와 작은오빠가 알아서 가정 경제를 꾸려갔기 때문이었다.

나는 고사리를 꺾을 수 없는 겨울철에는 걱정이 많았다.

점식이 삼촌한테 돈을 빌리기도 했고 이듬해 봄이 되었을 때 햇고사리를 가져다주는 조건으로 읍내 단골들로부터 미리 돈을 가져다 쓰기도 했다. 그러나 남에게 아쉬운 소리를 하는 건 쉬운 일이 아니었다. 추운 겨울 동안 화목 보일러에 땔 장작도 구하지 못하게 되면 아버지와 나는 꽁꽁 얼어 죽을지도 몰랐다.

오랜만에 나는 수입과 지출의 균형을 생각하며 수첩을 꺼내 들여다보았다. 생각보다 소비는 날로 늘어났다. 긴 겨울을 살아남으려면 나 자신이 무슨 일이든 해야 했다. 하지만 산속에서 내가 할 수 있는 일은 아무것도 없었다. 간단한 일자리라도 구하려면 읍내에까지 나가야 했다.

때마침 점식이 삼촌이 현관문을 열고 들어왔다.

"며칠 전에 행운펜션에서 불판 닦는 도우미를 구한다는 소리를 들었어."

점식이 삼촌은 바쁘다며 그 말만 하고 곧 돌아갔다. 나는 속으로 은근히 기뻤다. 그러나 막상 행운펜션에 가려고 하니 용기가 나질 않았다. 오직 토굴집과 고사리밭만 오가며 살아온 내가 얼굴도 모르는 사람을 찾아가 일자리를 구하러 왔다고 말하는 게 쉽지 않았다. 망설이고 있다 보니 또 하루가 지나갔다.

사흘째 되는 날이었다. 오늘은 행운펜션으로 찾아가서 지금의 내 처지를 솔직히 털어놓고 일자리를 구하러 왔다고 말해 봐야겠어. 그렇게 중얼거리며 나는 대문을 나섰다.

행운펜션에는 전에도 한두 차례 가 본 적이 있긴 했다.

그러나 새 주인이 인수한 이후에는 처음이었다. 주인이 바뀌고 나서 행운펜션은 한동안 문을 닫고 새 단장에 들어갔다. 새로 문을 열게 된 지는 불과 한 달도 채 되지 않았다. 전에는 삼 층으로 된 두 개의 건물만 있었는데 주차장으로 사용하던 공터에는 일 층으로 된 부속건물이 하나 더 들어서 있었다. 점심때라 그런지 관리실은 텅 비어있었다. 나는 사람이 나타날 때까지 기다려 보기로 했다. 기다리는 동안 주위를 둘러보았다. 건물 뒤에는 물레방아가 있었는데 골짜기에서 흘러내리는 물이 물레방아를 타고 아래에 있는 냇가 쪽으로 흘러 들어가게 돼 있었다. 풍차를 떠올리게 하는 물레방아는 돌지는 않았고 기다랗게 생긴 고드름만 주렁주렁 매달고 있을 뿐이었다. 그 물레방아도 전에는 없던 것이었다. 나는 몸을 웅크린 채 얼어붙어 있는 물레방아 앞에서 한참을 서 있었다. 얼마가 지났을까. 검은색 승용차 한 대가 미끄러지듯 주차장 쪽으로 들어오고 있는 게 보였다. 곧 중년 남자가 승용차에서 내렸다. 나는 걸음을 빨리해 그 쪽으로 다가가 사장님을 뵈러 왔다고 말했다. 그러자 중년 남자가 나를 머리부터 발끝까지 훑어보고 나서 자신이 사장이라고 말하는 것이었다. 순간 나는 당황한 나머지 어린 아이처럼 허리를 꺾어 인사했다. 그러고는 용건을 말하기 시작했다.

"고사리를 꺾어 팔아서 아버지와 단둘이 어렵게 살아가고 있는데 고사리를 꺾을 수 없는 겨울철에는 형편이……."

사장이 손으로 가리킨 곳은 관리실이었다. 내가 관리실

문을 열고 들어갔을 때 한 젊은 남자가 자신이 실장이라고 말했다.

나는 실장의 안내를 받으며 주방으로 들어갔다. 벽을 따라 요리용 철판이 있었고 나무로 된 긴 선반 위에는 크고 작은 접시들이 일렬로 놓여 있었다. 생각보다 음식 재료가 많지는 않았다. 실장은 펜션을 찾아오는 사람들 대부분은 자기네들이 직접 식사를 해결하는 경우가 많다고 말했다. 간혹 특식을 주문해 오는 경우를 제외하곤 대부분은 사장님을 비롯해 운전기사, 관리실 직원 등의 식사만 해결하면 된다는 말도 덧붙였다. 내게 주어진 일은 조리사의 보조라고 실장이 말해주었다.

곧 주방 문이 열리더니 젊은 남자가 들어왔다. 남자는 키가 크고 깡마른 데다가 광대뼈까지 튀어나와 있어서 인상이 날카로워 보였다. 실장은 그 남자를 가리키며 조리사님이라고 말한 뒤 곧 돌아갔다. 조리사와 눈이 마주친 순간 나는 잘못 왔구나, 싶었다. 그렇더라도 인사는 해야 할 것 같아서 머리를 숙여 인사했다. 조리사는 미간에 갈매기 모양의 굵은 주름을 만들며 나를 힐끗 쳐다봤다. 잠시 후, 조리사가 오른손은 허리에 얹은 채 왼손으로 반짝반짝 빛이 나는 스테인리스 냄비를 들고 말했다.

"이 전복 냄비를 인덕션에다 올리고 불을 켜요."

인덕션이 무엇인지 알지 못했던 나는 주방을 빙 둘러보았다. 인덕션이라고 쓴 글자를 찾기 위해서였다. 하지만 인덕션이란 글자는 어디에도 보이지 않았다. 잠깐 머뭇거리고 있었다. 그 순간 식칼을 쥔 주방장의 손이 부르르 떨렸다. 그 모습은 당장 누구의 옆구리라도 찌를 듯 보였다. 나도 모르게 한 발 뒤로 물러섰다. 곧 주방장이 악을 쓰듯 말했다.

“지금 내 말을 씹는 거야. 뭐 이딴 게…… 사람의 속을 뒤집어 놓고 있어!”

내 몸이 덜덜 떨렸다. 그 인덕션이란 게 가스 불 대신에 전기를 이용해 조리하는 일종의 전자제품이란 사실을 알게 되었을 땐 이미 나는 주방에서 내몰리고 난 뒤였다.

때마침 베란다에서 김치를 담그고 있던 아주머니가 불그레한 고춧물로 얼룩이 져 있는 푸른색 앞치마를 두른 채 밖으로 달려 나왔다. 아주머니의 윤기 흐르는 머리는 깔끔하게 손질돼 있었고 구불구불한 머릿결이 물결처럼 흘러내리고 있어서 얼굴 윤곽이 한결 도드라져 보였다. 아주머니는 안쓰러운 표정으로 내게 다가오더니 속삭이듯 말을 했다.

“저 조리사가 성질은 저렇게 불같아도 속정은 있는 사람이야. 너무 고깝게 생각지 말고 어서 들어가서 싱크대라도 닦아요.”

“죄송합니다.”

“나한테 죄송해할 건 없고 눈치껏 잘하란 말이지.”

결국 아주머니의 손에 이끌려 나는 다시 주방 안으로 들어가게 되었다. 그런데 문제가 또 생기고 말았다. 내가 행주로 싱크대와 조리대를 닦고 있을 때 아주머니가 인덕션까지 닦으라고 일러주었다. 나는 행주로 인덕션을 닦다 그만 손에 화상을 입고 말았다. 조리를 끝냈더라도 인덕션의 뜨거운 열기는 한동안 그대로 남아있다는 사실을 내가 알지 못했던 것이다. 순식간에 내 오른 손바닥의 피부가 허옇게 부풀어 올랐다. 아주머니가 달려와서 손에 약을 발라주고 붕대로 동여매 주었다. 나는 손이 몹시 아렸으나 조리사한테 죄송하다는 말을 몇 번씩 하고서야 집으로 돌아올 수 있었다.

며칠 뒤 아주머니가 나를 찾아왔다.

"잘 지냈어? 손은 좀 어떤지 궁금하기도 하고 또 다른 소식 한 가지도 전하러 왔어. 내가 보기에는 진실 씨는 주방 보조보다는 객실 점검을 하는 게 더 나을 거 같아. 내가 관리실에다 잘 말해 두었으니 붕대를 풀면 곧 출근하도록 해요."

"네. 아주머니, 매번 감사합니다."

이튿날 아침, 마음이 들뜬 나는 모로 누운 상태에서 눈을 번쩍 떴다. 밤새 긴장했는지 침대 시트에는 전과 다르게 구김이 보이지 않았다. 아침을 먹고 나서 나는 곧장 관리실로 갔다. 유리문을 통해 들어온 아침 햇빛이 관리실 안을 대각선으로 비추고 있었다. 나를 힐끗 쳐다본 실장이 무표정한 얼굴을 드러내 보이며 말했다.

"오늘 그쪽이 할 일은 A동 객실을 점검하는 것입니다. 이를테면 옷장이나 침구, 주방 집기 등이 파손된 건 없는지. 또 유리컵이나 접시가 깨져 있거나 침대 시트가 더러워져 있을 때는 즉각 관리실에다 보고 하시고요. 아, 혹시 손님이 두고 간 물건이 있는지에 대해서도…….”

“네. 명심하겠습니다.”

관리실을 나오면서 나는 혼잣말을 했다. A동이 어디지? 때마침 경비로 보이는 한 아저씨가 파란색 핸들이 장착된 자전거를 타고 내 앞을 지나가고 있었다.

“아저씨, A동이…….”

“저쪽으로 돌아가면 붉은색 화강암이 붙어 있는 건물이 A동에요.”

경비아저씨가 가르쳐 준 대로 건물과 건물 사이로 돌아가자 곧 붉은색 화강암으로 된 A동이 나왔다. 나는 널따란 유리문을 열고 안으로 들어갔다. 복도에는 수석과 크고 네모난 수족관이 놓여 있었다. 객실 안으로 들어가고 있는데 주방보조 일을 할 때와는 달리 이상하게 가슴이 설레기까지 했다. 아담한 거실에는 겨자색 소파가 놓여 있었고 벽면에는 고상한 분위기를 풍기는 추상화도 걸려있었다. 나는 원목으로 된 옷장에 달린 전신거울 앞에 잠깐 서 보았다. 커튼으로 가려져 있어서 나 자신의 실루엣이 어둡게 보였다. 얼른 커튼을 열어젖혔다. 창밖으로 보이는 청색 하늘에서 금방이라도 청색 물방울이 떨어질 듯했다.

나는 실장이 하라는 대로 침실과 주방 그리고 욕실 등을 꼼꼼하게 점검했다. 처음 해보는 일이라 조금 긴장되긴 했으나 산에 올라가 고사리를 꺾는 일에 비하면 훨씬 수월한 편이었다. 순간 귓가에서 점식이 삼촌이 하던 말이 들려오는 듯했다.

"잘만 하면, 앞으로 고사리를 꺾는 일은 하지 않아도 될 것이야."

출근한 지 일주일째 되는 날이었다. 그날 내가 점검해야 할 객실은 B동이었다. A동과는 달리 B동 건물 내부는 털이 보송보송한 어미 토끼가 새끼를 품고 있는 듯 포근하고 아늑했다. 게다가 창밖으로 산새들이 지저귀는 소리와 쾌청한 오후의 햇빛이 남쪽으로 나 있는 창으로 들어와서 약간의 얼룩진 벽지와 마룻바닥에 가늘게 나 있는 흠집은 물론이고 머리카락 한 올까지도 다 보일 정도였다. 나는 부지런히 손을 놀려 점검하기 시작했다.

이제 거실만 남았다. 거실에 놓인 둥글게 생긴 작은 탁자 위에는 신문과 잡지가 아무렇게나 흩어져 있었다. 그것들을 정리하다 어느 순간 잡지와 신문 사이에 끼어있던 작은 물체가 떨어져 바닥으로 굴렀다. 가벼운 금속체가 내는 작고 맑은 소리의 여운이 거실을 동그랗게 맴돌았다. 머리를 숙이고 그 소리의 여운을 따라갔다. 싱크대 밑에 반짝이고 있는 작은 물체가 보였다. 그것은 반지였다. 나는 곧 관리실로 달려가서 반지를 실장의 손에 건네주었다.

이튿날 그 객실에 묵었던 사람이라며 젊은 여자가 남편으로 보이는 남자를 데리고 나를 찾아왔다. 나는 어제 있었던 일에 대해 숨김없이 말해주었다. 그런데 여자가 이상한 말을 했다.

"관리실에 들러 확인했는데 반지를 건네받은 사람이 없다고 하던데요?"

곧 여자의 남편이 시시티브이를 보여 달라고 관리실 측에 요청했다. 시시티브이 화면에는 내가 반지를 수거하는 장면은 선명하게 보였으나 실장에게 전달하는 장면은 삭제되고 없었다.

잠시 후, 얼굴이 벌게진 사장이 문을 열고 들어오더니 목청을 높여 말했다.

"당장 소금을 가져와!"

허리를 굽실거리며 실장이 대답했다.

"네. 사장님."

사장이 느닷없이 입자가 굵은소금을 내 얼굴에 확 뿌렸다. 그러고는 큰 소리로 말을 했다.

"당장 이 계집애를 경찰에 신고해!"

아까보다 허리를 더 굽힌 상태에서 실장이 말을 했다.

"네. 알겠습니다. 사장님."

"원, 재수가 없으려니. 별……."

잠시 후, 경찰이 나타나서는 나를 경찰차에 태우고 어디론가로 향했다. 얼마를 갔을까. 눈앞에 경찰서 건물이 보였다. 차에서 내린 경찰관이 나를 데리고 간 곳은 경찰서 건물 뒤쪽에 있는 작은 공터 쪽이었다. 희뿌연 안개가 휘감고 있는 공터는 을씨년스러워 보였다. 경찰을 따라 공터를 걸어가고 있는데 출입문과 연결된 허름한 건물 담벼락에 묶여 있는 검정 개가 나를 보고 공허하게 짖었다. 걸으면서 내가 경찰에게 물었다.

"아저씨 지금 어디로 가는 건가요?"

"가 보면 압니다."

앞서 걷고 있던 경찰이 먼저 건물 뒤쪽 계단을 타고 올라갔다. 발소리가 작은데도 층계를 타고 올라간 소리는 다시 메아리로 되돌아올 정도로 울렸다. 복도에는 길게 어둠이 침투해 있었다. 경찰이 문을 열더니 나를 안으로 들어가라고 눈짓을 해 보였다. 갑자기 밝은 데서 어두운 곳으로 들어가니 앞이 잘 보이지 않았다. 나는 고개를 돌려 경찰을 바라보았다. 그때 경찰의 얼굴은 복도 끝의 유리창으로 흘러들어온 어두운 잔광에 의해 검은 실루엣으로만 보였다. 조금 지나자 흐릿한 형광등 아래 비치는 음산한 분위기가 나를 제압하는 듯한 느낌에 나는 큰 잘못이라도 저지른 죄인인 양 공연히 주눅이 들었다. 곧 경찰이 문을 열고 밖으로 나갔다. 마음 같아서는 나도 당장 뛰쳐나가고 싶었으나 일단 참고 기다려 보기로 했다. 그것은 내가 산속 토굴집에 와서 살며 배운 유일한 미덕인 인내심이었다.

잠시 후, 얼굴빛이 거무튀튀해 보이는 형사가 문을 열고 들어오더니 자신과 마주 보는 자리에 나를 앉게 했다. 약 오 분 정도 최면을 거는 듯한 부리부리한 두 눈이 나를 쏘아보았다. 그 순간 이상하게도 세상엔 눈이 부리부리하게 생긴 형사와 나만이 존재하는 느낌이었다.

뜻밖에도 형사의 목소리는 부드러웠다.

"아가씨, 바른대로 말하는 게 여러모로 좋을 거요."

주저할 이유가 없었던 나는 모든 사실을 있는 그대로 말하기 시작했다.

“객실을 점거하다 반지를 발견하게 되었어요. 그러나 즉시 관리실에….”

그런데 형사는 내가 하는 말을 믿으려 하지 않았다.

“나도 아가씨가 착한 사람이라는 것도 들어서 알고 있어요. 고사리를 꺾지 못하는 겨울철엔 몸이 아픈 아버지와 살아가기가 상당히 어렵다는 것도. 아무리 형편이 어려워도 그렇지. 남의 물건에 손을 대는 건 아니지.”

“누구한테서 무슨 소리를 들었는지 모르겠지만 저는 절대 아니에요.”

형사의 목소리는 여전히 부드러운 듯했다.

“쌍방이 합의하는 걸로 사건을 잘 마무리 지을 수 있겠지만 끝까지 고집을 피우게 되면 아마 일이 골치 아프게 돌아가게 될지도 몰라.”

“도대체 같은 말을 몇 번씩이나 되풀이해야 하나요? 저는 하늘에 맹세코 그 반지를 습득한 순간 곧 실장에게 건네주었다니깐요.”

갑자기 형사가 눈을 부릅뜨고는 내가 진짜 도둑인 양 몰아세웠다.

“좋게 말할 때 어서 바른대로 말해!”

울컥 치미는 억울함 탓인지 잠깐 내 입술이 부르르 떨렸다. 나는 치밀고 올라오는 억울함을 애써 견뎌내며 차분한 목소리로 형사에게 물었다.

“아저씨, 좀 전에 골치 아프게 돌아가게 된다고 한 그 말이 무슨 뜻이에요?”

"나 참. 이렇게 말귀를 못 알아…… 쉽게 말해서 순순히 그 반지를 내놓든지, 그게 싫으면 천만 원 상당을 변상하라는 말이지. 둘 다 싫다면 하는 수 없이 구치소에 수감된 상태에서 재판을 받을 수밖에."

나는 가슴에 돌덩이 하나를 올려놓은 듯한 느낌에 숨을 쉴 수가 없었다. 만약 내 안에 들어있는 양심을 꺼내 보일 수만 있다면 열 번, 아니 백 번이라도 보여주고 싶은 심정이었다. 그러나 그런 일은 불가능했다.

내가 처음 투옥될 때 신분을 확인한 경찰이 명부를 작성하고 나서 담요 두 장과 베개 하나를 건네주고 돌아갔다. 담요를 받아 든 순간 담요에서 오랫동안 쓰레기를 담아놓아 두었던 쓰레기봉투에서나 맡아질 법한 퀴퀴한 냄새가 코를 찔렀다. 나는 발을 뻗어 담요를 구석진 곳으로 밀쳐놓고는 벽에 등을 대고 앉아서 낮에 벌어진 일에 대해 곰곰이 생각해 보았다. 그러나 아무리 생각하고 또 생각을 해봐도 눈앞에서 벌어졌던 일들이 현실 같지 않았다.

나 자신이 폐기된 쓰레기처럼 감방에 버려진 지 이틀째. 관자놀이를 짓누르는 듯한 느낌에 잠시 눈을 감았다가 다시 떴을 때였다. 촘촘한 창살 사이로 들어온 달빛이 비친 각도 탓에 내가 앉아있는 방바닥 면이 창살 개수만큼 잘린 듯 보였다.

그날도 나는 전날처럼 똑같은 방에서 똑같은 형사와 똑같은 자리에 마주 앉아있었다. 순간 밖에서 노크하는 소리가 들려왔다.

"형사님! 잠깐만요. 방금 행운펜션에서 연락이……."

곧 문을 열고 밖으로 나갔다 돌아온 형사가 자리에 털썩 주저앉더니 담배를 빼 물었다. 그러더니 양 볼이 쏙 들어가도록 거칠게 공기를 쭉 빨아들였다가 다시 연기를 길게 뿜어냈다. 잠시 후, 형사가 낮은 목소리로 말을 했다.

"아가씨, 아니, 최진실 씨 미안하게 됐어요…."

"……"

내가 형사가 하는 말을 듣고도 아무런 반응을 보이지 않았던 것은 무조건 한쪽 말만 믿고 멀쩡한 사람을 도둑으로 몰아간 행위에 대해 나 나름의 저항이었다. 눈이 부리부리하게 생긴 형사한테 몸에 거짓말탐지기를 부착시키는 수모를 당한 것을 비롯해 몇 가지 비인간적인 대우를 받기는 했으나 곧 나는 풀려나게 되었다. 경찰서 정문 쪽을 향해 걸어나오면서도 나는 아직 충격의 여진이 남아있는 심장을 긴 호흡으로 달랬다.

내가 집에 도착했을 때였다. 별안간 아주머니가 숨을 헐떡거리며 대문 안으로 뛰어 들어왔다.

"세상에 그 반지를 훔친 사람이 바로 그 실장……"

그때 어디서 사이렌 소리가 들려왔다. 나와 아주머니가 동시에 대문 밖으로 뛰어나갔다. 저만치 경찰차 한 대가 행운펜션 쪽으로 들어가는 게 보였다. 실장을 체포하러 온 모양이라고 아주머니가 말했다.

얼마가 지났을까. 손에 수갑을 찬 실장을 태운 경찰차가 경사진 길 쪽으로 미끄러지고 있었다. 그 광경을 보는 순간 나는 그만 땅바닥에 털썩 주저앉아서 엉엉 소리 내 울고 말았다. 아주머니도 따라 울기 시작했다. 내 머릿속에서는 지난 사흘 동안 범인이 아니라고 호소했던 나 자신이 의식되었고 그것은 새로운 비애로 다가와 잠금장치가 풀린 정수기 꼭지처럼 두 눈에서 눈물이 줄줄 흘러내렸다.

별안간 세상이 무섭게 느껴졌다. 오직 고사리밭과 토굴집만 오가며 살아온 내게 있어 행운펜션은 정말이지 무서운 세계였다.

그날 밤, 작고 초라한 내 방이 천국처럼 느껴졌다. 동시에 지난 이틀 동안에 겪은 일이 현실 같지 않았다. 마치 악몽을 꾼 듯했다. 불현듯 가슴속에서 불길이 솟아오르는 듯한 느낌에 대문 밖으로 나갔다. 세상은 온통 어둠에 덮여있었다. 저만치 누군가가 탄 자가용 한 대가 행운펜션 안으로 들어가고 있는 게 보였다. 하지만 그 행운펜션이 과연 그들에게 행운을 안겨줄지는 의문이었다.

나는 하늘을 올려다보았다. 하늘에는 반짝반짝 빛나는 작은 별들이 보였다. 작은오빠는 어린아이처럼 작은 별을 좋아했던 것 같다. 작은오빠는 이따금 다락방의 작은 창을 통해 보이는 작은 별을 우두커니 바라보곤 했다.

어디선가 작은오빠의 목소리가 들려오는 듯했다.

'사람은 말이다. 동물과 달라서 먹고 배설하는 것만이 전부가 아니야. 사람은 생각이란 것이 있고 감정이 있고 자존감이 있고 삶의 질을 생각해야 하고…… 암튼 사람답게 살

아가기 위해서는 누구든지 기본적인 공부는 해야 해.'

캄캄한 밤하늘을 허망하게 올려다보며 제법 큰 소리로 외쳤다.

'작은오빠! 나는 작은오빠처럼 공부에 소질이 있는 사람도 아니야. 사람은 다 자기가 타고난 소질대로 사는 거라고. 나는 공부보다 매일 산에 올라 고사리를 꺾고 머루와 다래를 따 먹는 일이 더 즐겁다고. 작은오빠도 하늘에서 지켜보고 있었을 테지. 내가 고사리를 꺾는 일이 아닌 다른 일을 해보겠다고 덤비다 억울하게 도둑으로 몰리게 되었던 끔찍한 상황을 말이야.'

사흘 뒤 아주머니가 또 찾아와서는 흥분된 목소리로 말을 했다.

"글쎄, 오늘 아침에 세탁 일을 맡아 하던 여자가 몸이 아프다며 나가 버렸지 뭐야. 빨래는 세탁기가 다 알아서 하니까 일이 그다지 힘들지는 않을 것이야. 내 생각엔 진실 씨가 그 일을 맡아서 해보는 게 좋을 것 같은데."

나는 "아니요." 하고 단칼에 잘랐다. 그러자 아주머니가 눈을 커다랗게 뜨며 "왜?" 했다. 그 말이 내 귀에는 어째서 굴러들어 온 행운을 마다하느냐 하는 투로 들렸다. 그러나 나는 더 이상 행운펜션과는 엮이고 싶지 않았다.

그날 밤, 자려고 막 침대에 누웠는데 그에게서 전화가 걸려 왔다. 그는 여전히 다정한 목소리로 말을 했다.

"잘 지냈어? 별일 없는 거지?"

"그럼. 별일이 있을 게 뭐가 있겠어."

내가 생각해도 나는 능청스럽게 거짓말을 잘도 했다. 나는 겨울 동안 얼마의 돈이라도 벌어보려고 행운펜션에서 일하다 억울하게 도둑으로 몰려 감방에서 이틀을 보냈다는 말은 차마 할 수가 없었다.

겨울새들이 찬 공기를 가르며 하늘을 날아도 토굴집은 고요했다. 그럭저럭 버텨오던 화목 보일러가 갑자기 고장이 난 것은 하필이면 폭설이 쏟아지던 날이었다. 간신히 제 기능을 다하느라 힘겹게 돌아가고 있던 보일러마저 이대로는 더 이상 버티지 못할 것 같다고 하는 비명을 질렀다. 진작에 나무와 기름을 병행해 사용하는 보일러로 교체했어야 했는데 문제는 돈이었다.

날씨가 추워서 그런지 몸도 마음도 다 움츠러드는 느낌이었다. 나는 기온이 더 떨어지기 전에 저녁 준비부터 해야 했다. 가스 불에 올려놓은 자반고등어를 뒤집고 있는데 별안간 집 전화벨이 울렸다. 나는 평소 집 전화를 잘 받지 않았다. 어쩌다 걸려 오는 집 전화는 여론 조사기관이 아니면 사기 전화가 대부분이었기 때문이었다. 전화벨이 끈질기게 울리고 있어서 코드를 뽑아버릴까 생각했다. 오늘따라 이상하게도 검고 뻣뻣한 그 전화선이 불길한 소식을 전해주는 통로처럼 느껴졌기 때문이었다. 잠깐 벨 소리가 멈추었는가 싶었는데 또다시 울렸다. 고개를 갸웃하다 수화기를 귀로 가져갔다.

"여보세요? 내 말이 잘 안 들려? 진실이 아버님께서…….”

"네? 어디에서요?"

"우리 슈퍼 앞에."

집 전화로 아버지의 소식을 알려온 사람은 고향슈퍼집 아들이었다. 나는 손수레를 끌고 눈이 펑펑 쏟아지고 있는 언덕 아래로 내려갔다. 고향슈퍼 앞길에 턱이 빠질 정도로 입을 크게 벌린 채 눈 위에 모로 누워있는 사람은 아버지였다. 아버지의 검고 긴 눈썹에는 어느새 눈이 하얗게 달라붙어 있었다. 다가가자 술 냄새가 코를 찔렀다. 나도 모르게 소리를 질렀다.

"아버지!"

내 목구멍을 뚫고 튀어나온 내 목소리의 파편이 내 귀로 들어와서 박혔다. 그런데도 아버지는 나를 빤히 올려다볼 뿐 말이 없었다. 내 힘으로는 도저히 아버지를 손수레에 태울 수가 없었다. 궁리 끝에 나는 아버지의 다리를 잡고 질질 끌어 길 한쪽으로 옮겨놓았다.

어머니가 살았을 때만 하더라도 이른 아침부터 '으흠' 하는 헛기침 소리가 들려오곤 했다. 헛기침 한 마디로 열 마디 말을 했던 아버지였다. 그때마다 나가보면 이미 마루에는 약수 한 통이 놓여 있었고 가스레인지에 올려놓은 약탕기에서도 김이 모락모락 피어났다. 게다가 아버지 앞에는 이미 전날 산에서 캐 온 약초가 깨끗이 손질되어 소쿠리 가득 담겨 있었다. 그렇게 성실했던 아버지가 어쩌다 이 지경이 되었는지.

별안간 고향슈퍼집 아들이 달려와서는 아버지를 번쩍 들

어 손수레에다 싣고는 눈이 펑펑 쏟아지고 있는 언덕길을 거침없이 올라갔다.

잠시 후, 방을 나오고 있던 고향슈퍼집 아들을 본 순간 나는 고개를 갸웃했다. 고향슈퍼집 아들의 엉덩이가 물기로 젖어있는 것이었다. 그제야 나는 아버지가 고향슈퍼집 아들의 등에 업혔을 때 오줌을 싼 사실을 직감하게 되었다.

난처한 표정을 지으며 내가 말했다.

"제가 세탁해 드릴게요."

그러나 고향슈퍼집 아들은 대수롭지 않다는 듯 말했다.

"괜찮아. 세탁기에 넣고 돌리면 돼."

너무 민망한 나머지 나는 고맙다는 말도, 미안하다는 말도 못 한 채 멍하니 서 있었다.

'하루 이틀도 아니고, 이젠 정말 지겨워!'

오줌에 젖은 아버지의 바지를 빨다 내 입에서 튀어나온 소리였다. 어릴 적 어머니는 종종 훌륭한 사람이 되라는 말을 했다. 그러나 나는 훌륭한 사람이 되기보다는 좋은 사람이 되고 싶었다. 나는 좋은 사람의 기준이 뭘까 생각해 보았다. 남에게 피해를 주지 않고 나보다 약한 사람에게 도움을 주며 살아가는 게 좋은 사람이 아닐까 싶었다. 그런데 지금 나는 약해진 아버지에게 도움을 주긴커녕 미워만 하고 있지 않은가.

이튿날 내가 고향슈퍼에 들러 식초 한 병을 사 들고 언덕으로 올라오고 있을 때였다. 고향슈퍼집 아들의 목소리가 내 뒤를 따라왔다.

"진실이 아버님은 보기보다 체중이 장난이 아니시던데. 나는 아직도 허리가 결려. 파스를 붙였는데도 별 효력도 없네. 하하하."

돌아보며 내가 말했다.

"어떡해요. 너무 미안해서."

"그렇게 미안하면 오늘 밤 노래방이나 같이 가 주면 되겠네."

"전 노래를 잘 못해요."

"그럼 노래는 내가 부를 테니 진실이는 그냥 앉아있기만 해."

그날 밤, 나는 어쩔 수 없이 고향슈퍼집 아들을 따라 행운펜션 지하에 있는 노래방으로 가게 됐다. 고향슈퍼집 아들이 자신이 살아온 이런저런 이야기를 털어놓음으로써 어색한 분위기를 누그러뜨려 보려고 애쓰는 듯 보였다. 그러나 나는 몸에 맞지 않은 옷을 입었을 때처럼 영 편치가 않았다. 그렇다고 고향슈퍼집 아들이 나한테 불쾌하게 했다든가 경계심을 유발하게 할 만한 행동을 보인 것도 아니었다. 잠시 후, 고향슈퍼집 아들이 마이크를 들고 노래를 부르고 있을 때 나는 노래 제목이 빼곡히 수록된 두꺼운 책장만 넘기며 시간을 죽이고 앉아있었다.

고향슈퍼집 아들과 헤어지고 집에 돌아왔을 때였다. 갑자기 몸이 으슬으슬해 오더니 내 입에서 춥다 소리가 저절로 나왔다. 작은오빠가 살아있을 때만 해도 오늘같이 추운 날에는 벽난로에 장작을 포개놓고 불을 지폈다. 그러면 이

내 집안이 훈훈해지곤 했다. 그러나 지금은 벽난로에 뗄 장작은커녕 화목보일러에 땔 장작도 모자라는 판이었다. 나는 너무 추운 나머지 혹시 보일러가 제대로 작동하고 있는지 확인해 보려고 지하실로 내려갔다. 불씨가 조금 남아있는 화목 보일러에 장작 몇 개를 집어넣고 다시 마당으로 올라왔다. 도대체 얼마나 추운지 알아보려고 침을 뱉어 보았다. 내 입에서 튀어나온 침은 날카로운 파열음을 내며 단박에 돌층계에 얼어붙었다.

오늘따라 작은오빠가 몹시 보고 싶어졌다. 오늘처럼 작은오빠가 보고 싶어질 때면 나도 모르게 다락방을 기웃거리곤 했다. 물론 그런 행동이 부질없는 짓일 줄 알지만 어쩔 수가 없었다. 나는 좁고 가파른 계단을 밟고 올라갔다. 면이 십 센티 남짓한 좁은 계단은 모두 일곱 개였다. 가로세로가 일 미터도 안 되는 창마저 미루나무가 가리고 있어서 빛 한 점 들어오지 않았다. 바닥에는 앉은뱅이책상 하나만 달랑 놓여 있었다. 새삼 작은오빠가 쓰던 다락방이 이토록 옹색했었나 싶었다. 한쪽 벽면에는 선반을 매달아 작은오빠가 즐겨보던 역사책과 철학책이 가지런히 꽂혀있었다. 얼핏 영어 문법책도 보였는데 내 눈길이 영어 문법책 사이에 붙어 있는 파란색 포스트잇에 가서 꽂혔다.

나는 통나무 식탁에 앉아서 한 손으로 턱을 괴고 포스트잇에 적힌 글을 찬찬히 읽기 시작했다.

'공부에서 중요한 건 자존감이다. 삶과 유리되지 않는 공부. 이렇게 행해지는 공부는 자신의 행복을 위한 영원한 동반자이다. 사유하지 않는 정신은 죽은 정신일 뿐. 이런 점에서 올바른 공부는 정당한 삶의 투쟁이 되는 것이다.'

어디선가 그의 목소리가 들려오는 듯했다.

'열아홉의 인생 그릇은 너무 유연해서 무엇이든 다…….'

다시 손을 뻗어 영어 문법책을 집어 들면서 나는 혼잣말을 했다.

'그래, 나도 한번 도전해 보자.'

그런데 막상 영어 문법책을 펼치는 순간 어디서부터 해야 할지 아득하기만 했다. 별안간 내 입에서 이런 말이 튀어나왔다. 공부도 다 때가 있는 건데 지금 내가 영어 공부는 해서 무엇에 써먹는담. 더군다나 여기는 산속이잖아. 그깐 영어 단어 몇 개 안다고 해서 지금의 내 삶이 달라질 게 무엇이 있다고. 다 소용없는 일에 불과할 뿐이야. 그렇게 중얼거리다 곧 영어 문법책을 덮어버렸다.

며칠 뒤였다. 나도 모르게 또다시 그 영어 문법책을 집어 들게 되었고 그때부터 영어 단어도 외우고 영어 문법도 체계적으로 공부하기 시작했다. 그러던 어느 날 문득 나는 이상한 상상을 하게 되었다. 영어의 불규칙동사는 전혀 예상하지 못했던 아버지의 돌발적인 행동과 일치하는 건 아닐까 하는……. 거기에 더해 어머니가 돌아가신 이후부터 아버지가 취하는 모든 행동이 영어 문법책에 있는 불규칙동사의 형태로 채워지고 있는 것은 아닐까 하는 생각을 지울 수가 없었다.

그날도 나는 밤늦은 시간까지 통나무 식탁 앞에 앉아서

영어 문법책을 들여다보았다. 어느 순간 아버지가 방문을 열고 나오면서 소리를 질렀다.

“지금 네가 영어를 배워서 어디다 써먹을 건데. 산에 가서 고사리하고 영어로 말할 건가.”

“네! 그래요. 열심히 영어를 배워서 고사리 하고라도 영어로 말할 수 있었으면 좋겠어요.”

내가 들어도 내 목소리에는 분노와 원망이 섞여 있었다. 별안간 유리컵이 공중으로 날았다. 유리컵은 통나무 식탁 모서리에 부딪히고 나서 마룻바닥으로 떨어지기도 전에 파편 하나가 공중으로 튀었다. 내가 잽싸게 몸을 피했으나 그만 유리 파편을 밟고 말았다. 파편을 빼낸 자리에는 붉은 피가 솟아났다. 피를 보게 된 순간 그동안 아버지를 동정하던 마음이 싹 사라졌다.

더 이상 내겐 아버지와 딸이란 관계를 지속시킬 능력이 없었다. 그렇다고 손으로 고사리 허리를 자르듯 아버지와 딸의 관계를 자를 수 있는 것도 아니었다. 별안간 내 두 눈에서 뜨거운 눈물이 볼을 타고 흘렀다.

‘아버지가 지나치게 독선적이어서 작은오빠가 죽었고 언니마저 집을 나가버린 것이야. 아버지야말로 우리 가족을 뿔뿔이 흩어지게 한 원흉이라고. 언니, 지금 어디에 있는 거야. 날로 변해만 가는 아버지를 어떻게 하면 좋아. 오늘은 아버지가 나한테 유리컵까지 던졌어. 그 순간 아버지의 눈빛이 꼭 나를 죽이기라도 할 것 같았어. 만약 유리 파편이 내 얼굴에 튀기라도 했으면…. 언니, 생각만 해도 끔찍해.’

그날 밤, 나는 일기장에 그렇게 적고 있었다. 얼마 전까지만 해도 나는 아버지에게 애정을 느꼈을 뿐만 아니라 존경심까지 갖고 있었다. 그러다 보니 어쩌다 누가 나한테 칭찬이라도 해오면 나는 늘 이렇게 말하곤 했다.

'우리 아버지가 늘 그렇게 하라고 일러 주셨거든요.'

그 말이 꼭 맞는 말이라곤 할 수 없으나 그래도 어느 정도는 진실이 담겨 있는 말이긴 했다. 그러나 이제 그런 존경심은 완전히 퇴색해 버렸다. 그날 이후부터 나는 영어 공부는 접었어도 일기만은 포기하지 않았다. 토굴집에 와서 쓴 일기는 전에 학교에 다닐 때 써놓은 일기와는 달라도 너무 달랐다. 내가 학생 신분일 때 쓴 일기 대부분은 즐겁거나 기뻤던 내용이 많았던 것에 비해 산속 토굴집에 와서 쓴 일기에는 주로 외롭거나 우울하거나 억눌린 감정들로 채워져 있었다.

나는 숙제를 하듯 매일 일기를 쓰지는 않았다. 그냥 쓰고 싶을 때 썼다. 나름 즐거웠던 일이 있었거나 현실에서 나 자신이 감당하기 어려웠던 일을 겪게 되었을 때 일기장을 펼치곤 했다.

열아홉 생일

하필이면 생일에 비가 왔다. 아침부터 내리기 시작한 비는 좀처럼 그칠 조짐이 보이지 않더니 오후부터 조금씩 꺾이는 듯했다. 그러다가 어느 순간부터 빗줄기는 자신이 그렇게 쉽게 물러날 것 같으냐는 듯이 점점 굵어졌다. 작년 생일에도 종일토록 비가 내렸다. 하긴 내가 태어나던 날도 종일 비가 왔다고 하는 말을 언젠가 어머니에게서 들었던 것 같다. 왜, 매번 내 생일에는 비가 오는 걸까?

비는 오후부터 완전히 그쳤고 하늘은 더없이 맑았다.

내가 벌써 열아홉 살이라니 기분이 참 묘했다. 나는 벽에 걸려있는 작고 볼품없는 거울 앞으로 다가갔다. 볼품없는 사람일수록 볼품없는 거울에 비치는 자신의 모습이 더 볼품없게 보이기 마련일 것이다. 그런데 예상 밖이었다. 오늘따라 거울 속에 비친 모습은 늘 보아오던 내 모습이 아니었다. 한결 포동포동해진 볼살과 더 길어진 팔과 다리, 봉긋하고 탄력이 넘쳐 보이는 가슴을 본 순간 왠지 거울 속에 비치는 사람이 나 같지 않았다. 익을 대로 익은 여자로 보였다.

열네 살 때부터 고사리를 꺾으며 산속에서 살아온 나는 열다섯이 지나도 열여섯, 열일곱, 열여덟, 열아홉이 될 때까지 내 나이 앞에는 늘 열이란 숫자가 붙어 있었다. 열이란 숫자는 막 물오른 청포도를 떠올리게 하는, 풋풋한 느낌이라고나 할까. 그러나 아쉽게도 올해가 가고 나면 내 나이 앞에 붙어 있던 열이란 숫자는 완전히 사라지게 된다.

토굴집에 와서 살게 된 이후부터 우리 가족 누구도 생일 같은 건 잊고 살았다. 미역국이나 생일 케이크 같은 건 꿈도 못 꾸었다. 저녁을 먹고 나서 방에 들어간 나는 침대에 벌러덩 누웠다. 그때 창을 통해 들어온 달빛이 대낮같이 방안을 환하게 비추고 있었다. 사방이 고요함 속에 잠겨 있는 가운데 개구리 우는 소리만이 요란하게 들려왔다. 얼핏 개구리 우는 소리 속에 섞여 또 다른 무슨 소리가 들리는 듯했다. 나는 귀를 쫑긋했다.

"나야, 수호!"

그의 목소리를 듣는 순간, 나는 다리에 휘감긴 이불을 걷어차고 벌떡 일어나 한걸음에 현관문을 열고 돌층계 여덟 개를 두 계단씩 뛰어 내려갔다. 작은 케이크 상자와 분홍 장미꽃 한 송이를 양손에 든 그가 환하게 웃는 얼굴을 하고 대문 앞에 우뚝 서 있었다. 생각지도 않았는데 그의 얼굴을 본 순간, 반가움과 기쁨으로 가슴이 벅차올랐다. 하지만 나는 티를 내지 않았다. 솔직히 말하면, 티를 내지 않은 게 아니고 벅차오른 나 자신의 감정을 어떻게 표현해야 좋을지 몰랐던 것이었다.

달빛이 환히 비추는 평상에다 작은 케이크 상자를 올려놓으며 그가 말했다.

"열아홉 생일을 축하해 주고 싶었어."

"고마워."

"한창 더운 때 태어나느라 고생했겠다."

"칠월 중순이면 좀 덥긴 하지."

날씨가 무더운 탓에 케이크의 한쪽 면이 조금 뭉개져 있었다. 각기 색이 다른 작은 양초는 모두 열아홉 개였다. 그는 초 하나하나에 불을 붙이고는 가볍게 손뼉을 치며 나직한 목소리로 축하 노래도 불러주었다. 때마침 볼을 간지럽히며 불어온 바람결에 열아홉 개의 촛불이 가늘게 일렁이고 있어서 나름 생일 분위기가 났다. 나는 조금 울컥했다. 촛불 빛을 받아 앵두 색에 가까운 얼굴을 한 그가 하얀 이를 드러내 보이며 말했다.

"자, 주인공께서 촛불을 끄셔야지."

나는 훅! 하는 소리를 내며 촛불을 껐다.

그가 케이크를 잘라 뭉개진 쪽은 자신 앞에 놓아두고 반듯한 쪽은 내 앞에다 놓으며 말했다.

"자, 어서 먹어봐."

얼마 만에 보게 되는 케이크인지도 몰랐다. 한 조각을 입에 넣자마자 스케이트를 타듯 목 안으로 미끄러졌다.

그가 내 얼굴을 쳐다보며 물었다.

"어때?"

그의 손을 힘주어 잡았다가 놓으며 내가 말했다.

"지금 한 조각이 내 입안에서 스케이트를 타고 목 안으로 미끄러지고 있어."

"잠깐! 지금 그 표현 상당히 문학적으로 들리는데."

잠시 후, 휴지로 입가에 묻어있던 하얀 크림을 닦고 나서 그가 말했다.

"이제 냇가에나 슬슬 걸어가 볼까?"

우리는 대낮처럼 밝은 달빛을 머리에 이고 옥수수 밭둑을 따라 걸어갔다. 길섶을 덮고 있던 물안개가 바람에 실려 냇가 쪽을 휘감고 있었고 저만치 행운펜션 공터에 불이 환하게 켜져 있는 게 보였다.

냇가에 이르렀을 때였다. 밤이라서 그런지 제법 도도한 소리를 내며 흘러가는 물소리가 들려왔다. 저만치 남자들 서넛이 손전등을 들고 물고기를 잡는 모습이 눈에 들어왔다. 대낮 같은 달빛이 물고기를 잡느라 엎드려 있는 남자들의 등과 흐르는 시냇물 위로 비추고 있었다. 그러나 그들은 달빛에는 관심이 없어 보였고 오로지 고기 잡는 데만 정신이 팔려있는 듯했다. 우리는 펀펀하게 생긴 돌에 엉덩이를 대고 앉아서 흐르는 물에 발을 담그고 있었다. 그때 하늘에는 무수한 은하수가 강물처럼 흘렀다.

고개를 들어 하늘을 올려다보며 그가 말했다.

"와! 반짝이는 저 별들 좀 봐. 게다가 맑은 물이 흐르는 듯한 은하수까지."

"정말 그러네. 그런데 왜 나는 서울에 살 때는 저렇게 아름다운 별들과 은하수를 보지 못했을까."

"맞아. 그랬을 거야. 불빛이 가득한 도심에서는 은하수를 보기가 어렵거든. 아름다운 야경을 선사해 주는 도심의 빛은 하늘의 별을 볼 때는 오히려 빛 공해로 작용할 뿐이지…… 참으로 아름다운 여름밤이야."

그날 밤, 우리는 참 많은 이야기를 했던 것 같다. 그는 주로 자신의 어린 시절에 관한 이런저런 이야기를 들려주었는데 그것은 내게 새롭고 중요했다.

그런데 이상하게도 지금 나는 그날 냇가에 앉아서 그에게 들었던 이야기를 많이 잊어버렸다. 그가 하는 이야기를 듣고 있으면서도 내 신경은 오로지 아버지한테 쏠리고 있었던 탓에 진실하고 중요한 이야기를 반밖에 기억하지 못한 것 같다. 그러나 이튿날 그와 함께 고사리밭에 갔을 때 들었던 이야기는 아직도 기억에 많이 남아있다. 그날 그가 고사리밭 모퉁이에 놓인 통나무에 걸터앉아서 자신의 부모님에 관한 이야기를 들려주었다.

그의 말이 끝났을 때 어깨를 움츠리며 내가 말했다.

"너희 집은 부자겠다."

"부모님은 모두 평범한 회사원이셔. 그래서 부자는 아니야. 그렇다고 가난하다고 생각해 본 적도 없어. 자식이라곤

나 하나밖에 없으니까 큰 어려움은 없어. 매달 부모님이 주신 돈은 많지 않아. 그래서 나도 가끔 알바도 하고 그래."

"이를테면 어떤?"

"배달도 하고 어느 땐 마트에서 상품 진열도 해."

"난 말이야. 넌 돈 걱정은 안 하고 사는 줄 알았어."

"세상에 돈 걱정하지 않고 사는 사람이 몇이나 되겠어. 돈 걱정하지 않고 사는 사람은 아마 사는 재미도 못 느낄 것 같아. 안 그래?"

나는 설령 사는 재미를 못 느끼더라도 제발 돈 걱정 안 하고 살아봤으면 좋겠어, 하고 말하려다 그만두었다. 잠시 후, 그가 진지한 표정을 지어 보이며 나직한 목소리로 말을 하기 시작했다.

"지금부터 진짜 내가 하고 싶은 이야기를 좀 할게. 지난번에도 잠깐 말했듯이 진실인 공부를 더 해볼 생각이 정말 없는 거야. 그건 아니잖아?"

나는 그가 더 이상 내게 공부하라는 말을 하지 못하도록 잘라 말했다.

"응."

"특별한 이유라도……."

"일단 나는 여기가 좋아. 여기에서 살면 공부가 필요치 않아. 사람들이 공부를 하는 건 결국 다 먹고살기 위해서가 아니겠어. 열심히 고사리를 꺾어 팔면 그런대로 살 수 있어."

나는 평소 아버지가 하던 말을 그대로 옮겨놓고 있었다.

조용히 내 말을 듣고 있던 그가 또 말했다.

"그렇게 말하지 마. 그건 너답지 않아."

"나다운 게 어떤 건데?"

빈정대는 듯한 투로 말하려고 한 건 아니었는데 결국 나는 그런 식으로 말해버리고 말았다. 잠깐 나는 생각했다. 도대체 나다운 게 어떤 모습일까? 공부도 포기한 채 고작 고사리 따위나 팔아서 먹고사는 게 나다운 모습이란 말인가.

"그래도 넌 책 읽기도 좋아하고 글도 잘 쓴다면서."

"네가 나에 대해 무얼 안다고."

"얼마 전에 외할머니랑 통나무집 아저씨가 주고받는 이야기를 우연히 듣고 너에 대해 좀 알게 되었어. 넌 학교에 다닐 때 공부도 잘하고 글도 꽤 잘 썼다면서."

"그건 그때 얘기지. 지금은 아니야."

"글부터 써보는 건 어떨까?"

"글은 뭐 아무나 쓰나."

"넌 충분히 할 수 있어."

"아니. 난 충분히 못 해. 가만히 보니까 요즘 넌 자꾸만 나한테 실현 불가능한 얘기만 하는 것 같아."

"그럼 글은 나중에 쓰고 우선 책부터 봐."

"학교에 갈 것도 아닌데 책은 뭣 하러 읽어?"

잠시 후, 손톱으로 통나무에 붙은 옹이만 긁고 있던 내 손을 끌어와 자신의 무릎에 올려놓으며 평소보다 낮은 목소리로 그가 또 말했다.

"책을 읽으면 길이 보여."

내 입에서 휴, 한숨이 나왔다. 나는 '뻔히 보이는 길도 못 찾는데 무슨 길을 책에서 찾아' 하고 말하고 싶었지만 그 말을 입으로까지 옮기지는 않았다. 그는 잠시 고사리밭 쪽을 바라보았다. 마치 거기에서 나를 설득할 묘책이라도 발견하려는 듯. 당연히 그런 묘책이 거기 있을 리 없었다.

자리에서 벌떡 일어나면서 내가 말했다.

"이제 그만 내려가자."

"넌 내가 하는 말을 너무 부담스럽게 받아들이지 않았으면 좋겠어. 내가 생각하는 것과 네가 생각하는 게 다를 수 있을 테니까. 네 생각과 내 생각이 일치하지 않는다고 해서 어느 한쪽이 반드시 옳거나 틀린 건 아니잖아. 다를 뿐이지."

"……."

잠깐 침묵이 흘렀다. 그 침묵이 나를 숨 막히게 만들었다. 하마터면 나는 이렇게 소리칠 뻔했다.

'나도 공부도 하고 싶고 글도 쓰고 싶다고. 누군 뭐 이르고 살고 싶어서 이르고 사는 줄 아나? 나한테도 생각이 있고 꿈도 있는 거라고.' 그러나 나는 끝내 그 말을 입 밖으로 쏟아내진 않았다.

어느새 보일러를 돌려야 할 만큼 날씨가 추워졌다. 집 안에는 온기라곤 찾아볼 수 없었다. 신기할 정도로 아버지는 추위를 타지 않았다. 아무리 추워도 내의를 입지 않을 뿐만 아니라 한겨울에도 얼음 알갱이가 동동 뜨는 동치미만 찾곤 했다. 그런 아버지와는 달리 나는 추위를 무척 타는 편이었다. 나는 집 안에서조차 옷을 두껍게 껴입고도 목도리를 하고 털모자까지 써야 견딜 수 있었다.

아침부터 폭설이 내리고 있었다. 폭설이 계속되자 굶주린 산토끼가 새끼를 데리고 먹이를 찾으러 토굴집 마당에까지 내려온 모양이었다. 며칠 전에도 보았던 그 토끼 같아 보였다. 나는 산토끼의 먹이가 될 만한 게 뭐가 있을까 생각하다 무청과 감자 껍질을 평상 밑에다 슬며시 놓아두었다.

토끼는 막다른 골목에 몰리면 불안해서 어린아이처럼 운다고 하는 소리를 점식이 삼촌이 말해주었던 것 같다. 하지만 녀석들은 불안해하기는커녕 내가 좀 전에 놓아둔 무청과 감자 껍질을 느긋한 자세로 앉아서 잘도 먹고 있었다. 나는 동물을 좋아하지 않은 편인데 왠지 토끼는 귀여워 보였다. 손으로 살짝 새끼 토끼의 귀를 건드려 보았더니 녀석이 별안간 회색과 흰색이 섞인 털을 잔뜩 부풀리며 어미 토기의 품 안으로 쪼르르 달려가서는 머리를 처박았다. 또다시 발소리를 죽이며 다가가서 무청과 감자 껍질을 밀어주었는데도 녀석은 어미가 하달한 지시만을 기다리고 있는지 꼼짝도 하지 않았다. 산새들도 허기를 느꼈던지 갑자기 나타나서는 애절하게 지저귀며 토끼 식구들이 먹이를 먹고 있는 평상 주위를 맴돌았다. 나는 좁쌀 한 줌을 가져다 평상 밑에 놓아두었다. 그러자 도저히 친구가 될 수 없어 보이는 산토끼와 참새가 사이좋게 먹이를 먹고 있는 것이었다. 언제 날아와 있었는지 까치 한 마리가 앙상한 감나무 꼭대기에 매달려 있던 홍시 하나를 쪼아 먹고 있었다. 까치는 고개를 돌려 나를 힐끗 바라보는가 싶었는데 어느새 깍깍 소리를 내더니 산 중턱을 향해 날아갔다.

추운 겨울날 먹이를 찾아 산토끼는 깡충깡충 뛰었고, 참새는 날렵하게 날았고, 까치는 홰를 치며 느리게 날았는데 같은 날 같은 시간대에 토굴집 마당에 도착했다. 깡충깡충 뛰어서 오든, 날렵한 동작으로 날아오든 조금 느리게 오든 그것은 그렇게 중요한 문제가 아닐 것이다. 다만 생명 있는 모든 것들이 다 함께 춥고 긴 겨울을 슬기롭게 살아내는 것이 중요할 뿐이다.

곧 골짜기를 덮고 있는 눈이 녹아내려 땅이 드러나고 기온도 조금씩 올라가게 될 것이다. 그렇게 되면 산 능선에는 파릇파릇한 고사리 새순이 돋아나게 될 것이고, 야생동물도 먹이를 구하려고 토굴집 마당에까지 찾아오지 않아도 될 것이다.

그날 오후, 내가 책상 앞에 앉아서 언니가 보던 낡은 패션잡지를 건성으로 넘기며 언제쯤 겨울이 지나고 고사리를 꺾을 수 있는 봄이 찾아올까 생각하고 있는데 밖에서 인기척이 느껴졌다. 나는 하품을 길게 하며 마루로 나가보았다. 그때 머리에 하얗게 눈을 뒤집어쓴 그가 벙긋 웃어 보이며 현관 안으로 불쑥 들어왔다. 좀 과장하면 눈사람이 성큼성큼 걸어 들어오는 줄 알았다. 눈이 마주친 순간 그는 벙긋 웃으며 옷과 신발에 달라붙어 있는 눈을 툭툭 털어냈다.

수건으로 그의 머리부터 어깨까지 묻어있는 눈을 털어주

며 내가 말했다.

"어쩐 일이야. 연락도 없이."

"응. 그렇게 됐어."

"우선 여기에 앉아."

내가 식탁 의자를 빼내자 그는 엉덩이를 의자에 밀어 넣었다. 환하게 웃으며 내가 물었다.

"어떻게 왔어?"

"어떻게 오긴 네가 보고 싶어서 왔지."

"절집, 아니다. 외할머니 집엔 들른 거야?"

"아니. 제일 먼저 너한테 달려왔지."

"추운데 따끈한 유자차나 한잔 마실래?"

"좋지."

"참, 유자차가 떨어졌네. 너무 추워서 읍내 못 나간 지 한참 됐거든. 구기자차는 어때?"

"웬 구기자차?"

"우리 아버지가 즐겨 드시는 차야. 구기자차를 먹게 되면 구겨진 몸과 마음이 바로 잡힌다고…."

"그런 차가 있었어?"

나는 노란 국화 문양이 박혀있는 하얀 머그잔에 뜨거운 물을 부으며 등을 보이고 앉아 있는 그의 모습을 힐끗 쳐다보았다. 그는 추웠던지 어깨를 웅크리고 있었다.

잠시 후, 찻잔을 내려놓고 차분한 어조로 그가 말을 했다.

"지난번에도 말했듯이 내가 외할머니 집에 올 때마다 네가 읽을 만한 책을 몇 권씩 가져다줄 테니 틈날 때 읽어봐.”

“내가 책 읽을 틈이 어딨어?”

“아무리 바쁜 사람이라도 틈은 다 있어.”

“너도 알다시피 내가 지금 한가롭게 책이나 읽고 있을 처지니?”

“책을 읽는데 무슨 처지가 중요해? 중요한 건 네 의지지.”

“의지? 우리 집엔 의자는 몇 개 있어도 의지는 하나도 없는데.”

“웃긴. 나는 지금 진지하게 얘기하고 있구만.”

나는 잠깐 상상해 보았다. 밤늦은 시각에 눈이 펑펑 쏟아지는 어두운 산길을 외투를 뒤집어쓴 채 머릿속에서 떠오르는 이런저런 생각을 떠올리며 혼자 뚜벅뚜벅 걸어오고 있었을 그의 모습을. 아마도 그는 오늘도 읍내에서 여기까지 걸어왔을 것이 뻔했다. 그가 버스를 기다렸다는 말만 했을 뿐 버스를 타고 왔다는 말은 하지 않았기 때문이었다. 그런 정황으로 미루어 볼 때 그는 오늘도 눈을 흠뻑 맞으며 내게 줄 책이 들어있는 배낭을 메고 눈길을 걸어온 게 분명해 보였다.

오늘도 그는 명쾌한 내 대답을 듣지 못한 채 하얀 눈을 밟으며 절집 아니, 자신의 외할머니 집으로 돌아갔다.

아침 햇살이 주방 창을 통해 들어와 어제 그가 통나무 식탁 위에 놓고 간 분홍빛이 도는 책 표지에 『마지막 잎새』란 글자를 붉게 물들였다. 나는 얼른 그 책을 집어 들었다. 소설책 같아 보였다. 하지만 소설에 대해 별로 아는 게 없던 나로서는 선뜻 읽을 자신이 없었다. 그렇더라도 그가 놓고 간 책을 못 본 체할 수도 없었다. 처음에는 건성으로 책장을 휙휙 넘기다가 나중에는 첫 페이지부터 읽기 시작했다. 아마도 나는 그 책을 붙들고 한나절 내내 씨름했던 것 같다. 그런데도 얽히고설켜 있는 이야기는 도무지 이해가 가지 않았다. 마치 길이 보이지 않는 숲속에서 길을 찾아 헤매는 듯했다.

이튿날 문제가 생기고 말았다. 처음에는 머리가 조금씩 아픈 듯하더니 나중에는 대장장이의 망치에 얻어맞은 불에 달궈진 쇳덩이처럼 머리통이 우그러지는 느낌마저 들었다.

이튿날 점식이 삼촌이 귀한 약이라며 작은 봉투 하나를 건네주고 돌아갔다. 약봉투를 펼치는 순간 기분 좋은 향이 방안 가득 채워졌다. 그걸 먹고 났더니 신기하게도 두통이 사라졌다.

너무 신기한 나머지 다음날 집에 들른 점식이 삼촌에게 내가 물었다.

"삼촌 그게 무슨 약이에요?"

"아, 그거. 사향이야."

"사향요?"

"사향은 사향노루 수컷의 배꼽과 음경 사이에서 분비하는 향을 건조한 것이지. 진실이가 머리가 아프다고 해서 상비약으로 보관해 둔 걸 조금 가져다준 거야."

하여간 점식이 삼촌은 약재 방면에는 모르는 게 없었다.

물론 점식이 삼촌이 가져다준 사향 덕일 수도 있었을 테지만 그보다는 내가 며칠 동안 책을 멀리했던 것이 두통을 사라지게 했는지도 몰랐다.

그날 밤 나는 또다시 책을 펼쳐 들었다. 그런데 이번에는 또 내 엉덩이가 말썽을 부렸다. 내 엉덩이는 단 십 분을 앉아있지를 못했다. 솔직히 말해 눈만 뜨면 야생 토끼처럼 산속을 뛰어다니기만 했던 나 자신이 책상 앞에 앉아서 책을 읽는다는 건 무리이긴 했다. 그렇다고 그가 가져다준 책을 포기할 수도 없었다. 그때부터 나는 반듯한 자세로 책상 앞에 앉아서 팔꿈치를 짚어 턱을 괴지도 않고 빨간 펜으로 줄을 그어가며 꼼꼼하게 『마지막 잎새』를 읽기 시작했다. 그런데 반복해서 읽다 보니 어느새 낯선 숲속에서 길을 찾아가듯 소설 속의 길을 따라갈 수 있게 되었다. 나는 너무 기뻤다. 마치 길이 보이지 않는 산속을 헤매다 어느 순간 길이 보이기 시작할 때처럼 말이다.

주말에 다시 찾아온 그가 내게 물었다.

"진실이, 마지막 잎새는 좀 읽어봤어?"

"응."

"소감이 어때?"

"마지막 잎새를 읽으면서 처음에는 조금 울먹였는데 나중에는 울음을 터트리고 말았어."

"왜?"

"글쎄, 내 생각이 맞는지는 모르겠지만 마지막 잎새가 시사하는 바는 폐렴을 앓고 있는 여주인공이 마지막 잎새를 바라보며 살아갈 용기를 갖는 데 있다기보다는 늙은 화가가 등불을 밝혀놓고 밤이슬을 맞으며 여주인공인 처녀에게 희망을 안겨주려고 어두운 담벼락에 올라가서 마지막 잎새를 그리다가 결국 폐렴을 앓게 되는, 결국 인간 사랑이 더 큰 울림을 주었던 것 같아. 그렇게 생각하다 나도 모르게 그만….”

가만히 귀를 기울여 내 말을 듣고 있던 그가 큰 소리로 웃었다. 한참을 웃고 나서 차분한 목소리로 그가 말을 했다.

“맞아! 역시 진실이는 문학적 소양이 풍부하단 말이야. 확실히 내가 사람 보는 눈은 있다니까.”

“그건 아니라고 봐. 본래 나는 감정선이 취약해서 툭하면 눈물을 잘 흘리곤 해.”

그날 이후부터 그는 외할머니 집에 올 때마다 자신이 읽은 책이라며 한두 권씩 가져다주곤 했다. 내가 두 번째로 읽게 된 소설은 ‘죄와 벌’이었다. 그 이유는 사랑에 목숨 건 안나 카레니나보다 욕망 속에서 고뇌하는 라스콜니코프가 훨씬 더 근사했어. 확실히 그는 내 스타일이야. 하고 벙긋 웃어 보이던 그의 모습이 떠올랐기 때문이었다.

재회 그리고 이별

평소 외교관이 꿈이라고 하던 그는 자신이 원하는 대학에 들어갔다. 그는 한동안 연락이 끊겼다. 이제 그는 근사한 대학 캠퍼스에서 지적이고 멋스러운 대학생들과 어울리다 보면 촌스러운 데다 언니의 말대로 뱃속에 똥밖에 들어있지 않은 나 같은 존재는 곧 잊어버리게 될지도 몰랐다. 지금 생각해 보니 아무것도 내세울 것도 없는 나는 처음부터 그와는 어울리지 않은 사람이라는 사실을 깨닫게 되었다. 이쯤에서 그와의 관계를 정리하는 게 좋을 것 같다는 생각을 하고 있는데 휴대폰 벨이 울렸다. 나는 얼른 휴대폰을 귀로 가져갔다.

"갑자기 네가 보고 싶어서 전화했어. 별일 없는 거지?"

"응."

"넌 나 안 보고 싶었어?"

"그걸 말이라고 해. 당연히 네가 보고 싶었지. 그것도 아주 많이."

조금 전만 해도 이쯤에서 그와의 관계를 정리하는 게 서로에게 좋을 것 같다고 생각했던 것과는 일치하지 않는 엉뚱한 말이 내 입에서 튀어나왔다. 나한테도 이런 이중성이 있을 줄이야. 이후부터 그는 종종 자신이 다니고 있는 캠퍼스 풍경을 찍은 사진을 보내오곤 했는데 어느 땐 그의 옆에서 환하게 웃고 있는 멋진 여대생들의 모습도 같이 보였다. 그럴 때면 왠지 나는 쓸쓸한 기분에 사로잡히곤 했다.

어느 날 그가 입대 소식을 알려왔다.

"실은 얼마 전에 나 입영 통지를 받았어."

나는 내 귀를 의심할 정도로 몹시 당황했다.

"입대 날짜가 언젠데?"

"아직 이 주 정도 남았어."

"그렇구나."

"연기 신청을 할까. 고민 중이야."

"뭣 하러 그래. 어차피 갔다 와야 할 건데. 왜 그런 말 있잖아. 매도 먼저 맞는 편이……."

"너를 위해서. 아니다. 나를 위해서."

"그건 둘 다 아니라고 봐."

"아! 많이 보고 싶다."

그의 목소리는 여전히 다정했다. 그러나 나는 공연히 가슴이 떨려와 더 이상 말을 할 수가 없었다.

"여보세요?"

오 초 정도 내 쪽에서 대답이 없자 그가 다시 "여보세요?"했다.

두 번째 그의 재촉을 받고서야 나는 겨우 말을 했다.

"응. 듣고 있어."

"난 전화가 끊긴 줄 알았잖아."

"입대 전에 꼭 한번 들를 생각이야."

휴대폰 저편에서는 안녕! 하는 목소리가 들린 뒤 잠시 조용했다. 다시 한번 저편에서 안녕! 하는 목소리가 들려왔다. 애써 밝은 목소리로 나도 안녕! 했다.

약속한 대로 그는 입대 전날 상자 하나를 들고 찾아왔다. 상자 안에는 노트북과 프린트기가 같이 들어있었다. 그가 나한테 글을 써보라는 말은 자주 했어도 이렇게까지 할 줄은 상상도 못 했다.

"이러면 내가 너무 부담스럽잖아."

그가 이마에 번들거리는 땀을 손등으로 훔치며 말을 했다.

"새로 산 건 아니고 내가 사용하던 것들이야."

그는 노트북을 어디에다 놓을 것인가에만 정신이 팔려있었다.

"이걸 어디다 놓는 게 좋을까. 네가 편한 곳을 정해."

"글쎄. 너무 갑작스러운 일이라……."

"내 생각에는 여기가 좋을 것 같은데 넌 어때?"

"응. 좋아."

그는 곧 노트북을 책상 위에 올려놓고 프린트기는 책상 아래에다 놓았다. 잠시 후, 노트북 화면에 불이 들어왔다. 그가 프린트기의 버튼을 누른 순간 A4 용지 한 장이 출력됐다. 거기에는 한 줄의 글이 적혀 있었다.

'세상은 우리를 짓밟고 중요한 것은 그 짓밟힌 부분이 더 단단해진다.'

"이 글은 내가 쓴 게 아니고 어니스트 헤밍웨이라는 사람이 한 말이야."

나는 아무 말도 하지 않았다. 솔직히 말하면, 내가 말을 하지 않은 게 아니고 말을 하지 못한 것이었다. 왜냐하면 어니스트 헤밍웨이란 사람이 누구인지, 무엇을 하는 사람인지, 어느 나라 사람인지 알지 못했기 때문이었다.

나는 그 글을 다시 한번 들여다보았다.

'세상은 우리를 짓밟고 중요한 것은 그 짓밟힌 부분이 더 단단….'

나는 그 문장에 동의할 수 없었다. 물론 개인에 따라 짓밟힌 부분이 더 단단해질 수도 있을 것이다. 그렇더라도 내 경우는 달랐다. 짓밟힌 가정환경, 짓밟힌 사춘기, 짓밟힌 학업……. 이런 것들은 절대로 나 자신이 더 단단해지기 어려운 것들이라고 나는 생각했다.

오늘도 나는 그가 작은오빠와 많이 닮아있다는 생각을 떨쳐버릴 수가 없었다. 말끔한 외모도 닮았지만 남을 배려하는 너그러운 성품이 닮아도 너무 닮아있었다. 그런 느낌 때문인지 세상에서 가장 믿을 수 있는 사람은 오로지 그밖에 없다고 나는 생각했다. 그를 믿고 있다는 사실만으로도 내 짓밟힌 상처가 조금씩 단단해지는 것 같았다.

두 시간 후면 그는 다시 서울로 가야 했다. 감자라도 먹게 하고 싶은 마음에 나는 감자를 껍질째 삶았다. 김이 모락모락 나는 감자와 열무김치를 통나무 식탁에 놓으며 내가 말했다.

"이거라도 좀 먹고 가."

"와! 맛있겠다."

어느 순간 그가 엄살을 떨었다.

"앗! 뜨거워. 너무 뜨거워서 손바닥이 다 벗겨졌잖아. 이것 좀 봐."

그렇게 말해놓고 그 자신도 우스웠던지 한참을 낄낄거렸다. 손바닥이 벗겨졌다며 그가 내민 건 감자 껍질이었다. 우리는 한참을 웃었다. 나는 그가 자신의 감정을 숨기려고 애써 웃고 있다는 사실을 알고 있었다. 나 역시 밝은 표정을 지어 보이려고 애를 썼다. 벽에 걸린 시계를 힐끗 쳐다보며 그가 말했다.

"그새 시간이 이렇게 됐네. 우리 고사리밭에나 잠깐 올라갔다 올까. 고사리밭이 우리의 아지트잖아. 하하하."

"늦으면 안 되잖아."

"응. 괜찮아. 내가 시간을 보고 있으니까."

고사리밭으로 오르는 길은 너무도 익숙했다. 고사리밭에 도착했을 때 우리는 자연스럽게 통나무에 가서 앉았다. 주위를 둘러보던 그가 말했다.

"역시 집보다 고사리밭이 시원하군."

"골이 깊어서 그런 것 같아."

"오늘은 왜 울새가 안 보이지?"

"그러게."

그가 진지한 표정을 지어 보이더니 낮은 목소리로 말을 하기 시작했다.

"그동안 내가 여러 차례 말했듯이 오늘도 잠깐 그 얘기만 하고 내려가자. 진실이가 몰라서 그렇지 요즈음은 늦은 나이에도 공부하는 사람도 많아. 삶의 가치나 행복의 척도가 반드시 정규학교를 나와야만 된다고 생각지는 마. 진실이 마음속에 배움에 대한 열망이 있다면 길은 얼마든지 있어."

"설령 그렇다고 해도 지금 내가 처한 상황에서는 불가능해. 그건 너도 잘 알잖아. 만약 내가 공부에 몰두하면 아버지는 누가 돌봐."

"넌 내가 하는 말을 부정적으로만 들으려고 하는 경향이 있는 것 같아. 아버지를 돌보지 말라는 말이 아니고 괜찮은 요양병원 같은 데다 모셔놓든지. 그게 여의치 않으면 필요한 시간만큼 요양보호사를 집으로 오게 하면 오히려 지금보다 나으면 나았지 못하진 않을 거야. 그러면 너도 틈틈이 공부도 할 수 있을 테고. 아버님한테도 진실이한테도 그 방법이 나쁘지 않을 거라고 나는 생각해."

"솔직히 나도 이렇게 살아가고 있는 내가 너무 싫어. 하지만 뾰족한 방법도 없잖아. 또 네 말대로 그렇게 해서 공부

한들 반드시 성공한다는 보장도 없을 테고."

"성공의 척도는 사람마다 다를 수 있지 않겠어. 누구는 돈이 많은 걸 성공이라고 생각할 수 있을 것이고 또 다른 누구는 명예나 권력을 성공이라고 생각할 수 있을 테니까. 그러나 그런 기준과는 또 다른 측면의 성공도 있을 수 있는 것이야. 무엇보다 배움을 통해 자기 자신이 성장하고 나아가 행복감을 얻게 된다면 그것만큼 가치 있는 성공이 또 있을까. 암튼 내 생각은 그래."

"무슨 뜻인지는 잘 알겠는데 전에도 말했듯이 공부하기에는 이미 너무 늦었어."

"물론 학령기에 하면 제일 좋겠지만 돌아가는 길도 나쁘지 않아. 장애물 하나 없이 시원하게 뚫려있는 고속도로를 달려가면 빨리 목적지에 도착할 수 있는 장점은 분명히 있어. 그러나 돌아가는 지방도로도 고속으로 달리지는 못해도 고속도로에서 보지 못하는 아기자기한 풍경도 볼 수 있을 뿐만 아니고 그 풍경을 바라보면서 여유로움을 가질 수가 있어서 좋잖아. 하하하."

그의 말은 그럴듯하게 들렸으나 그 때문에 나는 오히려 더 화가 났다. 그것은 그 자신의 우월감에서 할 수 있는 말 같이 들렸기 때문이었다. 나는 이제까지 나한테는 자존심 따위는 없다고 생각했는데 별안간 내 안에 웅크리고 있던 자존심이란 녀석이 발끈하며 내 입 밖으로 튀어나왔다.

"걱정은 고맙지만, 입대 전날에 와서 꼭 그 얘기를 해야 했는지 잘 모르겠다."

솔직히 빈정대는 투로 말할 의도는 전혀 없었다. 그런데도 내 입에서 그런 투의 말이 튀어나오게 된 데에는 부족함이 많은 나 자신의 모습을 감추려는 의도에서 표출된 것이리라.

"그럼, 책부터 봐. 지난번에 보니까 소설도 아주 잘 파악하던데. 책을 읽다 글을 쓰고 싶어지면 글도 써보고."

벌떡 일어나면서 내가 말했다.

"늦겠다. 빨리 내려가자."

하지만 그는 또다시 말을 이어갔다.

"늦었다고 생각할 때가 가장 빠른 때라잖아. 이제 겨우 진실이 나이 열아홉이야. 열아홉의 인생 그릇에 담을 수 있는 것들은 무수히 많아. 열아홉의 인생 그릇은 너무도 유연해서 무엇이든 다 쏟아부어도 깨지거나 터지지도 않아요. 하하하. 농담이 아니고 넌 충분히 할 수 있어."

"이러다가 정말 늦겠다."

"그에 비하면 아흔아홉의 인생 그릇은 그만큼 연식이 있으니까 굳어져 있을 테지. 물론 개인마다 인생 그릇이 다르기는 할 테지만. 어때? 내 말이 꽤 문학적이지 않나?"

느닷없이 그가 내 입술에 가볍게 입을 맞추었다. 지나가는 등산객이 힐끗힐끗 보고 있었으나 그에겐 그런 건 아무런 상관이 없는 것 같았다.

"우리는 서로 사랑하니까 앞으로도 사랑할 일만 생각하자. 건강해야 해. 그리고 책도 많이 읽고 책을 읽다 글을 쓰고 싶으면 글도 쓰면서 행복해지는 날이 오길 기도할게."

그 말은 내게 더없는 위로가 되어주었다. 그러나 아무리 생각을 해봐도 그와의 사랑은 어디까지나 충동적인 감정에 불과한 게 아닐까 싶었다. 그러나 그런 생각도 잠시뿐. 그 시절의 열정과 결의를 누가 감당할 수 있을까. 그새 시간은 얼음판 위에 스케이트가 미끄러지듯이 가볍게 지나갔다. 이제 그와 헤어질 시간이 가까워지고 있었다. 그와 내가 동시에 벌떡 일어났을 때 울새 한 쌍이 놀라 "꽥꽥" 하는 소리를 내며 숲속으로 날아갔다. 마을버스를 타려면 남은 시간이 촉박했다. 우리는 뛰다시피 해 능선을 내려왔다.

오늘따라 마을버스가 늦어질 모양이었다. 우리는 정류장에서 십 분 남짓 서 있었다. 그가 나를 쳐다보며 말했다.

"입대하면 한동안 못 볼 텐데. 진실이는 나한테 뭐 할 말 없어?"

"잘 가."

"인사는 그렇게 영탄조로 하는 게 아니야."

"그럼 어떻게 해?"

"자알 다녀와아. 하고 말해줘. 그냥, 잘 가. 라고 하는 말에는 다시 오라고 하는 말이 빠져 있잖아. 자알 다녀와아. 하고 말할 때는 특히 '와아'에 힘을 주라고. 알았지. 하하하."

"응. 알겠어. 다음부터 그렇게 할게."

"다음은 다음이고 지금 해봐."

"자알 다녀와아. 이렇게 말이야?"

"응. 나도 자알 다녀올게."

마을버스가 저녁노을에 발갛게 물든 차창을 번쩍이며 언

덕 위로 올라오고 있었다. 곧 그를 태운 마을버스가 다시 언덕 아래로 미끄러졌다. 그것이 우리의 마지막 만남이 될 줄은 상상도 못 했다.

그를 떠나보내고 집에 돌아온 나는 도무지 갈피를 잡을 수가 없었다. 이제 뭘 하지? 텔레비전이나 볼까? 방에 가서 누울까? 생각하다 텃밭으로 향했다. 인기척에 놀랐던지 텃밭에 앉아있던 까치 한 마리가 다리에 달라붙어 있던 흙덩이를 던지며 높이 날았다. 나는 목적 없이 까치를 향해 소리를 내질렀다.

훠이! 훠이!

다시 내 눈길이 발둑으로 향했다. 그새 뽕나무에는 오디가 까맣게 익어가고 있는 게 눈에 들어왔다. 오디 하나를 따서 입 안에 넣었다. 단물이 목 안으로 넘어갔다. 이번에는 내 눈길이 배추밭에 가서 꽂혔다. 농약을 치지 않아 배춧잎에는 군데군데 구멍이 나 있었다. 배추벌레를 잡으려고 배춧잎을 들춰보았지만 한 마리도 잡지 못했다. 나는 구멍 난 배춧잎 몇 장을 뜯어 닭장 안에 던져주고 곧 마당으로 왔다.

내 눈길이 꽃잎이 발갛게 물이 들어있는 봉선화에 가서 꽂혔다. 꽃잎을 따서 손톱에 물을 들여 볼까 하다 그만두었다. 역시 꾸미는 일은 내겐 어울리지 않았다. 갑자기 다리의 근육이 풀리는 듯했다. 하마터면 나는 그 자리에 주저앉을 뻔했다. 아아, 그때의 세상 끝에 혼자 남겨진 듯한 참담한 심정을 어떤 말로 표현할 수 있을까.

사흘이 지나서야 겨우 배낭을 메고 집을 나서게 되었다. 무거운 발걸음으로 능선을 오르면서 나는 나 자신에게 다짐했다. 이제부터 다 잊고 전보다 더한 열의로 부지런히 고사리도 꺾고 아버지를 돌보는 일에도 게을리하지 않을 것이라고. 그러나 그런 다짐도 그때뿐. 그를 향한 그리움은 일종의 증상과도 같았다. 잊을만하면 그리움의 증상이 나타나곤 했다. 그리움의 증상은 어느 순간 몸에 힘이 쫙 빠지는 듯한 느낌으로 나타나기도 하고 어느 땐 가슴이 텅 빈듯한 느낌으로도 나타났다. 나는 고개를 들어 고사리밭 주위를 둘러보았다. 거기에는 그와 함께했던 추억이 묻어있지 않은 곳이 없었다. 밑동이 잘린 통나무며 진달래꽃이 흐드러지게 피어있는 언덕 그리고 능선 너머 철조망이 바라보이는 길……. 나는 잠깐 통나무에 엉덩이를 대고 앉았다. 어디선가 그의 목소리가 환청처럼 들려오는 듯했다. 입대 전날 통나무에 걸터앉아서 적극적인 태도로 그가 내게 들려주었던 말 한마디 한마디가 그동안 무뎌져 있던 내 의식을 깨워놓았던 것도 사실이었다.

집에 돌아온 후, 나는 곧장 다락방으로 올라갔다. 얼핏 내 눈길이 한 곳에 가서 꽂혔다. 책 제목이 '에티카'였던가? 정확히 말하면 내 눈길이 꽂힌 곳은 그 책이 아니고 책갈피에 끼워져 있는 메모지였다. 노란 메모지에 써놓은 글씨는 작은오빠의 필체가 분명해 보였다.

나는 통나무 식탁 앞에 앉아서 메모지를 들여다보았다.

‘스피노자는 완전한 자유란 자연에 대해 의지가 전적으로 굴복하는 것이 가장 완전한 형태의 자유라고 말한다. 자연은 신의 다른 모습이므로 역설적으로 자연에 대해 복종함으로써 주체가 된다. 이러한 철학을 토대로 내일 지구의 종말이 올지라도 나는 오늘 한 그루의 사과나무를 심겠다.’

어디서 쿵 하는 소리가 들려왔다. 아버지가 화장실 문을 열고 나오다 별안간 마룻바닥에 쓰러진 것이었다. 내가 아버지! 하고 큰 소리로 불렀지만 어째서인지 아버지는 아무 말도 하지 못했다. 아버지가 말을 못 하는 건 질병의 문제라기보다는 마음의 병 때문일 거라고 나는 생각했다. 내가 그렇게 생각할 수밖에 없는 이유는 이러했다. 최근 들어 점식이 삼촌마저 발걸음이 뜸해졌고 나 역시 예전과는 달리 아버지에 대한 감정이 그다지 좋지 않았던 게 사실이었다. 분위기가 그렇게 돌아가자 소외감을 느끼게 된 아버지가 주위의 관심을 끌려고 일부러 말을 못 하는 척하는 거라고. 그렇게 생각하는 순간, 나는 모든 것에 대해 회의적이었다. 나는 아버지와 단둘이 살아오면서 이따금 아버지가 원망스러운 적은 있었지만 내 인생에 장애물이라고 생각해 본 적은 한 번도 없었다. 그러나 솔직히 지금은 아니다. 아버지도, 토굴집도 고사리도 다 포기하고 싶었다. 심지어는 나 자신까지도.

그렇더라도 쓰러진 아버지를 두고만 볼 수도 없는 노릇이었다. 이미 날은 어두워져 있었고 어찌 된 일인지 점식이 삼촌의 휴대폰은 불통이었다. 나는 아버지의 허리띠를 잡고 힘껏 끌었으나 도저히 방문턱을 넘어갈 수가 없었다. 생각 끝에 아버지의 엉덩이 밑에다 커다란 수건을 밀어 넣고 나서 그 수건을 잡고 힘껏 끌어당겼다. 그러자 아버지의 엉덩이가 출렁하며 문턱을 넘었다.

벌어진 아버지의 입에서는 침이 질질 흘러내렸고 동공마저 풀어진 듯 보였다. 그제야 나는 예삿일이 아니라는 사실을 깨닫게 되었다. 머릿속에서 언젠가 어머니가 잠깐 정신을 잃었을 때 아버지가 어머니의 뺨을 세차게 때린 적이 있었고 잠시 후, 어머니가 정신을 차렸던 기억이 떠올랐다. 나는 아버지의 뺨을 철썩하는 소리가 나도록 한 차례 때렸다.

"아버지! 제발 정신 차리세요. 제발요!"

두 차례 세 차례 회차가 더해질 때마다 나는 손에 힘을 주어 아버지의 뺨을 더욱 세차게 때렸다. 순간 아버지의 뺨을 때린 사실을 깨닫게 되었을 땐 나는 나 자신이 저지른 패륜적 행위에 경악했다.

해가 저문 뒤에야 점식이 삼촌과 연락이 닿게 되었다. 그날도 나는 점식이 삼촌이 모는 트럭에 아버지를 태우고 읍내 병원 응급실로 갔다. 이것저것 검사를 끝낸 후, 아버지는 병실로 옮겨졌다.

아버지가 배정받은 병실은 이 층이었다. 병실 문을 열고 들어갔다. 삼인실인데 환자는 남자 한 명만 있었다. 남자는 실눈을 뜨고 아버지와 나를 번갈아 바라보다 곧 돌아누워 버렸다.

정확히 다섯 시 반에 저녁 식사가 나왔다. 아버지는 겨우

물 한 모금만 넘길 뿐 밥은 한 톨도 넘기지 못했다. 식판을 물리고 나서 나는 간이침대에 쭈그리고 앉아서 앞으로 어떻게 하면 좋을지에 대해 생각해 보았다. 그러나 머릿속만 하얘질 뿐 해결책은 아무것도 없었다.

팔에 링거를 꽂은 상태에서 아버지는 잠이 들어있었다. 나도 간이침대에 몸을 던졌다. 긴장이 풀려서인지 졸음이 몰려왔다. 잠결인지 꿈결인지 귓가에서 서울 집을 떠나오기 전 언니가 했던 말이 들려오는 듯했다.

'그건 효도도 봉사도 아니고 완전 희생이라고.'

그때는 언니가 했던 말이 틀렸다고 생각했는데 지금 생각해 보니 언니의 말이 옳았던 것 같았다. 도대체 나는 언제까지 아버지한테 내 인생을 희생당해야만 한단 말인가. 왜 나만 두고 모두 떠나버린 것일까. 어머니, 작은오빠, 언니 그리고 큰오빠까지. 아니다. 어머니와 작은오빠는 이 세상에 없는 사람들이다. 하지만 언니와 큰오빠는 같은 하늘 아래에 살면서도 나와 아버지를 버린 것이었다. 그렇게 생각하다 힐끗 벽시계를 쳐다봤다. 시곗바늘은 아홉 시를 가리키고 있었다. 밤 아홉 시가 되자 병실의 불이 자동으로 꺼졌다. 불빛이래야 벽면에 붙어있는 희미한 비상등 하나밖에 없었다. 내 눈길이 희미한 비상등 아래 누워있는 아버지의 얼굴에 가서 꽂혔다. 정확히 말하면 내 눈길이 아버지의 이마에 깊이 파인 주름 세 개에 가 있었다. 제일 깊은 주름은 어머니를 먼 곳으로 떠나보냈을 때 생긴 것이고, 다음은 작은오빠를 떠나보냈을 때 나머지는 언니가 집을 나가버렸을 때 생긴 것이라고 나는 생각했다.

며칠 뒤였다. 나는 아버지가 잠이 든 걸 확인하고 조용히 병실을 나왔다. 병원비가 걱정되었기 때문이었다. 좁은 복도에는 군데군데 흐릿한 비상등만 켜져 있었다. 막상 병실을 나오긴 했으나 딱히 갈 곳도 없었다. 흰 가운을 입은 간호사 둘이 미로 같은 복도를 발소리를 죽이며 지나갔다. 복도 끝에 있는 비상구 유리문을 열고 나갔다. 돌계단에 엉덩이를 대고 앉자마자 점퍼 주머니에 들어있던 휴대폰에서 진동이 느껴졌다. 휴대폰을 귀로 가져갔다. 뜻밖에도 고향슈퍼집 아들이었다.

"소식 들었어. 진실이 아버님께서 입원하셨다면서?"

"아, 네. 어떻게 아셨어요?"

"응. 우리 아버지가……."

"저녁은 먹었어?"

"그럼요. 지금이 몇 신데."

그건 거짓말이었다. 저녁은커녕 나는 종일 굶은 상태였다.

"내가 김밥을 좀 가져왔어. 잠깐 내려올 수 있어? 여기 병원 주차장이야."

"저, 배 안 고픈데."

"긴장해서 그럴 거야. 긴장하면 위가 제 기능을 못하더라고. 그럴수록 밥을 든든히 먹어두지 않으면 간병도 못해. 나도 우리 아버지 간병을 해봐서 알아."

나는 천천히 병원 주차장으로 내려갔다. 고향슈퍼집 아

들은 말끔하게 면도한 얼굴에 감색 양복을 입고 넥타이까지 단정하게 매고 있었다. 허름한 예비군복만 입고 슈퍼에 앉아있던 모습과는 딴판이었다.

고향슈퍼집 아들은 체격은 왜소한 편이지만 무던하고 착한 남자로 소문이 나 있었다. 조수석에 앉자마자 고향슈퍼집 아들이 은박지에 돌돌 말린 김밥 한 줄과 작은 생수병 하나를 내밀었다. 참으로 오랜만에 보는 김밥이었다.

고향슈퍼집 아들은 지금 자신이 내게 베풀고 있는 친절이 즐거운지 입을 크게 벌린 상태에서 소리 내 웃고 나서 말을 했다.

"자, 얼른 먹고 들어가 봐야지."

얼핏 차 유리에 비치는 내 눈이 뻥 뚫린 구멍처럼 느껴졌다. 구멍처럼 휑한 눈을 하고서 내가 말했다.

"잘 먹겠습니다."

입안이 깔깔한 탓에 나는 생수부터 마셨다. 그때 고향슈퍼집 아들의 입 안에서 단무지 씹히는 소리가 났다. 시큼한 단무지 냄새를 맡게 된 순간 속이 울렁거려 김밥을 먹고 싶은 생각이 싹 사라졌다. 그렇더라도 먹는 척이라도 해야 할 것 같아 나는 나무젓가락으로 김밥 옆구리만 헤집고 있었다.

고향슈퍼집 아들이 김밥을 입에 문 채 말을 했다.

"진실이 아버님 상태는 좀 어떠셔?"

"아직 잘 모르겠어요. 이것저것 검사만 한 상태라 결과가 나와 봐야 알 것 같아요."

고향슈퍼집 아들이 빨간색 카드 한 장을 내밀며 말했다.

"이걸로 진실이가 힘들 때 간병인도 며칠씩 쓰고 그래."

잠깐 내 손이 움찔했으나 카드 표면에 닿지는 않았다.

"고맙지만…… 화장실 수발이며 몸을 닦아드리는 일 그리고 옷을 갈아입혀야 하는 일은 남에게 시킬 수 없잖아요."

나는 태연함을 가장해 그렇게 말했지만 그 말은 내가 듣기에도 어색하기 짝이 없는 말이었다.

"그런 일을 도와주는 사람이 간병인이야."

"고맙습니다만 받을 수 없어요."

"부담 갖지 말고 받아. 나중에 갚으면 되잖아."

"아니요."

"무조건 거절만 하지 말고. 지금 진실이가 처한 상황이 너무 힘들어 보여서……."

잠깐 침묵이 흘렀을 때 고향슈퍼집 아들이 나를 힐끗 쳐다보며 말했다.

"좀 걸을까."

조금 걷다 고향슈퍼집 아들이 말을 했다.

"내가 쭉 지켜봤는데 진실이는 나이에 비해 여러모로 무척 성숙해 보여. 게다가 요즈음 사람 같지 않게 효성도 지극하고. 나만 그렇게 생각하는 게 아니고 동네 사람도 진실이를 가리켜 현대판 심청이라고 말해."

"제가 알기로는 아랫마을 사람들이 절 더러 산 아이라고 부른다고 한다던데요."

"그거야 진실이를 몰랐을 때 얘기지."

나는 현대판 심청이도, 고대판 심청이도 아니고 그냥 나일 뿐이에요. 하고 말하려다 그만두었다.

"솔직히 요즈음 세상에 진실이 같이 부모를 위해 희생하는 자식이 흔치는 않잖아. 암튼 진실이는 복 받을 거야. 우리 아버지가 그러셨어."

"늙고 병까지 든 아버지를 외면할 순 없잖아요. 벌써 시간이 이렇게 됐네요."

"그렇군. 어서 들어가 봐."

고향슈퍼집 아들의 눈동자에는 어딘가 모르게 외로움이 담겨 있었다. 순간 머릿속에서 얼마 전에 절집 아주머니가 했던 말이 떠올랐다. '고향슈퍼집 아들과 약혼한 여자가 글쎄 다른 남자와 홍콩으로 도망을 가버렸다잖아. 겉보기에는 아가씨가 얌전해 보였는데. 열 길 물속은 알아도 한 길 사람 속은 모른다더니만.'

외로움은 자신의 말을 진심으로 들어줄 상대가 없을 때 독성을 지닌 바이러스처럼 그 사람의 안으로 깊숙이 침투해 들어오는 것이기도 했다. 어쩌면 고향슈퍼집 아들도 물기 어린 내 눈동자에서 자신의 모습을 보게 되었는지도 모를 일이었다. 마음을 가라앉히고 나서 내가 말했다.

"이제 정말 들어가 봐야겠어요."

"그래."

나는 혹시라도 고향슈퍼집 아들이 또 보자는 말을 할까 봐 일부러 목소리를 높여 말했다.

"감사했습니다. 그럼 조심해서 가세요."

내가 듣기에도 내 목소리는 부자연스럽게 들렸다. '이것으로 고향슈퍼집 아들에게 진 빚은 갚은 셈이야.' 그렇게 중얼거려 보았으나 왠지 찜찜한 기분은 가시지 않았다.

며칠 뒤 검사 결과가 나왔다. 그런데 담당 의사가 이상한 말을 했다.

"환자분의 증상은 낙상 후유증만은 아닌 것 같습니다. 평소 환자분이 기억력 저하와 판단력에 문제가 생겼을 텐데. 가족이 몰랐다는 게…… 게다가 비장도 붓고 간도 부은 것 같습니다. 이런 증상은 주로 알코올이나 약물중독, 우울증 등이 원인일 수 있습니다."

그제야 짚이는 게 한둘이 아니었다. 술로 나날을 보낸 아버지가 전에 없이 작은오빠와 심하게 싸우던 일이며, 점식이 삼촌한테 고사리 판 돈을 받아 놓고도 엉뚱한 소리를 하던 일, 영어를 배워서 고사리하고 영어로 말할 거냐며 유리컵을 집어 던지던 일. 게다가 그가 가져다준 책을 모조리 화목보일러에 처넣어 버린……. 입원한 지 한 달이 다 됐건만 아버지의 몸은 좀처럼 회복될 기미가 보이지 않았다. 게다가 아버지는 사람이나 사물의 이름을 깜빡 잊어버리는 횟수마저 점점 늘어났다.

아침 일곱 시 반에 식당 아주머니들이 카트에 밥을 싣고 왔다. 아버지의 식사는 오늘도 죽이었다. 나는 핸들을 돌려 침대를 세우고 나서 숟가락으로 죽을 떠서 아버지의 입에 넣어드렸다. 하지만 아버지는 불과 세 숟갈도 채 못 넘기고 입을 다물어 버렸다.

보름쯤 지났을 때였다. 그날 아침 식판을 불리고 났을 때 원무과에서 전화가 걸려 왔다. 벌써 세 번째였다. 오늘따라 원무과 여직원의 목소리가 냉랭하기 짝이 없었다.

"주말까지 밀린 병원비를 지불하지 않으면 강제 퇴원시킬 수밖에 없다구요."

나는 그 길로 원무과로 찾아가 일주일만 기다려달라고 사정해 보았으나 소용이 없었다. 그날 밤에도 나는 병원비 걱정으로 자정이 될 때까지 잠을 이루지 못했다. 입술은 부르트고 몸은 으슬으슬 떨렸다. 손을 이마에 대보았더니 불덩이 같았다. 이러다간 아버지보다 내가 먼저 죽을 수도 있겠다는 생각까지 들었다. 현실인지 꿈인지 분간이 어려운 몽롱한 상태에서도 나는 내가 죽지 않고 살아남는 방법 두 가지를 떠올렸다. 한 가지는 아버지와 내가 병원에서 도망치는 일이고 또 다른 한 가지는 고향슈퍼집 아들이 내민 카드를 손에 넣는 것이었다. 현실인지 꿈결인지 모르는 상태에서 쥐고 있던 휴대폰 버튼을 누르고 말았다. 곧 벨이 울렸고 고향슈퍼집 아들의 목소리가 들려왔다.

"오우! 진실이구나. 근데 이 시간에 ……."

나는 정신이 번쩍 들었다.

"아, 네. 아무것도 아니에요. 그냥 그날 잘 들어가셨나……."

내가 왜 이 지경이 됐는지 한숨이 나왔다. 병원비 독촉에 시달리게 되면서부터 판단력까지 잃게 된 모양이었다. 나는 병실 문을 열고 나갔다. 밖은 캄캄했다. 나는 한참 동안 망연자실 서 있었다. 그렇다고 병실로 곧장 들어갈 마음도 없었다. 어둡고 습한 밤길을 무작정 걸었다. 그러고 싶었다. 걷지 않고는 견딜 수 없었다. 어디로 가야 하는 건지. 그냥 발길 가는 데로 걸었다. 저만치 불빛이 보였다. 그것은 그냥 불빛이라기보다는 오로라를 연상하게 하는 황홀한 불빛이었다. 그 불빛이 점점 가까워지더니 나를 삼키려 입을 벌리는 것 같았다. 그런 느낌 때문인지 잠깐 어지러웠다. 정신을 가다듬고 다시 보니 그 불빛은 신장개업을 알리는 한 나이트클럽 전광판에서 뿜어져 나오는 불빛이었다. 오로라는 로마신화에 등장하는 여명의 신 또는 새벽의 신으로 불리는 아우로라의 이름을 딴 거라고 언젠가 그가 말해주었다. 오로라든 아우로라든 지금 그게 중요한 게 아니었다.

내 발길이 멈춘 곳은 편의점 앞이었다. 정확히 말해 편의점 유리문에 붙여놓은 지난주 판매된 복권 중 일등으로 당첨된 번호였다. 14, 33, 34, 35… 오늘따라 쌍을 이루고 있는 그 아라비아 숫자들이 황홀하게 다가왔고, 그것은 내 마음을 끌어당기기에 충분했다. 출입문을 열고 들어갔다. 밤이 깊어서인지 안에는 남자 직원 한 명만 보일 뿐 손님은 없었다. 나는 태어나서 처음으로 복권 한 장을 샀다.

일주일 후, 복권 종이를 휴지통에 쑤셔 넣고 있는데 복도 유리에 내 모습이 비쳤다. 나는 휴지가 된 복권 같아 보이는 내 얼굴을 허망하게 바라봤다.

며칠째 나는 병원비 걱정으로 신경이 면도날처럼 서 있었다. 최악의 경우 아버지만 병실에 버려둔 채 도망을 칠까 하는 생각까지 했다. 하지만 그 생각을 실행에 옮기지는 못했다. 나는 자정이 될 때까지 몸을 뒤척이다 새벽녘이 되어서야 겨우 잠이 들었다.

정확히 몇 시인지 알지 못했으나 날이 밝지는 않았던 것 같다. 실체가 없는 어떤 환청처럼 휴대폰 진동이 느껴졌다. 설핏 잠에서 깼지만 나는 몸을 일으키지 않고 벽 쪽으로 돌렸다. 휴대폰 진동은 계속됐다. 도대체 이 시간에 누구야, 투덜대며 눈을 떴을 때 벽시계가 새벽 다섯 시 반을 가리켰던 것 같았다. 나는 눈을 찡그리며 휴대폰을 들여다보았다. 발신인 이름이 뜨지 않아서 끊어버릴까 하다 휴대폰을 귀로 가져갔다.

"진실아! 언니야."

너무 놀란 나머지 나는 아무 말도 하지 못 했다. 솔직히 언니란 단어는 내게 그리움인 동시에 상처이기도 했다. 정신을 차리고 보니 무어라 형용할 수 없는, 갑자기 전류가 흐르는 듯한 이상한 감동으로 온몸이 찌르르 해왔다. 그러나 그런 감동도 잠시뿐 불안감이 밀려왔다. 뒤이어 울컥한 감정이 솟구치는 동시에 뜨거운 눈물이 볼을 타고 줄줄 흘러내렸다.

언니가 아버지와 나를 당장 서울로 데려가겠다고 말했을 때 나는 아무 말도 못 했다. 너무도 갑작스러운 일이라 어리둥절했다.

평소 나는 다른 사람에게 우리 집 문제에 대해 조언을 구하고 싶지 않았다. 하지만 그 순간만은 그의 조언이 간절했다. 그런 내 마음이 전달되었던지 그에게서 전화가 걸려 왔다. 내 목소리는 떨리고 있었다.

"좀 전에 언니한테서 연락이 왔었어. 서울이래. 자세한 건 아직…… 그동안 자리가 안 잡혀…… 아버지와 나를 서울로 데려가겠데."

"어떻게 하려고?"

"글쎄."

"고민할 게 뭐가 있어? 가족이 함께 살아가는 건 지극히 자연스러운 일이야."

출구가 없는 상황에서 언니의 전화가 내게 기쁨과 희망을 준 건 맞지만 동시에 난해한 숙제를 안겨준 것도 사실이었다. 산속 토굴집이란 현실에서 서울이라는 미래로 가는 길이 여러 갈래일 수 있었기 때문이었다. 아버지의 건강이 어느 정도 회복된 후에 갈 것인가, 아니면 이 상태로 갈 것인가. 이 상태로 서울로 갔을 때 만약 기대했던 것보다 실망이 컸을 땐 어떻게 할지.

머릿속에서 걱정이 줄을 이었다. 아버지의 건강 문제는 생각보다 간단치가 않았다. 무엇보다 경제적인 문제가 가장 컸다. 게다가 아버지와 언니 사이에 또다시 갈등이 생기게 되었을 땐 어떻게 할지. 나 자신의 결단이 중요했다. 여러 날을 망설이던 끝에 결국 나는 아버지를 모시고 서울로 가는 방향으로 마음을 정했다.

한 달 만에 돌아와 보니 토굴집은 쑤셔놓은 벌집 같았다. 마당 한쪽에 세워두었던 평상에는 거미줄이 뒤엉켜있었고 슬레이트로 된 닭장 지붕은 바람에 날아가 담장 밑에 처박혀 있었다. 닭장 안에는 깃털 몇 개만 보일 뿐 살이 통통하게 오른 암탉 세 마리와 볏이 유난히 붉던 수탉 한 마리마저 사라지고 없었다.

현관문을 여는 순간 마루에는 먼지가 쌓여 있었다. 마루를 왔다 갔다 하다 몇 차례 벌레도 밟았던 것 같다. 연하고 물컹한 감촉이며 딱딱하고 투박한 감촉도 느껴졌다. 휴지로 벌레를 싸서 창밖으로 던졌다. 창틀 밑에는 푸른곰팡이까지 슬어있었고, 주방 여기저기에는 말벌과 똥파리의 사체며 죽은 나방의 날개까지 먼지와 뒤엉켜 있었다. 싱크대 밑에서는 쥐새끼들이 찍찍거리며 생난리를 쳤다.

대충 집안을 치우고 났을 땐 이미 서쪽 창으로 들어온 붉은 노을이 마루에 깔리고 있었다. 나는 마루에 앉아서 짐을 꾸리기 시작했다. 짐이라고 해 봐야 작은오빠가 보던 책 몇 권과 이불 몇 장, 그리고 옷가지 정도밖에 없는 터라 꾸릴 짐도 별로 없었다. 우선 책부터 박스 안에 차곡차곡 넣기 시작했다. 나는 잠깐 고민했다. 불에 탄 반쪽짜리 책을 박스에 넣을 것인가 말 것인가. 그때 현관문이 열리더니 고향슈퍼집 아들이 불쑥 들어왔다.

그는 돌출된 앞니가 드러나도록 씨익 웃으며 말했다.

"뭐라도 좀 도와줄까 해서."

그의 얼굴은 어딘가 모르게 환한 미소가 피어올라 있었다.

"어지간한 건 다 버릴 거니까 꾸릴 짐도 별로 없네요."

"내가 박스 포장이라도 도울까."

"거의 다 쌌어요."

어느 순간 반쪽짜리 책을 발견한 그가 말했다.

"아유, 이 책은 버려야겠네."

그의 손에 들려 있는 반쪽짜리 책을 빼앗다시피 하며 내가 말했다.

"안 돼요!"

"아유, 반도 더 탔는데. 그냥 버려. 내가 새 책을 사줄게."

"그럴 필요 없어요."

"함께 가 주었으면 좋았을 텐데…… 미안해."

왜 함께 가 주었으면 좋았을 거라고 말하는지, 또 무엇이 미안한지 아리송했으나 나는 그냥 한 귀로 듣고 흘려버렸다.

그가 침착한 목소리로 다시 말을 했다.

"진실이는 나에 대해 뭐 궁금한 게 없어?"

"하루 이틀 본 사이도 아닌데 궁금할 게 뭐가 있겠어요?"

"그런가?"

"무엇보다 아버님이 위중하시니까 서울로 가게 된 건 잘된 일인 것 같아. 가서 안정되면 연락해. 한 번 올라갈게. 참, 우리 아버지가 곧 서울에다 슈퍼 하나를 내실 모양이야.”

나는 속으로 놀랐으나 아무런 대꾸도 하지 않았다.

“서울 슈퍼는 진실이가 한번 맡아서 해보는 게 어때?”

나는 내 귀를 의심했다. 무엇보다 진실이 아버님이란 호칭에서 별안간 아버님으로 바뀐 것도 이해할 수 없었다. 고향슈퍼 노인이 서울에다 슈퍼 하나를 내겠다는 말까지는 그렇다고 쳐도 그 슈퍼를 왜 나한테 맡아서 해보라고 하는 건지. 나는 가슴이 답답해 왔다. 그 말은 그냥 지나가는 말이 아니고 청혼이나 다름없는 말같이 들렸기 때문이었다. 그렇다고 왜 그런 엉뚱한 말을 하느냐고 따질 필요도 없었다.

“그렇다고 금방 진실이와 어떻게 하자는 건 아니야. 그건 진실이한테 너무 갑작스러운 일이라는 건 알아. 그러나 진실이가 슈퍼를 운영하고 내가 자주 서울로 왔다 갔다 하다 보면 서로에 대해 알아가게 되지 않을까 생각해.”

“….”

내 쪽에서 아무런 대답이 없자 겸연쩍었던지 그는 말꼬리를 얼버무렸다.

“아! 그렇지. 진실이도 생각할 시간이….”

나는 나 자신의 태도를 분명하게 해야겠다고 생각했다.

그때 어디서 걸려온 전화를 받고 그는 곧 자리에서 일어났다. 나는 잠깐 일어났다 앉았다. 그는 또 보자는 신호로 손을 번쩍 들어 보이곤 현관 밖으로 사라졌다.

며칠 뒤 나는 아버지를 모시고 서울행 고속버스에 올랐

다. 긴장이 풀려서인지 달리는 버스 안에서 나는 깊은 잠 속으로 빠졌다.

웅성거리는 소리를 듣고 눈을 떴을 때 이미 고속버스는 강남 터미널로 들어서고 있었다. 그런데 이상했다. 내가 나고 자랐던 서울로 다시 돌아왔는데 낯선 곳에 온 느낌이었다. 나는 아버지를 부축해 버스에서 내렸다. 그 순간 언니가 달려와서는 아버지와 나를 부둥켜안고 통곡했다. 하지만 아버지는 낯선 사람을 대하듯 무표정한 얼굴로 멍하니 바라볼 뿐이었다. 언니가 '아버지!'하고 또 한 차례 불렀으나 아버지의 표정은 여전히 그대로였다.

언니가 울먹이는 목소리로 말을 했다.

"진실아, 아직도 아버지가……."

"내가 전화에서 말했듯이 저러다가도 어느 순간 언니를 알아볼 때가 있을 거야."

아버지와 나는 언니가 운전하는 차에 올랐다. 룸미러에 비친 언니의 얼굴을 쳐다보며 내가 말했다.

"언니, 진짜 너무 예뻐졌다. 본래도 예쁘긴 했지만."

"그러니? 너도 정말 예뻐졌구나. 이젠 우리 진실이도 완전 숙녀티가 나는데. 그동안 언니를 많이 원망했지?"

"난 언니가 아버지와 나를 잊은 줄로만 알았어."

"어떻게 잊을 수 있겠어. 우린 가족이잖아."

"고마워 언니."

"얘는 내가 더 고맙지. 그동안 너 혼자서 아버지를 돌보느라 얼마나 고생이 많았니. 하루도 아버지와 너를 잊은 적이 없었어."

정확히 삼 년 반 만에 보게 된 언니는 몰라보게 달라져 있었다. 달라졌다는 표현만으로는 설명이 부족했다. 완전히 딴사람이 되어있었다. 날카롭게만 느껴지던 목소리며, 사납게 보이던 표정은 간데없고 밝고 온화한 목소리와 환한 미소로 아버지와 나를 반겼다. 언니는 이름을 날릴 정도는 아니지만 나름 가수 활동을 열심히 하고 있었다.

다음날 언니는 아버지를 차에 태우고 병원부터 갔다. 이것저것 검사가 끝난 후, 확인해 보니 아버지가 배당받은 병실은 이 층이었다.

서울에 와서도 아버지를 간호해야 할 사람은 나밖에 없었다. 솔직히 나는 이미 너무 지쳐 있는 상태였다. 그렇다고 언니한테 투정을 부릴 상황은 더욱 아니었다. 언니 역시 돈을 벌기 위해 바쁜 일정에 쫓기고 있었기 때문이었다. 다시 생각해 보니 이 얼마나 감사한 일인가 싶었다. 이제부터는 나 자신이 아버지의 병원비를 구하지 못해 혼자서 밤거리를 헤매다 복권을 사는 부질없는 짓은 하지 않아도 되니 말이다.

아버지의 병이 좀처럼 차도를 보이지 않게 되자 언니는 모든 일정을 미루고 오로지 아버지를 돌보는 일에만 매달리기 시작했다. 언니가 지극 정성으로 보살핀 결과 아버지의 몸은 하루가 다르게 회복되어 갔다. 퇴원하던 날 아버지가 떨리는 목소리로 말을 했다.

"늘 걸림돌이라고 구박만 했는데 우리 진숙이가 이렇게

든든한 디딤돌이 될 줄이야."

별안간 언니가 울먹이며 말했다.

"아버지가 이렇게 되신 건 다 저 때문이란 걸 잘 압니다. 죄송합니다. 아버지! 그리고 사랑합니다. 이제 아프지 말고 저희 곁에 오래오래 계셔주세요."

이튿날 언니는 아버지와 나를 차에 태우고 작은오빠의 뼛가루를 뿌렸던 한강으로 달려갔다. 그날따라 한강은 더없이 고요했다. 마치 깊은 잠에 빠져있는 듯 보였다. 우리는 강변까지 내려가서 한 시간 가까이 고요한 강물을 바라보다가 돌아섰다.

우리는 동해안 여행길에 나섰다. 오랫동안 산속 풍경만 보아왔던 내게 동해안 여행은 내 마음을 설레게 했다. 사흘 동안의 여행은 참으로 즐거웠다. 동해안 여행을 마치고 돌아오는 차 안에서 언니가 말했다.

"다행히 아버지의 건강도 많이 회복되었으니 이제부터는 진실이 너도 하고 싶은 걸 해 봐. 언니가 힘닿는 데까지 밀어줄 테니."

"고마워. 언니."

서울로 온 이후에도 몇 차례 그의 목소리를 들을 수 있었다. 서울 가서 어떻게 지내는지 궁금하다고 그가 물어왔을 때 나는 아버지의 건강도 많이 좋아졌다는 말과 언니가 이것저것 살뜰히 챙겨준다는 것에 대해서도 세세하게 말해주었다. 내 말을 듣고 있던 그가 소리 내 웃고 나서 말했다.

"정말 잘된 일이야. 축하해."

마지막으로 걸려 온 전화에서 그가 물었다.

“요즘 글은 잘 써지고 있어?”

“잘 모르겠어. 아마도 난 머리가 나쁜 것 같아. 게다가 오랫동안 고사리를 꺾느라 손만 썼지, 머리 쓰는 일은 하지 않았잖아.”

“머리가 나쁜 게 아니고 그게 보통 사람인 것이야. 가끔은 나도 나 자신에 대해 그런 의문을 가질 때가 있거든. 하하하.”

“이따금 내 안에서 바깥으로 표출하지 못한 어떤 감정의 뭉치가 차오를 때가 있긴 해.”

“그런 감정의 뭉치를 글로 풀어내 봐.”

“암튼 글을 쓴다는 건 쉽지 않은 것 같아.”

“억지로 쓰려곤 하지 마. 편하게 지내다가 도저히 쓰지 않고는 못 견딜 것 같다는 생각이 들 때 써봐.”

“응. 그런데 내가 어느 책에선가 본 것 같은데 예전에는 교양 있는 사람들이 책을 쓰고 대중이 그 책을 읽었으나 요즈음은 대중이 책을 쓰고 아무도 그 책을 읽지 않는다더군. 그래서 말인데 나 같은 사람이 쓴 글을 누가 봐주기나 하겠어.”

“아름다운 글을 쓰려고 하기보다는 진실한 이야기를 쓴다고 생각해. 진실은 다 통하게 돼 있으니까.”

“노력해 볼게.”

그날 우리는 한 시간 가까이 이야기를 나누었던 것 같다.

그러나 그 전화가 마지막이었다. 그에게 연락이 끊긴 상태에서 하루하루가 지나갔고 그것이 쌓여 한 달 두 달이 흘러갔다. 또 한 달 두 달이 쌓여 한 해 두 해가 지나갔다.

그는 왜 한마디 말도 없이 연락을 끊어버린 걸까. 그 질문은 시시각각 다른 대답을 만들어냈다. 어쩌면 그는 이렇게 끝내는 것이 자연스러운 이별의 모양새라고 생각한 건 아닐까? 그러다가도 무슨 미련을, 또 어느 순간엔 한번은 만나야 하지 않을까, 로 바뀌곤 했다. 아무리 생각해 봐도 납득하기 어려운 것은 '우린 언제까지나 함께 할 거니까.' 하던 그의 말이 아니라 그 말을 할 때의 그의 눈빛이었다. 또렷하면서도 반짝이던 눈빛에는 거짓이라고는 손톱만큼도 없어 보였다. 그렇다고 한다면 이제껏 나 자신이 그를 굳게 믿었던 것은 나만의 낙관에 바탕한 착각이었단 말인가. 그렇게 생각하는 순간 내 안에서 바람이 빠져나가는 듯했다. 바람이 빠져나간 그 자리에는 뱀 한 마리가 기어들어 와서는 은밀한 목소리로 속삭였다. '네가 착각을 한 것이야. 사랑은 다 환상일 뿐이야. 언제나 사랑이란 달콤함 속에는 쓰디쓴 독약도 같이 들어있는 법이지. 그 독은 사람을 아프게도 하지만 때론 죽고 싶도록 혹은 죽이고 싶은 분노를 유발하기도 하지. 지금부터 다른 세계로 눈을 돌려 봐. 한때 사랑했던 사람을 잊는다는 것이 말처럼 쉽진 않겠지만 시간이 지나면 다 잊게 돼 있어. 왜 이런 말이 있잖아. 이 또한 지나가리라.'

나는 깨닫게 되었다. 어쩌면 그는 한창 공부할 시기에 학교도 가지 않은 채 산속에서 고사리나 꺾으며 살아가고 있던 내게 잠시 자신의 마음을 빼앗겼던 것에 대해 후회하고 있을지도 모를 일이라고. 게다가 우리 사이가 아무리 공고하다고 하더라도 공백 기간이 길면 누군가 그 공백의 틈새를 비집고 들어올 가능성도 없지 않았을 것이다. 그것도 아니면 무슨 문제라도 생긴 걸까? 아무튼 어느 쪽이든 상관없다. 세상에는 이런저런 결과를 생산해 내는 이유는 차고 넘치니까. 어느 순간 가슴 속에서 분노와 증오로 들끓고 있던 뜨거운 감정 덩어리가 내 입을 통해 불쑥 튀어나왔다. 나쁜 자식!

내가 이 말을 얼마나 오랫동안 입안에 물고 있었는지 넌 알지 못할 것이다. 그리움에 숨이 막혀 올 때마다, 외로울 때마다, 배신감에 사로잡힐 때마다, 내 입술 문을 열고 밖으로 뛰쳐나오려고 불쑥불쑥 나대는 이 말을 주저앉히느라 나 자신이 얼마나 고통스러웠는지를.

나는 나 자신에게 말했다.

'야! 최진실. 네가 몰라서 그렇지. 세상에는 별의별 사람이 다 있어. 생각이 깊은 사람이 있는가 하면 경박한 사람도 많아. 잘 지내다 어느 순간 발로 차버리는 사람도 있는 것이야. 발로 차버리는 쪽이 있으면 반드시 발에 차이는 쪽도 있게 마련이지. 넌 지금 네가 굳게 믿었던 사람의 발길질에 차인 것이야. 제발 정신 차려. 어서 책도 많이 읽고 쓰고 싶은 글도 써야잖아.'

내가 대답했다.

'맞아. 나도 이제부터 그럴 생각이야.'

오랜만에 나는 책상 앞에 가서 앉았다. 그의 손때가 묻어 있는 노트북을 여는 순간 나는 또 한 차례 그를 향한 그리움의 가슴앓이를 해야 했다. 그와 함께했던 추억은 마우스로 삭제 버튼을 눌렀을 때처럼 순식간에 사라지는 것도 아니었다. 세월이 가도 그와 함께했던 추억은 낙엽이 쌓이듯 현실 속에서 켜켜이 쌓여갔고 그것은 내 안에서 괴로움이 되었다. 그렇더라도 나는 마음을 가다듬고 생각나는 대로 글을 쓰기 시작했다.

글쓰기를 통해 마음속에 담고 있던 생각이나 머릿속에 떠오르는 상상력을 스케치해서 한 자 한 자 에이포 용지에 옮겨놓는 게 좋았다. 이 과정을 통해 나는 나 자신과 대화하고 소통할 수 있게 되었다.

울새의 노래

마침내 트럭이 산 아래에 도착했다. 그러나 길이 자갈을 깔아놓은 비탈이어서 트럭은 자주 흔들리다 겨우 멈춰 섰다. 비 온 뒤라 산길은 질퍽거렸다. 점식이 삼촌과 나는 질퍽한 곳을 요리조리 피해 걸어갔다. 길을 뚫느라 뭉텅 잘려나간 산자락 아래로 짓뭉개진 고사리밭이 한눈에 들어왔다. 흙더미 위에는 기우뚱하게 선 포클레인이 쉬지 않고 움직였다. 포클레인이 구부린 손을 길게 뻗어 한 삽 가득 퍼올릴 때마다 먼지를 일으켰다. 그때마다 나무는 물론이고 고사리가 뿌리째 뽑히곤 했다. 다른 쪽에는 골짜기를 따라 도로가 나 있었고 그 위로 검은색 아스콘이 덮어지면서 뿜어져 나오는 희부연 연기가 주위를 덮고 있었다. 나는 울새

둥지가 있던 자리가 어디쯤일까 싶어서 주위를 두리번거렸다. 그러나 주변이 온통 파헤쳐져 있어서 어디가 어딘지 분간하기 어려웠다.

점식이 삼촌이 손가락으로 새로 뚫린 길 쪽을 가리키며 말했다.

"저 길이 개통되면 읍내까지 이십 분 정도밖에 안 걸린다고 들었어."

"잘됐네요."

두어 발짝 앞에서 걷고 있던 점식이 삼촌이 돌아보며 또 말을 했다.

"이장한 산소는 이쪽이야."

"아, 네."

"비가 계속 내린 탓에 미루어 오다 어제까지 잔디를 심느라 인부들이 고생깨나 했지."

"여러모로 삼촌한테 신세를 많이 진 것 같아요. 십구 년 전 우리 가족이 서울 집을 떠나올 때부터 시작해서 어머니의 산소 이장까지……."

"원 별소리를 다 하는구나."

산 아래쪽을 내려다보고 있던 점식이 삼촌이 내게 물었다.

"참 진숙이는 언제쯤 도착하려나?"

"행사가 끝나면 아버지를 모시고 곧 출발한다고 했어요."

"미우니 고우니 해도 가족밖에 없지. 진숙이를 봐. 그 녀석이 그렇게 속이 깊은 줄 누가 알았겠어."

"네. 저도 그렇게 생각해요."

"가만히 보면 진숙이도 너도 참 대단해."

"언니가 대단하죠. 전 아무것도 한 게 없는데요, 뭐."

"왜 네가 한 게 없어. 진실이 네가 어떻게 살았는지 내가 다 아는데."

검은색 자가용 한 대가 이쪽으로 올라오고 있는 게 보였다. 언니의 차가 분명하다고 생각했는데 그 차는 도로공사가 한창 진행 중인 방향으로 꺾어졌다. 그때 언니한테서 전화가 걸려 왔다.

"많이 기다렸지? 십 분 후면 도착할 것 같아."

나는 아버지와 언니를 기다리며 펀펀하게 생긴 돌 위에 손수건을 깔고 앉아서 주위를 둘러보았다. 고사리밭 주위에는 그와 함께했던 추억이 너무도 많았다. 그 생각을 해서일까. 어디선가 그의 목소리가 들려오는 듯했다.

'열아홉의 인생 그릇은 너무도 유연해서 무엇이든 다 담을 수가 있어.'

그런데 지금 서른셋의 내 인생 그릇은 너무도 낡아 있어서 더 이상 아무것도 담을 수 없을 것 같았다. 다시 열아홉의 인생 그릇으로 돌아갈 수 있다면 그럴 수만 있다면…. 갑자기 가슴이 뻐근해 왔다. 어떻게 아픔 없이 그를 떠올릴 수 있을까.

나는 열아홉 살 때 처음 그를 만나 짧은 연애 한 번을 제외하고는 지금까지 누구도 마음에 품어 본 적이 없었다. 겨우 열아홉 살짜리가 알면 얼마나 알았겠느냐고 해도 상관이 없다. 서른세 살이 된 지금도 내 마음은 그때와 달라진 건 아무것도 없으니까.

지금 생각해 보니 그와 함께했던 시간은 현실 세계에서 있었던 일이라기보다는 한편의 동화를 떠올리게 했다. 그러나 동화 같았던 사랑은 너무 일찍 찾아왔고 너무 일찍 찾아온 만큼 너무 일찍 끝나버렸다. 그런데도 가슴속에서 이토록 오래 간직하게 된 것은 처음부터 나 자신이 그에게 마음을 빼앗겨 버린 탓일 것이다. 왜 그랬을까? 가장 큰 이유는 올바른 신념을 갖고, 소신 있게 행동하는 그에게 믿음이 갔기 때문이 아닐까 싶다. 그렇더라도 산속에서 고사리나 꺾으며 살아가고 있던 나와 서울에서 국립대학에 다니고 있던 그와는 가당찮은 만남이었다. 이제부터 그에 대한 한 톨의 기억마저도 저 고사리밭에다 묻어두어야 할 것 같다.

새삼 머릿속에서 나 자신과 처절하게 싸웠던 지난날이 떠올랐다. 이미 서른을 넘긴 여자가 먹고살 일거리를 찾기에도 버거운데 되지도 않은 글을 써보겠다고 덤빈 자체부터가 무언가 맞지 않았다. 중학교도 이 년밖에 다니지 않은 주제에…… 그럼에도 나는 글쓰기에 대한 미련을 버릴 수가 없었다.

어느 날 나는 지나던 길에 보았던 구립도서관에 가 보고 싶어졌다. 구립도서관은 집에서 이십 분 거리에 있었는데 양옆으로 교회와 유치원 건물이 자리 잡고 있었다. 나는 설레는 기분으로 도서관 문을 열고 안으로 들어갔다. 벽면을 꽉 채운 책꽂이에는 다양한 종류의 책들이 꽂혀있었고, 회전 책꽂이에도 책이 빼곡히 꽂혀있었다. 바닥 면보다 조금 높은 곳에는 사서로 보이는 젊은 남자가 앉아있었다. 그 앞으로 다가갔을 때 남자가 말했다.

"도서 대출 자격은 정회원으로 등록하시면 편리합니다."

그날 나는 내 인생에서 처음으로 구립도서관에서 책을 빌릴 수 있는 정회원 신분이 되었다. 오랫동안 산속에서 고사리나 꺾으며 산 아이로 살아온 주제에 구립도서관 정회원 신분이라고 지식인인 양 말한다고 비웃지 말기를 바란다. 지식인이 따로 있을까. 학령기에 학교를 다니지 않았어도 열심히 책을 읽고 나름의 지식을 쌓게 되면 그게 바로 지식인이 아니겠는가.

정회원 등록을 마치고 나서 주위를 둘러보았다. 책을 읽고 있는 사람들이 드문드문 보였는데도 도서관 안은 너무도 조용했다. 책이 모든 소리를 삼켜버렸는지 책을 읽고 있는 사람들의 숨소리조차 들리지 않았다. 나는 읽고 싶은 책을 손에 들고 비어있는 자리에 가서 앉았다. 그러나 도서관에 앉아서 책을 읽는 것이 왠지 어색했다. 결국 나는 읽고 싶은 책 몇 권을 빌려 집으로 돌아왔다.

이때부터 나는 책 속에서 다양한 사람들과 만나게 되었다. 최치원도 만나고 퇴계도 만나고 공자도 만나고 예수도 만나고. 이문열, 이승우, 윤후명, 윤대녕, 오정희, 구효서…… 스피노자, 톨스토이, 조지 오웰, 생텍쥐페리, 어니스트 헤밍웨이, 니콜라이 고골…….

책을 읽으면 읽을수록 자꾸만 더 읽고 싶어졌다. 어떤 책은 읽다 밤을 지새우기도 했다. 또 어떤 책은 다 읽고 나면 그 책을 쓴 작가를 만나고 싶은 충동이 일었다. 그러나 그 작가는 만날 기회가 없거나 이미 이 세상에 없는 사람들이었다. 배운 것도 할 줄 아는 것도 없었던 나는 오로지 고사리 꺾는 일만이 내게 가장 만만했던 일이었다. 그런데 책이 나를 사로잡을 줄은 상상도 못 했다.

가장 최근에 읽었던 책은 노인과 바다였다. 노인과 바다를 끝까지 읽다 마지막 부분을 읽고 있을 때 나도 모르게 눈물이 핑 돌았다. 노인과 바다를 읽은 사람은 다 알고 있겠지만 노인은 고기의 많은 부분을 잃었어도 고기의 뼈를 보고 그래도 삼일 간의 항해가 헛된 항해가 아니었음을 깨닫게 된다. 그것은 노인이 그토록 갈망했던 내적 깨달음, 누구도 가져갈 수 없는 것임을 말해주는 것이리라.

아마도 나는 그 마지막 부분을 세 번 정도 반복해서 읽었던 것 같다. 세 번째 읽고 났을 때 나는 그만 울음을 터뜨리고 말았다. 그런 감정은 내가 책을 읽고 났을 때 이따금 치르게 되는 의식이기도 했다.

나 자신이 독서 삼매경에 빠지게 된 이유는 그를 잊기 위한 몸부림의 일환임을 부인할 수 없다. 게다가 책을 읽고 있으면 조바심도 초조함도 덜해졌고 끼니를 걸러도 배가 고프지 않았다. 책이 마음의 양식이 되어줄 거라고는 생각지도 못했다. 나는 끼니는 거를망정 책 읽는 일은 게을리하지 않았다. 어쩌면 그것은 책이 이끄는 마법적 홀림이었는지도 몰랐다. 언제가 그가 했던 말처럼 어떤 책 속에는 내가 가야 할 길이 보이기도 했다. 그때부터 나 자신이 가야할 길은 글을 쓰는 길뿐이라고 나는 생각했다.

다양한 책을 많이 읽은 뒤로 분명 달라진 건 있었다. 솔직히 전에는 머릿속에 담고 있는 생각을 정리해 말로 표현하는 일이 쉽지 않았다. 신기하게도 책을 많이 읽고 난 뒤로는 머릿속의 생각을 조리 있게 말로 표현할 수 있게 되었다. 그런데 머릿속의 생각을 말로 표현하는 것과 글로 표현하는 것은 분명 차이가 있었다. 나는 어떻게 하면 머릿속에 담고 있는 생각을 말로 표현하듯 글로 표현할 수 있을까에 대해 고민하기 시작했다. 이때부터 나는 머릿속에 담고 있던 생각의 조각들을 엮어 문장을 만들고 그것이 하나의 문단이 되게 하는 과정을 수없이 반복했다.

나름 진실한 이야기를 썼다고 생각했는데 이상하게도 내가 쓴 문장에서는 아무런 의미를 찾을 수가 없었다. 그렇더라도 글쓰기만은 포기할 수가 없었다. 내가 오로지 글쓰기에 매달리게 된 것은 과거 글쓰기를 적극적으로 권했던 그를 의식해서라기보다는 나 자신과의 싸움에서 절대 지지 않겠다는 비장한 오기 때문이었는지도 몰랐다.

나는 글을 쓰다 어느 순간 이야기의 맥이 끊기게 되었을 땐 또다시 책을 읽기 시작했다. 책을 읽다 어느 순간 글을 쓰고 싶은 욕망이 솟구치면 또다시 글을 썼다. 이런 과정을 수없이 반복해 오면서 나는 열네 살부터 서른세 살이 될 때까지의 내 삶을 온전히 녹여내는 심정으로 글을 쓰기 시작했다.

그때 점식이 삼촌이 손가락을 산 아래쪽을 가리키며 말했다.

"진실아, 저기 보이는 저 차가 진숙이 차가 맞지?"

곧 차 문이 열리더니 손에 지팡이를 든 아버지가 차에서 내렸다. 그런데 웬 할머니 한 분이 따라 내렸다. 언덕을 올라오고 있던 언니가 점식이 삼촌과 나를 발견한 순간 환하게 웃으며 손을 흔들어 보였다.

점식이 삼촌과 눈이 마주친 아버지가 말했다.

"이번에도 자네가 고생이 많았네."

"고생은요. 중요한 건 형님이 다 일러주신 대로 했을 뿐인데요."

햇빛을 받아 얼굴이 분홍빛으로 변한 언니가 옆의 할머니를 가리키며 말했다.

"우연히 길에서 만났지 뭐니."

그 할머니가 한 걸음 다가오며 말했다.

"축하해! 진숙이한테 들었어. 아주 훌륭해."

나는 그녀가 누군지 알지 못했다. 그러나 목소리를 듣게 된 순간 나는 그 할머니가 그의 외할머니란 사실을 알게 되었다. 세월이 지나 외모는 변해도 목소리는 그대로라는 사실이 놀라울 뿐이었다.

그의 외할머니가 손에 들고 있던 휴대폰을 내밀며 말했다.

"이것 좀 봐. 어제 우리 수호가 보내온 거야."

휴대폰 화면에 목발을 짚고 서 있는 사람은 놀랍게도 그였다. 순간, 아! 하는 비명이 내 입에서 튀어나왔다. 동시에 그동안의 여러 가지 의문이 일시에 풀렸다. 나는 또 한 차례 사진 속 그의 모습을 들여다보았다. 그는 많이 야위어 보였지만 눈빛만은 여전히 맑고 선했다.

그의 외할머니가 또 말을 했다.

"진실이, 놀라지 마. 글쎄 우리 수호가 군에서 다이빙 훈련을 하다 그만 등뼈가 부러졌지 뭐니. 사고 당시 의사가 기적이 일어나지 않는 이상 평생 휠체어에…."

순간 내 입에서 튀어나온 말이 그의 외할머니의 말을 잘랐다.

"그게 언제쯤이었죠?"

그의 외할머니는 정확한 날짜까지 짚어 주었다. 사고가 일어난 날은 그와 내가 마지막 전화를 한 바로 다음 날이었다. 한숨을 길게 쉬고 나서 그의 외할머니가 또 말을 했다.

"우리 수호가 절망에 빠져 있을 때 미국에 사는 수호 고모가 제안을 해왔어. 미국에 와서 재활치료를 받아보는 게 어떠냐고."

나는 가슴이 미어져 와서 아무 말도 할 수가 없었다.

"한국보다 미국의 재활치료가 더 나아서 그런 건지 의사의 말대로 기적이 일어난 건지는 알 수 없으나 얼마 전부터 우리 수호가 기적적으로 목발을 짚고 조금씩 걸을 수 있게 되었다지 뭐야. 올해 안에 자기 발로 걸어서 돌아올 거래."

그의 외할머니의 말이 끝났을 때 언니와 점식이 삼촌 그리고 아버지까지 박수를 쳤다. 나는 감개무량이란 것이 이런 느낌이구나 싶었다. 그것은 결코 배신이 아니었음을 알리는, 주체할 수 없는 기쁨을 알리는 벅찬 감격이었다.

나는 참 운이 좋았다. C사 기자가 당선 소식을 알려왔을 때 나는 소설 제목이 무엇이냐고 되물었다. 곧 '고사리가 춤추는 곳'이라고 기자가 대답했다. 그 순간 내 몸이 구름 위에 떠 있는 듯했다.

술과 간단한 음식을 올려놓은 상석에는 상패와 꽃다발도 같이 놓아두었다. 이장한 어머니의 묘 앞에 내가 이렇게 큰 상을 바치게 될 줄은 상상도 못 했다.

아버지가 손으로 산소의 잔디를 어루만지다가 떨리는 목소리로 말을 했다.

"여보! 오늘 우리 막내가 큰 상을 탔어요. 당신도 엄청 기쁘지 않소?."

어느새 아버지의 눈가에 이슬이 맺혔다. 이내 점식이 삼촌의 눈에도 이슬이 맺혔다. 언니와 나는 북받치는 감정을 억제하느라 중요하지도 않은 말을 주고받았다.

"언니는 왜 분홍색 원피스를 입고 왔어?"

"응. 트렁크에 검정 투피스를 넣고 왔는데 미처 갈아입을 틈이 없었어."

"아. 그랬구나. 언니는 분홍이 참 잘 어울려."

"근데 이 장소하고는 좀 아니지."

"이 장소만 아니면 분홍색을 입으려고 태어난 사람 같다니까."

"요게. 아주 여우짓도 잘해요."

"사실 나도 언니가 새로 사준 살구색 원피스를 입고 싶었어. 그런데 시상식에서는 어울릴지 몰라도 이 장소와는 좀 안 맞는 것 같아서 그냥 감색 정장을 입었어."

"그러게나 말이다. 하필이면 시상식과 산소 이장이 겹……."

어디선가 그의 목소리가 들려오는 듯했다. '우리는 언제까지나 함께 할 거니까.' 그 목소리는 방금 알을 깨고 나온 아기울새처럼 내 가슴 속에서 파닥거렸다.

참, 이 말을 잊을 뻔했다. 솔직히 내게 오늘이 있기까지 그의 도움이 없었으면 불가능했을 것이다. 그가 책 읽기와 글쓰기를 적극적으로 권했던 것은 나에 대한 동정심이 아니라 진심으로 나를 돕기 위한 것이란 사실을 나는 잘 알고 있다. 거기에 더해 그는 산속에서 길을 잃고 헤매고 있을 때 나를 구해주었을 뿐만 아니라 나 자신이 처한 힘겨운 현실을 진심으로 위로해 주고 용기를 주었던 고마운 사람이었다.

결코 슬퍼할 일이 아닌데도 내 눈에서 굵은 눈물방울이 투툭 떨어졌다. 그때 언니가 이쪽으로 걸어왔다. 나는 "먼지가 들어가서…." 하면서 재빨리 얼굴을 돌렸다.

어느새 저녁노을이 반 토막이 난 고사리발을 붉게 물들였다. 도로공사를 하느라 엄청나게 울려 퍼지던 포클레인 소리도, 땀을 흘리며 삽질하던 인부들의 모습도 사라지고 없었다. 순간 휘파람 소리 같기도 하고 새소리 같기도 한 소리가 들려왔다. 그 소리는 울새가 어머니의 산소 위에서 휘휘 날갯짓 하는 소리였다.

어디선가 모든 영혼은 다 새소리를 내는 거라고 하던 어머니의 목소리가 들려오는 듯했다. 나는 어머니의 산소 위로 날고 있는 울새를 바라보며 가만히 귀를 기울였다. 어머니의 영혼은 어떤 새소리를 내며 날고 있는 걸까…….